Anne
Nørdby

Kalter Sturm

Anne Nørdby

Kalter Sturm

Thriller

GMEINER

Personen und Handlung sind frei erfunden.
Ähnlichkeiten mit lebenden oder toten Personen
sind rein zufällig und nicht beabsichtigt.

Im Ehnried 5, 88605 Meßkirch
Telefon 07575/2095-0
info@gmeiner-verlag.de

1. Auflage 2024

Herstellung: Julia Franze
Umschlaggestaltung: U.O.R.G. Lutz Eberle, Stuttgart
unter Verwendung eines Fotos von: © Kameron kincade / unsplash; Robert bye / unsplash; John thomas / unsplash
Druck: GGP Media GmbH, Pößneck
Printed in Germany
ISBN 978-3-8392-0704-8

FIGUREN

Tom Skagen – Kriminalkommissar bei Skanpol
Jette Vestergaard – Kriminalhauptkommissarin bei Skanpol, Skagens Chefin
Jens Fram – Skagens norwegischer Kollege bei Skanpol
Kaisa Baumann – Skagens finnische Kollegin bei Skanpol
Maja Lövgren – schwedische Polizistin, Skagens Freundin
Göran Berg – schwedischer Polizist, Majas Chef

Norwegen:
Erling Øksnes – Ermittlungsleiter in Stavanger
Lise Haugland – Polizistin in Stavanger
Iver Ofori – Polizist in Stavanger

Island:
Halla Austdal – Polizeibedienstete aus Egilsstaðir
Bjarni Egilsson – Polizeibediensteter aus Seyðisfjörður
Nils Jónsson – Kriminalkommissar aus Reykjavík

Magnusson-Hof:
Ásgeir Magnusson – Schaffarmer auf Dverganes
Eydis Halldórsdóttir – Ásgeirs Frau, Schaffarmerin und Elfenbeschwörerin
Zoe Ásgeirsdóttir – 18-jährige Tochter von Ásgeir und Eydis
Ada und Berit – Zwillingstöchter von Ásgeir und Eydis
Thorsten Brandt – Versicherungsmakler aus Bremen
Wiebke Brandt – Thorstens Frau
Abigal (Alischa) Brandt – jugendliche Tochter von Thorsten und Wiebke

Pia Brandt – zweitälteste Tochter von Thorsten und Wiebke
Judith Brandt – kleinste Tochter von Thorsten und Wiebke
Jonas Brandt – kleiner Sohn von Thorsten und Wiebke, der verschwindet
Samuel Factor Romigius – Gründer einer Freikirche aus Bremen

Gislason-Hof:
Gisli Gislason – Schaffarmer auf Dverganes
Maggy Gislason – Gislis zweite Frau aus England, Schaffarmerin
Kári Gislason – jugendlicher Sohn von Gisli, ist mit Abigal zusammen
Lif Gislason – Gislis Tochter
Matthes Wittmann – Tischler aus Bremen
Jule Wittmann – Matthes' Frau, Übersetzerin
Enna Wittmann – Tochter von Matthes und Jule
Silas Wittmann – Sohn von Matthes und Jule

Kalman-Hof:
Þór Kalman – alter Schaffarmer auf Dverganes
Yngvi Sveinsson – junger Saisonarbeiter von Kalman
Willum Njarðvik – zweiter Saisonarbeiter

In Island ist es üblich, sich mit Vornamen anzusprechen und zu duzen.

1

In der Ferne leuchtet das Meer. Das Gras ist noch gelb vom Winter. Es wird dauern, bis der Frühling hier oben im Norden ankommt und mit ihm endlich die Tage, an denen man wieder draußen sitzen kann und sich nicht drinnen verstecken muss. Der Winter ist ätzend gewesen. Kalt und grau und mit viel Schnee. Der Sturm hat die Wellen so hoch gegen die Klippen geschlagen, dass es salzig regnete. Eigentlich ist es in diesem Landstrich das ganze Jahr über kalt … und nass. Das Mädchen hasst das Wetter, das gesamte Land. Der Wunsch, von hier zu verschwinden, ist wie ein Brennen in ihrem Brustkorb, das von Tag zu Tag stärker wird. Sobald sich die Gelegenheit bietet, wird sie abhauen und ihren bescheuerten Eltern und den nervigen Geschwistern den Mittelfinger zeigen. Egal wohin. Hauptsache, weg, Hauptsache, warm. Vielleicht Spanien, Australien oder die Südsee. Gemeinsam mit ihrem Liebsten. Ohne den würde sie nicht gehen.

Sie wendet sich vom Meer ab und dreht sich zu ihm. Ihr Freund sitzt im Schneidersitz auf einem flechtenbewachsenen Felsen und blickt verträumt in die Ferne. So als liebte er, was er da sieht. Dabei hat er ihr versichert, dass es ihm genauso geht. Dass er ebenfalls fortwill. Obwohl er in der Gegend geboren und aufgewachsen ist. Auf der Schaffarm. Er sagt auch, dass sein Leben todlangweilig und öde sei. Er will in eine große Stadt, wo es alles gibt – nur keine Schafe.

Das Mädchen kommt aus dem Süden. Warum ihre Eltern unbedingt in diese scheißkalte Gegend wollten, ist ihr unverständlich. Sie war dagegen. Aber ihre Meinung zählt ja nicht.

Sanft streichelt sie ihrem Freund über den Arm. Sie bemerkt das Lächeln, das seine Mundwinkel umspielt. Sein Profil ist hübsch. Seine blonden Locken wehen in seine Stirn, und seine blauen Augen funkeln im Licht der tief stehenden Sonne. Gott, ist er süß! Sie will für immer mit ihm zusammen sein. Mit ihm auf Reisen gehen und nie wieder zurückkommen. Zu ihrer Scheißfamilie und den Scheißgeschwistern. Ihr Bruder ist der Schlimmste von allen. Himmel und Hölle, hoffentlich werden es nicht noch mehr Geschwister. Bis jetzt ist Mama schlank. Doch wer weiß. Ihre Mutter ist gerne schwanger, als wäre es ihr Hobby. In Wahrheit verlangt das ihr Glaube von ihr. Verhütung verboten! Was für ein Schwachsinn. Wie kann man sich sein Leben von Gott vorschreiben lassen?

Das Mädchen verzieht das Gesicht. Einen weiteren Schreihals würde sie nicht ertragen. Ihre Geschwister sind einfach nur ätzend, lärmen rum und streiten sich. Nie hat sie ihre Ruhe. Dauernd muss sie auf einen der drei aufpassen, weil ihr Vater arbeitet und ihre Mutter den Haushalt macht. Mama ist total überfordert. Entweder jammert sie oder sie meckert. Warum hat Mama so viele Kinder bekommen, wenn sie sich andauernd darüber beklagt? Das kapiert das Mädchen nicht.

Ob ihre Eltern sich überhaupt noch lieben? Zumindest sieht sie nie, dass sie sich küssen. Schnell kreuzt das Mädchen zwei Finger übereinander und schickt den Wunsch ins Universum. Bitte, keinen weiteren Schreihals!

Sie hört ein Geräusch und dreht den Kopf. In einiger Entfernung läuft ihr kleiner Bruder über die Wiese und ruft nach ihr. Bislang hat er sie nicht entdeckt. Rasch springt sie vom Stein und versteckt sich dahinter. Ihren Freund zieht sie mit sich in den kalten Schatten. Sie legt ihre Hände auf die rauen Flechten und späht um den Felsen herum. Ihr Bruder läuft weiter bis zum Schafgatter, erklimmt es ungeschickt und hält nach ihr Ausschau. Sein Kopf ruckt dabei in sämtliche Richtungen, während seine winzigen Hände sich an der Metallstange festklammern. Seine Finger sind kaum lang genug, um die Streben zu umfassen.

Sie hört, wie er nach ihr ruft. Eine Abfolge schriller Töne, die ihr durch Mark und Bein gehen. Das Mädchen presst die Zähne aufeinander, verschließt die Ohren. Mamas und Papas Prinz. Diese hässliche und pummelige Kröte, die ununterbrochen mit hoher Stimme quakt und ekeligen Rotz in der Nase hat.

Bestimmt hat ihr Bruder von Mama den Auftrag erhalten, sie zu holen. Das bedeutet, dass es Arbeit zu erledigen gibt. Aber dazu hat sie keine Lust. Sie will die Zeit mit ihrem Liebsten verbringen, nicht mit Wäscheaufhängen, Badschrubben, Staubsaugen oder schlimmer: Im Stall bei den stinkenden Schafen mithelfen, wenn die Lämmer geboren werden. Was dabei alles mit rauskommt, ist noch ekliger als der Rotz in der Nase ihres Bruders.

Der Winter war lang und die Orte, an denen sie sich heimlich mit ihrem Freund treffen konnte, sind rar. Sie müssen sich davonschleichen, wenn sie zusammen sein wollen. Heute können sie zum ersten Mal wieder draußen sitzen. Das soll ihnen niemand verderben. Erst recht nicht ihr kleiner Bruder. Und auch nicht Gott, der nur Verbote kennt. Besonders für die Dinge, die Spaß machen.

Sie beobachtet, wie ihr Bruder zwischen den Streben des Gatters hindurchklettert und auf der anderen Seite den Feldweg hinab zu den Klippen läuft. Er weiß genau, dass er dort nicht allein hindarf. Das ist zu gefährlich. Das Meer verschluckt Kinder.

Ein böses Lächeln stiehlt sich auf ihre Lippen. Was, wenn ihr Bruder ins Meer fallen würde? Da könnte man sicher nachhelfen.

Sie stößt sich vom Stein ab und geht auf das Schafgatter zu.

»Wo willst du hin?«, ruft ihr Freund hinter ihr her.

»Das wirst du schon sehen«, sagt sie und winkt ihm. »Komm mit. Wir gehen runter zu den Klippen.«

2

Halla Austdal betritt das kleine Büro der Polizei in Seyðisfjörður, das sich in einem weiß gestrichenen Holzhaus mit rotem Ständerwerk befindet und nicht weit von der größten und einzigen Touristenattraktion des verschlafenen Hafenortes entfernt liegt: der hellblauen Kirche mit dem regenbogenfarbenen Fußweg davor.

In dem Gebäude des Sysselmanns, des Bezirksvorstehers, befinden sich noch ein paar weitere Behörden wie der Zoll oder das Sozial- und Familienamt. Alles in einem sozusagen. Isländischer Pragmatismus.

»Hallo, Bjarni«, grüßt Halla den einzigen Polizisten des Ortes.

»Hæ, Kollegin! Wie geht's? Lange nichts gehört. Was macht die große Stadt?«

Halla lacht. Sie kennt Bjarni aus ihren Kindertagen, ist in Seyðisfjörður aufgewachsen und aus dem Kaff abgehauen, sobald sich die Gelegenheit dazu ergab. Allerdings hat sie es nur bis über den Pass nach Egilsstaðir geschafft. Mit etwas mehr als 2.500 Einwohnern immerhin die größte Stadt im Osten des Landes. Im Gegensatz zu den knapp 660 Leuten, die in Seyðisfjörður hausen und die sie fast alle mit Namen kennt. Zudem ist sie mit der Hälfte davon verwandt.

»Ich kann nicht klagen«, antwortet sie. »Bei uns gibt es ein Nachtleben, und wir haben ein Fußballstadion. Was willst du mehr? Aber Spaß beiseite. Fahren wir gleich los?«

»Klar, ich habe nur auf dich gewartet.« Bjarni stemmt seinen riesigen Körper aus dem lederbezogenen Arbeitssessel, der verdammt bequem aussieht. Er schlüpft in seine Uniformjacke und nimmt seine Mütze. »Dein oder mein Auto?«

»Deins. Du kennst die Strecke besser.«

»Okay.« Bjarni, der etwa 20 Jahre älter ist als Halla, watschelt voran. Die Gummisohlen seiner Schuhe quietschen auf dem Linoleumboden. Am Ausgang steckt er den Kopf in das Büro des Sysselmanns, der hier eine Sysselfrau ist, und sagt: »Ich bin mit Halla draußen auf Dverganes.«

»Die Sache mit dem Kind?«, hört Halla die Bezirksvorsteherin fragen.

»Ja, ich hoffe, dass sich das schnell aufklärt, sonst wird es eine größere Aktion.«

»Ich drücke euch die Daumen.«

»Danke.« Bjarni setzt sich die Mütze auf und dreht sich mit ernster Miene zu Halla um. »Auf geht's.«

Wenig später fahren sie über die Küstenstraße in Richtung Osten. Halla ist froh, dass die Straße nach den Erdrutschen vor ein paar Jahren repariert wurde. Jeder Einwohner des Dorfes hat mit angepackt, um die Strecke wieder befahrbar zu machen. In Island ist der Boden ständig auf die ein oder andere Weise in Bewegung. Ein Land, das nie zur Ruhe kommt.

Nachdem sie die letzten Häuser von Seyðisfjörður hinter sich gelassen haben, verwandelt sich die Asphaltstraße in eine Schotterpiste. Vor ihnen liegt eine holprige Fahrt von mindestens einer Stunde über die Halbinsel Dverganes, auf der es Berge bis zu 1.000 Metern Höhe gibt, dazu viele Steine, Geröll, alte Lavafelder und ein paar vereinzelte Schafhöfe. Am Ende der Landzunge steht der orangefarbene Leuchtturm von Dalatangi am offenen Nordatlantik und begrüßt die Schiffe, die in den Fjord einfahren. Das Leuchtfeuer gehört jedoch bereits zum nächsten Bezirk und ist nur über die Straße auf der anderen Seite der Halbinsel zu erreichen, also einmal ganz außen herum. Ein Umweg von über zwei Stunden. Dort, wo sie jetzt hinwollen, ans Nordufer, befinden sich die Schafhöfe, die sich tapfer gegen die Elemente zur Wehr setzen. Die Familien, die dort seit Generationen wohnen, kennt Halla nicht persönlich, aber sie weiß, dass sie ein sehr hartes und entbehrungsreiches Leben führen. Man muss schon ein bestimmter Schlag Mensch sein, um auf dieser kargen Felsinsel zu überleben, die im Winter im Schnee versinkt und im Sommer von Stürmen und Regen gepeitscht wird.

»Also, was genau ist passiert?«, fragt Halla.

Bjarni, der den Polizeijeep konzentriert über den mit Schlaglöchern übersäten Schotterweg lenkt, stößt Luft aus. »Ach, die Magnussons und die Gislasons haben sich zwei deutsche Familien eingeladen, die ihnen über das Sommerhalbjahr auf dem Hof helfen sollen. Dafür bekommen sie Kost und Logis. ›Urlaub gegen Hand‹, du weißt schon. Die Magnussons und die Gislasons bieten das seit Längerem an.«

»Sind es immer dieselben Familien, die kommen?«

»Soweit ich es verstanden habe, sind es jedes Mal andere.«

»Und der vermisste Junge stammt aus einer der deutschen Familien?«

»Richtig. Er ist erst fünf Jahre alt und wahrscheinlich unerlaubt in das Lavafeld gegangen, das hinter dem Hof liegt. Viele Höhlen und scharfkantiges Gestein. Die Schafbauern nennen es *dimmu hraunar* und machen einen großen Bogen darum.«

»Die dunkle Lava … davon habe ich gehört«, raunt Halla unbehaglich. Sie kennt die Geschichten, die sich um diesen unwirtlichen Landstrich drehen. Und keine davon geht gut aus.

»Die Schafbauern und zahlreiche Helfer haben bis auf das Lavafeld bereits alles abgesucht«, sagt Bjarni. »Sogar mit ihren Hunden. Aber sie haben den kleinen Jonas nicht gefunden. Und in das Lavafeld trauen sie sich nicht. Deshalb haben sie uns gerufen.«

Vielleicht hat sich Jonas in der *dimmu hraunar* verirrt, denkt Halla. Oder er ist ins Meer gefallen und im eisigen Wasser ertrunken. Eine Gänsehaut kriecht über ihren Rücken.

»Wie lange ist er schon weg?«

»Seit heute Vormittag.«

»Hm, es ist recht kalt, da besteht die Gefahr, dass er unterkühlt.«

»Auf jeden Fall. Zwar soll der Junge einen Pullover aus Schafwolle tragen, dicke Hosen und Gummistiefel, doch das reicht nicht für die Nacht. Die Temperaturen können trotz Frühling noch immer unter null fallen.«

Halla muss an die Touristen denken, die nach Island kommen und sich nicht angemessen kleiden. Sie sehen die beeindruckenden Fotos von den Gletschern und den schwarzen Stränden mit den glitzernden Eisbrocken am *Jökulsárlón, verschwenden jedoch keinen Gedanken daran, dass für solche Schönheiten auch gewisse Temperaturen nötig sind. Selbst im Sommer kann es bis auf Höhe des Meeresspiegels schneien. Und jetzt haben sie gerade mal Anfang Mai.*

Der Jeep holpert durch die Schlaglöcher und lässt Halla auf ihrem Sitz auf und ab hüpfen.

»'tschuldige«, brummt Bjarni. »Die Straße ist wirklich schlecht.«

Halla hält sich am Türgriff fest und schaut konzentriert nach vorn, damit ihr nicht übel wird. »Hat die Lämmersaison begonnen?«, fragt sie.

»Ja, auf den Höfen ist viel los. Da haben die Leute die Kinder nicht ständig im Blick. Die Kleinen haben wohl in der Nähe des Lavafeldes gespielt, wobei es ihnen jedoch strikt untersagt wurde, dort hineinzugehen. Der verschwundene Junge soll allerdings vorwitzig und neugierig sein.«

»Du meinst unerzogen?« Halla sieht Bjarni von der Seite an. Dass die Kinder, die auf den Schafhöfen geboren wurden, wissen, wie man sich in der Natur verhält, daran hat sie keinen Zweifel, aber diese verhätschelten Stadtkinder vom europäischen Festland ... Die haben nicht die geringste Ahnung davon, wie gefährlich es sein kann, sich zu weit vom Haus zu entfernen. Das ist in Island definitiv etwas anderes als im behüteten Vorgarten einer Einfamilienhaussiedlung in München.

»Die Eltern der deutschen Familien haben den Kindern wohl sehr genau eingeschärft, dass das Lavafeld tabu ist, und bisher sollen sie sich auch daran gehalten haben.«

»Wie lange sind sie schon hier?«

»Seit Februar.«

»Seit drei Monaten?«, fragt Halla überrascht. »Müssen die Kinder denn nicht in die Schule?«

Bjarni zuckt mit den Achseln. »Vielleicht machen die Eltern mit ihnen Homeschooling.« Er deutet mit dem Kinn nach vorn. »Wir sind da.«

Sie halten vor einem hellblau gestrichenen Wohnhaus, hinter dem ein zweites Haus aus Holz steht. Beide Gebäude wirken heruntergekommen, was kein Wunder ist bei der harschen Witterung. Da hält die Fassadenfarbe gerade mal zwei Winter. Neben den Häusern ducken sich drei weitere Bauten in die karge Landschaft: eine roh gezimmerte Scheune und zwei Schafställe. Ein Pick-up parkt vor dem zweistöckigen Wohnhaus und ein Traktor mit verschlammten Reifen und offener Motorhaube wurde vor der Scheune abgestellt. Der Mann, der daran arbeitet, trägt einen Strickpulli und graue Arbeitshosen. Als Halla und Bjarni aussteigen, dreht er sich um. Mit ernster Miene wirft er den öligen Lappen weg und geht auf sie zu, eine Zigarette im Mundwinkel.

»Hæ!«, sagt er und begrüßt sie mit einem festen Händedruck. »Ich bin Ásgeir Magnusson. Ich habe euch angerufen.«

Bjarni nickt und richtet seinen Blick auf das Lavafeld, das sich hinter dem Gehöft erstreckt wie ein gigantischer Ausblick in die Hölle. Damals muss sich die heiße Lava träge den Hang hinabgeschoben haben. Doch auf ihrem Weg nach unten zu den Klippen ist sie erstarrt und hat das Meer nie erreicht. Wann ist das passiert? Halla fällt es nicht ein. Sie weiß aber, dass früher in ihrer Schule darüber gesprochen wurde.

Ásgeir hebt einen Arm und zeigt auf die schwarze Masse. »Die anderen sind dort draußen und suchen.«

»Und du?« Halla fixiert den Schafbauern, der wirkt, als könnte er durch nichts aus der Ruhe gebracht werden. Er ist um einiges älter als sie. Dicke graue Strähnen stehen von seinem Kopf in sämtliche Richtungen ab, was ihm etwas Jungenhaftes verleiht.

»Na, ich habe darauf gewartet, dass ihr kommt«, antwortet er und schiebt den Zigarettenstummel mit der Zunge in den Mundwinkel.

»Na, und jetzt sind wir da«, entgegnet Halla trocken. Sie

schaut sich auf dem Hofgelände um. Der Vorplatz ist ziemlich schlammig, wirkt ansonsten jedoch aufgeräumt. Ab und zu dringt ein Blöken aus der offenen Stalltür. Oben am Himmel kreist eine Skua, eine Große Raubmöwe. Wahrscheinlich wartet sie darauf, dass die ersten Küken der Seevögel schlüpfen. Dann gäbe es reichlich Futter für sie und ihre Brut. Ob die Papageientaucher schon aus ihrem Winterquartier auf der offenen See zurückgekehrt sind? Halla blickt zum Meer hinüber, das sich heute schiefergrau zeigt. In der Ferne wandern Schaumkronen über das Wasser auf die andere Seite des Fjords, wo die Berge mit einem zarten grünen Hauch überzogen sind. Das Rauschen der Wellen, die unten gegen die Klippen schlagen, ist allgegenwärtig und übertönt den Schrei der Skua.

Wie man hier bloß überlebt? Halla wendet sich an den Schafbauern. »Kannst du mir zeigen, wo der Junge als Letztes gesehen wurde?«

»Natürlich.« Magnusson gibt ihnen ein Zeichen, ihm zu folgen, und stapft über das frisch spießende Gras der Wiese. Ein Hund begleitet sie. Ein schwarz-weißer Border Collie. Er sieht sein Herrchen an, als erwartete er einen Auftrag. Doch Magnusson hüllt sich in Schweigen.

»Sind die Schafe in den Ställen?«, erkundigt sich Halla. Bjarni trottet mit gesenktem Kopf neben ihr, überlässt ihr die Fragen.

»Ja, bis sie ihre Lämmer bekommen haben. Das wird noch zwei, drei Wochen dauern. Und wenn es wärmer wird, dürfen sie auf die Weiden. Vorher ist es nachts zu kalt für die Lämmer. Sie könnten erfrieren.«

»Aha. Wie suchst du eigentlich deine Gäste fürs Jahr aus? Müssen sie landwirtschaftliche Erfahrung haben?«

»Nein, die Arbeit bei uns kann man schnell lernen, daher sind Vorkenntnisse nicht wichtig. Ich inseriere in einer deutschen Naturkost-Zeitung, damit habe ich die besten Erfahrungen gemacht. Ich habe gerne alternativ eingestellte Gäste, denen ökologische Landwirtschaft und Nachhaltigkeit wichtig sind. Solche Leute findet man nicht über die üblichen Work-and-Travel-Portale. Außerdem sind Deutsche am verlässlichsten. Gisli vom Nachbarhof handhabt das genauso. Oft geben wir ein Doppelinserat raus.«

»Verdient ihr mit den Gästen Geld?«, will Halla wissen.

»Nein, sie geben uns ihre Arbeitskraft und bekommen dafür Unterkunft und Verpflegung.«

»Und wovon lebt ihr hier draußen?«

»Von den Schafen.«

»Nur von den Schafen?« Halla hebt ungläubig die Brauen.

»Die Wolle ist von bester Qualität und überall auf der Welt begehrt«, erklärt Magnusson. »Ebenso das Fleisch. Unsere Tiere grasen noch ganz natürlich und bekommen keine Chemikalien ab. Höchste Bioqualität. Das ist etwas Besonderes in einer total verschmutzen Welt.«

Halla nickt interessiert. Sie wusste nicht, dass das Islandschaf einen solchen Status innehat. »Halten die Langzeitgäste denn die volle Saison durch?«

»In der Regel wissen die meisten, worauf sie sich einlassen. Oft ist ihr Aufenthalt lange im Voraus geplant. Da ist ja einiges an Organisation nötig, besonders wenn man mit Kindern herkommt.« Magnusson hält vor der zerklüfteten schwarzen Masse aus Lava an, während sein Hund weiter hechelnd umherstreift. Er hebt den Arm und deutet auf mehrere mit weißer Plastikfolie umwickelte Rundballen, die aussehen wie riesige Marshmallows. »Die Kinder haben bei den Silageballen gespielt, und auf einmal war Jonas weg.«

»Gibt es einen Grund, warum der Junge weggelaufen sein könnte? Einen Streit unter den Kindern vielleicht? Oder waren die Eltern böse mit ihm? Irgendetwas, was den Jungen dazu veranlasst haben könnte, sich zu verstecken?«

Magnusson zieht an einer frisch angezündeten Zigarette. »Jonas ist ein quirliger Junge, aber auch sehr lieb.« Er nimmt den Glimmstängel aus dem Mund und atmet den Rauch aus, der sofort vom Wind mitgenommen wird. »Ich kann mir nicht vorstellen, dass er das mit Absicht gemacht hat. Außerdem hätte meine Aska ihn gefunden, wenn er in der Nähe wäre.« Er deutet auf den Border Collie, der geschäftig hin und her läuft.

Das beantwortet nicht die Frage nach einem etwaigen Streit, denkt Halla. Das Argument mit dem Hund überzeugt sie jedoch. Sie blickt auf den Lavastrom. Das erkaltete Gestein hat bizarre Formen angenommen. Manche erinnern sie an menschliche Gestalten, andere wiederum haben etwas Unheimliches, Schimärenhaftes an sich. Je länger Halla auf die krummen Figuren guckt, desto eindringlicher wird das Gefühl, aus dem Lavafeld heraus beobachtet zu werden. Sie wendet sich ab.

Wenn der Junge tatsächlich dort hineingelaufen ist, wird es schwer werden, ihn zu finden. Der Lavastrom erstreckt sich über mehrere Kilometer den Berg hinauf. Ohne Unterstützung aus der Luft ist da kaum etwas zu machen.

»Gibt es einen Weg da durch?« Sie zeigt auf den schwarzen Gesteinswall, ohne hinzusehen. Das Gefühl ist weiterhin da.

»Es gibt einen alten Wanderpfad, der mit kleinen Steinhaufen markiert ist, doch der Weg ist riskant. Das Gestein ist einfach zu scharfkantig.« Magnusson deutet zu dem Berg hinauf, von dem sich der Strom hinabgewälzt hat. »Ich habe das damals als kleiner Junge miterlebt. Es war Furcht einflößend.«

»Wann war das?«, fragt Halla.

»1980«, antwortet Bjarni anstelle von Magnusson.

Das war sechs Jahre, bevor sie geboren wurde, denkt Halla. In ihrer Kindheit hat sie Leute im Dorf davon erzählen hören. Es muss ein spektakulärer Ausbruch gewesen sein.

»Jeder, der in dieser Gegend lebte, wurde evakuiert und in Seyðisfjörður untergebracht«, erzählt Magnusson. »Wir konnten nichts tun, außer zu beten, dass unsere Häuser verschont bleiben würden.«

»Und wir alle haben gebetet«, ergänzt Bjarni ernst.

Halla blickt zu den Gebäuden hinüber, die keine 50 Meter vom Lavastrom entfernt stehen.

»Gott hat seine schützende Hand über die Höfe gehalten«, sagt Magnusson, »und den Lavastrom daran vorbeigelenkt.«

»Gibt es hier noch aktiven Vulkanismus?«, will Halla wissen.

»Nein, die Lava ist erkaltet. Aber weiter unten am Fluss befinden sich ein paar heiße Quellen. In letzter Zeit gab es zwar kleinere Erdstöße, aber nichts Ernstes. Die Geologen von der Uni in Reykjavík überwachen die Aktivität.«

Halla zückt ihr Handy. »In drei Stunden wird es dunkel. Ich fordere den Hubschrauber aus Egilsstaðir an. Hoffentlich ist er verfügbar. Aus der Luft finden wir den Jungen schneller.« Sie deutet hinunter zur Steilküste. »Kann er auch zu den Klippen gelaufen sein?«

Magnusson schüttelt den Kopf. »Die Kinder sagen, dass er hier oben war, als er verschwunden ist.«

Kinder erzählen viel, wenn der Tag lang ist, denkt Halla. Sie wählt die Nummer der Küstenwache und bespricht den Fall mit dem Dienststellenleiter. Nachdem sie aufgelegt hat, sagt sie: »Der Heli kommt. Dauert aber.«

Der Schafbauer atmet erleichtert auf. »Das ist gut. Ich dachte schon, wir müssen da rein, ins Lavafeld.« Es sieht aus, als erschauderte er, denn er zieht kurz die kräftigen Schultern hoch. Dann wirft er die Zigarette ins Gras und tritt sie aus.

Hinter ihnen ertönt ein Laut. Hastig dreht Halla sich um und betrachtet die gekrümmten Silhouetten der *dimmu hraunar*. Doch da ist nichts, was das Geräusch verursacht haben könnte. Die Lavazacken und verdrehten Türme ragen reglos auf, als wäre eine riesige Ansammlung von grobschuppigen Drachen dort zu Stein erstarrt. Trotzdem fühlt Halla sich noch immer beobachtet.

»Hast du das gehört?«, fragt Bjarni neben ihr leise. »Das klang wie ein Lachen.«

»Ja«, flüstert Halla und unterdrückt ein neuerliches Schaudern, während sie auf das zerklüftete Gestein des dunklen Landes blickt.

Ungerührt blickt das dunkle Land zurück.

3

Der Lärm des Helikopters übertönt das Rauschen der Brandung an den Klippen. Die blau-weiße Maschine schwebt in der Ferne langsam vorbei. Halla hat der Crew durchgegeben, dass sie nicht nur das Lavafeld, sondern auch die Küstenlinie abfliegen sollen. Für den Fall, dass der Junge doch zum Meer gelaufen ist. Sie will nicht riskieren, dass er stirbt, weil sie an der falschen Stelle gesucht haben.

Es knackt im Funkgerät. »TF-EIR an Austdal.«

Halla drückt auf den Sendeknopf. »Austdal hört.«

»Es ist nichts im Wasser. Das muss allerdings nichts heißen. Ein Körper geht schnell unter, und die Strömung zieht ihn aufs offene Meer.«

»Verstanden. Trotzdem danke.«

»Kein Problem. Wir fliegen noch eine weitere Runde mit der Wärmebildkamera über das Lavafeld.«

»Alles klar. Austdal *over and out*.«

Halla lässt das Funkgerät sinken und beobachtet, wie der Helikopter mit einem Seitwärtsschwenk ins Landesinnere abbiegt und auf das Lavafeld zusteuert. Der Suchtrupp steht im schwindenden Licht des Tages davor. Es sind hauptsächlich die einheimischen Schafzüchter und die Gastfamilien, die sich zusammengetan haben, um die Polizei zu unterstützen. Halla hat angeordnet, dass sich alle an einem Punkt einfinden sollen, sobald der Heli einen Wärmescan macht, sonst würde es ständig falschen Alarm geben. Erwartungsvoll heben die Menschen die Köpfe und verfolgen den Flug des Hubschraubers. Bjarni ist unter ihnen, seine Miene ist nicht leicht zu deuten, aber Halla glaubt, darin Resignation zu lesen. Er hat wenig Hoffnung, den Jungen heute noch zu finden, nach den vielen Durchgängen, die sie bereits hinter sich haben.

Halla geht auf die Gruppe zu, die kalten Hände tief in den Taschen ihrer Uniformjacke vergraben. Mit dem Nachlassen des Tageslichts fallen die Temperaturen rascher, als ihr lieb ist.

Wenn der Junge da draußen ist, würde er die Nacht über furchtbar frieren.

Sie tauscht einen Blick mit Bjarni, der unmerklich den Kopf schüttelt. Halla räuspert sich, sie will nicht zu niedergeschlagen wirken, während sie mit der Mutter des vermissten Jungen spricht. Wiebke Brandt ist eine zierliche Person mit der Figur eines jungen Mädchens und dem verhärmten Gesicht einer 60-Jährigen. Sie reicht Halla gerade mal bis zur

Brust. Eine der anderen Frauen hat einen Arm um sie gelegt und stützt sie, während ihr Mann mit hängenden Schultern neben ihr steht.

»Frau Brandt«, sagt Halla auf Deutsch. Sie ist als Mädchen während eines Schüleraustauschs ein Jahr in München gewesen. Einer der Gründe, warum ihr Chef sie für den Fall abgeordnet hat, der eigentlich in Bjarnis Zuständigkeitsbereich fällt, doch ihr Kollege spricht nur Englisch. »Wir fliegen jetzt ein letztes Mal über die Lava. Anschließend müssen wir die Suche für heute leider einstellen. Es wird zu dunkel und der Hubschrauber muss tanken.«

»Wir können doch nicht einfach so aufhören zu suchen«, klagt Wiebke Brandt mit brüchiger Stimme.

»Es tut mir leid. Ich wünschte, die Umstände wären anders. Wenn die Wärmebildkamera nichts anzeigt, dann …«

»Heißt das, Jonas ist tot?!« In den Augen der Frau leuchtet Panik auf.

»Nein, das heißt es nicht. Es kann sein, dass sich Ihr Sohn in eine der unzähligen Höhlen im Lavastrom verkrochen hat. Das würde erklären, warum der Helikopter ihn nicht findet.«

»Aber würde er nicht den Lärm der Maschine hören und rauskommen?«, wirft Thorsten Brandt ein, der Vater des Jungen. Mit seinem dichten dunklen Haar, das ihm in kleinen Locken in die Stirn fällt, und den lebhaften braunen Augen sieht er wesentlich jünger aus als seine Frau. Ein hübscher, leicht feminin wirkender Mann. Allerdings spricht eine große Müdigkeit aus seinem Blick.

»Ich weiß nicht«, antwortet Halla, »Kinder reagieren unterschiedlich. Würde Ihr Sohn das tun?«

Die Eltern sehen einander an. Schließlich nickt die Mutter. »Jonas ist intelligent, er würde verstehen, dass nach ihm gesucht wird, und sich bemerkbar machen.«

»Dass Ihr Junge nicht rauskommt, kann vieles bedeuten.

Unter anderem, dass er erschöpft ist und schläft. Oder er ist unterkühlt und mag sich nicht bewegen«, erklärt Halla.

»Oder er hat sich verletzt«, ergänzt die Mutter besorgt. Dabei überziehen zahlreiche Falten ihr Gesicht.

Mein Gott, denkt Halla, sie wirkt richtig ausgemergelt. Dabei ist sie höchstens Anfang 40.

»Das ist alles Eydis' Schuld«, jammert die Mutter. »Sie hätte den Kindern nicht diese Geschichten erzählen dürfen.«

»Jetzt fang nicht schon wieder damit an, Wiebke«, mischt sich ihr Mann ein.

»Wenn es nun aber so ist!«, blafft die Mutter anklagend zurück. »Ich habe doch recht, oder?« Sie dreht sich zu den anderen in der Gruppe, die schweigend zu Boden blicken. Keiner traut sich, etwas zu sagen.

»Das ist Quatsch, Wiebke. Und das weißt du«, fährt Thorsten Brandt fort. »Jonas würde niemals aus diesem Grund ins Lavafeld gehen. Er hat verstanden, dass es gefährlich ist.«

»Und du hast wie immer die meiste Ahnung von allem, Thorsten!«

Der Vater presst die Lippen aufeinander. Er ist sichtlich beschämt vom Vorwurf seiner Frau.

»Um was für Geschichten handelt es sich denn?«, erkundigt Halla sich. Auch ihr ist der Streit der Eltern unangenehm, aber er zeigt, dass in der Familie etwas nicht stimmt. Womöglich ist das der Grund, warum der Junge weggelaufen ist.

»Eydis hat den Kindern Märchen über Elfen und Zwerge erzählt, die in der Gegend leben sollen«, erklärt der Vater. »Deshalb wird der Landstrich auch Dverganes genannt.«

»Zwergenhalbinsel«, sagt Halla, die mit den Geschichten groß geworden ist.

Thorsten Brandt nickt. Er wirkt gefasst und will konstruktiv sein. »Meine Frau findet, dass Eydis' Geschichten über das Lavafeld viel zu schaurig für Kinder sind.«

»Das sind fruchtbare Gruselmärchen!«, protestiert die Mutter.

»Ja, aber ich denke, sie dienen dazu, die Leute und vor allem die Kinder davon abzuhalten, ins Lavafeld zu gehen. Man kann sich dort schnell verlaufen oder sich die Hände und Füße aufschneiden.«

»Da haben Sie recht, Herr Brandt«, bestätigt Halla. »Die Lava und das vulkanische Glas zerschneiden sogar Leder und die Sohlen von Schuhen. Man muss höllisch aufpassen, wohin man tritt. Mich interessiert jedoch, was diese Elfengeschichten konkret mit Jonas' Verschwinden zu tun haben sollen.«

Thorsten Brandt seufzt. »Wiebke ist der Meinung, dass Jonas fest an die Elfen glaubt und nach ihnen suchen wollte.«

»So ist es ja auch!« Die Mutter verschränkt die Arme vor der mageren Brust. »Unser Junge hat viel Fantasie und ist versessen darauf, von Eydis noch mehr über die Elfen und Zwerge zu erfahren. Zu allem Überfluss hat sie behauptet, dass sie einmal einem Elf begegnet sei. Was für ein ausgemachter Blödsinn. Ich hatte Eydis darum gebeten, den Kindern keine Flausen mehr in den Kopf zu setzen, doch sie hat meinen Wunsch nicht beherzigt.«

»Weil es eben ihre Art der Warnung für die Kinder ist, nicht in das Lavafeld zu gehen«, erklärt ihr Mann erneut. »Sie hat deutlich gesagt, dass die Elfen nicht nett zu den Menschen sind und man sie in Ruhe lassen soll, sonst würden sie einen holen und den Rest des Lebens für sich arbeiten lassen ... oder Schlimmeres.«

»Ach hör doch auf!«, keift Frau Brandt und fährt mit der Hand durch die Luft.

Halla, die keine Lust mehr auf den Streit hat, wendet sich an die Umstehenden, in der Hoffnung, dass einige von ihnen weniger beeinflusst von der Meinung der Mutter sind. »Wer von euch ist Eydis?«

»Das ist meine Frau«, antwortet Ásgeir Magnusson. »Sie ist im Stall bei den Schafen.« In aller Ruhe zieht er an seiner Zigarette. Sein Border Collie sitzt hechelnd neben ihm.

Halla blickt in die Gesichter der Menschen um sie herum. Neun Erwachsene und eine Jugendliche. Dazu fast ein Dutzend Kinder. Insgesamt laufen ihr hier viel zu viele Leute herum, von denen sie nicht weiß, wer wer ist. Sie würde eine Aufstellung machen müssen, um einen Überblick zu bekommen.

»Wer hatte heute die Aufsicht über die Kleinen?«

»Das war Pia, unsere zweitälteste Tochter«, berichtet Thorsten Brandt.

»Wie viele Kinder haben Sie denn?« Halla ist froh, dass sie das förmliche Sie über die Lippen gebracht hat, denn für sie ist es vollkommen ungewohnt, die Leute so anzusprechen, da sich in Island alle duzen. Sie ermahnt sich im Stillen, immer daran zu denken, wenn sie Deutsch spricht.

»Vier«, antwortet Herr Brandt, und es klingt mehr nach einem Seufzen als nach einer Feststellung.

Halla ahnt, was der Grund für die Überforderung der Eltern sein könnte. »Und Pia hat nicht nur auf Ihre, sondern auch auf die anderen Kinder aufgepasst?«

»Ja. Sie ist zwar erst zehn, aber sehr zuverlässig.« Wiebke Brandt dreht sich zu ihrem Mann um, der hilflos mit den Schultern zuckt.

Halla ist skeptisch. Sie hat zwar selbst keine Kinder, findet es aber zu viel Verantwortung für eine Zehnjährige. Doch sie will der verzweifelten Mutter kein schlechtes Gewissen machen. »Kann ich Ihre Tochter sprechen?«

»Momentan ist sie im Haus. Muss das wirklich sein, dass Sie sie verhören? Sie ist noch ein Kind«, sagt Wiebke Brandt flehend.

Ach, sieh an. Eben war sie erwachsen genug, um auf mindestens sieben Kinder aufzupassen, und jetzt ist sie selbst eines. Halla bemüht sich, ihren Zynismus nicht zu zeigen. »Erstens heißt es nicht Verhör«, sagt sie, »und zweites will ich von Ihrer Tochter nur wissen, wann und wo sie ihren Bruder das letzte Mal gesehen hat.«

»Na, genau dort drüben bei den Rundballen.« Wiebke Brandt zeigt auf die großen Plastikmarshmallows vor dem schwarzen Lavafeld.

»Und das hat Pia Ihnen erzählt?«

»Ja. Oder glauben Sie ihr etwa nicht?«

Halla sagt nichts dazu. Sie weiß, wie unzuverlässig Minderjährige als Zeugen sind. Sollte Jonas beim letzten Flug des Helikopters nicht gefunden werden, würde sie mit Pia und den anderen Mädchen und Jungen sprechen müssen. Halla hofft jedoch inständig, das vermeiden zu können. Kinder zu befragen, ist eine komplizierte Angelegenheit. Erst recht, wenn sie aus dem Ausland stammen.

Sie hebt den Blick zu den blinkenden Lichtern des Hubschraubers, der systematisch die Bereiche des Lavafeldes abfliegt, in die der Junge gegangen sein könnte. Noch bleibt es im Funk still, während sich die Finger von Hallas linker Hand um das Funkgerät verkrampfen. Bitte findet ihn, denkt sie. Sonst sieht es schlecht aus.

Der Hund des Schafbauern gibt einen japsenden Laut von sich. Da hat Halla eine Idee. »Kann dein Collie den Jungen nicht im Lavafeld suchen?«

Ásgeir Magnusson schüttelt den Kopf, die Zigarette zittert in seinem Mundwinkel. »Wenn ich Aska da reinschicke, zerschneidet sie sich die Fußballen. Dafür bräuchte ich feste Lederüberzieher für sie, und auch die würden nicht lange halten.«

»Verstehe.« Halla presst die Lippen aufeinander. Also würde auch ein Mantrailer-Hund nichts bringen. Mist!

Ihr Funkgerät erwacht zum Leben. »TF-EIR an Austdal!«

Hastig drückt sie auf den Knopf. »Was gibt's? Habt ihr den Jungen?«

»Negativ. Wir haben alles abgeflogen. Da ist nichts.«

»Verstanden. Könnt ihr morgen früh noch einmal den Fjord überprüfen?«

»Geht klar.«

»Danke. Dann bis morgen. Austdal *over and out.*«

Der Helikopter dreht ab und fliegt in Richtung Seyðisfjörður davon.

»Was machen die? Warum hören die auf zu suchen?«, ruft Wiebke Brandt. Hysterie schwingt in ihrer Stimme mit.

Halla kann ihre Angst verstehen. »Frau Brandt, es tut mir leid, aber die Suche ist für heute zu Ende.«

»Warum das denn? Was wird aus meinem Sohn? Es wird dunkel.«

»Das weiß ich, und ich hoffe, dass er so geistesgegenwärtig war und sich in eine der Höhlen verkrochen hat. Dafür spricht, dass wir ihn aus der Luft nicht finden konnten. Wir werden morgen bei Sonnenaufgang weitersuchen. Mit Verstärkung. Es ist einfach zu gefährlich, im Dunkeln durch das Lavafeld zu laufen.«

»Gott bewahre, wir können ihn nicht allein da draußen lassen. Er ist erst fünf! Was, wenn er auf Raubtiere trifft?«

»Auf Island gibt es keine Raubtiere. Lediglich Polarfüchse. Und die tun Menschen nichts«, versucht Halla der Frau ihre Ängste zu nehmen, auch wenn sie selbst nicht gerade zuversichtlich ist.

»Aber …«

»Komm, Wiebke. Die Polizistin hat recht«, lenkt ihr Mann ein. »Es ist zu gefährlich. Jonas wird schon nichts passieren, wenn er in einer Höhle ist. Wir finden ihn morgen. Ganz sicher.«

Die Mutter zischt etwas, das Halla nicht versteht. Dafür

reichen ihre Deutschkenntnisse nicht aus. Sie hört ein Räuspern und dreht sich um. Hinter ihr steht Ásgeir Magnusson mit seinem Hund, der ihm wie ein Schatten zu folgen scheint.

»Braucht ihr mich noch? Ich würde gerne meine Frau bei den Schafen ablösen.« Der Schafbauer zeigt hinüber zu den Ställen.

»Klar. Geh nur«, sagt Halla.

Ásgeir tippt sich an die Mütze und trollt sich samt Hund zum Stall, aus dem das aufgeregte Blöken eines Schafs dringt. Es klingt, als stünde es kurz vor der Niederkunft.

»Okay!«, ruft sie laut. Sie ist müde vom vielen Reden und der Kälte, muss aber durchhalten. »Ich würde jetzt gerne reingehen und drinnen mit Ihnen allen sprechen. Auch mit den Kindern, die mit Jonas gespielt haben.«

»Wieso? Sind die etwa verdächtig?«, meldet sich die deutsche Frau zu Wort, die vorhin Wiebke Brandt im Arm gehalten hat. Zu Hallas Überraschung spricht sie fließend Isländisch.

»Und wer sind Sie?« Halla versucht, sich im dämmrigen Licht das Gesicht der Frau einzuprägen. Sie ist schlank und groß und hat eine lange, schmale Nase. Ihre rotgrauen Haare trägt sie zu einem Zopf geflochten, der ihr über die Schulter fällt. Ihr selbstgestrickter Islandpullover hat ein schönes Muster.

»Ich bin Jule Wittmann und gehöre zu den Gästen vom anderen Hof bei den Gislasons. Das ist mein Mann Matthes.« Sie zeigt auf einen Typen mit strohblondem Pferdeschwanz und Bart. Auch er hat einen Islandpulli an. »Wir haben zwei Kinder.« Als sie das sagt, senkt sie unwillkürlich den Blick.

»Haben die auch mit Jonas gespielt, bevor er verschwand?«

Die Frau bejaht.

»Dann wäre es für uns von Interesse, mit ihnen zu sprechen. Ihr Isländisch ist im Übrigen ausgezeichnet.«

»Danke. Ich arbeite als Übersetzerin von isländischen Büchern und habe früher eine Zeit lang in Reykjavík gelebt.«

»Oh, wie spannend.« Halla lächelt Jule Wittmann an, die bescheiden zurücklächelt.

Sie machen sich auf den Weg zu dem hellblauen Wohnhaus. Halla friert bis auf die Knochen. Der Wind hat aufgefrischt und sie will in die Wärme. Bei dem Gedanken wird ihr plötzlich schlecht. Denn Wärme ist etwas, das der Junge da draußen nicht hat.

4

Tom Skagen küsst Maja und streicht ihr eine blonde Locke aus dem Gesicht. Er würde sie am liebsten den ganzen Tag lang ansehen. Seit sie sich vor einem Jahr bei der Ermittlung zu einem Fall in Schweden zufällig wieder über den Weg gelaufen sind, ist er so glücklich wie nie.

Er küsst sie noch einmal auf die Wange und legt sich zurück auf das Kissen, sieht hinauf zu den Dachschrägen seines Schlafzimmers in der Wohnung im Schanzenviertel. Er freut sich auf das Wochenende, das sie zusammen in Hamburg verbringen werden, bevor Maja wieder nach Schweden fährt.

Maja legt eine Hand auf seine nackte Brust und seufzt. Skagen hört deutlich, wie wohl sie sich fühlt. Dem kann er sich nur anschließen. Aber eine Sache liegt ihm auf dem Herzen.

Er dreht den Kopf. »Hast du dich schon entschieden?«

Sie tippt mit dem Zeigefinger auf seine Brust. »Noch nicht. Göran wird den Posten des Dienststellenleiters im Sommer übernehmen, und bis dahin muss klar sein, wer sein Nachfolger wird.«

Skagen spielt mit einer ihrer Locken. »Ich habe dir gesagt, wie stolz ich bin, dass Göran dich für seinen Posten vorgeschlagen hat ...«

»... aber es bedeutet auch mehr Verantwortung und mehr Arbeit, und wir hätten noch weniger Zeit füreinander«, beendet Maja den Satz.

Skagen nickt nachdenklich. Darüber haben sie schon mehrfach gesprochen, und sie sind bisher zu keiner Lösung gekommen. Er will Maja in allem, was sie vorhat, unterstützen. Allerdings macht die Tatsache, dass sie für verschiedene Polizeibehörden in unterschiedlichen Ländern arbeiten, die Sache kompliziert.

»Ich habe lange darüber nachgedacht«, sagt Maja. »Ich liebe dich, Tom ...« Sie hält inne und einen bangen Moment denkt er, sie will Schluss machen. Sein Herz beginnt zu rasen.

»Ich will dich weiterhin sehen können. Alles andere ergibt keinen Sinn für mich«, fährt sie fort. »Daher werde ich mich vermutlich gegen die Beförderung entscheiden.«

»Bist du verrückt?« Skagen richtet sich auf. »Das würde ich niemals von dir verlangen. Ich möchte nicht, dass du wegen mir zurücksteckst.«

»Das weiß ich.« Maja lächelt traurig und streicht ihm durchs Haar. »Und es ist lieb.«

Er beißt sich auf die Lippen. Er hat nie gewollt, dass sie etwas für ihn aufgibt. Am liebsten würde er sie davon abbringen, aber er weiß, dass er das nicht schaffen würde, denn Maja hat absolut ihren eigenen Kopf. Was auch gut so ist.

Er greift nach ihrer Hand und küsst sie. »Ich bitte dich, denk über deine Entscheidung nach. Wirf diese Chance nicht weg.«

Maja zögert, schließlich lächelt sie. »Ich werde es mir überlegen. Zwei Wochen habe ich noch. Dann will Göran ein Ja oder Nein von mir. Bis dahin kann ich ihn noch zappeln lassen. Und jetzt hätte ich gerne ein paar Minuten Nachspielzeit.« Ihre Hand wandert in tiefere Regionen und ihre Lippen auf seinen Mund.

Ausgerechnet in diesem Moment klingelt Skagens Handy. Es ist die Melodie, die er für Skanpol eingestellt hat. »Mist!«, zischt er und streckt genervt den Arm aus. Das Handy liegt auf dem Boden, und auf dem Display leuchtet grell und auffordernd ein Name: Jette Vestergaard.

»Meine Chefin«, brummt er und nimmt den Anruf an. »Was gibt's?«

»Schlechte Nachrichten, Tom«, sagt Jette und kommt wie immer gleich zur Sache. »Es geht um den Nordvei-Fall. Um Marcel Walka.«

Walka? Skagen kramt in seinem Gedächtnis nach Informationen. Dann fällt es ihm ein. Marcel Walka ist der Mann, den sie letztes Jahr in Norwegen auf dem Kreuzfahrtschiff verhaftet haben. Ein ehemaliger Kommissar vom LKA Berlin, leider auch Reichsbürger und Mitglied des deutschen Ablegers einer rechten Gruppierung namens Åsgards Söhne. Das norwegische Chapter von Åsgard wollte mit Walka einen Anschlag auf ein Jugendlager verüben, was Skanpol in Zusammenarbeit mit den norwegischen Kollegen zum Glück verhindern konnte. Skagen erinnert sich an die letzten hasserfüllten Worte von Ex-Kommissar Walka, die er nach seiner Verhaftung von sich gegeben hat: *Wir haben euch längst im Griff.*

Polizei, Bundeswehr, Justiz. Ihr seid unterwandert, bald werden wir in der Überzahl sein. Und wenn wir erst an der Macht sind, werdet ihr am Galgen baumeln.

»Was ist mit ihm?«, fragt er kalt.

»Walka ist tot.«

»Wie bitte?«, entfährt es Skagen, während Maja fragend die Augenbrauen hebt. »Er sitzt doch in der JVA Tegel ein. Wie kann das sein?«

Jette seufzt am anderen Ende. »Das wissen wir nicht. Es sieht allerdings nach Selbstmord aus. Walka ist in seiner Zelle erhängt aufgefunden worden.«

Als Skagen bewusst wird, was das bedeuten könnte, überzieht ein klammes Gefühl seine Haut. »Wurde er unschädlich gemacht?«, fragt er. »Vom Onkel?« So heißt der führende Kopf von Åsgards Söhnen, der sich mit großer Wahrscheinlichkeit innerhalb des Polizeikorps befindet.

»Genau das denke ich, Tom. Walka wurde ausgeschaltet.«

»Aber warum? Wollte er auspacken?«

»Natürlich haben wir uns erhofft, von ihm Informationen über den Onkel zu erhalten, weil wir bis heute nicht wissen, wer sich dahinter verbirgt. Ich war mehrmals bei Walka im Gefängnis und habe ihm das Angebot gemacht, dass er früher rauskann, wenn er redet. Und beim letzten Mal sah es so aus, als würde er tatsächlich darüber nachdenken.«

»Und jetzt ist er tot«, konstatiert Skagen. »Was für ein merkwürdiger Zufall.«

»Du sagst es. Die Sache stinkt zum Himmel.« Jette schickt noch einen Fluch auf Dänisch hinterher.

»Wie kann so etwas passieren? Stand er nicht unter Bewachung?«

»Doch, natürlich.«

»Okay.« Skagen wirft einen Blick zu Maja hinüber. »Soll ich nach Berlin fahren und die Ermittlung unterstützen?«

»Nein, ich werde denen auf die Finger schauen, denn ich traue den Berlinern keinen Zentimeter über den Weg. Die haben damals schon seltsam auf unsere Anfragen reagiert.«

Skagen weiß, dass Jette auf die unsägliche Unterwanderung der deutschen Polizeibehörden durch die rechte Szene anspielt, die eine innere Bedrohung für alle darstellt und Skanpol seit einiger Zeit beschäftigt. Denn aus Deutschland gibt es viele Kontakte zu rechten Gruppierungen in Skandinavien und Verbrüderungen mit diesen.

»Ich fahre heute noch los«, sagt Jette, und Skagen hört deutlich den Stress in ihrer Stimme. »Ich nehme Jens mit, er kennt sich mit dem Fall ja ebenfalls aus.«

»Und ich?«, fragt Skagen gekränkt. Er war am Nordvei-Fall maßgeblich beteiligt.

»Du machst dich auf den Weg nach Norwegen. Gleich morgen früh. Du musst dich darum kümmern, dass die beiden Mitglieder von Åsgards Söhnen, die dort einsitzen, in Sicherheit gebracht werden. Es besteht Anlass zur Sorge, dass sie ebenfalls ins Fadenkreuz des Onkels geraten.«

Skagen starrt auf die Zimmertür. Er hört, wie Maja neben ihm mit den Fingern auf die Matratze trommelt. Das war's mit dem entspannten Wochenende mit ihr. Und sie würde dafür auch noch Verständnis haben.

5

Die Stimmung ist gedrückt, als alle in der Diele des großen Farmhauses der Magnussons ihre Schuhe ausziehen und ins Regal stellen, einschließlich Halla und Bjarni.

Thorsten Brandt führt sie in die Küche, die von einem riesigen Esstisch dominiert wird, auf dem allerhand Geschirr und Essensreste stehen. Über ihren Köpfen trampeln kleine Füße durch das obere Stockwerk. Halla meint, die Deckenleuchte wackeln zu sehen. Plötzlich rumpelt es auf der Treppe und die Kinderschar kommt heruntergeprescht. Mit hochroten Köpfen stürmen die Kleinen in den Raum wie ein Tsunami aus überschäumender Fröhlichkeit. Sie scheinen vergessen zu haben, dass eines von ihnen fehlt. Sie jagen einander durch die Küche zum Wohnzimmer. Ein älteres Mädchen bleibt bei Thorsten und Wiebke Brandt stehen und fragt nach ihrem Bruder Jonas. Halla vermutet, dass es Pia ist. Das Mädchen plagen bestimmt Schuldgefühle.

Wiebke Brandt setzt sich auf einen der Stühle am Tisch, während ihr Mann der Tochter erklärt, was los ist. Wegen des Geschreis versteht Halla kaum ein Wort.

Bjarni steht mit großen Augen daneben und kann das Chaos kaum fassen. Dann reicht es Halla. Sie holt tief Luft und erhebt die Stimme: »Können wir vielleicht für etwas Ruhe sorgen?«

Jule Wittmann erkennt den Ernst der Lage und ermahnt die spielenden Kinder, leiser zu sein. Das funktioniert genau für eine Minute, danach donnern die Schritte wieder oben durch den Flur, und diesmal wackelt die Lampe wirklich.

Halla bedeutet den Erwachsenen, sich zu setzen, und als sich jeder von ihnen einen Stuhl an den Tisch gerückt hat und schweigend zu ihr aufblickt, atmet sie auf. Endlich Stille. Sie will gerade anfangen zu sprechen, da platzt eine Frau in die Küche, die Halla bislang nicht kennt. Sie wirkt abgehetzt, die blonden Strähnen hängen ihr ins Gesicht, obwohl sie sich ein buntes Tuch um den Kopf gewickelt hat. Sie trägt eine weite Arbeitshose und ein ausgeleiertes Sweatshirt mit Flecken darauf.

»Hæ, ich bin Eydis«, grüßt sie Halla und Bjarni. »Entschuldigt, ich musste noch beim Lammen helfen. Mein Mann hat mich abgelöst.« Sie schlängelt sich zu einem freien Stuhl neben Jule Wittmann durch. Dabei streicht sie der verschüchterten Pia über den Kopf. »Es gibt zwei neue Lämmchen«, sagt sie leise. »Wenn du willst, kannst du sie nachher streicheln.«

Pias Mundwinkel zucken, doch das Lächeln kann sich nicht richtig entfalten. Zu groß ist die Sorge um ihren Bruder.

Als endlich Ruhe herrscht, stellt sich Halla an den Kopf der langen Tafel. »Mein Kollege Bjarni und ich werden gleich reihum eure Namen und Personennummern abfragen, sofern wir diese nicht schon aufgenommen haben.«

Halla blickt eine junge Frau mit pink lackierten Fingernägeln an, die vielleicht gerade mal 18 Jahre alt ist. »Fängst du an?«

»Okay. Ich bin Zoe, die älteste Tochter von Ásgeir und Eydis. Ich wohne hier auf dem Hof«, sagt sie.

»Und ich bin Alischa«, sagt das Mädchen mit den pechschwarzen Haaren neben ihr.

»Was erzählst du da?«, kommt es von Frau Brandt. »Du bist Abigal. Abigal Brandt.« Sie dreht sich zu Halla. »Unsere älteste Tochter.«

Abigal stößt trotzig Luft aus und rollt mit den Augen. Sie scheint vom Verschwinden ihres Bruders eher genervt zu sein als um ihn besorgt.

Bjarni schreibt sich ihren Namen auf und auch die folgenden. Bei Matthes und Jule Wittmann fragt Halla nur oberflächlich die Daten ab, weil sie sie bereits kennt. Danach wendet sie sich an zwei junge Burschen. Der eine ist ein dünner blasser Junge und der andere ein bulliger Typ mit Glatze.

»Willum Njarðvik«, sagt der speckige Kerl. Eine helle Narbe zieht sich über seinen kahl rasierten Schädel und ein Tattoo mit Buchstaben windet sich aus dem Kragen seines Flanellhemdes. Seine Finger zieren ebenfalls Tätowierungen. Halla erinnert sein Aussehen an das eines Hooligans.

»Ich arbeite als Saisonkraft für den alten Kalman«, fügt Willum hinzu.

»Kalman?«, fragt Halla. »Wer ist das?«

»Þór Kalman. Ihm gehört der dritte Hof auf Dverganes ganz am Ende der *dimmu hraunar.*«

»Aha. Wohnst du auch bei ihm?« Willum nickt. Halla richtet ihre Aufmerksamkeit auf den blassen Typen mit den farblosen Haaren und Wimpern. »Und wer bist du?«

»Yngvi Sveinsson. Ich bin beim alten Kalman angestellt, so wie Willum.« In seinen Augen flackert es und er weicht ihrem Blick aus. Yngvi trägt einen schwarzen Hoodie mit dem Aufdruck »See you in Valhalla«, schmutzige Jeans und klobige Wanderstiefel. Sein Körperbau ist schlank, fast zierlich, besonders seine Hände. Halla wundert sich, wie er damit die schwere Arbeit auf einer Schaffarm meistert, aber oft steckt in drahtigen Kerlen überraschend viel Kraft.

»Wohnst du ebenfalls bei Kalman?«

»Ja«, entgegnet Yngvi einsilbig. Dann wandert sein Blick wieder durch die Küche.

»Okay, danke«, sagt Halla.

Als Nächstes ist Pia dran, und Halla nimmt sich vor, das Mädchen besonders sensibel zu behandeln. »Und du hast auf die Kleinen aufgepasst, während sie in der Nähe des Lavafeldes gespielt haben?«

Pia nickt schüchtern. Sie hat lange dunkelblonde Haare, die sie zu zwei Zöpfen geflochten und hochgebunden hat. Affenschaukeln heißt diese Frisur, glaubt Halla. Sie verleiht dem Mädchen etwas Altmodisches. Pias braune Augen huschen unruhig zu Bjarni, der im Hintergrund hoch aufragt wie ein Riese in Uniform.

»Du brauchst keine Angst vor Bjarni oder mir zu haben«, sagt Halla. »Wir wollen deinen Bruder finden. Daher wäre es gut zu wissen, wo du ihn das letzte Mal gesehen hast.«

»Ich weiß es nicht.« Verängstigt drückt Pia ihr Kinn an die Schulter.

»Überleg mal in Ruhe. Wo warst du, als dir aufgefallen ist, dass Jonas fehlt?«

Aus dem oberen Stockwerk ertönt ein lautes Poltern.

»Wir sind auf den Ballen herumgeklettert«, antwortet Pia. »Wir haben sie gegen die Jungen verteidigt. Jonas hat sich ein paarmal angeschlichen, doch Silas hat ihn verjagt. Irgendwann kam er nicht mehr wieder, und wir haben nach ihm gerufen. Aber er hat nicht geantwortet. Er versteckt sich öfter und ärgert uns damit. Das nervt.« Als hätte sie das nicht sagen dürfen, schließt Pia den Mund und blickt zu ihrer Mutter, die sie mit einer tadelnden Miene bedenkt.

»Und danach?«, fragt Halla weiter.

»Als wir zum Teetrinken reinkommen sollten, ist uns aufgefallen, dass Jonas nicht mehr da ist. Wir haben ihn überall gesucht und dann unseren Eltern Bescheid gesagt.« Sie scharrt mit ihrer Fußspitze über die Dielen. »Es tut mir leid, dass ich nicht besser aufgepasst habe.«

»Das war nicht gut, Pia«, wendet Wiebke Brandt ein. »Du musst die Aufgaben, die wir dir anvertrauen, ernst nehmen und …«

Halla hält nicht viel davon, das Kind mit Vorwürfen zu überschütten, und unterbricht die Mutter. »Es muss dir nicht leidtun, Pia. So etwas kann passieren. Es ist nicht deine Schuld.«

Pia wirkt unsicher. Ihre Augen schimmern feucht. Gleich würde sie weinen.

»Wirklich nicht«, bekräftigt Halla. »Was glaubst du, wohin Jonas gegangen ist?«

Pia starrt auf ihre Wollsocken, ohne ein Wort zu sagen. Es wirkt, als hätte sie Angst vor ihren Eltern.

»Antworte der Polizistin!«, fordert ihre Mutter sie auf.

»Ich … glaube, dass Jonas ins dunkle Land gegangen ist«, murmelt Pia.

»Du meinst die *dimmu hraunar*?«, hakt Halla nach.

»Jonas liebt die Geschichten von den Elfen. Er wollte wissen, ob Eydis' Erzählungen wahr sind und tatsächlich Elfen und Zwerge in der Lava wohnen.«

»Hab ich's nicht gesagt?«, schimpft die Mutter. »Es ist Eydis' Schuld.«

Halla hebt eine Hand. »Frau Brandt, bitte lassen Sie Ihre Tochter vernünftig antworten, so wie Sie es verlangt haben. Wenn ich Ihre Meinung dazu hören will, werde ich Sie fragen.«

Wiebke Brandt klappt den Mund zu, und Halla wendet sich wieder an Pia. »Seid ihr Kinder schon mal im Lavafeld gewesen?«

Wieder reibt Pia ihr Kinn an der Schulter. Sie verschweigt etwas, fürchtet sich ganz eindeutig davor, es zu erzählen, weil sie sonst Ärger bekäme. Es wäre ratsam, sie noch einmal allein zu befragen, denkt Halla. Plötzlich rinnen Tränen über Pias Gesicht, und sie beginnt zu schluchzen.

Ihre Eltern rühren sich nicht, sitzen steif auf ihren Plätzen und strafen ihre Tochter mit Gefühlskälte. Leise Wut steigt in Halla auf. Am liebsten hätte sie das Mädchen in den Arm genommen, aber als Polizistin kann sie nicht die Aufgabe von Mutter oder Vater übernehmen. Wie kann man nur so hartherzig sein? Erst bürden sie ihrer Tochter diese unverhältnismäßige Aufgabe auf und dann sind sie nicht in der Lage, ihr die Last von den Schultern zu nehmen und sie zu trösten. Was sind das für Leute? Kurz kommt Halla der Gedanke, dass Jonas deswegen abgehauen sein könnte.

»Gab es unter euch Kindern mal Streit?«, fragt sie die schniefende Pia.

»Nein ... na ja ... doch. Mit Silas hat sich Jonas öfter gestritten. Silas hat ihn neulich sogar gebissen.«

»So ein Quatsch, die beiden sind die besten Freunde«, wendet Jule Wittmann ein. »Die zwei Jungen verbringen viel Zeit miteinander. Da gibt es natürlich hin und wieder Streit. Aber dass Silas beißt, stimmt nicht. Er ist vielleicht manchmal etwas wild, das ist alles.«

Pia sieht aus, als wollte sie widersprechen, doch die Erwachsenen schüchtern sie ein.

»Kann ich mit Silas reden?«, fragt Halla.

»Er ist erst fünf. Ich glaube nicht, dass er Ihnen viel erzählen kann«, antwortet Jule Wittmann.

»Ist er oben?«

»Sie werden nicht mit ihm reden. Das verstört ihn.«

»Keine Sorge, ich werde achtsam mit ihm umgehen.«

»Nein!«

Halla weiß, dass es keinen Zweck hat, Kinder gegen den Willen ihrer Eltern zu befragen. Sie würde auf anderem Wege an die Information gelangen müssen.

»Warum soll denn Silas nicht mit der Polizei sprechen, Jule?«, mischt sich Jonas' Mutter ein. »Jeder von uns muss doch Fragen beantworten. Meine Pia auch. Warum nicht Silas?«

»Weil er zu klein ist. Seine Aussage ist nicht relevant«, beharrt Jule Wittmann.

»Mein Sohn ist verschwunden, da ist alles relevant!«, stößt Wiebke Brandt wütend aus.

»Ich möchte das nicht. Silas ist viel zu erschöpft.«

Von oben dringt erneut ein Rumpeln zu ihnen herunter. Halla hebt den Kopf zur Zimmerdecke. Die Kinder haben offensichtlich ihren Spaß. Von Erschöpfung keine Spur.

»Dann fragen wir Silas morgen, wenn er ausgeschlafen ist«, beschließt Halla. »Natürlich nur, wenn Sie einverstanden sind. Es könnte tatsächlich wichtig sein.«

Frau Wittmann zögert, woraufhin Wiebke Brandt verletzt das Gesicht verzieht. Sie springt auf. »Was soll das, Jule? Jonas könnte da draußen erfrieren und du machst den Mund nicht auf? Das ist … Das ist …« Ohne den Satz zu beenden, rennt sie auf die Tür zu. Als sie an Eydis vorbeiläuft, zischt sie ihr zu: »Das ist alles deine Schuld, du Hexe!«

»Wieso? Ich habe den Kindern nur gesagt, dass sie nicht in die *dimmu hraunar* gehen sollen«, verteidigt sich Eydis. »Weil dort die *álfar* wohnen.«

»Lass endlich diesen unseligen Mist mit den Elfen. Das ist gotteslästerlicher Quatsch!«

»Ich weiß, dass es wahr ist. Das *huldufólk* ist böse und mag es nicht, wenn man es stört. Die Elfen haben Jonas geholt, weil er ihre Grenzen nicht beachtet hat.«

Frau Brandt reißt ungläubig die Augen auf. »Was?« Sie ballt ihre Hände zu Fäusten. »Das ist wirklich unfassbar, dass du so etwas laut aussprichst. Ich dachte, du glaubst an Gott!«

»Das tue ich auch. Aber es gibt noch andere Kräfte neben Gott.«

»Es gibt nur GOTT! Sonst nichts. Hast du das verstanden?«, brüllt Frau Brandt. Danach rauscht sie aus der Küche und wirft donnernd die Tür hinter sich zu.

Wenig später sitzen Halla und Bjarni im Polizeijeep.

»Das wird nicht einfach«, seufzt Halla.

»Das ist es nie«, entgegnet Bjarni und legt den ersten Gang ein.

Halla ist nicht wohl bei der Sache, die Suche über Nacht einstellen zu müssen und den Jungen da draußen in der Kälte seinem Schicksal zu überlassen. Es kommt ihr grausam vor. Aber es ist unmöglich, das unwegsame Lavafeld im Dunkeln zu durchqueren, ohne sich selbst in Gefahr zu bringen. Ein falscher Schritt und sie würden sich den Hals brechen. Hoffentlich hat sich Jonas in einer der Höhlen verkrochen und wartet dort auf das Tageslicht. Nur so kann er die vielen Stunden bis zur Dämmerung überstehen. Für morgen würde Halla Verstärkung anfordern und mit einem großen Team anrücken.

Sie schluckt den Kloß im Hals runter und blickt auf die unbefestigte Schotterstraße, die sich im Scheinwerferlicht am Fjordufer entlangschlängelt. Die Schlaglöcher lassen den Jeep förmlich hüpfen. Was für eine beschissene Strecke!

»Glaubst du, dass der Junge bloß abgehauen ist?«, fragt Bjarni.

»Was ich glaube, möchtest du nicht wissen«, sagt Halla finster. Es wäre nicht der erste Fall in Island, bei dem ein Kind verschwindet und nie wieder gefunden wird. Die Natur ist unbarmherzig.

»Was, wenn jemand seine Finger im Spiel hat?«, will Bjarni wissen.

Halla lehnt sich zurück, schließt die Augen und seufzt laut auf. In ihrem Magen herrscht eine Mischung aus Hunger und Übelkeit. Sie will nur noch nach Hause und sich zu ihrem Freund ins warme Bett verkriechen. »Ich möchte heute Abend nicht mehr an irgendwelche Schreckensszenarien denken, Bjarni. Es reicht, dass der Junge die Nacht über allein da draußen ist.«

»Du hast recht«, entgegnet der Kollege. »Schlechte Gedanken bringen Unglück. Wir sollten dem *huldufólk* unsere positiven Wünsche schicken und es um Freundlichkeit bitten.«

Halla dreht den Kopf.

»Das meine ich ernst«, entgegnet Bjarni mit fester Stimme. »Wir müssen das verborgene Volk besänftigen.«

Halla erinnert sich daran, dass Bjarni schon damals, als er als Polizeiassistent an ihre Schule gekommen ist, um ihnen Verkehrskunde beizubringen, ein Faible für alles Übernatürliche gehabt hat. Sie hat noch deutlich seinen Schlüsselbund vor Augen, mit dem er gerasselt hat, um die Aufmerksamkeit der Schüler zu gewinnen. Er war voller Amulette und Glücksbringer. Ob er das heute noch ist?

Halla, die nicht an übernatürliche Kräfte oder das verborgene Volk glaubt, zuckt mit den Schultern. »Na gut, rede mit den *álfar*. Schaden kann es nicht.«

Bjarni nickt feierlich. Wie auch immer er es anstellen würde, ob er zu Hause Räucherstäbchen anzündet und dabei in die Hände klatscht oder den Elfen Milch hinstellt – Halla ist es egal. Hauptsache, sie finden den Jungen. Lebend.

6

Am nächsten Morgen ist es stockdunkel, als Halla und Bjarni über die Schotterpiste nach Dverganes fahren. In der Nacht war es sehr kalt, und Halla hat ein schlechtes Gewissen, während sie aus dem Autofenster blickt. Wenn der Junge sich nicht in eine Höhle verkrochen hat, wird er kaum überlebt haben.

Von der zerklüfteten Landschaft auf der Halbinsel ist im Dunkeln nicht viel zu erkennen. Hinter ihnen holpern zwei weitere Polizeiwagen mit je vier Mann über die Straße. Verstärkung aus Egilsstaðir. Auch der Hubschrauber würde heute noch einmal zum Einsatz kommen.

Halla fröstelt, obwohl die Heizung im Auto voll aufgedreht ist. Der Sonnenaufgang lässt auf sich warten, dennoch wollen sie zeitig anfangen. Halla hat eine detaillierte Karte von dem Gebiet dabei, damit sie die Suche systematisch angehen können.

Weit kann der Junge in dem Lavafeld nicht gekommen sein, daher ist sie sich sicher, dass sie ihn heute finden werden. Wenn nicht, wäre das sein Todesurteil. Eine weitere Nacht dort draußen würde er nicht überleben. Sie presst die Augen zu, um ihre schlimmen Befürchtungen zu vertreiben. Sie will es wie Bjarni halten: positive Gedanken aussenden und positive Resonanz ernten. Egal, ob Elfen im Spiel sind oder nicht.

Vielleicht hat Jonas sich verletzt und irgendwo Unterschlupf gesucht. Selbst ein Fünfjähriger begreift, was er in einer solchen Lage tun muss.

Halla hält sich am Türgriff fest, weil Bjarni einem Schlagloch ausweicht. Das Licht der Scheinwerfer hüpft über die

Landschaft, beleuchtet Lavafelsen, Grassoden, Matsch und Geröll. Es wird kein Zuckerschlecken, sich durch das Lavafeld zu bewegen. Hoffentlich bleiben die Helfer unverletzt.

Sie erreichen die Ebene, auf der der Magnusson-Hof steht. Links sind die Klippen zum Meer zu erahnen, rechts die dunkle und Einhalt gebietende Masse der *dimmu hraunar*.

Die Hofgebäude wirken im Dämmerlicht nicht besonders einladend, obwohl sämtliche Fenster erleuchtet sind und im Stall Licht brennt. Die Bewohner sind schon auf – oder noch wach. Ähnlich wie Halla, die kaum schlafen konnte. Die ganze Nacht hat sie sich herumgewälzt und an den kleinen Jungen denken müssen. Daran konnte selbst die tröstliche Umarmung ihres Freundes nichts ändern oder das Schurren ihrer Katze.

Die Scheinwerfer gleiten über das Bauernhaus, in dem die Brandt-Familie zu Gast ist. Die Holzverkleidung verfault an einigen Stellen, und das Betonfundament weist erhebliche Risse auf. Diese Schäden sind Halla gestern gar nicht aufgefallen.

Bjarni parkt den Jeep direkt auf dem schlammigen Vorplatz. Die nachfolgenden Fahrzeuge tun es ihnen gleich. Alle steigen aus. Türen klappen, und es wird gedämpft geredet. Im Team herrscht Anspannung. Jeder von ihnen hofft, den Jungen zu finden. Halla wirft einen Blick auf das Meer. Über dem Horizont im Osten liegt ein erster rötlicher Schimmer. Bisher ist das Wetter stabil. Gute Sicht also für den Helikopter der Küstenwache.

Die Haustür des hellblauen Hauptgebäudes öffnet sich und die Bewohner treten heraus. Sie sind bereits angezogen und ausgerüstet für die Suche. Ihre Gesichter wirken blass und sorgenvoll.

Eydis, die Hausherrin, begrüßt die Polizisten. »Guten Morgen. Ich werde mich heute anstelle meines Mannes um euch kümmern. Er übernimmt meine Stallwache.«

Halla bedankt sich und geht zu den Eltern des vermissten Jungen, die sich gegenseitig stützen. »Wir werden alles tun, um Ihren Sohn zu finden«, sagt sie beruhigend.

Herr und Frau Brandt nicken. Hinter ihnen steht Eydis' blonde Tochter Zoe zusammen mit den beiden Hilfsarbeitern von gestern. Der bullige Willum zieht an einer Zigarette und dem blassen Yngvi ragt seine Kapuze tief in die Stirn. Ob sie aus freien Stücken hier sind oder ob der alte Kalman sie geschickt hat? Halla begrüßt sie. Willum lächelt, Yngvis Blick weicht ihr erneut aus. Schon beinahe zwanghaft, der Typ.

»Okay.« Sie rollt die Karte aus und klemmt sie auf der Windschutzscheibe des Jeeps fest. Mithilfe von Eydis' Ortskenntnis markieren sie die Stellen, an denen Jonas ins Lavafeld gegangen sein könnte. Danach weist Halla den Gruppen ein Gebiet zu und rüstet sie mit Funkgeräten und Suchstäben aus. Die langen Glasfaserstangen würden ihnen das Herumstochern in den Löchern und das Balancieren über die Steinbrocken erleichtern.

Nervös schaut sie auf die Uhr. Wo bleibt der Hubschrauber? Es wird bereits hell, und bevor sie losziehen, soll die Maschine mit der Wärmebildkamera eine erste Runde über das Lavafeld fliegen, ohne dass Teile des Suchtrupps darin unterwegs sind und falschen Alarm auslösen.

Kaum hat sie das gedacht, dringt ein entferntes Dröhnen an ihr Ohr.

Just in time, denkt sie und sieht den Heli durch den Fjord auf sie zufliegen. Es knistert in ihrem Funkgerät, als die Crew sich meldet.

»TF-EIR an Austdal, bitte kommen!«

»Hier Austdal. Wir sind bereit und warten, bis ihr grünes Licht gebt.«

»Verstanden. *Over and out.*«

Halla lässt das Funkgerät sinken und verfolgt, wie der Helikopter vom Meer her über ihre Köpfe hinwegrauscht und kurz darauf im Tiefflug über das Lavafeld schwebt. Inzwischen gibt es genug Tageslicht, sodass niemand mehr eine Lampe benötigt.

»Bitte lass sie ihn finden, oh Herr«, hört sie jemanden hinter sich sagen. Es ist Thorsten Brandt, und in Gedanken schließt Halla sich ihm an. Gebannt beobachtet sie die Küstenwache bei ihrer Arbeit, verfolgt das rhythmische Blinken der Positionslichter der Maschine mit ihren Augen. Keiner wagt, etwas zu sagen, nur ab und zu ist ein Räuspern oder Husten zu hören. Die Luft ist kühl und riecht nach Schafdung und Algen. Unten an den Klippen krachen die Wellen gegen die Felsen. Halla betet, dass der Ostwind keinen Regen vom Atlantik herüberbringt, es würde ihre Suche deutlich erschweren. Der Untergrund würde glitschig und noch unwegsamer werden.

Während die schroffen Berggipfel die letzten Reste des Morgennebels abschütteln, fliegt der Helikopter oben am Hang entlang. Bis dorthin kann der Junge nicht gekommen sein, das ist unmöglich. Als hätte er Hallas Gedanken gehört, dreht der Pilot ab und kehrt über den erkalteten Lavastrom zurück. Im Funk bleibt es still. Jeder der Anwesenden weiß, was das bedeutet.

»TF-EIR an Austdal. Negativ, ich wiederhole, negativ. Keine Sichtung«, kommt kurz darauf die Bestätigung ihrer Befürchtung durch das Funkgerät.

Der kollektiv angehaltene Atem wird ausgestoßen.

»Fjandinn!«, flucht jemand auf Isländisch.

»Was?«, ruft Frau Brandt mit zitternder Stimme. »Was hat er gesagt?«

Halla holt tief Luft und drängt ihre sinkende Hoffnung beiseite. »Sie haben nichts gefunden. Tut mir leid. Wir werden jetzt in das Lavafeld gehen.«

»Lieber Gott im Himmel. Bitte, gib uns Jonas zurück. Ich

flehe dich an«, keucht Wiebke Brandt und presst eine Hand auf ihren Bauch. Ihr Mann hält sie fest.

»Sie sollten besser hierbleiben und sich ausruhen«, schlägt Halla vor.

Wiebke Brandt schüttelt den Kopf. »Ich will mitsuchen. Ich muss meinen Jungen finden.«

Ihr Mann streicht ihr über den Rücken. »Vielleicht solltest du tun, was die Polizistin sagt. Das ist zu viel für dich.«

»Nein!« Wiebke Brandt schlägt seinen Arm weg. »Jonas ist da draußen. Er braucht mich. Er braucht seine Mutter.« In ihrer Stimme schwingt der hysterische Ton von gestern mit. Halla beobachtet die beiden beim Ringen um die Kontrolle, hält sich jedoch zurück. Obwohl es ihr lieber wäre, wenn die Brandts im Haus warten würden. Zwei panisch agierende Eltern kann sie nicht gebrauchen, aber sie kann ihnen auch nicht verbieten, mitzuhelfen.

»In Ordnung«, sagt sie laut und gibt den Suchtrupps ein Zeichen, loszugehen.

Doch Eydis hält sie auf. »Wartet! Zuerst müssen wir das *huldufólk* um Erlaubnis bitten.«

Halla hört ein gereiztes Zischen von Wiebke Brandt und meint, das Wort »Hexe« zu vernehmen. Eydis scheint es nicht wahrgenommen zu haben. Sie dreht sich zum dunklen Land um, hält ein Lederband mit einem grünen Kristall daran hoch und beginnt, irgendwelche Beschwörungsformeln auf Isländisch zu murmeln. Dabei schwenkt sie den Stein hin und her wie ein Priester das Weihrauchgefäß. Als sie fertig ist, schüttet sie eine Flasche Milch auf der porösen Lava aus. Eine Opfergabe, die das Gestein gierig aufsaugt, als würde es sich tatsächlich daran laben.

Halla kennt solche Rituale von der Landbevölkerung, würde aber nie auf die Idee kommen, selbst welche durchzuführen. Ähnliches kann sie an den Mienen der anderen

Beteiligten ablesen. Sie lassen den Vorgang geduldig über sich ergehen und wagen es nicht, Einspruch zu erheben. Nur Hallas Kollege Bjarni geht voll mit. Mit einem feierlichen Lächeln und gefalteten Händen steht er da, als hielte er selbst Zwiesprache mit den Elfen.

»So, wir können reingehen«, sagt Eydis, als sie fertig ist.

Tief aufatmend setzen sich die Leute in Gang, schwärmen in Gruppen aus.

Halla wird am Hof bleiben, um die Suche zu koordinieren. Sie hebt das Funkgerät und erteilt der Helikoptercrew die Anweisung, vom Lavafeld abzulassen und stattdessen ein weiteres Mal die Küste abzusuchen. Sie beobachtet, wie die Maschine abdreht und zu den Klippen fliegt. Mit ihrem Verdacht, dass der Junge auch ins Meer gestürzt sein könnte, wollte sie niemanden noch mehr verängstigen.

Ohne auf das finstere Lavafeld zu achten, das die Suchtrupps längst verschluckt hat, geht Halla auf das Haus zu und wappnet sich gegen den überschäumenden Kinderlärm, der ihr entgegenschlagen würde. Doch als sie die Tür öffnet, ist es im Innern des Gebäudes still.

Sie zieht ihre Schuhe aus und betritt die Küche. Jule Wittmann sitzt an dem riesigen Tisch und trinkt Kaffee. Sie trägt einen moosgrünen Strickpulli, der wunderbar zu ihren rötlichen Haaren passt, und eine weite Stoffhose, die Halla an die Geschichten aus Tausendundeine Nacht erinnert. Ob Jule Wittmann heute zulassen würde, dass sie ihren Sohn Silas befragt?

»Hallo«, grüßt Halla. »Darf ich mich zu Ihnen setzen?«

»Natürlich.« Jule Wittmann macht eine einladende Geste.

Halla lässt sich auf einen Stuhl sinken und legt ihr Funkgerät, das momentan nicht viel von sich gibt, auf den Tisch. Sie stellt es leiser, da sie weiß, dass die Deutsche Isländisch versteht, und sie muss nicht jede Neuigkeit brühwarm mitbekommen.

»Möchten Sie auch einen Kaffee?«, fragt Frau Wittmann, und Halla ist froh.

Sie lässt sich eine Tasse einschenken und trinkt dankbar. »Ist erstaunlich ruhig im Haus«, sagt sie, nachdem sie den Kaffee abgestellt hat. »Wo sind die Kinder?«

»Die Jüngeren sind oben, sie malen und spielen. Die Älteren sind drüben im Gästehaus. Sie können sich allein beschäftigen. Alle haben verstanden, dass die Lage ernst ist. Sie sind traurig und …«, die Deutsche legt die Stirn in Falten, als suche sie nach dem richtigen Wort, »… verstört, dass Jonas verschwunden ist.«

»Das kann ich mir vorstellen. Ist bestimmt unheimlich mit so vielen Polizisten.«

»In der Tat, das kennen sie nicht, und es macht ihnen Angst.«

»Wo ist Pia?«, erkundigt sich Halla.

»Wollen Sie noch mal mit ihr reden?«

»Vielleicht.«

Jule Wittmanns Miene nimmt einen misstrauischen Zug an. »Das dürfen Sie nicht, ohne dass ihre Eltern dabei sind.«

»Das weiß ich. Ich möchte nur sichergehen, dass es Pia gut geht. Wo ist sie?«

Jule Wittmann zögert. »Im Stall bei Ásgeir. Da ist sie am liebsten. Sie hilft ihm mit den Schafen. Ist total vernarrt in die Lämmer.«

»Und Silas?« Halla behält die Deutsche im Blick.

»Der ist oben. Aber Sie bekommen dieselbe Antwort wie gestern: Sie werden nicht mit ihm sprechen.«

»Warum? Es wäre doch möglich, dass er etwas gesehen hat und uns helfen kann. Vielleicht weiß er, wohin Jonas gelaufen ist.«

»Das weiß er nicht. Ich habe mich bei ihm danach erkundigt. Eine Befragung durch Sie«, Jule Wittmann sieht demonstrativ auf Hallas Uniform, »würde ihn verängstigen. Er hat schon genug durchgemacht.«

»Haben Sie ihn auch danach gefragt, ob er sich mit Jonas gestritten hat?«

»Nein, warum sollte ich?«

»Ein Streit könnte ein Grund sein, warum ein Kind wegläuft.«

»Die beiden streiten nicht«, beharrt Jule.

»Ach ja?«, sagt Halla. »Gestern klang das aber ganz anders.«

»Gestern?«, fragt Jule unschuldig zurück.

Halla weiß, dass sie hier nicht weiterkommt. Und irgendwie kann sie auch verstehen, dass Jule Wittmann ihren Jungen vor ihr schützen will. »Woher kennen Sie die Brandts?«, setzt sie das Gespräch mit einem anderen Thema fort.

»Wir sind in derselben Kirchengemeinde und befreundet. Unsere Kinder gehen zusammen zur Schule und spielen oft miteinander.«

»Und Sie haben sich gemeinsam für diese Auszeit angemeldet?«

Jule Wittmann nickt. »Bis gestern war auch alles sehr schön«, murmelt sie und zupft am Ärmel ihres Islandpullovers.

»Sie haben mir gesagt, dass Sie Übersetzerin sind«, fährt Halla fort. »Das macht es einfach, eine gewisse Zeit im Ausland zu verbringen. Aber was ist denn Ihr Mann von Beruf, dass er sich so lange freinehmen kann?«

»Er ist selbstständiger Tischler. Zu Hause restauriert er alte Möbel und verkauft sie. Wir haben lange gespart, um uns die Zeit hier leisten zu können.«

»Und die Brandts?«

»Thorsten ist Versicherungsmakler und Wiebke Hausfrau.«

»Aha.« Halla trinkt den Kaffee aus und überlegt, was sie tun kann, während die anderen mit der Suche beschäftigt sind. Die Kinder in Abwesenheit der Eltern zu befragen, wird wohl nicht klappen. Dafür ist Jule zu sehr in Habtachtstellung.

Plötzlich dringen Stimmen aus dem oberen Stockwerk zu ihnen herunter. Ein Mädchen schreit etwas. Wenig später kommen Schritte die Treppe herunter. Zwei Mädchen erscheinen in der Küche. Eines hellblond und das andere rothaarig. Ihre Gesichter sind vor Aufregung verschwitzt.

»Mama!«, ruft die Rothaarige und sieht sich suchend um. »Mama, wo bist du?«

»Deine Mama ist nicht da«, antwortet Jule Wittmann.

»Dann sag du Silas, dass er uns nicht dauernd ärgern soll.«

Jule Wittmann legt einen Finger an ihre Lippen. »Nicht so laut. Ich will nicht, dass ihr mich anschreit.«

»Aber Silas zerstört dauernd den Pferdehof, den wir gebaut haben«, beschwert sich das rothaarige Mädchen. »Und wenn wir ihm sagen, dass er aufhören soll, schlägt er nach uns.«

Wieder wandert Jule Wittmanns Finger vor ihre Lippen. Diesmal aus einem anderen Grund, vermutet Halla. Denn ihr Sohn scheint ein Problem mit den anderen Kindern zu haben. Und das, obwohl er sich angeblich nicht mit ihnen streitet. Aufmerksam spitzt Halla die Ohren.

Doch alles, was Jule Wittmann von sich gibt, ist ein Seufzen. »Das ist übrigens Wiebkes Tochter Judith mit ihrer Freundin Lif. Sie ist die Tochter von Gisli Gislason vom Nachbarhof. Dort wohnen wir während unserer Urlaub-gegen-Hand-Zeit.«

»Hallo«, grüßen die Mädchen brav.

Halla nickt den Mädchen zu. »Wie geht es euch? Habt ihr Ärger mit eurem Freund?«

»Lassen Sie das!« Jule Wittmann funkelt sie an. »Silas ist hier nicht das Thema.«

Beschwichtigend hebt Halla beide Hände. »Darauf habe ich auch gar nicht abgezielt.«

»Ach, wirklich?« Die Deutsche verengt die Augen feindselig. Da hören sie von oben ein lautes Poltern, und ein Kind beginnt zu weinen. Jule Wittmann seufzt gereizt.

»Entschuldigen Sie mich«, sagt sie und verlässt mit wehender Hose die Küche.

»Silas hat bestimmt Berit oder Ada geschubst. Das macht er ständig«, sagt Lif. Dafür erhält sie einen Stoß von Judith.

»Wir sollen doch nichts sagen«, flüstert diese.

Lif presst die Lippen aufeinander und starrt auf ihre Füße, die in geringelten Socken stecken.

Halla fällt auf, dass die Mädchen alternative Kleidung tragen. Kein Pink, kein Lila und auch kein Glitzer. Stattdessen Leinenhosen und Strickpullis. Die Haare zu Zöpfen geflochten. Hilfesuchend huschen ihre Blicke zur Tür. Oben ist es derweil ruhig geworden. Aber es hält nicht lange an, im nächsten Moment hallt ein wütender Aufschrei von einem Jungen durch das Haus und es folgt ein rebellisches Aufstampfen.

»Benimm dich. Sonst sperr ich dich ein«, hört Halla Jule Wittmann rufen. Ihre restlichen Worte gehen in lautem Geheul unter. Der Junge scheint wirklich anstrengend zu sein. Im nächsten Moment fliegt die Haustür auf und einer der Polizeikollegen aus Egilsstaðir kommt herein. Erschrocken sehen die Mädchen zu dem Mann in Uniform auf.

»Halla, wir haben versucht, dich über Funk zu erreichen!«, sagt er aufgeregt. »Du hast nicht reagiert.«

Mist, denkt sie, sie hat das Gerät zu leise gestellt. Mit klopfendem Herzen steht sie auf. »Habt ihr Jonas gefunden?«

Der Kollege wischt sich den Schweiß vom Gesicht. »Es ist schlimm«, sagt er, woraufhin die beiden Mädchen blass werden und eines von ihnen zu weinen beginnt.

7

Wiebke Brandt presst angestrengt die Lippen aufeinander. Mit dem Suchstab prüft sie die scharfkantige Lava vor sich. Der Untergrund scheint an dieser Stelle fest zu sein, also springt sie über die kleine Kluft im Boden hinweg. Die Umgebung ist apokalyptisch, absolut menschenfeindlich. Als würde man durch ein verkohltes Land wandern. Wiebkes Brust verkrampft sich, als sie daran denkt, dass ihr Sohn sich hier irgendwo aufhält. Ihr lieber kleiner Jonas. Warum nur ist er in diese Hölle gegangen? Daran ist allein Eydis schuld. Sie und ihre teuflischen Geschichten. Dabei hat sie behauptet, sie und ihr Mann würden an Jesus glauben und regelmäßig in die Kirche gehen. Gelogen war das! Eydis ist nichts weiter als eine heidnische Hexe. Kein guter Umgang für ihre Kinder.

Das Funkgerät ihres polizeilichen Begleiters knackt, und Wiebke hört, wie jemand etwas auf Isländisch sagt.

»Was ist?«, fragt sie mit zitternder Stimme.

Auch Thorsten bleibt stehen. »Haben sie Jonas?«

Der Polizeibeamte macht ein besorgtes Gesicht. »Ein Kollege ist gestürzt und hat sich den Arm bis auf den Knochen aufgeschnitten. Er muss sofort ins Krankenhaus.« Er senkt den Blick. »Entschuldigung, ich wollte Ihre Sorgen nicht noch größer machen. Bestimmt ist Ihrem Jungen nichts passiert. Sonst hätte der Hubschrauber ihn gefunden.«

Wiebke Brandt ist nicht sicher, ob sie das beruhigt. Sie spürt die Hand ihres Mannes auf dem Rücken. Schaurige Bilder von ihrem Sohn geistern durch ihren Kopf. Seine Arme und Beine von Schnitten übersät, seine Kleidung voll Blut, seine starren Augen gen Himmel gerichtet … Ein scharfes Ziehen fährt durch ihren Unterleib, und voller Angst presst Wiebke eine Hand darauf.

»Alles in Ordnung?«, fragt Thorsten mitten in ihre Horrorvorstellung hinein.

»Ja, ja«, lügt sie und versucht, die Schmerzen wegzuatmen. Thorsten weiß noch nichts davon. Und er soll es auch erst mal nicht erfahren.

»Besser, wir kehren zum Hof zurück«, schlägt er vor. »Du bist ganz blass.«

»Nein! Jonas braucht mich. Wenn er spürt, dass ich in der Nähe bin, wird er bestimmt rauskommen.«

Thorsten sieht wenig überzeugt aus. Was versteht er schon von der Bindung zwischen einer Mutter und ihrem Kind? Gar nichts!

Das Ziehen in ihrem Bauch lässt nach, und Wiebke kann weitergehen. Vorsichtig prüft sie mit dem Stock, wohin sie den nächsten Schritt setzen kann. Sie darf sich nicht verletzen, das wäre eine Katastrophe.

Ihr Mann und der isländische Polizist arbeiten sich über einen kaum sichtbaren Pfad durch das dunkle Lavafeld. Dabei stochern sie in jeder Höhlung herum, die groß genug ist, um einen kleinen Jungen zu beherbergen. Außerdem – und das hat keiner laut ausgesprochen, aber Wiebke weiß es trotzdem – halten sie nach Kleidung und Blut Ausschau. Wieder taucht das Bild von Jonas vor ihr auf, mit blutigen Händen und zerschnittenem Gesicht. Beinahe wäre sie gestolpert. Doch sie kann sich mit dem Stock abfangen. Mit klopfendem Herzen verharrt sie und blickt auf den tiefschwarzen Obsidian unter ihren Schuhen. Die messerscharfen Kanten des vulkanischen Glases schimmern wunderschön und schrecklich zugleich. Und außerdem sind da noch die krummen Steingestalten, die sie beobachten.

Wir haben uns deinen Sohn geholt, flüstern sie kichernd.

Wiebke erschauert. Sie berührt das Kreuz, das sie um ihren Hals trägt. Hat sie sich das bloß eingebildet oder hat sie wirklich etwas gehört? Voller Furcht schließt sie ihre Hand um das Kreuz.

»Wiebke? Kommst du?«

Sie löst sich aus ihrer Starre. Thorstens übertriebene Sorge nervt sie. Dabei ist er mit schuld daran, dass sie an diesem gottlosen Ort herumirren. Er hätte Eydis verbieten müssen, den Kindern ihre heidnischen Märchen zu erzählen. Thorsten hat einfach keinen Arsch in der Hose. Er will es immer allen recht machen und keinen Stress haben. Er hat ihre Einwände heruntergespielt und gesagt, sie solle sich beruhigen, denn es seien nur harmlose Geschichten. Harmlos? Von wegen. Jetzt sehen sie, wohin diese harmlosen Geschichten sie gebracht haben.

Ohne Thorsten zu beachten, nimmt Wiebke den Suchstab und stochert sich verbissen einen Weg durch das scharfkantige Lavagestein. Sie muss Jonas finden.

Vor ihr klettert ihr Mann über einen Felswall. Als sie ebenfalls auf der anderen Seite ist, stehen Thorsten und der Polizist eng beisammen und betrachten etwas, das der Polizist in der Hand hält.

»Was habt ihr da?«, fragt Wiebke.

»Die Verpackung eines Schokoriegels«, sagt Thorsten. »Sieht neu aus.«

»Der kann nicht von Jonas sein.« Wiebke runzelt die Stirn. »So etwas bekommt er nicht von uns.«

»Aber von Ásgeir«, sagt Thorsten.

»Was? Das gibt es doch nicht. Warum steckt der unseren Kindern diesen Mist zu?«

Thorsten zuckt die Schultern und fährt sich verlegen durchs Haar.

Wiebke ist wütend. Machen hier alle, was sie wollen? Erst Eydis mit ihren verdammten Geschichten, und dann stopft Ásgeir ihre Kinder auch noch unerlaubt mit Süßigkeiten voll. Will er sich damit bei ihnen einschleimen, oder was?

Irgendwo in der Ferne dröhnt der Helikopter. Wiebke kann ihn jedoch nicht sehen. Sie kann gar nichts sehen außer diesem blasigen schwarzen Gestein, das mit seinen Tausenden kleinen Augen und den gähnenden Höhlen zurückglotzt. Diese finsteren Gänge sind am schlimmsten. Lange Lavazähne hängen wie Tropfsteine von den Decken, und es wirkt, als wären sie Mäuler, die tief ins Erdinnere führen, dorthin, wo *er* zu Hause ist ... Bestimmt wartet er nur auf einen Fehltritt von ihr, damit er sie verschlucken kann.

Erneut fühlt Wiebke das Ziehen in ihrem Bauch und fährt unauffällig darüber. Der Schweiß bricht ihr aus. Hoffentlich verliert sie das Kind nicht. Das würde sie nicht verkraften, erst Jonas und dann das Ungeborene. Ihr fünftes Himmelsgeschenk. Thorsten wird es nicht verstehen. Für ihn sind vier Kinder genug, doch für sie gibt es nichts Schöneres, als ein Ungeborenes in sich zu tragen und es wachsen zu spüren. Es ist das größte Glück der Welt und die Bestimmung einer jeden Frau: Mutter zu sein. Das kapieren solche Frauen wie die Polizistin jedoch nicht. Wollen es in ihren Uniformen den Männern gleichtun. Wenn es nach Wiebke ginge, dürfte es so etwas nicht geben. Frauen in Männerjobs.

Thorsten und der Polizist, der das Schokoladenpapier eingesteckt hat, gehen weiter und Wiebke folgt ihnen. Während sie in der Lava stochert, muss sie an Jule und Matthes denken, die nur zwei Kinder haben. In ihren Augen viel zu wenige. Aber sie weiß, woran es liegt. Es hat mit des Teufels Versuchungen zu tun. Mit der Schlange in jedem Menschen. Eigentlich sollte sie Jule bestrafen für das, was sie bei ihnen entdeckt hat. Samuel würde ihr Treiben ganz sicher nicht gutheißen.

Wiebke richtet sich auf. Das Ziehen in ihrem Unterleib hat nachgelassen. Alles wird gut, denkt sie. Es wird nichts passieren. Lieber fünf Kinder im Kissen als eins auf dem Gewissen.

Sie hört einen Ruf und hebt den Kopf. Thorsten und der Polizist stehen auf einer Kuppe und winken ihr zu. Rasch schließt sie zu ihnen auf und blickt hinunter in eine Mulde mit glitzerndem schwarzem Lavasand. Darin ragt ein unheimlicher Steinhaufen auf, der fehl am Platz wirkt. An seinem Fuß liegen Fellfetzen, Knochen und ein Schädel mit gedrehten Hörnern. Ist das ein Altar? Wird auf ihm dem Teufel geopfert? So wie Eydis es vorhin mit der Milch getan hat? Oh Gott, dieser Ort ist furchtbar!

»He, Wiebke! Hörst du mich?«, ruft Thorsten.

Erst jetzt bemerkt sie, dass er mit einem Stück Stoff vor ihrer Nase herumwedelt. Ihr Herz bleibt stehen, als sie es erkennt.

»Das ist Jonas' Mütze.« Sie schnappt sich das selbst gestrickte Kleidungsstück und knetet es mit den Händen. »Oh, gütiger Gott, er muss hier irgendwo sein.« Sie beginnt zu rufen: »Jonas! Joooonas, wo bist du? Mama ist da. Komm raus!«

Niemand antwortet. Stumm glotzen die buckligen Lavabrocken sie an. In einem ist ein steinernes Gesicht zu erkennen. Lacht es leise?

Tränen steigen in ihre Augen. Sie drückt die Mütze fest an sich, riecht den Duft ihres Sohnes. »Jonas«, wimmert sie. »Wo bist du? Gib ihn mir zurück.«

Ratlos steht Thorsten neben ihr, der Polizist schweigt ebenfalls. Sein Funkgerät knackt. Vom Hubschrauber ist nichts mehr zu hören.

Plötzlich stößt Thorsten einen Schrei aus, und Wiebke fährt erschrocken herum.

Mit geweiteten Augen deutet er auf die Mütze in ihren Händen. Wiebke lässt sie sinken und betrachtet sie. Ihr Herzschlag setzt aus und legt im nächsten Moment zusammen mit dem Stechen in ihrem Unterleib wieder los.

»Nein«, keucht sie.

Jetzt sieht sie es auch. Im Innern der Mütze klebt Blut.

8

Die Sonne scheint, dennoch ist der Mittag in Stavanger kühl. Tom Skagen hat den nächstmöglichen Flieger nach Norwegen genommen, nachdem er sich am Morgen von Maja verabschiedet hat mit der Bitte, sie solle sich das mit der Beförderung noch einmal gut überlegen.

Er vermisst seine Freundin jetzt schon und ertappt sich bei dem Gedanken, dass es schöner wäre, mit ihr zusammenzuwohnen. Doch wie soll das gehen? Er in Hamburg bei Skanpol, sie in Karlskrona bei der schwedischen Polizei. Eine unlösbare Situation. Außer, einer von ihnen würde zurückstecken …

Mit diesen Überlegungen beschäftigt, steigt er in das Taxi, das ihn in die Innenstadt von Stavanger bringen soll. Als die Landschaft an ihm vorbeizieht und die Hafengebäude in Sicht kommen, muss er an die vor ein paar Monaten fehlgeschlagene Razzia in den dortigen Lagerhallen denken. Damals hat die Interne eine Ermittlung gegen ihn eingeleitet, weswegen Jette ihn, um ihn zu schützen, zu einem anderen Fall auf ein Kreuzfahrtschiff geschickt hat, das er am Ende davor retten musste, von einem Irren versenkt zu werden.

Sein Handy klingelt und rasch geht er dran.

»Kannst du dir das vorstellen?«, schimpft Jette ins Telefon, ohne ihn zu begrüßen. »Ich habe noch immer keine Ermittlungsbefugnis für die JVA Tegel erhalten. Das LKA Berlin hat sich eingeschaltet und behindert die Untersuchung des Suizids von Walka. Unglaublich!«

»Das LKA Berlin?«, fragt Skagen stirnrunzelnd. »Das hatten wir doch schon einmal. Müsste dir eigentlich klar sein, wer dahintersteckt.«

»Natürlich«, schnaubt Jette. »Aber es ist nicht Alexander Gielow, falls du das denkst, sondern ein anderer Kollege.«

»Ach ja?« Skagen ist erstaunt. Hauptkommissar Gielow hat sich damals nicht besonders kooperativ verhalten. Der Kollege vom LKA ist ein Arschloch, wie es im Buche steht, und Skagen hat zuerst gedacht, Gielow sei Mitglied des Reichbürgerablegers Åsgards Söhne, doch am Ende hat er ihnen die nötigen Informationen gegeben, die ihnen geholfen haben, Marcel Walka zu verhaften.

»Woher weht dann der Wind?«, fragt er.

»Gielows Vorgesetzter.«

»Und du glaubst, dass der …?«

»Was ich glaube, ist unerheblich, Tom. Fakt ist, dass er unsere Ermittlungen behindert.«

»Schalte doch das BKA ein, schließlich geht es um Terroristen.«

»Das mache ich auch«, brummt Jette. »Sieh du zu, dass du die Häftlinge in Norwegen unter Schutz stellst, damit ihnen nicht das Gleiche passiert wie Walka. Sie sind unsere letzten Zeugen, die uns sagen können, wer der Onkel ist.«

»Ich werde dafür sorgen, dass sie in Sicherheit sind.«

»Gut.«

Bevor Skagen noch etwas sagen kann, hat seine Chefin aufgelegt. Kurz und bündig wie immer. Kein Hallo, kein Tschüss – so ist Jette.

Er steckt das Telefon weg und blickt aus dem Seitenfenster des Taxis. In den Straßen von Stavanger ist an diesem Frühlingstag einiges los. Die Sonne lockt die Menschen nach draußen.

Fünf Minuten später hält das Taxi vor dem Präsidium, und Skagen steigt aus. Er sieht zu dem großen Wappen mit dem Löwen und der Axt über dem Eingang und tritt durch die Tür. Erling Øksnes, der damalige Ermittlungsleiter des Nordvei-Falls, ist darüber informiert, dass er kommt, und Skagen läuft die Treppe zu seinem Büro hinauf. Er klopft an die Tür.

»Kom inn!«, hört er den Norweger rufen.

Als er öffnet, erlebt er eine Überraschung. Nicht nur Erling Øksnes erwartet ihn am Schreibtisch, sondern auch die beiden Kollegen, mit denen Skagen damals auf dem Schiff zusammengearbeitet hat: Lise Haugland und Iver Ofori.

Der junge Polizist springt auf und umarmt Skagen überschwänglich. »Tom! Wie schön, dich zu sehen!«

Skagen lacht. »Gleichfalls, Iver. Das ist ja ein Ding!«

Der junge Beamte lässt Skagen los, und jetzt ist Lise an der Reihe, ihn mit einem dicken Kuss auf die Wange zu begrüßen. »Ach, Tom«, sagt sie, und ihre Augen leuchten. »Ich habe das Gästezimmer für dich bereitgemacht. Mein Mann freut sich darauf, dich zu treffen.«

»Das ist nett, danke.« Skagen reicht nun auch Øksnes die Hand.

Der große dunkelhaarige Norweger nickt reserviert, aber um seine Mundwinkel zuckt es gut gelaunt. »Lise und Iver werden dich unterstützen, solange du hier bist. Ihr seid schließlich ein eingespieltes Team.«

»Wundervoll!« Grinsend reibt sich Iver die Hände. »Geht es wieder auf ein Schiff?«

»Gott bewahre!« Skagen lässt sich auf den freien Stuhl fallen. »Das eine Abenteuer auf See reicht mir.«

»Schade.« Ivers Schultern sacken herab. »Wo geht es dann hin?«

Øksnes räuspert sich. »Nirgendwo. Ihr bearbeitet einen Fall hier in Stavanger.«

Zwei Stunden später macht sich Skagen mit Øksnes auf den Weg ins Gefängnis im Stadtteil Grødem, wo zwei Mitglieder von Åsgards Söhnen, die sich in Norwegen Åsgards Sønner nennen, seit vergangenem Herbst einsitzen. Beide kennen Marcel Walka und waren Kontaktmänner zum deutschen Ableger der Gruppe. Und beide sind durch den vermeintlichen Selbstmord von Walka höchst gefährdet.

Ein muskulöser Kerl mit langen Haaren und Bart wird in den Besuchsraum geführt und mit Handschellen an den Tisch gefesselt. Sein Blick ist finster und voller Verachtung für die zwei Polizisten, die ihm gegenübersitzen.

Skagen lehnt sich vor. »Ich muss dir mitteilen, dass du in Gefahr schwebst. Einer deiner Kollegen aus Deutschland, Marcel Walka, ist in der Berliner JVA aus noch ungeklärten Gründen ums Leben gekommen.«

»Ums Leben gekommen?«, wiederholt der Stiernacken mit versteinerter Miene. »Was faselst du da?«

»Es scheint, als habe Walka Suizid begangen …«

»Und dadurch soll ich in Gefahr sein? Was für ein Blödsinn.« Der Typ stiert von Skagen zu Øksnes und wieder zurück.

»Wir vermuten, dass jemand nachgeholfen hat«, erklärt Skagen.

Ein überlegenes Grinsen erscheint auf dem tätowierten Gesicht des Häftlings. Neben Runen und Thorshammer prangt ein Hakenkreuz auf seiner Schläfe. Doch er sagt nichts und lächelt sie nur an.

»Walka war ein Idiot«, sagt er schließlich. »Kein Wunder, dass der sich umgebracht hat. Er hat sich wahrscheinlich selbst nicht ertragen, dieser Feigling.«

»Dir ist klar, dass es auch einen anderen Grund für seinen Tod geben kann?«

»Und welchen?«

»Euer Boss könnte den Auftrag gegeben haben, ihn zu beseitigen«, klärt Skagen den Mann auf. »Das könnte er mit euch ebenfalls vorhaben.«

»Bullshit! Und mit diesem Scheiß kommt ihr Flachwichser zu mir?«

Skagen geht nicht auf die Beleidigung ein. Ihm wurden schon viele Schimpfwörter an den Kopf geworfen. »Du musst nicht mit uns reden. Wir wollten dir nur den Ernst der Lage klarmachen.«

Der Häftling spuckt vor Skagen auf den Tisch. »Walka war ein Verräter!«

»Er hat uns gegenüber kein Sterbenswörtchen ausgeplaudert. Trotzdem wurde er beseitigt«, hält Skagen dagegen. Der Typ reizt ihn, aber er lässt sich nicht provozieren.

»Das hat er verdient«, blafft der Häftling. »Mit seiner bekackten Aktion in der Hafenhalle hat er uns mit reingerissen. Wir hatten nicht vor, jemanden abzuknallen. Aber dann sind alle durchgedreht und ihr Scheißbullen habt einen von uns erledigt.« Damit meint er Walkas kaltblütigen Mord an einem verdecktem LKA-Ermittler, woraufhin die Halle von der Polizei gestürmt wurde und Leute verletzt wurden.

»Das kann passieren, wenn man mit Waffen rumfuchtelt«, entgegnet Skagen kalt.

Plötzlich schnellt der Oberkörper des Häftlings vor und stößt gegen den Tisch, der zum Glück fest im Boden verankert ist. »Ihr beschissenen Arschlöcher!«, brüllt der Kerl. »Ihr seid nichts als Killer mit Lizenz. Ihr knallt Leute ab und wisst, dass ihr damit davonkommt. Weil ihr Bullen seid. Staatshörige Huren! Wichser!« Er spuckt in Richtung von Skagen, doch der weicht zurück und der Speichel landet auf der Tischplatte.

Skagen wirft Øksnes einen Blick zu, der ihm mit einem kaum merklichen Nicken zustimmt.

»Okay«, sagt er. »Wir machen dir folgendes Angebot. Du kannst es annehmen und überleben, oder du kannst draufgehen wie euer Gesinnungsbruder Walka. Ist mir egal, wie du dich entscheidest. Wenn du mit uns kooperierst, verlegen wir dich in ein sicheres Gefängnis, wo Åsgards Sønner keinen Zugriff auf dich haben. Solltest du es vorziehen zu schweigen, entscheidet das Schicksal, was aus dir wird.«

»Ihr Arschlöcher wollt mich erpressen!«

Skagen hebt beide Hände. »Die Uhr tickt.«

Der Häftling sieht aus, als würde er ihm am liebsten an die Gurgel gehen. »Scheißbullenschweine! Ich werde euch den Lauf meiner Waffe in den Arsch rammen und abdrücken, wenn ich euch jemals draußen erwische!«

Unbeeindruckt steht Skagen auf und geht zur Tür. Øksnes folgt ihm.

»Ihr könnt mir keine Angst machen«, schreit der Häftling ihnen hinterher. »Ihr nicht! Åsgards Sønner werden euch kriegen und euch an die Tür des Präsidiums nageln!«

Klar, denkt Skagen und schließt die Tür. Draußen atmet er durch. »Das war wohl nichts«, sagt er zu Øksnes, der sich nachdenklich das Kinn reibt.

»Versuchen wir es mit dem anderen Häftling«, verkündet er.

Wenig später sitzen sie erneut am Tisch. Ihnen gegenüber diesmal ein kleiner drahtiger Typ mit riesigen Ohren und

Stoppelfrisur. An der linken Hand fehlen ihm zwei Finger. Skagen eröffnet ihm das gleiche Angebot wie dem ersten Inhaftierten, doch leider zeigt sich auch der zweite wenig kooperativ. Die Warnung der Polizei lässt ihn kalt.

»Fickt euch!«, zischt er und lacht ihnen ins Gesicht. Dabei entblößt er zwei lange, vorstehende Schneidezähne. Skagen seufzt verhalten. Er hat gehofft, dass die beiden Typen erkennen, in welcher Gefahr sie schweben. Fehlanzeige. Aber was hat er erwartet? Diese Kerle haben gegenüber Åsgards Sønner einen Treueeid geschworen, bei dem sie sich die Asche eines toten Hundes in selbst zugefügte Schnitte an ihren Armen gerieben haben.

Skagen und Øksnes verlassen den Besuchsraum. Durch das Gespräch mit den Häftlingen ist die Angelegenheit nicht einfacher geworden. Selbst wenn Skagen keinen Funken Mitleid mit diesen Männer hat, muss er dafür sorgen, dass sie geschützt werden.

»Ob sie nun reden oder nicht«, sagt Øksnes, »wir müssen sie in ein anderes Gefängnis verlegen.«

»Die Aktion muss streng geheim bleiben. Nur so wenige wie möglich dürfen davon erfahren.«

»Hast du Angst vor einem weiteren Maulwurf?«

Skagen betrachtet Øksnes mit ernster Miene. Bereits im letzten Herbst hatten sie es mit einem Verräter in den Reihen der norwegischen Polizei zu tun. Zum Glück haben sie diesen später dingfest machen können und aus dem Dienst entfernt. Doch niemand weiß, ob im Hintergrund nicht jemand auf dessen Posten nachgerückt ist.

»Du hast recht«, antwortet Øksnes. »Wir wissen nicht genug über die Hintermänner.«

Skagen blickt nervös durch das kleine Fenster in den Besuchsraum und verfolgt, wie der zweite Häftling von Vollzugsbeamten zur Hintertür gebracht wird. Hoffentlich gelingt es ihnen, die beiden Gefangenen in Sicherheit zu bringen. Es kann gut sein, dass der Onkel genau in diesem Moment befiehlt, sie zu beseitigen.

Ob es in diesem Gefängnis Mitarbeiter gibt, die für Åsgards Sønner arbeiten? Reicht deren Netzwerk bis in diesen Knast?

»Ich muss mal telefonieren«, sagt Skagen zu Øksnes und läuft auf den Ausgang des Besuchertraktes zu. Sein Handy hat er an der Sicherheitsschleuse abgegeben. Als er es endlich zurückhat, drückt er sich das Telefon im Hinausgehen ans Ohr. Im nächsten Moment hat er Lise Haugland in der Leitung. »Ich möchte, dass du mit Iver sofort nach Grødem rauskommst. Ihr müsst für mich die Häftlinge bewachen.«

»Wie lange wird das dauern?«, fragt Lise.

»Vermutlich die ganze Nacht«, entgegnet er. »Es ist lebenswichtig für die beiden Inhaftierten, dass jemand Verlässliches bei ihnen ist und niemanden zu ihnen lässt.«

»Verstehe. Du denkst also, es gibt wieder einen Maulwurf?«

»Exakt!«

9

Thorsten stochert mit dem Suchstab in einem Loch, das aussieht, als lachte die Lava ihn mit gebleckten Zähnen an. Hinter ihm hockt Wiebke auf dem Steinhaufen und heult sich die Augen aus dem Kopf. Er hätte sie nicht mitnehmen dürfen. Sie ist nur eine Belastung.

Sie könnten Jonas längst gefunden haben, wenn Wiebke sie nicht ständig aufhalten würde.

Genervt zieht Thorsten den Stock aus dem Loch und wendet sich der nächsten Höhlung zu. Schwarz gähnt ihm der Eingang entgegen. Ein kleiner Junge würde dort hineinpassen. Er geht in die Knie und will nachsehen, da schreit Wiebke hinter ihm auf.

»Oh, Jonas!«

Thorsten dreht sich um, der isländische Polizist ebenfalls.

Wiebke hat sich auf dem Stein zusammengekauert und stößt Schreie aus, dabei knetet sie Jonas' Mütze vor der Brust, als würde ihn das zurückbringen. Es ist Thorsten peinlich, dass sie solch ein Theater veranstaltet. Sie benimmt sich wie ein Klageweib. Sicher, er macht sich auch große Sorgen um seinen Sohn. Aber muss man sich so gehen lassen?

Er atmet tief durch, ignoriert die schwarzen Türme der Lava, die drohend über ihm aufragen, und späht in die Höhle, doch es ist zu dunkel. Er knipst die Taschenlampe an und leuchtet hinein. Lange Zapfen aus Lava hängen von der Decke wie klebrige Sirupfäden. Es sieht aus, als wäre das Gestein gerade eben erst erstarrt.

Schwefeliger Geruch steigt ihm in die Nase. Es sind vulkanische Gase, die im Lavafeld überall austreten. Kommen sie aus der Höhle?

Er zögert, dann leuchtet er tiefer ins Innere und entdeckt einen kleinen hellen Fleck auf dem Boden, der nicht natürlichen Ursprungs sein kann. Er wirkt wie ein Stück Müll. Thorsten geht auf alle viere und kriecht hinein. Nach ein paar Metern wird die Höhle geräumiger, und er kann seinen Oberkörper aufrichten. Als er den Gegenstand erreicht, erkennt er, dass es die Plastikverpackung eines Schokoriegels ist. »Hraun«, steht darauf. Genau wie bei der anderen Verpackung, die sie vorhin entdeckt haben. Er hebt den Kopf und ruft: »Jonas?«

Es bleibt still, selbst sein Echo wird vom Lavagestein verschluckt.

Hastig sucht Thorsten die Höhle ab, kann aber nichts finden, das auf seinen Sohn hindeutet, außer dass der Höhlenboden, der mit weichem Sand bedeckt ist, voller Spuren ist. Jemand muss da gewesen sein.

»Jonas?«, ruft er erneut. »Jonas. Bist du hier?«

Er kriecht weiter. Die Höhle ist wie ein Schlauch, der immer breiter wird. Thorsten kommt sich vor wie im Rachen eines Tieres. Wird es nicht auch wärmer? Der Sand unter seinen Händen ist gar nicht mehr kalt. Erwärmt die vulkanische Aktivität den Boden? Oder ist er tatsächlich im Schlund eines riesenhaften Lebewesens gelandet?

»Jonas?«, ruft Thorsten, ohne sich seine Angst anmerken zu lassen. Hastig leuchtet er in alle Winkel. Die Lavafäden an der Decke verursachen dabei unheimlich tanzende Schatten. Der Geruch nach Schwefel wird stärker.

Plötzlich streift der Strahl seiner Taschenlampe einen Gegenstand, der auf dem Boden liegt. Ein kleiner Schuh! Blut klebt daran.

»Jonas!« Thorsten robbt darauf zu und stößt sich an den Lavazähnen den Kopf. Fluchend wischt er sich über die schmerzende Stelle und blickt erneut auf den Schuh. Dahinter befindet sich etwas in einer Sandkuhle. Er richtet den Lichtstrahl darauf.

»Oh mein Gott!«, keucht Thorsten.

Auf allen vieren kriecht er auf die schmale Gestalt zu und berührt sie an der Schulter. Jonas' Kleidung ist zerschnitten und mit Blutflecken übersät. Er scheint zu schlafen. Oder ist er ...?

Thorsten stößt einen flehenden Laut aus und hebt Jonas hoch. Der Junge gibt ein benommenes Seufzen von sich, hängt jedoch schlaff in seinen Armen. Aber er lebt! Lieber Gott, er lebt!

Thorsten presst ihn an sich und kriecht rückwärts zum Höhlenausgang. Es ist mühsam und er gerät ins Schwitzen. Als er das Tageslicht erreicht, trifft ihn die kalte Luft wie ein Schlag.

»Ich brauche Hilfe«, ruft er. »Ich habe Jonas!«

Wiebke stößt einen spitzen Schrei aus und eilt auf ihn zu. »Jonas! Hosianna. Oh, mein guter Junge. Gib ihn mir.« Sie streckt ihre Arme aus.

Thorsten wehrt sie ab. Sie würde ihren Sohn mit ihrer Umarmung erdrücken. »Wiebke, lass ihn.«

»Nein, gib ihn mir! Mein Baby.«

Der Polizist kniet sich neben sie und prüft mit einem Finger Jonas' Puls. Dann wirft er einen Blick auf seine Verletzungen. »Sein Fuß sieht schlimm aus«, sagt er. »Er hat sich die Ferse an der Lava aufgeschnitten. Die Wunde muss genäht werden.«

»Auf keinen Fall!« Schützend wirft sich Wiebke über Jonas, den Thorsten immer noch in seinen Armen hält. »Er kommt in kein Krankenhaus!«

»Ich bitte Sie. Er muss behandelt werden. Ich rufe den Hubschrauber.« Der Polizist steht auf und drückt auf den Knopf seines Funkgeräts.

»Nein!«, kreischt Wiebke. Sie springt auf und will dem Mann das Funkgerät entreißen.

Doch er hält sie mit gestrecktem Arm von sich. »Was ist

bloß los mit Ihnen?«, fragt er, und Thorsten spürt erneute Scham in sich aufsteigen.

»Lass ihn, Wiebke«, sagt er müde. »Bitte.«

10

Ihre Gedanken sind bei dem verletzen Kollegen, der mittlerweile auf dem Weg ins Krankenhaus ist. Die Nachricht hat sie vorhin aus dem Konzept gebracht, weil sie zuerst dachte, es wäre der Junge, der sich den Arm aufgeschnitten hat. Aber der Kleine ist nach wie vor verschwunden.

Mit den Augen verfolgt sie den Helikopter der Küstenwache, der gerade seine letzte Runde über die Höfe gedreht hat. Dunkle Gedanken schieben sich durch ihren Kopf, und sie wagt es nicht, sich zu Jule Wittmann umzudrehen, die am Tisch hinter ihr sitzt und seelenruhig strickt.

»Suchtrupp zwei an Austdal. Suchtrupp zwei an Austdal!« Halla schreckt zusammen. Sie eilt zum Tisch und greift nach dem Funkgerät, das diesmal auf laut gestellt ist. »Austdal hört!«, antwortet sie.

»Suchtrupp zwei hier. Wir haben den Jungen gefunden. Er lebt!«

Halla schließt kurz die Augen und dankt dem Himmel.

»Wir brauchen den Helikopter«, fährt der Kollege über Funk fort. »Der Junge ist verletzt. Er muss ins Krankenhaus.«

»Okay, ich schicke ihn zu euch.« Rasch gibt Halla die Anweisung an die Helikoptercrew durch, die sofort ihren Kurs ändert und zum Lavafeld zurückkehrt. Als sich der Motorenlärm der Maschine nähert, steht Jule Wittmann neben ihr am Fenster.

»Hosianna«, flüstert sie. »Hosianna. Da wird Wiebke aber glücklich sein.«

»Sie etwa nicht?«

»Doch, doch«, sagt Jule Wittmann, ohne den Blick von dem Helikopter zu nehmen, der über dem Lavafeld schwebt.

Gemeinsam verfolgen sie, wie ein Rettungskorb hinabgelassen wird und für einen Augenblick zwischen den dunklen Türmen der *dimmu hraunar* verschwindet. Als der Korb schließlich hochgezogen wird, liegt ein kleiner Patient darin.

»TF-EIR an Austdal. Wir haben den Jungen geborgen«, vermeldet eine Stimme aus dem Funkgerät. »Wir bringen ihn nach Egilsstaðir ins Krankenhaus.«

»Verstanden. Danke für eure Hilfe«, entgegnet Halla.

»Keine Ursache«, antwortet der Pilot. Damit dreht die Maschine ab und fliegt Richtung Landesinneres davon.

»Ins Krankenhaus?«, fragt Jule Wittmann.

»Der Junge hat offenbar Verletzungen, die behandelt werden müssen.«

»Und das haben Thorsten und Wiebke erlaubt?«

Halla hebt fragend die Augenbrauen. »Wieso?«

Statt zu antworten, schüttelt die Deutsche bloß den Kopf. Dann wendet sie sich ab, setzt sich an den Tisch und fährt mit dem Stricken fort.

Es dämmert bereits, als Halla mit Jonas' Eltern nach Egilsstaðir fährt. Seit die beiden in das Auto eingestiegen sind, beschwert sich Frau Brandt unermüdlich darüber, dass Jonas gegen ihren Willen ins Krankenhaus gebracht wurde. Sie ist strikt gegen eine Behandlung durch einen Arzt und faselt etwas von »Neuer Germanischer Medizin«, was auch immer das sein soll.

»Wir finden das nicht gut«, sagt Wiebke Brandt. »Das ist gegen unsere Überzeugung.«

Sie und ihr Mann hocken mit finsteren Mienen auf dem Rücksitz. Halla sieht, wie die Frau erneut den Mund öffnet, und verschließt innerlich ihre Ohren. Sie würde sich das nicht anhören. Der Junge muss medizinisch versorgt werden, alles andere wäre unverantwortlich.

Als sie Egilsstaðir endlich erreichen, macht Halla drei Kreuze. Langsam versteht sie, warum der Junge abgehauen ist. Bei diesen Eltern würde sie es auch nicht aushalten. Sie lenkt den Jeep durch die dunklen Straßen und hält wenig später auf dem Besucherparkplatz vor dem Krankenhaus.

»Da sind wir«, sagt sie und schnallt sich ab.

Herr und Frau Brandt strafen sie mit kaltem Schweigen. Halla ignoriert es und führt die beiden durch die Glastür zur Anmeldung, wo sie sich nach Jonas erkundigt. Die diensthabende Stationsleiterin nennt ihnen die Zimmernummer, und kurz darauf stehen sie an einem viel zu großen Krankenbett in einem schlicht gehaltenen Einzelzimmer. Egilsstaðir hat kein Geld für eine Kinderstation.

Mit besorgten Rufen stürzen die Eltern auf das blasse Kind zu, das mit geschlossenen Augen im Bett liegt. Sein Brustkorb hebt und senkt sich gleichmäßig.

Wiebke Brandt beugt sich vor und drückt den Jungen fest an sich. Er gibt ein leises Stöhnen von sich, wirkt schwach.

»Vorsichtig!«, sagt Thorsten Brandt. »Weck ihn nicht. Er muss sich erholen.«

Zu spät. Der Junge schlägt die Augen auf.

»Mama?«, kommt es schwach über seine Lippen.

»Oh, Jonas, mein Schatz! Ich hatte solche Angst um dich.« Sie küsst seinen Scheitel.

Endlich mal eine herzliche Reaktion, denkt Halla.

»Herr, wir danken dir.«

»Hosianna«, flüstert Thorsten Brandt.

Eine Frau im weißen Kittel betritt den Raum und erklärt auf Englisch, dass sie die behandelnde Ärztin ist. »Ihr Sohn hat einige Schnittwunden an den Armen und Beinen davongetragen. Die unter dem Fuß ist die schlimmste. Die Lava hat seine Schuhsohle durchdrungen und die Ferse verletzt. Wir haben die Wunde genäht, sie wird ohne Probleme heilen. Jonas war stark dehydriert, dagegen hat er eine Infusion und viel heißen Kakao erhalten. Nicht wahr, junger Mann?«

Da Jonas kein Englisch versteht, guckt er die Ärztin bloß mit großen müden Augen an.

»Außerdem«, sagt die Ärztin und senkt die Stimme, »haben wir eine relativ frische Bisswunde gefunden. An seiner Schulter. Wissen Sie, woher die stammt?«

»Das war bestimmt Silas«, stößt Wiebke Brandt grimmig aus. »Thorsten, du musst mit Jule sprechen. Das kann so nicht weitergehen.«

»Ja«, sagt Herr Brandt ergeben. »Jonas' Spielkamerad Silas ist etwas aggressiv, müssen Sie wissen«, erklärt er der Ärztin. »Er weiß oft nicht, was er tut. Wir dachten eigentlich, seine Mutter hätte sein Verhalten im Griff.«

»Verstehe«, antwortet die Ärztin. »Wir haben die Wunde desinfiziert. Des Weiteren hat Ihr Sohn eine Tetanus-Impfung bekommen.«

»Was?« Wiebke Brandt schnellt herum. »Eine Impfung? Dafür hätten Sie uns vorher um Erlaubnis fragen müssen.«

»Eine Infektion war nicht auszuschließen«, entgegnet die Ärztin. »Die Wunde war verschmutzt.«

»Trotzdem! Wir wollen dieses Gift nicht in den Körpern unserer Kinder! Gott hat ihnen ein gutes Immunsystem geschenkt. Das ist alles, was sie brauchen.«

»Aber ...«

»Halten Sie sich mit Ihrer unseligen Chemie von Jonas fern! Das ist gegen Gottes Willen!«

Die Ärztin schließt indigniert den Mund und blickt Halla an, doch die hält sich raus. Es geht sie nichts an, was die Familie für richtig hält und was nicht, selbst wenn sie anderer Meinung ist.

»Krankenhäuser bedeuten Elend und Tod!«, fährt Wiebke Brandt fort und zeigt auf das Bett mit den Apparaten. »Ich will nicht, dass Jonas in dieser furchtbaren Umgebung liegen muss.«

Die Ärztin will etwas sagen, doch Thorsten Brandt kommt ihr zuvor. »Nun lass mal gut sein, Wiebke. Die Ärzte haben es nur gut gemeint.«

»Sie haben ihr Gift in Jonas' Adern gespritzt.« Wiebke Brandt funkelt die Ärztin an. »Das war Körperverletzung.«

»Wir können es nicht rückgängig machen. Die Impfung ist drin«, entgegnet die Medizinerin.

»Ich werde Sie anzeigen!«

Die Ärztin wechselt einen erneuten Blick mit Halla, die mit den Schultern zuckt. »Jedenfalls«, fährt sie in bemüht ruhigem Tonfall fort, »können Sie Ihren Sohn morgen früh wieder mitnehmen. Diese eine Nacht möchte ich ihn gerne zur Beobachtung hierbehalten.«

»Nein! Wir nehmen ihn sofort mit.«

»Wiebke«, drängt Thorsten Brandt. »Ich denke, es ist besser, wenn Jonas im Krankenhaus bleibt.«

»Wieso fällst du mir ständig in den Rücken?«, fragt seine Frau aufgebracht.

»Das tue ich nicht. Ich möchte nur das Beste für Jonas.«

»Für ihn ist es das Beste, wenn er bei seiner Mutter ist und nicht in diesem sterilen Raum mit den tödlichen Strahlen.«

Thorsten Brandt entschuldigt sich bei der Ärztin und zieht seine Frau in eine Ecke, wo sie ein zischendes Streitgespräch führen.

Nach einer Weile dreht Frau Brandt sich um und presst ein »In Ordnung« zwischen den Zähnen hervor. »Jonas kann bleiben. Aber bevor Sie weitere Behandlungen vornehmen, müssen Sie uns informieren.«

»Das werden wir natürlich«, entgegnet die Ärztin.

Wiebke Brandt nickt, und die Ärztin verlässt sichtlich erleichtert den Raum.

»Ach, Jonas«, seufzt seine Mutter auf und streicht ihrem Sohn durch das strohblonde Haar. »Was machst du nur für Sachen? Wir hatten solche Angst um dich. Das war wirklich ungezogen.«

»Jetzt überschütte ihn doch nicht mit Vorwürfen«, kritisiert ihr Mann sie. »Lass ihn erst mal in Ruhe gesund werden.«

»Das wäre alles nicht passiert, wenn du Eydis gesagt hättest, dass sie mit ihrem Elfenquatsch aufhören soll.«

Thorsten Brandt beißt sich auf die Lippen. Bis jetzt hat er seinen Sohn noch nicht einmal berührt.

Jonas öffnet den Mund. »Aber es stimmt, was Eydis sagt. Das mit den Elfen ist wahr. Ich habe einen gesehen.«

»Was erzählst du da, Jonas?«, fragt Wiebke Brandt in scharfem Tonfall. »Du hast gar nichts gesehen. Das war deine Fantasie. Es gibt keine Elfen. Eydis' Geschichten sind Blödsinn, teuflische Lügen.«

»Nein«, ruft Jonas empört. »Eydis lügt nicht. Ich habe einen Elf gesehen. Er war ganz weiß und hatte Hörner.«

»Das war bestimmt ein Schaf«, wiegelt seine Mutter ab.

»Nein, er war echt. Ich bin ihm gefolgt. In die Lava. Plötzlich war er weg und ich ... kann mich nicht mehr erinnern«, antwortet Jonas schleppend. Er reibt sich die Augen. »Ich war so müde.«

»Beschreib den Elf mal genauer«, sagt Halla.

»Er war groß, dünn, hatte ein weißes Kleid an und ...«

»Schluss damit! Jonas muss sich ausruhen«, unterbricht seine Mutter. »Seine Fantasie hat ihm einen Streich gespielt. So etwas passiert, wenn man kleinen Kindern Schauergeschichten erzählt.« Sie wendet sich an ihren Mann. »Du wirst morgen dafür sorgen, dass ich von Eydis eine Entschuldigung bekomme. Sonst reisen die Kinder und ich mit der nächsten Fähre ab.«

Halla registriert, wie Thorsten Brandts Adamsapfel auf und ab hüpft. Er kämpft sichtlich um seine Beherrschung. Besser, sie verabschiedet sich nun.

Sie räuspert sich und erklärt den Brandts, dass für sie ein Gästezimmer im Krankenhaus bereitsteht. Morgen würde sicher jemand vom Magnusson-Hof kommen, um sie abzuholen. Dann wünscht sie dem Jungen gute Besserung und lässt die Familie allein.

Draußen auf dem Flur atmet sie auf. Doch das belastende Gefühl, das sie den ganzen Tag gespürt hat, lässt nicht nach. Sie weiß nicht, was es ist, aber ihr ist nicht wohl dabei, Jonas seinen Eltern und ihren kruden Ansichten über medizinische Behandlungen zu überlassen. Zwar ist der Fall abgeschlossen, aber etwas daran gefällt ihr nicht. Diese Elfengeschichte, die Jonas erzählt hat. Es klingt fast, als wäre jemand bei ihm gewesen. Oder hat sich der Junge den Elf bloß ausgedacht, um keinen Ärger von seinen Eltern zu bekommen?

So oder so. Bis morgen hat sie Zeit, darüber nachzudenken, dann muss der Bericht fertig sein.

Halla tritt durch die Glastür nach draußen. Es ist kalt, und sie zieht den Kragen ihrer Jacke enger. Endlich Feierabend, denkt sie und freut sich auf zu Hause, auf die liebevolle Umarmung ihres Freundes und das weiche Fell ihrer Katze, die sie nachher auf dem Sofa kraulen würde.

11

Skagen reibt sich angespannt über das Gesicht. Verdammt! Es ist schon der nächste Morgen, und noch immer hat Øksnes kein grünes Licht für die Verlegung der Häftlinge erhalten. Das Warten macht ihn Stunde um Stunde nervöser. Es fühlt sich nicht gut an, zu wissen, dass die Sicherheit von zwei Menschen von ihnen abhängt, während die Mühlen der Bürokratie mit unfassbarer Langsamkeit mahlen und dunkle Kräfte hinter ihrem Rücken gegen sie arbeiten. Immerhin sitzen Lise und Iver buchstäblich vor den Türen der beiden Gefangenen und kontrollieren jeden, der zu ihnen will.

Skagen versucht, sein Unbehagen abzuschütteln und sich auf den Bericht für Jette zu konzentrieren, an dem er gerade schreibt. Dafür hat Øksnes ihm sein Büro im Präsidium zur Verfügung gestellt. Als er fertig ist, schickt er ihn ab und wählt Jettes Nummer. Seine Chefin nimmt direkt ab.

»Eine erste Darstellung der Sachlage ist in deinem Mailfach«, erklärt er. »Øksnes versucht alles, um die Vorgänge zu beschleunigen.« Er vermeidet es, die Pläne für die Gefangenenverlegung zu erwähnen. Zwar glaubt er nicht, dass jemand mithört, aber sicher kann er sich nicht sein.

»Gut. Ich habe unterdessen mit Alexander Gielow gesprochen«, erklärt Jette. »Er hat sich darum gekümmert, seinen Vorgesetzten davon zu überzeugen, dass man uns endlich die Ermittlungsbefugnis erteilt. So weit, so kooperativ.«

»Warst du schon in der JVA?«

»Ja, die Lage ist, gelinde gesagt, eine Katastrophe. Der Beamte, der in Walkas Todesnacht Dienst hatte, ist heute nicht zur Schicht erschienen. Wir haben einen Streifenwagen zu seiner Wohnung geschickt, aber dort ist er auch nicht.«

Bei Skagen schrillen sämtliche Alarmglocken. »Ist er untergetaucht?«

»Darauf würde ich wetten. Wir vermuten, dass er mit dem Onkel unter einer Decke steckt und die Augen zugemacht hat, als Walka starb. Auf welche Weise auch immer.«

»Wissen wir inzwischen Genaueres darüber, wie er gestorben ist?«, fragt Skagen.

»Man hat ihn mit seinem T-Shirt um den Hals tot aufgefunden. Es wurde zerrissen, zu einem dünnen Seil zusammengedreht und an den Wasserhahn des Waschbeckens geknotet. Walka hat sich damit erdrosselt – oder er wurde erdrosselt. Dummerweise ist genau in dieser Nacht die Kameraüberwachung in Walkas Trakt ausgefallen.«

»Nicht dein Ernst?«

»Doch«, erwidert Jette.

»Was sagen die Kollegen vom Gefängnis und vom LKA dazu?«

»Sie sagen, es war Zufall.«

Skagen stößt ein verächtliches Schnauben aus. »Und dass der diensthabende JVA-Beamte danach nicht zur Arbeit erscheint, ist auch Zufall?«

»Dazu haben sie sich bislang nicht geäußert«, knurrt Jette. »Wenn du mich fragst, wurde das alles so stümperhaft ausgeführt, dass es beinahe zum Lachen ist. Aber es jagt mir gleichzeitig auch Angst ein, weil es eine Sache besonders deutlich macht.«

Skagen weiß, was Jette sagen will. Dass Walka so offen vor ihren Augen ermordet wurde, zeigt, wie sicher sich Åsgards Söhne und der Onkel fühlen. Was wiederum nur eines bedeuten kann: Sie werden von irgendeiner Instanz geschützt. Und diese Instanz kann nur die Polizei sein.

Skagen spürt den Schweiß unter seinen Achseln. Es wird immer dringlicher, die beiden Häftlinge zu verlegen. Am besten noch heute.

Er bedankt sich bei Jette und beendet das Gespräch. Misstrauisch betrachtet er die Tür des Büros. Er hat sie vor dem Gespräch geschlossen, also konnte niemand mithören. Oder doch?

Skagen steht auf und reißt die Tür auf. Der Flur ist menschenleer.

Angestrengt stößt er Luft aus. Er sollte dringend an seiner Paranoia arbeiten.

Sein Handy klingelt und er zuckt zusammen. Es ist Øksnes.

»Der zuständige Richter hat grünes Licht gegeben«, erklärt der norwegische Kollege. »Die Aktion wird heute Nacht stattfinden. Details kommen später, nicht übers Telefon.«

»Verstehe.« Skagen blickt ein weiteres Mal den leeren Flur entlang. Dann geht er zurück ins Büro und verschließt fest die Tür.

»Nur du und ich werden die Route kennen«, fährt Øksnes fort. »Und die beiden Fahrer natürlich.«

»Sind das zuverlässige Leute?«

»Dafür werde ich sorgen.«

»Was ist mit dem Richter? Können wir dem trauen?«

»Der Mann ist integer, Tom. Alles wird reibungslos ablaufen. Dank dir sind wir dem Onkel zuvorgekommen. Er wird sich mächtig ärgern, dass wir ihm die Häftlinge entziehen, aber er wird nichts dagegen unternehmen können. Ich melde mich, sobald es losgeht.«

»Alles klar.« Skagen legt auf und wischt sich den Schweiß von der Stirn. Hoffentlich ist es so, wie Øksnes sagt. Dass der Onkel in diesem Fall das Nachsehen hat.

12

Wiebke Brandt blickt auf ihren schlafenden Sohn. Nach all der Aufregung, die er gestern verursacht hat, ist er wohlbehalten zurück. Hosianna. Sie hat ihm die Geschichte aus der Bibel mit dem Gleichnis von dem verlorenen Schaf vorgelesen. Jonas soll wissen, dass Gott seine schützenden Hände über alle hält, die ihm vertrauen.

Wiebke berührt das goldene Kreuz an ihrem Hals und streicht sich anschließend über den Bauch. Und er segnet die, die fromm seinem Weg folgen.

Sie tritt auf den Flur und schließt die Tür zu Jonas' provisorischem Krankenzimmer. Im Haus hängt noch der Geruch vom Schafgulasch, das sie zum Mittagessen hatten. Die reinste Katastrophe. Zähes Fleisch, das man ewig kauen musste. Wiebke muss noch immer aufstoßen davon und verzieht das Gesicht bei dem Geschmack in ihrem Mund.

Sie geht über den knarzenden Dielenboden. Hinter der Tür gegenüber liegt das Schlafzimmer von Eydis und Ásgeir. Der einzige Raum, den sie noch nicht durchsuchen konnte. Wiebke spitzt die Ohren. Es ist still im Haus. Die Männer und Eydis sind draußen bei der Arbeit. Und die Kinder halten sich bis auf Jonas auf dem Nachbarhof bei den Gislasons auf. Jonas braucht Ruhe, er darf nicht laufen. Die Wunde an seinem Fuß muss heilen.

Wiebke legt die Hand auf die Klinke. Im nächsten Moment schlüpft sie ins Zimmer und steuert zielstrebig eine Kommode an, die unter dem Fenster steht. Sie zieht die oberste Schublade auf, und Eydis' private Dinge kommen zum Vorschein. Ein Notizbuch, eine Bankkarte, Bargeld, Schmuck und Medikamente. Wo ist dieser furchtbare Elfenbeschwörungsstein, der besonders Jonas in seinen unseligen Bann gezogen hat? Vorsichtig geht Wiebke die Sachen durch, damit hinterher niemand merkt, dass sie da war. Als sie nichts findet, öffnet sie die nächste Schublade. Sie ist voll mit Eydis' Unterwäsche, Höschen und Bustiers. Wiebke holt einen schwarzen Spitzen-BH heraus und betrachtet ihn angewidert. Dessous sind Teufelszeug, das von Männern erfunden wurde, um Frauen zu Sexobjekten zu degradieren. Dass Eydis solche Unterwäsche besitzt, schockiert Wiebke jedoch nicht mehr. Nach alldem, was sie inzwischen über sie weiß.

Sie denkt an Thorsten. Würde er so einen BH schön finden? Er ist ein Mann, und sie weiß, wie Männer ticken. Sie weiß auch, dass er gerne mehr Sex hätte. Dabei dürfen sie nur Beischlaf haben, wenn sie schwanger werden will oder wenn Gott ihr erlaubt, Spaß zu haben. Was, ehrlich gesagt, nicht oft vorkommt. Die andere Zeit über müssen sie ihre innere Schlange im Griff behalten. So will es ihr Glaube. So will es Samuel.

Rasch setzt Wiebke ihre Suche fort, aber in der Kommode befindet sich nichts Interessantes, also macht sie mit Eydis' Nachttisch weiter. Dort wird sie fündig. Ein Buch über Sexspiele. Na, die beiden scheinen es ganz schön zu treiben. Haben die Schlange nicht unter Kontrolle. Dabei haben sie zu Beginn ihres Aufenthaltes beteuert, dass dies ein gottesfürchtiger Haushalt sei. Das war die Voraussetzung. Hätte Wiebke vorher gewusst, wie heidnisch es auf der Schaffarm zugeht, wäre sie mit ihrer Familie nicht an diesen gottesfernen Ort gekommen.

Leider würden sie noch bis August bleiben, erst dann riefe die Schulpflicht sie zurück. Sie musste dringend mit Thorsten darüber sprechen, wie sie die Kinder die restliche Zeit über von Eydis' schädlichem Einfluss fernhalten können. Er wird sicher nicht gutheißen, was in diesem Schlafzimmer vor sich geht. Das ist ja noch schlimmer als das, was sie vor ein paar Tagen in Zoes Zimmer gefunden hat. Sodom und Gomorrha!

Sie dreht sich zur Tür um und zuckt zusammen, weil dort jemand steht.

»Um Himmels willen, Jonas! Musst du mich so erschrecken?« Ihre Hand fährt an das Kreuz auf ihrer Brust. »Du sollst den verletzten Fuß doch nicht belasten.«

»Was machst du in Eydis' Zimmer?«, fragt ihr Sohn, sein Blick ist dunkel und misstrauisch.

»Ich habe etwas gesucht.«

»Was denn?«

»Nicht so wichtig, Komm, wir bringen dich wieder ins Bett.«

»Mir ist langweilig«, beschwert sich Jonas.

»Ich lese dir vor.«

»Aus Eydis' Märchenbuch?« Seine Augen leuchten.

»Nein, ganz bestimmt nicht!« Wiebke presst die Fingernägel in ihre Handballen. »Ich suche eine schöne Stelle aus der Bibel raus.«

»Och Mann. Immer muss ich diese doofen Christus-Geschichten hören.«

Sie packt Jonas am Arm und drückt zu. »Das sind keine doofen Geschichten, hörst du? Das ist das Wort Gottes und die einzige Wahrheit.«

Jonas verzieht das Gesicht, gibt aber keine Widerworte. Wiebke hebt ihn hoch und bringt ihn ins Bett, wo sie ihn fürsorglich zudeckt. »Ich hole die Bibel und mache dir einen Kakao.« Sie gibt ihm einen Kuss auf die fiebrige Wange. Als sie sich aufrichtet, fällt ihr ein Gegenstand auf, den Jonas in der Hand hält. »Gib das her!«

»Nein!« Er will ihn nicht loslassen, aber sie entwindet ihn seinen kleinen Fingern. Es ist ein olivgrüner Kristall an einem Lederband.

Der vermaledeite Elfenstein!

»Wo hast du den her?«, fragt Wiebke mit klopfendem Herzen.

»Eydis hat ihn mir gegeben. Er soll mich vor den Elfen beschützen.«

Dieses verdammte Hexenweib. Das muss aufhören.

»Was machst du?«, fragt Jonas bang, als Wiebke den Stein in ihre Rocktasche steckt.

»Ich befreie dich von schlechten Energien.«

»Bitte, ich will den Elfenstein zurückhaben.« Er streckt

die Hand nach ihm aus. Sein Blick wird panisch. So weit ist es schon gekommen.

»Der Stein wird unschädlich gemacht. Ich will nicht mit ihm unter einem Dach sein.«

»Aber Eydis wird ihn vermissen.«

»Sag ihr, die Elfen haben ihn geholt.« Wiebke eilt zum Fenster und stößt es auf. Mit einer wütenden Bewegung holt sie aus, doch kurz bevor sie das widerliche Ding hinausschleudert, hält sie inne, denn ein Kichern dringt an ihr Ohr, das vom Wind zu ihr herübergetragen wird. Zuerst denkt sie, es komme aus dem Lavafeld, und hebt den Kopf. Mit klopfendem Herzen beobachtet sie die verkohlten Felsen. Ein Windstoß erfasst sie und weht ihr die Haare ins Gesicht. Wieder schwingt dieses Kichern mit.

Lachen die Elfen sie aus? Weil sie versucht, die Macht des Steins zu brechen?

Als sie erneut das Lachen hört, weiß sie, dass es keine Elfen sind. Sie rafft den Rocksaum und rennt die Treppe hinunter. Der Stein brennt förmlich in ihrer Tasche.

Draußen hält sie inne und lauscht erneut. Von der Rückseite des Gästehauses kommt ein erneutes Kichern. Diesmal mit einem vergnügten Klang.

Wütend schnellt Wiebke um die Ecke und steht vor ihrer ältesten Tochter, die mit dem Rücken gegen die Wand gelehnt im Gras sitzt, während der Nachbarsjunge an ihr herumfummelt und seinen Mund auf den ihren gepresst hält.

»Kári Gislason! Was tust du da? Weg von meiner Tochter!«

Erschrocken drehen sich die beiden um. Dabei wischt sich Abigal mit einer hastigen Bewegung über die Lippen. Kári lächelt verlegen und wendet seinen Blick zu Boden. Sein von Akne gezeichnetes Gesicht ist rot angelaufen.

»Abigal! Was soll das?«, schimpft Wiebke.

»Nenn mich nicht so! Der Name ist bescheuert. Ich hasse ihn. Ich heiße jetzt Alischa.«

»Alischa«, wiederholt Wiebke wütend. »Immer wieder Alischa!«

»Den Namen hat Kári für mich ausgesucht. Er gefällt mir.«

»Das ist Blödsinn, Abigal. Dein Name ist gut und gottesfürchtig. Und ich will, dass du aufhörst, dich wie ein billiges Flittchen aufzuführen. Du hast dir die Haare gefärbt, obwohl ich es dir verboten habe.« Sie nimmt eine der pechschwarzen Strähnen in die Hand und zieht daran. Wenn sie wüsste, wer ihrer Tochter das Färbemittel besorgt hat … Vermutlich Kári, dieser Nichtsnutz. »Und dazu noch dieser nuttige Lippenstift, den du trägst!« Sie packt ihre Tochter am Kinn und drückt deren Wangen zusammen. Abigal glaubt wohl, sie hätte nicht gesehen, dass sie sich dieses Teufelszeug schnell abgewischt hat.

Abigal entwindet sich ihrem Griff, doch Wiebke lässt nicht locker und zerrt ihre Tochter am Arm auf die Beine. Zum Glück kommt Abigal nach ihr und wiegt nicht viel.

»Eurer Herumpoussieren hat jetzt ein Ende. Abigal, du bist jemandem versprochen, das weißt du. Und daran wird sich nichts ändern.«

»Ich will mir selbst aussuchen, mit wem ich zusammen sein will«, protestiert Abigal.

»Doch nicht etwa mit dem da? Diesem Schafjungen?« Wiebke zeigt auf Kári.

»Das kann dir egal sein«, blafft Abigal. »Ich liebe Kári und dagegen kannst du nichts tun.«

»Halt den Mund, du weißt nicht, was du redest. Du kriegst Stubenarrest, bis du zur Besinnung kommst. Ein paar Bibelstunden werden dich auf den richtigen Pfad zurückbringen.«

»Nein. Ich hasse dich und deinen beschissenen Gott!« Abigal spuckt sie an.

Wiebke verpasst ihr eine schallende Ohrfeige, woraufhin Kári den Kopf einzieht und sein Heil in der Flucht sucht. Sie beobachtet, wie er über die Wiesen zum Nachbarhof läuft. »Du wirst ihn nicht wiedersehen.«

Abigals Lippen beben. Tränen stehen in ihren Augen, und sie hält sich die Wange. »Ich wünschte, du wärst tot«, flüstert sie.

Wiebke packt ihre Tochter am Arm und zerrt sie in Richtung des Gästehauses.

»Lass mich los.« Abigal wehrt sich, doch Wiebke hebt drohend die Hand. Endlich wird ihre Tochter ruhiger. Mit gebeugtem Rücken lässt sie sich in das Gästehaus bringen, wo Wiebke sie in ihr Zimmer verfrachtet. Dort fasst sie Abigal an den Haaren und greift nach dem Kreuz an ihrem Hals. Ihre Tochter wimmert, doch das ist ihr egal. Sie würde den Gehorsam zur Not in sie hineinprügeln.

»Leiste Abbitte und küss das Zeichen Gottes.« Sie hält ihrer Tochter das Kreuz vor den Mund.

Abigals Blick ist ängstlich. Sie weiß, was kommt.

»Ich bin die Königin und du hast zu gehorchen«, erklärt Wiebke mit lauter Stimme. »Küss das Zeichen.«

Abigal schließt die Augen und verzieht das Gesicht, während sie mit ihrem Mund kurz das Kreuz berührt.

»Das reicht nicht!« Wiebke drückt ihren Kopf fester gegen das Schmuckstück mit dem Brillanten. Dabei gibt ihre Tochter erstickte Laute von sich, aber Wiebke lässt nicht locker. »Bitte um Verzeihung!«

Abigal murmelt etwas, das Kreuz fest auf ihre Lippen gepresst.

»Lauter! Der Teufel muss fliehen vor deiner Stimme.«

»Bitte verzeih mir, Mutter.«

»Und weiter?«

»Meine Königin. Bitte verzeih mir, oh Herr.«

Wiebke drückt Abigal noch einmal das Kreuz hart gegen die Lippen, erst dann lässt sie los. »Bevor du ins Bett gehst, sagst du noch 20-mal das Gebet zu Ehren der heiligen fünf Wunden auf, damit der Herr dir auch wirklich vergibt.«

Abigal flüstert etwas, ohne sie anzusehen.

»Was hast du gesagt?«

»Ich habe verstanden, Mutter.«

»Also los, fang an!« Wiebke zeigt auf das Bett, vor dem Abigal niederknien muss und anschließend das Gebet zu rezitieren beginnt.

Als sie das erste Bekenntnis hinter sich hat, geht Wiebke zur Tür. »Zu den Mahlzeiten darfst du raus. Sonst nicht. Jedes Mal, wenn ich dich draußen erwische, gibt es einen Tag länger Arrest. Verstanden?«

»Ja«, sagt Abigal leise.

Zufrieden verlässt Wiebke das Zimmer und atmet tief durch. Gottes Werk wurde vollbracht.

13

»Das ist Polizeigewalt!«, brüllt einer der Häftlinge.

»Lieber sterbe ich, als ein Verräter zu sein!«, ruft der andere.

Beide Männer wehren sich, als sie über den Gefängnishof geführt werden, doch die Beamten machen ihnen Beine.

Der Transporter steht bereit und nimmt die Häftlinge auf. Im Innern werden sie angekettet.

Skagen und Øksnes verfolgen das Spektakel. Sie bezweifeln, dass die Kerle lieber sterben würden, verstehen jedoch ihre Angst. Die Tatsache, dass sie verlegt werden, könnte den Onkel zu dem Schluss bringen, sie wären tatsächlich Verräter. Weil sie eine Aussage machen wollen und deshalb in Sicherheit gebracht werden. Dem ist jedoch nicht so. Die Kerle weigern sich weiterhin hartnäckig, Informationen über denjenigen preiszugeben, der ihnen nach dem Leben trachtet. Verrückte Situation.

Aber wenn sie erst mal an ihrem Zielort in Drammen bei Oslo angekommen sind, können sie aufatmen. Das Gefängnis dort hat eine sehr hohe Sicherheitsstufe, und niemand kommt hinein, der nicht zehnmal durchleuchtet wurde. Maulwürfe haben dort keine Chance!

Das Geschrei der Häftlinge verstummt, als die beiden Fahrer die gepanzerten Türen des Wagens schließen. Erling Øksnes stößt einen gestressten Laut aus. Er steht mächtig unter Druck. Die Verantwortung lastet schwer auf seinen Schultern.

Der für Transporter hauptverantwortliche Beamte kommt auf sie zu und nimmt einen Brief von Øksnes entgegen. Darin steht die Route, die bis jetzt geheim war.

»Gute Fahrt«, sagt Skagen, und der Mann nickt ihnen zu. Er geht zum Transporter und steigt ein. Es dauert eine Weile, bis er den Motor startet, vermutlich weil der Fahrer zuerst die Route eingibt. Dann rollt der schwere Wagen los. Die Tore zum Gefängnishof öffnen sich. Skagen sieht zu, wie der Transporter hindurchfährt, und noch während er die Rücklichter beobachtet, macht sich ein quälendes Ziehen in ihm breit. Die Zuversicht von eben ist verflogen. Doch was soll er tun? Der Transport ist nicht mehr aufzuhalten. Nicht mit so etwas Vagem wie einem unbestimmten Gefühl im Bauch.

Er wirft Øksnes einen Blick zu. An dessen Gesicht kann er deutlich ablesen, dass es ihm genauso geht.

*

»Wie sieht es aus?«

»Der Transporter ist auf dem Weg, Boss«, antwortet der Mann am anderen Ende.

»Schon irgendwelche Informationen?«

»Wir arbeiten dran.«

»Gut, gebt mir sofort Bescheid.« Er lehnt sich in seinem Bürostuhl zurück. »Auch darüber, was dieser Tom Skagen macht.«

»Bis jetzt ist er noch im Gefängnis.«

»In Ordnung. Ruf mich an, wenn du was hast.«

»Klar!«

Er legt auf und blickt auf das gerahmte Foto ihm gegenüber an der Wand. Es zeigt den Berliner Funkturm.

14

Pia Brandt spießt das Stück Fleisch auf und steckt es in den Mund, kaut darauf herum. Kaut länger. Es ist zäh und sie mag es nicht. Aber sie hat gelernt, dass man aufisst, was man auf dem Teller hat. Zum Glück hat sie sich nur wenig auf den Teller getan, da es heute Mittag schon nicht geschmeckt hat. Dafür hat sie sich mehr Kartoffeln genommen, und mit der Soße sind die okay. Später würde sie sich die Schokolade aus ihren heimlichen Vorräten holen und davon naschen. Ásgeir hat jedem Kind ein paar Riegel aus dem Laden mitgebracht, ohne dass ihre Eltern davon wissen. Ásgeir ist lieb und macht immer lustige Witze, und sie freut sich darauf, nachher wieder mit ihm in den Stall zu gehen und ihm bei den Schafen zu helfen. Er ist der Einzige, der vernünftig mit ihr redet und Zeit mit ihr verbringt.

Pia spürt ein hohles Ziehen in ihrer Brust. Trotz der vielen Kinder, die es auf der Farm gibt, fühlt sie sich einsam. Alle haben Spielkameraden, nur sie nicht. Ihre jüngere Schwester Judith hat Lif. Jonas hat Silas, obwohl der echt bescheuert ist. Denn früher oder später beginnt Silas immer zu schlagen, zu treten oder zu beißen. Davon will Jule, seine Mutter, allerdings nichts hören. Manchmal behauptet sie sogar, dass die Kinder lügen, um Silas schlecht dastehen zu lassen. Pia seufzt. Dann sind da noch die Zwillingsmädchen Berit und Ada. Und Jules Tochter Enna, die meistens bei den Kleineren ist. Sie beschäftigt sich hauptsächlich mit Puppen. Etwas, das Pia schon lange nicht mehr macht. Sie würde gerne mit Judith und Lif zusammen Pferdehof spielen, doch die zwei schließen sie ständig aus und hocken lieber zu zweit herum.

Pia würgt das Fleisch herunter und spült mit einem Schluck Wasser nach. Sie sieht hinüber zu ihrer ältesten Schwester Abigal, die sich neuerdings Alischa nennt. Die hat ihren Kári. Alle wissen, dass sie in ihn verliebt ist und mit ihm rumknutscht. Vorhin hat Mama die beiden dabei erwischt, das Geschrei hat Pia bis in den Stall gehört. Mama ist völlig ausgerastet. Sie mag kein Geknutsche. Mädchen sollen so etwas nicht tun. Pia schüttelt sich innerlich. Knutschen ist echt eklig, da hat Mama recht.

Abigal, die ihr gegenübersitzt, stößt wiederholt Seufzer aus und stochert in ihrem Essen herum, doch niemand achtet auf sie. Sie ist sauer wegen des Stubenarrests und hat sich bei Papa beschwert, dass Mama so ungerecht ist, doch der ist nicht darauf eingegangen. Wie immer. Pias Blick wandert über die anderen Anwesenden. Ihre Geschwister, Mama, Papa, Eydis und Ásgeir mit seinen zotteligen Haaren. Heute macht er keine Späße wie sonst. Heute ist er still wie ein Stein.

»Ich gehe hoch zu Jonas und bringe ihm Essen«, sagt ihre Mutter und schiebt den Stuhl zurück. Sie greift sich einen leeren Teller und füllt Eintopf mit Kartoffeln darauf. Vom Fleisch nimmt sie nur wenig. Es schmeckt ihr also auch nicht.

Dann läuft sie zur Tür. »Um den Abwasch kümmere ich mich später«, ruft sie über die Schulter und ist verschwunden.

Pia beißt sich auf die Lippen. Dieses böse Gefühl drückt ihr immer noch auf die Brust, weil sie schuld daran ist, dass Jonas im Lavafeld verschwunden ist. Sie hat nicht richtig aufgepasst und hätte erzählen müssen, was sie gesehen hat. Aber sie hat sich nicht getraut. Es nervt sie, dass ihr Bruder mal wieder im Mittelpunkt steht. Jonas hier, Jonas da. Alles dreht sich nur um ihn. Mama hat sogar zwei Nächte bei ihm im Bett geschlafen. Für Pia hat sie das noch nie getan. Manchmal glaubt sie, dass ihre Mutter ihn mehr liebt als sie oder ihre Schwestern.

Sie blickt Eydis an, deren sonst so freundliches rundes Gesicht sehr verschlossen wirkt. Eigentlich hat Eydis immer gute Laune und lacht viel. Das mag Pia an ihr, und sie wünscht sich, ihre Eltern würden mehr lachen. Stattdessen ist ihre Mutter ununterbrochen gestresst und genervt. Ständig verbietet sie ihnen was. Und Papa? Der sagt nie etwas dazu. Nie.

Pia sehnt sich nach dem Ende des Essens. Sie möchte endlich mit Ásgeir in den Stall gehen. Es ist der einzige Platz an diesem doofen, kalten Ort, an dem sie sich wohlfühlt. Sie wollte von vornherein nicht nach Island. Sie wäre lieber zu Hause geblieben bei ihren Freundinnen und Schulkameraden. Das hat sie ihren Eltern auch gesagt, aber Mama und Papa haben ihre Einwände ignoriert. »Wir sind eine Familie«, war ihre Antwort, »und wir machen das zusammen.«

Pia schluckt ihren Frust mit der letzten Kartoffel herunter. Der Kragen des Strickpullovers juckt, und sie kratzt sich am Hals. Ihre Mutter besteht darauf, dass sie diese Dinger tragen. Abigal ist ebenfalls genervt davon. Sie hasst die Pullis. Meint, sie würden darin aussehen wie Familie Läusigs von der Ökofarm. Und es juuuuckt so!

»Lass bitte das Kratzen, Pia«, mahnt ihr Vater.

Gehorsam legt Pia die Hand in den Schoß und fragt, ob sie aufstehen dürfe.

Papa mustert kritisch ihren Teller und nickt schließlich.

»Kann ich auch?«, fragt Abigal hoffnungsvoll.

»Wie heißt das?«, mahnt Papa.

Abigal seufzt. »*Darf* ich aufstehen?«

»Ja. Aber ihr geht beide direkt rüber in eure Zimmer.«

»Wieso ich?«, fragt Pia verwirrt.

»Weil ich es sage!«

Eine bittere Welle der Enttäuschung schwappt über sie hinweg. »Warum darf ich nicht in den Stall? Abigal hat doch Stubenarrest, nicht ich. Ich würde viel lieber zu den Schafen.«

»Mama will das mit den Schafen nicht.«

»Warum nicht?«

Ihr Vater macht eine unwirsche Bewegung. »Deshalb!«

Das ist auch so eine Sache. Nie erklären ihre Eltern ihre Entscheidungen.

»Darf ich wenigstens zu den Pferden auf der Weide? Bitte, Papa! Ich habe doch gar nichts gemacht.« Pia ignoriert das böse Zischen ihrer großen Schwester und blickt ihren Vater lieb an. Das hilft meistens.

Er überlegt. Nie entscheidet er schnell. Lässt sie immer zappeln.

»In Ordnung«, sagt er schließlich. »Aber du bist zurück, bevor es dunkel wird.«

»Danke!« Pia läuft zur Tür, gefolgt von Abigal, die ihr im Flur einen Stoß in die Seite verpasst.

»Du Kröte! Könntest ruhig mit rüberkommen. Dann wäre es nicht so langweilig.«

Pia weiß genau, dass Abigal sich nur langweilt, weil Mama ihr das Handy weggenommen hat. Sie schüttelt den Kopf.

»Selbst schuld«, sagt sie und sieht, wie ihre Schwester ausholt, um ihr den nächsten Schubs zu geben, aber sie weicht aus. Rasch reißt sie die Tür auf und rennt nach draußen, steuert geradewegs auf die Pferdeweide zu, die neben dem Stall liegt. Vier zottelige Isländer stehen darauf.

Hinter ihr flucht Abigal. Pia tut so, als hätte sie nichts gehört, und streckt eine Hand über den Elektrozaun. Ihr Lieblingspferd Perla trottet neugierig zu ihr herüber und schnuppert an ihren Fingern. Pia lacht und streicht über die samtige Nase. Nur das Fell von frischgeborenen Lämmern ist weicher, findet sie und wirft einen verstohlenen Blick zu den Ställen. Ihre Eltern sind beschäftigt und würden es nicht merken, wenn sie sich dort hineinschleicht.

Sie hört eine Tür klappen und dreht sich um. Ásgeir tritt

aus dem Haus, eine Thermoskanne unter dem Arm und ein Buch in der Hand, gefolgt von seinem Hund Aska. Pia lässt vom Pferd ab und duckt sich unter dem Draht hindurch. Sie schleicht über die Weide auf die Rückseite des Stalls, wo sie sich erneut unter dem Zaun durchzwängt. Auf Zehenspitzen läuft sie zur Hintertür und schlüpft in den Stall, windet sich geschickt durch die verschiedenen Stallabschnitte, die von Holzgattern begrenzt werden. Dann steht sie vor Ásgeir, der wie üblich in seinem abgewetzten Ledersessel sitzt und eine dampfende Tasse Kaffee vor sich auf dem wackeligen Tisch stehen hat. Aska liegt neben ihm auf einer Decke und wedelt mit dem Schwanz.

»Hallo, Pia«, sagt der große Isländer und lächelt ihr zu. Auf seinen Wangen kommen tiefe Grübchen zum Vorschein. Mit einem verschwörerischen Glitzern in den Augen rückt er Pia einen Stuhl zurecht und lädt sie ein, ihm Gesellschaft zu leisten. Pia streichelt Aska über den Kopf und nimmt Platz, während Ásgeir sich zurücklehnt und den Arm ausstreckt, um das Radio einzuschalten. Kurz darauf schwebt gedämpfte Musik durch den Stall, untermalt vom süßen Meckern der Lämmchen und dem kräftigen Blöken der Mutterschafe. Pia kichert, denn es amüsiert sie, dass sich jedes Schaf anders anhört. Manche rufen sachte lockend nach ihren Kleinen, andere brüllen quer durch den Stall. Wie bei den Menschen, denkt sie und wickelt sich in die alte Wolldecke, die Ásgeir ihr gereicht hat.

Schweigend nippen sie am heißen Kaffee. Pia mag eigentlich keinen Kaffee, aber Ásgeir hat so viel Milch in ihre Tasse gekippt, dass sie ihn trinken kann. Und er hat ihr einen Schokoriegel zugesteckt, an dem sie knabbert. Sie genießt jede Sekunde mit dem stillen Isländer und schielt immer wieder zu ihm hinüber. Ásgeir hält in einer Hand seinen Thermobecher und in der anderen eine Zigarette, die komisch riecht.

Pia ist aufgefallen, dass aus dem Zimmer von Ásgeirs Tochter manchmal genauso ein Geruch kommt.

Sie beobachtet Ásgeir, wie er an der Zigarette zieht und den Rauch in Kringeln in die Luft pustet. Sie muss lachen, weil er dabei lustige Grimassen schneidet. Sie ist froh, dass er ihr Freund ist. Mit ihm kann sie einfach zusammensitzen und schweigen. Fern vom Lärm ihrer Geschwister und dem ständigen Tadeln ihrer Mutter.

Die leise Musik, das Blöken der Schafe und die Wärme lullen Pia ein, und bald fallen ihr die Augen zu. Irgendwann wacht sie auf und stellt fest, dass Ásgeir nicht mehr neben ihr in seinem Sessel sitzt und Aska ebenfalls verschwunden ist. Draußen ist es dunkel, und Pia erschrickt. Sie muss schnell rüber ins Gästehaus, bevor Mama etwas merkt. Aber wo ist Ásgeir? Er hat sie sonst immer geweckt, wenn ein Lamm geboren wurde. Meistens kommen zwei, das sei bei Islandschafen so, sagt Ásgeir. Die hätten immer Zwillinge. Er weiß, dass Pia das spannend findet, und sie hat ihm oft dabei geholfen, Lämmer auf die Welt zu bringen. Diese kleinen süßen Tierchen mit den zarten saugenden Mäulern.

Sie tappt durch den Stall, in dem es ungewöhnlich still ist. Kein Ásgeir und keine Aska weit und breit. Vielleicht ist er ins Haus gegangen, um neuen Kaffee zu kochen oder Kekse zu holen, die sie sich teilen würden.

Pia hört draußen eine Tür schlagen und beginnt zu zittern. Wenn ihre Mutter sie bei den Schafen erwischt, bekommt sie ebenfalls Stubenarrest. Sie schleicht zum Stalltor und lugt hinaus. Eine Gestalt läuft über die Wiese auf das Gästehaus zu. Dahinter eine zweite. Trotz der Dunkelheit kann Pia erkennen, dass es ihre Eltern sind.

»Bitte warte doch«, hört Pia ihren Vater rufen. Er holt zu ihrer Mutter auf und fasst sie am Arm.

»Lass mich!« Mama will sich losreißen, doch Papa hält

sie fest, jetzt mit beiden Händen. Pia drückt sich enger an die Stalltür.

»Wann wolltest du es mir sagen?«, fragt ihr Vater scharf.

Ihre Mutter wendet den Kopf ab. »Sobald ich mir sicher gewesen wäre.«

Ihr Vater lacht abfällig. »Sicher? Wir hatten eine Abmachung, Wiebke. Wer soll das bezahlen?«

»Das werden wir schon hinbekommen. Vertraue auf Gott.«

»Lass Gott aus dem Spiel. Du hast mich hintergangen. Hast diese Entscheidung eigenmächtig getroffen.«

»Nein, Gott hat sie getroffen.«

»Ach was. Gott hat damit nichts zu tun. Es ist dein Eigensinn!«

»Sprich nicht so mit mir«, faucht ihre Mutter.

»Ich bin dein Ehemann, Wiebke. Ich muss Bescheid wissen.«

»Ihr Männer wollt immer alles wissen. Dabei müsstet ihr einfach nur die Augen aufmachen, dann würdet ihr es erkennen.«

»Was soll das heißen? Dass ich mich nicht genug um dich kümmere? Wiebke, du bist hier diejenige, die Ungehorsam zeigt, dafür könnte ich dich verlassen. Es wäre mein Recht. Ich müsste nur Samuel verständigen.« Ihr Vater klingt richtig wütend.

»Das wirst du nicht. Ich bin Samuels Oberste und allem voran deine Königin!«, schreit Mama.

Pia presst die Hände auf die Ohren. Warum müssen sich alle ständig streiten? Wäre doch bloß Ásgeir hier. Oder Eydis. Die würden sie in den Arm nehmen und trösten. Pia fühlt Tränen auf ihrem Gesicht, möchte nach Hause nach Deutschland, in ihr Zimmer, in ihr Bett. Sie will zur Schule gehen und mit ihrer besten Freundin Annalena reden. Leider ist Annalena weit weg. Die Schule auch. Ein riesiger Ozean liegt zwischen ihnen.

Pia wischt die Tränen weg, schluckt ihre Bitterkeit runter und drückt leise die Stalltür auf. Ihre Eltern sind so sehr mit ihrem Streit beschäftigt, dass sie sie nicht bemerken.

Als Pia in ihrem Zimmer ist, wirft sie sich aufs Bett und zieht die Decke über ihren Kopf. Sie will nichts mehr von der Welt wissen. Nichts von ihren Eltern, nichts von ihren Geschwistern. Warum können nicht alle auf einmal verschwinden? Wenn die Elfen aus der *dimmu hraunar* kommen und ihre Familie holen würden, einen nach dem anderen, das wäre etwas. Dann dürfte sie vielleicht endlich nach Hause – oder wenigstens zusammen mit Ásgeir weiter die Schafe hüten.

15

Sie lässt die Zunge in seinem Mund tanzen. Sie weiß, dass ihn das richtig anmacht. Wenn sich ihre Zungenspitzen ineinander verschlingen, wird er geil.

Sie lässt von ihm ab und betrachtet sein Gesicht mit dem weggetretenen Ausdruck. Wie süß er ist, wenn er so verträumt guckt. Dann ist sie gleich noch mehr verknallt in ihn.

Das Mädchen legt sich zurück ins Stroh und räkelt sich

sexy vor ihm. Sie will ihn heiß machen. Will sehen, wie er ihr verfallen ist. Sie will, dass er alles für sie tut. Alles!

Auf dem Heuboden ist es dunkel, nur das Licht des Mondes fällt durch die Dachluke zu ihnen herein. Draußen ist es ungemütlich kalt, der Frühling lässt auf sich warten. Ein Glück, dass sie es sich hier drin gemütlich machen können, ohne gestört zu werden. Schon gar nicht durch ihre blöde Mutter. Sie lässt sich von ihr nicht verbieten, wen sie trifft und wen nicht.

Mit zwei Decken und einer Dose Bier, die ihr Freund aus den geheimen Vorräten seines Vaters geklaut hat, kuscheln sie sich zwischen die Heuballen. Wenn ihre Mutter wüsste, was sie vorhat, würde sie sie einsperren. So richtig, mit Abschließen. Das hat sie schon mehrmals gemacht. Das Mädchen kennt das, deshalb hält sie dieser halbherzige Stubenarrest nicht davon ab, sich rauszuschleichen. Noch ist ihre Tür nicht von außen abgeschlossen und der Schlüssel nicht in Mutters Tasche. Noch traut die Alte sich das nicht. Vielleicht, weil sie hier unter Beobachtung stehen. Sonst hätte sie es sicher längst getan.

Mit einem verlockenden Kichern zieht sie ihren Liebsten am Hemdausschnitt zu sich heran und vergräbt ihre Hand in seinen Haaren, während ihre Zunge zwischen seine Lippen stößt. Er stöhnt leise auf. Ihre Zunge dringt tiefer, spielt mit seiner. Unvermittelt packt sie seine Haare fester und reißt seinen Kopf zurück.

Er stöhnt lauter. »Oh Gott! Mach weiter!«

Sie lächelt. Er kann es nicht sehen, so weit ist sein Kopf durch ihren Griff nach hinten gebogen. Sein Hals liegt ungeschützt vor ihr. Sie beißt zärtlich hinein. »Erst wenn du schwörst, dass du mich ewig lieben und überall mit mir hingehen wirst.«

»Ich schwöre es«, keucht er. »Ich schwöre es, oh mein Gott. Mach weiter.«

Sie fährt mit der Zunge seinen Hals entlang, hält seine Haare weiter fest. Er stöhnt und sie spürt, dass sein Glied steif wird. Sie lässt seine Haare los, knöpft seine Hose auf und greift hinein. Sie hat beschlossen, es bald zu tun. Scheiß auf das, was ihre Mutter darüber denkt.

Wenig später liegen sie eng umschlugen im Heu und sehen zu den dunklen Deckenbalken hinauf. An einem der Pfosten hängt ein Schafbockschädel mit gedrehten Hörnern. Seine Augenhöhlen sind zwei dunkle Löcher. Der Schädel hat etwas Teuflisches. Das gefällt ihr.

»Wo wollen wir hin, wenn wir abhauen?«, fragt sie leise.

»Wir fahren zum Flughafen. Oder wir nehmen die Fähre aufs Festland, und danach sehen wir weiter«, flüstert er in ihr Ohr. »Ich habe genug Geld gespart für Tickets und ein Hotel.«

»Das ist gut. Ich habe nämlich nicht viel. Meine Geschwister und ich bekommen kaum Taschengeld.«

»Das macht nichts. Für uns beide reicht es erst mal.«

»Wo willst du am liebsten hin?«

Er zuckt mit den Schultern. »Holland, Frankreich.«

»Wie wäre es mit Spanien? Da ist es schön warm.«

»Gute Idee.«

Sie küsst ihn auf die Wange und schmiegt sich an seine Brust. Bei ihm fühlt sie sich geborgen und verstanden. Tränen steigen in ihr hoch.

»Ich halte es nicht mehr aus. Ich will weg«, flüstert sie. »Meine Mutter schlägt mich andauernd. Ich darf nichts, nicht mal coole Klamotten anziehen. Sie sagt, die Männer würden dann glotzen. Ich hasse meine Mutter. Ich wünschte, sie wäre tot!«

Ihr Freund gibt einen belustigten Laut von sich. »Kann man da nicht nachhelfen?«

Sie richtet sich halb auf und sieht ihn an. Doch bevor sie fragen kann, wie er das gemeint hat, hört sie draußen eine

Stimme. Jemand ruft nach ihr, schreit regelrecht wie eine Furie. Ihre Mutter.

16

Wiebke ist stinksauer. Immer gibt es Ärger mit dieser ungezogenen Göre. Eben wollte sie auf die Toilette gehen, da hat sie entdeckt, dass Abigal nicht in ihrem Zimmer ist. Hat sie sich davongestohlen! Na warte, das bedeutet einen Tag länger Stubenarrest. Und diesmal würde sie die Tür absperren, egal, was die anderen denken. Sie hat ein Kind zu erziehen, und dabei sind harte Bandagen gefragt.

Es ist stockdunkel, und Wiebke sieht sich um. Nur die Lichter des Hofes durchdringen die Nacht. Bestimmt ist Abigal auf dem Nachbarhof bei den Gislasons. Bei diesem kleinen Nichtsnutz Kári!

Sie wählt Abigals Nummer, doch nach langem Klingeln geht nur die Mobilbox dran, und sie erinnert sich, dass sie ihrer Tochter das Handy weggenommen hat. Ein Blick auf die Uhr verrät, dass es kurz vor 1 Uhr nachts ist. Zu spät, um jemanden drüben auf dem Gislason-Hof anzurufen. Also muss sie selbst hinüberlaufen und nachsehen. Oder sollte sie

Thorsten schicken? Aber bis der sich aus dem Bett bequemt hätte, wäre sie schon zehnmal dort.

Wiebke nimmt sich eine der großen Taschenlampen, zieht ihre Jacke und Gummistiefel an und läuft los. Der schmale Trampelpfad, der die Höfe miteinander verbindet, ist nass, und Wiebke muss aufpassen, nicht auszurutschen. Zu ihrer Linken erhebt sich der undurchdringliche Wall aus verdrehten Türmen und Steingestalten. Die *dimmu hraunar*. Wiebke schaudert. In der Nacht macht ihr das schwarze Lavafeld noch mehr Angst als am Tag. Sie wäre gerne einen anderen Weg gegangen, aber dieser hier ist die kürzeste Verbindung zwischen den Höfen. Über die Straße wäre es ein riesiger Umweg. Wiebke ballt eine Hand zur Faust. In der anderen hält sie die Taschenlampe, deren Lichtkegel im Rhythmus ihrer Schritte vor und zurück schaukelt. Noch immer schnürt die Wut ihre Kehle zu. Was soll sie nur mit Abigal anstellen? Wie soll sie ihrer Tochter begreiflich machen, dass es ihre Aufgabe als Mutter ist, sie vor Fehlern zu bewahren? Besonders in Bezug auf das andere Geschlecht. Sie kann doch nicht zulassen, dass Abigal sich mit diesem Kári einlässt und mit ihm herumpoussiert. Ihre Tochter muss ihre Jungfräulichkeit bewahren für ihren zukünftigen Mann. Warum versteht sie das nicht? Es ist Gottes Wille.

In der Ferne tauchen die Lichter des Nachbarhofs auf. Wiebke atmet erleichtert auf und steuert darauf zu, als plötzlich ein Geräusch aus dem Lavafeld kommt. Es klingt wie ein verhaltenes Scharren. Erschrocken fährt sie herum. Ist das Abigal? Hockt sie zwischen den Felsen und beobachtet sie?

Wiebke leuchtet die schwarzen Brocken ab. Düster und drohend ragen sie vor ihr auf, scheinen nach ihr zu greifen. Angst kriecht in ihre Glieder. Alles in ihr will fliehen. Zum Gislason-Hof, zu Licht und Leuten. Aber sie kann sich vor ihrer Tochter nicht die Blöße geben und einfach davonlaufen.

»Abigal?«, ruft Wiebke. »Hör auf mit dem Blödsinn und komm raus.«

Alles bleibt still. Auch das Scharren ist nicht mehr zu hören. Wahrscheinlich war es ein Stein, der irgendwo heruntergefallen ist.

Wiebke zittert. Ihr ist kalt und sie verflucht sich selbst. Warum läuft sie auch mitten in der Nacht draußen herum? Sie sollte umdrehen.

Doch andererseits ist sie fast da, und obwohl ihr Herz heftig in ihrer Brust pocht, setzt sie ihren Weg fort. Sie muss Abigal finden. Bestimmt liegt sie drüben in Kári Gislasons warmem Bett. Wiebke wird übel bei dem Gedanken daran, was die beiden gerade tun könnten, und der ekelerregende Geschmack von Schafgulasch steigt in ihrem Hals auf. Bitte nicht, denkt sie. Abigal weiß nicht, was passieren kann, wenn Mann und Frau zusammenliegen. Was wird Samuel darüber denken? Ein kalter Schauer schüttelt Wiebke. Würde er glauben, dass sie als Mutter versagt hat? Würde er sie dafür bestrafen? Bitte, lieber Gott, verhindere, dass so etwas passiert. Lass Abigal zur Vernunft kommen.

Wiebke erreicht den Vorplatz des Nachbarhofes und tritt durch die Eingangstür, die als Symbol des Vertrauens immer offen steht. So wird das hier gehalten, und Wiebke hat auch nicht vor, das Vertrauen zu missbrauchen. Sie will nur Abigal zurückholen.

Im Haus ist es dunkel. Kein Wunder, da längst alle schlafen. Also ist sie leise, als sie ihre schlammigen Gummistiefel in der Diele auszieht und zur Treppe schleicht. Aufgrund ihrer heimlichen Streifzüge durch das Haus weiß sie, wo Káris Zimmer liegt. Schließlich musste sie sich über die Familie Gislason genauso informieren wie über Eydis und Ásgeir. Dabei hat sie so einiges Interessantes über Maggy und Gisli Gislason herausgefunden. Bei Gelegenheit sollte sie die beiden mal darauf ansprechen.

Sich im Recht fühlend steigt Wiebke die Treppe hinauf. Im Obergeschoss, in dem die Schlafzimmer der Kinder liegen, scheint alles ruhig zu sein. Maggy und Gisli sowie die Wittmanns schlafen unten.

Wiebke streckt die Hand nach der Klinke zu Káris Zimmer aus. Mit einem Ruck reißt sie die Tür auf und schaltet das Licht ihrer Taschenlampe an. Teufelsfratzen mit glühenden Augen und gebleckten Zähnen starren von den Wänden zurück. Ängstlich blinzelnd versucht Wiebke, die schrecklichen Plakate zu ignorieren, und leuchtet auf das Bett.

Es ist leer.

Was zum …? Wo sind die beiden?

Sie hört ein Geräusch und dreht sich um. Hinter ihr steht Maggy auf der Treppe.

»Was machst du hier?«, fragt die Hausherrin. »Du hast mich geweckt.«

»Und du hast mich erschreckt«, stößt Wiebke überrascht aus. Sie schiebt ein verlegenes Lächeln hinterher. »Ich bin auf der Suche nach Abigal.«

»In Káris Zimmer?« Maggy wirft ihr einen misstrauischen Blick zu. Mit ihren dunklen Haaren und Augen wirkt sie im Land der Farblosen, wie Wiebke Island nennt, vollkommen fehl am Platz. Aber Maggy stammt ja auch nicht von hier, sondern aus England.

»Die beiden sind ein Paar, falls du das noch nicht mitbekommen hast«, erklärt Wiebke. »Und Abigal ist vorhin weggelaufen, da dachte ich, sie ist bei Kári.«

»Offensichtlich nicht«, sagt Maggy und zeigt auf das verwaiste Zimmer.

»Und wo ist Kári?«

Maggy zuckt mit den Schultern. »Keine Ahnung, ich spioniere meinem Sohn nicht hinterher.«

Deinem *Stief*sohn, korrigiert Wiebke in Gedanken. »Aber

ich will wissen, wo sich meine Tochter herumtreibt. Ich habe ihr verboten, sich weiter mit Kári zu treffen.«

»Warum?« Maggy runzelt die Stirn.

»Na, weil die beiden viel zu jung dafür sind!«

»Wofür?«

Entgeistert starrt Wiebke Maggy an. So naiv kann man doch nicht sein.

»Ach, du meinst Geschlechtsverkehr?«, entfährt es Maggy und ein Schmunzeln erscheint auf ihrem Gesicht. »Keine Angst, Kári ist aufgeklärt und Abigal sicher auch. Ich hatte meinen ersten Freund mit 12. Mach dir keine Sorgen, was soll schon passieren?«

Eine Menge, denkt Wiebke. Wie kann Maggy mit dem Thema so leichtfertig umgehen? Es ist eine Schande vor Gott und der Gemeinde.

»Was ist denn los?«, ertönt eine verschlafene Stimme von unten. Jule Wittmann. Die hat ihr noch gefehlt!

Wiebke rollt mit den Augen, als Jule auf nackten Sohlen und im Nachthemd die Treppe hinaufkommt. Matthes ist nicht zu sehen.

»Wiebke, was machst du hier?«

»Kári ist dabei, Abigal zu verführen. Sie treiben sich irgendwo da draußen herum, und keinen von euch scheint das zu stören!«

»Er verführt sie? Ich glaube, du reagierst über«, sagt Jule. »Die beiden werden schon nichts anstellen. Du solltest Abigal mehr vertrauen.«

»Vertrauen?«, stößt Wiebke aus. »Genau das ist ja das Problem. Abigal hat keine Ahnung, was sie da tut. Und du weißt genau, was Samuel davon halten wird. Soll er etwa von der Unzucht unter diesem Dach erfahren?« Damit meint sie nicht nur Abigal und Kári, sondern indirekt auch Jule und Matthes. Sie hat etwas in deren Sachen gefunden, was die beiden eindeutig kompromittiert. »Das hat Samuel verboten, das wisst ihr. Aber seit wir in Island sind, scheinen einige von euch die Regeln vergessen zu haben!«

Jule hat verstanden, was Wiebke angedeutet hat, denn sie lenkt ihren Blick zu Boden auf ihre nackten Füße.

»Dann hätten wir das also geklärt«, bekräftigt Wiebke. »Und wer von euch hilft mir jetzt, die Ausreißer zu suchen?« Herausfordernd sieht sie in die Runde.

Jule schweigt. Maggy schüttelt den Kopf.

»Ich gehe nicht mitten in der Nacht zwei verliebte Jugendliche suchen. Wo sollen die schon sein? Bestimmt verstecken sie sich auf einem der Heuböden. Weil sie ihre Ruhe haben wollen.«

Maggy hat nicht gesagt »vor dir«, doch Wiebke weiß, dass sie es so gemeint hat. Sie presst die Lippen aufeinander. Jule sagt noch immer nichts. Ist schließlich nicht ihr Kind, das gerade dabei ist, seine Unschuld zu verlieren. Verdammte Heuchlerin. Und die war mal ihre beste Freundin!

»Ihr enttäuscht mich«, flüstert Wiebke. »Aber das wird Konsequenzen haben. Du wirst noch sehen, wohin dich deine Lügen bringen, Jule. Und du, Maggy, wirst in Zukunft darauf achten, dass dein Stiefsohn meine Tochter nicht mehr anfasst, sonst …«

»Sonst was?«, wirft Maggy ihr trotzig entgegen. »Was willst du machen, Wiebke? Ich habe dir nichts getan.«

Wiebke verengt die Augen zu Schlitzen. »Wird wohl Zeit, dass ich allen die Wahrheit über euch erzähle, was für ein falsches Spiel ihr treibt. Mal sehen, wie Gisli darauf reagiert … Der wird sich wundern, wenn er erfährt, welche Geheimnisse du mit dir herumträgst, Maggy. Ihr solltet euch schämen. Beide.« Mit diesen Worten zwängt sich Wiebke an den Frauen vorbei und läuft die Treppe hinunter. »Dann suche ich eben allein weiter.«

Sie schlüpft in ihre Gummistiefel und steht im nächsten Moment vor der Tür. Ein kalter Windhauch bläst ihr ins Gesicht und lässt sie frösteln. Tränen der Frustration laufen ihr über die Wangen. Warum behandeln Jule und Maggy sie so? Warum kümmert sich niemand um Abigal? Es kann doch nicht sein, dass Gottes Wort in diesem Haus nichts mehr zählt.

Wiebke folgt dem Pfad entlang des Lavafeldes und wischt sich enttäuscht die Tränen weg. Sie braucht die Hilfe von Thorsten. Ohne ihn würde sie Abigal nicht zurück nach Hause bringen können.

Das Licht ihrer Taschenlampe gleitet über die Wiese, und die Kälte nagt an ihren Ohren. Sie hätte eine Mütze aufsetzen sollen. Egal, wenn sie im Gästehaus wäre, würde sie Thorsten aus dem Bett werfen und dazu verpflichten, Abigal zu suchen. So geht das nicht weiter.

Als sie an der Stelle vorbeikommt, an der sie vorhin das scharrende Geräusch vernommen hat, beschleunigt sie ihren Schritt. Sie glaubt nicht, dass Elfen und Zwerge im dunklen Land wohnen, so wie Eydis, trotzdem hat sie Angst.

Ich muss die *dimmu hraunar* nur ignorieren, denkt sie, dann wird alles gut.

Vor ihr tauchen die Lichter des Magnusson-Hofes auf, und Wiebkes Herz wird leichter. Gleich ist sie zu Hause.

Plötzlich piept das Handy in ihrer Tasche und sie holt es heraus. Sie hat eine MMS empfangen. Von einer unterdrückten Nummer. Stirnrunzelnd öffnet sie die Nachricht und schreckt zusammen, als sie das Bild sieht. Sie reißt den Kopf hoch und starrt zitternd in die Dunkelheit. Von wem kommt das Foto? Von jemandem, der sie beobachtet und sich an ihrer Angst weidet?

Wie gelähmt steht sie da. Ihr Herz schlägt bis unter ihr Kinn. Lauf, denkt sie, lauf nach Hause. Sie schafft es, das

Handy mit dem gruseligen Bild wegzustecken, da poltert etwas neben ihr im Lavafeld.

»Abigal?«, ruft sie, und diesmal kann sie nicht verhindern, dass ihre Stimme panisch klingt.

Mit pochendem Herzen lässt Wiebke den Strahl der Taschenlampe über die schwarzen Lavafelsen gleiten, dabei umklammert ihre Linke das Kreuz um ihren Hals.

Erneut dringt das Geräusch von fallenden und knirschenden Gesteinsbrocken an ihre Ohren. Da ist doch jemand!

»Verdammt, Abigal. Lass das!«, brüllt sie gegen ihre eigene Angst an.

Hinter ihr raschelt es, und sie leuchtet hektisch in die Dunkelheit. Niemand zu sehen. Wer zum Teufel spielt ihr diesen Streich?

Im nächsten Moment spürt sie eine Präsenz hinter sich. Sie will sich umdrehen, da trifft sie ein Stoß im Rücken und sie fällt ins nasse Gras. Die Lampe fällt ihr aus der Hand und bleibt außerhalb ihrer Reichweite liegen. Der Strahl zeigt ziellos in die Nacht. Etwas Schweres springt auf ihren Rücken und presst ihr die Luft aus den Lungen. Wiebke will um Hilfe rufen, bringt jedoch nur ein kraftloses Jammern hervor. Die Nässe des Grases dringt durch ihre Kleidung, während sie verzweifelt ihre Hände ausstreckt. Dabei streift sie einen Gegenstand, der sich hart und glatt anfühlt. Eine Schuhspitze? Ihre Finger gleiten davon ab, können sich nicht festhalten. Der modrige Geruch der Erde steigt ihr in die Nase und wird übermächtig. Er droht, sie zu ersticken. Das Licht der Taschenlampe verschwimmt vor ihren Augen. Sie bekommt keine Luft mehr. Ihre Sicht schwindet, und es fühlt sich so an, als würden ihr die Augen aus den Höhlen quellen. Sie gibt einen letzten keuchenden Laut von sich, dann lösen sich ihre Gedanken auf. Wiebke versinkt in einem bodenlosen Abgrund, fällt und fällt, bricht auseinander in tausend Teile und wieder tausend Teile, bis nichts mehr von ihr übrig ist.

Und irgendwo in der Ferne lacht leise der Teufel.

17

Skagen sitzt im Kapitänssessel auf der Brücke eines Schiffes und hat die Hand auf dem Trackball liegen. Blaue Berghänge gleiten zu beiden Seiten an ihm vorbei, das Wasser ist dunkel und tief. Blau auf Blau. Der Kurs ist klar, das Wetter auch. Doch plötzlich verdunkelt sich die Sicht und von außen rinnt eine teerartige Flüssigkeit über die Fensterscheiben, die das Innere der Brücke in ein rotes Licht taucht. Aber es ist kein Teer, sondern Blut. Dick und zähflüssig wie Sirup. Die blauen Berge und das Wasser verschwinden, und Skagen kann nur noch blind durch den Fjord manövrieren. Er spürt jemanden neben sich stehen und wendet den Kopf. Erschrocken blickt er in das Gesicht eines ausgemergelten Mannes. Eine große Wunde klafft an seinem Scheitel, Blut strömt über seine Stirn.

»Hallo, Tom.« Der junge Somalier grinst ihn höhnisch an. »Wie fühlt es sich an, ein Held zu sein?«

Skagen wird es eiskalt. Plötzlich übertönt ein pfeifender Ton die Geräusche auf der Brücke. Es ist der Kollisionsalarm. Das Schiff steuert auf eine Klippe zu. Skagen will den Kurs ändern, doch die Hand des Somaliers legt sich auf seine und drückt fest zu. Der Alarm wird schriller und bringt seine Trommelfelle zum Platzen.

Skagen reißt den Mund auf und schreit.

Im nächsten Moment fährt er vom Bett hoch und sieht sich mit hämmerndem Herzen um. Konturen schälen sich aus der Dunkelheit: ein Bild an der Wand, eine Kommode, eine Zimmerpflanze, ein Nachttisch mit Lampe. Er streckt die Hand aus und schaltet sie an. Statt auf der Kommandobrücke eines Schiffes befindet er sich in einem kleinen, nett eingerichteten Gästezimmer. Bei Lise. In ihrem Haus in einem Vorort von Stavanger.

Erleichtert lässt er sich auf das Kissen zurückfallen. Es war nur ein Traum. Seine Hand tastet nach seinem Handy. Der Transporter mit den zwei Gefangenen ist seit einigen Stunden unterwegs. Bis jetzt scheint alles reibungslos zu verlaufen, denn er hat keine neue Nachricht erhalten.

Skagen muss an den netten Abend denken, den er mit Lise und ihrem Mann verbracht hat. Roger arbeitet bei der Spurensicherung im selben Dezernat und hat von ein paar skurrilen Fällen erzählt. Dabei haben sie Pizza gegessen und ein paar Gläser Wein getrunken. Natürlich haben sie nicht über den aktuellen Fall gesprochen, da Roger darüber nichts wissen darf. Er gehört nicht zum Kreis der Eingeweihten.

Skagen legt das Handy weg und löscht das Licht, schließt seufzend die Augen. Bis zum Morgen bleiben ihm noch einige Stunden. Die will er nutzen, um sich zu erholen. Wenn die Häftlinge sicher in Drammen angekommen sind, wird er zurück nach Deutschland fliegen und Jette und Jens bei der Ermittlung in Berlin helfen. Und in zwei Wochen würde er

Maja in Karlskrona wiedersehen. Darauf freut er sich sehr. Auf den Frühling in den Schären, das zarte Grün der Birken, die vielen Inseln und jede Menge pastellfarbener Sonnenuntergänge von Majas Balkon aus. Vor ihm taucht Majas Bild auf, in ihren Augen spiegelt sich die Sonne, hinter ihr leuchtet die blaue Ostsee. Er lächelt selig und ist gerade dabei, in den Schlaf hinüberzugleiten, da hört er ein Kratzgeräusch. Irritiert setzt er sich auf und blickt zur Tür. Haben Lise und Roger eine Katze? Nein, das Geräusch kommt von draußen. Ein Schatten erscheint vor dem Fenster.

Schlagartig ist Skagen wach und greift nach seiner Dienstwaffe, die neben seinem Handy auf dem Nachttisch liegt. Draußen sind knirschende Schritte zuhören und ein Rascheln wie von Zweigen. Kann das ein Elch sein? Diese Tiere verirren sich in Norwegen öfter mal in die Vororte, aber aus irgendeinem Grund glaubt Skagen nicht daran. Mit aufgerissenen Augen starrt er auf das Fenster. Im nächsten Moment hört er Geräusche, die ganz sicher nicht von einem Elch stammen: gezischte Worte, die er nicht versteht.

Adrenalin strömt durch seine Adern. Wer schleicht mitten in der Nacht durch den Garten eines Wohnhauses?

Leise steht er auf und zieht sich an. Packt alles Wichtige in seine Jackentaschen und greift erneut nach seiner Waffe, dann öffnet er die Zimmertür und späht in den Flur. Der liegt still und dunkel da. Draußen ist es ruhig. Sind das Einbrecher, die nach einer Gelegenheit zum Einsteigen suchen? Aber so dämlich wäre doch keiner, sich ein Objekt auszuwählen, in dessen Einfahrt gut erkennbar zwei Autos stehen.

Als Skagen ein anderer Gedanke kommt, hält er im Flur unvermittelt inne. Was, wenn die da draußen hinter ihm her sind? Weil er etwas weiß, das jemand anderem so wichtig sein könnte, dass er deswegen Leute losschickt. Mitten in der Nacht.

Skagen hört erneut einen Laut, diesmal an der Haustür direkt vor ihm. Fieberhaft überlegt er, was er tun soll. Lise und Roger wecken? Licht anschalten und die Typen damit vertreiben? Er könnte auch die Kollegen anrufen. Nur, wie lange würden die brauchen, bis die hier wären?

Skagen holt sein Handy heraus und will Øksnes' Nummer wählen. Dann erstarrt er. Woher wissen die Kerle, dass sie in diesem Haus die Informationen über die Route des Transporters und den Zielort erhalten können? Das können sie nur von dem Maulwurf erfahren haben. Was, wenn Øksnes oder jemand aus seinem Büro die undichte Stelle ist?

Skagen läuft es eiskalt über den Rücken. Er sieht, wie die Klinke der Haustür heruntergedrückt wird. Zum Glück ist sie verriegelt. Das merken auch die Kerle. Doch sie geben nicht auf, im nächsten Augenblick vernimmt Skagen das typische Geräusch eines Werkzeuges im Schloss, das rasch hin- und hergerieben wird. Sie versuchen es mit der Schlangen-Methode. Dabei rüttelt man mit einem bestimmten Lockpicking-Werkzeug so lange im Schloss, bis es aufspringt.

Skagen hat keine Zeit zu verlieren. Er eilt zurück in sein Zimmer, das auf der Rückseite des Gebäudes liegt. Dort späht er vorsichtig durch das Fenster. Niemand zu sehen. Die Kerle befinden sich offensichtlich noch immer vorne an der Eingangstür.

Leise öffnet er das Fenster, so weit, bis der Spalt groß genug ist, um sich hindurchzuwinden. Er landet in einem Beet, Zweige eines kahlen Strauchs zerkratzen sein Gesicht. Mit zusammengebissenen Zähnen arbeitet er sich durch das Geäst. Er muss versuchen, die Kerle vor der Tür zu überraschen. Er erreicht die Hausecke und lauscht. Ein leises Schaben, während einer der Typen das Schloss knackt, dringt zu ihm herüber. Die Männer stehen im Schutz des Vorbaus. Er weiß weder, wie viele es sind, noch, ob sie bewaffnet sind.

In seiner Magengrube kribbelt es. Er muss Lise und Roger warnen. Er zieht sich hinter die Ecke zurück und wählt Lises Nummer. Ihm ist bewusst, dass es jetzt drinnen im Schlafzimmer klingelt und die Kerle das möglicherweise hören.

Kurz darauf geht eine verschlafene Stimme dran.

»Lise!«, zischt er ohne Vorgeplänkel ins Telefon. »Du musst mit Roger sofort das Haus verlassen. Ein paar Männer – ich weiß nicht, wie viele – machen sich an eurer Tür zu schaffen. Ich bin sicher, sie kommen von Åsgards Sønner.«

»Wo bist du?«

»Im Garten. Ich bin aus meinem Fenster geklettert. Das müsst ihr auch tun. Und zwar schnell! Ich kann von hier draußen nicht viel machen.«

»Aber …« Lise unterbricht sich, und Skagen hört im Hintergrund Rogers Stimme. »Warte, Roger sieht nach.«

»Nein, die Typen sind mit Sicherheit bewaffnet!«

»Roger hat eine Pistole. Er regelt das. Hast du die Kollegen informiert?«

»Nein, noch nicht, ich …«

In diesem Moment fällt ein Schuss. Skagen hört ihn doppelt, einmal durchs Telefon und einmal draußen. Lise ruft etwas, danach raschelt es in der Leitung und es poltert. Ein zweiter Schuss hallt durch die Nacht. Skagen erstarrt.

Mein Gott! Was ist passiert?

Er versucht, um die Ecke zu spähen, kann jedoch nichts sehen. Durchs Telefon hört er, dass es im Haus rumpelt, Rufe ertönen und Schritte trampeln. Bestimmt wollen sie an Lise und Roger vorbei nach hinten in sein Zimmer.

Dann wird die Verbindung unterbrochen, und Skagen steht einen Moment lang bebend da. Er muss etwas tun. Mit pochendem Herzen bewegt er sich auf die Tür zu, die Waffe im Anschlag. Als er sie erreicht hat, sieht er drinnen Licht brennen. Zwei Menschen liegen im Flur auf dem Boden. Es sind Lise und Roger. Überall ist Blut, und keiner der beiden rührt sich. Rogers Augen blicken tot in Skagens Richtung, und Lise starrt zur Decke. Blut läuft über ihr Gesicht. Die Kerle haben sie kaltblütig niedergeschossen. Skagen bleibt die Luft weg. Im Haus rumort es. Ein Scheppern ertönt und ein wütender Ausruf. Die Kerle sind in seinem Zimmer und haben bemerkt, dass er geflohen ist.

Ohne lange zu überlegen, rennt Skagen auf die Grundstücksgrenze zu, die von einer Hecke begrenzt wird. Mit rudernden Armen kämpft er sich hindurch und wird auf der anderen Seite von einem dunklen Garten mit Apfelbäumen und einem Haus empfangen, in dem jetzt die Lichter angehen. Die Nachbarn müssen die Schüsse gehört haben. Skagen schlägt einen Haken, läuft quer durch den Garten und gelangt zu einem Tor. Kurz darauf steht er in der Parallelstraße zu Lises Haus. Hinter sich hört er wütende Schreie und das Knacken von Ästen. Sie verfolgen ihn.

Gehetzt läuft Skagen die Straße entlang, die in regelmäßigen Abständen von Laternen erhellt wird. Er rennt und rennt, bis ihm fast die Lunge aus dem Körper springt und er langsamer werden muss. In seinem Rücken heult ein Motor auf, er dreht sich um. Am Ende der Straße glimmen Scheinwerfer. Skagen duckt sich unter einen Carport, doch ein Bewegungsmelder lässt einen Strahler aufleuchten, und geblendet stolpert er über das Grundstück. Ein Hund schlägt an, und Skagen ändert die Richtung. Er hat vollkommen die Orientierung verloren. Überall sind nur kleine Grundstücke mit Einfamilienhäusern, nirgendwo ist eine größere Straße mit Verkehr, den er anhalten könnte. Er hört, wie das Auto oben an der Einfahrt stoppt und Türen schlagen. Stimmen hallen durch die Nacht.

Skagen schwingt sich über einen Holzzaun und beschleunigt, es geht einen Grashang hinab, den er mehr hinunterrutscht als läuft. Die Waffe hält er fest umklammert. Wenn ihn jemand sehen würde, würde er denken, er sei der Verbrecher auf der Flucht.

Am Fuß des Hanges angekommen, springt er über einen kleinen Bach und taucht in den Fichtenwald dahinter ein. Noch immer hat er keine Ahnung, in welche Richtung er unterwegs ist. Aber immerhin hat die Dämmerung eingesetzt, und er erkennt seine Umgebung. Sein Atem rasselt laut, und in seiner Seite sticht es, während er sich über glitschige Moospolster und umgefallene Baumstämme kämpft. Hier im Wald ist der Untergrund tückisch, und er muss aufpassen, sich nicht den Fuß zu brechen.

Dann erreicht er die andere Seite der Fichtenschonung und steht unmittelbar vor einer einsamen, unbeleuchteten Straße.

Hastig blickt er in beide Richtungen. Kein Fahrzeug weit und breit. Ihm gegenüber liegt ein Holzlager mit großen Stapeln aus Brettern. Skagen läuft darauf zu und verschwindet zwischen den Wällen aus aufgeschichtetem Holz, kriecht auf allen vieren in eine Lücke tief in das Innere eines Stapels, wo er sich kraftlos auf den Boden sinken lässt. Um ihn herum ist es absolut dunkel, aber es riecht beruhigend nach Fichte.

Auf der Straße fährt ein Auto vorbei. Reglos harrt Skagen aus, bis nichts mehr zu hören ist, dann holt er sein Handy heraus und fragt seinen Standort ab. Nachdem er sich orientiert hat, wählt er Ivers Nummer. Der junge Kollege ist der Einzige, dem er noch traut. Doch er nimmt nicht ab. Vielleicht kann er es nicht, weil Åsgards Sønner bereits auch bei ihm aufgetaucht sind.

Skagen wählt erneut. Hinterlässt eine Warnung auf Ivers Mobilbox.

Als er das Telefon wegstecken will, klingelt es. Es ist Erling Øksnes. Misstrauisch blickt Skagen auf das Display. Warum ruft der Norweger ausgerechnet jetzt an? Hat er erfahren, dass Skagen auf der Flucht ist, und will ihn nun ausfindig machen?

Anstatt den Anruf wegzudrücken, nimmt Skagen ihn an. Er will die Gelegenheit nutzen, um dem Ermittlungsleiter auf den Zahn zu fühlen.

»Was gibt's?«, fragt er möglichst neutral.

»Gut, dass ich dich erreiche, Tom! Bitte entschuldige die Störung, aber ich muss mit dir sprechen.«

»Ich höre.« Sein Atem hat sich mittlerweile beruhigt, nur sein Herz schlägt weiter hart gegen seine Rippen. Ihm wird schwindelig, als er an Lise und Roger denkt, die in ihrem eigenen Blut liegen.

»Der Transporter ist verunglückt!«, stößt Øksnes am anderen Ende aufgeregt hervor, und Skagen fällt aus allen Wolken.

»Was? Der Transporter? Wie konnte das passieren?«

»Er wurde von der Straße abgedrängt und ist in einen Fjord gestürzt. Die Häftlinge und die Fahrer sind tot. Ertrunken.«

Skagen muss schlucken. Seine Glieder zittern vor Schock und Anstrengung. »Åsgards Sønner!«

»Sie müssen einen von uns in der Hand haben«, sagt Øksnes. »Die Information kann nur aus unserem Kreis kommen.«

»Lise ist tot!«, erklärt Skagen, was passiert ist. »Roger auch! Wir wurden überfallen. In Lises Haus vor nicht mal einer halben Stunde.«

»W… was sagst du da? Lise ist tot?« Øksnes klingt aufrichtig bestürzt. Doch kann Skagen ihm trauen?

»Mehrere Kerle sind bei Lise eingedrungen und haben sie und Roger einfach abgeknallt. Ich konnte nichts für sie tun und musste fliehen. Das waren Åsgards Sønner!«

»Und was ist mit dir? Bist du in Sicherheit?«

»Mir geht es gut.« Skagen vermeidet, Øksnes seinen Standort zu nennen.

»Bleib, wo du bist. Ich schicke sofort Leute los.«

»Iver könnte ebenfalls in Gefahr sein. Leider kann ich ihn nicht erreichen.«

»Ich fahre zu ihm. Wo genau bist du?«

»Kümmer dich um die anderen. Ich melde mich später.« Skagen legt auf und starrt auf das dunkle Display des Telefons. Plötzlich wird ihm etwas klar: Wenn Åsgards Sønner die Route des Transporters bereits kannten, was wollten sie dann in Lises Haus?

Die Erkenntnis trifft ihn wie eine Faust in den Magen. Sie sollten getötet werden. Keine Informationen erpresst, kein Geplänkel um Gnade. Das war schlicht und ergreifend ein Killerkommando.

Mit zitternden Fingern berührt Skagen das Handydisplay. Im Grunde kann er sich nur auf zwei Personen verlassen. Auf sich selbst und denjenigen, den er nun anrufen würde.

Er wischt sich den kalten Schweiß von der Stirn und wählt die Nummer.

18

»Darf ich nachher mit euch Reiterhof spielen?«, fragt Pia und sieht ihre Schwester Judith an. Es ist Frühstückszeit, und alle Bewohner des Magnusson-Hofes haben sich in der Küche um den großen Tisch herum versammelt. Fast alle, denn ihre Eltern und Abigal fehlen.

»Nein!«, antwortet Judith entschieden. »Lif ist meine Freundin, nicht deine. Wir spielen allein.«

Pia spürt einen Kloß im Hals wachsen. Warum will niemand mit ihr Zeit verbringen? Sie sehnt sich nach Aufmunterung. In der Nacht hatte sie einen schlimmen Traum. Es ging um Mama, die sich mit Abigal und Papa gestritten hat. Dann waren da böse Elfen mit unheimlichen schwarzen Augen und Hörnern auf den Köpfen. Die haben ihre Mutter in die dunkle Lava entführt, und Abigal hat darüber wie ein Teufel gelacht.

Pia hat nicht gewusst, ob sie noch träumte oder nicht, als sie aufwachte. Um sie herum war es dunkel und ihre Schlafunterlage hat gepikst wie die scharfkantige Lava in der *dimmu hraunar*. Sie hat einen Schreck bekommen und gedacht, dass das *huldufólk* sie entführt und in eine Höhle gesperrt hätte, so wie Jonas. Doch dann hat sie gemerkt, dass sie auf ihrer selbst gebastelten Muschelkette geschlafen hat.

»Wo ist eigentlich eure Mutter?«, fragt Eydis. »Sie hat heute Küchendienst. Ich muss in den Stall.«

Judith zuckt mit den Schultern. »Keine Ahnung.«

Pia weiß es auch nicht.

Eydis stellt ihnen ein weich gekochtes Ei hin. »Ihr könnt anfangen.«

»Was? Ohne Morgengebet?«, fragt Pia.

»Ja, wenn die Hälfte eurer Familie nicht da ist, fällt das aus und wir fangen ohne sie an.« Eydis macht eine Handbewegung und gibt die Tafel frei.

Alle beginnen zu essen, scheinen das Gebet nicht zu vermissen. Ásgeir schweigt. Seine großen Hände schieben eine Brotscheibe nach der anderen in seinen Mund. Er hat die Nacht im Stall verbracht und wird sich gleich hinlegen. Eydis wird seine Arbeit mit den Lämmern übernehmen. Wie gerne würde Pia ihr dabei helfen, doch sie muss nach dem Frühstück zum Hausunterricht bei Mama. Darauf hat sie wenig Lust, denn Mama ist sehr ungeduldig und erklärt die Sachen nicht so gut wie ihre Klassenlehrerin Frau Schuhmann. Und wenn Abigal wie immer bockig ist, gibt es wieder Streit.

Pia löffelt das flüssige Eigelb in den Mund und beobachtet Zoe. Eydis' Tochter sieht hübsch aus. Sie hat ihre blonden Haare hochgesteckt und tolle pink lackierte Nägel. Sie lächelt still vor sich hin, als wäre sie verliebt. Vielleicht ist sie das auch. In ihrem Zimmer hängen jeden Menge Poster von Popstars. Pia und ihre Schwestern dürfen so was nicht. »Falsche Propheten« nennt ihre Mutter solche Berühmtheiten.

»Wo bleiben Wiebke und Thorsten denn?«, fragt Eydis und blickt ungeduldig auf die Uhr.

»Vielleicht haben sie verschlafen«, entschuldigt Pia ihre Eltern. »Ich hole sie.« Sie steht auf. Judith bleibt sitzen und plappert vor sich hin. »Ich geh nach dem Unterricht rüber zu Lif und dann spielen wir Ponyhof.« Dass ihre Schwester nicht mitkommt und ihr hilft, verletzt Pia. Dauernd muss sie sich um alles kümmern.

Verärgert stapft sie durch den schneidenden Wind zum Gästehaus, reißt die Tür auf und läuft, ohne die Schuhe auszuziehen, durch den Flur.

»Mama! Papa! Aufstehen. Es gibt Frühstück«, ruft sie in die Stille.

Ein Poltern ertönt, und Abigal steckt ihren Kopf zum Zimmer heraus. »Was brüllst du so herum, du dumme Ziege?«

»Ich soll Mama und Papa holen.«

»Mach das gefälligst leiser.« Abigals Augen sind rot unterlaufen und ihre Haare zerzaust. Rasch schließt sie die Tür, als wollte sie etwas verbergen.

Pia geht zum Schlafzimmer ihrer Eltern. Warum sind die immer noch nicht wach? Sie hat doch wirklich laut genug gerufen. Sie öffnet die Tür und blickt auf das Doppelbett.

Dort liegt ihr Vater auf dem Bauch und pennt. Die andere Seite des Bettes ist leer.

»Papa? Wach auf!«

Er wälzt sich herum und reibt sich die Augen. »Pia. Was ist?«

»Wo ist Mama?«

Ihr Vater setzt sich auf. Er trägt einen karierten Schlafanzug. Seine braunen Haare sind auf der einen Seite des Kopfes platt gedrückt. Er sieht sich um, entdeckt die leere Seite. »Ist sie nicht bei euch drüben?«

»Nein.«

»Wie spät ist es?« Er tastet nach seinem Handy.

Pia erinnert sich an den Streit zwischen ihren Eltern, und ihr wird flau im Magen. Ist Mama deswegen weg?

Ihr Vater steht auf. Es scheint ihn nicht zu kümmern. Pia fällt auf, dass seine Schuhe neben dem Bett stehen, nicht wie sonst vorne im Flur. Sie sind total zerschnitten, vermutlich von der Suche nach Jonas im Lavafeld. Dreck klebt an ihren Sohlen.

»Niemand weiß, wo Mama ist«, wiederholt Pia vorwurfsvoll. »Keiner hat sie gesehen.«

»Sie wird schon irgendwo sein.« Ihr Vater schlurft in Pantoffeln zur Tür. »Geh ruhig wieder rüber, ich komme gleich nach.«

»Warum habt ihr gestern gestritten?«, bringt Pia den Mut auf zu fragen.

»Ach, das war nichts. Mach dir keine Sorgen.«

»Aber du hast gesagt, dass du Mama verlässt!«

»Hast du etwa gelauscht?« Er dreht sich zu ihr um und sieht sie streng an. »Du weißt: Lauschen ist eine Sünde!«

»Das weiß ich, aber ihr seid so laut gewesen. Vielleicht ist Mama weggelaufen, weil du sie verlassen willst.«

Ihr Vater lacht leise. »Nein, bestimmt nicht. Habt ihr bei den heißen Quellen nachgesehen? Dort badet sie morgens gerne.«

Pia sagt nichts. Das mit dem Baden ist ihr gar nicht eingefallen.

»Ich helfe dir gleich suchen, okay?« Im Vorbeigehen legt ihr Vater ihr eine Hand auf die Schulter. Dann lächelt er ihr zu und verlässt das Zimmer in Richtung Bad.

Pia steht unschlüssig da. Hoffentlich beeilt sich ihr Vater. Sie geht zum Nachttisch ihrer Mutter, wo Abigals Handy liegt. Das von Mama ist weg. Da Pia noch kein eigenes Handy haben darf, nimmt sie das von Abigal. Sie sieht, dass Mama darauf angerufen hat gestern Nacht. Merkwürdig. Sie wählt die Nummer ihrer Mutter. Es klingelt. Ewig. Irgendwann geht die Mobilbox dran und Pia legt auf.

Vielleicht sitzt Mama wirklich in den heißen Quellen. Pia hört die Klospülung im Bad und wie ihr Vater sich die Zähne putzt. Warum braucht der so lange? Neugierig, was Abigal so auf ihrem Handy gespeichert hat, öffnet sie die Fotogalerie und guckt sich die Bilder an. Fast alles sind Selfies von ihrer Schwester und Kári, wie sie knutschen und mit den Zungen aneinanderstoßen. Ihhh! Außerdem trägt Abigal knallroten Lippenstift und dicken schwarzen Kajal um die Augen. Wo hat sie den her? Von Zoe? Pia hat den Schminktisch von Eydis' ältester Tochter gesehen, da stand einiges an Zeug herum. Neidisch hat sie auf den pinken Glitzernagellack geschielt und sich gewünscht, ihn ausprobieren zu dürfen. Vielleicht hat Abigal Zoe gefragt, und die hat ihr die Sachen gegeben.

Auf dem nächsten Bild posieren Abigal und Kári mit herausgestreckten Zungen, die Hände zu Teufelsgesten erhoben, mitten in der dunklen Lava. Abigal trägt ein schwarzes Shirt mit einem Totenkopf darauf. Das hat sie bestimmt von Kári. Abigal sieht wild aus mit der Schminke und den schwarz gefärbten Haaren. Wie eine Kriegerin. In den Händen halten die beiden einen gehörnten Schafbockschädel, dem sie einen fünfzackigen Stern auf die Stirn gemalt haben. Im

Hintergrund ragt ein Steinhaufen auf. Es scheint einer dieser Wegweiser zu sein, die überall in der Landschaft herumstehen. »Schwarze Messe!« hat Abigal in roter Schrift auf das Bild geschrieben und eine Reihe von brennenden Kerzen-, Messer- und Teufels-Emojis hinzugefügt. Pia atmet zitternd aus. Wenn Mama das gesehen hat, ist sie bestimmt wütend. Haben sie und Abigal sich deswegen gestritten?

Pia legt das Handy auf den Nachttisch. Im Bad ist die Dusche zu hören und das unbekümmerte Summen ihres Vaters, während aus Abigals Zimmer lautes Gitarrengeschrummel und grunzender Gesang dringen. Gruselig.

Pia wartet, doch das Gedusche ihres Vaters hört gar nicht mehr auf. Das dauert ihr alles viel zu lang. Sie macht sich große Sorgen um ihre Mutter. Ungeduldig geht sie zur Tür und tritt nach draußen. Dann wird sie Mama eben allein suchen.

19

»Du musst zusehen, dass du aus Norwegen rauskommst!«, ruft Jette durchs Telefon. Wegen des schlechten Empfangs klingt ihre Stimme blechern, trotzdem hört er deutlich Entsetzen mitschwingen. »Und verschwinde von dort, wo du bist. Sie könnten dein Handy orten!«

Skagen wird schlagartig klar, dass sie recht hat. Wie lange ist es her, dass er mit Øksnes gesprochen hat? Zehn Minuten? 20? Die Handlanger von Åsgards Sønner könnten längst auf dem Weg zu ihm sein.

»Ich mache mich vom Acker. Ich rufe dich später an, wenn ich aus der Gefahrenzone raus bin.«

»In Ordnung«, sagt Jette. »Pass auf dich auf!«

Skagen schaltet das Handy aus und kriecht aus dem Holzstapel. Draußen ist es hell geworden. Auf der Straße ist niemand zu sehen, und Skagen läuft in Richtung Stadt. Von seiner Standortsuche weiß er, dass die Straße um das Wohngebiet herumführt, in dem Lises Haus liegt, und in einem großen Kreisel endet. Von dort aus gehen Wege in sämtliche Richtungen ab. Skagen will zu der Tankstelle, die sich hinter dem Kreisel befindet. Er könnte ein Taxi dorthin bestellen, das ihn dann an einen sicheren Ort bringt.

Plötzlich taucht vor ihm ein Auto auf, und Skagen macht einen Satz in die Büsche am Straßenrand. Von seinem Versteck aus verfolgt er, wie ein dunkel lackierter SUV an ihm vorbeifährt und wenig später bei dem Holzlager anhält. Sind das die Kerle, die bei Lise eingedrungen sind? Haben sie ihn geortet?

Skagen zieht sich tiefer in die Büsche zurück und setzt seinen Weg im Schutz des Wäldchens fort. Als er auf der anderen Seite bei einem frisch gepflügten Feld ankommt, beginnt er zu laufen. Der kalte Schweiß auf seiner Haut wärmt sich wieder auf. So schnell er kann, rennt Skagen über die Ackerfurchen. Im Nacken die Angst, dass der dunkle SUV zurückkommt. Die feuchte Erde bleibt an seinen Sohlen kleben und lässt seine Füße schwer werden. Sein Mund ist ausgetrocknet und ihn quält großer Durst. Aber er muss weiter. Er muss die Tankstelle erreichen, deren rote Leuchtreklame durch den trüben Dunst des Morgens schimmert. Er wirft einen Blick zum Kreisel zu seiner Linken, durch den der SUV kommen müsste. Noch ist es früh am Morgen und kaum ein Auto unterwegs.

Mit schweren Schuhen schleppt Skagen sich auf die Tankstelle zu, an der nichts los ist. Es ist keine bemannte Station, wie er gehofft hat. Doch vielleicht ist das auch gut so.

Als er endlich den Schutz der Zapfsäulen erreicht hat, aktiviert er sein Handy und ordert ein Taxi. Die Frau am anderen Ende verspricht ihm, dass ein Fahrer in 15 Minuten da sein werde. Skagen legt auf und wartet. Der eben noch warme Schweiß wird schnell wieder kalt und lässt ihn frieren. Auf der Straße schießt ein Streifenwagen mit Blaulicht vorbei. Ein paar zivile Fahrzeuge folgen. Skagen duckt sich hinter die Zapfsäule. Keines der Autos scheint eine Bedrohung darzustellen.

Die Minuten vergehen zäh wie Sirup, und die Kälte kriecht immer tiefer in seine Knochen. Nach 20 Minuten nähert sich ein Taxi. Es hält an der Tankstelle und wartet mit laufendem Motor. Skagen sieht sich um. Als er sich sicher ist, dass niemand in der Nähe ist, läuft er auf den Wagen zu. Erschöpft lässt er sich auf den Rücksitz fallen und verschmutzt dabei die Fußmatten mit seinen Schuhen, doch darauf kann er jetzt keine Rücksicht nehmen.

»Wohin?«, fragt der Fahrer, der ihn über den Rückspiegel mustert.

»Flughafen!«

Das Taxi fährt los, biegt auf die Straße ein.

Schweigend durchqueren sie den Kreisel. Ein weiterer Streifenwagen kommt ihnen entgegen. Vermutlich ist er bei Lises Haus gewesen. Im Geiste sieht Skagen das Blut an den Wänden und die beiden toten Körper auf dem Boden. Er fährt sich über das Gesicht.

»Da muss was Großes passiert sein. Das ist schon das vierte Polizeiauto, dem ich begegne«, kommentiert der Taxifahrer, während Skagen starr nach vorne blickt und das Rumoren in seinem Bauch zu ignorieren versucht.

»Kann sein«, antwortet er monoton.

Der Fahrer mustert ihn erneut. Hoffentlich wird der nicht misstrauisch und ruft heimlich die Polizei.

Das Taxi gleitet über die nahezu leeren Straßen und durch die vielen Vororte von Stavanger. Skagen kennt keinen davon, aber er nimmt wahr, dass der Taxifahrer der Beschilderung zum Flughafen folgt, und ist beruhigt. Er muss raus aus Norwegen. Und zwar schnell.

Über den Innenspiegel trifft eine helle Reflexion seine Augen, wie das Aufblinken eines Fernlichts. Skagen sieht, dass ihnen ein dunkles Auto folgt. Sein Herz setzt einen Schlag aus. Ist das der SUV, der vorhin bei dem Holzlager angehalten hat? Er starrt den Wagen an. Als dieser keine Anstalten macht aufzuholen, dreht sich Skagen wieder um.

»Wie weit ist es noch bis zum Flughafen?«, fragt er.

»Zehn Minuten.«

Erneut trifft ihn der Blick des Fahrers. Ob er überlegt, die Polizei zu rufen, um sie über den merkwürdigen Typen zu informieren, der mit völlig verdrecken Schuhen in sein Taxi gestiegen ist? Vielleicht tut er das, wenn er ihn am Flughafen abgesetzt hat, aber dann kann es Skagen egal sein. Sobald er das Terminal erreicht hat, ist er in Sicherheit.

Das Taxi fährt durch den Vorort Sola, den Skagen von dem Fall im letzten Herbst kennt. Er scannt seine Umgebung. Die Straße hinter ihnen ist leer. Der Wagen ist weg.

Kurz darauf biegen sie in die Abfahrt zu den Terminals ein. Vor den hell erleuchteten Gebäuden ist nicht viel los. Es ist noch zu früh für Touristen. Skagen späht ein letztes Mal durch die Rückscheibe. Nichts. Das Taxi hält vor dem Eingang zur Abflughalle. Skagen bezahlt mit der Karte aus seiner Brieftasche, die er zum Glück bei sich hat, und steigt aus. Als er draußen steht, fällt ihm ein in der Nähe geparkter Wagen auf. Ein dunkel lackierter SUV. Ein Kribbeln erfasst seine Glieder. Ist er in die Falle getappt? Haben die Typen gewusst, dass er zum Flughafen will, und hier auf ihn gewartet?

Im nächsten Moment gehen die beiden Fronttürendes SUVs auf und zwei Männer in Kapuzenjacken steigen aus.

20

Der Morgen ist windig und kalt, und von den Klippen hallt das Tosen der Brandung herauf. Pia läuft über das frisch sprießende Gras der Wiesen, die sich von den Höfen die Berghänge hinauf erstrecken. Bald würden dort oben die Schafe mit ihren Lämmern grasen und man würde überall ihre Rufe hören.

Pia schlägt den Pfad zu den heißen Quellen ein. Sie liegen weiter unten an einem breiten Bach, den man vom Hof aus nicht sehen kann, weil er durch eine kleine Schlucht fließt. Darin gibt es ein Steinbassin, in dem man baden kann. Das Wasser, das neben dem Bach heiß aus dem sandigen Boden aufsprudelt, ist immer warm, egal, wann man reingeht. Ob abends oder morgens oder wenn es schneit. Das findet Pia richtig cool. Baden bei Schnee, wenn das heiße Wasser um sie herum dampft. Nur der Geruch ist manchmal eklig, wenn es besonders stark nach faulen Eiern riecht. Sie würde ihrer Freundin Annalena gerne Fotos davon schicken, wie sie mit Mütze in dem Bassin hockt und eine Fanta trinkt. Annalena würde es ihr sonst nicht glauben. Auch die Elfengeschichten aus der *dimmu hraunar* nicht. Das ist das einzig Tolle an Island. Und natürlich die Lämmer. Der Rest gefällt ihr überhaupt nicht. Alles ist so dunkel und kalt. Überall nur schroffe Steine. Keine Bäume, keine Büsche. Nur kahle Landschaft.

Pia schaudert, weil sie an das unheimliche Bild von Abigal und Kári in der dunklen Lava denken muss. Sind die beiden tatsächlich dort hineingegangen? Vielleicht sind sie dann schuld daran, dass die Elfen böse sind. Wegen dem, was sie gemacht haben. Die schwarze Messe. Was auch immer das sein soll.

Pia erreicht den Felsabsatz, von dem aus sich ein steiniger Pfad nach unten zum Bach schlängelt. Dichte Dampfwolken steigen aus der Schlucht auf und mit ihnen ein übler Gestank. Pia will sich die Nase zuhalten, doch die Steine sind rutschig, und sie braucht beide Hände, um über sie hinwegzuklettern. Unter ihr befindet sich das Bassin. Der Dampf ist so dicht, dass sie kaum erkennen kann, ob jemand darin im Wasser liegt.

»Mama?«, ruft sie. »Bist du da? Wir suchen dich.«

Niemand antwortet. Pia muss sich auf das Klettern konzentrieren und kann nicht nach unten gucken. Als sie am Bach angekommen ist, balanciert sie über die Steine zum Bassin. Der Gestank ist schlimmer als sonst, und Pia verzieht vor Ekel das Gesicht. Puh, in der Brühe kann doch keiner baden!

Durch die Schwaden sieht sie einen Körper im Wasser. Er ist nackt, was nicht ungewöhnlich ist, da hier immer alle nackt baden. Auch ihre Mutter. Pia nähert sich und erkennt, dass die Person tatsächlich ihre Mutter ist. Ihre Augen sind geschlossen und ihr Kopf ruht auf einem flachen Stein, während der Rest des Körpers im Wasser treibt. Ist sie eingeschlafen? Das passiert manchmal, weil das Wasser so warm ist. Es würde erklären, warum sie nicht zum Frühstück erschienen ist und ihre Rufe nicht gehört hat.

Pia geht neben ihr in die Knie und berührt sanft ihre nassen Haare. »Mama? Wach auf.«

Der Kopf ihrer Mutter fällt zur Seite und ihr Mund öffnet sich leicht.

Schläft sie so tief?

Pia will an ihrer Schulter rütteln, da fällt ihr auf, dass die Kette mit dem goldenen Kreuz fehlt. Nur ungern erinnert sie sich an die Situationen, in denen sie und ihre Geschwister das Kreuz küssen mussten, weil sie etwas angestellt hatten. Ihre Mutter legt die Kette nie ab.

Verwundert sieht Pia sich um. Ein paar Meter weiter liegen Mamas Pullover, ihr Rock und die Unterwäsche säuberlich gefaltet auf einem Stein. Aber warum wacht sie nicht auf? Ist sie ohnmächtig? Eydis hat ihr einmal von vulkanischen Gasen erzählt, die aus Felsspalten aufsteigen können. Giftige Gase.

Pia rüttelt nun doch an ihrer Mutter. Wenn es hier Gase gibt, dann müssen sie schnell weg. »Mama, steh auf!«

Doch ihre Mutter rührt sich nicht. Stinkender Dampf steigt um sie herum auf, hüllt sie ein, sticht Pia in die Nase. Sprudelnd zerplatzen Blasen an der Wasseroberfläche. Mehr als sonst. Pia merkt, dass sie schwitzt, so warm ist es neben dem Bassin noch nie gewesen. Sie hält ihre Hand ins Wasser und zuckt zusammen. Es ist kochend heiß! Erschrocken sieht sie ihre Mutter an. Unter Wasser ist ihre Haut ganz aufgequollen.

»Mama?« Zitternd weicht Pia zurück, dabei gerät ihr Fuß in den Bach hinter ihr. Er ist so kalt wie die Erkenntnis.

Mama ist tot.

Einen Moment später hallen ihre Schreie von den Lavafelsen.

21

Skagen sieht die Männer mit den Kapuzenjacken aus dem SUV auf sich zukommen. Ohne groß zu überlegen, sprintet er auf den Eingang des Terminals zu. Die Glastüren öffnen sich und lassen ihn in das sicherheitsversprechende Innere eintreten. Die Abflughalle ist leer, nur zwei Security-Mitarbeiter stehen vor den Eincheckautomaten. Durch Skagens gehetztes Eintreten drehen sie die Köpfe. Ihre Mienen sind aufmerksam bis misstrauisch. Skagen geht auf sie zu und spricht sie an, ohne sich noch einmal umzusehen. Doch in seinem Nacken prickelt die Gefahr. Folgen ihm die Männer?

»Ich bin Polizeibeamter aus Deutschland«, sagt er. »Und ich führe eine Waffe mit mir. Ich habe eine Tragelizenz für Skandinavien.« Er zeigt ihnen seinen Skanpol-Ausweis und die Lizenzkarte und hofft, dass die Security-Mitarbeiter ihm keine Schwierigkeiten bereiten. Dabei blickt er kurz über die Schulter zu den Glastüren. Dort ist niemand. Vermutlich waren die Männer aus dem SUV einfach nur harmlose Fluggäste. Skagen versucht, weiterhin ruhig zu bleiben, damit er die Securitys nicht unnötig in Alarmbereitschaft versetzt. Hier im Terminal ist er in Sicherheit. Keiner wäre so blöd und würde an einem Flughafen eine Schießerei anfangen.

»In Ordnung, Herr Skagen«, sagt der eine Security-Angestellte und reicht ihm seinen Ausweis zurück. »Was können wir für Sie tun?«

»Bringen Sie mich zum Zoll.«

»Gerne. Da entlang.«

Skagen folgt den Wachleuten durch die Halle. Immer wieder dreht er sich um. Als er gerade denkt, dass er sich tatsächlich getäuscht hat, tritt ein Mann durch die Türen. Er hat einen kahl rasierten Kopf mit einer Menge Tätowierungen an den Schläfen. Eine schwarze Sonne und eine Motorsäge prangen auf seinem Schädel.

Skagen weiß sofort, dass der Typ zu Åsgards Sønner gehört. Also sind sie doch hinter ihm her!

Er beschleunigt seine Schritte, schließt zu den Security-Männern auf, die ihn durch verwinkelte Gänge zu einer Tür führen, die sie mit einer Magnetkarte öffnen. Skagen beobachtet den Gang hinter sich. Zunächst ist da niemand, doch dann kommt der Typ mit der Motorsägenglatze um die Ecke. Ihre Blicke treffen sich. Der Typ hebt eine Hand, streckt den Zeigefinger in seine Richtung und schießt in pantomimischer Geste auf ihn. Ohne abzuwarten, schiebt Skagen sich hinter den Sicherheitsangestellten durch die Tür und drückt sie rasch ins Schloss. Angespannt presst er den Atem aus seiner Lunge. Vor ihm liegt der Zollbereich, in den die Kerle ihm nicht folgen können. Oder doch? Warum haben sie das Flughafengebäude überhaupt betreten? Hier können sie nicht das Geringste gegen ihn unternehmen, ohne von Dutzenden Kameras gefilmt zu werden. Was sollte das also?

Die beiden Security-Mitarbeiter haben von alldem offenbar nichts bemerkt und bringen Skagen zur diensthabenden Zollbeamtin.

»Welchen Flug haben Sie?«, fragt sie mit ernstem Gesicht.

»Noch gar keinen.«

Die Frau hebt eine Braue.

Skagen erklärt ihr die Sache, und die Beamtin zeigt auf einen Stuhl an ihrem Schreibtisch.

»Sie können bleiben, bis Sie wissen, was Sie machen wollen. Bei uns sind Sie sicher.« Sie wendet sich an die Kollegen. »Ihr geht raus und sucht nach den Männern. Nehmt sie fest, falls ihr sie findet.«

Die Angestellten nicken und verlassen den Zollbereich. Erleichtert lässt Skagen sich auf den Stuhl am Tisch sinken, zückt sein Handy und sucht nach einem Flug. Er findet einen um 10 Uhr nach Oslo und von dort aus nach Hamburg. Doch gerade als er ihn buchen will, fällt ihm ein, dass Åsgards Sønner mit Sicherheit wissen, wo er hinwill, schließlich ist er ein Skanpol-Beamter mit Dienststelle in Hamburg. Möglicherweise warten deren Handlanger dort auf ihn. Wahrscheinlich sogar vor seiner Wohnung. Skagen presst seine Lippen aufeinander. Ist der Moment gekommen, in dem er zum ersten Mal in seiner Polizeilaufbahn in ein Safehouse muss? Gibt es sonst keine andere Möglichkeit? Er wählt Jettes Nummer. Sofort ist seine Chefin dran.

»Ich bin am Flughafen, aber ich wurde verfolgt«, berichtet Skagen ernst. »Definitiv Männer von Åsgard, der eine hat eine Motorsäge auf die Glatze tätowiert. Hier am Flughafen gibt es sicher Kameraaufnahmen von ihnen.«

Seine Chefin stößt einen leisen Fluch auf Dänisch aus. »*For helvede!* Das ist einer der bekanntesten Killer aus den Reihen der Organisation. Ein brutaler Kerl. Er wird ›der Sadist‹ genannt. Dreimal darfst du raten, welches sein Lieblingswerkzeug ist.«

Skagen muss schlucken. »Im Ernst? Er macht Leute mit der Motorsäge kalt? Aber wenn er so bekannt ist, warum hat man ihn dann noch nicht hinter Gitter gebracht?«

»Weil man ihm bisher nichts nachweisen konnte. Er hat eine blütenweiße Weste.«

»Die scheinen irgendwie alle von Åsgards Sønner zu haben.«

»Was ziemlich sicher daran liegt, dass die Gruppe Verbindungen zu Richtern und anderweitigen Entscheidungsträgern im juristischen Apparat hat.«

Richtern, denkt Skagen und streicht sich über den Bart. Vielleicht ist der Maulwurf doch nicht bei Lise, Iver und Øksnes zu suchen, sondern bei dem Richter, der die Befugnis für die Verlegung der Häftlinge erteilt hat. Aber hat Øksnes nicht gesagt, dass der Mann integer ist? Diese Maulwurfgeschichte ist wie das Haupt der Medusa. Kaum hat man einen Schlangenkopf abgeschlagen, schlängeln sich zwei neue hervor. Selbst Øksnes könnte der Maulwurf sein. Wie hat es so weit kommen können, dass sich bei der Polizei alle untereinander misstrauen? Vermutlich war das Åsgards Absicht.

»Was soll ich jetzt machen?«, fragt Skagen. »Es scheint, als stünde ich auf der Abschussliste des Onkels. In Hamburg bin ich nicht sicher.«

»Wir haben ein Safehouse in Kopenhagen. Kannst du einen Flug dorthin buchen?«

»Ich werde es versuchen, ansonsten finde ich einen anderen Weg.«

»In Ordnung. Ich informiere die Kollegen in Dänemark. Sie werden dich am Flughafen in Kastrup in Empfang nehmen. Halte mich auf dem Laufenden.«

»Das werde ich. Aber ihr solltet wachsam sein. Auch ihr könntet in den Fokus des Onkels gerückt sein. Seid ihr noch in Berlin?«

»Ja.«

»Dann passt auf euch auf.«

»Du auch.«

Skagen steckt das Telefon weg. Eine halbe Stunde später hat er einen Flug in die dänische Hauptstadt gebucht und ist auf dem Weg in den Sicherheitsbereich. Die Zollbeamtin begleitet ihn, autorisiert seine Waffe bei der Sicherheitskontrolle und lässt ihn passieren. Vor dem Gate sucht Skagen sich einen Platz in den leeren Sitzreihen, von dem aus er jeden Fluggast im Blick hat, der den Bereich betritt. Ein paar Reisende liegen auf den Bänken und schlafen oder surfen im Internet.

Skagens Puls beruhigt sich allmählich, während er an einem Kaffee nippt, den er sich am Kiosk geholt hat. Er muss wachsam bleiben, darf sich erst in der Sicherheit des Flugzeugs erlauben, sich zu entspannen. Draußen vor den Fenstern drückt der neblige Morgen aufs Rollfeld, auf dem nicht viel los ist. Ein Airbus von Norwegian Air hängt am Rüssel der Gangway. Ob das seine Maschine ist?

Skagen trinkt den Kaffee aus, holt sich den nächsten, starrt auf die Uhr. Ihn überkommt der Drang, Maja anzurufen, doch er unterdrückt ihn. Er will sie nicht beunruhigen. Von Karlskrona aus könnte sie ohnehin nicht viel ausrichten. Es würde ihr nicht helfen, zu wissen, dass jemand hinter ihm her ist. Dann blieben ihr nur banges Warten und Hoffen. Das hat sie schon einmal durchgemacht im vergangenen Herbst, als es auf dem Kreuzfahrtschiff brenzlig wurde. Es müssen zwei der schrecklichsten Tage ihres Lebens gewesen sein, das will er ihr nicht noch einmal antun.

Skagen schüttet den Kaffee in sich hinein, wirft den Becher weg und blickt reglos vor sich hin. In seinem Hirn rattern die

Möglichkeiten durch, die ihm gegen Åsgards Sønner bleiben. Wie könnte er in Zukunft sicher sein, wenn sie den Kopf der Organisation nicht endlich fassen und damit die schreckliche Mordmaschinerie stoppen? Wie könnte er jemals wieder unbedacht eine Straße überqueren, ohne sich dauernd umzusehen? Was für ein furchtbarer Gedanke. Ein Leben in Angst. Skagen beißt sich auf die Unterlippe. Es sei denn, er würde eine Zeit lang untertauchen, eine neue Identität annehmen und irgendwo auf der Welt ein neues Leben beginnen, bis die Verantwortlichen zur Strecke und vor Gericht gebracht wären. Das wäre eine Möglichkeit. Aber was wäre dann mit Maja? Würde sie mit ihm zusammen abtauchen? Er wusste immer, dass er einen gefährlichen Job hat, doch neuerdings betrifft das auch die Frau, die er liebt. Sie würde die Konsequenzen ebenso tragen müssen.

Eine Durchsage reißt ihn aus seinen Grübeleien, und er sieht auf. Das Boarding für seinen Flug hat begonnen. Er folgt den anderen Passagieren ins Flugzeug und findet seinen Platz am Gang. Nachdem er sich angeschnallt hat, checkt er ein letztes Mal sein Handy. Es gibt keine neue Nachricht von Jette, nur diverse verpasste Anrufe von Øksnes. Aber die würde Skagen nicht beantworten. Nicht, solange nicht klar war, ob er sauber ist. Doch nun muss er das Telefon erst mal ausschalten. Mit einem müden Seufzer lehnt er sich zurück und lächelt traurig. So fühlt es sich also an, auf der Flucht zu sein. Allein und auf sich gestellt.

Er schließt die Augen und spürt, wie sich das Flugzeug in Bewegung setzt und zur Startbahn rollt. Die Maschine beschleunigt, und er wird in den Sitz gedrückt. Mit einem Mal schnellt sein Kopf hoch.

Er ist ein Idiot! Warum hat er die Warnung nicht verstanden? Deshalb hat der Motorsägen-Kerl ihn bis in den Flughafen verfolgt. Um ihm zu zeigen, dass sie ihn sehen. Und alles, was mit ihm zu tun hat. Ein kleiner Gruß vom Onkel, der den Spieß einfach umgedreht hat. Denn er ist jetzt der Jäger.

Hastig fummelt Skagen das Handy aus seiner Hosentasche und schaltet es an. Die Stewardess auf dem Jumpseat vor ihm schüttelt nachdrücklich den Kopf.

»Es ist dringend«, erklärt Skagen.

»Kein Telefon!«, beharrt die Stewardess auf dem Verbot, während die Maschine abhebt und in den dunstigen Morgenhimmel aufsteigt. Skagen lässt das Handy sinken. Schweiß rinnt ihm über die Schläfen.

Er hätte Maja anrufen müssen!

Der Onkel ist auch hinter ihr her.

22

»Was für eine Tragödie«, murmelt Halla Austdal vor sich hin, während sie der Rechtsmedizinerin dabei zusieht, wie sie die tote Frau untersucht. Dampf steigt von der Leiche auf, die aus dem Bassin gehoben und auf eine Plastikplane gebettet wurde.

Es stinkt nach Schwefel. Wie so oft in der Nähe vulkanischer Aktivität. Leider weht der Wind den heißen Dunst direkt zu ihnen herüber. Die Böen verfangen sich in den umliegenden Lavafelsen.

Halla beißt sich auf die Lippen. Dass sie innerhalb kürzester Zeit erneut auf die Halbinsel gerufen wird, hätte sie nicht gedacht. Zuerst hat sie befürchtet, dass es wieder um den kleinen Jungen gehen würde, als der Anruf von Bjarni kam. Doch dann hat sie erfahren, dass der Grund des Anrufs diesmal dessen Mutter ist. Das kann doch kein Zufall sein, oder?

Halla blickt auf die aufgequollene Leiche auf der Plane. Was für einen schrecklichen Tod die Frau erlitten hat. Hat sie beim Baden die Temperaturschwankungen unterschätzt? Oder ist es so plötzlich passiert, dass sie das Bassin nicht mehr rechtzeitig verlassen konnte? In Island weiß jeder, dass natürliche Thermalquellen eine Gefahr darstellen. Der Vulkanismus im Untergrund kann die Temperatur der aufsteigenden Erdwärme sprunghaft ansteigen lassen. Selbst Einheimische verbrühen sich des Öfteren oder kommen beim Baden zu Tode. Sicherer ist es, wenn das heiße Wasser kontrolliert in Schwimmbecken eingeleitet wird, wie es in den meisten öffentlichen Badeanstalten der Fall ist. Daher ist bei wilden Quellen, die zugegeben ihren Reiz haben, stets Vorsicht geboten. Dieses mangelnde Wissen scheint der Frau zum Verhängnis geworden zu sein, sie wurde bei lebendigem Leib gekocht.

Halla ruft sich das Bild der Toten ins Gedächtnis, wie sie da im Wasser gelegen hat. Sie hat eigentlich sehr entspannt ausgesehen, als wäre die Wassertemperatur um sie nur langsam auf 80 Grad Celsius angestiegen.

Hat sie nicht gemerkt, wie ihre Haut begonnen hat, Blasen zu werfen? Vielleicht hat sie vorher das Bewusstsein verloren. Oder … Halla dreht sich zur Rechtsmedizinerin um.

»Könnte die Frau durch giftige Gase ohnmächtig geworden sein?«, fragt sie.

»Das wäre möglich. Ich kann das allerdings erst feststellen, wenn ich die Leiche öffne und Tests mache.«

Halla nickt. Sie ist froh, die Forensikerin eingeschaltet zu haben. Auch wenn bislang alles nach einem Unfall aussieht, ist Halla skeptisch. Es ist merkwürdig, dass zuerst der Junge auf rätselhafte Weise verschwindet, und ein paar Tage später wird seine Mutter tot in einer heißen Quelle entdeckt.

Nervös schaut sie hinauf zu der dunklen Basaltwand, die über dem Badebassin und dem daneben fließenden Bach aufragt. Oben an der Kante steht Bjarni und sorgt dafür, dass niemand in die Nähe des Unglücksortes kommt. Selbst der Ehemann soll seine Frau nicht so sehen. Schlimm genug, dass das Mädchen die Leiche der eigenen Mutter gefunden hat. Manche Menschen ziehen das Pech einfach an. Die arme Pia. Sie hat neulich schon ein schlimmes Erlebnis gehabt, als ihr Bruder verschwunden ist, auf den sie aufpassen sollte. Und jetzt das! Im Moment befindet sie sich in der Obhut der isländischen Gastfamilie. Der Vater steht unter Schock. Es wäre gut, wenn die Familie psychologische Hilfe erhielte. Halla nimmt sich vor, das Kriseninterventionsteam zu verständigen.

»Kommst du mal?« Die Rechtsmedizinerin winkt sie zu sich heran. Sie kniet auf der Plane neben der Leiche und betrachtet deren aufgequollenen, blasenübersäten Arm mit einer starken Vergrößerungsbrille. »Sieht aus wie ein leichter Kratzer. Schwer zu erkennen, weil der Leichnam so lange im heißen Wasser gelegen hat. Das hat leider viele mögliche Spuren zerstört.«

Clever, denkt Halla, so wird man natürlich auch Spuren los, wenn man das vorhat.

»Die Frau kann sich die Haut natürlich auch abgeschürft haben, als sie über die Lavasteine ins Wasser gestiegen ist«, fährt die Rechtsmedizinerin fort. »Ich werde jedenfalls prüfen, ob sie Wasser in der Lunge hat. Das würde darauf hindeuten, dass sie ertrunken ist und hinterher wieder aufgerichtet wurde.«

Halla nickt. Das würde die entspannte Lage des Körpers im Wasser erklären. Eine erste Befragung der Familie hat ergeben, dass Wiebke Brandt in der Nacht oder am frühen Morgen verschwunden sein muss. Sie ist zusammen mit ihrem Mann ins Bett gegangen und war um halb acht Uhr am Morgen nicht mehr da, als Pia gekommen ist, um sie zu wecken.

»Gibt es sonst irgendwelche Hinweise auf Gewalteinwirkung?«, will Halla wissen.

Die Rechtsmedizinerin schüttelt den Kopf. »Bis jetzt nicht, aber ich werde Spuren finden, sollten welche da sein. In jedem Fall solltest du die Kriminalpolizei in Reykjavík einschalten und zusätzlich die Kollegen von Skanpol.«

»Skanpol?«

»Das ist die internationale Ermittlungsgruppe, die grenzübergreifende Fälle zwischen Deutschland und Skandinavien bearbeitet. Die Tote ist doch deutsche Staatsangehörige, oder nicht?«

»Ja.«

»Tja, dann mach dich darauf gefasst, dass es kompliziert wird.«

Halla lässt die Schultern hängen. Kompliziert ist nicht das, was sie hören wollte.

»Aha«, ruft die Rechtsmedizinerin aus. »Siehst du das hier?« Sie deutet auf die Augen der Toten, die von den Dämpfen der Thermalquelle stark gerötet sind. Mit einer Pinzette hat sie eines der Unterlider herabgezogen. Auf der Innenseite befinden sich rote Punkte. Petechien.

»Die entstehen unter anderem bei Gewalteinwirkung«, erklärt sie. »Ich wage mal zu behaupten, dass die Frau gewürgt wurde. Es gibt zwar keine offenkundigen Drosselmarken am Hals, aber das kann daran liegen, dass die Haut dem heißen Wasser ausgesetzt war. Ich werde das im Institut näher untersuchen. Das ist eindeutig ein Fall für die Kollegen von der Mord.« Sie richtet sich auf. »Es müsste schon mit dem Teufel zugehen, wenn der Tod ein Unfall war.«

Obwohl Halla es geahnt hat, spürt sie eine gewisse Resignation in sich aufsteigen. Dverganes macht seinem Ruf alle Ehre. Dieser Ort ist wahrhaftig verflucht.

Mit einem Seufzen holt sie ihr Telefon hervor.

23

Das Flugzeug ist noch nicht von der Landebahn auf den Taxiway abgebogen, da hat Skagen sein Handy bereits eingeschaltet und Majas Nummer gewählt. Sie hat Spätschicht und müsste zu Hause am Frühstückstisch sitzen und ihren Kaffee mit Blick auf den Schärengarten von Karlskrona trinken.

Es tutet mehrmals, bis sie endlich abnimmt. Skagen versucht, ruhig zu klingen, doch die Worte sprudeln nur so aus ihm heraus. Vergessen sind alle Vorsätze, sie nicht zu beunruhigen. Er macht sich große Sorgen um sie und kann es nicht verbergen. Das Flugzeug rollt langsam auf die Terminals zu.

»Wo bist du?«, fragt Maja mit vibrierender Stimme.

»In Kopenhagen.«

»Bleibst du dort, oder nimmst du einen weiteren Flug?«

Skagen mustert seine Mitreisenden. Eigentlich ist es unmöglich, dass einer von ihnen Åsgards Sønner angehört. Sein Misstrauen ist trotzdem geweckt. Er atmet tief durch. Genau das haben die Kerle mit ihrer Aktion am Flughafen bezweckt. Dass er Angst hat und paranoid wird. Aber den Gefallen wird er ihnen nicht tun.

»Ich steige aus«, sagt er.

»Wo willst du hin?«

Skagen reibt sich über die Stirn. »In ein Safehouse. Jette hat es organisiert.«

Maja gibt einen gequälten Laut von sich. »Und was soll ich tun?«

»Sprich mit deinem Vorgesetzten. Ich weiß leider nicht, wie prekär die Situation für dich ist. Aber es kann gut sein, dass der Onkel rausbekommt, wo du wohnst. Er könnte versuchen, mich aus der Reserve zu locken, indem er dich bedroht.«

»Du meinst, er will mich als Geisel?«

»Möglich«, sagt Skagen und sein Bauch krampft sich zusammen. Nie hätte er gedacht, dass Maja durch ihn in Gefahr geraten könnte.

Ratloses Schweigen dringt durch die Leitung.

»Es tut mir leid, dass das alles passiert.«

»Ich … weiß nicht, was ich sagen soll, Tom.«

»Vielleicht ist es das Beste, wenn du mit in das Safehouse kommst. Zumindest solange die Lage unklar ist.«

Maja zögert, schließlich sagt sie: »Ich spreche mit Göran.«

Das Flugzeug erreicht das Terminal und hält an. Augenblicklich springen alle Passagiere auf und kramen ihr Gepäck aus den Fächern. Skagen bleibt sitzen. Majas Zurückhaltung irritiert ihn. Hat sie genug von ihm? Von den ständigen Schwierigkeiten? »Maja? Bist du noch dran?«

»Ja …« Sie klingt, als hätte sie einen Kloß im Hals.

Die Schlange der wartenden Passagiere setzt sich in Bewegung. Als sich eine Lücke auftut, erhebt sich Skagen vom Sitz. »Was ist mit dir?«

»Ich … nichts, Tom. Ich werde erst mal ins Präsidium fahren.«

»Bitte sei wachsam.« Das Bild vom Motorsägen-Typ taucht vor seinem inneren Auge auf. Soll er Maja von ihm erzählen? Besser nicht. Das würde sie nur noch mehr ängstigen, und so schnell kann der Typ nicht von Stavanger nach Karlskrona reisen. Bestimmt sitzt er in Norwegen am Flughafen und versucht herauszufinden, wohin Skagen geflogen ist.

»Ich werde gleich abgeholt und in die geschützte Wohnung gebracht«, erklärt er. »Ich werde den Kollegen Bescheid geben, dass sie einen Transport für dich organisieren sollen.«

»Nein, schon gut. Ich bekomme das hin. Göran wird mir Schutz geben.«

Skagen fühlt einen Stich. Vertraut Maja ihrem Chef mehr als ihm? Was ist mit ihr los? »Maja, ich bitte dich. Diese Leute sind absolut skrupellos.« Er tritt aus der Flugzeugtür in den Rüssel zum Terminal. Maja schweigt erneut, was ihn beunruhigt. Die Distanz, die räumlich zwischen ihnen liegt, breitet sich nun auch über das Telefon aus wie ein emotionaler schwarzer Nebel. Hat Maja den Eindruck, dass ihre Beziehung nirgendwo hinführt? Dass es zu kompliziert ist, wenn jeder in seinem Land wohnt?

Skagen folgt dem Strom aus Passagieren zu den Gepäckbändern. Da sein Koffer noch in Lises Gästezimmer steht, schert er aus und steuert direkt auf den Ausgang zu.

»Ich lege jetzt auf, Tom, und fahre zur Arbeit«, sagt Maja. Sie klingt niedergeschlagen.

»Warte. Ich bin an der Passkontrolle.« Mit dem Telefon in der Hand fummelt er mühsam seinen Ausweis aus der Jackentasche und geht auf den Glaskasten zu.

»Beenden Sie das Telefonat!«, ordnet der Zollbeamte an.

»Maja, ich muss auflegen. Bitte komm nach Kopenhagen, da können wir reden.«

»Worüber sollen wir denn reden?«

»Na, über … alles …«

Maja seufzt. »Ich muss los, Tom. Hejdå.«

»Nein, warte …« Doch Maja hat schon aufgelegt. Skagen kann es nicht fassen. Die Leute hinter ihm stoßen genervte Laute aus, weil er die Passkontrolle aufhält.

Er will dem Beamten seinen Ausweis zeigen, da klingelt sein Handy erneut. Die Wartenden protestieren lautstark, als er rangeht.

»Maja … hör zu …« Skagen erhält einen Stoß in den Rücken und tritt aus der Schlange, damit die Menschen vorbeikönnen. Dabei erntet er böse Blicke.

»Hallo? Ist da Tom Skagen von Skanpol?«, fragt eine männliche Stimme am anderen Ende der Leitung auf Englisch.

»Äh, entschuldigen Sie, was wollen Sie?« Skagen ist misstrauisch.

»Ich bin Nils Jónsson von der Polizei in Reykjavík.«

Reykjavík? Ist das ein Trick seiner Verfolger, um ihn ausfindig zu machen? Durch den Maulwurf kennen sie schließlich seine Nummer. Er sollte sein Handy entsorgen.

»Wer ist da noch mal?«, will er wissen.

»Kommissar Nils Jónsson von der Polizei in Reykjavík.«

»Warum rufen Sie an?«

»Wir haben einen Mord an einer deutschen Staatsbürgerin«, erklärt der angebliche Kommissar aus Island. »Sie sind doch von der Sonderabteilung Skanpol, oder?«

»Ein Mord?«

»Ja. Folgendes: Bei dem Opfer handelt es sich um eine Frau namens Wiebke Brandt, wohnhaft in Bremen. Sie wurde durch heißes Wasser verbrüht. Vorher wurde sie bis zur Bewusstlosigkeit gewürgt. Das hat die Rechtsmedizin bestätigt.«

»Wie furchtbar«, entfährt es Skagen. »Wieso war die Frau in Island?«

»Ihre Familie macht einen Farmurlaub in einer sehr entlegenen Gegend, da sind nur drei Schafhöfe. Sie hat vier Kinder, die alle nur Deutsch sprechen. Eines davon hat die Leiche gefunden. Wir brauchen dringend Ihre Unterstützung.«

Skagen fährt sich durch die Haare. In seinem Kopf rasen Gedanken und Bilder durcheinander. Welchen seiner Kollegen könnte er auf den Fall ansetzen? Jette und Jens sind in Berlin. Er auf der Flucht. Bleibt nur Kaisa.

»Hören Sie, Herr Jónsson«, sagt er. »Es ist gut, dass Sie uns kontaktiert haben. Ich werde Sie an meine Kollegin Kaisa Baumann weiterleiten, die kann …«

»Mit der habe ich gerade eben gesprochen«, unterbricht ihn Jónsson vorwurfsvoll. »Sie sagte, *Sie* würden sich darum kümmern. Deshalb hat sie mir Ihre Nummer gegeben.«

»Ah, okay …«, stammelt Skagen, weil er nicht weiß, was er sagen soll. Offensichtlich hat Kaisa keine Ahnung von seiner Situation. Das ist auf der einen Seite gut, denn so ist sie nicht in Gefahr, auf der anderen Seite bringt ihn das in Erklärungsnot. Auf seiner Lippe herumnagend, beobachtet er die Warteschlange vor der Passkontrolle. Was tun? Er bemerkt, dass der Beamte hinter der Glaswand zu ihm herübersieht. In seinem Blick liegt etwas, das Skagens Misstrauen weckt. Plötzlich zuckt er zusammen. Der Beamte könnte einer von ihnen sein. Åsgards Sønner wissen womöglich längst, dass er in Kopenhagen ist. Sie haben Kontakte zur dänischen Polizei, und es ist möglich, dass die Handlanger des Onkels draußen auf ihn warten. Vielleicht sind es sogar die Beamten, die ihn abholen. Woher soll er wissen, dass sie ihn nicht an einen einsamen Ort fahren, wo sie ihn einfach abknallen und anschließend im Öresund entsorgen?

Er fährt sich mit der Zunge über die trockenen Lippen.

»Hallo?«, hört er Nils Jónsson am anderen Ende der Leitung fragen. »Sind Sie noch dran? Erhalten wir nun Ihre Unterstützung oder nicht?«

Skagen wendet sich von der Passkontrolle ab und läuft zurück in die Gepäckausgabehalle. In einer Ecke, wo der Beamte ihn nicht sehen kann, antwortet er dem Isländer: »Ich komme zu Ihnen. Ich weiß allerdings nicht, welchen Flug ich nehme. Aber ich habe ja Ihre Nummer und werde Sie informieren.«

»Hervorragend. Ich danke Ihnen«, sagt der Kommissar aus Island und legt auf.

Danach sieht Skagen sich in der Halle um. Niemand ist ihm gefolgt. Oder diejenigen, die hinter ihm her sind, verhalten sich geschickt. Auf jeden Fall braucht er ein sicheres Plätzchen. Und er muss dringend mit Maja telefonieren. Er muss sie warnen, dass Kopenhagen nicht sicher ist.

Er findet eine Ecke, von der aus er seine Umgebung gut im Blick hat, und wählt Majas Nummer. Doch es meldet sich sofort die Mobilbox. Sie hat ihr Handy ausgestellt! Skagen lässt das Telefon sinken. Ein kalter Klumpen liegt in seinem Magen. Sie wusste doch, dass er noch einmal anrufen wollte.

Um sich zu beruhigen, atmet er ein paarmal tief durch. Dann ruft er Jette an.

»Tom!«, meldet sie sich. »Bist du gut im Safehouse angekommen?«

»Nein«, sagt er düster.

»Wieso nicht?«

»Ich glaube, dass es nicht sicher ist. Åsgards Sønner wissen vermutlich davon und könnten mich auf dem Weg dorthin abfangen.«

»Was lässt dich das glauben? Die eingeweihten Kollegen in Kopenhagen sind absolut integer.«

Argwöhnisch beobachtet Skagen die Menschen in der Gepäckhalle. Gerade ist ein neuer Flieger gelandet und die Massen versammeln sich vor den Förderbändern. »BER – Berlin«, steht auf der Anzeigetafel. Skagens Muskeln spannen sich an. Seine Nerven vibrieren. Er scannt die Leute ab, kann niemand Verdächtigen erkennen.

»Es ist so ein Gefühl«, beantwortet er Jettes Frage.

»Ein Gefühl? Du solltest deinen Kopf einschalten.«

»Ich weiß, was ich tue. Ich werde nach Island fliegen.«

»Was? Island? Tom, drehst du jetzt durch?« Jette klingt verwirrt.

»Nein. Dort gibt es einen Fall für Skanpol. Ein Mord an einer deutschen Frau. In einer sehr abgelegenen Gegend.«

»Du bist doch nicht bei Trost!«, schnauzt Jette ihn an.

»Dort wird mich niemand finden, gesetzt den Fall, du hältst es aus den Akten raus. Wenn niemand Zugriff darauf hat, wird auch niemand wissen, dass ich in Island bin.«

»Das ist vollkommen verrückt!«

»Kann sein«, sagt Skagen. »Gleichzeitig aber auch eine gute Lösung. Keiner wird sich in diesem einsamen Landstrich unbemerkt an mich heranschleichen können. Es ist der perfekte Ort für ein Versteck, und ich kann von Nutzen sein. Eine Win-win-Situation.«

»Ich bin da eher skeptisch«, entgegnet Jette.

»Damit habe ich gerechnet. Und ich weiß deine Sorge zu schätzen. Trotzdem werde ich das durchziehen.«

»Ich kann es dir verbieten, Tom. Ich könnte dich wegen Amtsanmaßung und eigenmächtigen Verhaltens suspendieren.«

»Das könntest du. Wirst du aber nicht«, erwidert Skagen.

Jette schnaubt empört. »Du … weißt doch gar nicht, in welch kritischer Situation du steckst. Die Kerle machen keine halben Sachen. Sie haben Roger Haugland eiskalt abgeknallt und wollten das mit seiner Frau Lise ebenso machen. Du warst dabei.«

»Sie *wollten* Lise umbringen? Ist sie etwa noch am Leben?«

»Ja, sie wurde in die Schulter getroffen und hat viel Blut verloren, aber sie wurde gerettet. Sie ist im Krankenhaus. Ihr Mann hat es leider nicht geschafft. Eine Kugel ging direkt durch sein Herz.«

Bei der Erinnerung an das Blutbad im Hause Haugland muss Skagen sich gegen die Wand lehnen. »Und was ist mit Iver?«

»Ihm ist nichts zugestoßen«, berichtet Jette. »Die Typen sind zwar in seine Wohnung eingedrungen, doch er war über Nacht bei seiner Freundin. Glück für ihn.«

»Mein Gott!« Skagen fasst sich an den Hals. Übelkeit rumort in seinen Eingeweiden. Was für ein Irrsinn.

»Tom, bist du noch da?«

»Ja«, krächzt er.

»Wir bekommen das hin. Wir bleiben den Mistkerlen auf den Fersen und werden den Onkel und seinen beschissenen Nazistab ausheben.«

»Das hoffe ich. Sonst kann ich meine Sachen packen und auswandern … nach Madagaskar oder Alaska.« Ein Kloß blockiert seinen Hals. Womöglich würde er Maja durch diese Sache verlieren. »Ich muss auflegen. Das Handy werfe ich weg. In Island besorge ich mir ein neues mit Prepaidkarte und schicke dir die Nummer.«

»Tom«, sagt Jette traurig, »sei vorsichtig.«

»Heißt das, ich darf fliegen?«

»For helvede!«, brummt Jette. »Ja.«

Skagen grinst. »Danke für dein Vertrauen.« Dann legt er auf und schließt seine Hand fest um das Telefon. Noch muss er es behalten, um damit online einen Flug nach Island zu buchen. Danach würde er die SIM-Karte zerstören, es wegwerfen und seine Spur verwischen. Tom Skagen würde eine Weile untertauchen. Und Maja wüsste nicht, wo er sich aufhält. Der Spion, der in die Kälte geht.

*

»Wieso könnt ihr ihn nicht finden?«, blafft er ungehalten ins Telefon. »Er müsste längst in Kopenhagen angekommen sein.«

»Das ist er auch, bisher ist er allerdings nicht durch die Passkontrolle gegangen. Der Flieger ist seit einer Dreiviertelstunde am Boden. Die beiden Beamten der dänischen Polizei, die ihn abholen sollen, werden auch schon ungeduldig und sehen ständig auf ihre Uhren. Er muss noch drinnen sein. Vielleicht riecht er die Falle.«

»Ihr wartet seit 45 Minuten?«

»Ja, Boss.«

»Was seid ihr für Idioten! Natürlich hat er den Braten gerochen und sich aus dem Staub gemacht.«

»Wo soll er denn hin? Er ist im Flughafen im Sicherheitsbereich.«

»Dann seht verdammt noch mal nach. Geht rein und sucht ihn!«

»Ja, Boss.«

Ungehalten rollt er mit den Augen. Nicht alle Männer in seinen Reihen sind für ihren Job geeignet. Er wird den Kerl ersetzen. Er ist ein Trottel.

»Habt ihr wenigstens überprüft, wo sich seine Freundin aufhält?«, fragt er.

»Natürlich. Das schwedische Chapter ist vorhin in Karlskrona bei ihrer Wohnung gewesen. Sie war nicht dort. Jetzt suchen sie nach ihr.«

»Sie ist bestimmt bei ihrer Arbeit. Seht euch dort mal um – unauffällig!«

»Klar, Boss.« Der Handlanger klingt schon wieder selbstsicherer, und der Onkel hofft, dass er die Sache erledigt, sonst würde es ziemlich ungemütlich für ihn werden.

Es klopft an der Tür und er legt auf. Es ist sowieso alles gesagt. Schnell lässt er das Prepaidhandy in der Schublade verschwinden, die er mit einem Schlüssel abschließt.

»Herein!«, ruft er anschließend.

Die Tür öffnet sich, und ein Kollege erscheint im Büro. »Es gibt Neuigkeiten.«

»Welche denn?«, fragt er gespielt interessiert.

»Der Vollzugsbeamte, der an dem Abend Dienst hatte, als Marcel Walka sich erdrosselt hat, ist gefunden worden. Er lag tot am Ufer des Tegeler Sees. Mit einer Kugel im Kopf. Sieht nach Selbstmord mit seiner Dienstwaffe aus.«

Er setzt eine betroffene Miene auf. »Himmel! Das ist ja furchtbar.«

Der Kollege nickt, während der Onkel sich klammheimlich ins Fäustchen lacht. Wenigstens diese Aktion läuft wie am Schnürchen. Der JVA-Beamte war ein nützliches Rädchen, das ihnen geholfen hat, Walka unschädlich zu machen. Damit hatte er seinen Zweck erfüllt und konnte aus dem Spiel genommen werden. Bedauerlich, aber notwendig.

»Noch etwas«, sagt der Kollege. »Diese Jette Vestergaard von Skanpol will mit Ihnen sprechen.«

»Jetzt?«

»Ja, sie steht vor der Tür.«

Der Onkel seufzt. Die Frau ist wie eine Schmeißfliege. Bei ihr würde es länger dauern, sie loszuwerden. Aber wenn dieser Skagen erst einmal ausgeschaltet wäre, würde sie die Warnung verstehen. Das ist sicher.

Die hochgewachsene blonde Dänin betritt sein Büro, einen ernsten Ausdruck auf dem Gesicht. Eigentlich voll sein Typ. Schade, dass sie nicht in seinem Team spielt.

»Hallo, Jette«, sagt er freundlich und streckt eine Hand in Richtung des Besucherstuhls aus. »Was kann ich für Sie tun?«

24

Es ist früher Nachmittag, als Halla die Kollegen aus Reykjavík und Deutschland von dem kleinen Flughafen in Egilsstaðir abholt. Sie ist froh, Unterstützung zu erhalten, und Bjarni erst recht. Die Tat überfordert sie. Es ist ihr erster Mordfall, und sie haben keine Ahnung, wie sie vorgehen sollen. Die Leiche befindet sich bereits auf dem Weg in die Hauptstadt zur Obduktion. Die Spurensicherung ist bei der Arbeit und hat in dem weitläufigen Gelände einiges zu tun.

Zwei Männer treten aus dem Eingang des Terminals, und Halla erkennt sofort, dass es die Kollegen sind. Der kleinere von ihnen, ein dunkelhaariger, leicht pummeliger Typ mit Seitenscheitel, sieht aus, als käme er sonst nie hinter seinem

Schreibtisch hervor. Bestimmt ist das der Mann von Skanpol. Internationale Einheiten machten doch nichts anderes, als in ihren Büros Informationen hin und her zu schieben. Der größere Typ hingegen wirkt sympathisch. Blond mit Bart und einem offenen Blick.

Die beiden Männer bemerken Hallas Uniform und den Polizeiwagen, gegen dessen Kotflügel sie lehnt, und kommen auf sie zu. Der Blonde lächelt, während der Dunkelhaarige grimmig dreinblickt. Typisch Büromensch. Bestimmt hat er keinen Bock, draußen in der Kälte zu arbeiten.

»Hallo«, begrüßt Halla die Männer. »Gut, dass ihr da seid.« Sie schüttelt dem Blonden zuerst die Hand. »Ich bin Halla Austdal von der Polizei Austurland«, stellt sie sich auf Isländisch vor. Der Blonde antwortet mit fragend hochgezogenen Augenbrauen.

»Sorry«, sagt er auf Englisch. »Leider spreche ich kein Isländisch.«

»Oh.« Halla blinzelt verlegen. Da hat sie sich offensichtlich geirrt.

»Ich bin Tom Skagen von Skanpol. Ich könnte euch Schwedisch, Dänisch oder Deutsch anbieten. Englisch ist natürlich auch okay.« Er zwinkert ihr zu und sie wird rot.

»Dann bleiben wir bei Englisch«, meldet sich der andere Mann zu Wort, tritt vor und streckt Halla die Hand entgegen. »Nils Jónsson. Mordkommission Hauptstadtbüro.«

Der Kollege aus Reykjavík bricht ihr mit seinen weichen Bürohänden fast die Finger, so fest greift er zu. Halla verzieht keine Miene. »Wollen wir direkt zum Fundort fahren?« Sie zeigt auf den Polizeijeep.

Tom Skagen und Nils Jónsson sind einverstanden. Sie verfrachten das Gepäck in den Kofferraum und klettern auf die Sitze. Jónsson vorn und Skagen hinten. Zuerst kurvt Halla durch Egilsstaðir, das sie zugegebenermaßen nicht besonders hübsch findet, im Gegensatz zu ihrem Geburtsort Seyðisfjörður, der sich unten im Tal idyllisch in den Fjord schmiegt. Egilsstaðir ist eine reine Ansammlung von Zweckbauten und dient als Versorgungszentrum für das dünn besiedelte Austurland. Der Ort liegt auf einer bewaldeten Hochebene und kann mit keiner nennenswerten Sehenswürdigkeit aufwarten, weshalb sich auch nur wenige Touristen hierherverirren. Die meisten fahren durch oder nutzen Egilsstaðir zum Tanken und Einkaufen.

»Sorry, das ist bestimmt nicht das Island, das du dir vorgestellt hast«, sagt Halla zum Skanpol-Kollegen auf dem Rücksitz.

»Ach, ich bin trotzdem froh, hier zu sein«, entgegnet er bescheiden. »Werden wir in Egilsstaðir unterkommen?« Auch wenn er kein Isländisch kann, betont er den Ortsnamen richtig. Mit einem weichen th-Laut für das ð. Halla schließt daraus, dass er schon mal in Island war.

»Nein, unten in Seyðisfjörður«, sagt sie mit ebenjener Betonung für die beiden ð. »Das ist näher dran am Tatort. Dann müsst ihr nicht ständig die Passstraße hoch- und runterkurven.«

Nils Jónsson nickt. Als Isländer weiß er natürlich, was das bedeutet. »Schneit der Pass um diese Jahreszeit zu?«, fragt er.

»Ja, manchmal«, antwortet Halla, und wie aufs Stichwort beginnen kleine Flocken vom Himmel zu fallen.

»Gibt es denn keinen Tunnel?«, will Nils Jónsson wissen.

Halla stößt ein trockenes Lachen aus. »Rate mal, wie lange wir die Politiker in Reykjavík schon darum bitten?«

»Typisch Provinz!« Er schüttelt den Kopf.

Halla verzieht das Gesicht. »Es hört bestimmt gleich auf zu schneien«, entgegnet sie. »Der Wetterbericht sagt, dass der Schnee nicht liegen bleibt.«

»Als ob man sich auf den Wetterbericht verlassen könnte«, gibt Nils Jónsson sarkastisch zurück.

Halla beißt sich auf die Zunge. Der Kerl geht ihr jetzt schon auf den Keks.

Sie biegt auf die soeben erwähnte Passstraße ab, die sich in unzähligen Serpentinen zum Fjord hinunterschlängelt, während die Berge zu beiden Seiten in die Höhe wachsen. Auf ihren Spitzen liegt ein zarter Hauch von Schnee. Hoffentlich behält der Wetterbericht recht.

Halla stellt die Heizung höher und überlegt, was sie sagen soll. Die Männer wirken nicht, als wären sie an einem Gespräch interessiert. Nils Jónsson stiert geradeaus auf die Straße, wobei der weiße Himmel sich in seinen Brillengläsern spiegelt. Er scheint nicht die Art Mensch zu sein, der sich durch überbordende Freundlichkeit auszeichnet. Der andere, Tom Skagen, hockt hinten und fummelt gedankenverloren an seinem Handy herum.

Halla seufzt. Das kann ja heiter werden.

Unten im Tal kommen das dunkelblaue Band des Fjords und die grün gesprenkelten Berge aus schwarzer Lava in Sicht, die Seyðisfjörður umarmen, als wollten sie es beschützen. Wie immer macht Hallas Herz einen Sprung bei diesem Anblick. Doch die Männer haben dafür keinen Blick. Nils Jónsson stößt genervt Luft aus und verschränkt die Arme vor der Brust, als fühlte er sich zu Unrecht in die Provinz entsandt.

Sie erreichen den kleinen Hafenort, der unter Touristen wegen der Street-Art ein Geheimtipp ist – allerdings auch nur deswegen. Würde nicht einmal pro Woche die Fähre aus Dänemark anlegen, wäre hier komplett tote Hose.

Die Fähre liegt gerade im Hafen und überragt mit ihrem weißen Rumpf alle Gebäude um mehrere Stockwerke. Sie wirkt gigantisch und völlig überdimensioniert. Im Sommer kommen auf ihr doppelt so viele Passagiere angereist, als es Einwohner im Ort gibt.

»Was ist das für ein Schiff?«, fragt der Kollege aus Deutschland.

»Das ist die Norröna«, erklärt Halla, ohne hinzugucken. »Sie verbindet Island im Pendelverkehr mit den Färöer-Inseln und Dänemark. Morgen wird sie ablegen.«

Sie fahren am Supermarkt, der Tankstelle und ein paar bunten Häusern vorbei, dann haben sie den Ort auch schon hinter sich gelassen und folgen der Straße am südlichen Fjordufer entlang. Als der Asphalt in die Schotterpiste übergeht, hält sich Nils Jónsson am Griff über seinem Kopf fest. Das Schneetreiben nimmt zu. Die Wolken hängen tief über den Bergspitzen. Es ist dunkel wie zur Abenddämmerung. Halla presst die Lippen aufeinander und blickt zum Himmel hinauf. Das isländische Wetter ändert gerne seine Meinung, auch binnen Minuten. Aber Schneetreiben bräuchten sie jetzt wirklich nicht.

Zwischen zwei Schlaglöchern schielt Halla zu dem Kollegen aus Reykjavík hinüber. Will er denn nicht mehr über den Fall wissen? Klar, sie hat Nils Jónsson bei ihrem ersten Anruf einiges erzählt, aber bei Weitem nicht alles. Also beginnt sie einfach zu berichten. Sie beschreibt die Situation auf den Höfen, die einheimischen Schafbauern, die deutschen Familien, die dort zu Gast sind, das Urlaub-gegen-Hand-Konzept, wer das Opfer ist, und erzählt, dass vorher der kleine Sohn der Toten eine Nacht lang verschwunden war. Halla hat immer noch das Gefühl, dass der Mord an Wiebke Brandt etwas mit dem Verschwinden des Jungen zu tun hat. Doch das behält sie vorerst für sich. Sollen die Kollegen zunächst ihre eigenen Schlüsse ziehen.

»Die zwei deutschen Familien sind angeblich miteinander befreundet«, erklärt sie. »Aber ich konnte deutliche Disharmonien feststellen, mit Ansätzen der Unterdrückung. Und beide Familien sind tiefgläubig.«

»Ich sag's ja«, raunt Nils Jónsson, »Einsamkeit macht irre. Ich verstehe ohnehin nicht, wie man seine kostbare Lebenszeit freiwillig am Arsch der Heide verbringt.« Er schiebt einen abwertenden Lacher hinterher.

»›Urlaub gegen Hand‹ ist ein Konzept, das viele Menschen auf der Welt nutzen«, sagt Tom Skagen. Endlich kommt mal ein Ton von ihm.

Nils Jónsson lacht erneut. »Selbst schuld, wenn man sich ausgerechnet dieses Scheißland dafür aussucht.«

Skagen schweigt und blickt auf sein Telefon.

Halla konzentriert sich auf die Straße und ist erleichtert, als endlich das hellblaue Wohnhaus des Magnusson-Hofes im trüben Licht vor ihnen auftaucht. Sie freut sich auf die angenehme Wärme und den Kaffee, den die Hausherrin bestimmt für sie bereithält. Aber erst muss sie die Kollegen zur Quelle führen. Sollen sie sich dort draußen doch den Hintern abfrieren. Sämtliche relevante Informationen über den Fall hat sie ihnen gegeben, da kann sie genauso gut im Haus auf sie warten.

Sie parkt neben den anderen Polizeifahrzeugen auf dem schlammigen Vorplatz und schaltet den Motor aus. Nils Jónsson steigt als Erstes aus.

»Scheißwetter!«, zischt er und zieht sich die Kapuze über den Kopf.

»Er mag die Provinz wohl nicht«, murmelt Skagen hinter ihr lakonisch.

Halla dreht sich um und bemerkt sein Lächeln. Ein Punkt für ihn.

Sie führt die Kollegen zu dem Pfad, der sich durch die Schlucht zum Bach hinunterschlängelt. An dessen Ufer liegen die Bassins mit den heißen Quellen. Dicke, feuchte Schneeflocken treffen auf ihre Gesichter und behindern die Sicht. Der Schnee lässt das Gras und die Steine glitschig werden, und sie schlittern mehr, als dass sie laufen. Nils Jónsson stellt sich trotz seiner Beleibtheit geschickt an, während der sportlich wirkende Tom Skagen Schwierigkeiten zu haben scheint, den Weg zu meistern. Liegt vermutlich an seiner unzureichenden Bekleidung. Im Gegensatz zu Nils Jónsson, der angemessen ausgerüstet ist, trägt der Skanpol-Kollege normale Straßenschuhe und eine viel zu dünne Jacke. Er hat wohl die Temperaturen von Hamburg mit Island verwechselt.

Sie erreichen den Fuß der Felswand, die die heiße Quelle zu einer Seite hin abschirmt und an der sich nahezu perfekte Basaltsäulen ausgebildet haben. Ein Traum für jeden Island-Fan, dem angesichts des schrecklichen Verbrechens nur niemand Beachtung schenkt.

Zwei Gestalten in blauen Ganzkörperanzügen knien neben dem Bassin. Sie haben die Overalls über ihre warme Kleidung gezogen und sehen aus wie Zuckerwattemännchen. Ein weißer Pavillon wurde über der Fundstelle aufgespannt, um wenigstens ein paar der Spuren vor dem fallenden Schnee zu schützen. Überall befinden sich Schildchen mit Nummern, auch weiter entfernt von der Badestelle.

Die KTU-Kollegen erheben sich, und Nils Jónsson und Tom Skagen stellen sich vor. Danach zieht Jónsson ein iPad aus der Tasche und öffnet ein Foto von der Leiche, wie sie im Wasser gefunden wurde. Er vergleicht die Aufnahme mit den aktuellen Begebenheiten. Dabei ändert er ein paarmal seine Position und nickt, als er den richtigen Winkel gefunden hat. Er sieht sich die anderen Fotos an; Großaufnahmen von Wiebke Brandts nacktem Körper, ihrem Gesicht, ihrer verkochten Haut, dem Kleiderstapel, dem Bassin. Tom Skagen blickt dem Hauptstadtkollegen dabei interessiert über die Schulter.

Schwefelig stinkende Dampfschwaden wehen ihnen um die Nase, was Halla ungeduldig von einem Fuß auf den anderen treten lässt. So nah an den Quellen spürt sie die Hitze, während der feuchtwarme Dunst sich auf ihre Haut legt.

»Hat sich das bereits ein Geologe angesehen?«, fragt Nils Jónsson. »Wissen wir, warum die Temperatur des Wassers schlagartig angestiegen ist?«

»Nein, aber so etwas passiert öfter«, erwidert Halla.

»Klar. Aber es wäre gut zu wissen, inwieweit die vulkanische Aktivität in dieser Gegend zugenommen hat. Besonders, weil wir vor Ort arbeiten müssen. Da wüsste ich gerne, ob es gefährlich ist oder nicht.«

Halla guckt ihn an.

»Na los, ruf einen an!«, fordert Nils sie auf.

»Wen?«

»Einen Geologen. Oder spreche ich Finnisch? Ruf an der Uni in Reykjavík im Geologischen Institut an. Die sollen jemanden schicken.«

»Okay.« Beleidigt verzieht Halla das Gesicht. Wie redet der denn mit ihr?

Unterdessen wendet sich Nils an die Männer von der Spurensicherung. »Habt ihr etwas von Bedeutung gefunden?«

»Jep, einiges«, antwortet der KTU-Kollege. »Zunächst einmal die Gummistiefel und die Kleidung der Toten: Jacke, Strickpullover, Longsleeve, Rock, Strumpfhose, Wollsocken, Unterwäsche. Alles lag säuberlich zusammengefaltet in der Nähe des Bassins. Auf den ersten Blick ist daran nichts Ungewöhnliches, bis auf eine relativ frische Speichelspur, die auf dem Pullover zu erkennen ist. Wir werden das untersuchen.«

»Das Handy der Toten?«, fragt Nils.

»War zwischen der Kleidung verborgen. Der Akku ist leer.«

»Das hätte ich gern.« Nils streckt die Hand aus, und der KTU-Kollege reicht ihm ein Smartphone in einem Beweismittelbeutel.

»Die Fingerabdrücke darauf müssen wir noch sichern. Und dic Kleidung wird selbstverständlich auch näher unter die Lupe genommen.«

Jónsson nickt. »Und weiter?«

Der KTU-Kollege zeigt auf eine Ansammlung von Tüten unter dem Pavillon. »Hier lag einiges an Müll herum. Die heißen Quellen scheinen von den Leuten der Gegend regelmäßig genutzt zu werden. Leere Getränkedosen, Bier und Fanta, Energydrinks, eine Brennivín-Flasche, ein altes Handtuch.«

»Ein Handtuch? Wo wurde das gefunden?«

»Dort hinten bei den Felsen.« Der KTU-Mann deutet auf die Basaltwand.

»Also nicht in der Nähe der Kleidung der Toten oder des Bassins?«

»Nein.«

Nils Jónsson macht ein nachdenkliches Gesicht und murmelt vor sich hin: »Baden ohne Handtuch, vielleicht das Mordwerkzeug ...«

»Wir haben noch weitere Gegenstände entdeckt«, erklärt der Kriminaltechniker. »Zum Beispiel eine Tupperdose mit Joints.«

»Wo genau?«, fragt jetzt Kommissar Skagen.

»Die waren unter einem Stein versteckt, in der Nähe des Handtuchs.«

Skagen sieht sich die Tupperdose in dem Beweismittelbeutel an.

»Es gab auch jede Menge Stummel von Joints und regulären Zigaretten«, fährt der KTU-Mann fort. »Außerdem ein Haargummi, ein Pornoheft. Das wurde in einer kleinen Höhle dort drüben verborgen.« Er zeigt auf die Basaltwand.

»Ich sag's ja: Einsamkeit ...«, murmelt Nils Jónsson. »Wurden Missbrauchsspuren an der Toten festgestellt?« Er dreht sich zu Halla um, die zusammenzuckt, weil sie seiner Aufforderung bislang nicht nachgekommen ist, an der Uni in Reykjavík anzurufen.

»Bisher gab es keine solchen Spuren«, antwortet sie schnell. »Zumindest nicht äußerlich. Das heiße Wasser hat das meiste zerstört oder verfälscht. Die Rechtsmedizin wird dem aber nachgehen.«

Nils Jónsson nickt zufrieden. »Vielleicht finden wir Fremd-DNA am Körper. Gibt es schon eine Einschätzung bezüglich des Todeszeitpunkts?«

»Nein. Das wird allerdings wohl auch nichts werden, wegen des heißen Wassers. Um den Zeitpunkt einzugrenzen, müssen wir uns auf die Aussagen der Angehörigen stützen.« Halla muss husten, weil sie eine Schwefelschwade eingeatmet hat.

»Dann fangen wir mit den Befragungen an«, erklärt Nils Jónsson. »Ich denke, wir können davon ausgehen, dass einer von den Leuten, die hier wohnen, der Täter ist. Oder sieht das jemand anders?«

Alle schütteln den Kopf.

Ein zufällig Vorbeireisender wird es wohl kaum gewesen sein, denn die gibt es hier nicht, denkt Halla. »Und wen willst du als Erstes befragen?«, fragt sie.

»Den Ehemann«, antwortet Tom Skagen, bevor Nils Jónsson etwas sagen kann.

25

Der Ehemann der Ermordeten sieht müde aus. Er hockt im Wohnzimmer auf dem Sofa bei seinen Kindern, die rot geweinte Gesichter haben und ebenso erschöpft wirken. Der Kleinste liegt halb auf dem Schoß des Vaters und hält einen Kuschelhasen umklammert. Seinen Fuß ziert ein Verband. Vermutlich ist das der zuvor vermisste Sohn der Familie, denkt Skagen. Neben dem Jungen kauern zwei braunhaarige Mädchen mit altmodischen Zöpfen. Eine stämmige blonde Frau hat tröstend einen Arm um eines der Mädchen gelegt.

Sie hebt den Blick, als Skagen und die anderen Polizisten den Raum betreten. Erst jetzt bemerkt er weitere Personen. Eine Frau in weiten Hosen, die mit Strickzeug in der Hand in einem der Sessel sitzt, und daneben ein bärengroßer Mann in Uniform, auf der »Lögreglan« steht – »Polizei« auf Isländisch. Vermutlich ist das Hallas Kollege Bjarni Egilsson.

Kommissar Nils Jónsson stellt sich und Skagen kurz auf Englisch vor und erklärt, warum sie hinzugerufen wurden. Doch Herr Brandt rührt sich nicht, stattdessen steht die stämmige blonde Frau auf.

»Hallo, ich heiße Eydis Halldórsdóttir«, sagt sie. »Meinem Mann Ásgeir Magnusson gehört der Hof. Er ist gerade im Stall. Die Schafe lammen.« Sie streckt die Hand aus und Skagen schüttelt sie. Er wundert sich nicht, dass ihr Mann einen anderen Nachnamen trägt als sie, obwohl sie offenkundig verheiratet sind. In Island ist die Namensgebung etwas speziell. Die Mädchen bekommen als Nachnamen den Vornamen ihres Vaters kombiniert mit dem Wort *dóttir*, was »Tochter« heißt, und bei den Jungen wird ein *son* angehängt.

Die Kinder aus dieser Ehe erhalten wieder andere Namen. Im isländischen Telefonbuch stehen daher alle bloß mit Vornamen, was die Sache für Außenstehende nicht unbedingt einfacher macht.

Eydis deutet mit dem Kinn auf den Ehemann der Toten. »Ihr müsst Thorsten entschuldigen, er steht unter Schock. Wirklich schlimm. Wir können noch gar nicht fassen, was passiert ist. Die armen Kinder, sie machen Schreckliches durch.«

»Ist schon eine psychologische Betreuung angefordert worden?«, fragt Skagen.

»Ich habe sie vorhin angerufen«, berichtet Halla. »Leider sind im Moment sämtliche Betreuer bei anderen Einsätzen. Aber sie kommen, sobald einer frei wird.«

»Okay, danke.« Skagen hört, wie Nils der Hausherrin erklärt, dass sie gerne einige Befragungen durchführen würden und dazu einen ruhigen Raum benötigen.

Eydis Halldórsdóttir hebt den Arm und zeigt aus dem Fenster. »Am besten, ihr geht rüber ins Gästehaus und nutzt die Gemeinschaftsküche. Wie lange wollt ihr denn bleiben?«

Nils zuckt mit den Achseln. »So lange, wie wir für die Aufklärung des Falls brauchen.«

Eydis' Gesicht nimmt einen besorgten Ausdruck an. »War es denn tatsächlich Mord?«

Nils seufzt. »Sieht ganz so aus.«

»Lieber Gott!«, stößt Eydis aus. »Dann ist der Mörder unter uns?«

Die andere Frau lässt ihr Strickzeug sinken. Ihre Miene zeigt eher Verdrossenheit denn Furcht. »Wer soll das denn sein?«

»Ich weiß nicht.« Eydis sieht die Frau an. »Aber einer von uns muss es gewesen sein.«

»Warum starrst du mich so an? Denkst du, ich war es?«

Eydis will etwas darauf erwidern, doch Skagen geht dazwischen. »Beruhigen Sie sich!« Es muss verhindert werden, dass Panik unter den Hofbewohnern ausbricht. »Wir kümmern uns um die Sache. Und nur wir sprechen einen Verdacht aus. Von gegenseitigen Beschuldigungen bitte ich abzusehen. Das hilft uns nicht weiter.«

Eydis sieht nicht so aus, als würde sie sich daran halten wollen. Und die andere Frau auch nicht. Die Stimmung ist erhitzt. Jeder scheint eine Meinung zu haben. Skagen will die beiden Frauen weiter beruhigen, da wendet sich Nils an den Ehemann der Toten.

»Mit Ihnen wollen wir zuerst sprechen, Herr Brandt. Kommen Sie bitte mit uns«, sagt er plötzlich in lupenreinem Deutsch, und Skagen wendet überrascht den Kopf. Auch Halla scheint das nicht erwartet zu haben. Verwundert hebt sie die Brauen.

»In Ordnung«, gibt Herr Brandt murmelnd von sich. Mit schwerfälligen Bewegungen schiebt er den kleinen Jungen von seinem Schoß und steht auf, dabei gerät er ins Wanken. Nils streckt einen Arm aus und stützt ihn. Anschließend führt er Herrn Brandt aus dem Raum. Skagen und Halla folgen ihm, während die Mädchen ihnen mit leeren Augen hinterherblicken.

Wenig später sitzen sie in der rustikalen Gemeinschaftsküche des Gästehauses und Skagen späht sehnsüchtig auf das Handy, das er samt Prepaidkarte am Flughafen von Keflavík gekauft hat, zusammen mit einem halben Dutzend Schokoriegeln, um den Tag zu überstehen. Bis jetzt weiß nur Jette, wo er steckt. Maja hat keine Ahnung, und Skagen macht sich große Sorgen um sie. Hoffentlich ist sie in Sicherheit. Göran tut bestimmt sein Bestes. Ihr Chef steht ja heimlich auf sie. Die Gelegenheit, vor ihr zu glänzen, wird er sich nicht entgehen lassen. Skagen spürt das Nagen der Eifersucht in seinem Bauch. Vielleicht könnte er am Abend versuchen, Maja über das Internet zu erreichen. Er muss wissen, wie es ihr geht.

Nils schiebt seinen Stuhl zurecht, während Halla bereits am Fenster Platz genommen hat. Skagen wollte sie dabeihaben, weil sie mit der Situation der Familien vertraut ist. Er holt seinen Notizblock hervor. »Gut, fangen wir an«, sagt er zu Herrn Brandt. »Zuerst brauche ich Ihren vollen Namen und Ihre Adresse.«

Herr Brandt seufzt. Er wirkt mehr genervt als erschüttert, was Skagen irritiert. Er hat schon viele Reaktionen auf den Tod eines geliebten Menschen erlebt, aber Gereiztheit gehört zu den seltenen.

Thorsten Brandt macht bereitwillig Angaben zu seiner Person, und Skagen notiert sie sich. Danach beginnt er mit der Befragung. »Sie können sich denken, worum es geht. Wir wollen den Tatzeitpunkt eingrenzen. Wann haben Sie Ihre Frau zum letzten Mal gesehen?«

Brandt rollt nachdenklich die Augen zur Zimmerdecke. »Das war gestern Nacht gegen 23 Uhr im Gästehaus. Wir haben uns zur selben Zeit schlafen gelegt.«

»Und dann?«

»Ich habe durchgeschlafen und wurde am nächsten Morgen von meiner Tochter Pia geweckt. Da war Wiebkes Bettseite leer.« Er reibt sich über die Lider.

»Haben Sie in der Nacht gehört, dass Ihre Frau aufgestanden ist?«

»Nein«, erwidert er mit belegter Stimme. »Ich bekomme nie etwas mit, schlafe sehr tief.«

»Gab es einen Anlass, weshalb Ihre Frau das Gästehaus verlassen haben könnte?«

»Nicht dass ich wüsste.«

Halla räuspert sich. »Darf ich etwas sagen?«

Skagen macht eine einladende Geste.

»Herr Brandt, wir haben erfahren, dass es zwischen Ihnen und Ihrer Frau am Abend vor ihrem Tod einen Streit gegeben hat. Dabei ging es um eine etwaige Trennung. Stimmt das?«

Thorsten Brandt seufzt erneut. »Ja, wir haben uns gestritten, aber es ging nicht um eine Trennung.«

»Worum dann?«, hakt Skagen nach.

»Nichts Besonders. Wiebke und ich, wir haben uns öfter mal in den Haaren. Das ist doch normal. Welches Paar streitet sich nicht?« Thorsten Brandt schüttelt den Kopf und senkt den Blick. Seine Lippen zittern. »Oh Gott. Wie konnte das passieren?« Tränen rinnen über seine Wangen, und er vergräbt das Gesicht in seinen Händen.

»Kam es bei Ihren Streitigkeiten auch mal zu körperlicher Gewalt?«, fragt Skagen ungeachtet der Trauer des Mannes. Sie müssen an Informationen gelangen.

Brandt starrt mit roten Augen auf den Tisch. »Verdächtigen Sie mich etwa?«

»Bitte beantworten Sie meine Frage.«

Thorsten Brandt zieht die Nase hoch, seine Tränen sind versiegt. »Nein, ich habe meiner Frau niemals wehgetan.«

»Und was ist mit Ihren Kindern?«

»Um Gottes willen. Was hat das mit Wiebkes Tod zu tun? Wir haben unsere Kinder nie geschlagen. Warum unterstellen Sie uns das?«

»Weil es hier eindeutig um eine Gewalttat geht. Wir wollen herausfinden, wer einen solchen Hass auf Ihre Frau gehabt hat, dass er sie umbringt. Fällt Ihnen dazu jemand ein? Gibt es andere Bewohner, mit denen Wiebke Ärger gehabt hat?«

Brandt fährt sich durchs Haar. Er wirkt fahrig und gereizt. »Ich … weiß nicht. Eigentlich mochte jeder Wiebke.«

Halla räuspert sich. Ein Zeichen, dass sie wieder etwas sagen will.

»Ja?«, ermuntert sie Skagen.

»Ich habe von einer Affäre gehört«, sagt Halla.

Brandt wird blass. »Was?«

»Ich meine damit nicht Sie oder Ihre Frau«, beruhigt Halla ihn. »Aber zwischen Ihrer ältesten Tochter Abigal und dem Nachbarsjungen Kári Gislason soll eine Liebesbeziehung bestehen. Mir wurde gesagt, dass Ihre Frau gegen diese Verbindung war. Und deswegen hätte es in den letzten Tagen viel Unfrieden gegeben.«

»Wer hat Ihnen das erzählt?« Thorsten Brandt starrt Halla an. Ihr Deutsch ist ausgezeichnet, wenn auch mit einem leichten bayerischen Akzent, was darauf hindeutet, dass sie einige Zeit in Süddeutschland verbracht haben muss. Skagen ist froh, dass seine Kollegen die Muttersprache der Angehörigen des Mordopfers beherrschen. Das vereinfacht vieles.

»Ich habe es von Eydis Halldórsdóttir gehört«, erklärt Halla.

»Eydis, pah!« Brandt macht eine wegwerfende Bewegung. »Die redet viel.«

»Sie hat uns heute Vormittag berichtet, dass die Beziehung Thema am Abendbrottisch gewesen ist«, fährt Halla fort. »Und das mehr als einmal.«

»Okay, okay. Abigal ist momentan etwas schwierig. Sie ist 14 und in diesen Kári verschossen. Wir … Unsere Familie ist sehr gläubig, und wir möchten nicht, dass unsere Tochter sich zu früh … mit Jungen einlässt. Darüber gab es mehrere Auseinandersetzungen zwischen Wiebke und Abigal. Meine Frau hat ihr verboten, Kári weiter zu treffen.«

»Wann war das?«, fragt Skagen.

»Gestern Nachmittag. Abigal hat deshalb Hausarrest erhalten.«

Skagen beobachtet Thorsten Brandt. Ein Streit um einen etwaigen Partner der Tochter ist ein großer Konfliktpunkt zwischen Mutter und Kind. Erst recht, wenn es um Teenager geht. Da kann es auch mal zu explosiven und unkontrollierten Reaktionen kommen.

Thorsten Brandt blickt Skagen an. »Was geschieht jetzt mit meiner Frau? Mit ... d... der L... Lei...?« Er bringt den Satz nicht zu Ende.

»Der Leichnam wird in der Rechtsmedizin in Reykjavík obduziert. Es wird einige Tage dauern, bis die Untersuchungen abgeschlossen sind und Sie Ihre Frau nach Deutschland überführen können.«

»Kann ich sie noch einmal sehen? Ich meine, bevor ...«

»Natürlich. Wir geben Ihnen Bescheid.«

»Danke.« Thorsten Brandt hockt da wie das buchstäbliche Häufchen Elend. Ihm hat das Schicksal übel mitgespielt. Er hat seine Frau durch einen brutalen Mord verloren und befindet sich mit dieser schrecklichen Tatsache konfrontiert allein und weit weg von zu Hause in einem fremden Land. Seine vier Kinder brauchen ihn, obwohl er selbst Hilfe benötigt. Skagen würde ihn gerne in Ruhe trauern lassen, doch die Antwort auf eine wichtige Frage fehlt noch. »Kann jemand bezeugen, dass Sie letzte Nacht in Ihrem Bett geschlafen haben?«

Thorsten Brandts blasses Gesicht wird rot. »Sie verdächtigen mich also doch! Wie können Sie so etwas denken?«

Skagen tippt mit dem Stift auf seinen Notizblock. »Das ist eine Standardfrage. Bitte beantworten Sie sie.«

Brandt lehnt sich zurück und atmet tief durch. »Ich habe geschlafen, die ganze Nacht. Ich wüsste nicht, wer mich dabei gesehen haben soll.«

»Vielleicht eines Ihrer Kinder? Die schlafen doch öfter mal im Bett der Eltern. Ihr kleiner Sohn vielleicht?«

»Nein. Jonas war in seinem Zimmer.«

»Wo war Abigal zu dem Zeitpunkt?«

»Weiß ich nicht.« Brandt hebt die Schultern. »Ich habe nichts von ihr gehört ...Oder warten Sie. Da war doch etwas. Ich habe im Halbschlaf Stimmen wahrgenommen. Ich war kurz wach. Jemand hat rumgeschrien. Ich vermute, Abigal.«

»Konnten Sie hören, um was es ging?«

»Nein. Aber ich nehme an, um das Übliche. Wie immer.« Wieder zuckt er mit den Achseln.

Diese Gleichgültigkeit ist doch nicht normal.

»Wann war das?«, will Skagen wissen. »Und lag Ihre Frau da noch neben Ihnen?«

»Keine Ahnung.« Brandt blickt ihn gereizt an. »Ich habe nicht mal meine Augen aufgemacht.«

»Es hat Sie nicht interessiert, dass Ihre Tochter rumgeschrien hat?«

Brandt beißt sich auf die Lippe. Dann schüttelt er den Kopf. »Ich hätte nicht gedacht, dass das mal wichtig sein könnte.«

Skagen mustert den Ehemann. Kann ihm solch ein Streit tatsächlich so am Allerwertesten vorbeigehen?

»Meine Tochter ist öfter so«, erklärt Herr Brandt. »Sie ist kaum zu bändigen und schreit Wiebke an.«

»Und was schreit sie so?«, will Skagen wissen.

Brandt antwortet nicht.

»Dann hat Ihre Tochter Ihre Frau womöglich als Letzte lebend gesehen. Kann das sein?«

Thorsten Brandt hebt beide Hände. »Möglich.«

Skagen schiebt den Plastikbeutel mit dem Handy von Wiebke Brandt über den Tisch. »Kennen Sie das?«

»Das ist das Telefon meiner Frau.«

»Es wurde bei ihrer Kleidung am Badeplatz gefunden. Wir hätten gerne das Ladekabel und den Entsperrcode.«

»Es gibt keinen Code, nur die PIN für die SIM-Karte. Ich hole Ihnen das Kabel.« Bereitwillig steht Brandt auf und verschwindet aus dem Raum. Als er wiederkommt, hält er ein weißes Kabel und einen Zettel mit der PIN in der Hand.

Skagen nimmt beides entgegen. »Danke, Sie können gehen. Aber halten Sie sich für weitere Fragen zur Verfügung.«

»Natürlich«, stößt Thorsten Brandt unverhohlen zynisch aus, »wo soll ich auch sonst hin?« Damit verlässt er die Gemeinschaftsküche. Viel aufrechter, als er sie vorhin betreten hat.

Skagen wendet sich an Nils. »Sehe ich das richtig: Hat er soeben seine eigene Tochter beschuldigt?«

Nils schiebt sich seine Brille auf der Nase zurecht. »Absolut.«

26

»Ein Vater, der seine Tochter beschuldigt. Nicht zu fassen!«, platzt es aus Skagen heraus. »Normalerweise nehmen Eltern ihre Kinder doch in Schutz.«

»Da hast du recht«, entgegnet Nils. »Herr Brandt verhält sich wirklich merkwürdig. Ganz offensichtlich hat es ihn nicht interessiert, dass seine Tochter und seine Frau sich mitten in der Nacht gestritten haben.«

»Das bedeutet entweder, dass sie sich besonders oft streiten und es schon normal geworden ist«, sagt Skagen. »Oder …«

»… ihm ist grundsätzlich alles scheißegal«, ergänzt Nils.

Skagen nickt zustimmend. »Fragt sich nur, ob ihm der Tod seiner Frau auch scheißegal ist.«

Als Antwort hebt Nils vielsagend seine Brauen.

»Und jetzt?«, fragt Halla.

»Sehe ich mir Wiebke Brandts Handy an.« Skagen zieht sich Gummihandschuhe über und steckt das Ladekabel in die Steckdose. Dann holt er behutsam das Telefon aus dem Beweismittelbeutel und schließt es an. Er wartet kurz, bis es genug Akkuladung hat, bevor er es einschaltet und die PIN für die SIM-Karte eingibt. Einen Augenblick später hat er Zugang und öffnet zuerst den Messengerdienst. Er überfliegt die Kommunikation der Familie, aber weder in den Einzelchats noch in den Gruppen lässt sich etwas finden, das auf einen Konflikt hindeutet. Abigal und die Tote haben sich kaum geschrieben. Und wenn, dann hat die Tochter ihre trotzig klingenden Antworten mit Teufels-Emoji und Totenköpfen geschmückt. Doch das allein macht sie nicht zu einer Mörderin. Bei dem Chat der Eheleute gibt es nichts Auffälliges, außer dass sie ebenfalls kaum kommuniziert haben. Und wenn, drehte es sich allein um Organisatorisches. Kein Austausch von netten Worten, keine Herzchen.

Skagen wechselt zu den Fotos. Die meisten zeigen die Landschaft rund um die Höfe, die Kinder, die Häuser und die Zimmer, sogar einzelne Gegenstände. Skagen wundert sich über die Menge der Bilder vom Inneren der Häuser. So besonders sind die Gebäude nun auch wieder nicht, als dass man jedes Detail fotografieren müsste. Er zeigt Nils die Fotos, der ebenfalls die Stirn runzelt.

»Was ist das?«, fragt der Kollege und vergrößert eines der Bilder.

Sie stutzen. »Wie unheimlich«, sagt Skagen, und unwillkürlich prickelt eine Gänsehaut auf seinen Unterarmen. »Ist das ein Elf?«

Nils verzieht skeptisch das Gesicht.

»Darf ich auch mal sehen?«

Skagen zeigt Halla das Foto, auf dem eine verschwommene Gestalt mit weißem Gewand und Hörnern zu erkennen ist, die mitten in dem schwarzen Lavagestein steht ... oder schwebt, denn die Füße sind im wabernden Nebel verborgen.

»Schaurig«, raunt Halla.

Skagen vergrößert das Bild noch weiter, doch die Details sind verpixelt. Das Foto hat keine gute Qualität.

»Wo kommt das her?«, will Halla wissen. »Hat Frau Brandt es gemacht?«

Skagen streicht über das Display und erhält die Information. »Nein, es wurde verschickt, als MMS.« Er stutzt. »Gestern Nacht um 1:22 Uhr. Von einer unterdrückten Nummer.«

»Interessant!«, stößt Halla aus. »Hat Frau Brandt die MMS geöffnet?«

»Ja.«

»Dann war sie um diese Zeit noch am Leben. Aber wer hat ihr das Foto geschickt? Und warum?«

»Das finden wir raus«, sagt Nils. »Ich gebe die Sache an den zuständigen Richter weiter. Er soll veranlassen, dass wir eine Befugnis erhalten, den Mobilfunkprovider von Frau Brandt zu kontaktieren. Auch wenn ich natürlich nicht glaube, dass das ein echter Elf ist, spielt die Zeit, zu der das Foto verschickt wurde, eine große Rolle. Gibt es Anrufe oder weitere Nachrichten in dem Zeitraum?«

Skagen öffnet die Anrufliste und findet tatsächlich einen ausgehenden Anruf vom gestrigen Abend. »Ein Anrufversuch von Frau Brandt um kurz vor eins in der Nacht – bei Abigal.«

»Tja, und warum ruft eine Mutter ihre Tochter um diese Zeit an?«, fragt Nils. »Weil sie nach ihr sucht.«

»Das bedeutet, dass Abigal nicht in ihrem Zimmer war, sonst wäre Wiebke Brandt einfach zu ihr rübergegangen«, ergänzt Skagen. »Sie könnte das Gästehaus verlassen haben, um nach ihrer Tochter zu sehen.«

»Und dabei ist sie ihrem Mörder begegnet«, konstatiert Nils. »Oder ihrer Mörderin!«

»Meint ihr wirklich, dass es Abigal gewesen ist?«, fragt Halla skeptisch. »Hat eine 14-Jährige tatsächlich genug Kraft, um ihre Mutter zu erwürgen?«

»Wiebke Brandt war nicht besonders groß«, wendet Nils ein. »Und ihr Körperbau war fast der eines Kindes. Das wäre schon zu schaffen für eine 14-Jährige. Erst recht, wenn sie Hilfe hatte.«

Halla sieht Nils an. »Du glaubst …?«

»… dass ihr Freund Kári dabei war? Ja, das tue ich.« Nils nimmt einen Stift und schreibt die Namen des Jungen und der ältesten Tochter auf. »Zu zweit kann es ihnen gelungen sein. Ob sie jedoch die Kaltblütigkeit besitzen, die Tote in der Quelle so zu arrangieren, als hätte sie einen Badeunfall gehabt, steht auf einem anderen Blatt.«

»Ich will nicht unken, aber eine Sache passt dabei nicht.« Skagen zeigt auf das Handy. »Der letzte eingehende Anrufversuch bei Wiebke Brandt stammt von heute Morgen. Er kommt von Abigal. Warum sollte sie ihre Mutter anrufen, wenn sie weiß, dass sie tot ist?«

Sie sehen einander an.

»Vielleicht hat sie falsch gedrückt«, schlägt Halla vor. »So etwas passiert schnell mal.«

»Gibt es eigentlich Anrufe von Herrn Brandt?«, will Nils wissen.

Skagen schüttelt den Kopf. »Keinen einzigen. Und das

finde ich ebenfalls merkwürdig. Es scheint, als hätte er seine Frau zu keiner Zeit vermisst.«

Nachdenkliches Schweigen folgt. In die Stille hinein klopft es plötzlich so laut an der Tür, dass Skagen vor Schreck zusammenzuckt. Mann! Sein Nervenkostüm ist wirklich nicht das beste.

In leicht gereiztem Tonfall ruft er die Person herein. Die Tür geht auf, und Eydis erscheint in der Gästeküche. Sie trägt ein voll beladenes Tablett mit Getränken und belegten Broten in den Händen, und Halla eilt ihr entgegen, um ihr zu helfen. Sie stellen alles auf der Anrichte ab.

»Geschirr findet ihr in den Schränken«, sagt Eydis. »Bedient euch.« Sie lächelt und will wieder verschwinden, da hält Skagen sie auf.

»Moment bitte. Dürfen wir dir ein paar Fragen stellen?«

»Na klar.« Eydis bleibt stehen.

»Du hast meiner Kollegin erzählt, dass es des Öfteren Streit zwischen Herrn und Frau Brandt gegeben hat. Weißt du auch, weshalb?«

Eydis setzt eine verlegene Miene auf und knetet ihre aufgesprungenen Hände. »Nun … ich will nicht tratschen, aber sie hatten sich wegen verschiedener Sachen in den Haaren. Meistens ging es um die Kinder, soweit ich das verstanden habe. Um ihre Erziehung und mit wem sie verkehren. Wiebke hat sich von Thorsten nicht genug unterstützt gefühlt. Sie wollte, dass er mehr Verantwortung übernimmt. Unter uns gesagt, finde ich, dass er schon sehr viel macht und jedes Mal gesprungen ist, wenn Wiebke etwas wollte. Sie war auch sauer, dass ich den Kindern Elfengeschichten erzählt habe, und hat verlangt, dass ich damit aufhöre.«

»Und hast du aufgehört?«, fragt Skagen.

»Natürlich. Aber meine Geschichten waren gar nicht der Grund, warum Jonas ins Lavafeld gegangen ist«, erklärt sie.

»Was dann?«

Eydis' Blick huscht von Skagen zu Nils und zurück. »Also … ich glaube, Jonas ist nicht allein gewesen.«

»Nicht? Warum?«

Sie zuckt mit den Schultern. »Der Junge ist fünf. Er weiß, dass es in der Lava gefährlich ist. Und …«, sie zögert und spricht leiser weiter, »ich weiß, wo er gefunden wurde. In der Höhle.«

»Ja und?«, drängt Skagen.

Sie senkt den Kopf, als wäre ihr etwas unangenehm. »Ich weiß nicht, ob du als … Auswärtiger das verstehst, aber das ist die Zwergenhöhle. Es ist bekannt, dass dort Geister wohnen, und die *álfar* mögen es nicht, wenn man ungefragt in ihr Land eindringt.«

Nils verzieht abfällig das Gesicht. Obwohl er nicht von »auswärts« kommt, scheint er das mit den Geistern ebenfalls nicht zu glauben.

»Willst du damit sagen, die Elfen haben Jonas ins Lavafeld entführt?«, fragt Skagen.

Eydis nickt eifrig. »Es war bestimmt das *huldufólk*. Und ich bin sicher, dass es auch für den Tod von Wiebke verantwortlich ist.«

Nils stößt ein Schnauben aus. »Dein Ernst, Eydis?«

Die Isländerin sieht ihn an. »Natürlich! Ist doch ganz klar. Wiebke wollte nicht an die Geister glauben und auch nicht akzeptieren, dass wir es tun. Deshalb haben die *álfar* an ihr ein Exempel statuiert.«

»Blödsinn!«, blafft Nils.

Skagen, der weniger emotional auf das Elfenthema reagiert, öffnet das Foto von der weißen Gestalt im Nebel und zeigt es Eydis.

Die Isländerin reißt die Augen auf und macht einen erschrockenen Schritt zurück. »Oh!«

»Kennst du das?«

»Nein, a… aber das ist der Elf, dem ich vor vielen Jahren begegnet bin. Ganz sicher, denn genau so sah er aus.« Eydis starrt Skagen an. »Wo hast du das Foto her?«

»Jemand hat es Wiebke aufs Handy geschickt. Vermutlich kurz bevor sie starb. Hast du eine Ahnung, wer das gewesen sein könnte?«

Kopfschüttelnd presst Eydis beide Hände vor die Brust. »Nein, nein.« Es ist eindeutig, dass sie Angst vor dem Bild hat.

»Und du glaubst fest daran, dass das auf dem Foto ein Elf ist?«, hakt Skagen nach und gibt sich Mühe, die Furcht der Frau ernst zu nehmen.

»Ja! Und ihr tätet gut daran, das auch zu glauben. Ich kann euch sagen: Unsere Familien leben seit vielen Generationen auf diesem Boden und wir wissen über alles Bescheid.«

»Reine Hysterie«, stößt Nils aus.

Eydis lenkt ihren Blick auf ihn. »Wenn du meinst … Aber sagt hinterher nicht, ich hätte euch nicht gewarnt.«

»Wovor gewarnt?«, schnappt Nils zurück.

»Dass man dem *huldufólk* immer Respekt zollen sollte, sonst wird es sich rächen. Es wird aus den Steinen flüstern und euch nach und nach den Verstand rauben. Die *álfar* können jähzornig und boshaft sein. Man verträgt sich besser mit ihnen.«

Nils lacht laut auf.

»Du wirst schon sehen, was du davon hast.« Eydis stiert ihn durchdringend an.

»Ach was.« Nils fährt mit der Hand durch die Luft. »Sag mir lieber, wo wir Abigal finden. Wir würden gerne mit ihr sprechen.«

Eydis richtet sich auf. »Abigal ist drüben auf dem Nachbarhof bei den Gislasons. Wenn ihr dorthin wollt, müsst ihr den Weg entlang der *dimmu hraunar* gehen. Aber nehmt euch in Acht!«

»Keine Angst, wir werden die Elfen schon nicht stören.« Nils wedelt erneut mit der Hand. »Wir haben genug erfahren. Du kannst gehen.«

Eydis verzieht indigniert das Gesicht und rauscht davon. Nils schüttelt den Kopf. »Diese Hinterwäldler. Ich fasse es nicht!«

Skagen hält sich mit seiner Meinung zurück und schielt stattdessen auf das Essen auf dem Tablett. Sein Magen lechzt nach Nahrung. Er hat seit Stunden nichts zu sich genommen außer Schokoriegeln und Cola. Er hofft, dass er sich später noch mit Lebensmitteln und vor allem mit wärmerer Kleidung eindecken kann. Er kommt sich lächerlich vor in seinem dünnen Jäckchen und den Straßenschuhen.

Er holt sich zwei belegte Brote und einen Becher Kaffee und setzt sich wieder hin. »Sorry«, sagt er mit vollem Mund, »ich bin echt ausgehungert.«

Die anderen lösen sich aus ihrer angespannten Haltung und tun es ihm gleich. Mit vollen Tellern kehren sie zum Tisch zurück. Während sie über ihren Sandwiches sitzen, herrscht Schweigen. Jeder hängt seinen Gedanken nach. Skagen hat das Bild von dem Elf im Nebel vor Augen. Ob sich das näher analysieren lässt? Er scheut sich davor, Nils darum zu bitten, es an die Kriminaltechnik weiterzuleiten. Nachher denkt der Kollege noch, er glaube tatsächlich an übernatürliche Wesen.

»Ich möchte das Bild untersuchen lassen«, wagt Skagen schließlich doch zu sagen und leckt sich Remoulade vom Finger.

»Das ist ganz klar ein Fake«, entgegnet Nils und beißt von seinem Sandwich ab. Schinken fällt auf seinen Teller.

»Gibt es an der hiesigen Universität nicht einen Elfenbeauftragten?«

»Das ist bloß eine Legende«, sagt Nils. »So etwas haben wir nicht.«

»Aber ihr Isländer berücksichtigt bei Bauprojekten doch die Elfen. Ihr verlegt sogar geplante Straßen, weil auf der vorgesehenen Strecke ein Elf wohnt.«

»Das stimmt leider«, brummt Nils. »Ich halte das allerdings für Unfug.«

»Tja, trotzdem haben wir es hier mit Leuten zu tun, die fest an die Existenz von Elfen glauben.«

»Und Zwergen, wohlgemerkt!«, sagt Nils zynisch.

Skagen muss sich Mühe geben, nicht die Geduld mit dem Kollegen zu verlieren. »Dennoch ist es eine Tatsache, die wir bei der Ermittlung berücksichtigen müssen«, wiederholt er. »Aber zuallererst gilt es herauszufinden, wer dieses Foto verschickt hat.«

Halla nickt, während Nils sich den Rest des Sandwiches in den Mund stopft und gleichgültig mit den Schultern zuckt.

Skagen steht auf und wäscht sich die Hände in der Spüle. »Wir sollten mit Abigal sprechen. Und vielleicht auch mit diesem Kári.«

Nils hebt einen Finger. »Den Ehemann dürfen wir auch nicht außer Acht lassen. Er kann mitbekommen haben, dass seine Frau um diese späte Stunde das Haus verlassen hat, und ihr gefolgt sein.«

»Du hast recht«, pflichtet Skagen ihm bei. »Wir müssen ihn ohnehin zuerst fragen, ob er uns die Erlaubnis gibt, mit seiner Tochter zu sprechen. Sie ist minderjährig, das erfordert die Anwesenheit eines Erziehungsberechtigten.«

Nils reibt sich über das glatt rasierte Kinn. »Eine Zwickmühle, denn Brandt beschuldigt sie ja selbst – um von sich abzulenken?«

»Ich denke, genau den Umstand können wir nutzen.«

»Weil er sich noch verdächtiger macht, wenn er ablehnt?« Nils grinst und Skagen spürt, dass sie sich nun wieder besser verstehen.

Schwungvoll steht der Kollege auf und geht auf die Tür zu. »Dann hole ich mir mal die Erlaubnis von Herrn Brandt.«

»Viel Glück«, ruft Skagen ihm hinterher. »Wir warten hier.«

Als sich die Tür geschlossen hat, fragt er an Halla gewandt: »Und du? Team Elfen oder Team keine Elfen?«

»Keine Elfen«, antwortet Halla und lacht amüsiert auf. »Das Übernatürliche ist nicht so mein Ding. Aber Bjarni glaubt fest daran. Und falls du das auch fragen willst: Nein, ich habe keine Angst davor, dass das *huldufólk* uns holen kommt.«

Skagen grinst erleichtert. Er gießt sich einen weiteren Becher Kaffee ein und nippt daran.

Im nächsten Moment klingelt Hallas Handy und sie geht ran. Sie wechselt ein paar Worte auf Isländisch mit dem Anrufer und sieht Skagen danach ernst an.

»Das war das Team Elfen«, sagt sie. »Bjarni sagt, dass Zoe, die Tochter von Eydis, auf dem Pfad zwischen den Höfen etwas entdeckt hat.«

»Und was?«

»Eine Zwergenspur.«

27

Skagen und Halla laufen zum Wohnhaus der Magnussons. Nils kommt ihnen entgegen, und Skagen informiert ihn über die Neuigkeit.

»Der Vater gibt uns keine Erlaubnis, mit Abigal zu sprechen«, ruft der Isländer ihnen im Gegenzug zu.

»Ist er wirklich so dämlich?«, erwidert Skagen.

»Tja, er sagt, er will seine Tochter schützen.«

»Ach. Jetzt doch?«, stößt Halla abfällig aus.

Sie schlagen den Pfad ein, der neben dem Lavastrom entlangführt. Die erkalteten Gesteinsmassen sind gewaltig und reichen von den Bergen hinab bis zum Meer. Eine frühere Magmaspalte oben am Hang muss eine Menge flüssigen Basalt ausgespuckt haben. Sie hat sich den Berg hinabgewälzt und beim Erkalten verdrehte Felsformationen gebildet. Was Skagen merkwürdig findet, ist, dass kaum Flechten oder Moose auf den Steinen wachsen, wie es sonst der Fall ist. Die Lava ist nach wie vor pechschwarz wie am ersten Tag nach dem Erkalten.

»Das ist die *dimmu hraunar*«, raunt Halla. »Die Leute hier nennen es auch das ›dunkle Land‹.«

»Dort, wo die Elfen wohnen?«

»Genau«, keucht Halla im Laufen.

Skagen blickt zu den finster wirkenden Lavatürmen hinauf. Eines muss man den Isländern lassen. Sie haben sehr treffende Bezeichnungen für ihre Landschaften.

Sie erreichen Hallas Kollegen Bjarni, der neben Zoe auf dem Pfad steht. Das glatte blonde Haar der jungen Frau ragt unter ihrer Mütze hervor, und sie scheint trotz Daunenjacke zu frieren, denn sie hat beide Arme um ihren Oberkörper geschlungen. Skagen geht es ähnlich. Ihm ist saukalt, da seine Jacke viel zu dünn für das nasskalte Wetter ist. Aber wie hätte er auch ahnen können, dass er vom frühlingshaften Norwegen ins winterliche Island fliehen muss? Und das ohne seinen Koffer. Skagen beißt die Zähne zusammen und konzentriert sich auf die angebliche Zwergenspur, auf die Bjarni nun mit ernster Miene zeigt.

Skagen betrachtet sie. Es ist eine lange Linie, die durchs nasse Gras verläuft und beidseitig von runden Abdrücken flankiert wird. Sie führt den Hang hinab zu den heißen Quellen, von denen dichte Dampfschwaden aufsteigen.

»Das soll eine Zwergenspur sein?«, fragt Nils.

Zoe knabbert an ihrem grell pinken Daumennagel und wendet sich hilfesuchend zu Bjarni um.

»Es stimmt«, sagt der große Polizist. »Der Zwerg hat einen langen Zopf, den er hinter sich her schleift. Damit hat er die Spur verursacht. Die Punkte links und rechts sind die Abdrücke seiner Stiefel.«

»Die Zwerge sind wütend und haben sich Wiebke geholt«, flüstert Zoe düster.

Nils schnalzt mit der Zunge. »Das ist Schwachsinn, und das weißt du, Mädchen. Soll ich euch sagen, was das für eine Spur ist?«

Alle gucken ihn an.

»Das war eine Schubkarre!«

Na klar, denkt Skagen und hätte sich fast selbst vor die Stirn geschlagen. Diese ganzen Elfengeschichten machen ihn ganz wuschig im Kopf. Er blickt auf die Linie, die natürlich durch das Rad der Schubkarre verursacht wurde, und die Punkte stammen von den Fußspuren desjenigen, der das Gerät geschoben hat.

Nils folgt der Fährte mit den Augen. »Seht ihr, da ist eine Stelle, an der das Gras flächig platt getreten wurde. Vielleicht ist das der Ort, an dem Frau Brandt überwältigt oder getötet wurde. Es scheint, als wäre von dort etwas mit einer Schubkarre zu den Quellen hinuntergebracht worden. Ich tippe auf den Körper von Frau Brandt. Oder ist jemand unter uns, der etwas anderes denkt?« Er blickt in die Runde und niemand widerspricht ihm. »Gut, dann hätten wir das mit dem Elfenquatsch geklärt. Und jetzt will ich, dass hier alles abgesperrt wird. Na los, bewegt euch.«

Ohne etwas zu sagen, wenden Halla und Bjarni sich ab und gehen zum Magnusson-Hof zurück. Zoe steht einen Moment lang unschlüssig da, ehe sie ihnen hinterherläuft.

»Elfen und Zwerge!«, schnaubt Nils. Er wendet sich an Skagen. »Wir müssen herausfinden, wo die Schubkarre abgeblieben ist.« Er reibt sich den Nieselregen von der Brille und folgt der Spur. Skagen schließt sich ihm an.

Wie erwartet führt die Linie mit den Punkten direkt hinunter in die kleine Schlucht, wo sie am Ufer des Bachs endet. Von hier aus wurde die Schubkarre vermutlich durchs Wasser geschoben, daher konnten die Kriminaltechniker die Spur nicht finden.

Am Zelt der KTU angekommen, weist Nils die Kollegen darauf hin, sich den möglichen Tatort oben am Lavastrom vorzunehmen und die Schuhabdrücke neben der Schubkarrenfährte zu untersuchen. Vielleicht entdecken sie ja ein verwertbares Profil.

Skagen wendet sich dem Bassin zu, in dem Wiebke Brandts Leiche gefunden wurde. Der Schwefelgestank ist so überwältigend, dass er seine Nase mit dem Ärmel bedeckt.

»Hoffentlich kommt der Geologe bald und untersucht das«, lamentiert Nils. »Nicht dass wir uns vergiften.«

Skagen wundert sich, warum der Isländer so erregt reagiert. Weiß er denn nicht, dass sie relativ sicher sind, solange es stinkt? Gefährlich wird es erst, wenn man nichts mehr riecht, dann steigt giftiger Schwefelwasserstoff in hohen Konzentrationen auf und blockiert die Geruchsrezeptoren. Skagen kennt das von seiner Arbeit auf See. Schwefelwasserstoff kann sich in Maschinenräumen, Tanks und in den Bilgen bilden. Daher ist eine ständige Gasdetektion auf Schiffen unerlässlich. Vielleicht wäre solch ein Gerät für sie hilfreich. Bestimmt würde der Geologe eines mitbringen und ihnen Auskunft erteilen können.

Sie setzen ihren Weg fort und suchen das Ufer ab. Tatsächlich finden sie die Stelle, an der die Schubkarre wieder aus dem Bachbett gefahren wurde. Doch die Spur führt nicht zu einem der Höfe, sondern direkt auf die Steilküste zu. An der Klippenkante hört sie auf. Skagen sieht hinab. Zehn Meter unter ihnen branden die Wellen gegen die Felsen, während neben ihnen der Bach als kleiner Wasserfall ins Meer fällt. Oder zumindest das, was der Wind nicht in weißen Fahnen davonträgt.

»Fjandinn«, raunt Nils.

Skagen weiß, dass das »Mist« heißt.

»Der Mörder hat die Schubkarre entsorgt.« Nils richtet sich auf. Skagen starrt etwas länger in die aufgewühlte See zu seinen Füßen. Direkt am Meer zu stehen, wäre vor einem halben Jahr für ihn noch unmöglich gewesen. Wenn Maja jetzt hier wäre und das sehen könnte – sie wäre stolz auf ihn. Ein Ziehen meldet sich in seinem Bauch. Maja. Hoffentlich ist mit ihr alles in Ordnung.

»Kommst du?«, will Nils wissen.

»Was hast du vor?«

»Wir fragen herum, wem eine Schubkarre fehlt.« Der Isländer streicht sich die feuchten Haare glatt, weil der Wind ihm seinen Seitenscheitel ruiniert hat. »Und danach nehmen wir uns den nächsten Verdächtigen vor.«

»Wer soll das sein, wenn wir Abigal nicht befragen dürfen?«

Nils sieht ihn an. »Kári Gislason. Ich habe vorhin mit seinen Eltern telefoniert. Sie haben uns die Erlaubnis gegeben, mit ihm zu sprechen.«

28

Thorsten Brandt stemmt sich vom Sofa hoch und blickt auf seine drei schlafenden Kinder. Pia, Judith und Jonas sind total erschöpft. Kein Wunder. Wiebkes Tod ist ein Schock für sie. Die nächste Zeit wird sehr schwer für sie werden. Und dabei hat der Kampf nicht einmal begonnen. Thorsten betet inständig dafür, dass es ihm rechtzeitig gelingen möge, sich von dem Bösen zu befreien. Er hätte früher erkennen müssen, dass es von ihnen Besitz ergriffen hat. Aber jetzt ist keine Zeit für Reue oder Verzagen. Er muss stark sein. Für seine Kinder, für sich.

Thorsten schluckt. Beinahe hätte er ein fünftes Kind gehabt. Er presst die Kiefer aufeinander. Wiebke ist wieder schwanger geworden, obwohl sie gemeinsam entschieden hatten, keine weiteren Kinder zu bekommen. Sie hatten extra nur an den sicheren Tagen miteinander geschlafen. Den angeblichen unfruchtbaren Tagen. Hat sie ihn angelogen? Was hat Wiebke sich dabei gedacht? Es ist schwierig genug, vier Mäuler zu stopfen mit ihm als Alleinverdiener. Wie hätte er für ein fünftes Kind aufkommen sollen? Und wer hätte ihm garantiert, dass nicht ein sechstes oder siebtes gekommen wäre? Himmel! Er hätte sich noch mehr den Buckel krumm arbeiten müssen, damit Wiebke selig Mutter spielen kann. Aber sie hat die Schwangerschaft damit gerechtfertigt, dass ihr fünftes Kind ein Geschenk des Himmels sei. Gott habe es so gewollt. Na sicher! Und jetzt ist Wiebke tot. War das auch Gottes Wille?

Thorsten presst die Lider zusammen. Als er sie wieder öffnet, steht Zoe plötzlich im Wohnzimmer.

»Hæ«, sagt sie mit gedämpfter Stimme und senkt den Blick.

»Wo sind die Polizisten?«, fragt er.

»Sie sperren den Pfad ab und suchen nach einer Schubkarre.«

»Einer Schubkarre?«

Zoe erzählt ihm, was die Polizisten aufgrund ihres Fundes geschlussfolgert haben. Thorsten runzelt die Stirn, während Zoe in die Küche geht und sich Wasser in ein Glas laufen lässt. Er steht auf und folgt ihr. Zoe trinkt und sieht ihn nur zögerlich an.

»Du hast denen nichts gesagt, oder?«

»Nein, natürlich nicht.« Zoe wendet sich ab, doch Thorsten packt sie am Arm.

»Denkst du, ich war es?«

Zoe schweigt.

»Hör mal. So etwas könnte ich nie tun. Wiebke ist die Mutter meiner Kinder.«

»Ich weiß. Aber du hast selbst erzählt, dass du unglücklich mit ihr warst.«

»Aber ich würde sie doch nie ... Bist du wahnsinnig?«

Zoe sieht ihn mit ängstlicher Miene an. »Vergessen wir es einfach«, sagt sie leise. »Es war ein dummer Gedanke.« Sie macht sich von ihm los und tritt ein paar Schritte zurück. »Kommt jemand von deiner Familie, um dich zu unterstützen?«

Um Gottes willen, denkt Thorsten. Er könnte es nicht ertragen, wenn seine Mutter, sein Vater oder am Ende gar sein bescheuerter Bruder hier auftauchen und betroffener dreinblicken würde als er. Jemanden aus Wiebkes Sippe würde er erst recht nicht um Hilfe bitten. Die würden ihn bloß mit Vorwürfen überschütten. Und Samuel? Thorsten läuft es kalt über den Rücken. Auf keinen Fall würde er Samuel verständigen. Der würde ihn durchschauen. Vor ihm könnte er nichts verheimlichen.

Zoe verschwindet im Flur, und Thorsten fühlt sich mit einem Schlag einsam. Niemand würde ihn verstehen. Er ist ganz allein.

Mit hängenden Schultern verlässt er die Küche und tritt durch die Haustür ins Freie. Die kühle Luft streicht über seine Haut, aber sie fühlt sich wie tot an.

Wiebke …

Nach kurzer Überlegung geht er hinüber zum Gästehaus. Er will Abigals Zimmer durchsuchen. Vielleicht findet er ja etwas, das ihm einen Hinweis gibt. Doch als er im Flur steht, dringt ein Murmeln durch die Tür der Gemeinschaftsküche. Nanu, sollte die Polizei nicht draußen auf dem Pfad sein und Beweise sichern? Auf Zehenspitzen nähert sich Thorsten dem Raum und horcht.

In der Küche sagt ein Mann etwas auf Isländisch, und eine Frauenstimme übersetzt das Gesagte auf Deutsch. Thorsten drückt sich enger an die Tür.

»Kári, wo warst du gestern Nacht?«, fragt eine Männerstimme, und Thorsten ist verwirrt. Wird jetzt der Nachbarssohn verdächtigt? Er dachte eigentlich, er hätte Abigal in den Fokus der Polizei gerückt.

Er hört, wie der Junge auf Isländisch antwortet, woraufhin eine erneute Übersetzung folgt.

»Zuerst waren wir im Haus«, sagt die Frauenstimme. »Dann kam Alischa, ich meine, Abigal, so kurz nach Mitternacht. Sie sagte, sie sei weggelaufen, weil sie Stubenarrest erhalten und ihre Mutter ihr das Handy weggenommen habe. Sie sagte auch, dass ihre Mutter ihr bestimmt folgen würde, um sie zurückzuholen und einzusperren. Abigal wollte sich verstecken. Ich habe ihr den Heuboden über dem Stall vorgeschlagen. Da sind wir dann hin.«

»Wie lange wart ihr dort?«

»Bis zum Morgen. Wir sind im Heu eingeschlafen. Wir hatten Decken und Kissen.«

»Nur du und Abigal?«

»Ja.«

»Habt ihr etwas Ungewöhnliches mitbekommen?«

»Nein.«

»Ihr wisst also nicht, dass Wiebke Brandt in der Nacht auf eurem Hof war?«

»Doch, davon haben wir am Morgen gehört. Und dass sie Ärger gemacht hat.«

»Wer hat das erzählt?«

»Meine Mutter Maggy, also meine Stiefmutter, meine ich. Jule Wittmann war auch dabei.«

»Stimmt das?«, fragt die männliche Stimme, die Thorsten jetzt dem isländischen Polizisten zuordnen kann.

Anstelle von Kári antwortet jemand mit englischem Akzent. Maggy, ist er sich sicher. »Das ist korrekt. Wiebke war da, und sie war sehr aufgebracht, weil Abigal weggelaufen ist. Leider war Kári nicht in seinem Zimmer, und Abigal auch nicht.«

Also haben Gisli und Maggy einer Befragung von Kári zugestimmt, denkt Thorsten und überlegt, ob es schlau war, seine Erlaubnis, Abigal zu befragen, zu verweigern.

»Haben Sie sich nicht gefragt, wo die Kinder abgeblieben sind – mitten in der Nacht?«

»Nein, wir vertrauen Kári. Er ist ein verantwortungsbewusster Junge.«

Von wegen! Draußen vor der Tür stößt Thorsten ein Schnauben aus. Kári hat es faustdick hinter den Ohren. Er tut immer nur so vernünftig und unscheinbar. In Wahrheit ist er mit dem Teufel im Bunde. Das sieht man an den schwarzen T-Shirts, die er immer trägt, und den Ketten und Nietengürteln. Er hat Abigal zu Satan gebracht. Wiebke hatte recht, als sie den beiden den Kontakt verboten hat. Aber es ist zu spät. Wiebke ist tot und Abigal ist verloren.

»Was hat Wiebke Brandt danach gemacht?«, fragt der Polizist.

»Sie sagte, sie wolle Abigal suchen gehen«, antwortet Maggy.

»Und Sie haben ihr nicht dabei geholfen?«

»Nein, wieso? Wie ich sagte, Kári kann auf dem Hof hingehen, wohin er will, solange er morgens beim Frühstück auftaucht und danach beim Hausunterricht.«

»Sie haben Wiebke Brandt also allein losziehen lassen?«

»Ja.«

»Wann war das?«

»Um viertel nach 1 Uhr nachts.« Ein Schluchzen dringt durch die Tür. »Wenn ich gewusst hätte, dass Wiebke … dass sie umgebracht wird, hätte ich sie doch niemals allein gehen lassen. Ich kann es nicht fassen, dass ihr so etwas Schreckliches passiert ist.«

»Können Sie sich vorstellen, wer von den Höfen einen Grund gehabt haben könnte, sie umzubringen?«

»Nein, um Gottes willen!« Das schnaubende Geräusch von Naseputzen folgt. »Das ist vollkommen unvorstellbar. Wir mochten Wiebke.«

»Einer von den Hofbewohnern muss es aber gewesen sein, das ist offensichtlich. Hier existiert keinerlei Durchgangsverkehr. Oder gab es in letzter Zeit noch andere Gäste?«

»Nein. Auf Dverganes sind fast nie Fremde. Im Sommer vielleicht mal ein paar Wanderer oder Vogelbeobachter, das war's.« Erneut das Schluchzen. »Es ist furchtbar. Ich habe Angst.«

»Das verstehen wir, und ich verspreche Ihnen, dass wir unser Möglichstes tun werden, um den Täter schnell dingfest zu machen. Daher ist es wichtig, dass Sie uns alles erzählen, was Ihnen aufgefallen ist. Vor allem ein Motiv könnte uns den Weg weisen.«

»Aber ich weiß nichts. Es war alles normal in letzter Zeit. Bis auf das Verschwinden von Jonas natürlich.«

»Denken Sie, da gibt es einen Zusammenhang?«

»Welcher soll das sein?«

Was als Nächstes gesagt wird, ist zu leise, als dass Thorsten es verstehen könnte, daher presst er sein Ohr fester an die Tür.

»Kári«, wendet sich der Polizist offensichtlich gerade wieder an den Jungen. »Wie hat Abigal über ihre Mutter gesprochen, wenn ihr zusammen wart?«

Stille.

»Kári?«

»Abigal hatte ständig Zoff mit ihr.«

»Warum?«

»Wegen einfach allem. Kleidung, Frisur, Haarfarbe, Makeup, ihrer Musik, der täglichen Gebete. Auf die hatte Abigal am wenigsten Bock. Und dann hat ihre Mutter uns verboten, dass wir uns treffen.«

»Und wie fandet ihr das?«

»Beschissen!«

Erneute Stille.

»Warum?«

»Weil … Ich liebe Abigal! Und … es ist ungerecht von Wiebke, uns unsere Treffen zu verbieten. Endlich ist da mal ein Mädchen, mit dem ich mich super verstehe, und dann darf ich sie nicht sehen. Warum mischen sich die Erwachsenen ständig ein?«

»Wiebke Brandt hat gedacht, ihr wärt noch zu jung dafür«, erklärt der Polizist.

Als Antwort kommt ein trotziges Schnauben. Maggy weist Kári zurecht.

»Entschuldigung«, sagt der Junge. »Es ist nur so, dass wir echt sauer waren deswegen.«

»Kennst du das hier?«

»Nein!«, antwortet der Junge entsetzt.

Thorsten fragt sich, was die Polizisten ihm gezeigt haben. Ein Foto?

»Hast du schon mal Drogen genommen, Kári? Haschisch?«

»Auf keinen Fall! So was mache ich nicht.«

»Und dieses Pornoheft?«

»Das ist nicht von mir.«

»Von wem dann? Auch wenn du sagst, dass du nichts damit zu tun hast, sehe ich trotzdem, dass du es erkennst.«

Wieder Stille.

»Kári!«, mahnt Maggy.

»Okay, ich kenne es. Das haben Yngvi und Willum immer bei den Quellen benutzt. Abigal und ich haben da auch mal reingeguckt, aber eher aus Spaß.«

»Wer sind Yngvi und Willum?«

»Die Saisonarbeiter von Þor Kalman«, ergänzt Maggy.

»Die beiden machen ständig so … Sachen«, erzählt Kári weiter.

»Was für Sachen?«

»Na … sexuelle.«

»Etwa mit euch Kindern?«, fragt Maggy erschrocken.

Schweigen.

»Kári!«

»Nein, Mom. Aber ich habe sie mal dabei beobachtet, wie sie … sich gegenseitig … bei den Quellen … Wir waren in der Nähe … Es war creepy.«

»Na warte, die können was erleben!«, faucht Maggy. »Das geht zu weit. Ich werde mit Þor Kalman reden müssen!«

Es folgt ein aufgebrachter Wortwechsel, bei dem Thorsten nicht viel versteht. Als sich alle beruhigt haben, fragt der Polizist: »Waren Yngvi und Willum mal zur selben Zeit wie Frau Brandt bei den Quellen?«

»Ja, mehrere Male. Yngvi hat hinter ihrem Rücken Grimassen geschnitten und solche Gesten gemacht.«

»Das ist obszön! Warum hast du Wiebke nichts davon gesagt?«, mischt sich Maggy wieder ein.

»Das wollte Abigal nicht«, entgegnet Kári.

»Okay«, sagt wieder der Polizist. »Kannst du uns etwas über die Joints erzählen, die ich dir vorhin gezeigt habe?«

»Davon hatte ich keine Ahnung. Ehrlich.«

»Und Sie, Frau Gislason?«

»Nein, es ist mir neu, dass so etwas hier geraucht wird. Der alte Kalman wird nicht froh darüber sein, dass seine Arbeiter Drogen nehmen.« Maggy klingt ärgerlich. »Darauf achtet er eigentlich sehr.«

»Wir wissen noch gar nicht, ob sie Yngvi und Willum gehören«, gibt der Polizist zu bedenken. »Sie waren an einer anderen Stelle versteckt als das Pornoheft.«

»Von wem sollen sie sonst sein?«

»Das frage ich Sie, Frau Gislason. Reichlich Möglichkeiten gibt es auf den Höfen ja nicht.«

»Ich weiß es nicht«, sagt Maggy. »Meinem Mann und mir gehören sie jedenfalls nicht.«

Erneut tritt Stille ein. Thorsten hört ein leises Klappern.

»Eine Frage bleibt noch«, verkündet der Polizist. »Dürften wir Káris Fingerabdrücke nehmen?«

»Wieso das denn?«, protestiert Maggy. »Mein Sohn ist doch kein Verbrecher.«

Dein Sohn vielleicht nicht, denkt Thorsten. Aber ich weiß, von wem die Joints sind. Und du hast in dem Gespräch mindestens zweimal gelogen, liebe Maggy.

»Im Zuge der Ermittlungen werden wir von jedem Bewohner der Höfe Fingerabdrücke nehmen«, fährt der Polizist fort. »Auch von Ihnen. Sie können also gleich als gutes Beispiel vorangehen und uns Ihre als Erstes geben.«

»Bin ich denn verdächtig?«, fragt Maggy irritiert.

»Bisher nicht.«

»Gut. Dann brauchen Sie meine Abdrücke auch nicht. Und die von Kári genauso wenig.«

»Tut mir leid, das zu sagen: Ihr Sohn ist in gewisser Weise verdächtig. Zusammen mit Abigal Brandt hätte er ein Motiv.«

»Aber er hat doch gesagt, dass er die ganze Nacht mit ihr auf dem Heuboden war. Er hat ein Alibi.«

Jemand lacht leise. »Kein besonders gutes, wenn Sie mich fragen.«

Schweigen folgt, aus dem Thorsten deutlich den Unmut von Maggy heraushören kann. Plötzlich wird ihm bewusst, was da eben gesagt wurde. Sie nehmen Fingerabdrücke. Von allen Bewohnern. Also auch von ihm!

Ruckartig richtet er sich auf. Ein Hitzeschauer läuft durch seinen Körper. Was soll er machen? Sie werden seine Spuren finden. Sie sind überall.

Er tritt von der Tür zurück. Die Gedanken schwirren durch seinen Kopf, und ihm wird schwindelig. Er hastet zum Ausgang. Er muss sofort rüber in Zoes Zimmer.

29

Skagen schiebt Maggy Gislason das digitale Stempelkissen hin. Nachdem Nils ihr erklärt hat, dass sie ihre Fingerabdrücke per Beschluss der Staatsanwaltschaft früher oder später sowieso wird abgeben müssen, hat sie dem Prozedere doch noch zugestimmt. Einen Finger nach dem anderen drückt sie auf das kleine Display, das die Daten an den auf dem Tisch stehenden Polizeirechner weitersendet, der sie wiederum sofort mit der Kartei abgleicht.

Aber es gibt im isländischen Register kein Match mit Maggy Gislason.

Auch Kári war kooperativ. Skagen fand seine vorangegangene Aussage jedoch sehr schwach. Von ihm haben sie weder belastende noch entlastende Informationen in Bezug auf Abigal erhalten. Das Alibi ist wackelig und muss überprüft werden. Vielleicht gibt es einen Zeugen, der die beiden tatsächlich im Stall gesehen hat.

Als Maggy Gislason fertig ist, lehnt sie sich mit versteinerter Miene zurück und blickt Skagen an, als würde er sie zu Unrecht kriminalisieren.

»Bevor Sie gehen«, sagt er, »würde ich Ihren Sohn gerne noch etwas fragen.« Er wendet sich an Kári. »Warum hast du die Schubkarre vom Magnusson-Hof runter zum Meer gefahren?«

Halla übersetzt und Káris Augen weiten sich. »Welche Schubkarre?«, fragt er krächzend. Sein Stimmbruch macht ihm deutlich zu schaffen.

»Wir haben herausgefunden, dass die der Magnussons fehlt und an den Klippen entsorgt wurde. Dort, wo der Bach ins Meer fällt.«

Verwirrung lässt Kári seine Stirn in Falten legen. Oder ist es Angst?

»Ich weiß nicht, wovon Sie reden.« Mit flackerndem Blick starrt er Skagen an.

»Dürfen wir deine Schuhe sehen?«

»W… warum das?«

»Wir benötigen einen Probeabdruck deines Profils.«

»Das geht zu weit«, schaltet sich Maggy Gislason ein.

»Es ist der gleiche Grund wie bei den Fingerabdrücken«, erklärt Skagen ihr. »Also?«

Maggy Gislason ringt mit sich, gibt aber schließlich ihr Einverständnis. Skagen nimmt eine kleine Rolle, drückt sie auf ein Stempelkissen und trägt die Farbe auf die Sohlen auf, die Kári ihm im Sitzen entgegenhält. Dann bittet er den Jungen, sich auf ein Blatt Papier zu stellen, und fotografiert anschließend den Abdruck. Mit den Schuhen von Maggy verfährt er ebenso. Als die Profile im Kasten sind, lässt er die beiden gehen.

Nachdem sie zur Tür raus sind, sagt Nils: »Mal sehen, ob wir ein Profil neben der Schubkarrenspur sichern können. Aber selbst wenn nicht, ist der Junge noch lange nicht aus dem Schneider.«

Skagen stimmt ihm zu. Er steht auf und tritt ans Fenster. Draußen geht Kári gerade über die Wiese. Drüben am Wohnhaus wartet ein Mädchen, dessen pechschwarze Haare im Wind wehen. Die beiden umarmen einander. Dabei wandert der Blick des Mädchens zu dem Fenster hinüber, hinter dem Skagen steht. Das muss Abigal sein, denkt er und will das Fenster öffnen, um ihr zuzurufen, dass er gerne mit ihr reden will, da klopft es an der Tür.

»Ja?«, ruft Nils die Person herein.

»Ich bin es noch mal.« Maggy betritt den Raum. Sie ringt nervös mit den Händen. »Ich … also, ich will niemanden anschwärzen, aber da ist jemand, vor dem ich wirklich Angst habe.«

»Und wer?«

»Yngvi Sveinsson, von dem Kári vorhin erzählt hat.«

»Der Hilfsarbeiter, der diese obszönen Gesten gemacht hat?«, fragt Nils.

»Genau der. Ich habe nachgedacht. Ihm traue ich das mit Wiebke zu.« Maggys Blickt huscht unsicher durch die Gästeküche. »Er war als Jugendlicher im Gefängnis. Mehrfach! Weshalb, weiß ich nicht. Ich habe gehört, dass er gewalttätig gewesen sein soll. Das hat zumindest der alte Kalman erzählt. Er nimmt oft verkrachte Existenzen bei sich auf und gibt ihnen Arbeit. Davon halten wir alle nichts, doch Kalman glaubt an das Gute im Menschen.«

Das würde Skagen auch gern, doch sein Job belehrt ihn jedes Mal eines Besseren.

»Okay, danke«, sagt er. »Sie können jetzt gehen.«

Maggy nickt und verlässt den Raum. Wenig später beobachtet Skagen, wie sie draußen den Pfad am Lavafeld entlang einschlägt. Kári und Abigal sind verschwunden.

»Was haltet ihr davon?«, fragt Nils. »Lenkt die Frau von ihrem Stiefsohn ab?«

»Möglich. Es kostet uns aber auch nichts, diesen Yngvi mal zu checken«, antwortet Skagen. »Wenn er im Gefängnis war, wird er eine Akte haben.«

»Ich sehe nach«, sagt Halla. Sie zieht den Computer zu sich heran und beginnt zu tippen. Kurz darauf pfeift sie durch die Zähne. »Der Hinweis von Maggy war gar nicht so schlecht. Schaut mal.« Sie dreht den Bildschirm herum.

»Wow, was für eine Liste!«, sagt Nils und beginnt vorzulesen. »Yngvi Sveinsson, 28 Jahre alt, geboren in Ísafjörður. Mit 13 das erste Mal straffällig geworden durch Diebstahl und Fahren ohne Führerschein. Danach folgen über 30 weitere Einträge in seinem Jugendstrafregister. Der Junge hat ordentlich was auf dem Kerbholz. Seine Eltern lebten damals auf einem Schafhof in den Westfjorden und waren alkoholabhängig. Es ist auch die Rede von Missbrauch. Yngvi hat ausgesagt, dass die Übergriffe hauptsächlich durch seinen Vater stattfanden, meist wenn dieser getrunken hatte. Mit 15 wurde er in ein Heim in Reykjavík gesteckt, weil seine Eltern behaupteten, nicht mehr mit ihm klarzukommen. Er ist in der Jugendhilfeeinrichtung geblieben, bis er 18 wurde. In dieser Zeit beging er weitere Straftaten. Hauptsächlich Diebstähle und Körperverletzungsdelikte.«

»Irgendetwas mit Drogen?«, fragt Skagen und denkt dabei an die Joints.

»Nein, damit hat er offenbar nichts am Hut – außer mit Alkohol.«

»Die Übergriffe durch den Vater, waren die sexueller Natur?«, will Skagen wissen. »Die Differenzierung könnte uns etwas über Yngvi sagen.«

»In der Akte steht, dass der Junge beidem ausgesetzt war. Schlägen sowie sexueller und psychischer Gewalt vonseiten des Vaters.«

»Oh Mann«, seufzt Skagen. »Aber was könnte das mit Wiebke Brandts Tod zu tun haben? Welchen Grund könnte Yngvi gehabt haben, sie umzubringen? Wollte er etwas von ihr und sie hat ihn abgelehnt?«

»Möglicherweise«, sagt Nils. »Es könnte sein, dass er das fortführt, was er von seinem Vater gelernt hat. Zumindest ist das ein häufig wiederkehrendes Muster von Betroffenen. Wiebke Brandt hat ihn vielleicht erregt und er wollte sie mit Gewalt nehmen, dann kam es zum Streit und er hat sie erwürgt. Danach hat er sie mit der Schubkarre zu den Quellen gebracht und sie so drapiert, dass es wie ein Unfall aussah. Er kennt die Quellen und wusste womöglich auch, dass sie momentan viel zu heiß sind.«

»Gut möglich«, sagt Skagen, dem Nils' Erläuterungen plausibel erscheinen. Auch Halla nickt.

»Dann los!« Nils greift nach seiner Jacke auf der Stuhllehne. »Holen wir ihn uns.«

30

Zehn Minuten später halten sie mit dem Jeep vor dem Kalman-Hof, der noch heruntergekommener und ärmlicher wirkt als der der Magnussons.

Halla zieht die Handbremse an und steigt zusammen mit den Kollegen aus. Überall auf dem Gelände steht Schrott herum, und die Holzscheune neigt sich gefährlich zu einer Seite. Aus dem Stall dringen die Rufe der Lämmer und Schafe. Rundherum ist der Boden vom Regen durchweicht und gleicht einer Schlammrutschbahn. Hinter dem Hof ragen dunkel und ehrfurchtgebietend die krummen Spitzen der *dimmu hraunar* auf. Der Lavastrom hat damals nicht nur die anderen beiden Höfe verschont, sondern auch den von Kalman. Was für ein unglaubliches Glück.

Fröstelnd zieht Halla die Schultern hoch. Wie kann ein Ort so schön und gleichzeitig so trostlos wirken?

Sie gehen auf das Wohnhaus zu und klopfen. Schlurfende Schritte nähern sich, und ein Mann öffnet die Tür, dem man das entbehrungsreiche Leben in diesem Landstrich ansieht. Seine eingefallenen Wangen sind unrasiert und seine Augen trüb, die viel zu große Hose schlottert ihm um die Hüften, während seine Füße in abgelatschten Gummiclogs stecken.

»Was gibt's?«, fragt er heiser.

»Wir suchen Yngvi Sveinsson. Wollen ihm ein paar Fragen stellen«, erklärt Nils.

»Yngvi ist zum Einkaufen nach Seyðisfjörður gefahren.«

»Wann?«

»Heute Morgen.« Der alte Kalman kratzt sich am Kinn, was einen schabenden Laut verursacht. »Er müsste längst zurück sein.«

»Scheiße!«, flucht Nils und dreht sich zu Halla und Skagen um. »Er ist abgehauen.«

»Was für ein Auto fährt er?«, fragt Skagen.

»Meinen alten Mitsubishi-Geländewagen. Dunkelgrün.« Kalman nennt ihnen noch das Kennzeichen, und sie sprinten zum Polizeijeep. Kurz darauf sind sie auf der Schotterstraße Richtung Seyðisfjörður unterwegs.

»Die Fahndung nach dem Mitsubishi läuft!«, ruft Nils gegen den Lärm des Motors an, während er das Handy an sein Ohr gepresst hält.

Halla hat große Mühe, den Jeep um die größten Schlaglöcher herumzulenken. Die Fahrt über die Piste ist eine Qual, und der Regen prasselt auf die Scheibe, als hätte im Himmel einer alle Schleusen geöffnet. Bald wird die Dämmerung einsetzen, was ihnen die Sicht zusätzlich erschweren wird.

Ein großes Loch taucht vor Halla auf, und sie reißt das

Lenkrad herum. Der Wagen schlittert über den Schotter, und alle werden gründlich durchgerüttelt. Nils stöhnt auf und lässt das Handy sinken.

»Ob sich Yngvi abgesetzt hat?«, fragt Halla, als sie den Wagen wieder unter Kontrolle hat.

»Ich wette drauf«, entgegnet Nils.

»Womöglich ist er längst über alle Berge. Er ist seit heute Morgen weg«, ruft Skagen von hinten.

»Island ist eine Insel«, erinnert Nils ihn. »Weit kann er nicht gekommen sein.«

»Ich fand ihn von Anfang an merkwürdig«, sagt Halla.

»Wieso?«

»Bei der Suche nach dem kleinen Jonas hat er sich seltsam verhalten. Er hat mich kein einziges Mal angesehen und ist mir ständig ausgewichen.«

»Du meinst, er hat etwas mit dem Verschwinden des Jungen zu tun?«

»Kann doch sein. Vielleicht hat Wiebke das rausbekommen und musste deshalb sterben.«

Die beiden anderen im Wagen schweigen, scheinen über ihre These nachzudenken.

»Hat er Geschwister, zu denen er fliehen könnte?«, fragt Skagen nach einer Weile.

»In der Akte steht, dass er Einzelkind ist«, entgegnet Nils. »Und bei seinen Eltern wird er sich wohl nicht verstecken, so wie die ihn behandelt haben.«

»Bestimmt nicht.«

Während die beiden Männer diskutieren, wo Yngvi sich aufhalten könnte, konzentriert sich Halla aufs Fahren. Als sie endlich die asphaltierte Straße erreichen, atmen alle auf. Halla schaltet einen Gang höher und beschleunigt. Vor ihnen tauchen die bunt zusammengewürfelten Häuser von Seyðisfjörður auf. Die Lichter der Straßenlaternen leuchten einladend. Es wird langsam dunkel, und es schüttet immer noch wie aus Kübeln. Nicht gut.

Als sie sich der Tankstelle auf der Hauptstraße nähern, verlangsamt Halla das Tempo und hält schließlich an.

»Warum stoppst du?«, fragt Nils.

»Hier gibt es Videomaterial. Die haben eine Überwachungskamera.«

»Aber es ist doch klar, dass Yngvi an dieser Stelle vorbeigekommen ist. Das ist die einzige Straße.«

»Vielleicht ist er ja wieder umgekehrt«, hält Halla dagegen. Nils' unfreundlicher Ton geht ihr auf den Keks.

»Warum sollte er auf die Halbinsel zurückwollen? Da säße er doch in der Falle.« Nils starrt sie an. »Fahr weiter.«

Halla betätigt den Blinker und setzt die Fahrt fort. Sie folgen der Hauptstraße, passieren die schmucken kleinen Holzhäuser am Ufer des Fjordsees und überqueren die Brücke über den Fluss. Zu ihrer Rechten ragt die riesige weiße Silhouette der Fähre auf. Lichter brennen an Bord. Die Norröna müsste bald ablegen.

Als sie die Kreuzung erreichen, an der es zur Passstraße hinaufgeht, wird Halla langsamer, weil sie nicht weiß, wohin Nils als Nächstes möchte.

»Stopp!«, ruft Skagen plötzlich, und Halla zuckt zusammen. Sie tritt auf die Bremse, und die Männer werden in die Gurte gedrückt.

»Was zum Teufel machst du?«, flucht Nils und richtet seinen Seitenscheitel.

»Dort drüben vorm Supermarkt!« Tom Skagen deutet durch die Seitenscheibe.

Halla und Nils blicken hinüber zu dem fast leeren Parkplatz. Unter einer Laterne steht ein dunkelgrüner Mitsubishi-Geländewagen.

31

Skagen folgt Halla durch den Regen zum Geländewagen. Hinter ihm keucht Nils, der weitere Flüche ausstößt. Vermutlich, weil er nicht schritthalten kann.

Sie erreichen den alten Mitsubishi und leuchten hinein. Niemand ist drin. Skagen prüft die Fahrertür und öffnet sie. Das Innere des Geländewagens ist mit getrocknetem Schlamm verkrustet, der Stoff ist abgewetzt und die Armaturen sind staubig. An der Handbremse hängt ein Flaum Schafwolle.

»Nichts«, sagt er und zieht seinen Oberkörper aus dem Wagen.

»Vielleicht ist Yngvi im Supermarkt«, schlägt Halla vor und geht mit großen Schritten auf den erleuchteten Eingang zu.

Der Laden ist klein und übersichtlich, es gibt nur ein paar Regale mit dem Notwendigsten. Eine Handvoll Kunden schiebt ihre Wagen durch die Gänge. Keiner sieht aus wie Yngvi Sveinsson. Nils zeigt der Kassiererin das Foto aus dem Strafregister.

Die Frau verengt kurzsichtig die Augen, dann nickt sie. »Ja, er war vorhin hier, hat eingekauft. Das ist Yngvi, er arbeitet draußen beim alten Kalman auf Dverganes.«

»Sein Wagen steht auf dem Parkplatz. Wo könnte er hin sein?«

»Vielleicht ins El Grillo. Da ist er häufiger und säuft. Aber er sah eben nicht so aus, als wollte er einen trinken gehen. Er hatte einen schweren Militärrucksack bei sich, den er mit Lebensmitteln vollgestopft hat. Ich habe ihn gefragt, ob er auf Reisen geht, da hat er mich nur böse angeguckt.«

»Auf Reisen?«, fragt Nils. »Ohne den Jeep?«

»Natürlich!«, ruft Halla und schlägt sich gegen die Stirn.

Nils und Skagen sehen sie fragend an, doch anstatt zu antworten, rennt Halla aus dem Supermarkt. Die beiden haben Mühe, ihr zu folgen. Sie schließt den Polizeijeep auf und gibt ihnen mit ungeduldigen Handbewegungen zu verstehen, dass sie einsteigen sollen.

»Schnell, schnell!« Sie startet den Motor, und Skagen kann gerade noch die Tür zuschlagen, bevor sie mit quietschenden Reifen losfährt.

»Wo verdammt noch mal willst du hin?«, ruft Nils.

»Zur Fähre! Yngvi ist auf der Norröna.« Halla wirft einen Blick auf die Uhr am Armaturenbrett. »Das Schiff legt in einer halben Stunde ab. Die Kassiererin hatte recht mit dem Verreisen. Yngvi hat sich mit Vorräten eingedeckt für seine Flucht mit der Fähre.«

»Dann gib Gas!«, brüllt Nils.

Halla tut, was er sagt, und sie schlittern mit dem Wagen um die Kurve. Skagen wird von einer Seite zur anderen geschleudert und verflucht sich dafür, dass er sich nicht angeschnallt hat. Aber bis zum Hafen kann es in diesem kleinen Ort nicht weit sein. Und tatsächlich halten sie wenige Abzweigungen später am Anleger. Vor ihnen ragt die Terminalbrücke auf, die sich zur Schiffswand hinüberstreckt. »Smyril Line«, steht in riesigen Buchstaben auf dem weißen Rumpf.

Skagen schluckt. Die Schiffe ... sie sind sein Schicksal. Er wird sie einfach nicht los. Ständig drängen sie sich in sein Leben.

Er zwingt seinen Blick die gewaltige Bordwand hinauf, bis er bei den Fenstern der Kommandobrücke anlangt. Wider Erwarten bleibt in seinem Innern alles ruhig. Sein Herz schlägt in einem gleichmäßigen Takt. Er macht tatsächlich Fortschritte.

Erst jetzt bemerkt er, dass Halla und Nils ausgestiegen sind und sich auf dem Weg zu dem flachen Terminalgebäude befinden. Skagen klettert vom Rücksitz und beeilt sich, hinterherzukommen. In der Zollschleuse holt er sie ein und sieht sich einem Beamten im Rollstuhl gegenüber, der seinen Drogenhund neben sich sitzen hat. Ein Malinois, der sie mit heraushängender Zunge anhechelt.

»Hæ, Ólafur«, grüßt Halla ihn.

»Hæ, Halla.« Der Mann lächelt ihr zu, sie scheinen einander zu kennen.

»Wir müssen auf das Schiff! Wir haben Grund zur Annahme, dass ein Mordverdächtiger unter den Passagieren ist.«

»Ach was. Etwa der von dem Brühwurst-Mord?«

»Brühwurst-Mord?«, erwidert Halla entgeistert.

»So heißt der Fall bei uns im Ort.« Der Zollbeamte streichelt seinen Malinois. »Oben auf Dverganes ist doch eine Frau in den heißen Quellen gekocht worden, oder nicht?«

»Das stimmt, aber …«

»Jetzt mal Schluss mit dem Gelaber!«, mischt sich Nils ein. »Die Zeit drängt. Wir müssen aufs Schiff.«

»Die Norröna legt gleich ab.«

»Ja und? Dann ruf den Kapitän an.«

Der Zollbeamte zieht beleidigt das Kinn ein. Er nimmt sein Tablet und tippt darauf herum. »Wie heißt der Gesuchte? Ich prüfe, ob er als Passagier eingecheckt hat.«

»Yngvi Sveinsson«, sagt Nils.

»Steht nicht auf der Liste.«

»Vielleicht benutzt er einen falschen Namen.« Nils zeigt ihm das Foto. »Hast du den Mann beim Einchecken gesehen?«

Der Zollbeamte betrachtet das Bild. Sehr lange. »Nein. Ich gucke mir allerdings auch nicht jeden an, das macht Ingibjörg vorn am Schalter.«

»Wo ist Ingibjörg jetzt?«

»Sie hat Feierabend.«

»Meine Güte!«, stößt Nils aus. »Jetzt reicht's. Ich geh an Bord. Du kannst ja die Polizei rufen, wenn es dir nicht passt.« Mit diesen Worten drängt er sich am Rollstuhl des Beamten vorbei, dessen Hund wie zum Protest ein Bellen von sich gibt.

»He, das geht nicht!«, ruft der Mann ihnen hinterher, doch Skagen und die anderen sind schon auf der Treppe, gefolgt vom Malinois, der sich losgerissen hat. Der Beamte brüllt seinem Hund hinterher, der auf halbem Weg verwirrt stehen bleibt und schließlich zu seinem Herrchen zurückläuft.

Oben an der Eingangsluke will ein älterer Herr mit grauem Haarkranz und einer dunkelblauen Uniform, die ihn als Ersten Offizier auszeichnet, gerade die Tür schließen.

»Warten Sie!«, ruft Skagen ihm entgegen.

Der Mann verzieht tadelnd das Gesicht. »Sie sind spät dran. Wir legen gleich ab.« Doch als er Hallas Uniform bemerkt, weiten sich seine Augen. »Oh, Polizei. Was ist los?«

Nils kommt direkt zur Sache und hält ihm Yngvis Foto unter die Nase. »Wir suchen diesen Mann. Er ist dringend mordverdächtig. Wir haben die Vermutung, dass er mit der Fähre das Land verlassen will.«

Der Erste Offizier wirkt erschrocken. »Wirklich?«

»Ja, wirklich!« Nils' Gesicht hat eine rote Färbung angenommen. Er sieht aus, als würde er gleich platzen, daher greift Skagen ein.

»Sie sind als Erster Offizier an Bord für die Sicherheitsfragen zuständig«, sagt er, denn bei seiner vorherigen Karriere als Seemann hatte er die gleiche Position inne und kennt daher die Aufgaben eines sogenannten Chief Mates. »Wir schicken Ihnen das Foto des Gesuchten auf Ihr Handy, dann können Sie es unverzüglich an Ihre Mitarbeiter weiterleiten. Sie sollen das Schiff nach ihm absuchen, aber nichts unternehmen, sollten Sie ihn finden. Wir kümmern uns um ihn.«

»Ist er gefährlich?«

»Höchstwahrscheinlich. Wir glauben, dass er eine Frau auf brutale Weise getötet hat.«

Der Erste Offizier wird blass. Mit zitternden Fingern holt er sein Telefon heraus und befolgt Skagens Anweisungen.

»Wo können wir am besten mit der Suche beginnen?«, fragt Skagen.

Der Schiffsoffizier deutet mit dem Arm auf einen Decksplan, der an der Wand hängt und die verschiedenen Ebenen zeigt. »Das sind die Trakte mit den Kabinen. Wir haben Platz für 1.500 Passagiere, aber wie mir vom Check-in mitgeteilt wurde, sind für diese Passage nur 665 an Bord.«

»*Djöfulsins!* So viele?«, stößt Nils erschrocken aus.

Auch Skagen ist nicht gerade erfreut über die Aussicht, sämtliche Kabinen abklappern zu müssen. Dafür bräuchten sie eine halbe Ewigkeit, und die Fähre legt gleich ab.

»Vielleicht hat er ja keine Kabine und fährt einfach so mit«, wirft Halla ein.

»Das ist unmöglich, man kann nicht auf das Schiff, ohne eine Kabine zu buchen«, sagt der Erste Offizier.

»Möglicherweise ist er als blinder Passagier an Bord. Die Ladeluke hinten steht den ganzen Tag offen und …«

In dem Moment klingelt das Telefon des Ersten Offiziers und er geht ran. »Oh!«, sagt er. »Ja, bleibt ruhig, wir kommen hoch.« Er drückt sich das Handy gegen die Brust. »Ihr Gesuchter ist oben in der Laterna Magica. Das ist unsere Bordbar. Folgen Sie mir, ich zeige Ihnen den schnellsten Weg.«

Sie durchqueren endlos wirkende Korridore und steigen unzählige Treppenaufgänge hinauf. Bald hat Skagen die Orientierung verloren. Er hätte nicht gedacht, dass das Schiff so groß ist. Vollkommen außer Atem erreichen sie die Bar. Eine stimmungsvoll beleuchtete Lounge, die durch große

Panoramafenster einen Rundumblick auf das Vorderschiff und den Fjord ermöglicht. Alle Sessel sind von Passagieren belegt, und es herrscht angeregtes Stimmengewirr. Mit geübtem Blick überfliegt Skagen die Gäste, von denen kaum einer Notiz von ihnen nimmt.

Einer springt jedoch von seinem Sessel auf und eilt in die entgegengesetzte Richtung davon. Er trägt fleckige Jeans und einen schwarzen Hoodie, dessen Kapuze er sich schnell über den Kopf streift. Yngvi.

»Stehen bleiben«, brüllt Skagen. »Polizei!«

Doch Yngvi flieht. Er stößt eine Frau zu Boden, die ihm im Weg ist, und stürmt auf einen zweiten Ausgang zu. Halla will ihm folgen, doch Skagen hält sie zurück. Er zeigt auf ihren Ausrüstungsgürtel, an dem keine Pistole hängt. In Island hat nicht jeder Beamte eine eigene Dienstwaffe. Skagen zieht seine HK P30 und nimmt die Verfolgung auf. Als er die Tür erreicht, durch die Yngvi entkommen ist, muss er seine volle Kraft aufwenden, um sie aufzustemmen, so schwer ist sie. Dahinter fällt er beinahe eine steile Metalltreppe hinab, die zum Aussichtsdeck führt. Unten angekommen, lugt Skagen um die Ecke zum Vorderschiff, wo er Yngvi tatsächlich in Richtung Bug schlittern sieht.

Als er ihm folgt, muss er mit den Armen rudern, um das Gleichgewicht zu halten, denn der blau lackierte Stahl unter seinen Füßen ist rutschig vom Regen. Unter Mühen erreicht er den vorderen Teil des Decks. Wo ist Yngvi? Versteckt er sich hinter den Aufbauten für das Radar?

Langsam bewegt sich Skagen darauf zu. Yngvi kann sich verkriechen, wo er will. Auf dem Schiff sitzt er in der Falle.

Er hört Stimmen hinter sich und dreht sich um. Es sind Halla und Nils, die ihm mit Gesten zu verstehen geben, dass sie den Radarmast von der anderen Seite umrunden. Skagen nähert sich dem stählernen Sockel.

»Yngvi!«, ruft er. »Wenn du da bist, komm raus. Es hat keinen Zweck. Vom Schiff kannst du nicht entkommen!«

Doch nichts tut sich. Skagen arbeitet sich langsam um die Rundung herum, bis er Yngvi entdeckt. Mit großen Augen steht er ihm gegenüber und starrt auf die Waffe.

Skagen hebt beschwichtigend die freie Hand, während er langsam auf Yngvi zugeht.

»Wir haben ein paar Fragen an dich«, sagt er ruhig. »Es ist wichtig, dass du mit uns redest.«

Der Angesprochene wirkt wie ein Reh im Scheinwerferlicht. Er blinzelt nicht mal. Sein Gesicht ist aschfahl.

Skagen beugt sich leicht zum Boden »Ich lege die Waffe weg, siehst du?«

Ein Zucken geht durch Yngvi, und im nächsten Moment ist er hinter dem Radarmast verschwunden. Skagen rennt ebenfalls los und sieht, wie Yngvi vor Halla und Nils schlitternd kehrtmacht und in die entgegengesetzte Richtung hinter die gläserne Schutzwand am Bug läuft.

Skagen will ihm folgen, doch dann überlegt er es sich anders und sprintet zur anderen Seite der Glaswand. Yngvi ist mittlerweile auf der dem Fjord zugewandten Seite angekommen und bleibt stehen. Er sitzt in der Falle.

Langsam richtet Skagen seine Waffe auf Yngvi. »Hände hoch! Und schön ruhig bleiben.«

Gequält verzieht Yngvi das Gesicht, während die Panik sichtbar in ihm arbeitet. Vorsichtig bewegt sich Skagen auf ihn zu, während Nils sich in seinem Rücken nähert. Der Kollege ist fast bei ihm, da packt Yngvi mit beiden Händen die Reling und schwingt sich darüber hinweg. Im nächsten Moment ist ein Platschen zu hören.

Skagen beugt sich über das Stahlgeländer. Zehn Meter unter ihm treibt Yngvi im dunklen Wasser des Fjords – mit dem Gesicht nach unten. Durch die Wucht des Aufschlags muss er das Bewusstsein verloren haben. Er würde ertrinken, wenn ihm nicht schnell jemand zu Hilfe käme, doch nirgendwo ist ein Boot zu sehen.

Kurz entschlossen zieht Skagen die Jacke aus, legt die Waffe ab und umfasst die kalten Metallstreben.

»Bist du verrückt? Das ist glatter Selbstmord!«, schreit Nils, doch da ist Skagen schon gesprungen.

In seiner Erinnerung blitzt eine andere Schiffswand auf, die an ihm vorbeirauscht, und das dunkle Wasser, das auf ihn zurast. Doch dieses Mal ist er darauf vorbereitet. Mit zusammengedrückten Beinen und an den Körper gelegten Armen taucht er in den eiskalten Fjord ein.

Es ist trotzdem ein Schock. Die Luft wird ihm aus den Lungenflügeln gepresst, und sein Herz setzt für eine Schrecksekunde aus. Kleine Blasen tanzen um ihn herum. Kraftvoll beginnt er, mit den Armen zu rudern. Er muss an die Oberfläche.

Als er sie erreicht, reckt er keuchend seinen Kopf aus dem Wasser und holt tief Luft. Sein Hirn schmerzt vom Kälteschock, und das Salzwasser brennt in seinen Augen. Blinzelnd sieht er sich um und entdeckt den leblosen Körper von Yngvi. Er schwimmt auf ihn zu, packt ihn am Kragen und zieht ihn im Rettungsstil in Richtung Hafenmole. Vom Schiff hallt das Signal des Mann-über-Bord-Alarms zu ihnen hinab, was in Skagen ebenfalls unangenehme Erinnerungen wachruft, doch er beißt die Zähne zusammen und schwimmt mit aller Kraft. Ein motorisiertes Schlauchboot nähert sich ihnen und geht längsseits. Darin sitzen Nils und Halla und zwei Rettungsleute vom Schiff. Sie ziehen Skagen und Yngvi ins Boot, und während Skagen eine Decke umgelegt bekommt, kümmert sich einer der Retter um den bewusstlosen Yngvi.

»Er lebt!«, ruft er, und kurz darauf kommt Yngvi Wasser spuckend zu sich.

Mit klappernden Zähnen blickt Skagen von dem Geretteten auf seine beiden Kollegen.

»Bist du bekloppt?«, schimpft Halla. »Du hättest draufgehen können!«

Skagen gibt sich cool und winkt ab. »Keine Sorge. Ich falle öfter von Schiffen. Ist ein Hobby von mir. Aber jetzt hätte ich gern eine heiße Dusche.«

Würgelaute dringen an ihre Ohren, und im nächsten Augenblick übergibt sich Yngvi auf Nils' Schuhe.

32

»Du bist schuld an allem, Jule! Ohne deine beschissene Idee mit dem Sabbatjahr in Island wäre das nicht passiert. Was hast du Wiebke damit in den Ohren gelegen, bis wir alle mit an diesen furchtbaren Ort mussten.«

»Ach ja, Thorsten? Du wolltest es doch auch«, entgegnet Jule.

»Aber nicht so!«

Pia, die an der Tür zum Wohnzimmer steht und lauscht, sieht, wie die Mutter von Silas ihren Vater böse anfunkelt. Die beiden streiten, seit Papa aus dem Gästehaus zurück ist.

»Tja, Thorsten. So ist es aber nun einmal.«

»Wie eiskalt kann man sein!« Ihr Vater schüttelt fassungslos den Kopf. »Dass Wiebke tot ist, scheint dich ja nicht groß zu bekümmern.«

»Und was ist mit dir?«

Pia drückt sich im Flur gegen die Wand. Eigentlich müsste sie längst im Bett sein, aber ihr Vater kümmert sich nicht darum. Er hat alles aus den Augen verloren. Jonas und Judith weinen in ihren Zimmern, und Abigal hört laut ihre Teufelsmusik auf dem Handy, das sie sich ohne Erlaubnis von Mamas Nachttisch zurückgeholt hat. Er hat es gar nicht gemerkt.

Pia beobachtet, wie Jule ihren Vater höhnisch anlächelt. Er sieht fertig aus. Seine Haare stehen ihm wirr vom Kopf ab, und seine Augen sind gerötet. Beim Abendessen hat er die ganze Zeit geweint und hat keinen Bissen herunterbekommen. Pia auch nicht. Sie würde ihren Vater gerne in den Arm nehmen und trösten. Gleichzeitig sehnt sich sie so sehr danach, selbst in den Arm genommen zu werden. Aber nirgendwo kann sie ihre Sorgen loswerden. Nicht bei ihrem Vater, nicht bei ihren Geschwistern und auch nicht bei Jule, die so gemein zu ihrem Papa ist. Zu ihr hat Pia eigentlich gehen wollen, denn sie hat etwas beobachtet und würde es gerne jemandem erzählen. Am liebsten Eydis oder Ásgeir. Aber die dürfen es nicht wissen, die gehören nicht zu ihrer Gemeinschaft. Die beiden würden direkt zur Polizei laufen, und das darf nicht geschehen. Pia weiß, dass man der Polizei nichts verrät. Denn Samuel entscheidet über alles. Wenn man Sorgen hat, geht man zur Obersten im Hauszirkel. Das ist die Regel. Und die sagt einem dann, was zu tun ist, nachdem sie mit Samuel gesprochen hat. Mama war die Oberste. Aber Mama ist tot. Tränen steigen in Pia hoch bei der Erinnerung an ihre Leiche im heißen Wasser. Sie presst die Augen zusammen, während sich Jule und ihr Vater weiter zanken.

»Dein Nervenzusammenbruch vorhin beim Abendessen und das Geheule waren doch bloß Show«, schnaubt Jule böse.

»Ich habe meine Frau verloren. Da wird man wohl weinen dürfen.«

»Erspar uns dein Schmierentheater, Thorsten. Ich weiß, dass du deine Trauer und Betroffenheit bloß vorheuchelst.«

»Du weißt gar nichts, Jule. Du willst dich doch nur selbst aus der Affäre ziehen, indem du auf mich zeigst.«

»Ich weiß, was ich weiß. Und der Herrgott weiß es auch. Er hat gesehen, was du getan hast.«

»Ach ja, was denn?«, fragt ihr Vater.

»Du und Zoe. Was wohl Samuel dazu sagen wird? Pfui! Schäm dich!«

»Es ist nicht so, wie du denkst.«

»Ach, wie ist es denn?«, fragt Jule ironisch.

»Anders.« Ihr Vater wendet sich ab.

Jule lacht. »Samuel wird dich einer Einkreisung unterziehen. Das ist dir klar, oder?«

Pia sieht, wie ihr Vater bleich wird. Das Brennen in ihren Augen verstärkt sich, und sie hat einen sauren Geschmack auf der Zunge. Sie war noch nie bei einer Einkreisung dabei, aber sie hat gehört, dass es die schlimmstmögliche Strafe ist, die man bekommen kann, wenn man sich nicht an die Regeln hält. Selbst Kinder sind davor nicht sicher. Die älteste Schwester ihrer Freundin Annalena musste schon mal zu einer Einkreisung, und hinterher ging es ihr schlecht. Sie hatte ähnliche Musik gehört wie Abigal und wollte einen Freund haben, der nicht aus ihrer Gemeinschaft stammt. Das wollte Samuel nicht und hat es dem Mädchen in der Einkreisung verboten. Abigal wird es genauso ergehen, wenn sie nicht aufhört. Warum will ihre Schwester nicht verstehen, dass er alles bestimmt und man sich an die Regeln halten muss? Pia findet das gar nicht so schwer. Sie würde nie so bescheuerte Musik hören wie Abigal und damit riskieren, dass Samuel sauer wird. Er ist nett und kümmert sich immer lieb um jeden von ihnen.

»Samuel wird dich dafür verstoßen.« Jule klingt, als wäre sie voller Hass. Warum sagt sie so etwas? Und was bedeutet das, wenn Papa verstoßen wird? Müssen sie die Gemeinschaft dann verlassen? Sie und ihre Geschwister? Das wäre schlimm. Pia würde all ihre Freunde verlieren. Sie beginnt zu zittern.

»Du bist eine Heuchlerin«, zischt Papa, und seine Augen feuern Blitze auf Jule ab. »Ist Samuel bekannt, dass du und Matthes verhütet? Dass du nur zum Spaß mit ihm schläfst, anstatt dem Propheten Kinder zu schenken? Wiebke wusste es. Sie hat dich durchschaut.«

»Halt dein verfluchtes Maul, Thorsten«, gibt Jule zurück. »Wer ohne Sünde ist, der werfe den ersten Stein.«

Pias Vater lacht. »Ist dir eigentlich bewusst, dass Wiebke vorhatte, euch zu melden? Deine ›beste‹ Freundin wollte dich bei Samuel verpetzen. Du solltest besser darüber nachdenken, wem du in Zukunft die Schuld geben willst.«

»Willst du mir drohen? Das würde ich an deiner Stelle lassen, denn ich werde die neue Oberste sein.«

»Ach, so ist das. Jetzt weiß ich, woher der Wind weht. Du warst neidisch auf Wiebkes Posten. Hast du sie zu den Quellen geschleppt und sie dort ersäuft?«

Erschrocken zuckt Pia zurück. War das so? Hat Jule ihre Mutter getötet?

Sie kann nicht mehr zuhören. Auf zittrigen Beinen dreht sie sich um und läuft zur Tür. Alles in ihr will nur noch weg. Nach Hause, in ihr Zimmer und sich die Decke über den Kopf ziehen.

Vor der Tür trifft die Kälte hart auf ihre überhitzten Wangen und lässt sie frieren. Mit eng um den Leib geschlungenen Armen läuft sie auf das Licht im Stall zu, das wie der Stern von Bethlehem vor ihr leuchtet. Dort sind die Schafe, Wärme, Heu und die flauschigen Lämmer. Und Ásgeir.

Pia steuert auf das Licht zu, als wie aus dem Nichts eine Gestalt vor ihr auftaucht und sie umstößt. Auf Händen und Knien landet sie im nassen Gras. Ängstlich blickt sie zu dem Schatten auf. Ist der Teufel gekommen, um sie zu holen?

»Pass doch auf, du kleine Kröte!«, zischt die Gestalt.

»Abigal.« Erleichtert richtet Pia sich auf.

»Ich heiße jetzt Alischa. Hast du das nicht verstanden? Sag mal, heulst du etwa?« Ihre Schwester beugt sich zu ihr hinab und packt sie am Kinn. Ihr Gesicht schwebt wie ein bleicher Mond vor Pia, ihre dunkel geschminkten Augen wirken wie Löcher.

Sie traut sich nicht, etwas zu antworten.

»Ich bin froh, dass Mama weg ist«, sagt Abigal mitleidslos. »Die alte Schlampe hat es verdient.«

»Wie kannst du nur so etwas sagen? Mama war keine Schlampe und hatte uns alle lieb«, wimmert Pia.

»Einen Scheiß hatte sie. Sie war eine Bitch!«

»War sie nicht. Hör auf damit.«

»Nerv mich nicht. Du hast keine Ahnung.«

»Ach ja?« Pia wischt sich über die Augen. »Wo warst du denn in der Nacht? Ich habe gehört, dass Mama dich gesucht hat.«

»Drüben bei Kári, dort herrscht nicht so eine Hysterie wie hier. Ist ja nicht auszuhalten, was für ein Theater Mama veranstaltet hat.«

»Du hast dich nicht an die Regeln gehalten. Und Samuel wird böse mit dir sein.«

Abigal holt aus und schlägt mit der Faust gegen Pias Brustkorb. Danach packt sie sie am Kragen und zieht sie zu sich heran. »Scheiß auf Samuel. Ich verrate dir mal was: Mama war eine Hexe, eine Gotteshexe. Sie hat Samuel gedient wie ein treuer Hund. Und uns hat sie mit diesem Jesusscheiß gequält. Wie oft mussten wir dieses ekelhafte Kreuz küssen? Es hat ihr Spaß gemacht, uns zu unterdrücken. Besonders uns Mädchen. Merkst du das denn nicht? Ist dir nicht aufgefallen, dass sie uns immer alles verboten hat, und Jonas durfte jeden Scheiß machen? Dieser kleine Idiot. Prinz Jonas. Und Mutter, die Königin, zu der wir aufsehen sollten. Das ist doch krank. Und dann sagt Mama auch noch, ich soll zu Samuel in seine Wohnung ziehen, wenn ich 15 werde. Bah!«

»Du sollst zu Samuel ziehen?«, fragt Pia ungläubig. Eifersucht regt sich in ihr. Warum Abigal und nicht sie? Das ist ungerecht.

»Perverses Schwein!«, stößt Abigal angewidert aus. »Ich werde ganz bestimmt nicht mit ihm zusammenleben. Ich bin ein Mensch mit einem eigenen Willen und kann mir aussuchen, mit wem ich zusammen sein will. Und das ist Kári, nicht Samuel. Ich mache diesen Scheiß nicht länger mit. Ich trete aus der Gemeinschaft aus.«

»Das wird Samuel nicht zulassen.«

»Wart's ab. Er wird mich nicht finden.«

»Was hast du vor?«

»Sag ich dir nicht. Du kannst ja bei Papa bleiben und dich weiter an die Regeln halten. Viel Spaß.« Lachend wendet sich Abigal ab und geht mit großen Schritten davon. Bevor die Dunkelheit sie verschluckt, hebt sie die Hand und bildet mit den Fingern das Teufelszeichen.

Zitternd blickt Pia ihr hinterher. Das hat Abigal doch eben nicht wirklich gesagt? Da Papa sich drinnen bestimmt immer noch mit Jule streitet, läuft sie zum Stall und zwängt sich an dem schweren Tor vorbei. Eine Sekunde später befindet sie sich in einer anderen Welt. Warmes Licht hüllt sie ein, und aus dem hinteren Teil des Stalls schwebt leise Musik zu ihr herüber. Ásgeirs Radio.

Jenseits der Gatter hört Pia das sanfte Blöken und Scharren der Lämmer und Mutterschafe. Sie läuft auf die Musik zu, im Herzen die Hoffnung auf eine warme Umarmung. Doch als sie um die Ecke biegt, sieht sie Eydis hinter dem Gatter knien, nicht Ásgeir, und ihre Hände sind mit Blut verschmiert.

Erschrocken bleibt Pia stehen. Ihre Gastmutter hockt auf dem Stallboden, und vor ihr liegt ein kleiner blutiger Körper im Heu. Etwas daran ist seltsam. Pia hört zwei blökende Stimmen, kann aber nur ein Lamm sehen. Erst nach einer Weile begreift sie, dass das keine Zwillinge sind. Das Lamm schreit aus zwei Mäulern, weil es zwei Köpfe hat. Eydis packt das Tier, murmelt etwas und versenkt ein großes Messer in seinem weichen Brustkorb. Das zweikehlige Schreien erstirbt.

Wie gelähmt steht Pia da.

»Das war das *huldufólk*«, hört sie eine dunkle Stimme hinter Eydis sagen. Ásgeir tritt aus dem Schatten.

»Es rächt sich«, antwortet Eydis. »Die Kinder hätten nicht in die *dimmu hraunar* gehen dürfen. Und wir Erwachsenen auch nicht.«

»Aber wir mussten den Jungen suchen.«

»Ich weiß.«

»Du solltest versuchen, die *álfar* zu besänftigen«, flüstert Ásgeir.

»Das hatte ich vor, aber ich kann den Elfenstein nicht finden. Er ist weg. Ich habe ihn Jonas gegeben, damit er ihn vor dem bösen Zauber schützt.«

»Dann hat Wiebke ihn genommen.«

Eydis blickt Ásgeir an. »Wenn sie es war, dann wurde sie vielleicht deswegen umgebracht.«

Ásgeir schüttelt fassungslos den Kopf. »Was machen wir jetzt ohne den Stein?«

»Wir müssen das verborgene Volk anders um Verzeihung bitten.« Eydis zeigt auf das zweiköpfige Lamm. »Sonst bekommen wir noch mehr solche Missgeburten.« Sie zieht das Messer aus dem toten Leib und wischt es am Heu ab. Dabei glühen ihre Augen, so als hätte sie etwas Böses im Sinn. Plötzlich sieht sie auf und entdeckt Pia. »Kind! Was machst du denn hier?« Hastig legt Eydis das Messer weg und steht auf. »Komm zu mir.«

Doch Pia dreht sich um und rennt zur Tür. Sie muss weg aus diesem Albtraum. Einfach weg!

33

Am nächsten Morgen betritt Skagen das Polizeirevier in Egilsstaðir. Es ist einer dieser typisch deprimierenden Zweckbauten, wie sie häufig in Island anzutreffen sind. Zweistöckig und mit Wellblech verkleidet, von innen nicht viel einladender als von außen. Die Büros sind schlicht gehalten und durch Glaswände voneinander getrennt. Es fällt nur wenig Licht durch die Fenster, denn am Himmel hängen schiefergraue Wolken.

Skagen, der nach dem langen Tag gestern in dem Hotel in Seyðisfjörður schlecht geschlafen hat, setzt sich auf den unbequemen Stuhl im Vernehmungszimmer und gießt sich einen Kaffee ein. Er hat die ganze Nacht gefroren und musste mehrere heiße Duschen nehmen, um sich aufzuwärmen. Der Sprung in den Fjord war keine gute Idee gewesen. Noch einmal würde er so etwas nicht machen.

Nils, der neben ihm sitzt, wirkt wie aus dem Ei gepellt. Sein Seitenscheitel ist akkurat frisiert, und sein Gesicht glänzt frisch rasiert. Die dunkelblaue Cordhose passt perfekt zu seinem moosgrünen Schurwollpullover, unter dem ein Krawattenknoten hervorblitzt. Skagen steckt in quietschbunten Outdoorklamotten, die er sich vorhin im Tankstellenshop von Egilsstaðir gekauft hat. Er sieht aus wie ein Clown.

»Guten Morgen«, grüßt Halla, die hereinkommt und Yngvi Sveinsson vor sich herführt. Ein Arzt hat ihn für vernehmungsfähig erklärt – trotz seines Sturzes in den eiskalten Fjord. Es dürfte ihm genauso ergangen sein wie Skagen. Bestimmt hat er in der Zelle gefroren wie ein Schneider. Ein Besuch in der Sauna wäre jetzt nicht schlecht, denkt Skagen und legt seine kalten Hände um den heißen Kaffeebecher.

Halla gibt Yngvi zu verstehen, dass er sich an den Tisch setzen soll, und stellt ihm eine Tasse Kaffee hin, die er dankbar annimmt, wobei seine Handschellen leise klirren.

»Wir werden das Gespräch auf Isländisch führen, da der Festgenommene weder Englisch noch Deutsch beherrscht«, erklärt Nils. »Halla wird alles übersetzen wie gestern mit Kári.«

Skagen, der soeben heimlich auf sein Handy geschielt hat, nickt. Bisher hat er weder etwas von Maja noch von Jette gehört, obwohl er ihnen unzählige Mails geschickt hat. Warum antworten sie nicht?

Er versucht, sich auf Yngvi zu konzentrieren. Der junge Saisonarbeiter blinzelt müde über die Kaffeetasse hinweg. Unter seinen Augen zeichnen sich dunkle Ringe ab, und sein schmales Gesicht wirkt eingefallen. Er trägt einen grauen Trainingsanzug, den er von der Polizei bekommen hat, weil seine Kleidung klatschnass war und außerdem direkt an die KTU geschickt wurde, um alles auf Spuren zu untersuchen.

»Wurde das Blut schon getestet?«, fragt Skagen an Halla gewandt.

»Ja, es ist menschlich. Ob es tatsächlich von Wiebke Brandt stammt, wird der DNA-Abgleich zeigen. Hier ist übrigens der Obduktionsbericht.« Sie drückt Skagen eine gelbe Mappe in die Hand. »Es gibt eine englische Kopie.«

»Oh, gut.« Skagen zieht den Bericht heraus.

Derweil beginnt Nils, dem Festgenommenen zu erklären, welcher Tat er beschuldigt wird. Yngvi hört zu, verzieht jedoch keine Miene.

»Warum bist du gestern geflohen?«, fragt Nils.

Yngvi reagiert nicht, starrt einfach nur auf seine Kaffeetasse.

»Ich habe dich etwas gefragt«, mahnt Nils. Er hat Skagen vorher erklärt, dass er Yngvi hart rannehmen will, weil es das Einzige sei, was solche Typen verstehen. Skagen ist da anderer Ansicht und hat das Nils auch wissen lassen, doch der wollte bei seiner Methode bleiben. Yngvi ist von Nils' autoritärem Getue nicht im Geringsten beeindruckt. Wahrscheinlich liegt das daran, dass er in seiner Vergangenheit so oft mit der Polizei zu tun hatte, dass ihm piepegal ist, was man ihm an den Kopf wirft.

»Hörst du zu, verdammt noch mal?« Nils haut mit der flachen Hand auf den Tisch. Yngvi zuckt mit keiner seiner farblosen Wimpern.

»Woher hast du das hier?« Der isländische Kollege wirft einen Beweismittelbeutel vor Yngvi. Darin befindet sich ein goldenes Kreuz, das in der Mitte von einem eingefassten Brillanten geziert wird. Die zugehörige Halskette ist gerissen. Inzwischen ist klar, dass das Schmuckstück Wiebke Brandt gehörte. Yngvi hat es benutzt, um auf der Fähre die Drinks zu bezahlen. Nach der Festnahme hat sich eine der Barfrauen gemeldet. Sie hat sich zuerst gefreut über eine solch unübliche, aber üppige Bezahlung und wollte sie behalten. Als sie gehört hat, was es mit Yngvi auf sich hat, landete das goldene Kreuz beim Ersten Offizier, der es wiederum der Polizei übergab.

»Wie kommst du an den Schmuck der Toten?«, fragt Nils. »Hast du ihr die Kette vom Hals gerissen, als du sie überfallen hast?«

Schweigen.

»Na los, sag schon!«

Yngvi rührt sich nicht.

»Wo warst du vorletzte Nacht?«

Immer noch keine Reaktion.

Während Nils sich erfolglos an dem Kerl abarbeitet, wandert Skagens Blick wieder zum Handy. Am liebsten würde er nach draußen gehen und Maja oder Jette anrufen. Aber das wäre jetzt der denkbar schlechteste Zeitpunkt. Daher schlägt er den Obduktionsbericht auf, um sich weiter auf den Fall zu konzentrieren. Die Rechtsmedizinerin schreibt, dass sie den Todeszeitpunkt nicht feststellen kann, weil das heiße Wasser die üblichen körperlichen Anzeichen nach Eintritt des Todes beschleunigt oder zum Teil vernichtet hat. Rigor mortis, Leichenflecken, Kerntemperatur, das alles war unbrauchbar. Skagen erinnert sich daran, dass diese äußerst aufschlussreichen Erkenntnisse, mit deren Hilfe die Rechtsmedizin den Todeszeitpunkt eingrenzen kann, aus der Fleischindustrie stammen. Makaber. Dort fragte man sich in der Verarbeitung, wie lange ein Stück Fleisch abhängen muss, bevor Enzyme die Fasern der Muskeln zersetzen. Dieser Vorgang läuft stets nach dem gleichen Zeitmuster ab und ist vom Schwein auf den Menschen übertragbar. Leider lag Wiebke Brandts Leiche in 80 Grad heißem Wasser, was den Zersetzungsprozess beschleunigt hat. Es ist also nach wie vor unklar, wann sie überwältigt und getötet wurde. Durch die bisherigen Ermittlungen konnten sie den Zeitraum wenigstens etwas einschränken. Laut der Aussagen und der Handydaten muss die Tat zwischen halb 2 Uhr nachts und circa 8 Uhr am Morgen geschehen sein. Ob ein Betäubungsmittel benutzt wurde, konnte durch die toxikologische Analytik nicht nachgewiesen werden. Jedenfalls wurden keine giftigen Stoffe im Gewebe der Toten entdeckt. Das eventuelle Einatmen von vulkanischen Gasen wie Schwefelwasserstoff in tödlicher Dosis wurde demnach ausgeschlossen. Das deckt sich mit den Ergebnissen des Geologen, der gestern nach Yngvis Verhaftung auf den Höfen eingetroffen ist. Der Wissenschaftler konnte an den Quellen zwar eine erhöhte vulkanische Aktivität im Untergrund messen, jedoch keinerlei Gase in giftigen Konzentrationen. Dennoch hat er dringend davon abgeraten, in nächster Zeit in den Quellen zu baden. Das Wasser unterstehe unberechenbaren Temperaturschwankungen.

So weit, so unbefriedigend, denkt Skagen. Aber immerhin ist die Todesursache klar. Wiebke Brandt wurde eindeutig bis zur Bewusstlosigkeit erdrosselt. Es wurden Petechien an den Augenlidern und schwache innere Verletzungen am Kehlkopf, der großen Schlagader und der anderen Weichteile im Hals festgestellt. In der Lunge befand sich Wasser – und zwar das gleiche wie in der Quelle. Deshalb geht die Rechtsmedizinerin davon aus, dass das Opfer zwar bewusstlos, aber noch lebend zur Quelle gebracht und darin ertränkt wurde. Skagen beißt die Zähne zusammen. Wie abgebrüht muss man sein? Im wahrsten Sinne des Wortes!

Ob Frau Brandt noch einmal aufgewacht ist, als sie in das heiße Wasser geworfen wurde? Wie sich das wohl anfühlt, bei lebendigem Leib zu kochen? Der Mörder muss eine grausame Ader haben, sein Opfer derart zu »entsorgen«. Skagen erschauert. Ist das diesem Yngvi zuzutrauen? Oder einer 14-Jährigen, die vielleicht Hilfe von ihrem Freund hatte? Selbst wenn der Täter oder die Täterin nicht wusste, dass das Wasser den Temperaturschwankungen unterliegt, wäre es eine kaltblütige Tat.

Skagen kehrt zum Bericht zurück und liest den letzten Absatz. Überrascht lässt er die Mappe sinken.

Derweil kommt Nils mit Yngvi nicht weiter. Der Hilfsarbeiter presst die Lippen aufeinander und hockt da, als ginge ihn das alles nichts an.

»Warum hast du Wiebke Brandt getötet?«, fragt Nils erneut.

Halla hat bemerkt, dass Skagen den Bericht beiseitegelegt hat, und übersetzt für ihn: »Hast du etwas mit dem Verschwinden ihres Sohnes zu tun? Mit Jonas? Hast du ihn in das Lavafeld entführt? Hat Frau Brandt das mitbekommen? Wolltest du sie zum Schweigen bringen? Das wäre ein lupenreines Motiv!«

Keine Reaktion.

»Vergreifst du dich an kleinen Kindern? Ist es das?«

Yngvi bleibt stumm.

»Am Ärmel deines Kapuzenpullovers war Blut. Das Wasser im Fjord konnte es nicht ganz abwaschen. Woher stammt das? Von Wiebke Brandt?«

Wieder keine Reaktion von Yngvi, nicht mal ein Blinzeln. Es scheint ihm egal zu sein, was um ihn herum geschieht. Skagen erkennt, dass sich der Kerl tief in sich zurückgezogen hat. Möglicherweise aufgrund seiner jahrelangen Erfahrung mit den Behörden oder durch den Missbrauch in seiner Kindheit. So würden sie jedenfalls nicht weiterkommen.

»Kennst du dieses Foto?« Nils zeigt Yngvi den verschwommenen Ausdruck von dem Elf oder Geist – oder was auch immer das ist. Auf jeden Fall ist es die letzte Nachricht, die Wiebke Brandt vor ihrem Tod geschickt bekommen hat.

Starren als Antwort.

»Wir kriegen raus, ob das Foto von dir kommt. Dein Handy ist zwar mit dir abgesoffen, aber wir bringen es wieder zum Laufen, das verspreche ich dir.«

Weiterhin Schweigen.

»Jetzt rede endlich!«, schnauzt Nils den jungen Mann an. »Sonst schicken wir dich nach Litla-Hraun, dann bekommst du die nächsten 20 Jahre kein Tageslicht mehr zu Gesicht!«

Litla-Hraun ist der berüchtigtste Knast in Island und liegt südlich von Reykjavík an der Küste. Dass Nils damit droht, findet Skagen komplett übertrieben. Es entbehrt jeglicher strafgesetzlicher Grundlage. Yngvi blickt weiter unbeteiligt auf die Tischplatte.

Als Nils sich frustriert zurücklehnt, übernimmt Skagen. Er sieht den Beschuldigten ernst an. »Wusstest du, dass Wiebke Brandt schwanger war?«

Halla übersetzt für Yngvi, und endlich zeigt dieser eine Reaktion. Ein kaum wahrnehmbares Zucken huscht über seine blassen Züge.

»Du Arschgesicht hast eine Schwangere und ihr ungeborenes Kind umgebracht!«, brüllt Nils ihn an. »Das bringt dich noch ein paar Jahre länger in den Knast. Sag bye-bye zur Freiheit.«

»Ich sage nichts ohne einen Anwalt«, gibt Yngvi monoton von sich, sein Ausdruck ist wieder genauso stumpf wie vorher. Skagen lehnt sich zu Nils hinüber und gibt ihm zu verstehen, dass sie sich kurz draußen besprechen sollten.

Wütend steht Nils auf und geht mit Skagen in den Flur.

»Dieser Scheißkerl!«, schimpft der isländische Kollege.

»Yngvi ist mit allen Wassern gewaschen, das stimmt. Wir sollten seine früheren Betreuer aus der Jugendhilfe mit ins Boot holen.«

»Ich habe es versucht, aber ich kann niemanden erreichen.«

»Dann müssen wir noch mehr Indizien finden, um ihn zu überführen«, sagt Skagen. »Vielleicht ergibt die kriminaltechnische Untersuchung des Tatortes eine Verbindung von ihm zum Mord.«

»Hoffen wir es«, stößt Nils aus. »Sonst sind wir am Arsch.«

Skagen will sich nicht von der negativen Stimmung des Kollegen anstecken lassen und bleibt ruhig. »Wer fährt raus zu den Höfen und teilt es dem Ehemann mit?«

»Was denn?«

»Dass Wiebke Brandt schwanger war.«

Nils hebt den Kopf. »Du meinst, er weiß gar nichts davon?«

Skagen wiegt nachdenklich den Kopf. »Ich kann mich zumindest nicht daran erinnern, dass er es uns gegenüber erwähnt hat. Das hätte er doch bestimmt getan, wenn er es gewusst hätte, oder nicht?«

»Wie lange war sie denn schon schwanger?«

»18. Woche.«

»Oh.« Nils fährt sich über den Scheitel. »In dem Fall müsste ihr Mann das längst gesehen haben. Verdammt, das ist merkwürdig. Warum hat er uns nichts davon gesagt?« Er deutet auf die Tür. »Haben wir etwa den Falschen da drinnen sitzen?«

»Es ist gut möglich«, sagt Skagen, »dass Yngvi nicht der Einzige ist, der Dreck am Stecken hat.«

34

Thorsten Brandt stapft wütend über den Pfad zum Nachbarhof der Gislasons. Was bildet diese verdammte Schlampe Jule sich ein? Dass sie einfach so Wiebkes Platz einnehmen kann? Oder am besten gleich den von Samuel? Und dann noch dieses beschissene Wetter. Seit Tagen stürmt und nieselt es. Von wegen Frühling. Warum musste es ausgerechnet Island sein? Hätten sie nicht nach Spanien gehen können? Dann würde er sich jetzt nicht den Arsch abfrieren.

Ohne den Blick auf das Lavafeld zu richten, eilt er über den Weg, dabei entdeckt er plötzlich eine bunte Ansammlung von Gegenständen, die wie auf einem Altar arrangiert wurden. Gefaltete Blumen aus farbigem Papier, ein Glas Milch, ein Stück Fleisch auf einem Teller und zwei Eier. Darum herum eine Kette aus Gänseblümchen und in der Mitte ein geschnitztes Schaf. Thorsten starrt das Arrangement an. Sind das Opfergaben? Für wen? Etwa die Elfen? Er wagt es immer noch nicht, die bedrohliche Steinmasse vor sich anzublicken. Die *dimmu hraunar* – für ihn der Ursprung allen Übels.

Diese pechschwarze Lava, die ihren stinkenden Brodem ausatmet und sämtliches Licht verschluckt. Tatsächlich riecht es, als lägen dort eimerweise vergammelte Eier vergraben. Eydis sagt, der Gestank sei eine Art unsichtbarer Schutzwall der Elfen, um die Menschen davon abzuhalten, in ihr Reich einzudringen. Thorsten glaubt nicht daran, aber ihm kommt ein anderer Gedanke, der weitaus beunruhigender ist. Was, wenn dort kein verborgenes Volk wohnt, sondern irgendein mächtiges Wesen? Wenn diese stinkenden Höhlen und Spalten in der Lava der Zugang zur Hölle sind? Schlupflöcher, durch die der gefallene Engel beliebig zwischen den Welten hin und her wandern kann. Was, wenn Eydis und Ásgeir lügen und diese Gaben auf dem kleinen Altar sind nicht für die Elfen, sondern für ihn, den Fürsten der Finsternis?

Thorsten wird übel, er beschleunigt seine Schritte. Vor ihm taucht das Absperrband auf, das laut im Wind knattert. Die Polizei glaubt, dass Wiebke hier überwältigt wurde. Er muss schlucken. Der Altar, so nah am Tatort. Hat der Teufel das Angebot angenommen und sich Wiebke geholt? Aber durch wessen Hand? War es Eydis? Ásgeir? Oder könnte es auch Abigal gewesen sein? Seit sie mit diesem Kári zusammen ist, hat sie sich in ein regelrechtes Biest verwandelt.

Thorsten zittert, als ihm noch eine weitere Möglichkeit einfällt. Er selbst könnte der Mörder sein. Warum sollten die Polizisten ihn sonst fragen, wo er in der Nacht gewesen ist. Er hat ihnen zwar geantwortet, er sei im Bett gewesen, aber er ist sich nicht sicher, ob das stimmt. In Wahrheit kann er sich an nichts erinnern, und das ist ihm unheimlich. Denn morgens standen seine Stiefel neben dem Bett, obwohl er sie vor dem Schlafengehen im Flur ausgezogen hat. Ist er in der Nacht draußen gewesen? Sein Hirn ist wie vernebelt. Da ist kein einziger Erinnerungsfetzen. Nichts. Als hielte eine böse Macht sein Gedächtnis als Geisel. Vielleicht ist es Luzifers Werk, der Mord an Wiebke.

Schwitzend sieht Thorsten auf seine Hände. Seine Umgebung beginnt sich zu drehen. Der Teufel muss ihn geleitet haben. Womöglich war er es, der Wiebke umgebracht hat, und vielleicht hat er auch Jonas in das Lavafeld gelockt. Luzifer muss es in seinem Herzen gelesen haben: dass er keine Kinder mehr will. Thorsten stößt ein gequältes Wimmern aus. Oh Gott, oh Gott. Kann das wahr sein?

Seine Gedanken rasen, und ihm fällt Yngvi ein. Nur gut, dass der Verdacht der Polizei auf ihn gefallen ist. Yngvi ist ein zwielichtiger Bursche. Was der schon alles angestellt hat, geht auf keine Kuhhaut. Hoffentlich sperrt die Polizei ihn als Mörder ein, dann wäre er selbst sicher.

Er könnte sogar ein wenig nachhelfen, um den Verdacht noch stärker auf den Hilfsarbeiter zu lenken. Er würde sich darum kümmern, sobald er vom Gislason-Hof zurück wäre.

Thorsten beschleunigt seine Schritte und rennt die verbleibende Strecke bis zum Nachbarhof. Mit rasselndem Atem erreicht er das Wohnhaus und trommelt gegen die Tür, den Schwefelgestank noch immer in der Nase. Im nächsten Moment steht Jule vor ihm.

»Wieso klopfst du, lieber Thorsten? Du weißt doch, dass die Türen immer offen sind«, sagt sie mit übertrieben freundlicher Stimme, diese falsche Metze.

Er quetscht sich an ihr vorbei in den Flur. Die Wärme des Hauses lässt seine kalten Wagen glühen. Zitternd dreht er sich um und starrt Jule an. »Du bist eine elende Neidhexe und Denunziantin!«

»Ich?« Jule verzieht gespielt überrascht den Mund. »Du bist es doch, der die Regeln bricht. Ich erstatte nur Bericht.«

»Das war Wiebkes Aufgabe.«

»Wiebke ist tot!«, sagt sie hart. »Jemand muss ihren Platz einnehmen.«

»Aber doch nicht du!«, stößt Thorsten angewidert aus.

»Wieso nicht? Ich habe mit Samuel gesprochen. Er hat mich an Wiebkes Stelle als Oberste im Hauszirkel eingesetzt.«

»Was?« Thorstens Stimme überschlägt sich. Das kann Samuel nicht ernst meinen. Jule ist ein falsches Miststück. Wiebke hat ihm erzählt, wen Jule alles belügt und warum. Sie wollte Jule melden, nachdem sie aus Island zurückgekehrt wären. Aber als neue Oberste im Hauszirkel genießt sie jetzt einen besonderen Schutz. Damit ist sie Samuels rechte Hand und steht über allen anderen. Sie würde fortan eine große Macht über die Mitglieder ihrer Gemeinde besitzen und diese auch nutzen. Womöglich auch gegen ihn. Thorsten läuft ein eiskalter Schauer über den Rücken, als er begreift, dass er und seine Kinder in Gefahr sind. Sie sind Jule ausgeliefert.

»Wir werden eine Einkreisung mit dir vornehmen, Thorsten«, sagt Jule mit einem kalten Leuchten in den Augen.

»Und was ist, wenn ich mich weigere?«, fragt er provokant und baut sich vor ihr auf. Er ist fast einen Kopf größer als sie.

Jule weicht ihm nicht aus, sondern sieht ihn furchtlos an. »Willst du dich gegen Samuels Willen auflehnen? Denk an deine Kinder. Die müssten auf dich verzichten, wenn wir dich aus der Gemeinschaft werfen.«

Thorsten ist klar, was das bedeutet. Samuel würde ihn fertigmachen, bis er das Sorgerecht verlöre. Anschließend würde er ihn verstoßen, und Thorsten würde seine Kinder nie wiedersehen.

Er ballt die Hände zu Fäusten. Am liebsten hätte er Jules Kopf gegen die Wand geschlagen. Diese Hexe will ihn zerstören. Will ihm die Schuld in die Schuhe schieben.

»Ich gehe zur Polizei und erzähle denen alles«, droht er ihr.

»Du wirst niemandem etwas erzählen. Wir regeln das unter uns.«

»Und den Mörder von Wiebke, richtet ihr den auch eigenhändig hin?« Er macht einen Schritt auf sie zu.

Sie starrt ihn an. »Wir haben unsere Methoden, das weißt du.«

»Du meinst, dass du uns allen hinterherschnüffelst? Hast du damit deinen Aufstieg in den Hauszirkel vorbereitet?«

»Bist du wirklich so naiv?«, erwidert Jule herablassend. »Wiebke war diejenige, die uns ausspioniert hat. Sie hat in unseren Sachen herumgewühlt, um Beweise für unsere Verfehlungen zu finden. Gründe, um uns in die Einkreisung zu schicken. Das war krankhaft. Sie hat es geliebt, Leute aus der Gruppe zu erpressen.«

»Das stimmt nicht. So etwas hätte Wiebke niemals gemacht.«

»Selbst Samuel wusste, dass deine Frau scheißgut darin war, Leute zu manipulieren. Das war ihre Aufgabe.«

»So ein Blödsinn. Sie hat es als große Belastung empfunden, die Einkreisungen vorzunehmen. Sie hat sich gewünscht, dass sie nicht Teil ihrer Aufgabe wären.«

Jule lacht laut auf. »Thorsten, wann wachst du endlich auf? Deine Frau war eine Sadistin. Sie hat die Einkreisungen gerne durchgeführt.«

»Das ist nicht wahr. Du willst nur ihr Ansehen beschmutzen.«

»Im Gegenteil. Ich bin eine vom Propheten ernannte Sündenfreie, und ein solches Verhalten liegt mir fern. Ich habe von Samuel den Auftrag erhalten, eine Einkreisung mit dir vorzunehmen.« Sie berührt ihn sachte am Arm und lächelt mitfühlend. »Sei unbesorgt, es wird nicht so schlimm werden. Thorsten, du kannst dich glücklich schätzen, dass wir dir helfen. Denk doch mal, welchen Trost du im Hauszirkel finden könntest.«

Thorsten weicht zurück, er will nicht von dieser Metze berührt werden. »Wer wird dich bei der Einkreisung unterstützen? Du kannst sie nicht allein durchführen. Soll das etwa dein Mann tun?«

»Matthes?« Jule lacht, dann wird sie wieder ernst. »Nein, das wird Samuel persönlich übernehmen.«

»Samuel?« Thorstens Herzschlag setzt für einen Moment aus. »Wie soll das gehen?

»Er kommt hierher. Ist schon auf dem Weg. Ich habe ihn gestern verständigt. Er wird heute Nachmittag eintreffen und sich um uns und besonders um die Kinder kümmern.«

Thorstens Gedanken rasen. Es ist nicht gut, dass Samuel kommt. Überhaupt nicht. Der Prophet würde ihn sofort durchschauen. Samuel hat diese Gabe, er wird wissen, wer dem Teufel anheimgefallen ist. Und dann wird er ihn bestrafen.

Thorsten dreht sich um und rennt zur Tür. Er stolpert über den kleinen Pfad zurück zum Magnusson-Hof. Samuel darf nicht merken, das mit ihm etwas nicht stimmt. Und die Polizei auch nicht. Er muss sie von sich ablenken. Yngvis muss der Mörder sein. Er muss als Täter ins Gefängnis gehen.

35

»Wo ist Herr Brandt?«, will Skagen von Eydis wissen. Sie steht in der Küche und bereitet das Mittagessen vor. Es riecht nach Hammelfleisch und Kohl.

»Thorsten müsste drüben im Gästehaus sein«, antwortet sie. »Hab ihn eine Weile nicht gesehen.«

Skagen bedankt sich und kehrt zu Halla nach draußen zurück. Bjarni und Nils sind schon zum alten Kalman rübergefahren, um sich dort nach einem etwaigen Alibi von Yngvi zu erkundigen und seine Unterkunft unter die Lupe zu nehmen.

Als Skagen Thorsten Brandts Zimmer betritt, findet er

dessen jüngsten Sohn schlafend im Bett vor. Von den restlichen Kindern keine Spur.

»Wo ist er?«, fragt Halla.

Skagen zuckt mit den Schultern. Plötzlich hören sie ein Poltern an der Haustür. Thorsten Brandt stürmt ins Gästehaus. Wie ein Besessener reißt er sich im Flur die Schuhe von den Füßen.

»Hallo!«, begrüßt Skagen ihn.

Brandt fährt zusammen. »Gott, Sie sind das!«

»Wo waren Sie?«

»Draußen.«

Skagen blickt in das verschwitzte Gesicht des Mannes. Hektische Flecken haben sich an seinem Hals gebildet. Er wirkt, als wäre er gerade bei etwas erwischt worden. »Wäre es möglich, dass wir miteinander sprechen?«

»Muss das sein? Ich fühle mich nicht gut.« Brandt wischt sich über die Stirn.

»Ich habe vollstes Verständnis für Ihre Situation«, erklärt Skagen. »Aber es ist wichtig.«

Brandt stöhnt auf, mit schweren Schritten schlurft er an ihnen vorbei in das Zimmer, in dem sein Sohn liegt. Jonas ist durch den Lärm aufgewacht und blinzelt ihnen schläfrig entgegen. Sein Vater streicht ihm über das Haar und beruhigt ihn. Anschließend geht er mit Skagen und Halla in die Gemeinschaftsküche.

»Was gibt's?«, fragt er, als er sich am Tisch niederlässt. Die roten Flecken an seinem Hals sind verschwunden und sein Atem hat sich beruhigt. Skagen fällt auf, dass er ein Lederband mit einem hölzernen Kreuz um den Hals trägt, das hatte er gestern nicht um.

»Wir haben den Schmuck Ihrer Frau gefunden«, sagt er und zeigt Brandt ein Foto von dem goldenen Kreuz. »Yngvi Sveinsson vom Kalman-Hof hatte es.«

Thorsten Brandt richtet sich auf. »Dann ist er also der Mörder meiner Frau. Gut, dass Sie ihn geschnappt haben!«

»Bislang ist es nur ein Verdacht. Wüssten Sie denn einen Grund, warum Yngvi das getan haben könnte? Gab es Streit mit Ihrer Frau?«

»Nein, eigentlich hatten wir nicht viel mit Yngvi zu tun, er ist eher ein verschlossener Knabe. Er hat Wiebke oft sehr aufdringlich angestarrt. Das hat sie mir erzählt. Sie fand das unheimlich. Und ich auch.«

»Hat sich Yngvi mal Ihrem Sohn genähert?«

Brandt runzelt die Stirn. »Wie meinen Sie das?«

»Na ja, unsittlich?«

Brandts Blick verfinstert sich. »Sie meinen, er hat etwas mit Jonas angestellt?«

»Eventuell. Wir gehen dieser Möglichkeit nach.«

Der Vater des Jungen presst die Lippen aufeinander. Er zeigt auf das goldene Kreuz. »Die Kette ist kaputt. Hat Yngvi sie Wiebke etwa vom Hals gerissen? Wollte er ihr nach dem Tod noch diese paar Gramm Gold stehlen?«

»Das wissen wir nicht. Yngvi Sveinsson könnte das Schmuckstück auch am Tatort oder in dessen Nähe gefunden haben.«

Brandt schüttelt den Kopf. »Wiebke hat es immer getragen, selbst nachts. Es ist ziemlich viel wert. 4.000 Euro. Der Stein war teuer. Er steht … für unsere Liebe.« Tränen treten in Brandts Augen. »Ich habe Wiebke die Kette zu unserer Hochzeit geschenkt.«

Skagens Kehle wird eng. Er muss noch eine Sache zur Sprache bringen. »Wissen Sie, dass Ihre Frau schwanger war? Das hat die Obduktion ergeben. 18. Woche.«

Brandts Gesicht erstarrt. Ob nun vor Entsetzen oder weil er es bereits wusste. Mechanisch beginnt er, seinen Ehering am Finger zu drehen. Wiebke Brandt hat ihren noch getragen, fällt Skagen auf. Hätte Yngvi es auf Beute abgesehen, hätte er den dann nicht ebenfalls mitgenommen?

»Herr Brandt, haben Sie mich verstanden?«, hakt er nach.

»Äh, ja.« Der Angesprochene blinzelt. Dabei dreht er weiter am Ring. »Meine Frau war schwanger.«

»War Ihnen das bekannt?«

Thorsten Brandt schüttelt den Kopf. Dann wirft er seine Hände vors Gesicht und heult schmerzerfüllt auf.

Skagen beobachtet ihn. Auch wenn die Reaktion nachvollziehbar ist, hat er dennoch das Gefühl, Zuschauer eines Schmierentheaters zu sein. Brandts Verhalten wirkt entweder übertrieben oder vollkommen unterkühlt. Vielleicht steht er aber auch nur unter Schock nach alldem, was passiert ist.

Skagen lehnt sich vor. »Es tut mir leid.«

»Schon gut.« Brandt winkt ab und lässt die Hände unter dem Tisch verschwinden. Trotzdem ist Skagen nicht entgangen, dass sie zittern.

»Wann dürfen wir von hier weg?«, fragt Brandt.

»Bald.«

»Aber Sie haben doch jetzt Wiebkes Mörder.«

»Das wissen wir erst, wenn wir mehr Beweise haben oder sein Geständnis.«

Brandt starrt auf den Tisch. »Den Kindern geht es schlecht. Ich möchte sie nach Hause bringen.«

»Das verstehe ich, trotzdem müssen Sie noch etwas warten. Psychologische Hilfe für Sie und Ihre Kinder sollte bald kommen. Soll ich vielleicht jemanden aus Ihrer Familie benachrichtigen?«

Brandt schüttelt den Kopf. »Heute Nachmittag kommt ein Freund aus unserer Gemeinschaft. Er ist Psychotherapeut und wird sich um die Kinder kümmern, sie kennen ihn.«

Skagen nickt. Es ist sicher eine gute Idee, die Kinder von einer Person betreuen zu lassen, die ihnen vertraut ist. Und wenn es ein Therapeut ist, umso besser. »Haben Sie denn selbst auch jemanden zum Reden?«

»Ich bin bei Jule und Matthes gut aufgehoben. Sie sind wie Schwester und Bruder für mich. Außerdem habe ich Gott. Er wird mich trösten.« Er umfasst sein Holzkreuz und presst seine Finger darum zusammen.

Skagen hofft, dass Brandt innerhalb seiner Glaubensgemeinschaft wirklich so gut aufgefangen wird, wie er behauptet. »Es ist furchtbar, was Ihnen zugestoßen ist«, sagt er. »Wir werden alles tun, dass Sie so schnell wie möglich abreisen können.«

»Der Herr gibt, der Herr nimmt«, flüstert Brandt abwesend. »Jeder hat seine Opfer zu bringen.«

Skagen scheut die nächste Frage, aber sie ist nötig. Denn noch ist nicht sicher, wer der Täter ist. »Bevor ich Sie in Ruhe lasse, bräuchten wir Ihre Fingerabdrücke und die Profile Ihrer Schuhe.«

»Das verstehe ich nicht.« Brandt verzieht gequält das Gesicht. »Warum verdächtigen Sie immer noch mich? Was ist mit Yngvi? Habe ich nicht genug durchgemacht?«

»Routine«, sagt Skagen, während Halla das kleine Lesegerät herausholt. Brandt zögert mit versteinerter Miene, doch dann lässt er zu, dass Halla seine Fingerabdrücke scannt. Die roten Flecken an seinem Hals sind wieder da.

»Und nun Ihre Schuhe«, fordert Skagen. »Jedes Paar, bitte.«

Brandt steht auf und verschwindet aus der Küche. Er kommt mit drei Paar Schuhen zurück, von denen sie Profilabdrücke nehmen. Als sie fertig sind, erhebt Brandt sich. »Ich muss jetzt zu meinem Sohn.«

»Warten Sie«, hält Skagen ihn auf.

»Was denn? Sie haben doch alles.« Genervt dreht Brandt sich um.

»Wir müssen das Zimmer durchsuchen, in dem Sie und Ihre Frau untergekommen sind.«

»Jonas schläft dort.«

»Es geht nicht anders.« Skagen hebt eine Hand in Richtung Tür.

Brandt seufzt und geht voran, Skagen und Halla folgen ihm. In seinem Schlafzimmer nimmt Brandt seinen Sohn auf den Arm.

»Eine Sache«, sagt Skagen, weil ihm etwas einfällt. Er öffnet das Foto von dem Elf auf seinem Handy. »Kennen Sie das Bild?«

Brandt sieht es sich an, dabei geht in seinem Gesicht eine Veränderung vor. Seine Augen weiten sich und Angst flackert darin auf. Er schüttelt den Kopf. »Nie gesehen. Was soll das sein?«

»Das wissen wir auch nicht. Aber wie es scheint, ist das die letzte Nachricht, die Ihre Frau vor ihrem …«, Skagen räuspert sich und sucht nach anderen Worten, da der Junge anwesend ist, »… vor der Tat erhalten hat.«

Brandt runzelt die Stirn. »Von wem?«

»Die Nummer wurde unterdrückt. Wir haben gehofft, Sie könnten uns etwas darüber sagen.«

»Kann ich nicht. Aber man sieht deutlich, dass das Foto bei der Höhle aufgenommen wurde.«

»Welche Höhle?«

»In der Jonas gefunden wurde. Dieser große Steinhaufen da …« Brandt zeigt auf eine unscharfe Ansammlung von pyramidenförmig aufeinandergestapelten Gesteinsbrocken. »Der ist ganz in der Nähe.«

»Sind Sie sicher?«

»Ja.«

»Papa, das ist der Elf!«, sagt der Junge auf Brandts Arm plötzlich. Er muss einen Blick auf das Foto geworfen haben.

»Welcher Elf?«, wendet sich Skagen mit der Frage an ihn.

»Na der, der mich in das dunkle Land geführt hat. Er hat mir Schokoriegel gegeben.«

»Schokoriegel?«

»Ja, aber dann bin ich müde geworden.«

»Hast du den Elf erkannt?«

Der Junge runzelt die Stirn, weiß offensichtlich nicht, was Skagen damit meint.

»Es war ein Elf«, antwortet Jonas irritiert.

Thorsten Brandt stößt zischend Luft aus. »Das war kein Elf, das war der Teufel!« Er wirft Skagen einen vorwurfsvollen Blick zu. »Das reicht jetzt. Mein Sohn ist müde.« Damit trägt er ihn aus dem Raum.

Als er weg ist, sehen Skagen und Halla einander an.

»Ich glaube, der Elf ist echt«, sagt Skagen. Dann schüttelt er den Kopf. »Ich meine im Sinne davon, dass jemand sich als Elf verkleidet hat.«

Halla schürzt die Lippen. »Vielleicht ist auch etwas dran an dem, was Eydis sagt. Wer weiß …«

Sie hält Skagen ein Paar Gummihandschuhe entgegen. »Machen wir weiter?«

Skagen zieht sie über und sie legen los. Während Halla sich den Schrank vornimmt, widmet Skagen sich einer alten Bauerntruhe, die am Fußende des Bettes steht. Darin findet er Kleidung von beiden Elternteilen: Pullover, Shirts, Unterwäsche und Hosen. Alles ist aus Naturmaterialien, nichts Extravagantes, und das meiste davon scheint selbst gestrickt zu sein. Skagen wendet sich Wiebke Brandts Nachtschrank zu, auf dem ein Haargummi, eine Cremedose und eine viel gelesene Bibel liegen. Unzählige Lesezeichen stecken darin. Er öffnet eine der markierten Stellen.

Weiter sagte der Herr: »Ich habe genau gesehen, wie mein Volk in Ägypten unterdrückt wird. Ich habe gehört, wie es um Hilfe schreit gegen seine Antreiber. Ich weiß, wie sehr es leiden muss, und bin herabgekommen, um es von seinen

Unterdrückern zu befreien. Ich will es aus Ägypten führen und in ein fruchtbares und großes Land bringen, ein Land, das von Milch und Honig überfließt.«

Skagen liest die Notiz, die Frau Brandt dazu auf dem Lesezeichen verfasst hat: »Hier können die Kinder lernen, dass Gott denen, die ihm vertrauen, stets seine Hilfe angedeihen lässt. Besonders Abigal zweifelt noch sehr an Gottes Güte. Sie stellt zu viel infrage. Daran muss ich mit ihr arbeiten.«

Skagen blättert zu einer anderen Stelle.

Mose hütete die Schafe und Ziegen seines Schwiegervaters Jitro, des Priesters von Midian. Als er die Herde tief in die Wüste hineintrieb, kam er eines Tages an den Gottesberg, den Horeb. Dort erschien ihm der Engel des Herrn in einer lodernden Flamme, die aus einem Dornbusch schlug. Mose sah nur den brennenden Dornbusch, aber es fiel ihm auf, dass der Busch von der Flamme nicht verzehrt wurde.

In Frau Brandts Notiz heißt es dazu: »Gott braucht Mose für einen Plan. Eine gute Geschichte für die Kinder, um sie zu lehren, dass Gott etwas mit ihnen vorhat. Das muss vor allem Abigal klarwerden. Sie wehrt sich gegen ihre Bestimmung.«

Skagen schüttelt den Kopf. Die Brandts leben bibeltreuer, als er gedacht hat. Aber es geht ihn eigentlich nichts an, wie sie ihre Kinder erziehen. Er legt die Bibel weg.

»Nei, fjandinn hafi það!«

Er dreht sich zu Halla um. »Was ist los?«

»Ein Zahlenschloss!« Die Kollegin zeigt auf einen roten Hartschalenkoffer, den sie aus dem Schrank gezogen hat. Daran hängt ein Namensschildchen. »Wiebke Brandt«, steht darauf.

Skagen untersucht den Koffer. Etwas klappert darin. »Hast du ein Werkzeug, mit dem wir ihn aufbekommen?«

»Moment.« Halla zieht ein Taschenmesser aus ihrem Ausrüstungsgürtel und steckt die Klinge ins Schloss. Sie dreht sie ein paarmal kräftig herum, und das Schloss springt auf.

Skagen staunt nicht schlecht. »Machst du das öfter?«

»Jep, habe mal am Flughafen beim Zoll gearbeitet.« Sie klappt den Koffer auf, und diverse Gegenstände purzeln durcheinander.

»Hoppla!«, entfährt es Skagen.

Mit hochgezogenen Brauen nimmt Halla einen schwarzen Spitzen-BH auf. »Schick. Allerdings gehört der nicht Frau Brandt, denn das sind ein paar Konfektionsgrößen mehr, als sie hatte.« Sie lässt den BH zurück in den Koffer fallen und greift nach dem nächsten Gegenstand. Es ist ein Edelstein an einem Lederband. Er leuchtet olivfarben im Licht der Deckenlampe. »Den kenne ich. Das ist der Elfenstein.«

Skagen legt fragend die Stirn in Falten.

»Den hat Eydis benutzt, um das *huldufólk* zu besänftigen, als wir im Lavafeld nach dem verschwundenen Jungen gesucht haben«, erklärt Halla.

»Also gehört der ebenfalls nicht Wiebke Brandt? Wie der BH.«

»Nein, ganz bestimmt nicht.«

Skagen und Halla besehen sich die weiteren Fundstücke: ein Buch über Sexspiele auf Englisch mit einigen expliziten Fotos, ein Fläschchen mit pinkfarbenem Nagellack, Lippenstift, ein vergilbter Briefumschlag, ein verpacktes Kondom, eine Tüte mit etwas, das aussieht wie Haschisch, und eine kleine Sprayflasche, deren Aufschrift verrät, dass es ein Medikament ist.

»Testosteron-Gel«, sagt Skagen und dreht die Flasche um. Auf der Rückseite befindet sich ein Aufkleber.

»Das ist vom Hausarzt in Seyðisfjörður«, sagt Halla. »Er hat das Gel verschrieben, und zwar Ásgeir Magnusson.«

»Ásgeir?«

»Das ist Eydis' Mann.«

»Ah.« Skagen hat die Namen der Bewohner noch nicht so gut drauf. Er greift nach dem Nagellack, bei dem ihn eine Erinnerung streift. Grell pink. Hat Eydis' Tochter Zoe ihre Nägel nicht in dieser Farbe lackiert? Gehört das Fläschchen ihr?

Er nimmt den vergilbten Briefumschlag und liest die Aufschrift. Er ist an eine Elizabeth Harrow in Manchester gerichtet. Der Absender heißt Mark Quarrie und stammt aus Glasgow. Das Papier wirkt, als wäre es älteren Datums. Skagen zieht einen gefalteten Brief heraus, dabei fällt ihm ein Foto in die Hände. Die Farben sind verblasst, aber man erkennt einen blonden Teenager, der mit einem zugekniffenen Auge in die Kamera blickt. Im Hintergrund ist ein kleiner Hafen zu erkennen. Das Bild trägt die Beschriftung: *Oban, 1999. I love you forever, Lizzy.*

Skagen versucht, den Brief zu entziffern, der auf Englisch in einer ziemlich krakeligen Handschrift verfasst ist und sich an die bereits erwähnte Lizzy richtet. Mark Quarrie schreibt darin über sein Leben nach dem Umzug nach Glasgow und wie schwer es ihm falle, sich in der fremden Stadt zurechtzufinden. Obwohl er Unterstützung von den Behörden erhalte, lebe er in großer Angst, weil er befürchtet, dass »sie« ihn finden und er dann erneut die Stadt wechseln muss.

Skagen kratzt sich über den Bart. Wer ist wohl mit »sie« gemeint? Leider gib es im weiteren Verlauf des Briefs keinen Hinweis darauf. Mark schreibt, dass er mit seinen inneren Dämonen kämpfe und versuche, durchzuhalten. Dass Lizzy der einzige Grund für ihn sei, nicht aufzugeben, weshalb es ihn sehr schmerze, dass sie einander nicht sehen können. »Sie« hätten sie ihm weggenommen. Aber er würde um seine Lizzy kämpfen und um ihre Liebe. Neben seine Unterschrift hat Mark ein blutendes Herz mit einem Pfeil gemalt. Das Datum des Briefes ist Dezember 2010.

Nachdenklich lässt Skagen das Blatt sinken. »Wem diese alte Korrespondenz wohl gehört?«

»Hm«, brummt Halla. »Vielleicht Maggy Gislason. Soweit ich weiß, ist sie aus England.«

»Wir werden sie fragen. Nur warum hat Wiebke Brandt all diese Sachen gesammelt? Das Ganze wirkt so zufällig und beliebig. Ein BH, ein Sexbuch, ein unbenutztes Kondom, Nagellack.«

»Wie der Schatz einer verwirrten Elster«, ergänzt Halla.

Skagen nickt. Es sieht tatsächlich aus wie gehortetes Diebesgut. Doch was ist der Grund dafür? »Entweder hat Wiebke Brandt sich einen Spaß erlaubt«, spekuliert er, »oder sie war …«

»… kleptomanisch veranlagt?«, vervollständigt Halla den Satz und hebt bedeutungsvoll die Brauen.

»Wir sollten Herrn Brandt fragen.« Skagen will aufstehen, doch Halla ist schneller. Sie verlässt das Zimmer und kehrt wenig später mit dem Deutschen zurück. Skagen kann deutlich sehen, wie es in seinem Gesicht arbeitet, als er den geöffneten Koffer sieht. Weiß er, was die Sachen zu bedeuten haben? Er will gerade danach fragen, da klingelt sein Handy. In der Hoffnung, dass es vielleicht Maja ist, zieht er es aus der Tasche. Doch ein anderer Name steht auf dem Display. Nils Jónsson. Enttäuscht lässt er die Schultern hängen und nimmt den Anruf an.

»Tom«, ruft der Kollege durchs Telefon, »ihr solltet auf den Kalman-Hof kommen. Wir haben etwas gefunden!«

36

Vollkommen durchgeschwitzt erreichen Skagen und Halla den Kalman-Hof. Sie mussten die ganze Strecke laufen, weil Nils und Bjarni den Wagen haben. Die Straße ist total verschlammt, und Skagens neue Schuhe starren vor Dreck. Am Eingang der Unterkunft der Saisonarbeiter, einem rustikalen, schuppenartigen Holzgebäude, ziehen sie sich die matschigen Schuhe aus und betreten den Flur. Sie entdecken Bjarni, der den Kopf aus einer der Türen steckt und sie zu sich winkt. »Da seid ihr ja. Nils ist schon nervös.«

»Ging nicht schneller.« Skagen zwängt sich an dem hünenhaften Kollegen vorbei in das Zimmer, in dem Yngvi im wahrsten Sinne des Wortes haust. Das Chaos ist beispiellos; überall liegt Müll herum, und Türen und Schubladen stehen offen. Nils und Bjarni haben bei ihrer Durchsuchung alles auseinandergenommen und die Unordnung noch verschlimmert.

»Was habt ihr?«, fragt Skagen.

Nils hebt ein Stück Stoff hoch. Einen weißen Baumwollslip mit zartrosa Blümchenaufdruck. »Der war unter der Matratze versteckt.«

Skagen erkennt das Kleidungsstück. »Der gehört Frau Brandt. Wir haben Unterwäsche mit dem gleichen Muster bei der Durchsuchung ihres Zimmers gefunden. Hat sich Yngvi den Slip als Trophäe mitgenommen?«

Nils schüttelt den Kopf. »Die Kleidung der Toten war vollständig. Das hier ist ein anderer.«

Skagen reibt sich über das Kinn. »Das ergibt keinen Sinn.«

»Nicht wirklich«, entgegnet Nils.

»Sonst noch was?«

Der isländische Kollege schiebt eine Packung mit Schokoriegeln über das Bett. »Die waren im Schrank.«

»Hraun«, liest Skagen den Namen der Riegel vor und kann zunächst nichts damit anfangen.

»Das bedeutet Lava. So heißt die Marke«, erklärt Nils. »Und es ist …«

»… dieselbe wie die, die wir bei dem Brandt-Jungen gefunden haben«, ergänzt Halla. »In der Höhle!«

Nils seufzt. »Diese Schokoriegel sind sehr beliebt. Fast jeder in Island hat einen in der Tasche. Selbst ich. Das bedeutet leider gar nichts.«

»Also haben wir nur den Slip?«, fragt Skagen.

Nils will ihm gerade antworten, da ertönt hinter ihnen eine Stimme. »Was ist denn hier los?«

Die Ermittler drehen sich um und stehen einem bulligen Typen im Arbeitsoverall gegenüber. Er hat einen kahl rasierten Schädel und Tätowierungen am Hals. Skagen fühlt sich unangenehm an den Kerl mit der Motorsägenglatze am Flughafen von Stavanger erinnert. Er muss an Maja denken. Hoffentlich geht es ihr gut. Er hat unzählige Male erfolglos versucht, sie zu erreichen.

»Und wer bist du?«, fragt Nils.

»Willum Njarðvik. Ich wohne hier beziehungsweise im Zimmer nebenan.« Der Mann tritt in den Raum und mit ihm der Geruch nach Schafstall. Er scheint Halla zu erkennen, denn er nickt ihr zu. »Habt ihr Yngvi gefunden?«

»Wir haben ihn gestern auf der Fähre aufgegriffen«, erklärt sie. »Offensichtlich wollte er sich ins Ausland absetzen.«

Willum verzieht überrascht das Gesicht. »Er wollte weg?«

»Nun, er steht immerhin unter Verdacht, Wiebke Brandt umgebracht zu haben«, klinkt sich Nils ein.

»Yngvi?« Willum hebt erschrocken eine Hand. »H-A-T-E«, steht auf seinen fleischigen Fingern.

»Wie lange kennst du Yngvi schon?«

»Seit fünf Monaten. Wir haben diese Saison gemeinsam angefangen.«

»Und seit wann seid ihr ein Paar?«

Der kräftige Saisonarbeiter wird blass. »Wo... woher wisst ihr das?«

»Euch hat jemand beobachtet, unten bei den Quellen. Ihr seid nicht besonders diskret vorgegangen. Es waren Minderjährige anwesend.«

»Das tut mir leid.« Verlegen knibbelt Willum am Reißverschluss seines Overalls. »Yngvi und ich ... wir mögen uns halt.«

»Und dabei habt ihr obszöne Gesten in Frau Brandts Richtung gemacht?«

»Nein ... also ...« Willum wird rot. »Das war doch nur Spaß.«

»Kanntet ihr die Frau näher?«

»Nein, mit den Gästen von den anderen Höfen haben wir nicht viel zu tun. Meistens nur während des Schafabtriebs im Herbst, aber nicht im Frühjahr.«

Nils hält ihm den Slip entgegen. »Der ist von Frau Brandt. Er war unter Yngvis Matratze versteckt.«

»Das glaube ich nicht.« Willum blinzelt verwirrt. »Yngvi steht doch gar nicht auf Frauen.«

»Bist du dir da sicher? Vielleicht steht er ja auf beides.«

Willum schüttelt den Kopf. »Ganz sicher nicht.«

»Nun, der Slip war jedenfalls da.« Nils legt ihn wieder weg. »Und was ist mit kleinen Jungs, fühlt sich Yngvi zu denen hingezogen?«

Jetzt ist es nicht nur Skagen, der den Saisonarbeiter aufmerksam beobachtet, sondern auch Halla und Bjarni.

»Gott im Himmel!«, keucht Willum entsetzt. »Wie kommt ihr darauf?«

Nils verengt die Augen. »Er hat also nichts mit dem Verschwinden von Jonas Brandt vor ein paar Tagen zu tun?«

»Nein, absolut nicht. Wir haben sogar suchen geholfen.«

»Das will nichts heißen«, schaltet sich Halla ein. »Das könnt ihr getan haben, um euch ein Alibi zu verschaffen. Wo wart ihr an dem Tag, bevor Jonas verschwand?«

»Äh, hier. Im Stall. Die Schafe lammen.«

»Zeugen?«

»Der alte Kalman.«

»Und in der Nacht zum Dienstag, als Wiebke Brandt starb?«

Ein Zittern geht durch den bulligen Typen und seine Knie knicken ihm weg. Bjarni kann ihn gerade noch auffangen und ihn auf den Stuhl setzen. Tränen rinnen Willum über die Wangen und er wischt sie weg. »L-O-V-E«, steht auf seiner anderen Hand. Er weint eine Weile vor sich hin, bevor er aufsieht. Seine Augen sind zwei große wunde Punkte.

»Verdächtigt ihr jetzt mich?«, fragt er schluchzend.

»Nein, aber Yngvi«, sagt Nils ruhig. »Also, wo war er?«

»Er war hier, mit mir zusammen … im Bett.«

»Die ganze Nacht?«

Willum überlegt. »Ich weiß es nicht. Ich glaube schon.« Ihm entfährt ein weiteres Schluchzen. »Um Gottes willen, was geht hier vor?«

Skagen spürt die Verzweiflung des Mannes. Sie scheint echt zu sein – und auch der Zusammenbruch, den er hatte. Nicht so wie bei Herrn Brandt eben. Willum wirkt ehrlich verletzt wegen dem, was Yngvi getan haben könnte. Skagen flüstert Nils seine Einschätzung zu und der Kollege macht eine Handbewegung in Richtung Tür.

»Du kannst gehen, Willum. Aber halte dich zur Verfügung!«

Der Saisonarbeiter nickt und tappt schwerfällig aus dem Raum.

»Fahren wir jetzt zurück nach Egilsstaðir und konfrontieren Yngvi mit dem Slip?«, fragt Halla.

»Ich würde vorher gern noch mit dem alten Schafbauern reden«, meint Skagen. »Möchte hören, was der über Yngvi sagt. Außerdem gilt es, das Alibi zu überprüfen.«

»Und wir haben vergessen, Willum nach dem Elfenfoto zu fragen«, fügt Halla hinzu.

37

Die Küche vom alten Kalman wirkt wie aus der Zeit gefallen. Ein gusseiserner Holzherd in der Ecke spendet Wärme, und die Spüle aus Metall ist in eine an den Kanten aufgequollene Arbeitsplatte aus Resopal eingelassen. Nikotingelbe Spitzenvorhänge verschleiern die Sicht nach draußen.

Skagen steht zusammengedrängt mit den anderen in dem kleinen Raum und hält einen angeschlagenen Emaillebecher mit Kaffee in der Hand. Der alte Schafbauer sitzt mit gebeugtem Rücken am Tisch und blickt betrübt auf den glimmenden Zigarillo in seiner Hand. Der Rauch steigt kräuselnd auf und kitzelt die Ermittler in der Nase.

Der Kaffee hingegen ist überraschend gut. Stark und auf

die traditionelle Weise mit dem Pulver direkt in einem Kupferkessel gekocht. Skagen nimmt einen großen Schluck und freut sich über die Wärme im Bauch. Draußen regnet es mal wieder.

»Nein, nein«, sagt Þor Kalman und schnippt die Asche in einen überquellenden Aschenbecher. »Yngvi is' ein guter Junge.«

»Wir haben etwas in seinem Zimmer gefunden, das ihn mit der Tat in Verbindung bringt«, erklärt Nils. »Außerdem wollte er fliehen.«

»Doch nur, weil der arme Junge genug davon hat, von euch Bu… ähm, Polizisten getriezt zu werden«, krächzt Kalman und heftet seine wässrigen Augen auf Nils, während Halla für Skagen übersetzt.

»Der *Junge* hat ein Strafregister wie ein Berufsverbrecher.«

»Er hatte eine schwere Kindheit. Wurde von seinen Eltern vernachlässigt und geschlagen.«

»Das ist kein Grund, selbst straffällig zu werden«, beharrt Nils. »Warum nimmst du den Kerl in Schutz?«

Kalmans Lippen zittern. »Weil ich weiß, dass er ein gutes Herz hat.«

Nils stößt abfällig Luft aus.

Skagen verlagert sein Gewicht auf das andere Bein und nippt am Kaffee. Halla hat ihren nicht angerührt. Im Hintergrund tickt laut die Küchenuhr.

Kalman schüttelt bekümmert den Kopf. »Glaubt mir, ich kenne Yngvi. Er arbeitet schon seit vier Jahren für mich. Er wohnt hier und teilt die Mahlzeiten mit mir. Er is' übrigens ein guter Koch. Hat er im Heim gelernt. Manchmal is' er vielleicht etwas still, aber ich sage euch, er war es nicht.« Er hebt eine Hand, die übersät ist mit dunklen Adern. »Er hat sich nichts zuschulden kommen lassen, seit er auf meinem

Hof arbeitet. Gar nichts. Wenn ihr mir nicht glaubt, dann guckt doch in euer Strafregister.«

Skagen sieht Nils an, der kaum merklich nickt.

»Das stimmt«, flüstert Halla. »Es gab keine Einträge mehr seit 2020.«

»Aber er raucht Haschisch«, behauptet Nils, ohne es zu wissen, vermutlich um zu sehen, wie Kalman reagiert. »Wir haben welches unten bei den heißen Quellen gefunden, wo er häufiger badet.«

Kalman winkt ab. »Ach was. Das is' nicht von Yngvi. Er weiß ganz genau, dass er Ärger von mir bekommt, wenn er Drogen nimmt. Das is' die einzige strikte Regel hier. Bei Verstoß fliegen die Jungs raus. Ich hab schon einige wieder nach Hause geschickt.«

Skagen erinnert sich an etwas, was die Kassiererin im Supermarkt in Seyðisfjörður gesagt hat. Dass Yngvi gern mal einen in der Kneipe zu sich nimmt. »Sicher, dass er nicht ab und zu trinkt?«, fragt er deshalb.

Der wässrige Blick des Schafbauern wandert zu ihm. »Yngvi hat mir nie Probleme bereitet. Er arbeitet fleißig und ist anständig. Ich würde ihn niemals wegen seiner Jugendsünden verurteilen. Sucht euren Schuldigen woanders.«

Skagen ignoriert den Vorwurf. »Wo war Yngvi, als ihr die Nachricht vom Verschwinden des kleinen Jungen der Brandts erhalten habt?«

»Wann war das noch mal?«

»Samstagvormittag.«

»Da war er im Stall.«

»Und wo warst du? Bei ihm?«

»Nein, ich war mit Willum auf der Weide hinterm Haus, Zäune reparieren.«

Nils nickt, ein dünnes Lächeln erscheint auf seinen Lippen. Skagen weiß, was dem Kollegen durch den Kopf geht.

Yngvi war im Stall – allein. Er könnte zwischendrin weggegangen sein. Zum Beispiel in die dunkle Lava, mit einem kleinen Jungen an der Hand.

»Kennen Sie die ausländischen Gäste auf den beiden Nachbarfarmen näher?«, fragt Nils.

»Nein. Ich kümmere mich nicht um die. Ich führe meinen Hof auf die traditionelle Weise mit Saisonarbeitern. Mit solch neumodischen Ideen wie denen von Ásgeir und Gisli hab ich nichts am Hut.«

Wenig später stehen die Ermittler draußen vor der Tür. So richtig viel haben sie von Kalman nicht erfahren. Skagen ist enttäuscht und muss die Augen zusammenkneifen, weil nach dem Regen die Sonne rauskommt und ihr Licht grell von den Pfützen reflektiert wird.

»Warum der Alte so vehement darauf beharrt, dass Yngvi unschuldig ist, ist mir ein Rätsel«, sagt Nils.

»Vielleicht irren wir uns und er war es tatsächlich nicht«, sagt Skagen, den bei der Befragung das Gefühl beschlichen hat, dass sie einer falschen Fährte aufsitzen.

»Und die Unterhose von Frau Brandt?«, fragt Nils. »Wie kommt die dahin? Ein wasserdichtes Alibi hat er auch nicht.«

»Du hast recht, es gibt einige Unstimmigkeiten.«

»Sag ich doch.« Nils streckt sich und schiebt dabei seinen Bauch vor, präsentiert ihnen seine ganze Leibesfülle. »Die Spurensicherung soll kommen. Vielleicht finden die Kollegen ein paar verwertbare Hinweise.« Er lässt die Arme sinken. »Und nun zu Willum.«

Sie stapfen über den Hof zum Stall. Drinnen ist es dämmrig und irgendwo ruft mit dünner Stimme ein Lamm nach seiner Mutter.

»Willum?«, brüllt Nils in die Stille.

»Ja!«, hören sie es aus dem hinteren Teil antworten. Der Saisonarbeiter kommt durch die Stallgasse auf sie zu. Die

Tiere hinter den Gattern beginnen aufgeregt zu blöken, vielleicht weil sie denken, es gebe Futter.

Als der bullige Kerl bei ihnen ankommt, holt Skagen sein Handy heraus und zeigt ihm das Foto von dem angeblichen Elf. »Hast du das schon mal gesehen?«

Willum macht große Augen. »Ist das echt?«

»Was glaubst du?«

Der große Kerl zuckt mit den Schultern. »Heutzutage kann man alles fälschen.«

»Das ist richtig«, bestätigt Skagen. »Erkennst du etwas darauf, das dir bekannt vorkommt?«

»Nein, tut mir leid.«

»Die Gestalt könnte nicht zufällig Yngvi sein? Schau noch mal richtig hin.«

Willum beugt sich vor, dann schüttelt er den Kopf. »Nee, das ist nicht Yngvi.«

»Können wir mal dein Handy sehen?«

Willum zögert. »Braucht ihr dafür nicht einen Beschluss oder so was?«

»Das ist richtig«, sagt Nils. »Aber du würdest uns jede Menge Arbeit ersparen, wenn du es uns einfach so zeigst.«

Der Saisonarbeiter wischt sich die Hände am Overall ab und öffnet eine Brusttasche. Er zieht das Gerät heraus und reicht es Skagen, der direkt in den Ordner mit den versendeten SMS und MMS geht. Darin befindet sich keine ausgehende Nachricht an Wiebke Brandt. Das will jedoch nicht viel heißen. MMS kann man schließlich löschen.

»Okay, danke«, sagt er und gibt Willum das Handy zurück. Dabei fällt ihm etwas am Unterarm des Saisonarbeiters auf, kurz über dem Handgelenk. »Was ist denn das da?« Er zeigt auf die kreisförmige Verletzung der Haut. »Roll mal den Ärmel weiter hoch.«

»Wieso?«, fragt Willum verunsichert.

»Tu, was er sagt!«, fordert Nils ihn auf.

Willum schiebt seinen Ärmel hoch. Der volltätowierte Unterarm kommt zum Vorschein – und eine zweite, ähnlich geformte Wunde. Skagen erkennt sofort, woher sie rührt.

»Wurdest du gebissen?«, fragt er.

Der Saisonarbeiter nickt verlegen.

»Von einem Tier?«, fragt Skagen, doch es ist Halla, die antwortet.

»Nein«, sagt sie, »von Yngvi!«

38

Nachdem Skagen und Nils von Halla darüber aufgeklärt wurden, dass der kleine Brandt-Junge bei seinem Wiederauftauchen eine Bisswunde an der Schulter gehabt hat, wurde ihnen schnell klar, was diese Entdeckung auf Willums Arm bedeuten könnte.

Allerdings gestaltete es sich später auf den Höfen als äußerst schwierig, die Erlaubnis von Herrn Brandt zu erhalten, Nahaufnahmen von der Bissverletzung seines Sohnes machen zu dürfen. Nicht zu sprechen von den Protesten der Wittmanns, als Halla anschließend einen Zahnabdruck von dem sechsjährigen Silas nehmen wollte. Das hat Skagen einiges an Überzeugungskraft gekostet.

Im Präsidium konnte Yngvi Sveinsson sich ebenfalls nicht gegen die Sicherung seines Bissprofils wehren und musste die Prozedur über sich ergehen lassen. Danach hat Skagen das gesamte Material in die Rechtsmedizin nach Reykjavík geschickt, und nun ist nicht nur er gespannt auf das Ergebnis, sondern auch seine Kollegen.

Mit zusammengepressten Lippen blickt er auf sein Handy. Während Nils und Halla alles für die zweite Befragung von Yngvi vorbereiten, hat Skagen wieder einmal versucht, Maja zu erreichen, doch sie antwortet nicht auf seine Mails. Er kann seine Sorge um sie kaum noch bändigen. Was ist mit ihr? Meldet sie sich nicht, weil sie in einem Safehouse ist oder weil Åsgards Sønner ihr etwas angetan haben? Skagen wischt seine feuchten Hände an der Hose ab und beruhigt sich damit, dass Jette ihn längst unterrichtet hätte, wenn etwas passiert wäre. Allerdings ist seine Chefin auch nicht zu erreichen, was ihn nicht minder nervös macht. Bei den Ermittlungen in Berlin könnte sie ebenso in Gefahr schweben. Ach, verdammt! In was für einen Mist ist er da reingeraten? Er hockt in Island und versucht, sich mit einem Fall abzulenken. Was für eine blöde Idee. Er sollte jetzt bei Maja sein und nicht hier.

Er steckt das Handy weg und betritt den Vernehmungsraum, in dem die anderen Ermittler mit Yngvi und dessen Anwalt auf ihn warten.

»Da ist ja der werte Kollege«, sagt Nils ungeduldig, während Skagen sich zu ihm setzt. Ihm ist nicht wohl dabei, die Befragung nur mit dem Slip als Grundbeweis zu beginnen. Er hätte lieber noch auf das Ergebnis des Abgleichs der Bissspur gewartet. Aber Nils will schon mal anfangen. Er hofft, dass sich die Forensik zeitnah meldet.

»Yngvi«, sagt der isländische Kollege. »Wir haben dein Zimmer durchsucht und etwas entdeckt, das dich mit dem Mord an Wiebke Brandt in Verbindung bringt. Kannst du uns das erklären?« Er legt den durchsichtigen Beweismittelbeutel auf den Tisch. Darin befindet sich der geblümte Slip. »Der gehört eindeutig dem Opfer!«

Yngvi blickt auf die Unterwäsche. Sein Anwalt ebenso; ein junger Typ mit Hemd, Jeans und Turnschuhen, der den Eindruck erweckt, als käme er direkt von der Uni. Ob er weiß, worauf er sich eingelassen hat?

»Wo wurde der Slip gefunden?«, fragt er.

»Unter der Matratze von Yngvis Bett«, antwortet Nils lächelnd.

»Sind Fingerabdrücke meines Mandanten darauf oder sonstige eindeutige Nachweise, dass er ihn angefasst hat – Sperma, Speichel, Haare, Hautschuppen?«

Nils' Lächeln verschwindet. »Nein.«

Skagen wird mulmig. Die KTU hat tatsächlich nichts finden können.

»Die Unterhose war frisch gewaschen«, sagt Nils.

»Von meinem Mandanten?«, fragt der Anwalt.

Nils lehnt sich zurück. »Das wird sich noch herausstellen.«

»Und das nennen Sie Beweis?«

Skagen sieht, wie es in Nils arbeitet. Er hat es ihm ja gesagt.

»Der Slip war in Yngvis Zimmer, irgendwie muss er dahingekommen sein«, rechtfertigt sich Nils.

Der Anwalt seufzt. »Ich muss Ihnen wohl nicht erklären, dass jemand anderes ihn dort platziert haben könnte. Jemand, der meinen Mandanten fälschlich beschuldigen will, um den Verdacht von sich abzulenken. Haben Sie schon mal in Erwägung gezogen, dass der Täter ein ganz anderer sein könnte?«

»Yngvi hat kein vernünftiges Alibi für *beide* Tatzeiten. Weder für den Jungen noch die Frau«, beharrt Nils.

»Das heißt noch lange nicht, dass mein Mandant der Täter ist.«

Nils starrt Yngvi an, der reglos auf seinem Stuhl hockt und das gleiche Spiel spielt wie beim ersten Mal. Dann legt er ihm die Fotos von den Schokoriegeln aus seinem Zimmer und die von den leeren Verpackungen aus der Höhle vor. »Damit hast du Jonas Brandt ins Lavafeld gelockt und dich an ihm vergangen. Du hast ihn gebissen!«

Skagen presst die Lippen zusammen. Das geht zu weit. Einen Verdächtigen zu provozieren, damit er eine Aussage macht, ist eine Sache, ihn aber mit nicht bewiesenen Annahmen zu bedrängen, ist eine andere.

»Gibt es dafür Beweise?«, fragt der Anwalt. Er verzieht keine Miene, wirkt routiniert. »Fingerabdrücke auf den Verpackungen et cetera?«

Skagen weiß, dass die Prints des Jungen sowie ein leicht verschmierter fremder Abdruck auf den leeren Plastikhüllen nachgewiesen wurden. Auf den Schokoriegeln von Yngvi waren lediglich seine eigenen.

»Nein, aber er hat vermutlich Handschuhe getragen.« Nils legt einen Beutel mit Arbeitshandschuhen auf den Tisch, die ebenfalls aus Yngvis Zimmer stammen, Skagen jedoch nicht für relevant hält, da sie keine verwertbaren Spuren aufweisen.

Jetzt schüttelt der Anwalt mitleidig den Kopf. Er hat recht, Nils' Behauptungen entbehren jeglicher Grundlage. Skagen überlegt, ob er eingreifen soll, bevor sie sich noch weiter blamieren. Rasch blickt er auf sein Handy, das Ergebnis der Bissspurenanalyse lässt auf sich warten. Was brauchen die so lange?

»Haben Sie auch einen Beweis, der stichhaltig ist? Denn sonst verschwenden Sie hier nur unsere Zeit«, sagt der Anwalt. Man kann deutlich heraushören, was er von der Vernehmung hält. Nämlich nichts.

Nils' Oberkörper schnellt vor. »Ich weiß, dass du auf kleine Jungs stehst!«, zischt er Yngvi ins Gesicht. »Damit kommst du nicht durch!«

Der junge Verdächtige erwacht plötzlich aus seiner Regungslosigkeit und beugt sich ebenfalls vor. »Ich war es nicht. Beides. Ich war es nicht«, sagt er mit leiser Stimme.

»Bitte lauter sprechen, fürs Protokoll«, mahnt Nils.

»Ich war es nicht«, wiederholt Yngvi. »Mit dem Tod der Frau habe ich nichts zu tun. Und auch nicht mit dem Verschwinden des Jungen.«

»Und woher stammt dann der Slip unter deiner Matratze?«

»Den muss mir jemand untergeschoben haben. Ich kenne den nicht.«

Nils starrt den jungen Mann an. »Und das goldene Kreuz? Woher hattest du das?«

»Das habe ich gefunden. An dem Morgen, bevor ich abgehauen bin. Auf dem Pfad zwischen dem Magnusson- und dem Gislason-Hof. Dort, wo der Weg in die *dimmu hraunar* führt. Ich wusste nicht, dass es von Frau Brandt ist.«

Nils sucht ein Foto heraus und hält es Yngvi hin. Es zeigt den Ort, an dem sie die Schubkarrenspur gefunden haben. »War es hier?«

»Ja, genau.«

»Danke.« Nils macht sich eine Notiz. »Und wieso warst du auf dem Pfad unterwegs?«

»Ich wollte mir etwas vom Gislason-Hof holen.«

»Und was?«

Yngvi presst die Lippen zusammen. »Ich weiß, dass die Gislasons in ihrem Stall Schmuggelgut verstecken. Alkohol und Zigaretten.«

»Auch Haschisch?«

»Nee …«

»Und davon wolltest du was klauen?«

Yngvi brummt ein kaum verständliches »Ja«.

»Hat es geklappt?«

»Nein, Maggy Gislason war im Stall. Ich musste mit leeren Händen wieder gehen.«

»Ist dir sonst noch etwas an dem Ort aufgefallen, an dem du die Kette gefunden hast? War da jemand?«

»Nein.«

»Warum wolltest du fliehen?«

»Weil ich wusste, dass ihr mich beschuldigen würdet.« Yngvi hebt den Kopf und sieht sie zum ersten Mal richtig an. Scheu liegt in seinen blassblauen Augen – und Mutlosigkeit. »Ich wollte nicht wieder in den Knast.«

»Wenn du nichts getan hast, dann wird dir auch nichts passieren«, hält Nils dagegen.

Yngvi stößt ein zynisches Lachen aus. »Na klar. Deshalb sitze ich ja jetzt hier.«

»Mein Mandant hat nicht die besten Erfahrungen mit der Polizei«, fügt der Anwalt hinzu. »Er wurde oft zu Unrecht verdächtigt.«

»Ich weine gleich!«, entfährt es Nils.

Skagen beißt sich auf die Zunge. Solche Bemerkungen sollte sich der Kollege besser verkneifen. Sein Telefon piept, und er blickt auf das Display. Schlagartig beginnt sein Herz zu pochen. Es ist die Rechtsmedizin mit dem Ergebnis der Bissspurenanalyse. Er öffnet die Nachricht und liest den Bericht. Danach lässt er das Handy sinken. Das wird Nils nicht gefallen.

»Das war die Forensik«, sagt er. »Die Bissspur an Jonas' Schulter stammt nicht von Yngvi …, aber auch nicht von dem anderen Jungen.«

Nils rührt sich nicht. Er blinzelt kaum, und auch sonst ist keine Regung bei ihm auszumachen.

»Echt?«, fragt Halla leise. »Aber wer war es dann?«

»Im Bericht der Forensik heißt es, dass es kein Erwachsener war. Ich zitiere: ›Bissmarke von einem juvenilen Gebiss mit *Dentes permanentes.*‹ Also mit bleibenden Zähnen.«

»Also noch ein anderer Beteiligter?«

»Sieht so aus.«

»Ach du Schande!«

Ja, denkt Skagen, ach du Schande.

Nils rührt sich nicht. Sein Gesicht ist wie versteinert. Natürlich hat er gehofft, mit der Bissspur den endgültigen Beweis zu erhalten – wie sie alle.

Ruckartig steht er auf und winkt Skagen und Halla, ihm nach draußen zu folgen.

Auf dem Flur schweigt er eine Weile, wirkt, als müsse er sich erst sammeln.

»Müssen wir ihn laufen lassen?«, fragt Halla.

Nils schüttelt den Kopf. »Wir haben noch ein paar ausstehende Untersuchungen, solange behalten wir ihn hier.« Er streicht sich den Seitenscheitel glatt und fügt mit gepresster Stimme hinzu. »Das gefällt mir nicht.«

39

Pia beißt sich die Lippe blutig. Sie friert, obwohl die Heizung in ihrem Zimmer voll aufgedreht ist. Draußen regnet es wie aus Kübeln.

Sie unterdrückt ein Schluchzen und presst ihr Gesicht ins Kopfkissen. Sie hat sich im Zimmer eingeschlossen, weil sie Angst hat. Der Gedanke an das Lamm, das von Eydis kaltblütig ermordet wurde, verursacht ihr Albträume. Immer wieder sieht sie es vor sich. Sein blutiges Fell und wie es aus beiden Mäulern schreit – nach seiner Mutter.

Eydis hat ihr heute Morgen erklärt, warum es notwendig gewesen ist, das Lamm zu töten. Mit zwei Köpfen wäre es nicht überlebensfähig gewesen, und sie habe es von seinen Qualen erlöst. Doch Pia glaubt ihr nicht, sie hat ihr Vertrauen in Eydis verloren. Sie und Ásgeir haben schlecht über ihre Mutter gesprochen. Dass sie den Elfenstein geklaut haben soll. Das stimmt doch nicht. Und dann ist auch noch dieser blonde Polizist mit dem Bart gekommen, Tom Skagen heißt der, und hat behauptet, Mama sei eine Diebin. Er hatte angebliche Beweise dabei: Fotos von einem Koffer mit Sachen darin, die ihre Mutter gestohlen haben soll. Er wollte wissen, wem davon was gehört.

Alle haben sich die Fotos angesehen, und Zoe hat ihren Nagellack und den Lippenstift wiedererkannt und Eydis ihren schwarzen BH und den Elfenstein. Ásgeir hat einen roten Kopf bekommen, weil er sagen musste, dass ihm eine kleine Sprühflasche und dieses Sexbuch gehören. Den Rest kannte keiner, der muss von den Leuten vom anderen Hof stammen. Pia ist sich allerdings sicher, dass Zoe gelogen hat, denn das krümelige braune Zeug in der Plastiktüte ist auch von ihr. Sie hat das Tütchen in ihrem Zimmer gesehen. Pia könnte es dem Polizisten sagen, aber das tut sie nicht, denn sie hat gelernt, dass man niemals zur Polizei geht. Denen kann man nicht trauen. Stattdessen sucht man Rat bei der Obersten.

Pia hebt den Kopf vom Kissen. Blut von ihren Lippen klebt am Bezug. Ihre Mutter war die Oberste. Aber sie ist tot. Jemand von den Höfen muss sie umgebracht haben, das sagen nicht nur die Polizisten, sondern auch Eydis und Jule. Jule beschuldigt sogar ihren Vater. Und Papa sagt, dass es Jule gewesen ist.

Pia spürt, wie ihr eiskalt wird. Das ist doch verrückt. Warum sollte ihr Vater ihre Mutter umbringen? Wegen des Streits, den sie belauscht hat? Sie presst die Augen zusammen, weil sie ihre Mutter vor sich sieht. In der heißen Quelle. Aufgequollen und nackt. Hilflos.

»Mama«, flüstert sie. »Warum?« Ihre Hände verkrampfen sich, während Trauer und Angst sich durch sie hindurchwühlen. Sie will ihre Mama wiederhaben.

Plötzlich bewegt sich die Klinke und Pia schreckt auf. Wie gelähmt starrt sie die Tür an. Kommt der Mörder jetzt zu ihr? Oder der Elf aus dem dunklen Land?

»Pia? Bist du da drin? Mach auf.« Es ist Jule. Sie rüttelt an der verschlossenen Tür, aber Pia will nicht mit ihr sprechen. Jule gehört zu den Bösen.

»Wir haben Besuch«, ruft Jule. »Samuel ist hier. Er will dich sehen.«

Samuel? Ein Lächeln tritt unvermittelt auf Pias Gesicht. Ist der Prophet extra ihretwegen angereist? Sie springt vom Bett und dreht den Schlüssel, ihr Herz pocht voller Vorfreude.

»Wo ist Samuel?«, will sie wissen.

»Drüben bei den anderen.«

Glücklich, dass sie endlich jemanden zum Reden hat, folgt Pia Jule in das Wohnhaus, wo die ganze Gruppe außer Papa, Ásgeir und Zoe im Wohnzimmer versammelt ist. Der Polizist ist nicht mehr da. Vermutlich ist er bei den Gislasons, um sie nach den Sachen aus Mamas Koffer zu fragen.

Pia läuft auf Samuel zu. Ein erfreutes Strahlen tritt auf sein bärtiges Gesicht und tausend lustige Falten erscheinen um seine Augen. Er öffnet seine Arme, und sie fliegt hinein, lässt sich von ihm drücken. Tränen schießen aus ihren Augen. Am liebsten würde sie ihn nie mehr loslassen.

»Pia, du liebes Kind.« Samuel wiegt sie sanft in seinen Armen. Allein seine Stimme zu hören, lässt Pia sich wie zu Hause fühlen. Sie seufzt laut auf und riecht seinen Duft nach Wachs und Weihrauch. »Mein Kind, weine doch nicht. Ich bin ja da. In einer solch schlimmen Stunde müssen wir alle zusammenhalten.« Er streicht ihr über das Haar.

Pia hört hinter sich ein abfälliges Zischen. Es kommt von Abigal. Mit vor der Brust verschränkten Armen sitzt sie neben Judith und Jonas auf dem Sofa. Samuel hat es auch bemerkt und wirft Abigal einen tadelnden Blick zu. Er nimmt Pia bei der Hand und führt sie zu den anderen.

»Wo ist Papa?«, fragt sie.

»Mit dem spreche ich später.« Samuel bedeutet Pia, sich neben ihre Geschwister zu setzen. Dann kniet er sich vor sie hin und streckt beide Arme aus. Eine Aufforderung, dass sie sich bei den Händen fassen sollen. »Lasst uns beten. Für die Seele eurer Mutter. Sie war mir eine brave Freundin, eurem Vater eine treue Gefährtin und euch eine liebevolle Mutter.«

Wieder schnaubt Abigal, doch diesmal bekommt Samuel es nicht mit. Er hält seinen Kopf gesenkt und beginnt, mit salbungsvoller Stimme zu sprechen. Pia lauscht seinen Worten ehrfürchtig und wiederholt voller Inbrunst den Jubelruf am Ende des Gebets.

»Hosianna.«

»Hosianna!«, sagt Samuel. Dann streicht er jedem von ihnen über die Haare. Abigal will ausweichen, doch Samuel packt sie mit beiden Händen bei den Schläfen und küsst ihren Scheitel. Als er sie loslässt, lächelt er sie gütig an. Dabei hat Abigal seine Liebe gar nicht verdient. Pia beobachtet, wie Samuel nach dem Handgelenk ihrer Schwester greift und sich seine Miene verfinstert. Doch im nächsten Moment klart sein Gesichtsausdruck wieder auf, und er lässt Abigal los. Ihre Schwester reibt sich das Handgelenk, als hätte Samuel ihr wehgetan.

Ungeduldig zupft Pia Samuel am Saum seines weiten Obergewandes und gibt ihm zu verstehen, dass er sich zu ihr hinabbeugen soll. Als sein Ohr auf ihrer Höhe ist, flüstert sie: »Ich muss dir was sagen.«

»Nur zu.« Samuel sieht hinüber zu Eydis, die in der Tür steht und sie mit Argusaugen beobachtet. Dann zeigt er auf das Sofa im Wohnzimmer. »Komm mit.«

Pia geht mit ihm nach nebenan und rutscht auf das Polster. Samuel lässt sich dicht neben ihr nieder und nimmt ihre Hand. Seine Haut ist warm und weich.

»Erzähl, mein Kind«, fordert er sie auf, »aber leise, damit diese Frau da nichts hören kann.« Er ruckt sein Kinn in Richtung Eydis.

Pia versteht ihn, Eydis ist bösartig. Sie lehnt sich zu Samuel hinüber. »Ich habe mich genau an die Regeln gehalten und der Polizei nichts erzählt«, flüstert sie.

»Das ist gut, mein kleiner Sonnenschein.«, antwortet Samuel leise. »Du bist ein braves Mädchen.« Er streichelt ihr über die Hand, und Pia wird warm ums Herz. Sie würde sofort in Samuels Haus ziehen und ihn heiraten, wenn man das von ihr verlangen würde. Sie versteht nicht, warum Abigal sich dagegen sträubt.

»Ich weiß, dass Abigal böse war«, sagt Pia in Samuels Ohr. »Sie hat mit Mama gestritten. In der Nacht, in der sie gestorben ist. Abigal hat sie angeschrien und schlimme Sachen zu ihr gesagt. Sie hat sie Gotteshure genannt, eine ekelhafte Kupplerin, und sie hat gesagt, dass sie sich wünscht, Mama wäre tot.«

»Tatsächlich?«

Pia nickt. »Ich habe noch mehr gehört, aber da ist etwas viel Wichtigeres. Abigal hat Satansfotos auf ihrem Handy.«

»Satansfotos? Was meinst du damit?« Samuel zieht seine dichten Brauen zusammen, sodass sie einen breiten Strich ergeben.

»Sie hat Bilder gemacht, zusammen mit Kári. Darauf küssen sie sich und zeigen das Teufelszeichen mit der Hand.« Pia imitiert die Geste und erklärt, dass Abigal bei einem Foto die Wörter »Schwarze Messe« hinzugefügt hat. »Was ist das?«, will sie wissen.

»Etwas, das man nicht tun sollte, wenn man ein gottesfürchtiger Mensch ist«, brummt Samuel missbilligend. »Damit betet man den Teufel an.«

Pia schüttelt sich. »Abigal sagt, dass sie nicht mehr an Gott glaubt. Sie findet Gott scheiße.« Rasch senkt sie den Blick, weil es ihr peinlich ist, diese Ungeheuerlichkeit laut auszusprechen.

Samuel streicht sich über den langen Bart. »Was hast du noch beobachtet?«

Pia zögert. »Papa war noch mal draußen in der Nacht, als Mama starb.«

»Ach ja? Und wo war er?«

»Bei Zoe. Das ist Eydis' Tochter. Da war er öfter. Das habe ich mitbekommen, wenn ich nachts mit Ásgeir im Stall sein durfte. Danach ist Papa immer eine Weile durch die Nacht spaziert. Einmal bin ich ihm hinterher, da hat er seinen Pullover auf die Wäscheleine gehängt. Keine Ahnung, warum, aber er hat komisch gerochen.«

»Wie denn?«

Pia zuckt mit den Schultern. »Ich weiß nicht. Seltsam eben. So riecht Ásgeir auch manchmal, wenn er im Stall raucht. Kommen Papa und Abigal jetzt ins Gefängnis?«

»Nein, keine Sorge.« Samuel tätschelt ihre Hand

»Aber ich dachte, sie werden bestraft.«

»Ja, aber nicht durch die Polizei.«

»Bestrafst du sie?«, fragt Pia aufmerksam.

»Das werde ich wohl.«

»Wird Abigal dann immer noch zu dir ziehen?«

»Ich weiß es nicht«, entgegnet Samuel ruhig.

Pia gefallen seine Antworten nicht. Warum soll Abigal in seiner Wohnung wohnen dürfen, wenn sie selbst doch viel braver ist? Das versteht Pia nicht und findet es ungerecht. »Darf ich zu dir ziehen?«

Samuel lächelt. »Wenn du älter bist vielleicht.« Er streicht ihr über den Kopf, und Pia seufzt zufrieden auf. Samuel ist der Beste.

40

Verzweifelt reibt sich Skagen über das Gesicht. Er sitzt auf seinem Bett im Hotel in Seyðisfjörður und kann nicht schlafen. Schlimme Dinge gehen ihm durch den Kopf. Der Fall Wiebke Brandt mit der verbrühten Leiche und dem nebulösen Elf. Das blutige Tötungskommando in Stavanger bei Lise, dem er nur knapp entkommen ist, und Maja. Immer wieder Maja. Ob es ihr gut geht. Was sie macht. Oder ob sie Angst hat, so wie er.

Angst vorm Sterben. Angst davor, dass sie sterben könnte, hingerichtet wie Lises Mann Roger. Oder dass sie Schluss mit ihm machen könnte. Dass sie es nicht mehr mit ihm aushält. Dem Mann, der nie Zeit hat. Skagen stöhnt auf. Er will sie nicht verlieren. Sie ist sein Seelenmensch. Die eine.

Er weiß nicht, was er tun würde, wenn das eine oder andere passierte. In jedem Fall würde er sich die Augen aus dem Kopf heulen und nie wieder glücklich werden. Nie wieder.

Sein Handy piept und er greift danach.

Doch seine Hoffnung wird zunichtegemacht, denn es ist bloß eine Nachricht von Halla. Nachdem die erste Hiobsbotschaft eingetroffen ist, die mit der Bisswunde, kam kurz darauf die nächste, dass keiner von Yngvis Schuhabdrücken zu denen am Tatort passt. Es sieht immer mehr danach aus, dass sie den Falschen haben und wieder ganz von vorn anfangen müssen. Seitdem trudeln stündlich weitere Nachrichten ein. Skagen will sie schon gar nicht mehr öffnen. Er tut es trotzdem.

Hi, schreibt Halla, *die Ergebnisse der Blutuntersuchung sind da. Das Blut von Yngvis Ärmel ist sein eigenes. Wünschte, es gäbe bessere Nachrichten. Sorry, wir sehen uns morgen, Halla.*

Skagen wirft das Handy aufs Bett und blickt müde auf die gegenüberliegende Wand. Ob es Nils im Zimmer nebenan genauso geht? Liegt er ebenfalls wach und lässt sich von Hallas Nachrichten die Laune verhageln? Hoffentlich verbindet er es nicht mit ihr persönlich, denn Skagen findet die Kollegin ganz ausgezeichnet. Sie ist pfiffig und denkt mit. Manchmal ist sie ihnen sogar einen Schritt voraus, was vielleicht auch daran liegt, dass sie Land und Leute in dieser Gegend besser kennt als Nils und er. Es ist immer ein großer Vorteil, mit lokalen Kräften zusammenzuarbeiten.

Schwerfällig erhebt er sich. Die Anstrengung der letzten Tage zollt ihren Tribut. Er geht zum Tisch und nimmt sich eine Wasserflasche.

Ob sie Yngvi morgen laufen lassen müssen? Spätestens wenn das allerletzte Testergebnis da ist, der DNA-Abgleich mit dem Speichel auf dem Pullover von Frau Brandt, und dieses nichts ergeben hat, müssen sie ihn auf freien Fuß setzen. Sie hätten dann nichts mehr in der Hand, um ihn länger festzuhalten, und stünden wieder ganz am Anfang. Aber wenn man ehrlich ist, haben sie den Verdacht auch auf vier sehr dünnen Beinen aufgebaut. Die Unterhose, die Schokoriegel, das Goldkreuz und ein nicht vorhandenes Alibi. Das ist zu wenig. Skagen glaubt allmählich nicht mehr daran, dass Yngvi den Slip unter seinem Bett versteckt hat. Wenn das Kleidungsstück eine Trophäe sein sollte, warum hat er nicht den von der Leiche entwendet? Das wäre eine typische Vorgehensweise von Tätern. Bleibt noch das goldene Kreuz. Das kann er Frau Brandt tatsächlich abgenommen haben. Oder er hat es auf dem Weg gefunden, wie er gesagt hat. Keins von beidem ist wirklich nachweisbar.

Dazu kommt, wie Yngvi sich gibt. Es kann gut sein, dass er ein gebrochener junger Mensch ist, ein Opfer der Gewalt seines Vaters. Es kann aber auch sein, dass er seine Resignation gegenüber der Polizei nur spielt und sie eiskalt anlügt. Er hätte ein Motiv, wenn er etwas mit dem Verschwinden des Jungen zu tun hätte. Aber Skagen hält das nicht mehr für wahrscheinlich. Ihn quält eine andere Frage: Wenn Yngvi den Slip nicht versteckt hat, wer war es dann?

Skagen öffnet das mysteriöse Elfenfoto auf seinem Handy. Leider dauert es mit dem richterlichen Beschluss, deshalb wissen sie noch immer nicht, von welcher Nummer das Bild gesendet wurde. Skagen ist sich jedoch sicher, dass es nicht von Yngvi stammt. Er hätte keinen Grund gehabt, Wiebke dieses Foto zu schicken, kurz bevor er sie umbringt. Warum hätte er das tun sollen? Nachdenklich betrachtet Skagen die Aufnahme. Weshalb wurde sie Wiebke Brandt geschickt? Und von wem? Sie sieht wirklich unheimlich aus, diese bleiche, schwebende Gestalt mit den gedrehten Hörnern. Tatsächlich ein wenig wie der Teufel, wie Herr Brandt gesagt hat. Kann es sein, dass tatsächlich höhere Mächte am Werk sind? Dass Eydis recht hat und die *álfar* aus ihren Höhlen gekrochen sind und sich gerächt haben? Skagen erschauert bei diesem Gedanken und muss sich über sich selbst wundern. Was denkt er da? Er schüttelt den Kopf. Der Mörder ist ein Mensch aus Fleisch und Blut. Eine Person, die Spuren hinterlässt. Sie müssen sie nur finden. Und es muss ein Motiv geben. Hass, Neid, Eifersucht, Habgier, Rache – in einer dieser Kategorien liegt es verborgen. Hinzu kommt, dass am naheliegendsten stets eine Beziehungstat ist. Also war es vielleicht Abigal, weil sie ihre allzu strenge Mutter gehasst hat. Oder es war der Ehemann, der seine Frau satthatte. Möglicherweise eine andere Frau. Aus Neid. Jule Wittmann? Selbst wenn der Täterkreis überschaubar ist, sind die möglichen Motive mannigfaltig. Sie würden jeden einzelnen der Bewohner überprüfen müssen. Zunächst auf Alibis und später ihre DNA sowie Schuhprofile. Mit Abigal sollten sie beginnen, egal, was der Vater sagt. Herrn Brandt könnten sie dann gleich auch noch mal auf den Zahn fühlen.

Skagen hat ein ungutes Gefühl, wenn er an die drei einsam gelegenen Höfe denkt. Ist es möglich, dass der Täter ein weiteres Mal zuschlägt? Sind die Hofbewohner in Gefahr? Hätte er sie warnen sollen? Skagen beißt sich auf die Lippen. Kurz entschlossen wählt er Hallas Nummer.

Die Kollegin meldet sich verschlafen. »Was ist los? Gib es Neuigkeiten?«

»Könntest du auf den Höfen anrufen und den Bewohner möglichst schonend beibringen, dass sie wachsam sein sollen? Mir scheint, als wärst du die Richtige dafür. Dir vertrauen sie.«

»Du meinst, der Mörder könnte sich ein neues Opfer suchen?«

»Möglich wäre es.«

»Wenn ich deswegen dort anrufe, dann wissen sie, dass es Yngvi nicht war«, gibt Halla zu bedenken.

»Das ist okay. Es verhält sich ja auch so – höchstwahrscheinlich.«

»Gut«, sagt Halla, »ich rufe Eydis und Gisli an.«

Skagen bedankt sich und legt auf. Danach streckt er sich auf dem Bett aus, atmet tief durch. Das drückende Gefühl der Unruhe will jedoch nicht nachlassen.

Er nimmt erneut das Handy und wählt eine Nummer in Schweden, allerdings nicht die von Maja.

Eine Männerstimme meldet sich. »Göran Berg.«

»Hej, Göran«, sagt Skagen, »tut mir leid, dass ich mich so spät melde, aber …«

»Verdammt, Tom! Bist du das? Du solltest dich überhaupt nicht melden!«, schimpft Majas Chef. »Das ist zu gefährlich. Jemand könnte mein Handy überwachen und diese Nummer aus Island finden. Was glaubst du, was die Kerle daraus schlussfolgern würden?«

»Ich wollte nur wissen, wie es Maja geht. Ist sie in Sicherheit?«

»Sie ist in einem Safehouse.«

»Wo?«

»Das darf ich nicht sagen.«

»Aber du weißt es?«, fragt Skagen mit einem heißen Prickeln im Bauch.

»Ja«, antwortet Göran.

»Etwa bei dir zu Hause?«

»Tom, was soll das? Du weißt, dass …«

»Gib sie mir!«

»Nein, Tom!«

Wütend umklammert Skagen das Telefon. Hat er recht? Ist Maja bei Göran zu Hause? Der schwedische Polizeikollege hat schon immer versucht, sich an sie heranzumachen. Ist es ihm endlich gelungen?

»Gib sie mir!«, wiederholt Skagen und betont dabei jede einzelne Silbe.

»Sie ist nicht hier, Tom«, sagt Göran ruhig – oder klingt er überlegen? »Ich kann ihr etwas ausrichten.«

Oh, wie gnädig!

»Sag ihr: Ich mache mir Sorgen und dass ich sie liebe.«

»Das werde ich.«

Skagen hätte am liebsten darauf bestanden, dass Göran es ihm verspricht, doch er will sich nicht lächerlich machen. Dass seine Eifersucht so deutlich hervorsticht, ist schon peinlich genug.

»Wir sollten besser auflegen, Tom.«

»Warte. Hat Maja gefragt, wo ich bin?«

»Nein.«

Skagen muss schlucken. Der Kloß der Enttäuschung sackt schwer in seinen Magen.

»Okay. Dann grüß sie von mir«, sagt er heiser und legt auf. Danach schleudert er das Handy auf den Boden und boxt mit den Fäusten in die Matratze.

41

Thorsten sitzt auf dem Toilettendeckel und unterdrückt ein Wimmern. Er beißt sich in die Faust, den Blick angstvoll auf die geschlossene Badezimmertür gerichtet. Der Schmerz soll seine aufsteigende Panik zurückdrängen. Diese furchtbare dunkle Klaue, die sich in seine Rippen krallt. Jule hat tatsächlich den Propheten gerufen.

Thorsten beginnt zu zittern. Nichts fürchtet er mehr, als dass Samuel ihn durchleuchtet. Wie soll er dessen schonungslose Fragen überstehen? Er versenkt seine Zähne tiefer in seiner Haut. Der Schmerz treibt ihm die Tränen in die Augen. Verdammt. Hoffentlich hat wenigstens die Polizei die falsche Fährte geschluckt. Die Unterhose von Wiebke, die er unter Yngvis Matratze versteckt hat. Das muss doch reichen, um den Verdacht auf den Saisonarbeiter zu lenken.

Es klopf laut an der Tür. Thorsten entfährt ein erschrockener Laut.

»Bist du bereit?«, ruft Jule. »Es ist Zeit.«

Gott, steh mir bei, denkt er. Sie warten in der Gästeküche auf ihn. Jule und Samuel. Dort, wo die Polizei ihn vernommen hat. Er blickt auf seine Hand, die voller roter Zahnabdrücke ist, und reibt sich den Schmerz weg. Dabei überlegt er, ob er aus dem winzigen Toilettenfenster klettern und davonlaufen soll. Irgendwohin. Hauptsache, weg von Samuel und seinem allwissenden Blick.

Es klopft erneut. »Thorsten!«

Er beißt die Zähne zusammen.

»Komm jetzt. Du darfst Samuel nicht warten lassen.«

Jule, du Hexe. Hast dich beim Propheten eingeschmeichelt. Aber ich werde ihm die Wahrheit über dich und deine Machenschaften erzählen. Wenn ich untergehe, dann nehme ich dich mit.

Thorsten steht auf und öffnet die Tür. Kalt sieht er Jule an, bevor er in die Gästeküche geht. Als er eintritt, steht Samuel mitten im Raum. Er hat sein langes purpurfarbenes Gewand mit den zwei aufgestickten goldenen Kreuzen angelegt. Ein drittes goldenes Kreuz hängt um seinen Hals. Jule trägt ebenfalls eins, so wie Wiebke es immer getan hat. Thorsten spürt einen Stich in der Brust. Die Kralle packt fester zu. Ob er das von Wiebke jemals zurückbekommen wird? Er könnte es verkaufen und sich mit dem Geld etwas Schönes gönnen nach all der Tortur. Oder er könnte mit seinen Kindern die Gemeinschaft verlassen. Was Samuel vermutlich niemals zulassen würde.

Der Prophet bedeutet ihm, sich auf den Boden zu knien. Sie haben den Tisch zur Seite geschoben und zwei Stühle nebeneinandergestellt wie bei einer Richterbank. Mit dem zittrigen Gefühl, dass er gleich ohnmächtig werden wird, kniet Thorsten sich davor hin. Er wird Samuel direkt in die Augen blicken müssen.

»Lass uns beten!«, sagt Samuel und legt die Hände aneinander. Danach spricht er eine Fürbitte für Thorsten. Mit gesenktem Haupt lässt der es über sich ergehen, obwohl ihm plötzlich eiskalt ist und er zu frieren beginnt. Haben sie für die Einkreisung die Heizung runtergedreht?

Als Samuel mit seinem singenden Gebet fertig ist, greift er nach einem silbernen Becher, der auf dem Tisch steht. Er hält Thorsten das Gefäß vor den Mund. »Trink vom Blute Christi.«

Thorsten nimmt den Becher und setzt ihn an die Lippen. Die Flüssigkeit ist rot, riecht aber nicht nach Wein, sondern nach etwas Stärkerem. »Was ist das?«

»Trink!«, fordert Samuel ihn auf.

Thorsten schluckt die Flüssigkeit widerwillig. Was hat Samuel ihm da gegeben? Wiebke hat ihm nie erzählt, dass man vor einer Einkreisung etwas trinken muss. Er gibt Samuel den Becher zurück, der ihn an Jule weiterreicht.

Dann presst Samuel Thorsten beide Hände auf die Schultern. »Sieh mich an, Bruder.«

Thorsten legt den Kopf in den Nacken. Es ist unbequem, seine Knie auf dem blanken Boden schmerzen und sein Hals ist überdehnt. Aus dieser Perspektive wirkt Samuel wie ein Riese. Sein Kreuz baumelt mahnend vor Thorstens Nase.

»Thorsten, Bruder der Vollendeten Gemeinschaft Jesu. Wir sind der echte Leib Christi und die einzige Kirche unter Gottes Gnaden. Du bist die von uns beschützte Frucht. Du sollst wertvoller sein als Gold und die Schatzkammer deiner Nächsten mit deiner Güte füllen. Wir sind zusammengekommen, um dich zu prüfen, denn es besteht der Verdacht, dass du auf Abwege geraten bist und dein Glaube in Gefahr ist. Wir müssen wachsam sein, damit sich nicht falsche Geister unter uns schleichen.«

Das Zimmer beginnt sich zu drehen, Thorsten muss blinzeln. Er spürt eine Hand an seiner Wange. »Es ist nicht schlimm, die

Orientierung zu verlieren, mein Bruder«, sagt Samuel. »Wenn du die Chance ergreifst, wieder auf den Pfad zurückzukehren, wird Gott dir vergeben. Falsche Propheten, Lügen, Hexenwirken, Fegefeuer … Satan – alldem musst du die Stirn bieten.«

Thorsten fällt es schwer, zuzuhören, sein Hirn ist wie vernebelt.

»Deshalb kreisen wir dich jetzt ein, Thorsten. Um die falschen Propheten zu entlarven und sie dir auszutreiben.« Samuel umfasst sein Kinn und drückt ihm mit der anderen Hand das Kreuz gegen die Lippen. Thorsten nimmt den Geruch von Samuels Fingern wahr, eine Mischung aus Zwiebeln und Seife.

»Sag uns, Thorsten, sprich durch das Kreuz, welch fremder Geist in dich gefahren ist.«

Trotz der Kälte im Raum schießen Thorsten Hitzewellen durch den Körper. Er ignoriert seine taub werdenden Knie sowie die belegte Zunge und überlegt, was er sagen soll. Die Wahrheit? Über seine Ehe? Über Wiebkes Eigensinn und Jules Schlangenzunge? Was ist überhaupt die Wahrheit? Dass er seine eigene Frau gehasst hat für das, was sie darstellte? Das höhere Wesen, seine anzubetende Königin, seine Herrin, der er sich unterwerfen sollte. Dass er sich für seine Kinder aufopfern muss, obwohl er sich für sie schämt? Abigal, die Rebellische, Pia, die Eilfertige, Judith, die Naive, und Jonas, der verwöhnte und wehleidige Prinz. Keiner seiner Sprösslinge hat Eigenschaften, auf die er stolz ist. Keiner kommt nach ihm. Wiebke hat sie verdorben mit ihrer von Gott durchdrungenen Inbrunst. Kein Wunder, dass Abigal abtrünnig geworden ist. Kein Wunder, dass der Teufel in sie gefahren ist. Kann er Samuel das alles erzählen?

Thorsten schließt die Augen, weil sich der Raum um ihn immer schneller dreht. Das Kreuz ist feucht geworden von seinem Speichel. Noch immer bohrt es sich in seine Lippen.

Wie vielen Mitgliedern Samuel es wohl schon zum Küssen hingehalten hat? In Thorsten steigt Ekel auf. Vor dem Kreuz, vor Samuels Hand, vor allem aber vor sich selbst. Weil er ein schlechter Mensch ist. Ein Versager.

Die Hand am Kinn wandert nach oben und streichelt über seine Haare.

»Sprich, Bruder«, hört er Samuels sanfte Aufforderung. »Wir werden dir helfen, zu Gott zurückzufinden.«

»Ich ... ich kann nicht«, wimmert Thorsten gegen das Kreuz.

Samuels Hand streichelt sachte weiter. »Versuch es, Bruder. Vertraue auf Gott.«

Thorsten schüttelt den Kopf, ohne dass das Kreuz dabei seine Lippen verlässt.

Samuels Hand hält inne. »Dann hören wir jetzt das Zeugnis unserer Schwester Jule. Sie wird an deiner statt sprechen.«

Oh, nein! Nicht Jule. Diese Metze ist es doch, die mit Teufelszungen spricht. Thorsten will sich von Samuel lösen und auf Jule zeigen, sie beschuldigen, doch Samuel lässt ihn nicht los. Er ist dazu verdammt, die Lügen dieser Schlange über sich ergehen zu lassen.

»Unser Bruder Thorsten«, hört er Jules Stimme in selbstgerechtem Ton dozieren, »hat Drogen konsumiert. Haschisch. Den Rauch des Baphomet. Und er hat mit einer Frau gebuhlt, die nicht zu uns gehört. Zoe, der Tochter von Eydis. Sie haben zusammen geraucht und gelacht. Im Zimmer der Verführerin.«

»Stimmt es, was die Zeugin sagt?«, fragt Samuel. Die verständnisvolle Sanftheit ist aus seiner Stimme verschwunden.

Thorsten weiß nicht, was er antworten soll. Tränen treten ihm aus den zusammengepressten Augen. Ja, denkt er, er hat mit Zoe geraucht. Und es hat Spaß gemacht. Endlich einmal konnte er seine Sorgen vergessen.

»Sag es uns!«, dröhnt Samuels Stimme. »Hast du mit der Verführerin gebuhlt?«

»N-nein, habe ich nicht.« Hätte er mal!

»Wirklich nicht?«

»Nein … wir haben nur geraucht. Und es tut mir leid. Vergib mir. Bitte, oh Samuel, vergib mir.« Thorsten streckt die Arme nach dem Propheten aus, doch der ignoriert sie.

»Wir sind noch nicht fertig, Bruder. Unsere Oberste Jule hat noch ein weiteres Zeugnis abzulegen.«

Nein, bitte nicht.

»Unser Bruder Thorsten«, sagt Jule wichtigtuerisch, »hat seine älteste Tochter nicht auf ihre Aufgabe als Erwählte vorbereitet. Sie sollte die heilige Saat empfangen und in das Hohe Haus des Propheten einziehen. Doch Abigal ist abtrünnig geworden.«

»Es tut mir leid«, wimmert Thorsten. »Bitte verzeiht mir.«

»Das ist ein schweres Vergehen«, sagt Samuel mit harter Stimme. »Abigal ist mir versprochen worden und du hast ihre Frucht mutwillig verderben lassen. Sie wurde von einem anderen Mann berührt, nun ist sie unrein.«

Nein, denkt Thorsten, es war Behemoth, der sie berührt hat. Abigal wurde verdorben durch Kári. Durch seine schwarze Musik und seine dunkle Seele. Kári ist der geflügelte Bote Satans.

Thorstens Nackenmuskeln beginnen zu brennen, seine Knie spürt er kaum noch, und wie ein Höllenfeuer wallt Hitze durch seinen Körper. Lange kann er in dieser Position nicht mehr ausharren. Hoffentlich lässt Samuel bald von ihm ab.

»Bitte«, flüstert er. »Ich habe alles gestanden. Darf ich gehen?«

»Du musst zuerst Abbitte leisten, Bruder!«, fordert Samuel ihn auf. »Und deinen Schwur erneuern.«

Thorstens Gesicht ist nass vor Schweiß und Tränen. Er zittert am ganzen Leib. Plötzlich geben seine Beine nach und er fällt auf den Boden, wo er mit dem Kopf in seinen Armen vergraben liegen bleibt. Heftige Schluchzer schütteln ihn, und das Einzige, was er noch hervorbringen kann, ist: »Gnade, verzeih mir. Bitte.«

»Du musst den falschen Geistern abschwören, die noch in dir stecken – ich kann es spüren, Thorsten, du bist nicht frei von ihnen. Lass sie fahren, die verbotenen Gelüste, die sündigen Triebe und die goldenen Kälber.«

»Ich … ich … bin unschuldig«, keucht Thorsten. Er kann kaum noch Worte formulieren, seine Zunge liegt wie ein gefühlloser Lappen in seinem Mund.

Samuel stößt ein gereiztes Seufzen aus. Dann sagt er – vermutlich zu Jule: »Ich fürchte, wir müssen die Einkreisung unterbrechen.«

»In Ordnung«, antwortet diese leise. »Ich werde mich um ihn kümmern. Vielleicht können wir es morgen erneut versuchen.« Sie beugt sich zu Thorsten hinab und streicht ihm über den Kopf. Er lässt es über sich ergehen, hat keine Kraft mehr, sich gegen die Berührung dieser Schlange zu wehren.

»Was ist mit Abigal?«, fragt Jule an Samuel gewandt. »Bekommt sie auch eine Einkreisung?«

»Ja, aber erst morgen. Falls sie sich wehrt, sperr sie ein. Ich will nicht, dass sie darüber redet. Wir haben Polizisten auf dem Hof. Da soll niemand etwas mitbekommen.«

»Wird gemacht.« Jule springt auf und verlässt den Raum. Als ihre Schritte auf dem Flur verhallt sind, tritt Samuel vor Thorsten, der nur die Füße des Propheten sieht und es nicht wagt, aufzublicken.

»Du hast mich schwer enttäuscht, Bruder.«

Thorsten reagiert nicht. Wie gelähmt liegt er auf dem

Boden und wünscht sich, ein Schlund würde sich auftun und ihn verschlingen.

»Ich werde Abigal schon gefügig machen. Ihre Seele und ihre Frucht werde ich retten können. Für dein Seelenheil sehe ich allerdings schwarz.«

Thorsten weiß, dass er etwas sagen sollte. Dass er sich vor seine Tochter stellen sollte. Denn Samuel würde ihr im Namen des Herrn Furchtbares antun. Aber eine unheilvolle Stimme in ihm raunt ihm zu, dass es vielleicht besser so ist. Soll Samuel ihr den Teufel austreiben. Wenn es einem gelingt, es mit der Bestie Behemoth aufzunehmen, dann dem Propheten.

42

»Wo ist Herr Brandt? Wir müssen dringend mit ihm sprechen.« Skagen blickt sich in der Küche um, in der Familie Magnusson und ein paar der deutschen Gäste dabei sind, den Frühstückstisch abzuräumen. Skagen und Nils sind heute Morgen früh in Seyðisfjörður losgefahren, um die Ermittlung voranzutreiben. Nach dem gestrigen Misserfolg drängt es sie, eine neue Fährte aufzutun.

»Ah, die Herren von der Polizei«, ruft Eydis über ihre Schulter. Mit einem Schwamm wischt sie Krümel und Marmeladenkleckse vom Tisch. »Wollt ihr einen Kaffee? Ich habe noch welchen in der Kanne.«

»Nein, danke«, lehnt Nils kategorisch ab. Sie stehen unter Druck, jetzt ist nicht die Zeit für Annehmlichkeiten. »Es ist wirklich wichtig, dass wir Herrn Brandt finden. Wo ist er?«

Eydis will antworten, da kommt ihr ein großer Mann mit Bart und dichten dunklen Augenbrauen zuvor, der in der Tür zum Wohnzimmer erschienen ist. »Ich fürchte, Herr Brandt ist nicht ansprechbar«, sagt er mit einem hörbar norddeutschen Akzent.

»Und wer sind Sie?«, fragt Skagen. Er hat den Mann zuvor noch nicht gesehen.

»Oh, entschuldigen Sie. Ich bin Samuel Factor Romigius. Ein Freund der Brandts und Wittmanns. Ich komme aus Bremen. Bin gestern Nachmittag angekommen, um die Familien zu unterstützen.«

»Ach, Sie sind der Therapeut, von dem Thorsten Brandt gesprochen hat?«

»So ist es.« Der Mann lächelt und reicht Skagen die Hand. »Und Sie leiten die Ermittlungen zum Tod unserer lieben Schwester Wiebke?«

»Nein, ich bin nur die Unterstützung aus Deutschland. Mein isländischer Kollege Nils Jónsson ist der Ermittlungsleiter.« Skagen zeigt auf Nils, und die beiden geben sich ebenfalls die Hand.

»Haben Sie bereits mit Herrn Brandt und den Kindern gesprochen?«, fragt Skagen.

»Natürlich. Es ist ganz schrecklich, was passiert ist. Die Familie leidet sehr, und ich werde sie – so gut ich kann – auffangen und therapeutisch betreuen. Das ist mein Job, nicht nur als Freund.«

»Ich bin wirklich froh, dass wir endlich psychologische Unterstützung haben. Dennoch müssen wir dringend mit Herrn Brandt sprechen. Zudem mit seiner Tochter Abigal.«

»Ich fürchte, das wird nicht möglich sein«, sagt Romigius.

Skagen runzelt die Brauen. »Weshalb nicht?«

»Nun, Thorsten geht es nicht gut. Er hatte gestern einen Nervenzusammenbruch und muss sich ausruhen. Er schläft. Und seine Kinder stehen unter Schock. Ich kann nicht zulassen, dass Sie das Mädchen mit Ihren Fragen retraumatisieren.«

Skagen hört, wie Nils einen unwilligen Laut ausstößt. Er muss zugeben, dass ihn die seltsam zuvorkommende, aber gleichzeitig auch zurückweisende Art des Mannes irritiert. Und dann sein Name: Samuel Factor Romigius. Klingt ausgedacht.

»Die Aussagen von Herrn Brandt und seiner Tochter sind sehr wichtig für uns«, lässt Skagen nicht locker. »Wir versprechen, behutsam vorzugehen.«

»Dann trifft es sich doch gut, dass ich von Thorsten dazu ermächtigt worden bin, in seinem Namen zu sprechen und zu entscheiden«, entgegnet Romigius. »Ebenso für seine Kinder. Daher können Sie mir die Fragen stellen und ich kann sie gegebenenfalls weiterleiten.«

»Ich glaub es nicht!«, platzt es aus Nils heraus. »Wollen Sie uns verarschen? Wir gehen jetzt zu Herrn Brandt und fragen ihn. Ich will das aus seinem Mund hören. Von wegen Vollmacht! Sie können uns viel erzählen!« Damit stapft er an dem Kerl vorbei aus der Küche.

»Warten Sie, das geht nicht!« Samuel Factor Romigius läuft ihm hinterher. Skagen folgt den beiden und sieht, wie Nils schnurstracks auf das Gästehaus zurennt und die Tür aufreißt, ohne dass Romigius ihn aufhalten kann. Wenig später stehen sie im Schlafzimmer von Thorsten Brandt.

Der Familienvater liegt im Bett und hat die Augen geschlossen. Nils rüttelt an dessen Schulter. »Herr Brandt?«

Der Schlafende blinzelt und dreht den Kopf. »W… was ist?«

»Wir müssen mit Ihnen sprechen.«

»Wenden Sie sich an Samuel, der kümmert sich um alles«, nuschelt Brandt benommen und zeigt auf Romigius.

»Es ist wichtig, dass wir mit *Ihnen* reden, Herr Brandt«, beharrt Nils. »Wir brauchen Informationen aus erster Hand, nicht aus zweiter oder dritter!«

»Haben Sie es nicht gehört?«, mahnt Samuel Romigius. »Er hat deutlich gesagt, dass ich sein Vertreter bin, und als solcher *und* als sein Therapeut muss ich Sie bitten, jetzt zu gehen!« Er hebt den Arm und deutet auf die Tür.

In Skagens Hals kratzt es plötzlich, und er muss husten. Verlegen dreht er sich weg, bis es besser wird. Als er aufblickt, stehen sich Nils und Romigius gegenüber wie zwei sture Böcke, die gleich ihre Köpfe zusammenknallen.

Sie stecken in einer Zwickmühle. Sie haben nicht genug Beweise, um Brandt und Abigal auch gegen Romigius' Willen befragen zu können. Und das, obwohl Vater und Tochter die stärksten Motive aufweisen. Aber ein Motiv allein reicht eben nicht.

Skagen räuspert sich und berührt Nils am Arm. »Lass uns gehen. Wir beraten uns im Auto.«

Nils schnaubt, dann dreht er sich um und geht mit Skagen hinaus. Sie joggen durch den Regen über den Hof, was ihre Laune nicht gerade verbessert, und springen in den Jeep, wo Nils sofort die Standheizung hochdreht.

Bibbernd wärmt Skagen sich auf, während Nils sich die feuchten Haare glatt streicht. Er muss erneut husten und lehnt sich tief durchatmend zurück. Da ist doch hoffentlich keine Erkältung im Anmarsch? Das hätte ihm gerade noch gefehlt.

»Was für eine Pleite«, sagt Nils und schlägt aufs Lenkrad.

»Wo kommt dieser Kerl plötzlich her? Und warum kann der sich so aufführen?«

Skagen zuckt mit den Schultern. »Ein Freund der Familie. Wenn Thorsten Brandt ihm so sehr vertraut, dass er ihn als Stellvertreter einsetzt, müssen wir das akzeptieren. Erst wenn wir mehr Beweise haben, können wir uns über seine Entscheidungen hinwegsetzen. Als Zeuge ist niemand gezwungen, uns gegenüber auszusagen.«

»Ach, verdammt! Warum sind die im Labor so lahmarschig?«, schimpft Nils.

Skagen nickt und sieht durch die regenverschleierte Windschutzscheibe nach draußen. Von der Landschaft ist kaum etwas zu erkennen und seine Gedanken schweifen ab. Hat sich Maja wirklich nicht nach ihm erkundigt? Oder hat Göran das nur gesagt, um ihn zu ärgern? Aber warum hätte er das tun sollen?

Weil er Maja für sich haben will, du Depp, sagt eine böse kleine Stimme in seinem Innern. Das Stechen der Eifersucht erwacht von Neuem.

Wenn Maja tatsächlich in Görans Haus untergekommen ist, kann dieser dann überhaupt ausreichend für ihre Sicherheit garantieren? Das ist doch verrückt! Warum geht Maja zu Göran und nicht zu ihm? Vertraut sie ihrem Chef mehr als ihm? Skagen mahlt mit den Kiefern. Sollte Maja etwas passieren, dann würde er Göran …

Ein lautes Pochen an der Scheibe lässt ihn zusammenzucken. Draußen vor dem Fenster steht eine verschwommene Gestalt mit einer dicken Daunenjacke.

»Zoe«, sagt Nils und fährt das Fenster runter. »Was gibt's?«

»Kann ich mit euch sprechen?«, fragt die junge Frau zähneklappernd.

»Steig ein.« Nils deutet nach hinten, und Zoe schlüpft auf den Rücksitz. Sie zieht sich die Kapuze vom Kopf und stößt fröstelnd Luft aus, während der Regen aufs Autodach prasselt.

Skagen dreht sich zu Zoe um, die an ihren pinken Fingernägeln zu knibbeln beginnt.

»Ich … habe etwas beobachtet.« Sie schüttelt den Kopf. »Nein, eher mitgehört.«

»Und was?«, fragt Nils, der sie über den Rückspiegel beobachtet.

»Es war gestern Nacht. Ich hatte mein Fenster geöffnet und da war ein Geräusch. Ein Heulen. Es war unheimlich, und zuerst dachte ich, es käme aus der Lava …«

»Von den *álfar*«, wirft Nils provokant ein.

Zoe starrt ihn an. »In der Lava ist öfter mal ein Heulen zu hören!«

»Klar!«

»Ihr müsst mir nicht glauben, ist eure Sache. Ich weiß jedenfalls, was ich gehört habe. Es kamen dann zwei Leute. Zuerst dachte ich, es wären meine Eltern, weil sie um diese Zeit die Einzigen sind, die noch draußen herumlaufen – wegen der Schafe. Aber es waren Jule und dieser neue Gast.«

»Samuel Factor Romigius?«

»Ja. Die beiden haben miteinander geredet. Ich verstehe nicht so gut Deutsch, aber Jule erzählte etwas über Wiebke. Sie sagte …« Zoe bewegt stumm die Lippen, als suche sie nach den richtigen Worten. »Sie sagte, dass Wiebke keine Unschuldige gewesen sei. Ja, so hat sie es ausgedrückt. Keine Unschuldige. Und dass sie ihr Amt als Oberst… als Oberste missbraucht habe. Dass Samuel es nicht gemerkt habe, aber Jule habe es genau beobachtet. Hier in Island sei alles aus dem Ruder gelaufen und Jule habe sich berufen gefühlt, etwas zu unternehmen. Wiebke habe gestoppt werden müssen. Sie habe sich aufgespielt, als wäre sie die Prophetin. Ja, so in etwa. Und dieser Samuel – ich finde den Kerl unheimlich und mag es nicht, dass er unter unserem Dach wohnt, aber meine Mutter gibt halt jedem Obdach. Sie ist zu gut für diese Welt.« Zoe schüttelt den Kopf.

»Und was hat Samuel gesagt?«, hakt Skagen nach.

»Ach so. Er meinte, dass es gut sei, dass Jule sich darum gekümmert habe.«

»Mehr nicht?«

»Nein, das war alles.«

»Sag mal, Mädchen, rauchst du Haschisch?«, fragt Nils unvermittelt.

Ein überraschter Ausdruck tritt auf Zoes Gesicht. »Äh, nein.«

»Deine Jacke riecht aber so.«

»Echt?« Zoe schnuppert an ihrem Ärmel. »Nein, da täuscht ihr euch, das ist Schafmist«, sagt sie voller Überzeugung.

Nils mustert sie über den Spiegel.

Skagen kann nichts dazu sagen, denn seine Nase ist dicht.

»Wo bitte schön soll ich hier in der Pampa Haschisch herbekommen?«, fragt Zoe schnippisch und deutet aus dem Fenster auf die karge Landschaft.

»Es gibt überall Mittel und Wege«, entgegnet Nils bedeutungsvoll, doch Zoe geht nicht darauf ein. Die Überraschung in ihrer Miene ist verschwunden, und sie streckt ihre Hand nach dem Türgriff aus. »Ich hoffe, ihr tut was. Ich habe nämlich Angst, dass Jule die Mörderin ist und rausfindet, dass ich es weiß, und zu mir kommt …«

»Wir passen auf«, sagt Nils. »Aber besser, du bleibst in deinem Zimmer und schließt nachts ab. Das meine ich ernst.«

Zoe zögert, dann nickt sie. »In Ordnung.« Sie öffnet die Tür und steigt aus. Skagen und Nils sehen ihr nach, wie sie mit über den Kopf gezogener Kapuze zum Hof zurückläuft. Was Zoe da eben gesagt hat, beschäftigt Skagen. Jule Wittmanns mögliches Motiv. Laut Zeugenaussagen gab es einen Streit zwischen den beiden Frauen, bevor Wiebke in der Nacht umgebracht wurde. Ist da etwas vorgefallen, das Jule Wittmann nicht auf sich sitzen lassen konnte? Ist sie Wiebke durch die Dunkelheit gefolgt und hat sich, wie sie sagte, »darum gekümmert«?

»Fahr rüber zu den Gislasons«, sagt Skagen zu Nils. »Ich will mit Jule Wittmann sprechen.«

43

»Erkennen Sie einige dieser Sachen wieder?« Halla hält dem Ehepaar Wittmann das Foto von Wiebke Brandts Diebesgut hin. Zusammen mit Bjarni führt sie die Befragung der Bewohner auf dem Gislason-Hof durch. Sie stehen im Flur und um sie herum toben lautstark die Kinder.

»Lass das, Silas«, hört Halla ein Mädchen rufen. »Du bist doof!« Als Antwort kommt ein aggressives Kreischen. Wenn Silas es gewesen wäre, der Jonas Brandt in die Schulter gebissen hat, hätte sie sich nicht gewundert. Aber wer war es wirklich?

Halla schielt kurz zu den Kindern hinüber und konzentriert sich wieder auf die Wittmanns, die aufmerksam die verschiedenen Gegenstände studieren. Bis jetzt konnte alles zugeordnet werden außer dem Brief, dem Kondom und dem Haschtütchen.

Jule Wittmann schüttelt den Kopf und ihr Mann tut es ihr nach. »Nein, die Sachen haben wir noch nie gesehen.«

Das stimmt nicht, denkt Halla. Den grünen Stein am Lederband müsstet ihr kennen, den hat Eydis benutzt, um die *álfar* zu besänftigen, kurz bevor sie in das Lavafeld gegangen sind. Jule und Matthes waren dabei.

»Wirklich nicht?«, fragt Halla.

»Nein«, entgegnet Jule entschieden. »Und das hat Wiebke alles in ihrem Koffer gesammelt?«

»Es scheint so. Wissen Sie, warum sie das getan hat?«

Jule Wittmann zieht die Mundwinkel nach unten. »Ich dachte eigentlich, dass ich Wiebke gut kenne. Aber dass sie Sachen geklaut hat, ist mir neu. Was ist denn jetzt mit diesem Yngvi?«

Die Frage kommt für Halla überraschend und wirkt, als wollte Jule Wittmann ablenken. »Warum fragen Sie?«

»Ich … na ja, Mattes und ich, wir machen uns Sorgen. Sie haben gestern am Telefon gesagt, dass Yngvi höchstwahrscheinlich nicht der Mörder ist. Das bedeutet dann ja, dass der wirkliche Täter noch draußen herumläuft.«

Oder hier drinnen, denkt Halla, behält diesen Gedanken aber für sich.

»Wir haben Angst, dass er noch jemanden umbringt.«

»Verständlich«, entgegnet Halla. »Ich kann Ihnen sagen, dass wir mit Hochdruck daran arbeiten, ihn zu finden.«

Jule Wittmann wirkt nicht beruhigt. Sie schlingt beide Arme um ihren Oberkörper. Ihr Mann steht mit versteinerter Miene daneben. Es ist schwer zu erkennen, was er denkt. Ein Handy piept, und Jule zieht es aus ihrer Pluderhose. Ihr Blick flattert, als sie auf das Display guckt. »Ich muss da eben schnell drauf antworten«, sagt sie. »Ist wichtig.«

»Kein Problem«, entgegnet Halla. »Wir sind durch. Danke für Ihre Hilfe.«

»Das machen wir doch gerne«, sagt Matthes Wittmann und lächelt ihr zu. Danach folgt er seiner Frau durch den Flur, deren Schritte einen Tick zu schnell sind. Verbergen die beiden etwas? Halla wirft Bjarni einen fragenden Blick zu, der nur mit den Schultern zuckt.

Dann werden sie jetzt die nächste Person auf ihrer Liste befragen: Maggy Gislason.

Sie finden die Stiefmutter von Kári in der Küche, wo sie damit beschäftigt ist, Kartoffeln und Möhren zu schälen. Anscheinend bereitet sie das Mittagessen vor.

»Hæ, Maggy«, sagt Halla.

»Hæ«, grüßt Maggy zurück. »Sucht ihr den Mörder jetzt auf unserem Hof, da Yngvi es nicht gewesen ist?«

»Wir suchen überall«, gibt Halla reserviert zurück und hält ihr das Foto mit dem Diebesgut hin. »Gehört etwas davon dir?«

Maggy Gislason betrachtet die Gegenstände. Die Kinder rennen schreiend an der Tür vorbei.

»Ja …«, sagt sie schließlich, »dieser Brief da. Woher habt ihr den?«

»Er war bei Wiebke Brandts Sachen, sie hatte ihn entwendet.«

Erneut poltert es im Flur, doch Maggy scheint es nicht zu stören. Im Gegensatz zu Halla, die von dem Lärm genervt ist. Ob es auch so wäre, wenn sie selbst Kinder hätte?

»Wiebke hat uns beklaut?«, fragt Maggy mit zusammengezogenen Brauen.

»Es sei denn, ihr habt ihr die Dinge freiwillig gegeben.«

»Ganz bestimmt nicht. Wir pflegen in diesem Haus zwar die Kultur der offenen Türen, aber ich habe Wiebke nicht dazu eingeladen, in meinem Zimmer herumzuschnüffeln.«

Maggy reicht Halla das Handy zurück. »Kann ich den Brief wiederhaben? Er ist eine Erinnerung an meinen toten Bruder.«

»Oh, das tut mir leid«, sagt Halla. »Natürlich bekommst du ihn zurück, allerdings erst wenn wir mit der Untersuchung fertig sind.«

Ein kurzer Anflug von Unmut huscht über Maggys Gesicht, einen Augenblick später lächelt sie erleichtert. »Ich bin froh, dass ihr ihn gefunden habt.«

»Hast du ihn denn vermisst?«

»Nein, aber irgendwann hätte ich es, und dann hätte ich wahrscheinlich wie verrückt danach gesucht. Gut, dass er wieder da ist.« Sie nestelt an ihrem roten Cardigan herum. Halla ist aufgefallen, dass Maggy die Einzige von den drei Höfen ist, die modische Kleidung trägt. Alle anderen laufen in alternativen oder selbst genähten Klamotten herum. Oder schlicht in Arbeitskleidung. Ob das an Maggys englischer Herkunft liegt? Oder will sie sich einfach nicht mit den Gepflogenheiten auf dem Land abfinden und hält tapfer mit ihrer Mode dagegen? Halla lächelt still. Das haben viele versucht, die hierhergezogen sind, doch sie haben irgendwann aufgegeben. Der Schafdreck ist einfach überall. Mal sehen, wie lange Maggy durchhält.

»Du weißt nicht zufällig, wem die Haschischtüte oder das Kondom gehört?« Halla deutet auf die Gegenstände.

Maggy kratzt sich im Nacken. »Keine Ahnung. Sind das die Drogen, die unten bei den Quellen gefunden wurden?«

»Nein, die waren in Wiebkes Koffer. Wir werden die Fingerabdrücke darauf abgleichen.« Halla spürt, dass Maggy nervös wird, und erinnert sich daran, dass Yngvi etwas von einem Versteck mit Schmuggelware in ihrer Scheune erzählt hat. Hat sich darin das Haschisch befunden? Hat Wiebke es dort entdeckt und an sich genommen? Was wollte sie damit?

Bestimmt nicht rauchen, das hätte ihr nicht ähnlich gesehen. Vielleicht wollte sie Maggy erpressen. Das würde zu den anderen Gegenständen passen, die fast durchgängig von delikater oder geheimer Natur sind. Jedenfalls nichts, von dem einige Menschen hier froh wären, wenn andere davon erführen. Sollte Wiebke tatsächlich erpresserische Absichten gehegt haben, ergäbe sich daraus eine Reihe von Motiven. Und zwar für Eydis, Ásgeir *und* Maggy. Aber was ist mit Familie Wittmann? Seltsam, dass denen nichts von den Sachen gehört.

Vielleicht sollte sie noch mal mit den beiden reden und ein wenig mehr Druck machen. Halla will Maggy gerade das Foto von dem unheimlichen Elf zeigen, da hält draußen ein Auto auf dem Hof. Halla blickt durch das Küchenfenster.

Nanu, das sind Nils und Tom. Was wollen die denn hier?

44

Skagen öffnet die Tür zum Wohnhaus der Gislasons und trifft direkt auf Halla und Bjarni.

»Ah, gut, dass ich euch erwische. Wir müssen zu Jule Wittmann«, sagt er.

Hinter Halla steckt Maggy Gislason ihren Kopf zur Küche heraus. »Was ist denn los? Muss ich mir Sorgen machen?«

»Alles gut«, ruft Skagen ihr zu und fragt Halla anschließend leise nach Jule.

»Mit der wollte ich auch noch mal sprechen«, entgegnet die Kollegin. »Ich finde es merkwürdig, dass sie nichts von den gestohlenen Gegenständen erkannt hat. Jedem auf den beiden Höfen wurde etwas von Wiebke entwendet, zumindest den Erwachsenen. Warum nichts von den Wittmanns?«

Skagen geht durch den Flur und sucht die Zimmer ab. Als sie zum Schlafquartier der Wittmanns gelangen, treffen sie dort auf Matthes, der merkwürdig starr aus dem Fenster blickt.

»Wir suchen Ihre Frau!«, sagt Skagen.

»Die ist weg«, antwortet Wittmann, ohne sich umzudrehen.

»Wohin?«

»Weiß ich nicht.«

Skagen glaubt ihm nicht. Er hat das Gefühl, dass Matthes ganz genau weiß, wo seine Frau ist, aber nicht damit rausrücken will.

Matthes Wittmann blickt schweigend zu ihnen herüber. Was geht bei diesen Leuten vor, dass sie sich weigern zu reden? Zuerst drüben bei den Brandts und jetzt hier.

Verärgert dreht sich Skagen zu den Kollegen um. »Durchsucht das Haus. Wir müssen sie finden!«, sagte er zu Nils und Bjarni, und an Halla gewandt meint er: »Bleib bei Wittmann. Wir wollen schließlich nicht, dass er seine Frau warnen kann.«

Entgegen seiner Erwartung wehrt sich der Mann nicht gegen den Verdacht. Während Skagen Matthes Wittmann mustert, klingelt Nils' Handy. Der Kollege lauscht dem Anrufer und sieht Skagen dann vielsagend an.

»Das war das Labor. Die Auswertung der DNA-Spuren ist da. Der Speichel auf Frau Brandts Pullover stammt nicht von Yngvi, sondern von jemandem, der nah mit ihr verwandt ist. Vermutlich von einem ihrer Kinder.«

Skagen stößt überrascht Luft aus.

»Da ist noch etwas«, fährt Nils fort. »Die DNA im Speichel deckt sich zu 99,98 Prozent mit einem langen Haar auf dem Handtuch, das als Tatwaffe identifiziert wurde. Die darauf gefundenen Hautschuppen gehören eindeutig Frau Brandt, und wenn man das Handtuch aufrollt, könnte es durchaus zum Erdrosseln benutzt worden sein. Das würde zu den inneren Verletzungen im Hals der Toten passen, die bei der Obduktion festgestellt wurden.«

»Was für ein Haar?«, will Skagen wissen.

»Ein schwarz gefärbtes.«

Skagen fällt nur eine Person mit dieser Haarfarbe ein. Abigal Brandt.

Eine Viertelstunde später sind sie auf dem Nachbarhof der Magnussons und durchsuchen zuerst das Wohnhaus nach Abigal. Als sie sie nicht finden, laufen sie hinüber zum Gästehaus. Aber auch dort ist sie nicht. Das Zimmer der 14-Jährigen ist leer, das Bett ungemacht und der Schrank offen. Überall liegen Klamotten herum.

»Wo könnte sie sein?«, fragt Skagen.

»Vielleicht auf einem der Heuböden oder im Stall. Auf jeden Fall müssen wir alles absuchen.« Nils schiebt seine Brille auf der Nase zurecht. »Alles!«

»Lass uns zu Herrn Brandt gehen und ihn fragen, wo seine Tochter sein könnte. Dieser Romigius ist gerade nicht da. Er kann uns nicht in die Quere kommen«, schlägt Skagen vor.

Sie betreten das Schlafzimmer, in dem Brandt fast unverändert im Bett liegt. Skagen spricht ihn an, doch der Familienvater bewegt sich nicht. Er berührt ihn am Arm. »Herr Brandt?«

Der Mann reagiert nicht, er schläft wie bewusstlos.

»Der ist komplett *out of order*«, zischt Nils.

»Dann müssen wir wohl den ganzen Hof und das umliegende Gelände absuchen.« Skagens Handy klingelt. Es ist Halla, die bei den Gislasons geblieben ist, um dort zu suchen.

»Habt ihr sie gefunden?«, fragt er sie.

»Nein«, keucht Halla am anderen Ende. »Aber Kári ist weg!«

»Was?« Skagen schaltet das Telefon auf laut, damit Nils mithören kann.

»Wir stehen in seinem Zimmer. Seine Klamotten liegen überall herum. Der Schrank ist durchwühlt, und Maggy sagt, dass seine zwei Rucksäcke und ein Teil seiner Kleidung fehlen. Das Sparschwein auf seinem Schreibtisch ist geplündert worden.«

»Der ist getürmt«, raunt Nils.

Ja, denkt Skagen, vermutlich mit Abigal. Er wendet sich wieder dem Telefonat zu. »Halla, frag Maggy, wo er hinwollen könnte.«

Er hört, wie sie die Frage an Káris Stiefmutter weitergibt. Danach ist Halla wieder am Telefon. »Maggy sagt, er könnte überall hin sein. Er könnte sich hier auf den Höfen verstecken, auf dem Berg, in der Lava oder nach Seyðisfjörður wollen. Er kennt sich auf der Halbinsel sehr gut aus.«

»Scheiße!«, entfährt es Nils, und im nächsten Moment hat er sein eigenes Handy am Ohr. »Wir müssen eine Fahndung nach den beiden einleiten.«

45

»Wir müssen aufpassen, die Polizei sucht überall nach Abigal«, sagt Samuel und gibt Jule ein Zeichen, ihm zu folgen. Sie schleichen in Richtung Stall. In der Ferne leuchten die Hänge der Berge trotz des Mistwetters in einem unheimlichen Grün, während die nasse Lava wie ein Wall aus pechschwarzen Knochen wirkt.

»Wir müssen dafür sorgen, dass sie Abigal nicht finden«, flüstert Samuel, noch ganz gefangen von dem Ausblick auf diese karge und völlig fremde Landschaft. »Sie darf nicht schreien.«

»Und was willst du dagegen unternehmen?«, fragt Jule sorgenvoll.

»Keine Angst, ich gebe ihr einfach mehr von dem Mittel für die Einkreisung. Dann knebeln wir sie vorsichtshalber noch.«

Sie umrunden den Stall und laufen weiter, benutzen ihn als Sichtschutz.

»Aber wir können sie nicht ewig verstecken«, nimmt Jule ihr Gejammer wieder auf. »Die Polizei wird alles absuchen.«

»Deshalb werden wir sie auch wegbringen, wenn die Bullen nicht hinsehen.«

»Wie willst du das machen?«

»Wir nehmen meinen Mietwagen und fahren sie in den nächsten Ort. Dort mietest du ein Zimmer und bringst sie mit der nächsten Fähre nach Deutschland.«

»Ich?«, fragt Jule erschrocken.

»Ja, schließlich bist du die neue Oberste. Das ist deine Aufgabe.« Samuel sieht sie eindringlich an. Jule ist eine treue Seele, aber leider nicht so gescheit wie Wiebke. Er würde sie als Oberste ersetzen müssen, sobald dieser ganze Mist hier vorbei wäre und sie zurück in Deutschland wären. Im Moment ist sie ihm jedoch nützlich.

Sie stapfen über einen kaum sichtbaren Pfad auf das dunkel drohende Lavafeld zu. Er hat die Geschichten darüber gehört. Am Ende des Wegs steht in einiger Entfernung zum Hof ein kleiner Schuppen, der einmal ein Abort gewesen sein muss und nun als Lager für Werkzeug und Müll dient. Als sie ihn erreichen, schiebt Samuel schnell den hölzernen Riegel zurück und schlüpft in den fensterlosen Raum. Jule folgt ihm und schließt die Tür, während Samuel die Taschenlampe einschaltet. Der Lichtkegel wandert über den Boden und trifft auf eine alte Matratze, die hier zwischen dem Abfall liegt. Darauf ist die Silhouette eines Menschen zu erkennen, der zusammengerollt unter einigen zerschlissenen Pferdedecken liegt. Samuel nickt Jule zu. Sie zieht die Decken weg, darunter kommen ein kaputter Sattel und leere Blumentöpfe zum Vorschein. Doch keine Abigal.

»Verdammt! Wo ist sie?«, zischt Samuel, und Jule beginnt, den Schuppen abzusuchen. Es scheppert, als sie einen Gegenstand umstößt. Samuel bemerkt einen kalten Luftzug im Nacken und dreht sich mit der Lampe in der Hand um. Doch dort ist nur die grobe Bretterwand des Schuppens. Wieder streift ihn ein kalter Hauch.

»Sie ist nicht hier!«, ruft Jule aus der anderen Ecke, während Samuel auf einen kleinen Spalt in der Wand zugeht, der ihm aufgefallen ist. Der Luftzug kommt von dort. Er streckt die Hand aus und drückt gegen das Brett. Es ist lose und schwingt zur Seite. »Dieses Biest!«, flucht er.

»Was ist?« Jule tritt neben ihn. »Oh nein!«

»Sie ist durch die Wand entkommen. Die Bretter waren nicht fest.« Samuel richtet sich auf. »Wir müssen sie erwischen, bevor die Polizei es tut.« Er dreht sich um und geht zur Tür.

»Vielleicht holt sie auch einfach der Teufel«, murmelt Jule leise hinter ihm.

46

Der kalte Nebel streicht über ihre erhitzten Gesichter und beruhigt sie ein wenig. Der Weg vor ihnen liegt im Dunst verborgen. Es herrscht gruseliges Wetter, aber es hilft ihnen, nicht entdeckt zu werden. Sie gehen, so schnell sie können. Die Rucksäcke auf ihren Rücken wiegen schwer. Sie haben mitgenommen, was sie auf die Schnelle einpacken konnten.

Sie wissen, dass sie auf der Hut sein müssen. Sollten sie Motorengeräusche oder Stimmen hören, müssten sie sich sofort verstecken. Zum Glück gibt es hier im Gelände genug Möglichkeiten, viele kleine Mulden und große Steinbrocken. Trotzdem hoffen sie, dass man ihre Flucht erst entdeckt, wenn sie über alle Berge sind.

Das Mädchen rutscht auf dem Matsch aus und gibt einen erschrockenen Laut von sich. Ihr Freund streckt einen Arm aus und hält sie fest. Umarmt sie.

»Pass auf«, flüstert er ihr ins Ohr, und sie bekommt eine Gänsehaut wegen seiner sanften Stimme. Bald könnten sie ungestört zusammen sein, dann würde niemand mehr über sie bestimmen oder ihnen etwas verbieten. Bald wären sie weit weg von diesem trostlosen Ort und noch viel weiter weg von ihrer beschissenen Familie. Sie will nie mehr zu ihr zurückkehren. Nie wieder will sie etwas von denen wissen. Die Zukunft gehört ihr.

Sie folgen dem Pfad, der mit kleinen Steinhaufen markiert ist, den Blick stets auf die nächste Windung geheftet, um rechtzeitig in Deckung gehen zu können. Ihr Liebster hält ihre Hand fest umschlossen. Sie fühlt sich warm an trotz der Kälte. Er hat immer so schön warme Hände.

Die Erinnerung an ihre Tat steigt in ihr auf. Als diese Hände sich um den Hals ihrer Mutter gelegt und zugedrückt haben. Ihre Mutter hat gezappelt und gekämpft, doch irgendwann hat sie aufgehört und still dagelegen. Sie war noch nicht tot, aber ihr Freund hatte eine Lösung dafür. Eine geniale Idee – zumindest dachten sie das in diesem Moment. So würde niemand darauf kommen, dass ihre Mutter ermordet wurde. Sie haben sie weggebracht, an einen Ort, an dem sie sterben würde und niemand ihr zu Hilfe eilen konnte. Ihnen war klar, dass sie danach nicht sofort abhauen durften, das wäre aufgefallen. Sie wollten schlau sein und haben ein paar Tage gewartet. Leider haben die Bullen schnell gemerkt, dass es kein Unfall war, und sie mussten ihren Plan umsetzen, bevor sie sich richtig darauf vorbereiten konnten. Doch nun sind sie fort, und das hoffentlich für immer.

Ein leises Geräusch dringt an ihr Ohr. Ein Brummen. Augenblicklich reagiert ihr Freund und zieht sie hinter einen Stein. Mit pochenden Herzen lauschen sie auf das Geräusch. Es wird kurz lauter und dann wieder leiser. Sucht die Polizei bereits nach ihnen? Sie krallt ihre Finger in die Löcher des scharfkantigen Steins und hält den Atem an. Im nächsten Moment ist das Geräusch verschwunden und es herrscht Ruhe. Ihr Freund wagt es, über den Stein hinwegzuspähen.

»Alles gut«, sagt er und sie setzen ihren Weg fort.

Das Mädchen fröstelt, und in der Hoffnung auf Wärme nimmt sie wieder die Hand ihres Liebsten. Doch jetzt ist sie eiskalt.

47

»Was ist, wenn wir in der falschen Richtung suchen und sie sich in der *dimmu hraunar* verstecken?«, fragt Halla hinterm Steuer. Sie wagt es nicht, ihren Blick von der holprigen Straße zu nehmen, über der so dichte Nebelschwaden hängen, dass sie kaum zehn Meter weit sehen kann.

»Ich glaube nicht, dass sie dort sind«, sagt Nils.

»Warum nicht?«

»Selbst wenn – früher oder später werden ihnen die Vorräte ausgehen. Sie werden hungrig sein und frieren. Im Lavafeld gibt es kein Holz, mit dem sie ein Feuer entzünden können. Kári kennt sich aus. Er weiß das. Daher nehme ich an, dass sie sich nach Seyðisfjörður abgesetzt haben. Sie haben Geld mitgenommen, das sie für die Stadt brauchen, nicht für die

Lavawüste. Wenn wir erst im Ort sind, wird es nicht schwer sein, die beiden aufzugreifen. Sie sind 14 und zum ersten Mal auf sich allein gestellt. Außerdem haben wir sie landesweit zur Fahndung ausgeschrieben. Weit kommen die nicht.«

»Ich gebe zu bedenken, dass sie womöglich einen ausgeklügelten Mord begangen haben, und ihr Versuch, ihn zu vertuschen, war nicht der schlechteste. Grips haben sie offenbar«, wirft Tom Skagen vom Rücksitz ein. Er hält sich an Nils' Kopfstütze fest. Bjarni ist bei den Höfen geblieben, für den Fall, dass die Jugendlichen dort auftauchen. »Wir sollten sie nicht unterschätzen.«

Halla nickt. Sie spürt großes Unbehagen bei dem Gedanken an jugendliche Täter. Natürlich hat sie schon mal von mordenden Teenagern gehört. Aber kann ein Kind tatsächlich so viel Hass auf seine Mutter entwickeln? Halla will es gerne verstehen. Es macht sie fertig, wenn junge Menschen zu Tätern werden. Ihr kommen Yngvi und seine schlimme Kindheit in den Sinn. Ist es Abigal ebenso ergangen? Dennoch fällt es ihr schwer zu glauben, dass sie oder Kári den Mord begangen haben. »Es wäre furchtbar, wenn es die beiden gewesen wären«, sagt sie kopfschüttelnd.

»Sämtliche Indizien sprechen bisher dafür«, entgegnet Nils. »Abigals Speichel wurde auf dem Pullover der Toten sichergestellt und ihre DNA sowie das Haar am Handtuch, dem Tatwerkzeug. Und jetzt noch ihre Flucht.«

»Könnte das Mädchen das Handtuch nicht beim Baden benutzt haben und somit ihre Spuren darauf hinterlassen haben? Und ihr Speichel ist auf dem Pullover, weil Abigal ihre Mutter im Streit angespuckt hat. Wäre das nicht möglich?«

»Ja, schon. Trotzdem dürfen wir nicht außer Acht lassen, dass sie ein Motiv hat«, gibt Skagen zurück. »Besonders Teenager können, wenn sie sich in eine gewisse Stimmung hineinsteigern, eine ungesunde Dynamik entwickeln. Es gibt einige solcher Fälle zum Beispiel in den USA oder auch in Deutschland, bei denen junge Menschen zu Mördern werden. Sei es aus Hass, Verzweiflung oder purer Neugier.«

»Aus Neugier?!«, wiederholt Halla entsetzt.

»Ja natürlich. Es gab da mal einen Fall in den 90ern in Großbritannien, bei dem zwei Zehnjährige einen kleinen Jungen gequält und getötet haben. Sie wollten sehen, wie es ist, wenn jemand stirbt. Ich selbst habe in einem Fall in Schweden ermittelt, bei dem ein Teenagermädchen gewalttätig gegenüber seiner Mutter wurde. Daher halte ich Abigal durchaus für fähig, einen Mord zu begehen. Die Konstellation in ihrer Familie könnte so ungünstig gewesen sein, dass sie schlussendlich zu der Gewalttat geführt hat. Nehmen wir die übersteigerte Religiosität der Brandts. Die daraus resultierenden strengen Regeln könnten ein Auslöser gewesen sein.«

»In der Tat. Aber alle halten schön die Schnauze und tun fromm. Und dann dieser Typ!«, sagt Nils. »Samuel Factor Romigius. So heißt doch keiner. Der ist doch nicht ganz koscher. Wie der die Brandts vor uns abschirmen wollte.«

»Glaubt ihr wirklich, dass er ein Therapeut ist?«, fragt Halla und lenkt den Jeep um die Schlaglöcher herum, trotzdem hüpfen sie auf und ab.

»Ich google ihn mal. Bei dem Namen müsste man etwas über ihn im Netz finden können«, entgegnet Tom Skagen, und dann wird es hinten eine Weile still.

Halla blickt auf die vom Nebeldunst verhangene Schotterstraße. Es fühlt sich an, als würden sie direkt durch die tief hängenden Wolken fahren. Immerhin regnet es nicht. Das ist schon mal was. Im nächsten Moment stutzt sie, denn sie glaubt, eine Bewegung wahrgenommen zu haben. Eine helle Gestalt. Vorn bei dem großen Felsen, der aussieht wie ein Kopf mit Puscheln aus Grashaar. Halla starrt auf die Stelle, während sie sich ihr nähern, doch als sie daran vorbeikommen, ist dort nichts zu sehen. Nur dunkles Lavageröll. Sie fröstelt. In den Legenden heißt es, dass sich die bösen Mächte besonders bei Nebel in die diesseitige Welt wagen, um nach Opfern zu suchen. Dann können sie sich bis auf wenige Meter an sie heranschleichen, ohne dass sie es merken, und zupacken, bevor …

»Okay, Leute«, ruft Skagen vom Rücksitz. »Ich habe ein paar interessante Details über Samuel gefunden. Und die erklären einiges. Er ist der Gründer einer Freikirche.«

»Einer Freikirche?«, fragt Nils.

»Ja, man könnte es auch Sekte nennen. In diesem Fall handelt es sich um die ›Vollendete Gemeinschaft Jesu‹, kurz VGJ. Sie hat knapp 400 Mitglieder, die über Norddeutschland verteilt leben. Das Zentrum der Gemeinde liegt einsam im Blockland am Rand von Bremen. Dort wohnen rund 60 Personen auf einem großen Gutshof. Und jetzt ratet mal, wessen Meldeadresse mit der Adresse des Hofes übereinstimmt? Richtig: die der Brandts und der Wittmanns! Sie leben dort alle unter einem Dach – und jetzt kommt's – mit ihrem Propheten, der dort eine große Wohnung für sich hat.«

»Samuel Factor Romigius?«

»Jep, er ist der Kopf des Ganzen, der Guru. Er residiert auf dem Gutshof und verwaltet alles. Kümmert sich angeblich rührend um seine Schäfchen. Die Religionsgemeinschaft finanziert sich hauptsächlich durch Spenden der eigenen Mitglieder, und Samuel stellt sich als ihr Hirte dar, der sie zur Vollendung führen wird. Wenn sie diese erreichen, wird ihnen die Entrückung zuteilwerden.«

»Was ist die Entrückung?«, will Halla wissen.

»Das geht aus der Beschreibung nicht hervor«, antwortet Skagen. »Klar ist aber, dass diese Freikirche nicht ganz sauber ist und sektenartige Züge aufweist.« Skagen muss stark husten, und es dauert eine Weile, bis er wieder sprechen kann. Halla mustert den Kollegen über den Rückspiegel. Sein Gesicht wirkt bleich, doch das kann auch von dem bläulichen Licht des Handydisplays kommen.

»Zumindest«, krächzt er, »gibt es im Internet einige Aussteigergeschichten darüber, wie es in der VGJ zugeht. In einer erzählt ein Mann, dass er die Repressionen durch die Mitglieder einer bestimmten internen Gruppe, die sich die Oberen des Hauszirkels nennen und ausschließlich weiblich sind, nicht mehr ausgehalten habe und deshalb aus der Gemeinschaft ausgetreten sei. Er musste untertauchen, damit sie ihn nicht finden. In einem anderen Bericht behauptet eine Frau, dass die VGJ fundamentalistische christliche Werte propagiere und nach einer strengen Hierarchie lebe, in der Samuel Factor Romigius ganz oben stehe. Er strebe die Vollkommenheit der gesamten Gruppe an. Die Aussteigerin nennt es ›die größtmögliche Macht über die Mitglieder‹. Dabei sei Samuel jedes Mittel recht, von Unterdrückung, Freiheitsentzug und Bestrafung über Gehirnwäsche bis hin zu Teufelsaustreibungen, die intern ›Einkreisungen‹ genannt werden.«

»Einkreisungen«, wiederholt Halla. »Klingt unangenehm.«

»Finde ich auch. Jedes Mitglied, das sich nicht an die Regeln hält, wird einer solchen Prozedur unterzogen. Ein ehemaliger Anhänger der Sekte sagt, das sei übelster Psychoterror, der durch Samuel und die auserwählte Oberste durchgeführt werde. Unter Anwendung von körperlicher Gewalt und einer Art Wahrheitsdroge, die ›das Blut Christi‹ genannt wird.«

»Moment!«, sagt Nils. »War nicht Frau Brandt diese Oberste?«

»Wenn wir den Aussagen der Zeugen glauben können, ja«, bestätigt Skagen.

»Wäre das nicht ein Motiv? Dass Frau Brandt diese Einkreisungen durchgeführt hat?«

»Wenn Abigal ein Opfer dessen war, dann schon. Jedenfalls beschreibt der Betroffene das Ganze als LSD-Horrortrip, bei dem er hinterher nicht mehr gewusst habe, wie er heißt. Und dass er Tage gebraucht habe, um sich davon zu erholen, so erschöpft sei er gewesen. An anderer Stelle wird darüber berichtet, dass die Kinder, die in die Gemeinschaft hineingeboren werden und darin aufwachsen, von klein auf dazu erzogen würden, etwaige Regelverstöße ihrer Eltern oder Geschwister an die Oberste zu melden.«

»Wow, eine Kinder-Stasi«, entfährt es Nils sarkastisch. »Kommt dieser Samuel vielleicht aus der ehemaligen DDR?«

Skagen geht nicht auf seine Bemerkung ein. »Er wurde in Hannover geboren und soll tatsächlich ein abgeschlossenes Studium in Psychologie und eine staatlich anerkannte Ausbildung zum Psychotherapeuten haben«, erklärt er. »Aber ob das, was hier gegen ihn aufgeführt wird, stimmt, wissen wir natürlich nicht. Es könnte sich auch um Stimmen einiger enttäuschter Mitglieder handeln, die mit Samuel und der Gruppe gebrochen haben. Oder sie wurden ausgestoßen und wollen sich durch ihre Aussagen rächen.«

»Auf jeden Fall hat dieser Samuel die Hosen an«, konstatiert Nils. »Kommt hierher, übernimmt das Zepter und stellt sich vor seine Schäfchen, damit diese nichts mehr sagen oder tun müssen. Vor allem aber nicht mit der Polizei reden. Clever.«

»Tja, Kontrolle ist alles«, äußert Skagen. »Besonders in einer solchen Gemeinschaft.«

»Was für ein Früchtchen. Mich würde es nicht wundern, wenn er Thorsten Brandt mit dieser Droge ausgeschaltet hätte, damit er nicht mit uns sprechen kann. Diesem Blut Christi. Und Abigal will er ebenfalls von uns fernhalten. Vielleicht hat er sie ja weggesperrt?«

»Und Kári? Was ist mit dem?«, gibt Skagen zu bedenken. »Nein, ich denke, die beiden sind tatsächlich abgehauen.

Nach allem, was ich über diese Sekte gelesen habe, haben sie damit noch einen weiteren Grund für ihre Flucht.«

»Sollen wir zurückfahren und uns Samuel vorknöpfen?«, fragt Halla. »Ich kann auch Bjarni Bescheid sagen, dass er das für uns macht.«

Stille folgt, die beiden Kollegen scheinen darüber nachzudenken. Dann schüttelt Nils den Kopf. »Wir suchen erst die flüchtigen Jugendlichen. Das ist wichtiger. Sie sind unsere Hauptverdächtigen und nicht Samuel, der war zum Zeitpunkt des Mordes gar nicht da.«

Vor ihnen tauchen die ersten Häuser von Seyðisfjörður im Nebel auf, und zehn Minuten später erreichen sie die Tankstelle. Diesmal will Nils tatsächlich das Videomaterial sichten.

Sie steigen aus und betreten den hell erleuchteten Verkaufsraum. Der Duft von frisch gebackener Pizza hängt in der Luft, und Halla läuft das Wasser im Mund zusammen. Sie hat seit Stunden nichts gegessen.

Nils fragt den Angestellten hinter dem Tresen nach Abigal und Kári, doch der schlaksige Bursche schüttelt den Kopf.

»Und deine Kameras?«, fragt Nils.

Der Bursche kratzt sich unter der Papiermütze an der Stirn. »Was ist damit?«, fragt er einfältig.

»Wir würden gerne einen Blick auf die Aufnahmen der letzten vier bis fünf Stunden werfen.«

»Dürft ihr das denn?«

»Dürfen wir.« Nils hält ihm seinen Ausweis unter die Nase, und der Schlaks macht eine Geste, dass sie ihm folgen sollen. Er schlurft voran in ein Büro hinter dem Tresen.

»Welchen Kameraausschnitt hätten Sie gern?«

»Den von der Hauptstraße.«

Der Bursche aktiviert einen Bildschirm und öffnet das gewünschte Fenster. Er zeigt ihnen, wie sie vor- und zurückspulen können, und schlurft zurück an seinen Tresen, vor dem jetzt ein Kunde steht und eine Pizza mit doppelt Käse bestellt.

Halla muss ihren Speichelfluss bremsen und versucht, sich auf das Überwachungsvideo zu konzentrieren. Nils schiebt den Cursor auf dem Zeitstrahl so hastig vor und zurück, dass ihr schwindelig wird. Aber auf dem Bildschirm tauchen keine zwei Jugendlichen auf.

»Es dauert zu lange, das alles durchzugucken«, sagt Nils und richtet sich auf. »Ich denke, das ist eine Aufgabe für dich, Halla. Gib Bescheid, wenn du auf etwas stößt.« Mit diesen Worten lässt er sie stehen und geht zur Bürotür, doch Halla hält ihn zurück.

»Warte. Wo wollt ihr hin?«

Nils hebt die Hände. »Die Action ist was für uns Jungs.« Dann ist er raus.

Skagen folgt ihm mit einem hilflosen Achselzucken.

Wütend starrt Halla ihnen hinterher. Diese Penner!

Dann setzt sie sich vor den Bildschirm. Etwas Gutes hat die Sache. Hungrig leckt sie sich über die Lippen und steht auf. Vorne bei dem schlaksigen Burschen ist nicht viel los und sie lächelt ihn an.

»Eine Pizza bitte«, sagt sie. »Mit doppelt Käse!«

48

»Wo könnten die beiden hinwollen?«, fragt Nils hinterm Steuer und späht hinaus in die neblige Stadt. Dass sie Halla einfach an der Tankstelle zurückgelassen haben, ist nicht nach Skagens Geschmack, aber es ist sinnvoll, sich aufzuteilen. Er unterdrückt ein Husten, und Nils reicht ihm ein Bonbon aus seiner Jackentasche.

»Danke«, krächzt Skagen und steckt sich die Hustenpastille in dem Mund. Sie bringt tatsächlich Linderung.

Beim Supermarkt biegt Nils in die kleine Straße mit den Kneipen ab. »Ich denke, unsere Flüchtigen wissen, dass wir hinter ihnen her sind. Also werden sie sich vermutlich nicht an öffentlichen Plätzen aufhalten, wo man sie sofort bemerken würde.« Sie rollen an den paar Kneipen vorbei, auf einer Straße, die mit Regenbogenfarben angemalt ist und vor der hellblau gestrichenen Holzkirche des Ortes endet. Rechts geht es zu ihrem Hotel und links zurück auf die Hauptstraße.

»Könnten die Kids bei den Hafenanlagen sein? Kári kennt sich in der Gegend aus. Vielleicht sind sie zu den Lagerhallen«, überlegt Skagen laut.

»Möglich. Allerdings ist es dort arschkalt, die Hallen sind nicht geheizt und die Fähre ist längst weg. Wenn sie auf eine Passage spekulieren, müssten sie eine volle Woche warten. Aber wir fahren vorsichtshalber mal vorbei. Schaden kann es nicht.« Nils biegt ab und folgt einer kleinen Straße zum Hafen, dessen Kaianlagen nicht besonders weitläufig sind. Auf der einen Seite der Zufahrt lagert ein Haufen Schrott und auf der anderen unzählige Container mit der Aufschrift »Smyril Line Cargo«.

»Könnten sie sich in einem der Container verstecken?«, fragt Skagen.

Nils schüttelt den Kopf. »Die Container werden beim Verladen sicher auf blinde Passagiere überprüft.«

»Was ist mit den Hostels?«, schlägt Skagen vor.

»Sieh mal nach, welche es gibt.« Nils wendet den Wagen, während Skagen auf seinem Handy eine Karte mit sämtlichen Unterkünften in Seyðisfjörður öffnet. Zum Glück sind es nicht viele in diesem knapp 660-Seelen-Dorf.

»Die billigsten zuerst«, sagt er und leitet Nils zur ersten Absteige.

Eine Stunde später haben sie alle Unterkünfte abgeklappert. In keiner haben die Jugendlichen eingecheckt. Nun stehen sie mit dem Polizeijeep auf dem Supermarktparkplatz, und Nils kaut nervös auf seiner Unterlippe. Der Nebel hat sich gelichtet, und das rötliche Licht der untergehenden Sonne fällt über die Bergkuppen hinab in den Fjord, bringt die Hänge auf der gegenüberliegenden Seite zum Leuchten.

Skagen betrachtet das Schauspiel und hustet dabei verhalten vor sich hin. Sein Hals schmerzt mittlerweile wie verrückt. Er blickt hinüber zum Supermarkt, entschuldigt sich bei seinem Kollegen und steigt aus. Drinnen läuft er direkt zur Kasse, wo er sich Tabletten gegen Halsschmerzen und Fieber geben lässt. Zum Glück muss man in Skandinavien für Medikamente nicht immer in eine Apotheke rennen. Als er bezahlt hat, fragt er die Kassiererin auf Englisch nach Abigal und Kári.

»Ihr sucht wohl ständig jemanden, was?« Lachend zeigt die Frau auf das Foto. »Das ist der Gislason-Junge. Das Mädchen kenne ich nicht.«

»Das ist seine Freundin. Sie heißt Abigal Brandt.«

»Und die beiden sind von zu Hause abgehauen?«

Skagen nickt. Er drückt eine Tablette aus dem Blister und steckt sie sich in den Mund.

»Mein Gott, auf Dverganes passieren aber auch nur schlimme Sachen«, stößt die Frau aus. »Erst verschwindet ein kleiner Junge, dann der Brühwurst-Mord und jetzt die zwei Jugendlichen.« Sie beugt sich vor. »Ich sag dir was, das ist das *huldufólk*. Die mögen es nicht, wenn man sie stört. Die Höfe auf der Halbinsel hätten nie gebaut werden dürfen. Sie stehen auf uraltem Land. Dverganes ist Zwergenland, da setzt man am besten keinen Fuß drauf. Das weiß jeder. Nur die Schafbauern nicht. Damals wie heute ignorieren sie unsere Warnungen. Haben ihre Höfe einfach dorthin gestellt, ohne Rücksicht auf das verborgene Volk. Kein Wunder, dass da ständig Unglücke passieren. Das Land ist verflucht. Es macht die Leute verrückt und lässt sie schlimme Dinge tun.«

»Gab es denn noch weitere Vorkommnisse?«

»So einige. Man sagt, auf Dverganes gebe es eine erhöhte Sterblichkeit unter den Bewohnern. Außerdem geschehen viele Unfälle, bei denen Leute verletzt werden. Auch Wanderer stürzen öfter mal ab. Einer ist sogar gestorben. Das war letztes Jahr. Und dann der Vulkanausbruch in den 80ern. Das war doch ein deutliches Zeichen. Aber die Bewohner sind zu stur. Sie bleiben. Nach dem Vulkanausbruch ging es einige Jahre gut. Schließlich sind die alten Hofbesitzer weggestorben, einer nach dem anderen, und danach haben deren Kinder die Höfe übernommen. Auch sie wollten nicht hören, obwohl man sie warnte. Irgendwann begann es dann von Neuem. Zuerst lief dem alten Kalman seine Frau weg. Sie hatte angeblich die Schnauze voll von ihm. Ist nie wieder aufgetaucht, war einfach weg – wie von der Lava verschluckt. Kurz danach ist die Schwester von Ásgeir Magnusson zusammen mit ihrem Mann vom Hof geflohen. Sie hat die dritte

Fehlgeburt erlitten und war fast verrückt vor Angst vor den *álfar*. Ein Wunder, dass überhaupt ein Kind dort überlebt. Später ist dem Gislason noch seine Frau gestorben. An Lungenkrebs. Ist doch klar, was das war. Das *huldufólk* mit seinem giftigen Atem. Sie haben Gislis Frau getötet. Sie war die Mutter von Kári, dem Jungen, den ihr sucht. Ihm haftet das Unglück an wie Pech und Schwefel, genau wie dem Rest seiner Familie. Wahrscheinlich kleidet er sich deshalb nur in Schwarz.«

»Immerhin hat Gisli Gislason nach dem Tod seiner Frau wieder geheiratet«, sagt Skagen. »Bei ihm wohnt jetzt eine Engländerin namens Maggy.«

»Ach, die Maggy.« Die Kassiererin nickt so beflissen, dass ihre grauen Locken wippen. »Die ist vor ein paar Jahren mit der Fähre in Seyðisfjörður gestrandet. Kam aus Dänemark, wo sie einige Jahre gelebt hat. Sie hat an der Tankstelle gejobbt und bei meiner Freundin Siri im Hostel gewohnt. Dort hat sie auch ausgeholfen. Eines Tages ist sie Gisli an der Tankstelle begegnet. Die beiden haben sich ineinander verliebt, und nur ein Jahr später waren sie verheiratet.« Die Angestellte beugt sich noch weiter vor. »Wenn du mich fragst, war Maggy ziemlich verzweifelt. Sie hat nach jemandem gesucht, der sie, na ja, du weißt schon: aushält.«

Nichts als Tratsch, denkt Skagen. Dennoch ist es interessant zu erfahren, was auf Dverganes alles geschehen ist. Er überlegt, ob er der Kassiererin das unheimliche Elfenfoto zeigen soll, entscheidet sich dann aber dagegen. Das würde nur eine Riesenwelle an Gerüchten lostreten, so schwatzhaft, wie die Menschen hier im Ort sind. »Hat Kári in Seyðisfjörður Schulfreunde, wo er unterkriechen könnte?«, fragt er.

»Nein, der Junge geht nicht auf die hiesige Schule. Die Eltern unterrichten ihn zu Hause.«

Skagen erinnert sich daran, dass in den meisten skandinavischen Ländern Homeschooling wegen der teils sehr abgelegenen Gehöfte und Einsiedeleien erlaubt ist.

»Gesehen habe ich den Jungen und seine Freundin jedenfalls nicht«, sagt die Kassiererin. »Vielleicht wurden sie von der *dimmu hraunar* verschluckt. Da verschwinden öfter mal Leute.«

»Wie meinen Sie das?«

»Die dunkle Lava, das schwarze Gestein, auf dem nichts wächst außer böse Gedanken, ist ein Ort, den man besser meidet. Dort haben früher verzweifelte Eltern ihre Kinder ausgesetzt, weil sie nicht genug zu essen für alle hatten. Und manchmal haben sich Missetäter darin versteckt, um der Gerichtsbarkeit ihres Dorfes zu entgehen. In den Lavahöhlen haben sie gehaust. Dort gibt es warme Sandmulden, die vom Magma geheizt werden, und in einigen dieser Höhlen fließt unterirdisch sogar Wasser. Aber bei einem kannst du dir sicher sein: Das *huldufólk* holt sie alle. Es duldet keine Eindringlinge. Die Missetäter sind alle umgekommen, auf rätselhafte Weise. Das waren die Zwerge und die unzähligen ruhelosen Babyseelen, die dort umherirren. Böse kleine Gnome, die leise lachen, während sie dir den Verstand rauben!« Die Kassiererin lehnt sich zurück. Sie hat Skagens skeptischen Blick bemerkt. »Du denkst wohl, ich spinne. Klar, bist ja auch nicht von hier. Aber es stimmt. Alles, was ich sage.«

»Natürlich. Danke für die Informationen.« Skagen verabschiedet sich von der Kassiererin und kehrt zum Wagen zurück. Draußen ist es mittlerweile dunkel geworden und die Sterne stehen klar am Himmel. Vom Nebel ist nichts mehr zu sehen. Dafür ist es klirrend kalt.

»Wo warst du denn so lange?«, fragt Nils ungeduldig.

»Ich habe mir ein paar Elfengeschichten angehört«, entgegnet Skagen mit einem ironischen Lächeln. »Echt wildes

Zeug. Aber immerhin habe ich herausgefunden, dass Kári keine Schulkameraden oder Freunde im Ort hat, bei denen er sich verstecken könnte. Er hat Hausunterricht.«

Nils rümpft die Nase.

»Und was machen wir jetzt?« Skagen steckt sich eine neue Halstablette in den Mund.

»Wir fahren die Passstraße hinauf. Vielleicht haben sich Kári und Abigal an der Tankstelle vorbeischmuggeln können und sind in Richtung Egilsstaðir unterwegs. Von dort gehen Busse nach Reykjavík.«

»Und wenn sie per Anhalter fahren?«

»Dann müssen wir uns auf die Kollegen verlassen, die die Fahndung nach den beiden hoffentlich im Blick haben.« Nils fährt vom Parkplatz und biegt in Richtung Pass ab.

Aufmerksam beobachten sie die dunkle Straße. In immer enger werdenden Kurven schraubt sie sich zum Pass hinauf. Um sie herum herrscht eine mondlose Nacht, in der nur die schneebedeckten Berggipfel in der Ferne zu erkennen sind.

Als sie oben auf der Hochebene ankommen und fast in Egilsstaðir sind, ist klar, dass Kári und Abigal nicht über den Pass gegangen sein können und sich vermutlich noch unten in Seyðisfjörður aufhalten.

»Ich sorge dafür, dass am Pass eine Straßensperre errichtet wird«, sagt Nils. »Irgendwann müssen sie hier vorbeikommen. Diese Straße ist – abgesehen von der Fähre – die einzige Möglichkeit, aus Seyðisfjörður rauszukommen. Die Kollegen werden jedes Fahrzeug kontrollieren und uns informieren, sobald sie die beiden haben.« Er wendet und fährt nach Seyðisfjörður zurück.

Skagen hofft, dass Halla etwas findet. Sie hat sich bislang nicht gemeldet und ist bestimmt noch mit den Überwachungsvideos beschäftigt. Er räuspert sich und schließt kurz die Augen. Er freut sich darauf, ins Hotel zu kommen und sich ins warme Bett zu legen. Sicher würde er sofort einschlafen. Hundemüde blickt er nach draußen. Unten im dunklen Fjord glimmen die Lichter von Seyðisfjörður, darüber steht ein wundervoller Sternenhimmel. Plötzlich taucht ein grünlich weißer Schleier über den Berggipfeln auf und beginnt, träge zu tanzen.

Polarlichter, denkt Skagen fasziniert. Am liebsten hätte er Nils gebeten anzuhalten, um das Schauspiel in aller Ruhe genießen zu können, doch der Kollege scheint es nicht mal zu bemerken. Vermutlich ist er gegenüber diesem Naturwunder komplett abgestumpft, weil er es in seinem Leben schon häufig gesehen hat. Skagen betrachtet Nils von der Seite. Das Licht der Armaturen wirft eine ganz eigene Aurora auf dessen Brillengläser.

»Ist was?«, fragt Nils, ohne den Blick von der Straße zu wenden.

»Nein«, erwidert Skagen und unterdrückt ein Husten. Er schaut erneut zum Himmel. Doch die Nordlichter sind verschwunden.

49

Thorsten Brandt wälzt sich im Bett hin und her. Er hat das Gefühl, Tage geschlafen zu haben, und vielleicht ist das auch so, denn er erinnert sich bloß noch an die Einkreisung und den Raum, der plötzlich zu schwanken begonnen hat, sowie an Samuels unerbittliche Fragen und das Lachen der Hexe Jule.

Gefangen in dieser Erinnerung, starrt er in das dunkle Zimmer. Ein Schatten huscht draußen am Fenster vorbei und er erschrickt. Seit er dieses Zeug aus dem Silberbecher getrunken hat, hat er Angstzustände und schwitzt wie verrückt. Das Bettzeug ist klatschnass.

Wieder taucht der Schatten auf und tanzt gespenstisch über die Wand, von der sich das Fensterkreuz wie ein schwarzes Mahnmal abhebt.

Ist es Samuel, der dort draußen herumschleicht? Um ihn zur Fortsetzung der Einkreisung abzuholen?

Thorsten beginnt zu zittern und stößt einen verzweifelten Laut aus. Er kann nicht mehr … Er will nicht mehr.

Mit den Armen, die ihm kaum gehorchen, schiebt er die Decke zurück und lässt die Beine aus dem Bett fallen. Mühsam schleppt er sich zur Tür und dreht den Schlüssel im Schloss. Jetzt kommt niemand mehr rein. Nur noch der Teufel, der bekanntlich durch jeden Spalt schlüpfen kann. Benommen stolpert Thorsten zum Fenster, reißt die Gardinen zu. Das schwarze Kreuz an der Wand verschwindet und der tanzende Schatten ebenfalls.

Seine Augen wandern durch das Zimmer.

Ist sie schon hier?

Behemoth. Die Bestie.

Thorsten drückt sich in eine Ecke und lässt keinen Winkel aus den Augen. Nicht den Schrank (sollte er den besser auch abschließen?), nicht das Bett (ist Behemoth unter seine Decke geschlüpft?) und nicht die große Truhe (versteckt er sich darin?).

Das Zittern wird schlimmer, und Thorsten umschlingt seine angewinkelten Beine, presst seinen Mund gegen die Knie.

Draußen ist ein Laut zu hören, es klingt wie ein unterdrücktes Heulen.

Lieber Gott. Hilf mir!

Thorsten schließt die Augen, weil das heisere Heulen immer lauter wird. Er kann das dunkle Wesen nicht sehen, seine Anwesenheit jedoch spüren. Der Geruch nach Schwefel dringt durch die Ritzen. Es wird wärmer und wärmer.

Dieser Ort ist verflucht. Er ist Satan geweiht. Ein einziger Albtraum. Was soll er bloß tun? Draußen steht Behemoth und wartet auf ihn.

Er könnte Samuel herbeirufen und ihm alles beichten. All das Schlimme ... In jedem Fall war Satan daran beteiligt, das ist klar. Das muss Samuel doch erkennen. Thorsten versteht nicht, warum der Prophet so unbarmherzig zu ihm ist und die Einkreisung fortsetzen will. Dann muss er wieder dieses Zeug trinken, das ihn benebelt und die bösen Geister in ihm weckt.

Er reibt sich mit den Fingern über die Schienbeine. Bitte, Gott, steh mir bei.

Vor seinem inneren Auge taucht Samuel auf. Sein unbarmherziger Blick und seine riesige Gestalt. Neben ihm Jule, die falsche Priesterin. Sie lächelt. Plötzlich verwandelt sich ihr Gesicht in eine Fratze mit langen Zähnen. Eine gespaltene Zunge stößt aus ihrem Mund, und borstige graue Haare sprießen aus ihren Wangen.

Sie ist Behemoth. Sie ist die Bestie!

Thorsten springt auf und stolpert durchs Zimmer. Oh Gott, oh Gott. Er muss zu Samuel. Muss ihn warnen. Hätte er es doch früher erkannt. Panisch sieht er sich nach seinem Handy um. Wo ist es? Er kann es nicht finden. Es lag auf dem Nachttisch. Mit zitternden Fingern fährt er über das Bett, über den Boden davor, doch es ist nicht da.

Bestimmt hat Jule es mitgenommen. Sie will nicht, dass er Hilfe rufen kann. Oder war es Samuel? Ist er der Herr über Behemoth? Weiß er, welche Kreatur in Jule schlummert, und macht sie sich zum Untertan?

Dann ... dann wäre er nicht Samuel, sondern ... Samiel.

Der Teufel!

Thorsten stockt der Atem. Natürlich! Samuel ist Samiel. Warum ist ihm das nicht eher aufgefallen? Wie perfide von Luzifer, sich hinter dem Namen des Propheten zu verstecken.

Thorsten reißt sich an den Haaren. Was soll er nur tun? Samiel, Behemoth. Einkreisung, Bestie. Und als fünfter Sargnagel kommt noch die Polizei hinzu. Sie wird herausfinden, was er getan hat, und ihn einlochen, falls Behemoth ihn nicht vorher zerreißt.

Thorsten fällt in sich zusammen. Er sitzt in der Falle. Es gibt keinen Ausweg, um Samiel zu entkommen.

Wieder hört er es draußen heulen. Behemoth passt auf, dass er nicht flieht. Samiel will ihn für sich haben. Er wird ihm das Herz rausreißen und es der Bestie zum Fraß vorwerfen, während er sich an seiner Seele labt.

Thorsten fällt Wiebkes Nachtschrank ein. Hatte sie dort nicht eine Nagelfeile oder eine Schere? Mit der könnte er sich die Pulsadern aufstechen und so Samiel entkommen.

Er kriecht hinüber und wühlt sich durch die Sachen. Doch Feile und Schere tauchen nicht auf. Sind sie im Bad? Dort kann er nicht hin, Behemoth wartet draußen.

Mit einem gequälten Wimmern lässt er eine Medikamentenpackung fallen. Doch dann stutzt er. Medikamente? Warum hat Wiebke die in ihrem Nachtschrank? Das durfte sie doch gar nicht.

Thorsten nimmt die Packung auf. Sie ist in Englisch beschriftet: Diazepam – *sleeping tablets and tranquilizer.* Thorsten hat keine Ahnung, wie die Pillen in Wiebkes Besitz gelangt sind. Vielleicht waren sie schon in dem Nachtschrank, bevor sie hier eingezogen sind. Es ist ihm egal. Es sind Schlaftabletten, das ist alles, was zählt.

Gott wird es verstehen. Es ist die einzige Möglichkeit, seine Seele zu retten. Der Herr wird ihm verzeihen und ihn bei sich aufnehmen, wird ihn vor Samiel und Behemoth beschützen. Und vor der Polizei.

Thorsten lehnt sich an die Bettkante. Er drückt die Pillen aus der Verpackung – jede einzelne – und greift zur Wasserflasche, die Jule ihm in ihrer vorgeheuchelten Fürsorge auf den Nachttisch gestellt hat.

Er dreht die Verschlusskappe ab und wiegt die Pillen in der Hand. Entschlossen legt er den Kopf zurück und wirft sich die Tabletten in den Mund. Langsam beginnt er zu kauen. Das Medikament schmeckt bitter, aber er widersteht dem Drang, es auszuspucken. Es wird ihn direkt zu Gott führen. Er kann dessen warme Güte schon spüren.

Thorsten setzt die Flasche an seine Lippen und trinkt.

50

Am nächsten Morgen steht Skagen im Bad des Hotelzimmers und schaut in den Spiegel. Er sieht ausgelaugt aus, was an sich nichts Neues ist, denn er schläft schlecht und macht sich Sorgen um Maja und seine Skanpol-Kollegen. Aber heute haben seine Augen zudem einen fiebrigen Glanz.

Skagen fasst sich an die Stirn und spürt, dass sie wärmer ist als sonst. Außerdem wütet in seinem Hals ein Buschbrand.

Verdammt noch mal, er hat sich tatsächlich erkältet. Er muss zusehen, dass er fit bleibt, und drückt zwei Paracetamol aus der Packung. Kaum hat er sie mit Wasser heruntergespült, klingelt sein Handy. Es ist Halla. Sie haben gestern Abend noch einmal miteinander telefoniert, als die Kollegin mit den Überwachungsfilmen an der Tankstelle fertig gewesen ist. Leider hat sie nichts gefunden.

Er nimmt ab, in der Hoffnung, dass sie jetzt etwas hat. »Guten Morgen, Halla!«

»Hey, Tom, gut, dass ich dich erwische. Nils geht nicht dran.«

»Vielleicht steht er unter der Dusche«, scherzt Skagen, »oder er ist beim Friseur und lässt seinen Seitenscheitel nachziehen.« Er muss husten und bekommt kaum Luft.

»Oje, das hört sich nicht gut an«, sagt Halla.

»Geht schon«, krächzt er. »Was gibt es?«

»Die Angestellte aus dem Supermarkt hat heute Morgen ihren Enkel zur Schule gebracht und gesehen, wie zwei Jugendliche mit Rucksäcken an der Bushaltestelle standen. Sie meint, einer der beiden könnte Kári Gislason gewesen sein, und das andere war ein schwarzhaariges Mädchen. Ich bin noch in Egilsstaðir und kann daher nicht so schnell bei euch in Seyðisfjörður sein. Fahrt ihr rüber?«

»Wo genau war das?«

»Auf Höhe der Schule. Vor etwa zehn Minuten.«

»Okay, wir sind unterwegs.« Skagen bedankt sich und springt aus dem Bad. Er schlüpft in seine Jacke, rennt aus dem Zimmer und hämmert bei Nils gegen die Tür.

Der Kollege öffnet mit der Zahnbürste im Mund. Sein Scheitel sitzt perfekt.

»Die Kassiererin aus dem Supermarkt hat Abigal und Kári erkannt. Sie sind in Seyðisfjörður!«

»Ich bin sofort fertig«, murmelt Nils und verschwindet im Zimmer.

Wenig später laufen sie über den Parkplatz vor dem Hotel zum Polizeijeep. Skagen hat Bjarni verständigt, der sich mit seinem Wagen oben am Ortsausgang in Richtung Pass postieren soll, während sie sich an der Schule umsehen.

Nils startet den Motor. Er hat noch immer Zahnpasta im Mundwinkel. Bevor Skagen es ihm sagen kann, gibt der Kollege Gas, und er wird in den Sitz gedrückt. Mit quietschenden Reifen schlittern sie vom Hotelparkplatz und kurven die kleinen Straßen entlang. Es ist bereits hell, jedoch hängen dicke graue Wolken am Himmel und schneiden die Bergspitzen ab. Das Thermometer im Auto zeigt ein Grad plus an. Trotzdem schwitzt Skagen in seiner neuen Jacke. Ob es das Fieber ist?

Sie passieren den Supermarkt und die Brücke über den Fluss. Dahinter kommt das Schulgebäude in Sicht, vor dem die beiden flüchtigen Jugendlichen angeblich gesehen wurden.

Nils fährt langsam auf die Bushaltestelle zu. Dort stehen tatsächlich zwei Personen, dick eingepackt in Winterkleidung, die Mützen tief ins Gesicht gezogen. Ein Mädchen mit langen schwarzen Haaren und ein blassgesichtiger Junge. Sie haben Rucksäcke dabei. Sind das Abigal und Kári? Skagen beugt sich vor und späht durch die Scheibe.

Als sie auf gleicher Höhe sind, stoppt Nils den Wagen und lässt das Fenster runter. Das Mädchen guckt gerade auf ihr Handy, während der Junge so aussieht, als fröre er. Schnell ist klar, dass sie es nicht sind.

»Ist was passiert?«, fragt der Junge mit besorgtem Blick auf das Polizeiauto.

Nils hebt eine Hand. »Nein. Alles gut.« Er fährt das Fenster wieder hoch und biegt auf den Parkplatz der Schule ein, wo er anhält. »Das war dann wohl ein Fehlalarm.«

»Schöner Mist.« Frustriert blickt Skagen auf die Schneeflocken, die auf der Windschutzscheibe landen. Die Temperaturen rutschen in die Minusgrade.

»An der Tankstelle sind sie auch nicht aufgetaucht, obwohl es ein Flaschenhals ist und alle daran vorbeimüssen.«

»Was willst du damit andeuten?«

»Dass es so sein könnte, wie Halla es gesagt hat. Dass wir an der falschen Stelle suchen und Abigal und Kári noch auf Dverganes sind.«

»Wo sollen sie denn da hin? Dort ist doch nichts«, sagt Nils wenig überzeugt von Skagens Einwand.

»Das würde ich nicht sagen. Ich habe gestern gehört, dass es in der Lava Höhlen geben soll, die warm sind und Wasser haben. Kári weiß mit Sicherheit, wo die liegen. Vielleicht wollen die beiden die ganze Geschichte aussitzen.«

»Das wäre nicht besonders clever.«

»Sie könnten warten, bis wir den Fokus verlagern, und irgendwann von uns unbemerkt in den Ort gelangen, von wo aus sie mit dem Bus fliehen können.«

Nils seufzt. Dann legt er den Gang ein. »Scheiße noch mal, wie ich diese verdammte Einöde hasse!«

51

Der Hof der Gislasons liegt wie ausgestorben da. Niemand ist zu sehen. Kein Wunder bei dem Scheißwetter. Aber noch bleibt der Schnee nicht liegen. Etwas weiter hügelab sieht Skagen den anderen Hof und dahinter vage die schiefergraue Fläche des Meeres.

Nils klopft an die Tür und es dauert, bis jemand öffnet. Es ist Gisli Gislason.

»Habt ihr meinen Jungen gefunden?« Seine Miene erhellt sich hoffnungsvoll.

»Nein«, entgegnet Nils, »wir sind hier, weil wir ihn und das Mädchen noch immer suchen.«

»Er ist nicht hier, falls ihr das denkt.«

»Das tun wir nicht. Wir glauben, dass er ins Lavafeld geflohen ist. Wir haben gehört, dass es dort Höhlen mit Wasser geben soll. Warme Verstecke, in denen man es gut aushält, wenn man genug zu essen hat.«

Gisli Gislason nickt zögerlich. »Das stimmt. Maggy hat heute Morgen festgestellt, dass sich die beiden ordentlich mit Vorräten eingedeckt haben.«

»Und wann wolltest du uns das mitteilen?« Nils starrt Gisli an. Als der nichts darauf erwidert, fährt er fort: »Weißt du, wo diese Höhlen liegen, und kannst du uns hinführen?«

Der Schaffarmer guckt erschrocken.

»Was ist?«, drängt Nils. »Willst du deinen Sohn nicht auch finden?«

»Doch, ja.«

»Aber?«

»Ich geh da nicht rein. Nicht um alles in der Welt!«

Nils legt den Kopf schief. »Dein Sohn könnte in Gefahr sein. Ist dir das egal?«

»N… nein, aber …« Gisli Gislason schluckt. »Als ich das letzte Mal im dunklen Land war, um nach dem Jungen der Brandts zu suchen, ist hinterher Schreckliches passiert.«

»Du meinst den Tod von Wiebke Brandt?«

Gislason nickt. »Vor acht Jahren war das auch so, als ich zusammen mit meiner Frau Sóley in der *dimmu hraunar* nach versprengten Schafen Ausschau gehalten habe. Direkt danach wurde Sóley schwer krank und ist ein paar Wochen später gestorben. Ich wusste immer, dass es Unglück bringt, dort hineinzugehen.« Er schüttelt den Kopf. »Gott helfe Kári und Abigal, sollten sie da drin sein.«

»Ein Grund mehr, sie zu retten, oder nicht?« Nils' Stimme hat eine gewisse Schärfe angenommen. »Du führst uns zu den Höhlen!«

»Nein, nein.« Gisli Gislason hebt abwehrend die Hände. »Ich kann das nicht. Wirklich nicht.«

Skagen ist irritiert. Er kann es kaum glauben, dass die Angst des Schafbauern vor dem Lavafeld so viel größer ist als die Angst um seinen Sohn.

»Und deine jetzige Frau?«, fragt Nils. »Kennt sie die Höhlen?«

»Maggy? Nein, die hat keine Ahnung. Ich habe ihr verboten, in die Lava zu gehen. Ich will sie nicht auch noch verlieren. Genauso wie die Kinder, sie wissen, dass sie dem dunklen Land fernbleiben sollen.«

Hinter dem Schaffarmer tauchen zwei Gestalten im Flur auf. Die Wittmanns. Besorgt blicken sie zu ihnen herüber.

»Kannst du uns wenigstens den Weg zu den Höhlen beschreiben?«, beharrt Nils. »Damit wir sie finden.«

Gisli Gislason presst die Lippen aufeinander.

Skagen findet seine Reaktion äußerst merkwürdig. Macht

sich der Mann keine Sorgen um seinen Sohn? Oder versucht er, Káris Versteck geheim zu halten? Womöglich versorgt er seinen Sohn und Abigal heimlich mit Lebensmitteln und wartet, bis die ganze Aufregung vorbei ist. Nach dem Motto: Wenn die Polizei die Sache erst mal vergessen hat, kommen sie wieder raus und machen weiter, als ob nichts gewesen wäre. Eltern tun so manches, um ihre Kinder zu schützen. Selbst wenn sie wissen, dass sie schwere Verbrechen begangen haben.

»Na los!«, drängt Nils. »Wir haben nicht ewig Zeit!«

»O... okay, schon gut«, lenkt Gisli Gislason ein. »Ihr nehmt den Weg, der an der von euch abgesperrten Stelle in die Lava führt. Dort findet ihr eine Reihe *varðar* – das sind die kleinen Steinhäufchen. Sie werden euch den Weg bis zu einem besonders großen *varðar* leiten und danach tiefer hinein in die *hraun*. Wenn ihr einen Felsen erreicht, der aussieht wie ein gekrümmter Bär, biegt ihr auf den rechten Weg ab, nicht auf den linken. Keinesfalls dürft ihr den nehmen!«

»Warum nicht?«

Gisli Gislason druckst herum. »Dort wohnen die Zwerge.«

»Du meinst, die ausgesetzten Kinderseelen aus grauer Vorzeit?«, fragt Skagen.

»Genau die«, flüstert Gisli furchtsam. »Das waren schlimme Zeiten damals. Die Menschen waren verzweifelt und wussten sich nicht anders zu helfen. Die *dimmu hraunar* ist voll mit Kindergeistern. Passt also auf, dass ihr dem rechen Weg folgt. Auf dem kommt ihr zu einem Lavabrocken, in dem ein Loch ist. Er heißt ›Das Auge, das alles sieht‹. Wendet euer Gesicht ab, wenn ihr daran vorbeigeht, sonst wird es euch gestohlen. Und solltet ihr ein leises Lachen hören, verschließt eure Ohren. Das sind die *álfar*, die euch tiefer in die Lava locken wollen. Das Lachen kann euch verrückt machen. So sehr, dass ihr nie wieder rausfindet und auf ewig im Kreis lauft.«

Skagen merkt, wie Nils ungeduldig wird. Er glaubt ebenso wenig an diese Schauermärchen, aber die Angst des Schaffarmers scheint absolut echt zu sein. Weshalb wäre sein Blick sonst so starr und das Zucken seiner Hände so nervös?

Gisli fährt sich mit der Zunge über die Unterlippe. »Hinter dem ›Auge‹«, sagt er stockend »liegt der Eingang zu einer Höhle. ›Der Schlund‹. Er hat schon so manches Schaf gefressen. Angelockt von der Wärme und dem plätschernden Wasser im Innern, suchen die Tiere dort Unterschlupf. Einige von ihnen kommen nie wieder raus, sterben darin auf unerklärliche Weise.«

»Ist das die Höhle, in der Jonas Brandt gefunden wurde?«, fragt Nils.

»Nein, der Schlund liegt viel tiefer in der *hraun* verborgen. Zu weit weg für kurze Kinderbeine.«

»Aber Kári kennt die Höhle?«

Ein Schulterzucken von Gisli. »Er hat sicher von ihr gehört, als wir Erwachsenen darüber geredet haben.«

»Na gut«, sagt Nils. »Dann wollen wir unsere Reise zum Mittelpunkt der Erde mal antreten.« Er dreht sich um und stapft zum Auto, wo Skagen und er sich für die Wanderung ausrüsten. Mit Rucksack, Taschenlampen, Energieriegeln und Wasser.

Skagen schluckt gleich noch zwei Paracetamol, um das Fieber weiter zurückzudrängen, während Nils Halla von ihrem Vorhaben unterrichtet und ihr aufträgt, trotz allem die Straßensperre aufrechtzuerhalten, falls sie hier auf dem Holzweg sind.

Skagen muss zugeben, dass es sich schon sehr nach Himmelfahrtskommando anfühlt, als sie sich wenig später auf den beschwerlichen Weg durch die schwarze Lava machen. Der Pfad ist kaum sichtbar und sie müssen aufpassen, keinen der *varðar* zu übersehen. Überall ragt scharfkantiges Gestein hervor, das nur darauf wartet, ihnen die Sohlen und Hände aufzuschneiden. Skagen ist froh über seine neuen robusten Schuhe. Die Sneaker hätten das nicht lange überlebt. Mit ausgestreckten Armen balanciert er über die Steine, bewegt sich vorsichtig von einem *varðar* zum nächsten. Manchmal sind die Steinhäufchen inmitten der krummen Lavatürme kaum auszumachen. Oft sind es nur kleine Stapel von fünf oder sechs Lavabröckchen, ebenso schwarz wie alles andere. Spuren von Abigal und Kári finden sie nicht.

»Scheiße!«, flucht Nils, als der Schneefall zunimmt. Skagen ist sich sicher, dass er damit gleichzeitig auch die Aktion in der Lava meint. Und tatsächlich wäre es schlauer gewesen, sich besser auf diese Unternehmung vorzubereiten. Oder wenigstens zuerst eine Drohne reinzuschicken, die die Arbeit für sie macht. Immerhin wissen ein paar Leute darüber Bescheid, dass sie hier sind. Und bei Gefahr könnten sie mit dem Handy Hilfe rufen oder das GPS benutzen. Skagen blickt auf sein Telefon und stutzt. Kein Empfang. Wie geht das? Bei den Höfen hatten sie doch noch welchen.

Er gerät ins Straucheln und stolpert. Hastig rudert er mit den Armen, das Telefon fest umklammert, doch er kann sich abfangen, bevor er mit den Händen und Knien voran auf die spitzen Steine stürzt. Mit pochendem Herzen richtet er sich auf. Das hätte schiefgehen können, dann hätte er jetzt aufgeschlitzte Handflächen und Nils müsste im Rucksack nach dem Erste-Hilfe-Set suchen.

Den nächsten Schritt setzt er deshalb aufmerksamer, lässt sich nicht von dem juckenden Schweiß unter seiner Jacke ablenken oder von dem Schmerz, den das raue Ein- und Ausatmen in seiner wunden Kehle verursacht. Rasch stopft er sich eine Halstablette in den Mund und verschluckt sich daran, als er einen großen Schritt über einen Stein macht und dahinter einen Totenschädel entdeckt. Hustend bleibt Skagen stehen und würgt die Pastille wieder hoch. Erst danach hat er die Ruhe, sich den Schädel anzugucken. Er scheint von einem Schaf zu stammen, aber er sendet eine eindeutige Warnung aus. *Geht nicht weiter!*

Ob das eines von Gislis Tieren war?

Skagen stolpert hinter Nils her, der wie ein Pfadfinder leichtfüßig voranpirscht, und erreicht kurz nach ihm den großen Steinhaufen, den der Schaffarmer ihnen beschrieben hat. Froh darüber, dass sie einen Moment lang stehen bleiben, nimmt Skagen einen Schluck aus seiner Wasserflasche, während Nils sich über die Stirn wischt. Er wirkt fit, aber schlecht gelaunt. Schneeflocken landen auf seiner Brille, und er muss die Gläser säubern. Skagen bemerkt, dass der Kollege noch immer den Zahnpastafleck im Mundwinkel hat. Doch im nächsten Augenblick setzt er sich wieder in Gang und legt ein zackiges Tempo vor, sodass Skagen sich beeilen muss, hinterherzukommen.

Nach einer Weile scheint es ihm, als liefen sie im Kreis, denn einige der Lavaformationen, an denen sie vorbeigehen, kommen ihm bekannt vor. Ist das eine Täuschung oder spielt das *huldufólk* ihnen bereits Streiche?

Unbehaglich sieht Skagen sich um und lauscht, aber er kann nichts außer dem Knirschen ihrer eigenen Schritte vernehmen. Kein Lachen, kein Kichern.

Schweiß strömt über seine Stirn und bringt seine gereizte Haut zum Brennen. Erneut stopft Skagen sich eine Hustentablette in den Mund und lutscht begierig darauf herum, in der Hoffnung, dass die betäubende Wirkung bald einsetzt. Als das Menthol seine Kehle kühlt, atmet er befreit durch, dabei wäre er fast gegen Nils gerannt, der vor ihm stehen geblieben ist und sich umsieht.

»Ist das der krumme Bär?« Er zeigt durch den fallenden Schnee auf eine Felsformation mit gezacktem Rücken.

»Sie mehr wie Godzilla aus«, befindet Skagen und hustet.

»Stimmt. Aber den kannten sie damals nicht.« Nils wendet den Kopf. »Und wo sind die zwei Pfade?«

Skagen ruckt sein Kinn in Richtung zweier kleiner Steinhaufen. »Dort.«

»Und was ist mit dem *varðar* da drüben?«

Mit gerunzelter Stirn blickt Skagen zu einem Steinhaufen, der anscheinend noch einen dritten Weg markiert.

»An den konnte Gislason sich wohl nicht erinnern, dieser Idiot!« Nils' Atem steigt in kleinen Wolken auf. Um sie herum bleiben die Flocken mittlerweile liegen. Kein gutes Zeichen. Bald würde der Schnee die kleinen Steinhaufen überdecken und ihnen jede Möglichkeit nehmen, sich zu orientieren.

»Es war eine Schnapsidee, hierherzukommen«, gibt Skagen zu. »Wir sollten zurückgehen.«

»Und die beiden idiotischen Teenager hierlassen? Nein, auf keinen Fall. Hast du nicht gehört, was Gislason erzählt hat? Einige Schafe sind in der Höhle auf rätselhafte Weise gestorben. Ich vermute, das lag an den giftigen Gasen, die durch die Spalten aufsteigen. Was, wenn das Gleiche mit Kári und Abigal passiert? Das können wir nicht verantworten. Los, wir müssen weiter!«

Dieser Gefahr war sich Skagen gar nicht bewusst. Nils hat natürlich recht. Mutig wählt der Isländer den Weg, der am weitesten rechts liegt, und Skagen folgt ihm.

Der Pfad ist noch anstrengender als der davor, mit vielen Aufs und Abs, und einige Felsen sind nur durch Klettern zu überwinden. Skagen, der jegliches Gespür für Raum und Zeit verloren hat, bemüht sich um Konzentration. Wie lange sind sie schon in dem Lavafeld unterwegs? Alles um ihn herum sieht gleich aus, wie eine unbarmherzige schwarze Wüste. Abweisend und lebensfeindlich.

Kein Wunder, dass die Leute damals ihre Kinder in dieses Labyrinth geführt und darin zurückgelassen haben. Sie haben gehofft, dass selbst ihre Geister nicht zurückfinden. Ob die Überreste der kleinen Körper irgendwann eingesammelt und ordentlich bestattet wurden, oder liegen ihre Knochen noch immer hier draußen herum wie dieser Schafsschädel? Als Mahnmale einer finsteren Zeit?

Mit zentimeterdicker Gänsehaut auf dem Rücken wagt Skagen es kaum, auf den Boden zu blicken, aus Angst, ein blasses Knöchelchen zu entdecken. Wie eine unsichtbare kalte Hand umfängt die Furcht seinen Nacken.

Das ist alles nur Aberglaube, redet er sich gut zu. Alte Märchen und Sagen. Nichts davon ist Wirklichkeit. Bis auf die giftigen Gase. Für die gibt es eine wissenschaftliche Erklärung.

Skagen kommen die Menschen in den Sinn, die dem Fluch von Dverganes zum Opfer gefallen sind. Gislis Frau, der abgestürzte Wanderer, die Totgeburten, die alten Hofbewohner, Wiebke Brandt … Letztere hat immerhin nicht an die übernatürlichen Kräfte geglaubt, die hier wirken, und hat dennoch den Tod gefunden.

Unvermittelt taucht ein großer Gesteinsbrocken vor ihnen auf, der in der Mitte ein kreisrundes Loch trägt. Das allsehende Auge!

Ohne darüber nachzudenken, wendet Skagen sein Gesicht ab.

Nils scheint sich nicht an die Worte zu erinnern und starrt den Stein offen an. Sollte er nicht vorsichtiger sein?

»Was hat Gislason gesagt?«, will er wissen. »Befindet sich die Höhle hinter diesem Lochstein oder davor?«

»Dahinter. Und hoffentlich stimmt es«, bestätigt Skagen. »Ich habe wenig Lust, noch länger zwischen den Steinen herumzukraxeln.«

Plötzlich dringt ein Geräusch an seine Ohren und er erstarrt.

»Hast du das gehört?«, fragt er Nils.

Der Kollege dreht sich um. »Was denn?«

Skagen spürt sein Herz pochen. Er kommt sich albern vor, aber er hat eindeutig etwas wahrgenommen. Ein Heulen oder klagendes Lachen. Die kalte Hand in seinem Nacken drückt zu.

»Der Laut ist durch das Loch im Stein gekommen«, sagt er.

»Vielleicht war es der Wind.« Nils wendet sich dem »Auge« zu, während Skagen immer noch vermeidet, es anzusehen. »Soll ich mal hindurchsehen?«

»Nein!«, hätte Skagen fast geschrien, doch er kann sich zurückhalten. Er will nicht, dass der Kollege ihn für einen Trottel hält, der den Quatsch glaubt, der ihnen von den Schafbauern aufgetischt wurde.

Nils scheinen die Geschichten jedenfalls nicht zu interessieren. Er tritt auf das »Auge« im Stein zu und guckt hindurch. »Da ist nichts.« Er wendet sich um und zeigt zum nächsten *varðar.* »Da drüben geht's weiter.«

Kaum hat er das gesagt, hört Skagen das verhaltene Heulen erneut.

»Warte!«, hält er Nils zurück. Er schluckt gegen den Schmerz in seinem Hals an und ignoriert den eisigen Druck in seinem Nacken. »Wenn die Höhle tatsächlich hinter der Felsformation liegt, sollten wir uns vorsichtig nähern. Wir könnten Kári und Abigal aufschrecken.«

»Du hast recht. Allerdings wüsste ich nicht, wohin sie fliehen sollten.« Nils macht eine ausladende Geste. Danach dreht er sich um und klettert den Pfad hinauf. Skagen folgt ihm, den Blick gesenkt, das Gesicht vom »Auge« abgewandt. Im schwarzen Sand in einer der Mulden blitzt etwas Helles auf, und er hofft, dass es bloß ein bleicher Stock ist, doch sicher ist er sich nicht. Es könnte auch ein Rippenknochen sein.

Gute Güte, fleht er stumm, lass uns die beiden Jugendlichen bald finden. Ich will hier raus.

»Ha!«, hört er Nils im nächsten Moment rufen. Er hat die Kuppe überquert. Hastig arbeitet sich Skagen den kleinen Hang hinauf.

Auf der anderen Seite steht Nils – vor dem Eingang einer Höhle. Ein schwarzes Loch, das wirkt wie ein mit Zähnen bewehrter Schlund. Dampf steigt aus der Öffnung, als säße darin ein Drache. Niemand ist zu sehen.

Nils gibt ihm ein Zeichen, und Skagen folgt ihm mit eingezogenem Kopf in den Schlund. Es riecht nach Schwefel, aber nicht so schlimm wie unten bei den heißen Quellen. Was nicht unbedingt beruhigend ist. Hoffentlich machen sie keinen Fehler und laufen direkt in eine Schwefelwasserstoff- oder Kohlenmonoxidblase. Das wäre ihr lautloses Ende.

Nils benutzt die Taschenlampe, um das Innere der Höhle auszuleuchten. Weicher schwarzer Sand knirscht unter ihren Schuhen, und es wird wärmer, je tiefer sie vordringen. Irgendwo weiter hinten plätschert es. Ein unterirdischer Wasserlauf.

»Ah, schau mal da.« Nils beleuchtet einen Haufen durcheinandergewürfelter Sachen. Zwei Rucksäcke und darum herum ausgebreitet Kochgeschirr und Konservendosen. Schlafsäcke wurden im Sand ausgerollt. Nils durchsucht die Rucksäcke und zieht einige schwarze T-Shirts mit Aufdrucken von Metal Bands heraus.

»Mayhem«, liest Skagen einen davon vor. Das ist eine besonders kontroverse Black-Metal-Band, die er aus seinen eigenen Musikanfängen kennt. Er erinnert sich an die mit Skandalen verbundene Geschichte der Band und dass ein Mitglied von Mayhem wegen Mordes lange im Knast gesessen hat. Er hat außerdem vier Kirchen in Norwegen angezündet. Sollte Kári Fan dieser Band sein und deren Taten verherrlichen, gäbe es bei ihm zumindest eine Akzeptanz für Gewalt.

»Was ist das?« Nils hat ein Stück weißen Stoffs aus dem Rucksack geholt. Daneben liegt ein Schafgehörn. Er breitet den Stoff aus. Er sieht aus wie ein Laken, in das Löcher geschnitten wurden.

Skagen steckt die Finger hindurch.

»Ein Geisterkostüm?«, fragt Nils.

»Könnte sein.« Skagen hebt das Gehörn auf. Nur ein kleiner Rest der Schädelplatte ist noch vorhanden, links und rechts gedrehte Hörner, zwei Bänder wurden daran befestigt.

»Wozu soll das gut sein?«

Skagen hält sich das Gehörn an die Stirn. »Ich glaube, wir haben unseren unheimlichen Elf gefunden.«

Nils stößt einen grunzenden Laut aus. »Scheint, als hätten sich die beiden einen Scherz erlaubt. Sie haben Fotos geschossen, die einen angeblichen Elf zeigen, und eines davon an Abigals Mutter geschickt.«

»Aber warum mit unterdrückter Nummer? Und warum ausgerechnet in der Todesnacht?« Skagen will noch etwas sagen, doch er unterbricht sich selbst, weil er es plötzlich weiß. »Wiebke Brandt sollte Angst bekommen, bevor sie stirbt. So richtig.« Ein Schauder durchfährt ihn. Wie perfide. Die Jugendlichen scheinen eine wirklich grausame Ader zu haben.

Er lässt das Elfenkostüm fallen und sieht sich um. Wo sind sie? Plötzlich knackt es unter seinem Fuß und er senkt den Blick. Eine Reihe weißer Stöcke ragt aus dem Boden.

Doch als er genauer hinsieht, stellt er fest, dass es keine Stöcke sind, sondern Knochen. Ein ganzer Brustkorb liegt da vor ihm!

Skagens Herz rast. Trotz des Widerstands in ihm beugt er sich hinab und untersucht die Überreste. Schnell wird klar, dass sie von einem Schaf stammen und nicht von einem Kind. Erleichtert atmet er auf. Dabei stellt er fest, dass der Schwefelgeruch verschwunden ist. Er hebt den Kopf, ist alarmiert. »Warte, Nils! Geh nicht tiefer rein.«

Der Kollege dreht sich um. »Wieso nicht?«

»Der Geruch. Er ist verschwunden.« Skagen hebt einen Finger in die Luft.

»Ja und?«

»Die Gase könnten eine giftige Konzentration angenommen haben. Das riecht man nicht mehr.«

Nils schnuppert.

Skagen befürchtet, dass sie zu spät kommen und Abigal und Kári irgendwo tot in den Tiefen der Höhle liegen.

»Abigal? Kári? Seid ihr hier?«, ruft er. »Wenn ihr Hilfe braucht, schlagt mit etwas gegen die Steine.« Er lauscht angestrengt und versucht, dabei so flach wie möglich zu atmen. Es war eine Schnapsidee, an diesen gefährlichen Ort zu kommen. Er ruft noch einmal, doch er erhält keine Antwort.

Im nächsten Moment packt ihn Nils und sie rennen aus der Höhle. Erst in gebührendem Abstand bleiben sie stehen, die Hände auf die Oberschenkel gestützt und tief die frische Luft einatmend. Der Schnee bildet mittlerweile eine geschlossene Schicht. Nicht mehr lange, und sie bekämen Schwierigkeiten, den Rückweg zu finden.

»Wenn die beiden da drinnen sind«, keucht Skagen, »dann kriegen wir sie ohne Atemmasken nicht raus. Ich habe Angst, dass da alles vergiftet ist.«

»Wir sollten Verstärkung anfordern.« Nils will sein Handy aus der Tasche holen, da hören sie hinter sich das Geräusch von fallenden Steinen. Sie fahren herum und entdecken zwei Gestalten. Eine in schwarzen Klamotten und die andere mit langen schwarzen Haaren.

»Kári! Abigal!«

Die Jugendlichen sind sichtlich erschrocken und zögern, dann drehen sie sich um und laufen weg. Nils folgt ihnen.

»Stehen bleiben, Polizei!«, ruft er ihnen in mehreren Sprachen hinterher. Doch das interessiert sie nicht.

Skagen hat Mühe, mit dem Kollegen Schritt zu halten. Mit Schneeflocken in den Augen stolpert er über das gezackte Lavagestein, das nicht nur ihn ausbremst, sondern auch die Teenager. Nils hingegen bewegt sich erstaunlich behände und holt zielstrebig auf. Als Abigal sich nach ihm umsieht, stolpert sie und fällt hin. Sie schreit auf, vermutlich, weil sie sich am scharfkantigen Geröll verletzt hat. Skagen sieht, wie Nils Abigal erreicht und sie an der Jacke festhält. Der Junge läuft weiter. Doch wenig später bleibt er stehen und dreht sich um. Sein Blick ist gehetzt und sein Mund weit aufgerissen.

Mit rasselnden Atemgeräuschen gelangt Skagen zu Nils und dem Mädchen, lässt den Jungen jedoch nicht aus den Augen.

»Bleibt, wo du bist!«, ruft er auf Englisch und geht mit ausgestreckten Händen auf Kári zu. Schneeflocken landen auf der Mütze des Jungen, der sich nach einem Ausweg suchend umblickt. Nils brüllt etwas auf Isländisch, was Kári sofort die Hände über den Kopf heben lässt.

»Ich … ich … habe nichts gemacht«, stammelt er auf Englisch.

Skagen gibt Kári zu verstehen, dass ihm nichts geschieht. Der Junge will etwas sagen, da ertönt hinter ihnen plötzlich ein lauter Knall. Voller Adrenalin wirbelt Skagen herum und registriert, dass Nils umkippt. Das Mädchen hält einen Revolver in den Händen. Wo zum Teufel hat sie den her?!

Eine Sekunde später zielt sie mit der Waffe auf Skagen.

»Verpiss dich!«, brüllt sie.

Er öffnet den Mund, um darauf zu reagieren, doch da drückt Abigal auch schon ab. Mit einem Sprung rettet sich Skagen in eine Sandmulde und zieht seine eigene Waffe. Er richtet sie auf Abigal, deren Miene voller Hass ist.

»Leg die Waffe weg, Abigal! Mach es nicht noch schlimmer!«

»Ich mache, was ich will! Lass Kári in Ruhe!«

»Abigal, komm zur Vernunft.« Skagens sieht verzweifelt zu Nils hinüber, der auf den verschneiten Felsen liegt und sich nicht rührt. Himmel, das Mädchen hat ihn erwischt! Hinter sich hört er scharrende Schritte. Kári läuft weg.

»Abigal …«, ruft er und bemüht sich, seine Stimme zu senken. Sein Blick springt zwischen ihr und Nils hin und her.

»Scheiße! Nenn mich nicht so. Ich heiße Alischa!«

»Dann eben Alischa. Bitte, leg die Waffe weg.«

»Fick dich!« Abigal fuchtelt mit dem Revolver herum. »Du willst uns nur zu Samuel zurückbringen.«

»Nein, das will ich nicht.«

Abigal lacht. »Das glaube ich dir nicht. Ihr wurdet von ihm geschickt.«

Skagen ist verwirrt. Was redet das Mädchen da?

»Wir sind von der Polizei! Das weißt du doch«, ruft er und bemerkt im nächsten Moment, dass Nils sich bewegt. Gott sei Dank.

»Aber ihr tragt keine Uniform!«

»Wir sind bei der Kriminalpolizei, da trägt keiner eine.«

Der angeschossene Kollege hebt den Kopf und fixiert Abigal, seine Brille sitzt schief auf seiner Nase, der Zahnpastafleck leuchtet weiß. Abigal bemerkt ihn nicht, ist vollkommen auf Skagen fokussiert. Vorsichtig schiebt sich Nils voran. Skagen weiß nicht, wie schwer er verletzt ist oder was er vorhat, aber er versucht, das Mädchen von dem Kollegen abzulenken.

»Abi… Alischa, ich versichere dir, dass wir nicht von Samuel geschickt wurden. Wir sind offiziell mit der Ermittlung betraut worden und wollen den Mord an deiner Mutter aufklären.«

Bei dem Wort »Mutter« verzieht Abigal das Gesicht. Ihre Lippen beginnen zu zittern.

»Dein Vater macht sich Sorgen und fragt sich, wo du bist«, lügt Skagen, um sie weiterhin beschäftigt zu halten. Nils ist nur noch eine Armlänge von ihr entfernt. In Zeitlupe schiebt er sich zu ihr heran und richtet sich auf, bis er leicht gebeugt hinter ihr steht wie ein Geist.

Abigal merkt nichts davon. Tränen fließen über ihr Gesicht, und der Arm mit dem schweren Revolver zittert.

»Wir werden dafür sorgen, dass Samuel dir nichts tut. Er wird dich in Ruhe lassen«, verspricht Skagen.

»Das sind alles Märchen«, schluchzt sie. »Ihr werdet uns einsperren.«

»Nein, Alischa, wir …«

»Halt die Fresse!« Das Mädchen reißt den Revolver hoch und will abdrücken. Aber Nils ist schneller, er packt ihren Arm und lenkt den Schuss nach oben.

Das Echo hallt von den Lavafelsen zurück, während Nils Abigal den Revolver entwindet und ihn wegwirft. Danach legt er ihr Handschellen an.

Skagen dreht sich um. Kári ist natürlich längst weg. Doch seine Fußspuren im Schnee verraten, wohin er gelaufen ist. Skagen will zuerst zu Nils, um zu sehen, wie es ihm geht, aber der Kollege gestikuliert wild in die Richtung, in die Kári verschwunden ist. »Such den Jungen!«

Skagen folgt der Fährte und findet Kári unter einem Felsvorsprung kauernd. Seine Hände bluten von den scharfen Kanten des Gesteins.

»Tut mir leid«, jammert er mit hängendem Kopf. »Es tut mir so leid.«

Skagen hilft ihm auf die Beine und führt ihn zu Nils. Der hat Abigal mittlerweile gebändigt und schiebt sie vor sich her zum Pfad. Skagen folgt ihm mit Kári, der ergeben mittrottet.

Sie gehen am »Auge« vorbei immer entlang der *varðar*, passieren bald den gekrümmten Bären. Es ist ein beschwerlicher Rückweg, und Skagen spürt das Fieber in jedem schmerzenden Knochen. Seine Augen brennen. Er braucht dringend eine weitere Tablette.

Als sie endlich aus dem Lavafeld auf die Wiese treten, ist es, als fiele eine Last von ihm ab. Der kalte Druck in seinem Nacken verschwindet, und er kann wieder leichter atmen. Es sind nur noch ein paar hundert Meter bis zum Hof der Gislasons, das wird er wohl noch schaffen.

Sie schleppen sich und die Gefangenen zum Polizeijeep auf dem Parkplatz, wo Nils die wütende Abigal auf den Rücksitz verfrachtet und Skagen den friedfertigen Kári neben sie setzt. Danach mustert Skagen den Kollegen von Kopf bis Fuß.

»Sag mal, die Kugel hat dich doch getroffen, oder?«, fragt er, weil er nirgendwo Blut sehen kann.

»Klar hat sie das«, entgegnet Nils. In aller Ruhe richtet er seinen Seitenscheitel und knöpft seine von der Lava zerschnittene Jacke auf. »Kevlar«, sagt er und klopft sich gegen die Brust. »Ohne das Baby gehe ich nicht aus dem Haus!«

Überrascht blickt Skagen auf den stramm sitzenden Schurwollpullover des Kollegen. Dessen Extrakilo waren also nie einem leichten Übergewicht geschuldet, sondern einer schusssicheren Weste.

52

»Er geht nicht dran«, sagt Skagen. Zum gefühlt 20. Mal hat er versucht, Herrn Brandt zu erreichen, um ihn darüber zu informieren, dass sie seine Tochter und deren Freund festgenommen haben.

»Dann müssen wir rausfahren und ihn holen«, sagt Halla.

Skagen sieht auf die Uhr. »Das dauert mindestens zwei Stunden hin und zurück.«

»Bei dem Wetter eher drei.« Halla zeigt aus dem Fenster des Präsidiums in Egilsstaðir, vor dem nach wie vor Schneeflocken tanzen.

Skagen wählt erneut. Wieder erreicht er nur die Mobilbox. Er lässt das Telefon sinken.

»Vielleicht sollten wir mit Kári anfangen. Seine Eltern sind da«, schlägt Halla vor.

»Nils möchte zuerst Abigal vernehmen. Und ich auch«, entgegnet Skagen. Er unterdrückt ein Husten und erntet einen mitfühlenden Blick von der Kollegin. Sie hat ihm einen Tee ins Büro gestellt und die Heizung hochgedreht. Abigal und Kári sind nach der Verhaftung getrennt und in zwei verschiedene Zimmer gebracht worden, in denen sie von Kollegen betreut werden. In Zellen wollten sie die Jugendlichen vorerst nicht stecken, um sie nicht weiter einzuschüchtern. Mit minderjährigen Tätern muss man behutsamer umgehen als mit erwachsenen. Beim Abgleichen der Schuhabdrücke hat Nils herausgefunden, dass weder Abigals noch Káris Profil zu der Spur neben der Schubkarrenfährte passt. Sie würden allerdings auch das restliche Schuhwerk der beiden überprüfen müssen.

Unruhig wiegt Skagen das Telefon in der Hand. Er versteht nicht, warum Herr Brandt nicht auf seine Anrufe reagiert. Liegt er immer noch im Bett? Er hat das letzte Mal sehr weggetreten gewirkt. Skagen wählt erneut. Diesmal wird abgenommen.

»Samuel Factor Romigius!«

Ausgerechnet, denkt Skagen und stellt das Handy auf laut, damit Halla mithören kann. »Kommissar Skagen hier. Wo ist Herr Brandt? Wir müssen mit ihm sprechen.«

»Der fühlt sich nicht gut. Kann ich Ihnen helfen?«

Wieder dieses Spiel!

»Was ich zu sagen habe, geht nur Herrn Brandt etwas an«, beharrt Skagen.

»Sie haben Abigal und Kári gefunden. Wollen Sie sie verhören?«

Bevor Skagen etwas darauf erwidern kann, öffnet sich die Tür und Nils tritt ins Büro. Fragend sieht er in die Runde. Skagen zeigt auf das Handy und formt mit den Lippen den Namen Romigius.

»Es ist wirklich wichtig, dass wir mit Herrn Brandt sprechen«, wiederholt er an Samuel gerichtet. »Er soll zum Polizeirevier in Egilsstaðir kommen. Sofort!«

»Ich habe immer noch die Vollmacht. Reden Sie mit mir.«

Skagen presst die Lippen aufeinander. Der Kerl beginnt, ihm auf die Nerven zu gehen.

»Ich weiß, dass Sie Herrn Brandt brauchen, um Abigal zu befragen«, sagt Samuel. »Das ist die gesetzliche Vorgabe bei der Vernehmung von Minderjährigen. Daher biete ich mich stellvertretend für Thorsten als Erziehungsberechtigten an.«

Ist der Kerl jetzt nicht nur Therapeut, sondern zudem Jurist? Skagen will ihn loswerden, um nicht noch mehr Zeit mit ihm zu verschwenden. »Geben Sie uns Bescheid, sobald Herr Brandt ansprechbar ist, dann fahren wir zu Ihnen raus.«

»Nein, ich komme zu Ihnen.«

»Das brauchen Sie nicht. Wir wollen …« Skagen blickt auf das Telefon. Samuel hat einfach aufgelegt.

»Kommt der jetzt her?«, fragt Nils.

»Sieht so aus.«

»Soll er ruhig machen.« Der Kollege reibt sich die Hände.

Skagen ist skeptisch. Er erinnert sich an sein Versprechen, das er Abigal bei der Festnahme gegeben hat. Es hat den Eindruck gemacht, als würde sie sich davor fürchten, Samuel gegenüberstehen zu müssen. Zwischen den beiden muss etwas vorgefallen sein, sonst würde sie nicht so reagieren.

»Ich habe Bedenken, den Mann zu Abigal zu lassen«, sagt er, und Hallas Miene macht deutlich, dass sie ähnlicher Meinung ist.

»Ach, das wird das Mädchen schon verkraften. Ich will dem Typen mal ordentlich auf den Zahn fühlen.« Nils grinst in diebischer Freude. Er zwinkert ihnen zu und verlässt das Büro.

»Was für ein unangenehmer Zeitgenosse«, sagt Halla.

»Wer? Nils oder Samuel?«

»Beide.«

Skagen nickt müde. Obwohl Nils ihn davor gerettet hat, von einer Kugel getroffen zu werden, und er sich an dessen ruppigen Ton inzwischen gewöhnt hat, stimmt er noch lange nicht mit all seinen Vorgehensweisen überein. Aber Nils leitet die Ermittlungen, daher muss er seine Ansagen akzeptieren. Gemeinsam mit Halla tritt er auf den Flur.

Im Nachbarbüro, das durch eine lange Fensterfront vom Flur abgetrennt ist, unterhält sich Nils mit Maggy und Gisli Gislason. Leider versteht Skagen nicht, was sie reden, da sie das Gespräch auf Isländisch führen. Die Gesichter von Káris Eltern sprechen jedoch Bände.

Eineinhalb Stunden später erscheint Samuel Factor Romigius im Präsidium. Es ist wirklich ein Auftritt, denn der geistliche Führer der Freikirche schreitet erhobenen Hauptes durch die Flure, als wäre er der Papst persönlich. Hinter ihm folgt wie ein Messdiener im heiligen Gewand Jule Wittmann. Samuels Blick ist freundlich und offen. Sein halblanges grau meliertes Haar ist zurückgekämmt und der Bart frisch getrimmt. Er begrüßt die Anwesenden mit einem höflichen Händedruck, während Skagen ihm skeptisch gegenübertritt und Nils ein Pokerface aufsetzt.

In der Zeit, die sie auf Samuel gewartet haben, hat Skagen weiter über den Mann im Netz recherchiert und sogar mit einem Sektenbeauftragten der Stadt Bremen telefoniert. Ihm waren Samuel und die Vollendete Gemeinschaft Jesu bekannt, und er hat bestätigt, dass die VGJ als klassische Sekte eingestuft werden kann und Samuel sich auf ebenso klassischem Wege als ihr Oberhaupt darstellt. Er ist ein Mann mit Machtfantasien und narzisstischen Zügen, den man mit Vorsicht genießen sollte. Er wiegt seine Anhänger in dem Glauben, durch seine Fürsprache bei Gott ins Paradies zu gelangen, ebenjene »Entrückung« zu erfahren. Dafür nimmt er fleißig das Geld aller Mitglieder an sich. Schließlich ist er der Prophet.

Skagen mustert Samuel. Am liebsten hätte er den Kerl weggeschickt. Doch Nils besteht darauf, ihn zu Abigal zu lassen. Er will eine Reaktion des Mädchens provozieren, um herauszufinden, was zwischen den beiden vorgefallen ist. Skagen hat kein gutes Gefühl dabei. Er befürchtet eher das Gegenteil: dass Abigal dichtmacht.

»Hosianna!«, ruft Samuel theatralisch aus und hebt seine Hände gen Himmel. »Ich danke dem Herrn, dass Sie Abigal und Kári gefunden haben. Wir haben uns schreckliche Sorgen gemacht!«

Ja klar, denkt Skagen, während Nils die Besucher zu dem Raum führt, in dem Abigal wartet.

»Sie bleiben draußen«, sagt er zu Jule Wittmann.

»Wieso?«, fragt Samuel überrascht. »Sie ist eine Freundin der Familie, und Abigal kennt sie. Ich möchte, dass eine weibliche Vertrauensperson für das Mädchen anwesend ist. Das ist vorgeschrieben.«

»Halla Austdal ist unsere weibliche Beisitzerin«, kanzelt Nils den Propheten ab. »Frau Wittmanns Anwesenheit wird nicht benötigt.« Er öffnet die Tür und sie treten ein – ohne Jule Wittmann.

Abigal sitzt mit angezogenen Beinen und in eine Decke gehüllt am Tisch. Vor ihr stehen die Reste einer Mahlzeit, die Halla ihr in einem Restaurant besorgt hat.

Als das Mädchen Samuel bemerkt, werden ihre Augen groß und ihr Körper verspannt sich. Mit den Händen greift Abigal nach der Tischkante, als wolle sie sich daran festhalten. Sie sind bandagiert, wegen der Schnitte, die sie sich beim Sturz auf die Lava zugezogen hat. Als sie Skagen ansieht, trifft ihn blanker Hass. Das schlechte Gewissen packt ihn. Er weiß, dass er sein Versprechen nicht gehalten hat.

Das Oberhaupt der VGJ geht auf Abigal zu und breitet wohlwollend seine Arme aus. »Tochter, komm zu mir.« Samuel will sie an sich ziehen, doch Skagen geht dazwischen.

»Keinen Körperkontakt mit der Verdächtigen!«, mahnt er.

Samuel tritt mit indignierter Miene zurück. »Oh! Ich wusste nicht, dass das hier ein Hochsicherheitstrakt ist.«

Abigals Blick huscht zu Skagen, der ihr aufmunternd zunickt, um ihr zu sagen, dass er auf ihrer Seite ist. Wieder treffen ihn Hassblitze.

Samuel lächelt zufrieden und wendet sich an Abigal. »Alles wird gut, mein Kind. Ich verspreche es dir.«

Das Mädchen schweigt.

»Kann ich allein mit ihr sprechen?«, fragt Samuel.

»Natürlich nicht!« Skagen verschränkt die Arme. »Es ist schon ein Zugeständnis, dass Sie überhaupt bei der Vernehmung dabei sind.«

»Ohne mich dürften Sie Abigal gar nicht befragen«, schießt Samuel zurück. »Sie sollten mir dankbar sein, dass ich den weiten Weg hierher gemacht habe.«

Skagen beißt sich auf die Zunge. Er verflucht Nils für dessen Entscheidung, Samuel zur Befragung zugelassen zu haben.

»Aber ich mache das natürlich gerne«, entgegnet der Sektenguru großmütig. »Und solange Sie das Kindeswohl berücksichtigen, habe ich nichts dagegen, wenn Sie mit Abigal sprechen.« Der Kerl lächelt dreist. Er versucht, die Polizei auf die nette Art einzuschüchtern. Doch da beißt er bei Skagen auf Granit.

Zusammen mit Nils und Halla nimmt er gegenüber Abigal Platz. Samuel bekommt einen Stuhl an der Wand zugewiesen, weit genug von dem Mädchen entfernt.

Skagen schlägt seinen Protokollblock auf. Ein Kratzen im Hals lässt ihn husten und er nimmt einen Schluck Wasser. Dann richtet er seine Aufmerksamkeit auf das Mädchen.

»Abigal Maria Brandt«, sagt er. »Du bist 14 Jahre alt und wohnhaft in Bremen in Deutschland. Ist das korrekt?«

»Leider«, erwidert Abigal trotzig.

»Okay. Weißt du, warum du hier bist?«

Abigal schweigt und blickt ihn finster durch ihre schwarz gefärbten Haarsträhnen an. Nach allem, was Skagen mit ihr erlebt hat, ist es ein Leichtes, sie sich als Mörderin vorzustellen. Das wäre jedoch zu kurz gegriffen. »Abigal …«

»Ich heiße Alischa!«, blafft das Mädchen. »Und ich werde nichts sagen, solange ihr mich nicht so nennt.«

»Nun gut, Alischa.« Skagen macht es nichts aus, auf die

Forderung einzugehen, sollten sie Abigal dadurch zum Reden bringen. »Du bist hier, weil du des Mordes an deiner Mutter verdächtigt wirst.«

»Das ist lächerlich. Ich habe nichts gemacht.«

»Es gibt Indizien, die den Verdacht untermauern. Außerdem bist du geflohen und hast mit einer gestohlenen Waffe auf zwei Polizeibeamte geschossen. Einen hast du getroffen. Zum Glück trug er eine schusssichere Weste.«

Nils brummt zustimmend. Inzwischen wissen sie, dass der Revolver samt Munition von Káris Vater Gisli Gislason stammt, der ihn dazu benutzt, kranke oder verletzte Schafe zu töten. Dafür hat er eine Erlaubnis. Trotzdem war es unverantwortlich, dass die beiden Jugendlichen so leicht an die Waffe gelangen konnten.

»Ich hatte … Angst«, erklärt Abigal.

»Wovor? Wenn ihr doch angeblich unschuldig seid.«

Abigal zögert, ihr Blick huscht zu Samuel, der reglos dasitzt. »Ich wollte nicht zurück«, antwortet sie.

»Zurück wohin?«

Samuel räuspert sich wie zufällig, und wieder zögert Abigal. Versucht der Kerl, sie zu beeinflussen?

»Antworte bitte, Alischa«, drängt Skagen.

»Ich wollte nicht zurück zu … meinen Eltern.«

»Deine Mutter ist tot, du hättest also nur zu deinem Vater zurückgekonnt. Warum wolltest du nicht zu ihm? Hast du ein Problem mit ihm? Oder ist es wegen eurer Glaubensgemeinschaft? Ihr lebt nach strengen Regeln, habe ich gehört. Hattest du Angst vor Konsequenzen, weil du dich nicht daran gehalten hast?«

Abigal senkt den Kopf und scheint zu überlegen. Samuel räuspert sich erneut.

»Könnten Sie das lassen?«, fährt Skagen ihn an. »Sonst muss ich Sie aus dem Raum entfernen.«

Samuel hebt überrascht die Brauen. »Ich habe lediglich ein Kratzen im Hals. Sie doch auch.«

»Das stimmt, aber ich beherrsche mich. Kann ich mich jetzt darauf verlassen, dass Sie sich zurückhalten?«, fragt er scharf und fixiert den Mann.

Samuel nickt.

»Okay.« Skagen wendet sich an Abigal. »Sag, hast du Angst vor ihm?« Er zeigt auf das Sektenoberhaupt.

»Nein.«

»Was dann? Etwa vor einer Bestrafung durch eure Gemeinschaft?«

»Nein.« Das Mädchen schüttelt den Kopf.

»Warum bist du abgehauen?«

»Ich wollte weg.«

»Weil du deine Mutter getötet hast?«

»Nein, habe ich nicht!« Erneut treffen Skagen hasserfüllte Blitze, und er muss sich zwingen, Abigals Blick standzuhalten. Das Mädchen strahlt eine extrem negative Energie aus. Ein Hustenreiz zwängt sich durch seinen Hals und schnell greift er zum Wasserglas. Als er sicher ist, dass er den drohenden Anfall im Griff hat, fährt er fort.

»Wir haben Spuren an der Leiche und am Fundort sichergestellt, die unzweifelhaft auf dich hindeuten.«

Abigal guckt ihn an.

Skagen holt einige Abzüge von Nahaufnahmen hervor und breitet sie vor ihr aus. »Das hier«, er zeigt auf das erste Bild, »ist ein Haar von dir. Es war an dem Handtuch, mit dem deine Mutter erdrosselt wurde. Und das da«, er wechselt zum nächsten Foto, »ist ein Speichelfleck auf dem Pullover, den deine Mutter trug, als sie ermordet wurde. Er stammt von dir. Wie kommt der dorthin?«

Abigals Miene ist undurchdringlich.

»Bitte beantworte meine Frage«, beharrt Skagen.

»Wir haben uns gestritten«, zischt sie.

»Worüber?«

Abigal verschränkt die Arme vor der Brust und schiebt ihre Unterlippe vor.

»Was ist mit dem Handtuch? Warum war dein Haar darauf?«

»Ich habe es zum Abtrocknen benutzt, als ich in der Quelle gebadet habe. Ich muss es da liegen lassen haben.«

Eine gute Erklärung, denkt Skagen. Mal sehen, was sie noch für Ausreden parat hat.

»Und Kári? Hat er dir geholfen?«

»Wobei?«

»Deine Mutter zu töten. Wie habt ihr das angestellt? Allein konntest du sie bestimmt nicht zu den Quellen bringen. Ihr habt eine Schubkarre vom Magnusson-Hof benutzt, stimmt's? War das Káris Idee?«

»Wir haben gar nichts gemacht.«

Skagen betrachtet das Mädchen. Ist sie tatsächlich unschuldig oder einfach nur eiskalt? Er hat schon viel erlebt, aber keinen solch abgebrühten Teenager, der angesichts eines Tötungsdeliktes derart ungerührt geblieben wäre.

»Bist du nicht traurig, dass deine Mutter tot ist?«

Abigal presst die Lippen aufeinander und schweigt demonstrativ. Ein Polizeipsychologe wäre jetzt hilfreich. Leider haben sie von dieser Seite immer noch keine Unterstützung erhalten. In Island geht offensichtlich alles langsamer vonstatten.

»Wir haben Ergebnisse aus dem Labor«, erklärt Skagen, »die bestätigen, dass sich an dem goldenen Kreuz, das deine Mutter um den Hals getragen hat, deine DNA befindet. Hast du es ihr vom Hals gerissen, als du sie gewürgt hast? Oben bei dem Lavafeld?«

Das Mädchen blinzelt erneut, zieht es jedoch vor, nicht zu antworten.

Skagen holt Abigals Handy hervor. »Da sind interessante Fotos drauf.« Er öffnet die Galerie. »Hier sehen wir dich mit Kári. Ihr posiert mit einem Messer und einem Schafschädel vor einem Steingebilde. ›Schwarze Messe‹ steht quer über das Bild geschrieben.« Er wischt zur nächsten Aufnahme. »Und darauf seid ihr mit der Teufelsgeste zu sehen. ›Mama, stirb‹ und ›Satan soll dich holen‹ ist auf dem Foto zu lesen. Was sollen wir davon halten?«

»Das war nur Spaß und nicht ernst gemeint«, sagt Abigal und zuckt mit den Schultern.

Skagen fällt auf, dass sie es nach wie vor vermeidet, Samuel anzusehen. Er mahlt mit den Kiefern. Die Veranstaltung hier ist doch eine Farce.

»Okay«, sagt er bemüht ruhig. »Der letzte Anrufversuch auf deinem Handy kam von deiner Mutter, um kurz nach Mitternacht. In der Nacht, in der sie starb, hat sie versucht, dich anzurufen. Wo warst du da?«

»Bei Kári auf dem Gislason-Hof. Ich hatte mein Handy nicht dabei. Mama hatte es mir weggenommen.«

»Warum warst du nicht zu Hause? Hattest du nicht Stubenarrest wegen eures Streits?«

Abigal senkt betont unbeteiligt den Blick und beginnt, an ihren pink lackierten Fingernägeln zu knabbern. Die gleiche Farbe hat auch der entwendete Lack von Zoe.

»Wusstest du, dass deine Mutter die Menschen auf den Schaffarmen bestohlen hat?«

Abigals Augenlider zucken, ihr Kehlkopf hüpft auf und ab. Schnell schüttelt das Mädchen den Kopf, doch Skagen erkennt trotzdem, dass ihr die Neigung der Mutter bekannt war. Vielleicht schämt sie sich dafür.

»Alischa, ich frage dich erneut: Hast du deine Mutter getötet? Sie hat dir verboten, deinen Freund Kári zu treffen. Und du warst wütend. Ist es deswegen zu einem Streit gekommen? Hast du dabei etwas getan, was du bereust? Du kannst dich uns anvertrauen, wir verstehen das.«

Abigal schluckt. »Ihr versteht gar nichts«, zischt sie. Ihr Blick huscht zu Samuel, dabei knetet sie heftig ihre Hände. Sie möchte etwas sagen, doch es ist offensichtlich, dass sie sich nicht traut. Samuels Anwesenheit schüchtert sie ein.

Skagen spürt Zorn in sich aufsteigen. Wenn das Mädchen nicht frei sprechen kann, ergibt die Vernehmung keinen Sinn! Er schiebt seinen Stuhl zurück und steht auf. »Ich beende die Befragung.«

Nils und Halla sehen ihn überrascht an.

Skagen hebt die Hände in Richtung Samuel und verlässt den Raum. Draußen macht er seinem Unmut mit einem lauten Fluch Luft. Die Kollegen in den anderen Räumen heben irritiert die Köpfe, doch Skagen ignoriert sie. Er marschiert den Flur entlang, durchquert den Eingangsbereich des Präsidiums und stößt die Glastür auf. Draußen auf dem Parkplatz bleibt er stehen. Es ist kalt und Schnee bedeckt den Boden sowie die geparkten Wagen. Er bückt sich und hebt eine Handvoll davon auf, knetet sie zu einem Ball und wirft ihn mit aller Kraft gegen eines der Polizeiautos. Die kleine Kugel zerspringt mit einem Plopp an der Scheibe. Skagen formt gleich noch einen Schneeball und lässt ihn dem ersten folgen. Dann noch einen und noch einen, bis er schließlich erschöpft die Arme sinken lässt und mit vor Kälte schmerzenden Fingern auf den Polizeiwagen starrt. Seit wann hat er keine Geduld mehr mit den Leuten, die bei der Vernehmung vor ihm sitzen? Wieso ist er so voller Zorn, dass er am liebsten aus der Haut fahren möchte? Das ist doch bloß ein 14-jähriges Mädchen da auf der anderen Seite des Tisches und kein tätowierter Häftling, der ihn anspuckt. Nichts, was ihn derart aus der Ruhe bringen sollte. Oder liegt es daran, dass er sich beschissen fühlt? Dass sein Hals brennt und ihm scheißheiß ist? Und dass ihm die Sache in Stavanger und die mit Maja und vor allem Göran an die Nerven geht?

Skagen hebt den Kopf und blickt in das Schneetreiben hinauf. Doch die Abermillionen von leise fallenden Flocken haben keine Antwort für ihn.

53

Diese bescheuerten Fragen! Das Mädchen sitzt allein im Vernehmungsraum, die Polizisten sind rausgegangen, um sich zu beraten. Bisher hat sie ihnen nichts erzählt, ist hart geblieben. So wie ihr Liebster und sie es einander geschworen haben.

Ob sie ihm genauso zusetzen?

Das Mädchen seufzt verzweifelt.

So ein Mist, dass die Bullen sie geschnappt haben. Sie hätten vorsichtiger sein müssen. Aber am Ende können sie ihnen gar nichts nachweisen, selbst wenn sie Spuren finden. Die kann sie erklären. Es gibt niemanden, der sie beobachtet hat, denn es war stockdunkel. Und sie weiß, ohne Zeugen können sie sie nicht einsperren. Die Drohungen des Polizisten sind also Schrott. Hohles Gelaber, das sie nervös machen soll. Die Bullen haben nichts, gar nichts. Das sind Nullchecker.

Sie würden hier wieder rauskommen. Beide.

Hauptsache, sie halten dicht.

Hauptsache, *er* hält dicht. Denn ihr Liebster ist nicht so hart, wie er immer tut. Sie ist härter. Und sie würde es durchstehen.

Die Tür geht auf und ein Polizist in Uniform sagt ihr, dass sie auf eine Psychologin warten, daher würde sich die Fortsetzung der Vernehmung verschieben.

Gut. Dann kann sie sich in Ruhe überlegen, was sie der Psychotante vorheulen wird.

Wäre doch gelacht, wenn sie hier nicht im Nullkommanichts raus wäre. Sie ist ein Kind. Und Kinder töten keine Menschen.

54

»Hallo, Kári«, sagt Nils, und Halla übersetzt für Skagen.

Der Junge hockt mit nach vorn gesackten Schultern auf seinem Stuhl. Er trägt ein schwarzes T-Shirt mit dem Aufdruck »Black Sabbath«. Seine blonden Haare sind verwuschelt, und an seinem Handgelenk prangt ein Nietenarmband.

Seine Eltern, Gisli und Maggy Gislason, sitzen neben ihm. Ihre Mienen sind besorgt. Skagen fällt auf, dass Kári weitaus nervöser wirkt als Abigal. Unruhig wippt er mit dem Knie.

Nachdem die Befragung von Abigal so fruchtlos verlaufen ist, hat Nils Skagens Rat beherzigt und Samuel von weiteren Befragungen ausgeschlossen. Das Mädchen würde nun erst mal in Ruhe gelassen werden, bis die Mitarbeiterin vom Interventionsteam einträfe, die sich für diesen Nachmittag tatsächlich angekündigt hat. Endlich!

»Kári, kannst du uns sagen, was in der Nacht zum Dienstag vorgefallen ist?«, fragt Nils.

»Hab ich doch schon erzählt. Abigal und ich haben uns auf dem Heuboden versteckt, weil wir nicht wollten, dass ihre Mutter uns findet.«

»Und was habt ihr auf dem Heuboden gemacht?«

»Ähm, Alkohol getrunken und, ähm …«, Kári wird rot, »… geknutscht.«

»Alkohol?«, hakt Nils nach. »Woher hattet ihr den?«

Skagen fällt auf, dass der Kollege mit Kári viel einfühlsamer umgeht als mit Yngvi. Der Saisonarbeiter sitzt immer noch in U-Haft – wegen der Unterhose von Frau Brandt. Nils hat es geschafft, das als belastbaren Beweis durchzusetzen. Vermutlich können sie Yngvi entlassen, wenn sie mit Abigal und Kári fertig sind. Auch wenn es nicht so aussieht, dass sie die Tat zugeben werden.

»Es war eine Flasche Whiskey«, antwortet Kári. »Ich habe sie aus den … Vorräten meiner Eltern genommen.« Verlegen weicht er dem Blick seines Vaters aus.

»Du meinst das geheime Versteck für Schmuggelware in eurem Stall?« Nils sieht die Erziehungsberechtigten an. »Wir haben schon von anderer Stelle gehört, dass so etwas existiert. Es hat also keinen Zweck, es zu leugnen.«

Die Gislasons nicken schamvoll.

»Wir kommen später gesondert darauf zurück«, erklärt Nils und wendet sich dem Jungen zu. »Kári, du und Abigal habt also getrunken und euch geküsst. Und da seid ihr auf die Idee gekommen, Abigals Mutter ein bisschen Angst einzujagen und ihr ein unheimliches Foto zu schicken.« Er holt das Elfenbild hervor. »Die unterdrückte Nummer, von der es gesendet wurde, konnte inzwischen ermittelt werden. Es ist deine, Kári.«

Der Junge wird noch blasser, als er schon ist.

Nils schiebt ihm ein zweites Foto hin. Es zeigt das Laken mit den Löchern und das Gehörn. »Das ist ein Kostüm, nicht besonders originell, aber wir haben es bei euren Sachen gefunden. Es passt exakt zu der Aufnahme von dem unheimlichen Elf. Daraus schließen wir, dass sich einer von euch für das Foto verkleidet hat. Stimmt das?«

»Ja«, sagt Kári kleinlaut.

Nils nickt und zückt das dritte Bild. Skagen ist gespannt auf den nächsten Schritt, denn als sie die Rucksäcke der beiden noch einmal gründlich durchsucht haben, ist ihnen noch etwas in die Hände gefallen.

Nils legt die Aufnahme vor Kári hin. »Diazepam – besser bekannt als Valium.«

Kári starrt auf das Bild, das die Verpackung eines englischen Präparats zeigt. *Sleeping tablets and tranquilizer.*

»Das sind meine!«, entfährt es Maggy Gislason. »Sie stammen aus meiner Hausapotheke. Was hattest du damit vor, Kári?«

Ihr Stiefsohn windet sich förmlich auf seinem Stuhl. Sein Knie wippt hektisch auf und ab.

»Sag schon!«, drängt sie, doch Nils schreitet ein.

»Ich stelle hier die Fragen.« Er fixiert Kári. »Aber das brauche ich in diesem Fall nicht zu tun, denn ich weiß, was ihr mit den Pillen gemacht habt. Ihr habt sie in die Schokoriegel gedrückt und der Elf hat sie Abigals kleinem Bruder Jonas zu essen gegeben. Und dann habt ihr ihn in die *dimmu hraunar* geführt und in die Höhle gebracht. Liege ich richtig?«

Kári kaut auf seiner Unterlippe herum.

»Stimmt das?«, wiederholt Nils.

Der Junge atmet gestresst aus. »Ja, es stimmt.«

Skagen kann sehen, wie Erstaunen und Entsetzen auf Maggys und Gislis Gesichter treten.

»Erklär uns bitte, warum ihr das gemacht habt«, fährt Nils fort.

»Wir …« Kári knetet seine Hände. »Wir waren sauer auf Wiebke und Jonas. Abigal kann ihn nicht leiden. Sie sagt, er sei eine verwöhnte Nervensäge. Wir wollten den beiden eins auswischen.« Er schluckt trocken. »Es war eine doofe Idee, ich weiß. Wir wollten Jonas nur ein paar Stunden in der Lava lassen, bis Wiebke Angst um ihn bekommt. Doch dann hat jemand die Polizei gerufen und es wurde eine große Suche veranstaltet. Wir hatten Angst, dass wir den Einsatz bezahlen müssen.«

»Und da habt ihr den Jungen einfach eine ganze Nacht lang draußen in der Steinwüste gelassen«, schimpft Nils. »Er hätte erfrieren können!«

»Wir wussten doch, dass es in der Höhle warm ist, und Schokoriegel hatte er auch. Wir hätten ihn da noch rausgeholt.«

»Ach ja? Habt ihr aber nicht!« Nils starrt den Jungen an. »Und was ist mit der Bisswunde? War das auch eure Idee?«

Kári presst die Lippen zusammen. »Ich habe Abigal gesagt, dass ich das nicht gut finde.«

»Also war sie es?« Jetzt wirkt selbst Nils überrascht.

»Sie hatte so einen Hass auf ihren Bruder. Da hat sie ihn in die Schulter gebissen. Sie sagte, dass die Schuld dafür eh Silas bekommen würde.«

»Silas?«

»Wittmann«, erklärt Kári. »Der Junge ist echt aggro. Beißt und tritt um sich.«

Nils schüttelt fassungslos den Kopf. Auch Skagen kann kaum glauben, dass die beiden Jugendlichen so etwas mit dem kleinen Bruder gemacht haben. Und das nur, um die Mutter zu ärgern und dem Jungen eins auszuwischen. Das hätte böse enden können. Aber vielleicht wäre es ihnen auch egal gewesen. Abigal zumindest.

»Und was dann?«, fragt Nils. »Abigals Mutter hat euch verboten, dass ihr euch weiterhin seht, und da hattet ihr eine neue tolle Idee. Nämlich, sie umzubringen!«

Kári hebt abwehrend die Hände. »Nein, nein, so war das nicht.« Er seufzt. »Ich meine, ja, wir waren sauer auf Wiebke, aber wir haben sie nicht umgebracht.«

»Sicher? Denn es gibt mehrere Spuren, die darauf hindeuten, dass zumindest Abigal die Tat ausgeführt haben könnte. Du bist nicht der Hauptverdächtige, das ist klar. Und solltest du uns Hinweise liefern können, was genau passiert ist, bist du womöglich aus dem Schneider.«

Das Knie des Gislason-Jungen wippt jetzt wie verrückt. »Abigal war furchtbar sauer. Auf alle. Ihre Mutter, ihren Vater und auf ihre Geschwister. Jonas und Pia mag sie am wenigsten. Pia ist eine kleine Spionin. Sie hat uns hinterhergeschnüffelt und ihrer Mutter alles verraten. Auch, dass Abigal den Lippenstift und Nagellack von Zoe benutzt hat.«

Ah, daher weht der Wind, denkt Skagen. Als Wiebke Brandt davon erfahren hat, ist sie losgezogen, hat die Sachen einkassiert und sich deshalb mit Abigal gestritten. Das erklärt, warum sich Nagellack und Lippenstift in ihrem Koffer befanden – aber noch lange nicht die anderen Dinge.

Unterdessen fragt Nils ein weiteres Mal nach dem Verhältnis zwischen Abigal und ihrer Mutter. Dazu zeigt er Kári die Fotos von ihrem Handy mit »Mama, stirb« und »Satan soll dich holen«.

Kári betrachtet die Bilder gar nicht richtig, sondern kaut auf seiner Unterlippe.

»Ist aus diesen Sprüchen Ernst geworden?«, bohrt Nils nach. »Hat Abigal ihre Mutter umgebracht und du deckst sie, weil du sie liebst?«

Kári wischt sich mit den Händen über die schwarze Jeans und holt Luft. Seine Eltern warten bang, was ihr Sohn antworten wird.

»Nun?«, beharrt Nils.

»Ja, verdammt!«, platzt es aus Kári heraus, dabei verzerrt er sein Gesicht. »Ihre Mutter hat genervt! Kolossal. Sie war eine B…« Er presst die Lippen zusammen und schluckt das böse Wort herunter, das ihm auf der Zunge gelegen hat. Danach setzt er erneut an. »Abigal hat ihre Mutter gehasst. Weil sie ihr alles verboten hat. Sie durfte gar nichts. Nicht einmal sich ihren eigenen Freund aussuchen. Das machen in ihrer Gemeinschaft andere für sie. Dabei hat kein Mädchen etwas mitzureden. Mit 15 werden sie an ihren Zukünftigen übergeben, und sie müssen es akzeptieren. Abigal hat erzählt, dass ihre Mutter für sie längst einen Mann ausgewählt hat. Aber Abigal wollte das nicht, sie hat Angst vor dem Kerl, sie will nicht bei ihm einziehen.«

»Weißt du, wer es ist?«

»Der Prophet.«

Plötzlich wird Skagen alles klar. Warum Samuel so vehement darauf besteht, bei allen Befragungen dabei zu sein. Warum er Thorsten Brandt vor ihnen abschirmt. Er hat Angst, dass seine Machenschaften ans Licht kommen – oder sollte man besser sagen, seine Vorlieben? Sich an 15-jährigen Mädchen zu vergreifen, ist absolut widerwärtig.

Nils dreht sich zu Skagen. »15? Ist das strafbar in Deutschland?«

»Ja. Im Gegensatz zu manchen skandinavischen Ländern gelten Minderjährige bei uns bis 14 Jahren als Kinder und bis 18 als Jugendliche. Sexuelle Handlungen an ihnen sind strafbar. Genauso sieht es mit einer Heirat aus. Diese ist in Deutschland erst ab 18 zulässig. Früher war es möglich, mit 16 und der Erlaubnis der Eltern zu heiraten. Das wurde jedoch vor ein paar Jahren geändert.«

Nils wendet sich an Kári und übersetzt, was Skagen gesagt hat. »Du siehst also«, fügt er hinzu, »Abigals Mutter wäre damit nicht durchgekommen.«

Kári stößt ein ironisches Lachen aus. »In dieser Gemeinschaft wagt es doch keiner, sich gegen den Propheten aufzulehnen. Abigal hat es versucht, aber sie wurde ständig bestraft. Sie wollte nur noch weg. Wollte nicht tausend Kinder kriegen wie ihre Mutter. Das ist doch abartig. Die dürfen nicht mal verhüten, das ist eine große Sünde und streng verboten. Wie gesagt, die dürfen gar nichts. Nicht mal Musik hören. Ist doch klar, dass man da weg will. Deshalb haben wir uns in der Lava versteckt. Wir wollten später nach Egilsstaðir und von dort aus weiter nach Reykjavík.«

Skagen kann den Beweggrund nachvollziehen. Und er würde sich das Sektenoberhaupt deswegen gerne noch einmal vorknöpfen. Aber da war noch etwas anderes, was Kári gesagt hat: Verhütung. In Wiebke Brandts Diebesgutsammlung hat sich ein Kondom befunden, das sie bislang nicht zuordnen konnten. Liegt das daran, dass es einem Mitglied der VGJ gehört und dieses sich zu sehr davor fürchtet, es zuzugeben? Schließlich wäre das ein schwerer Verstoß und würde vonseiten des Sektenoberhauptes sicher hart bestraft werden. Hat Wiebke Brandt genau solche Dinge gesammelt, um sie als Druckmittel gegen ihre Mitmenschen zu verwenden? Das Sexbuch, den Spitzen-BH, das Haschisch und das

Testosteronspray deuteten ihrer Auffassung nach wohl auf einen liederlichen Lebenswandel hin.

Nils lehnt sich zurück. »Und bei all eurer Cleverness habt ihr nicht darüber nachgedacht, dass eure Flucht euch mit dem Mord in Verbindung bringt?«

»Nein.« Kári schüttelt den Kopf. »Ich wollte Abigal nur helfen, von ihrer Familie und der Gemeinschaft wegzukommen. Mit dem Tod ihrer Mutter haben wir nichts zu tun. Wirklich!« Er blickt sie offen an.

»Tja«, entgegnet Nils mit verschränkten Armen. Skagen kann sehen, dass er mit der Befragung nicht zufrieden ist. Bisher gab es kein Geständnis, außer in der Sache mit Jonas Brandt.

Skagen ist geneigt, Káris Aussagen zu glauben. Dessen zuvor noch wippendes Knie ist inzwischen vollkommen ruhig. Es scheint, als habe der Junge sich alles von der Seele geredet. Seine Eltern wirken, als glauben sie fest daran, dass ihr Sohn kein Mörder ist.

Skagen blickt auf seinen Block. Er hat sich einiges notiert und streicht nun den Namen von Kári durch. Über dem von Abigal schwebt sein Stift etwas länger. Könnte es sein, dass sie es getan hat, ohne dass ihr Freund es mitbekommen hat? Nein, die beiden waren an dem Abend zusammen. Wie sollte sie das angestellt haben? Er streicht den Namen durch. Als er den Stift hinlegt, macht sich ein ungutes Gefühl in ihm breit. Denn wenn die beiden es nicht waren ... Wer war es dann?

Nervös fährt er sich über den Bart. Wer von den Höfen ist noch übrig, der ein Motiv haben könnte? Herr Brandt? Jule Wittmann? Samuel? Nein, der war zum Tatzeitpunkt nicht anwesend.

Ein Telefon klingelt und Nils geht sofort dran, als habe er den Anruf erwartet. Seine Miene ist wie versteinert, während er der Person am anderen Ende lauscht. Schließlich bedankt er sich und legt auf.

»Das war Bjarni. Ich habe ihn vorhin nach Dverganes geschickt, während wir mit Abigal beschäftigt waren. Ein kleines Ablenkungsmanöver für Samuel. Bjarni sollte hinter seinem Rücken Kontakt mit Herrn Brandt aufnehmen.«

»Und?«, fragt Skagen leicht verstimmt. Er hätte gerne von Nils' Aktion gewusst.

»Brandt hat letzte Nacht versucht, sich umzubringen.«

55

Pia steht am Küchenfenster des Haupthauses und starrt hinaus in das Schneetreiben. Vorhin ist ein Krankenwagen gekommen und hat ihren Vater mitgenommen, obwohl sie weiß, dass Samuel das nicht gut finden wird. Aber der große Polizist hat gemeint, es sei dringend, Papa gehe es ganz, ganz schlecht. Pia versteht nicht, warum. Ihr Vater hat doch einfach nur lange geschlafen. Wie kann man da krank werden?

Ob sie Samuel erzählen soll, dass die Polizei ihren Vater ins Krankenhaus gebracht hat? Ihre Mama hätte es getan.

Sie hat immer alles an Samuel berichtet. Er sagt, man dürfe keine Geheimnisse haben.

Pia schließt die Tür zur Küche. Sie würde auf Samuel warten. Hoffentlich ist er bald zurück. Nur mit Eydis und Ásgeir im Haus fühlt sie sich nicht wohl. Deshalb will sie rüber ins Gästehaus. Alleinsein ist besser.

Als sie nach draußen tritt, klatscht ihr ein Vorhang aus Schneeflocken ins Gesicht. Das Wetter spielt vollkommen verrückt. Eydis hat gesagt, das seien die Eisriesen, die toben, weil die Menschen das Land der Elfen betreten haben.

Ängstlich blickt Pia auf die Lampe über dem Eingang. Eydis hat ihnen eingeschärft, sich im Schneesturm nicht zu weit vom Hof zu entfernen, sonst würden sie sich verirren. Aber die Lampe wird ihr den Weg leuchten. Frierend zieht Pia sich die Kapuze in die Stirn und marschiert los. Hoffentlich bemerken die Eisriesen sie nicht.

Sie ist fast beim Gästehaus angekommen, da entdeckt sie in der Ferne einen dunklen Punkt in all dem Weiß. Er bewegt sich auf die Klippen zu. Sie erschrickt. Ist das ein Eisriese?

Zitternd vor Kälte beobachtet sie die Gestalt, die weiter auf die Steilküste zugeht und dabei etwas in der Hand trägt. Einen großen Beutel. Nein, denkt Pia, das ist kein Riese. Dafür ist er viel zu klein. Das ist bloß ein Mensch in dicken Winterklamotten. Aber was tut der?

Die Person ist an den Klippen stehen geblieben und sieht sich um. Pia duckt sich, hofft, dass sie nicht bemerkt wird. Derweil beugt sich die Person vor und schaut über die Kante nach unten zum Meer. Sie streckt den Arm nach hinten und holt mit dem Beutel weit aus. Im nächsten Moment fliegt er über die Klippe. Ohne ihm hinterherzusehen, dreht sich die Person um und stapft durch den Schnee zurück.

Pia merkt, wie ihre Zähne klappern. Sie will ins Warme, doch etwas hält sie auf ihrem Beobachtungsposten. Die Neugier. Sie will wissen, was die Person dort hinuntergeworfen hat. Also macht sie sich auf den Weg zu den Klippen.

Der Schnee liegt bereits knöchelhoch und es ist anstrengend, aber Pia stapft tapfer auf das Kliff zu. Als sie dort anlangt, blickt sie hinab. Unten rauschen die Wellen gegen die Felsen, das Wasser ist fast schwarz und durchzogen von weißen Schaumkronen. Die Berge auf der anderen Seite des Fjords sind nicht zu erkennen. Da ist nur ein undurchdringlicher Vorhang aus Schneeflocken, der ihr vom Wind direkt ins Gesicht geblasen wird. Pia verschlägt es den Atem, und sie muss ein paar Schritte zurücktreten.

Sie hält ihre Kapuze fest, damit sie ihr nicht vom Kopf geweht wird, und sucht nach den Fußstapfen der anderen Person, die schon fast wieder zugeschneit sind. Aber Pia gibt nicht auf. Sie folgt der Fährte und erreicht schließlich die Stelle, an der die Gestalt den Beutel über die Klippe geworfen hat. Vorsichtig bewegt sie sich auf die Kante zu und wappnet sich gegen die heftigen Windböen. Mit zu Schlitzen verengten Augen sieht sie nach unten. Die Wellen brechen sich an den Felsen, schäumende Strudel entstehen in den Zwischenräumen. Pia entdeckt den Beutel. Er ist auf einem Stein weiter unten aufgeschlagen und zerplatzt. Sie kneift die Augen noch stärker zusammen. Sind das Kleidungstücke? Und was fliegt da weg? Papierbögen? Einige davon landen im Wasser und werden von den Strudeln verschluckt. Die Kleidung bleibt auf dem Felsen liegen und schneit langsam zu. Warum hat derjenige seinen Müll im Meer entsorgt? Das macht man nicht.

Pia will sich von der Kante zurückziehen, da fällt ihr etwas ins Auge. Etwas Orangefarbenes klemmt in der Felsenwand direkt unter ihr. Es ist ein Gummistiefel. Mit schwarzem Schaft und oranger Sohle. Ein Modell, das fast alle hier tragen. Er hängt in einer Felsspalte, nicht weit von ihr entfernt. Der zweite Stiefel liegt weiter unten auf einem Felssims außerhalb ihrer Reichweite.

Pia geht auf die Knie und streckt den Arm aus. Der Wind bietet ihr einigen Widerstand, doch ihren Fingern, die schon taub sind, gelingt es, den Stiefel zu fassen. Sie zerrt daran und bekommt ihn frei. Rasch steht sie auf, macht einen Schritt von der Kante weg und betrachtet den Schuh, auf den jemand mit einem schwarzen Stift seine Initialen geschrieben hat.

Mama hat immer gesagt, dass man die Leute auf ihre Fehler hinweisen soll. Sachen in die Natur zu werfen – das ist eindeutig gegen die Regeln. Erst recht, wenn sie völlig heil sind.

Sie würde es jetzt wie Mama machen: den Beweis mitnehmen und später mit der Person schimpfen.

56

»Verdammter Schnee«, zischt Halla. Der Jeep kämpft sich über die verschneite Schotterpiste. Wenn das so weitergeht, würde der Pass gesperrt werden und sie müsste in Seyðisfjörður auf Bjarnis Gästecouch übernachten.

»Isländischer Frühling«, scherzt Skagen.

Halla lacht. »Dass es um diese Jahreszeit so stark schneit, kommt wirklich selten vor.«

Der Scheibenwischer arbeitet auf Hochtouren und fegt die Schneeflocken von der Windschutzscheibe.

Sie sind nur zu zweit. Nils ist im Präsidium geblieben. Bei dem Wetter traut sich der feine Herr wohl nicht raus, denkt Halla. Er hat vor, die Psychologin vom Flughafen abzuholen, deren Flieger bald in Egilsstaðir eintreffen wird. Dann will er sich ein weiteres Mal mit Abigal zusammensetzen. Die Psychologin würde kurzfristig die Vormundschaft übernehmen. Von staatlicher Seite verordnet sozusagen, da Abigal keinen mehr hat, der ihre Belange wahrnehmen kann, solange ihr Vater ohne Bewusstsein im Krankenhaus liegt. Kári soll eine Pause erhalten und erst später noch einmal vernommen werden, sobald sie Abigals Aussage haben. Aus diesem Grund müssen die beiden die Nacht über in Polizeigewahrsam bleiben. Auch wenn sie beteuern, es nicht gewesen zu sein, liegen einfach nicht genug entlastende Beweise vor, um sie freizulassen. Außerdem erhofft sich Nils ein Einsehen der Jugendlichen, wenn sie erst mal eine Nacht in der Zelle gesessen haben. Vielleicht würde Abigal durch diese einschüchternde Maßnahme mehr reden, als sie es bislang getan hat. Káris Eltern hat Halla geraten, in der Nähe zu bleiben, um ihren Sohn zu unterstützen. Daraufhin hat Gisli sich in Egilsstaðir ein Hotelzimmer genommen, während Maggy zurück auf die Halbinsel gefahren ist, um sich um die Schafe zu kümmern. Das waren ihre Worte, doch Halla hat eine andere Vermutung. Sie glaubt, dass Maggy an das Schmugglerversteck will, um einiges daraus verschwinden zu lassen, weil es das Strafmaß zu ihren Gunsten beeinflussen könnte. Deshalb hat Halla Bjarni beauftragt, das Versteck im Stall zu untersuchen und aufzupassen, dass keine Schmuggelware daraus entwendet wird. Aber vielleicht irrt sie sich auch und Maggy geht es tatsächlich nur um die Tiere.

Der erste Hof kommt in Sicht. Schnee liegt auf den Dächern, und die Stalltüren sind geschlossen. Die *dimmu hraunar* wirkt mit ihren weißen Schneehäubchen weit weniger bedrohlich als sonst.

Halla parkt den Jeep neben Bjarnis Wagen und läuft mit dem hustenden Skagen an der Seite durch die tanzenden Flocken zum Haus. Dabei registriert sie, dass der Mietwagen, den Samuel benutzt, nicht da ist. Skagen bemerkt es ebenfalls und zieht ein finsteres Gesicht. Vermutlich ist er enttäuscht, dass er den Kerl nicht zur Rede stellen kann. Hoffentlich kommt der überhaupt noch mal bei dem Wetter.

In der gut geheizten Küche von Eydis empfängt Bjarni sie mit roten Wangen und einer Tasse Kaffee in der Hand. Halla blickt neidisch auf das Getränk. Wie gerne würde sie selbst etwas Heißes trinken.

Als hätte Eydis ihre Gedanken erraten, drückt sie Halla eine Tasse in die Hand und schenkt ihr ein. Skagen hingegen lehnt hustend ab und kommt gleich zur Sache.

»Warum hat niemand von euch Herrn Brandt geholfen?«, fragt er vorwurfsvoll.

Eydis wird rot. »Ich … Thorstens Tür war die ganze Zeit verschlossen. Wir dachten, er schläft.«

»Und als ihr bemerkt habt, was Sache ist, seid ihr nicht auf die Idee gekommen, ihn sofort ins Krankenhaus zu bringen?«

»Das wollten wir, aber Samuel hat es nicht zugelassen.«

»Und ihr habt ihm gehorcht?« Skagen funkelt die stämmige Isländerin an.

Eydis blickt zu Boden. Mit ihren aufgesprungenen Fingern knetet sie ihre Schürze. »Samuel hat gesagt, dass er Thorsten heilen wird. Er habe eine medizinische Ausbildung.«

Das war glatt gelogen. Halla schüttelt fassungslos den Kopf. Was behauptet dieser scheinheilige Mistkerl noch alles zu sein?

Skagen streicht sich mit einer fahrigen Geste durch den Bart. Er wirkt gereizt, rastlos. Halla kann es ihm nachempfinden. Nach zweimaliger Fahndung in die falsche Richtung stecken sie erneut in der Sackgasse, und der Mörder läuft frei herum, befindet sich vermutlich sogar mitten unter ihnen. Das zehrt an den Nerven.

»Ich weiß nicht, ob es euch hilft«, sagt Eydis, »aber Ásgeir hat sich trotz Samuels Verbot zu Thorsten geschlichen. Er wollte sehen, wie es ihm geht. Der Arme war kaum ansprechbar und hat etwas vor sich hin gemurmelt. Er hat gesagt, dass Samiel da ist und dass Behemoth Wiebke getötet hat.«

»Samiel? Behemoth? Was soll das?«, fragt Skagen ungeduldig.

»Ich weiß es nicht. Aber Samiel ist ein anderer Name für den Teufel«, erklärt Eydis. »Und Behemoth ist ein biblisches Ungeheuer.«

Da Halla bezweifelt, dass hier wirklich ein Monster herumschleicht, nimmt sie an, dass Brandt damit Menschen gemeint hat. Leute, die mit ihm auf den Höfen wohnen. Nur wen?

»Samiel klingt wie Samuel«, sagt Halla.

Eydis zuckt mit den Achseln.

»Den kann er aber nicht gemeint haben, denn der war gar nicht hier, als Wiebke ermordet wurde.«

»Zumindest nicht persönlich«, wirft Halla bedeutungsvoll ein.

Skagen sieht sie an. Dann scheint er zu verstehen, was sie meint. Dass der selbst ernannte Prophet jemandem – vielleicht der Person, die Brandt als Behemoth bezeichnet hat – von Deutschland aus den Auftrag zum Mord an Wiebke erteilt haben könnte. Telefonisch.

Skagen nickt langsam. »Ein berechtigter Einwand. So wie das in der Sekte zugeht, kann ich mir das gut vorstellen. Telefonische Fernsteuerung. Die Mitglieder verhalten sich wie hörige Roboter.« Er richtet sich entschlossen auf. »Wir sollten die Anruflisten sämtlicher Hofbewohner überprüfen!«

Halla spürt ein erwartungsvolles Kribbeln in ihrem Magen. Haben sie eine neue Spur? Das wäre großartig!

Im nächsten Moment schwingt die Tür auf und jemand betritt die Küche. Es ist Samuel, der ihnen wie selbstverständlich zunickt, zum Tisch geht und sich einen Kaffee einschenkt. Keiner sagt etwas, als er sich hinsetzt und seelenruhig an seiner Tasse nippt.

Hinter Samuel kommt ein Kind in die Küche gestürmt, dessen Affenschaukelzöpfe hin und her schwingen.

»Samuel!« Pia Brandt wirft sich dem Sektenguru in die Arme, und er gibt ihr einen väterlichen Kuss auf den Scheitel. Halla wird schlecht, während sie das beobachtet. Pia scheint Samuels Aufmerksamkeit zu genießen, sie lächelt über das ganze Gesicht. Dann lehnt sie sich zu ihm vor und flüstert ihm etwas ins Ohr.

»Das hast du gut gemacht, mein Kind. Deine Mutter wäre stolz auf dich.« Samuel streicht ihr über die Wange. Halla erschauert. Sie sieht, wie das Mädchen Samuels Arm umklammert und den Blick auf sie und Skagen richtet.

»Was wollen die?«, fragt Pia feindselig.

»Mich ärgern«, antwortet Samuel mit einem hinterlistigen Lächeln. »Aber das werden sie nicht schaffen.«

Halla mahlt wütend mit den Kiefern. Skagen scheint es ähnlich zu gehen. Mit geballten Fäusten steht er da und kann sich nur schwer beherrschen.

»Warum haben Sie uns vorhin nicht gesagt, dass Herr Brandt versucht hat, sich das Leben zu nehmen?«, fragt er kalt.

Samuel lächelt weiter. »Weil es nicht so schlimm war, wie es ausgesehen hat. Sie wissen doch, mit Schlaftabletten kann man sich heutzutage gar nicht mehr umbringen. Brandt hat alles erbrochen, danach ging es ihm besser. Er musste das Gift nur aus seinem Körper schlafen.«

»Der Notarzt hat uns bescheinigt, dass er dringend ins Krankenhaus gehörte«, beharrt Skagen. »Er sagt, dass es sonst schlecht ausgesehen hätte.«

»Ach was. Blanke Hysterie.« Samuel winkt unbekümmert ab. »Ich kenne mich aus. Das Schlafmittel hätte ihn nicht umgebracht.«

Skagen stößt abfällig Luft aus. »Uns ist inzwischen Ihre Rolle in dem ganzen Spiel bekannt. Sie sind der geistige Führer einer … nennen wir es mal … fragwürdigen Glaubensgemeinschaft, und es wurde uns gegenüber ausgesagt, dass Sie bestimmte Vorlieben haben. In Bezug auf 15-jährige Mädchen!«

»Und die Aussage stammt von Abigal?«

»Nein.«

Ein Lächeln huscht über Samuels Gesicht. Er trinkt von seinem Kaffee und stellt die Tasse auf den Tisch. »Ich weiß, was Sie vorhaben, Herr Kommissar. Ihnen gefällt es nicht, wie wir leben. Daher wollen Sie unsere Glaubensgemeinschaft verunglimpfen. So etwas erleben wir ständig. Ich bin ein friedliebender und hilfsbereiter Mensch. Ich bin hierhergekommen, um meine Freunde in ihrer Not zu unterstützen. Das ist meine Natur: Ich kümmere mich um meine Mitmenschen. Und was machen Sie? Sie ermitteln ein bisschen, finden irgendwelche Behauptungen über mich im Internet und tragen diese Lügen in die Welt. Das ist Verleumdung! Sie wissen, dass es Ihnen nicht zusteht, meine Lebensweise zu kritisieren. Und wenn Sie nicht aufhören, mich und meine Freunde zu diffamieren, werde ich mich bei Ihrem Vorgesetzten beschweren, wegen Diskriminierung von religiösen Minderheiten.«

Skagens Lippen beben. Auch Halla platzt beinahe. Zu gern würde sie dem Kerl die Meinung geigen, aber sie ist unsicher, inwiefern er sie tatsächlich belangen kann. Ein Stück weit hat er recht. Sie haben nicht das Geringste gegen ihn in der Hand und sind ihm von Beginn an mit Vorurteilen begegnet. Es könnte gut sein, dass Abigal sich das mit der Heirat mit Samuel bloß ausgedacht hat, um ihn und ihre Mutter gegenüber Kári schlechtzureden. Bisher haben sie niemanden gefunden, der ihnen diese Angabe hieb- und stichfest bestätigt hätte. Vielleicht sitzen sie gerade einem Rachefeldzug von Abigal auf.

Sie tippt Skagen auf die Schulter und flüstert ihm zu, dass sie das, was Kári über Abigal berichtet hat, besser erst überprüfen sollten, bevor sie Samuel weiter mit Vorwürfen konfrontieren.

»In Ordnung«, sagt er leise und wendet sich anschließend an Samuel. »Entschuldigen Sie, Herr Romigius. Falsche Beschuldigungen liegen nicht in unserer Absicht.« Er sieht aus, als wollte er noch etwas hinzufügen, doch dann schüttelt er den Kopf und macht einen Schritt rückwärts. Dabei muss er sich an der Spüle abstützen. Sein Gesicht ist plötzlich aschfahl.

Was ist mit ihm?

Im nächsten Moment kapiert Halla es. Der Kollege ist kränker, als er sie wissen lässt. Verdammt, warum hat er nichts gesagt? Sie muss ihn hier wegschaffen, bevor er noch kollabiert. Ein kranker Kommissar gibt keine gute Figur ab. Erst recht nicht, wenn sie es mit einem derart gerissenen Kerl wie Samuel zu tun haben.

Sie flüstert Bjarni zu, dass sie Skagen nach Egilsstaðir bringen wird. Bjarni solle auf dem Hof die Stellung halten und Samuel nicht aus den Augen lassen. Sie würde später mit Nils wiederkommen und mit ihm die Ermittlungen fortsetzen. Dann greift sie Skagen, der immer noch gegen die Spüle gelehnt dasteht und schwer atmet, unter die Achseln. Ohne zu protestieren, lässt er sich von ihr zur Tür führen. Er hustet rasselnd und krümmt sich. Der Arme.

Als sie an Eydis vorbeigehen, tätschelt sie Hallas Arm. »Ich werde für euch beten«, flüstert sie, »damit die Eisriesen euch nichts tun.«

Die Reifen des Jeeps drehen durch. Die Schneewehen, die sich in den Senken der Straße gebildet haben, machen eine Weiterfahrt unmöglich. Halla flucht und schaltet in den zweiten Gang, um es erneut zu versuchen. Trotz des Allradantriebs bleibt der Wagen stecken.

»Djöfulsins!«, flucht sie und sieht Skagen an, der wie ein nasser Lappen auf dem Beifahrersitz hängt. »Ich glaube, das wird nichts.«

Der Kollege wirkt, als wäre ihm alles egal.

»Wir müssen zum Hof zurück.« Halla legt den Rückwärtsgang ein. Doch die Reifen drehen erneut durch und geben ein surrendes Geräusch von sich. Schöne Scheiße. Jetzt muss sie auch noch aussteigen und mit der Schaufel nachhelfen.

Sie kämpft sich durch den Schnee zum Kofferraum und holt den Klappspaten heraus. Skagen bleibt sitzen. Er soll sich schonen.

Als Halla den Schnee weggeschaufelt hat, legt sie die Fußmatten hinter die Reifen und steigt ein. Vorsichtig gibt sie Gas. Der Jeep schlingert nach hinten und wippt wieder nach vorn. Verflixt. Halla tritt auf das Pedal. Der Jeep rollt rückwärts und fährt ein paar Meter.

»Yes!« Doch im nächsten Moment hört sie das Sirren der Reifen, und der Jeep hängt erneut fest.

Halla blickt zum Magnusson-Hof. Die Gebäude sind gerade noch zu erkennen. Neben ihr hustet Skagen in seinen Handschuh und stöhnt.

»Wir haben zwei Möglichkeiten«, sagt sie. »Entweder wir bleiben im Wagen und sitzen den Sturm mit der Standheizung aus, oder wir gehen zurück zu den Höfen.«

Skagen verzieht das Gesicht. »Hier im Wagen überlebe ich das nicht.«

Nun gut. Entscheidung getroffen. Halla öffnet die Tür und stapft wieder zum Kofferraum. Sie schnappt sich den schwarzen Notfallrucksack, der mit allem gefüllt ist, was man braucht, wenn man in dieser Region feststeckt, und wirft den Klappspaten zurück. Sie will den Kofferraum schließen, da fällt ihr Blick auf die eingebaute Waffenbox. Soll sie die Pistole mitnehmen? Sie hat sie bislang nie gebraucht. Nur, um angefahrene Schafe zu erlösen. Sie zögert und gibt dann den Code ein. Die Box öffnet sich, und sie nimmt die Waffe samt Ersatzmagazin an sich. Man weiß nie. Sie steckt alles in den Rucksack. Danach schließt sie die Klappe und holt Skagen an der Beifahrertür ab. In seinen bunten Klamotten ist er im Schneegestöber gut sichtbar. Halla hakt sich bei ihm unter und stützt ihn auf dem Weg durch das unendliche Weiß. Einen beschwerlichen Schritt nach dem anderen und ihre Augen immer fest auf die Lichter des Hofes gerichtet, bahnen sie sich einen Weg durch den kniehohen Schnee. Hoffentlich haben die Magnussons genug Betten. Sie werden hier übernachten müssen. In den nächsten Stunden wird das Wetter so bleiben, und was in den nächsten Tagen geschieht, will sich Halla gar nicht ausmalen. Sie bekommt eine Gänsehaut, als sie daran denkt, dass sie die Nacht unter demselben Dach verbringen müssen wie dieser undurchsichtige Samuel. Und dann ist da auch noch der Mörder …

57

»Gibst du mir mal bitte die Erbsen?«, fragt Pia das Mädchen neben sich.

Skagen fällt auf, dass sie sich reichlich auf den Teller häuft, während ihre Geschwister nur spärlich essen. Brandts zweitälteste Tochter scheint von den Ereignissen am wenigsten beeinträchtigt zu sein. Und das, obwohl sie die Leiche ihrer Mutter gefunden hat. Merkwürdig. Ihr gegenüber sitzt Samuel, der sie ab und zu väterlich anlächelt.

Skagen lässt den Mann nicht aus den Augen. Er wird den Kerl noch drankriegen. Es ist nur eine Frage der Zeit. Und wenn er persönlich Aussteiger aus der Sekte ausfindig machen muss. Alles, was sie brauchen, sind glaubwürdige Zeugen, jemanden, der bereit ist, Anzeige zu erstatten. Vielleicht wird das Abigal tun, wenn sie verstanden hat, dass die Polizei in dieser Sache auf ihrer Seite steht.

Samuel schenkt Skagen und den beiden anderen Polizisten keine Beachtung. Er tut so, als wären sie nicht da. Skagen hustet. Der Weg durch den Schnee zum Hof war die Hölle. Als sie endlich wieder in der warmen Küche des Haupthauses saßen, hat er als Erstes Paracetamol genommen. Tatsächlich geht es ihm jetzt besser. Das Fieber ist gesunken und das Schwindelgefühl von vorhin weg.

Er lässt seinen Blick über die Leute am Tisch bis zum Hausherrn wandern. Ásgeir Magnusson ist ein freundlicher Mann, der mit großem Appetit isst und sich zweimal Nachschlag nimmt, bevor die anderen überhaupt ihren ersten Teller fertig gegessen haben. Könnte es bei ihm ein Motiv geben? Obwohl Skagen es sich nur schwer vorstellen kann, wäre es möglich. Ebenso bei seiner Tochter Zoe, die neben ihm hockt und nicht wagt, jemanden anzusehen. Es fällt sicher nicht jedem auf, aber Skagen bemerkt, wie krampfhaft sie den Blicken der anderen ausweicht. Könnte sie einen Grund gehabt haben, Wiebke Brandt etwas anzutun?

»Das Wetter soll noch mindestens zwei Tage so bleiben«, sagt Ásgeir mitten in seine Gedanken hinein und steckt sich einen großen Happen Hackbraten in den Mund.

»Das ist die Strafe«, stimmt seine Frau düster mit ein.

Halla hebt den Kopf. »Wofür?«

»Dafür, dass wir die Orte der Elfen beschmutzt haben. Sie grollen uns.«

Bjarni nickt eifrig. »Die Plätze des *huldufólks* sind heilig. Wir müssen von ihnen wegbleiben. Das zeigen sie uns durch den Schnee.«

Alle blicken auf die wirbelnden Flocken vor dem Fenster.

Ásgeir legt brummend das Besteck auf den Teller. »Gut, dass wir die Schafe bisher nicht auf die Weiden getrieben haben. Die neugeborenen Lämmer würden diese Kälte nicht überstehen. Es ist reines Glück, dass die letzten Mutterschafe mit dem Lammen so spät dran sind, sonst hätten wir die Schafe längst rausgelassen. Das hätte uns einen harten Verlust eingebracht.«

»Ich frage mich, wie es den anderen Schafbauern geht«, bemerkt Eydis.

»Die haben ja nicht so große Probleme mit den Elfen wie wir«, entgegnet Ásgeir.

»Vielleicht sollten wir nachher alle gemeinsam singen, um das *huldufólk* zu besänftigen«, sagt Bjarni, und Eydis nickt bedächtig.

Skagen schaufelt sich die letzte Gabel Erbsen in den Mund. Er hat seinen Teller trotz seiner Unpässlichkeit mit gutem Appetit leer gegessen und spült mit Wasser nach. Nach dieser leckeren Mahlzeit fühlt er sich gestärkt. Vielleicht fehlte ihm vorhin einfach nur Energie, weil er nach der Verhaftung von Abigal und Kári versäumt hat, etwas zu essen.

Er sieht ebenfalls zum Fenster. Eisriesen hin oder her, zu dumm, dass sie hier festhängen. Er ist froh, dass die Magnussons ihnen Unterschlupf gewähren. Die Nacht im Jeep zu verbringen, wäre keine gute Idee gewesen. In Hallas Rucksack befinden sich zwar Schokoriegel, Kräcker und Wasser, doch so ein Hackbraten schmeckt wesentlich besser. Hoffentlich gibt es auf dem Hof genug Vorräte. Ásgeir klang vorhin so, als wären Schneestürme nicht ungewöhnlich. Mit Sicherheit sorgen die Familien auf der Halbinsel für solche Fälle vor.

Er spürt einen Blick und wendet den Kopf. Es ist Pia, die ihn anstiert, als wäre er der Mörder ihrer Mutter. Skagen schaut zurück und zwinkert ihr zu. Schnell wendet Pia sich ab und isst weiter. Ihre Geschwister sind längst fertig und quengeln müde, dass sie aufstehen wollen.

Samuel erlaubt es ihnen, und die Kinder huschen aus der Küche. Er hört sie die Treppe hinauflaufen. Die Kleinen werden heute im Haupthaus schlafen, damit die Polizisten im Gästehaus übernachten können, zusammen mit Samuel. Skagen wird auf jeden Fall seine Tür abschließen, und das wird er auch den anderen empfehlen.

Ein Hustenanfall bahnt sich an, doch er kann ihn unterdrücken. Unauffällig presst er unter dem Tisch eine Tablette aus der Packung und bittet Eydis um einen Tee.

Die Hausherrin steht auf und erhitzt das Wasser. »Ihr könnt drüben die Elektroheizung aufdrehen, falls euch zu kalt wird. Ich hoffe nur, dass der Strom nicht ausfällt.« Sie stellt eine Teetasse und ein Glas mit Honig vor Skagen auf den Tisch.

Er rührt einen Löffel davon hinein und nippt dankbar an dem heißen Getränk. Dabei überlegt er, was Eydis für ein Motiv haben könnte. Er sieht der Schaffarmerin hinterher und spürt, dass er erneut angestarrt wird. Diesmal ist es Samuel, dessen Miene nicht durchblicken lässt, was er denkt. Vermutlich wägt er gerade seine Möglichkeiten ab, wie er aus der Sache rauskommen kann. Oder er glaubt, er sei über alle Zweifel erhaben. Unangreifbar, weil er weiß, dass niemand gegen ihn aussagen wird. Er hat vorhin geschickt argumentiert, um Skagen mundtot zu machen. Er wusste, dass dieser sich nicht die Blöße geben würde, Informationen aus dem Internet als Beweise gegen ihn anzuführen oder etwas, das mit seinem Glauben zu tun hat. Deshalb hat Skagen sich zurückgehalten. Er würde noch heute Abend versuchen, einige Aussteiger der VGJ telefonisch zu erreichen. Vielleicht ist einer von ihnen bereit zu einer Aussage.

Samuel steht auf und geht demonstrativ entspannt durch die große Flügeltür hinüber ins Wohnzimmer. Dort macht er es sich auf dem Sofa bequem, als wäre er der Herr im Haus. Mit großmütiger Geste winkt er Pia zu sich heran, die sich wie ein treuer Hund neben ihn setzt. Samuel breitet eine Decke über sie beide, und das Mädchen kuschelt sich müde in seine Armbeuge.

Skagen ist nicht wohl bei der Sache. Er kann den Mann nicht jede Sekunde im Blick behalten. Zum Glück sind Eydis und ihre Familie anwesend. Und Samuel ist mit Sicherheit klug genug, um nicht irgendeinen Blödsinn zu versuchen, während er hier ist.

»Ich gehe rüber. Bin total fertig«, sagt er zu Halla.

Sie nickt. In ihrem Blick liegt Mitleid. »Ruh dich aus. Gute Besserung.«

»Danke. Und du weißt, was zu tun ist.«

»Na klar.« Sie zwinkert ihm zu.

Zufrieden, aber nicht vollkommen beruhigt wickelt sich Skagen fest in seine Jacke, die nach dem Marsch durch das

Schneetreiben noch feucht ist. Mit seinen klammen Schuhen an den Füßen stapft er durch den schneidenden Wind, der ihm die Schneeflocken um die Ohren peitscht.

Drüben im Gästehaus empfängt ihn wohlige Wärme. Eydis hat die Heizung für sie aufgedreht. Skagen steuert direkt sein Zimmer an, in dem sonst der kleine Jonas schläft. Erschöpft lässt er sich auf die weiche Matratze des Bettes fallen und lehnt sich mit dem Rücken gegen die Wand. Dann holt er sein Handy hervor und öffnet den Suchdienst im Internet.

»Vollendete Gemeinschaft Jesu« gibt er ein und »Aussteiger.«

Wäre doch gelacht, wenn er nicht einen von denen an die Strippe bekäme. Mit einem zufriedenen Seufzer beginnt er zu recherchieren. Draußen vor der Tür toben die Eisriesen und türmen ihre Schneewälle höher und höher.

58

Es klingelt. Von irgendwoher. Ein ziemlich nerviger Ton.

Halla schlägt die Augen auf. Sie weiß nicht, wo sie ist. Das Zimmer, in dem sie liegt, sieht nicht aus wie ihr Schlafzimmer. Sie blickt aus dem Fenster. Draußen wirbeln Schneeflocken im Dämmerlicht umher. Schließlich kehrt die Erinnerung zurück. Durch den Schnee war ihnen der Rückweg abgeschnitten und sie mussten auf dem Magnusson-Hof übernachten. Sie, Bjarni, Skagen und ... Samuel Factor Romigius.

Halla setzt sich auf. Die Uhr zeigt kurz nach sechs, es wird langsam hell. Sie hat das Zimmer von Pia Brandt bekommen und die Tür vorm Schlafengehen abgeschlossen. Damit fühlte sie sich sicherer. Der Gedanke, Samuel oder der Mörder hätte mitten in der Nacht neben ihrem Bett stehen können, jagt ihr jetzt noch eine Gänsehaut über den Rücken.

Sie nimmt das Telefon und sieht nach, wer sie eben mit seinem Anruf geweckt hat. Es war Nils. Halla runzelt die Stirn. Warum ruft er sie so früh an? Und warum sie und nicht den Kollegen Skagen? Sie drückt auf die Rückruftaste und muss lange auf das Freizeichen warten. Anscheinend gibt es Probleme mit dem Verbindungsaufbau. Es knackt und rauscht in der Leitung.

Halla steht auf und geht zum Fenster. Über Nacht ist mindestens ein halber Meter Schnee gefallen. Das kann natürlich der Grund für die schlechte Verbindung sein.

»Nils hier!«, schallt es unvermittelt durch das Telefon und Halla erschrickt.

»Äh, hier ist Halla«, sagt sie. »Was gibt's?«

»Gut, dass du zurückrufst. Tom geht nicht dran. Wie ist die Lage bei euch?«

»Wir haben Schnee, sehr viel davon. Ich würde sagen, heute kommen wir hier nicht weg.«

»Schöner Mist!« Nils' Stimme hört sich blechern an. Es knackt erneut. »Ich rufe wegen Abigal an. Ihr solltet wissen, dass sie die Aussage von Kári bestätigt hat.«

»Wirklich? Das ist großartig!«

»Ja, sie hat gesagt, Samuel wäre ein perverses Schwein und

hätte sie bei mehreren Gelegenheiten bedrängt und angetatscht.«

»Will sie gegen ihn aussagen?«

»Tja, das ist das Problem. Erst wenn er im Gefängnis sitzt. Vorher hat sie zu große Angst.«

»Verstehe«, sagt Halla. Sie lässt sich aufs Bett sinken und zieht die Decke über ihre nackten Beine. »Das hilft uns jetzt nicht konkret weiter.«

»Wir sollten zusehen, dass wir weitere Personen finden, die ähnliche Erfahrungen mit ihm gemacht haben und bereit sind, auszusagen. Erst dann haben wir etwas gegen ihn in der Hand.«

»Tom wollte das gestern versuchen. Keine Ahnung, ob er Glück hatte.«

»Sobald das Wetter es zulässt, kommt ihr zurück! Ist das klar?«

»Nicht, bevor wir unsere Ermittlungen abgeschlossen haben«, wendet Halla ein. Ihr gefällt der Befehlston von Nils nicht. »Wir haben eine Spur und wollen die Anruflisten der Handys checken. Vielleicht hat eines der Mitglieder der VGJ Samuel angerufen oder umgekehrt. Und dabei hat derjenige den Auftrag erhalten, Wiebke etwas anzutun.«

»Das ist eine gewagte Theorie!«

»Hast du eine bessere?«, schnappt Halla zurück.

Nils verstummt. Natürlich hat er keine!

»Ist Thorsten Brandt mittlerweile ansprechbar?«, fährt sie fort, ohne sich ihre Verstimmung anmerken zu lassen. »Es wäre wichtig, ihm ein paar Fragen zu stellen.«

»Ich war gestern Abend bei ihm«, sagt Nils. »Er war noch immer weggetreten. Sein Handy hat er allerdings nicht bei sich. Es muss irgendwo bei euch sein. Wenn ihr das überprüfen wollt.«

Ah, jetzt ist es auf einmal doch interessant.

»Okay«, sagt Halla bemüht freundlich, »wir werden uns danach umsehen. Ich hoffe nur, dass Samuel es nicht an sich genommen hat, dann können wir lange suchen. Und falls Brandt aufwacht, frag ihn nach Samiel und Behemoth. Darüber müssen wir mehr erfahren.«

»Samiel und Behemoth?«

»Das hat er im Delirium vor sich hin gesagt. Tom und ich glauben, dass er damit wirkliche Menschen meinen könnte.«

»Na ja. Ich weiß nicht ...«

»Nils!«, unterbricht sie ihn genervt. »Mach es einfach. Bitte! Und sag uns Bescheid, wenn du was weißt. Wir melden uns, sobald wir etwas Neues haben. Bis dann.« Halla legt auf. Sie hat keine Lust, sich länger mit der ständigen Skepsis ihres Vorgesetzten herumzuschlagen. Seufzend blickt sie aus dem Fenster. Ein Vorteil hat der Schneesturm jedenfalls: Er hält Nils von ihr fern.

Sie steht auf und schlüpft in ihre Uniform, steckt die Pistole in das Holster an ihrem Ausrüstungsgürtel. Danach prüft sie den Verschluss. Sie hat einige Zeit nicht mit der Waffe trainiert. Hoffentlich würde sie sie nicht brauchen.

Sie schließt die Tür auf und tritt in den stillen Flur. Bevor sie mit Skagen redet, will sie nachsehen, ob sich das Handy von Herrn Brandt vielleicht in seinem Zimmer befindet. Sie geht zu der Tür und öffnet sie.

Das Handy liegt offen auf dem Nachttisch, und als sie über das Display wischt, erwacht es überraschenderweise zum Leben. Es hat Strom und keine Tastensperre. Letzteres ist nicht besonders schlau, denn es bedeutet, dass jeder auf die Daten zugreifen kann. Für sie ist es allerdings ein Glücksfall. Gespannt öffnet Halla die Anrufliste und scrollt zum Datum des Mordes. Tatsächlich hat Brandt einen Anruf getätigt, am Vormittag. »Samuel«, steht über der Nummer. Das Gespräch hat 20 Minuten gedauert. Zwei Stunden später, zur Mittagszeit, hat Samuel Thorsten Brandt zurückgerufen. Diesmal war es ein kurzer Anruf. Am Nachmittag folgte ein dritter, wieder dauerte er nicht lange.

Halla scrollt nach unten. Davor haben die beiden nicht so oft miteinander telefoniert. Vielleicht einmal alle zwei Wochen. Und nach der Mordnacht gar nicht mehr. Immerhin hat niemand die Einträge zwischenzeitlich gelöscht. Allerdings ist es auch kein Beweis für irgendetwas. Keiner weiß, worüber die beiden Männer geredet haben. Es wäre interessant zu erfahren, ob noch andere Mitglieder der VGJ Kontakt zu Samuel hatten. Jule und Matthes Wittmann zum Beispiel. Das Ehepaar steht auf ihrer Liste der Verdächtigen. Zumindest Jule, weil sie sich nachweislich mit Wiebke Brandt vor ihrem Tod gestritten hat. Draußen im Flur knarrt eine Diele und Halla erstarrt. Schleicht da jemand herum? Sie öffnet die Tür einen Spalt und späht in den Gang. In einem der Zimmer sind Schritte zu hören, und vom anderen Ende des Flurs ertönt eine Klospülung. Das Gästehaus erwacht. Ein Husten mischt sich unter die Geräusche. Tom Skagen.

Der Kollege sieht nicht so schlimm aus wie befürchtet, als sie einander begegnen. Dafür wirkt Bjarni müde. Seine Augen sind klein und sein Gesicht ist zerknautscht.

»Wo ist Samuel?«, will Halla von ihm wissen.

»Beim Frühstück«, entgegnet Bjarni. »Ich bin ihm gefolgt. Aber er verhält sich ruhig. Daher wollte ich bei euch nachsehen.«

Halla unterrichtet die Kollegen von dem Telefonat mit Nils und erzählt, was die Überprüfung von Brandts Handy ergeben hat.

»Das ist nicht genug, solange wir nicht wissen, worüber Brandt und Samuel gesprochen haben«, krächzt Skagen.

Halla nickt. »Ich frage mich die ganze Zeit, wer der Täter sein könnte. Wer hat Wiebke umgebracht, und geschah es im Auftrag von Samuel? Was könnte das Motiv sein? So wie ich es mittlerweile verstanden habe, war Wiebke eine sehr vorbildliche Jüngerin Samuels. Sie war sogar die Oberste des Hauszirkels. Sie hat also eine gewisse Stellung genossen. Warum sollte Samuel sie dann loswerden wollen?«

»Vielleicht ist es auch gar nicht er, der dahintersteckt«, entgegnet Skagen. »Schließlich reimen wir uns das nur zusammen. Es könnte gut sein, dass jemand anderes neidisch auf Wiebkes Stellung war.«

»Jule Wittmann!«, antwortet Halla wie aus der Pistole geschossen. »Es kann nur sie sein, zum Hauszirkel gehören ausschließlich Frauen.«

Skagen räuspert sich. »Was wissen wir über sie?«

»Nicht viel«, stellt Halla fest. »Aber ich könnte mir vorstellen, dass sie davon wusste, dass Wiebke Gegenstände gesammelt hat, um – wie wir vermuten – Leute zu erpressen. Davon könnte sich Jule bedroht gefühlt haben.«

»Da ist was dran«, sagt Skagen. »Dann gehen wir dieser Spur als Nächstes nach.«

»In Ordnung. Was hat deine Recherche zu den Aussteigern ergeben?«

Skagen kratzt sich am Kopf. »Ich bin gestern leider über der Arbeit eingeschlafen. Tut mir leid. Ich war völlig k. o. Nachher werde ich die Kollegen aus Bremen anrufen und sie fragen, ob es bei ihnen wegen der VGJ schon mal Auffälligkeiten gab. Mann, wie gerne wäre ich jetzt dort und würde den Gutshof der Sekte persönlich auseinandernehmen.«

»Geht mir genauso«, sagt Halla.

»Wie sollen wir uns aufteilen?«, fragt Bjarni.

Skagen hebt die Hand. »Du, Halla, nimmst dir sämtliche Handys und Schuhe vor, die du auf dem Magnusson-Hof finden kannst. Und lass dir von jedem gleich auch noch die Fingerabdrücke geben!«

»Wird erledigt.« Halla tippt sich an die Stirn.

»Und du, Bjarni, behältst Samuel im Blick. Er darf nichts tun, ohne dass du ihn begleitest. Ist das okay für dich?«

»Klar, bekomme ich hin.« Bjarni schiebt die Brust raus, und Halla zweifelt nicht daran, dass er sich gegen den Möchtegernpropheten durchsetzen würde, sollte es zu Schwierigkeiten kommen. Samuel ist zwar ein hochgewachsener Mann, aber Bjarni misst mindestens einen Kopf mehr und ist ihm körperlich weit überlegen. Ihr Kollege würde sich nicht von ihm abwimmeln lassen.

»Und du nimmst dir Jule Wittmann vor?«, will sie von Skagen wissen.

»Ich fahre rüber zum Gislason-Hof und werde sie befragen. Und wenn ich schon mal dort bin, nehme ich gleich auch alle Schuhe und Handys unter die Lupe. Anschließend werde ich einen Blick auf Maggy Gislasons Schmugglerversteck werfen. Nur so aus Neugier.« Er zwinkert ihr zu.

»Ich habe ein Foto gemacht, damit wir später prüfen können, ob etwas fehlt«, sagt Bjarni.

»Sehr gut, schick es mir, ich checke das.«

»Und womit willst du rüberfahren? Der Jeep steckt fest und Bjarnis Wagen auch.« Halla deutet aus dem Fenster. »Laufen ist zu gefährlich.«

»Mit dem Schneemobil. Gestern stand eins vorm Haus. Die Magnussons werden es mir bestimmt leihen.«

»Zur Not konfiszierst du es eben«, sagt Halla scherzhaft.

»Kein Problem, dann bin ich der Bad Cop«, entgegnet Skagen und lacht.

Eine Stunde später haben sie gefrühstückt und Skagen ist bereit zur Abfahrt. Eydis und Ásgeir haben ihm das Schneemobil geliehen und ihn mit einer zusätzlichen Jacke, Mütze, Fellhandschuhen und Schneebrille ausgerüstet. Zum Glück hat der Sturm nachgelassen, dadurch wird der Weg zum Nachbarhof weniger beschwerlich sein.

»Gute Fahrt«, sagt Halla, während Skagen sich auf das Schneemobil schwingt.

»Danke.« Er klinkt das Sicherheitskabel ein, das im Fall eines Sturzes den Motor abschaltet. Skagen hat versichert, dass er Ahnung von Motorschlitten hat, was Halla ein wenig beruhigt. Er drückt auf den Knopf und startet den Motor.

»Sag kurz Bescheid, wenn du drüben bist«, sagt sie.

»Klar.« Skagen reckt den Daumen hoch. Anschließend gibt er Gas und lenkt den Schlitten in Richtung *dimmu hraunar*, deren Verlauf ihn direkt zum Gislason-Hof führen wird.

Während sie dem Kollegen nachsieht, kommt Halla ein törichter Gedanke: Hoffentlich lassen die Eisriesen ihn in Ruhe.

59

»Hallo, was verschafft uns die Ehre?«, fragt Jule Wittmann, als sie Skagen die Tür öffnet.

Er überlegt, ob sie bereits weiß, warum er hier ist. Wahrscheinlich hält sie telefonisch Kontakt zu Samuel und ist über sämtliche Entwicklungen informiert.

»Ich bräuchte ein paar Auskünfte«, erklärt er, und Jule lässt ihn eintreten. An der Garderobe entledigt er sich seiner Jacke und der Mütze. »Wo sind alle?«

»Maggy ist im Stall, Gisli noch in Egilsstaðir und mein Mann im Wohnzimmer. Wir sind gerade mit dem Frühstück fertig.«

Von oben ertönt ein Poltern. Bestimmt die Kinder, denkt Skagen und erkundigt sich nach einem ruhigen Ort zum Reden. »Es geht um den Mord an Wiebke Brandt«, fügt er hinzu.

Jules Augen weiten sich »A… aber ich dachte, Sie haben die Täter.«

»Wir brauchen noch mehr Informationen.« Skagen marschiert in Richtung Wohnzimmer. Als er eintritt, sitzt Herr Wittmann in einem Ohrensessel am Kaminofen und liest ein Buch. Zu Skagens Verwunderung ist es nicht die Bibel, sondern ein isländischer Thriller.

»Ich habe den Roman übersetzt«, sagt Jule stolz. »Das ist mein Beruf.«

Skagen nickt und blickt sich in dem mit Teppich ausgelegten Raum um. Eine große, leicht abgewetzte Sitzgarnitur steht am Fenster, davor ein gekachelter Couchtisch mit zwei Kaffeetassen darauf.

»Bei dem Wetter gibt es nicht viel zu tun, was?«, fragt er.

»Nur die Schafe sind zu versorgen, aber darum kümmert sich Maggy«, antwortet Jule. »Matthes ist am Abend dran und ich bin für das Essen verantwortlich. Gut, dass wir vor ein paar Tagen ausreichend Vorräte eingekauft haben.« Sie entlässt ein unsicheres Lachen. »Wer hätte gedacht, dass uns ein solch kalter Sturm erwartet.«

»Tja, wer hätte das gedacht«, wiederholt Skagen und lässt darin bewusst einen Hauch Bedrohung mitschwingen. »Das durchkreuzt sicher Ihre Pläne.«

»Welche Pläne?«, meldet sich Matthes Wittmann zu Wort.

Skagen gibt sich gelassen, schlendert durch den Raum und besieht sich das Bücherregal, das gut gefüllt ist. Isländer lesen viel, hat er gehört. »Das war nur so eine Vermutung. Ich dachte, Sie wollten vielleicht abreisen, nach alldem, was passiert ist.«

»Da haben Sie recht«, sagt Wittmann. »Wir haben vor zu fahren, aber erst wenn der Schneesturm nachgelassen hat und die Fähre wieder anlegt.«

»Die nach Dänemark?«

Wittmann nickt.

»Haben Sie schon Tickets?«

Erneut ein Nicken.

»Wann haben Sie die gekauft?«

»Vor ein paar Tagen, gleich nachdem … nachdem Wiebke gestorben ist. Wir haben das in der Gruppe besprochen und sind uns einig, dass wir abreisen werden. Gisli und Maggy verstehen das, sie werden sich für den Sommer nach neuen Gästen umsehen. Aber sagen Sie, wir dachten, Sie hätten die … Mörder gefasst.« Fragend hebt Matthes Wittmann die Brauen.

»Sie meinen Abigal und Kári?«

»Ja, es ist furchtbar, was die beiden getan haben. Ich komme nicht darüber hinweg.«

»Ist es Ihnen denn nicht zugetragen worden? Von Herrn Romigius?«

»Nein. Was denn?«

»Möglicherweise haben Abigal und Kári es gar nicht getan«, erklärt Skagen und erntet einen überraschten Blick von Matthes Wittmann. Jule hält ihre Züge unter Kontrolle. Hat sie es gewusst?

»Was hat Sie denn glauben lassen, dass es die Jugendlichen waren?«, fragt Skagen.

»Ähm«, Matthes Wittmann räuspert sich. »Ich kenne Abigal. Sie hat sich in letzter Zeit stark verändert und ist ziemlich rebellisch geworden. Wir wussten, dass sie ständig Ärger mit Wiebke hat, und da ...«, er sieht seine Frau an, »da haben wir gedacht, dass ...«

»Dass sie einen Grund hatte, ihre Mutter umzubringen? Weil sie als Teenager gegen sie aufbegehrt?«

Matthes Wittmann zuckt bedrückt mit den Schultern.

»Wäre eine Art Zwangsehe mit diesem Samuel und der damit einhergehende Missbrauch an einer Minderjährigen nicht eher ein Grund für Abigal, sich gegen ihre Mutter zu wehren, als ein Streit um Nagellack?« Skagen verengt die Augen zu Schlitzen und beobachtet das Ehepaar genau.

Herr Wittmann blinzelt, bleibt ansonsten aber ungerührt. Jule schiebt das Kinn vor.

»Ich weiß nicht, wovon Sie sprechen«, sagt sie leicht erregt.

Skagen legt den Kopf schief. »Wirklich nicht? Abigal hat uns davon erzählt. Von Zwangsverheiratungen im Alter von 15 Jahren mit gestandenen Männern aus Ihrer Gemeinschaft. Wollen Sie sagen, das Mädchen lügt?«

»Abigal ist eine Teufelin!«, spuckt Jule Wittmann aus. »Sie erzählt Ihnen alles, was Sie hören wollen, um ihren Hals aus der Schlinge zu ziehen.«

»Sie glauben also, dass sie es war?«

»Ja! Zusammen mit Kári. Der hat ebenfalls den Teufel im Leib.«

Immer war's der Teufel, denkt Skagen. Wie einfach man sich seine Glaubenswelt doch gestalten kann.

»Sie sollten das Zimmer von dem Jungen sehen«, hetzt Jule weiter. »Nichts als Teufelszeug! Diese furchtbaren Plakate mit den Totenköpfen und diese düstere Musik, die er den ganzen Tag hört. Gehen Sie hoch und überzeugen Sie sich selbst. Es ist eine gottlose Höhle! Uns hat man gesagt, das hier sei ein frommer Haushalt. Aber das stimmt nicht.« Sie stößt ein verärgertes Schnauben aus. »Wenn Sie mich fragen, sind alle hier mit dem Satan im Bunde. Und es ist unerträglich, dass wir nicht wegkönnen. Unsere Kinder sind diesem schädlichen Einfluss ausgesetzt, und wir können nichts tun. Wir sind alle in Gefahr! Was ist, wenn der Mörder erneut zuschlägt? Jetzt, da ich weiß, dass er noch frei herumläuft, wird mir ganz schlecht.« Sie krümmt sich und keucht dabei.

Skagen beobachtet sie skeptisch. Liefert Frau Wittmann bloß ein gutes Schauspiel ab, oder ist sie wirklich entsetzt?

Von oben dringt lautes Geschrei herunter. Ein Mädchen ruft: »Silas, hör endlich auf damit!«

Skagen sieht Frau Wittmann an, die sich abwendet.

»Wie standen Sie zu Wiebke Brandt?«, fragt er sie.

»Sie war eine Freundin. Würde man sonst gemeinsam ein halbes Jahr Auszeit planen?«

»Und wie war das Verhältnis von Thorsten zu seiner Frau?«

Jule Wittmann greift sich in den Kragen ihres Strickpullovers. »Soweit ich weiß, gut.«

»Aber es gab oft Streit zwischen den beiden.«

Jule wendet sich hilfesuchend an ihren Mann.

»Kann sein«, springt er ihr bei. »Es geht uns jedoch nichts an, was andere Paare machen.«

»Und was sagen Sie dazu, dass Wiebke diese Ansicht nicht berücksichtigt hat?«, hakt Skagen nach. »Wie finden Sie es, dass sie in Ihren Sachen herumgeschnüffelt und Dinge entwendet hat?«

»Von uns hat sie nichts gestohlen!«, wehrt Jule Wittmann ab und klingt dabei übereifrig.

»Sicher?« Skagen öffnet noch einmal die Fotos auf seinem Handy. »Das hier ist nicht zufällig von Ihnen?«

Jule wird blass, als sie das Kondom sieht.

»Na?«, triezt Skagen sie.

»N… nein. Auf keinen Fall. So etwas Liederliches benutzen wir nicht.«

»Und wenn wir Ihre Fingerabdrücke darauf finden?«

Jule wird noch blasser.

Gotcha, denkt Skagen. Dabei hat er bloß gepokert, denn ihre Fingerabdrücke hat er gar nicht. Ihre Reaktion ist jedoch eindeutig. Das Kondom gehört den Wittmanns, und Wiebke hat es ihnen gestohlen. Mit Sicherheit wollte sie es gegen sie verwenden. Und das konnten sie nicht zulassen. Es kam zum Streit, vielleicht auch zu Handgreiflichkeiten, die aus dem Ruder gelaufen sind. Eine Tötung im Affekt.

»Frau Wittmann, haben Sie Wiebke Brandt ermordet?«, fragt Skagen geradeheraus. »Weil Sie nicht wollten, dass Ihr kleines Geheimnis auffliegt?«

»Ich? Nein!« Jule macht ein paar Schritte rückwärts und fasst sich an die Brust. Wieder eine theatralische Inszenierung, wie Skagen findet.

»Darf ich Ihr Handy sehen?« Er streckt eine Hand aus.

»W… wieso?«

»Bitte geben Sie es mir.« Er dreht sich zu Matthes Wittmann um. »Ihres brauche ich auch!«

Zögernd steht Jule da, dann setzt sie sich abrupt in Bewegung und geht nach nebenan. Mit dem Telefon in der Hand kommt sie zurück, und auch Matthes Wittmann händigt ihm seines aus.

»Bitte entsperren«, sagt Skagen zu beiden.

»Wir haben keine Sperre in unseren Handys, das ist …«

»… gegen die Regel, verstehe«, vervollständigt Skagen. In einer Gemeinschaft, in der jeder jeden bespitzelt und sich der Kopf des Ganzen regelmäßig Bericht erstatten lässt, darf es natürlich keine Privatsphäre geben.

Er öffnet die Anrufliste auf Matthes Wittmanns Gerät und scrollt durch die Nummern. Er hat nicht mit Samuel telefoniert – oder er hat die Anrufe gelöscht. Er gibt Wittmann das Telefon zurück und überprüft das von Jule. Dort wird er fündig. Gleich mehrere Telefonate vor und nach Wiebkes Tod.

»Was haben Sie mit Samuel besprochen?«

»Ich … habe ihn darüber informiert, was passiert ist, und ihn gebeten zu kommen.«

»Und was ist mit diesen Anrufen? Die waren in der Woche vor Wiebkes Tod. Was gab es da zu bereden?«

Jule Wittmann wird rot. Sie senkt den Blick. »Ich musste Bericht erstatten an Samuel.«

»Worüber?«

»Wie es hier läuft.«

»War das nicht Wiebkes Aufgabe als Oberste?«

»Ja, aber …« Jule zögert. »Samuel wollte es auch von mir hören.«

»Sozusagen zur Überprüfung von Wiebkes Berichten? Der Spion, der den Spion überwacht?«

Jule Wittmann starrt auf den Boden.

Skagen spürt, wie sein Abscheu gegen das Sektenoberhaupt wächst. Dieser Kerl hat sich wirklich ein engmaschiges Überwachungsnetz aufgebaut, um seine Anhänger voll im Griff zu haben. Alle bis auf Abigal, die sich gegen ihn aufgelehnt hat.

»Was haben Sie ihm berichtet?«, will er wissen.

»Muss ich das sagen?« Jule Wittmann wendet sich hilfesuchend an ihren Mann, der sich diesmal nicht rührt.

»Ich höre!«, fordert Skagen sie auf.

»Nun, ich habe Samuel von Abigal erzählt. Dass sie Wiebke nicht mehr gehorcht und mit Kári herummacht. Und dass Wiebke ... Geheimnisse vor Thorsten hat und sich ständig mit ihm streitet.«

»Und da hat Samuel Ihnen den Auftrag gegeben, Wiebke zu beseitigen. Er hat Ihnen den Posten als Oberste versprochen, wenn Sie es tun.«

»Nein! So war das nicht!« Jule Wittmanns Hand fährt wieder an ihre Brust. Erst jetzt sieht Skagen, dass dort ein kleines Kreuz hängt, das sie umfasst.

»So?«, fragt er. »Wie war es dann?«

»Ich bitte Sie«, sagt Jule in jammervollem Tonfall. »Ich war es nicht. Und Matthes auch nicht. Ich habe Samuel Bericht erstattet, sonst nichts. Er hat mir den Posten von Wiebke versprochen, zur Belohnung. Er wollte sie schon länger absetzen, aber ganz bestimmt nicht töten. Bitte, ich flehe Sie an, das ist die Wahrheit.« Sie wirft die Hände vors Gesicht und beginnt zu schluchzen. »Wir sind keine schlechten Menschen.«

Skagen sieht ihr eine Weile zu. Ihre Verzweiflung scheint echt zu sein. Diese Leute sind einfach nur Opfer ihrer eigenen Ideologie.

Er macht einen beschwichtigenden Schritt auf sie zu. »Ich versichere Ihnen, dass ich Ihr Geheimnis für mich behalten werde. Samuel wird nichts davon erfahren, solange es nicht ermittlungsrelevant wird.«

»Oh, Herr Kommissar!« Jule Wittmann streckt ihre Arme aus und umfasst Skagens Hände. »Ich danke Ihnen tausendmal!«

»Schon gut.« Skagen entwindet sich ihrem Griff. »Wo finde ich Káris Zimmer?«

»Oben, letzte Tür links.«

Er verlässt das Wohnzimmer und geht hinauf in den ersten Stock. Dort angekommen, sieht er sich einer Horde tobender Kinder gegenüber. Schreiend laufen sie zwischen den Zimmern hin und her, wobei ein dunkelhaariger Junge die meiste Freude daran zu haben scheint, die Mädchen zu jagen.

Als er Skagen bemerkt, baut er sich mit gewichtiger Miene vor ihm auf: »Du kannst hier nicht durch!«

»Muss ich aber.« Skagen will sich an dem Zwerg vorbeidrücken, doch der springt ihm in den Weg.

»Wer bist du?«

»Ein Polizist. Und wenn du mich nicht vorbeilässt, muss ich dich verhaften«, erwidert Skagen in der Hoffnung, ihn so loszuwerden.

»Glaube ich nicht. Du hast keine Uniform an.«

»Mensch, Silas. Lass ihn, der ist bestimmt ein Polizist. Er trägt eine Waffe, schau mal.« Eines der Mädchen zeigt auf Skagens Gürtelholster.

»Cool, kann ich damit schießen?«, brüllt der Junge.

»Nein, das ist nichts für dich.«

»Doch!«

»Lass mal gut sein, Kleiner.« Skagen schiebt den Jungen sanft beiseite. Als er an ihm vorbeigeht, will Silas ihm von hinten einen Tritt verpassen, aber Skagen rettet sich hinter die letzte Tür und schließt sie ab. Von draußen poltert ein Tritt dagegen.

Was für ein Giftzwerg!

Es poltert erneut und die Tür erzittert. Skagen ignoriert es und verschafft sich einen Eindruck von dem Zimmer. Schnell wird ihm klar, dass er sich geirrt haben muss. Hier wohnt kein Jugendlicher mit Hang zum Düsteren und Heavy Metal.

Vor ihm steht ein ausladendes Ehebett mit hellblauer Wäsche und Kissen mit Schottenmuster. An der Wand hängt ein Bild von einer Burg an einem See, umringt von grünen Hügeln. Er kennt sie aus einem Film. Highlander oder so. Auf dem Bett befinden sich zwei große geschlossene Koffer.

Ist das das Zimmer der Wittmanns? Sind das ihre Koffer?

Er geht darauf zu und hebt sie an. Sie sind schwer. Er liest die Adressanhänger. Auf beiden steht derselbe Name: Margaret Gislason.

Nanu. Will Maggy verreisen? Ausgerechnet jetzt?

Skagen sieht sich um und entdeckt auf der Kommode ein Portemonnaie, darunter liegt ein Reisepass aus Großbritannien. Er schlägt ihn auf und überfliegt die Daten. Margaret Elizabeth Gislason, Mädchenname Harrow, geboren in Bristol.

Er hebt den Kopf. Elizabeth Harrow? Wo hat er den Namen schon mal gehört? Er runzelt die Stirn. Dann fällt es ihm ein. Er stand in dem Brief, den Wiebke Brandt gestohlen hat. Er war an eine Elizabeth Harrow gerichtet. War das Maggy? Skagen versucht, sich den Wortlaut ins Gedächtnis zu rufen. Hat Halla nicht erzählt, dass Maggy behauptet hätte, der Brief sei von ihrem Bruder? Einem Bruder, der *I love you forever* an seine Schwester schreibt und ein blutendes Herz darunter malt? Das erscheint ihm merkwürdig. Die Formulierungen wirkten eher wie in einem Liebesbrief. Von einem sehnsuchtsvollen und verzweifelten jungen Mann an seine Freundin. War dieser Mark Quarrie ein früherer Freund von Maggy? Das würde erklären, warum sie den Brief so dringend wiederhaben wollte.

Harrow und Quarrie, denkt Skagen. Irgendwie kommt ihm der Klang der Namen bekannt vor. Nur woher? Er zieht sein Handy aus der Tasche und will danach googeln, doch es gibt kein Netz. Dieser verdammte Sturm legt alles lahm.

Er schiebt den Pass zurück unter das Portemonnaie. Wenn er mehr über den Brief und die Koffer wissen will, muss er Maggy selbst fragen.

Skagen läuft die Treppe hinunter, ignoriert das Kindergeschrei, das hinter ihm erschallt, und schlüpft in seine Jacke. Draußen empfängt ihn weißes Inferno. Der Sturm hat an Intensität zugelegt, und er muss regelrecht gegen den Wind und die wirbelnden Schneeflocken ankämpfen. Der kurze Weg zum Stallgebäude wird zu einem kräftezehrenden Marsch.

60

Halla lässt das Handy sinken. Keiner ist zu erreichen, der Sturm hat sämtliche Verbindungen gekappt. Schöner Mist. Jetzt weiß sie nicht, ob Nils bei Thorsten Brandt noch etwas erreichen konnte. Hoffentlich kommt Tom Skagen drüben bei den Gislasons zurecht.

Sie klappt den Spurensicherungskoffer auf, den sie aus Bjarnis Auto geholt hat, und entnimmt das Fingerabdrucklesegerät sowie sämtliches Zubehör. Den Laptop kann sie vergessen, es gibt keine Internetverbindung zum Polizeiserver. Die Schuhprofile könnte sie analog abgleichen. Mit den Handys der Bewohner ist sie durch. Niemand hat Samuel angerufen. Samuel hat ihr sein Telefon nicht gegeben und sie darauf verwiesen, dass sie dafür einen staatsanwaltlichen Beschluss brauche. Halla hat es hingenommen. Sie würden schon noch Einblick in seine Telefonate erhalten, spätestens wenn sie einen Verbindungsnachweis anforderten.

An der Garderobe im Haupthaus holt sie einen Schuh nach dem anderen aus dem Regal und prüft alle. Diejenigen, bei denen sie gleich sicher ist, dass das Profil nicht passt, stellt sie wieder weg. Als sie fertig ist, hat sie schwarz gefärbte Finger, aber noch immer kein Match.

Sie geht in die Küche, wo Eydis Zimtschnecken backt. Bjarni sitzt am Tisch und hilft zusammen mit den Kindern, die Teigrollen zu schneiden und auf das Backblech zu legen. Er macht seinen Job gut, äugt immer wieder zu Samuel hinüber, der bequem im Wohnzimmer sitzt und liest.

Halla nickt ihm zu. Als Nächstes will sie sich die Zimmer oben vornehmen. Sie steigt die Treppe hinauf und kramt Eydis' und Ásgeirs Schuhe aus deren Schrank. Einen nach dem anderen begutachtet sie und kommt zu dem Schluss, dass keiner von ihnen passt.

Anschließend tritt sie vor die geschlossene Tür am Ende des Flurs. Leise Klänge dringen dahinter hervor. Popmusik. Es ist Zoes Zimmer.

Halla zögert. Theoretisch könnte es jeder von den Erwachsenen gewesen sein, der genug Kraft hat. Oder ein gewisses Maß an Wut im Leib. Also auch Zoe.

Sie klopft und erhält ein fragendes »Ja?« als Antwort.

»Ich bin es, Halla Austdal, die Polizistin. Ich würde mir gerne deine Schuhe ansehen.«

Stille.

»Darf ich reinkommen?«

»Okay.«

Kurz darauf steht Halla neben Zoe, die auf dem Bett sitzt und ihr verlegen entgegenlächelt. Sie hat ihre glatten blonden Haare zu einem Pferdeschwanz gebunden und trägt einen gemütlichen Jogginganzug aus hellblauem Nickistoff. Halla fällt auf, dass sie viel Wert auf ihr Äußeres legt. Ihre Fingernägel sind passend zum Anzug lackiert und ihr Gesicht ist sorgfältig geschminkt, als würde sie ausgehen wollen. Doch ihre Augen verraten Unruhe. Vermutlich fürchtet sie, dass Halla Spuren der Joints finden könnte, die sie hier raucht. Zumindest ist das der Verdacht von Nils und Tom. Sie nehmen an, dass das kleine Haschischtütchen von Zoe stammt.

Unauffällig schnüffelt Halla in die Luft, doch es riecht mehr nach Räucherstäbchen als nach Haschisch. Eines davon brennt gerade auf der Fensterbank.

»Wo sind deine Schuhe?«, fragt sie.

Zoe zeigt ihr die Sneaker und Sandalen. Keine Übereinstimmung.

»Hast du noch andere?«

»Im Stall. Gummistiefel und Reitstiefel.«

»Okay, danke dir.« Halla lächelt das Mädchen an. »Ich bin schon wieder verschwunden.«

Zoe lächelt unsicher zurück, während Halla die Tür schließt. Kurz darauf ist erneut die Musik zu hören.

Unten gibt Halla Bjarni zu verstehen, dass sie ins Gästehaus rübergeht. Danach würde sie im Stall nachsehen.

Wenig später stapft sie dick eingepackt durch den Sturm und arbeitet sich mühsam durch die Schneewehen. Erleichtert schlüpft sie in die Wärme des Gästehauses und sieht sich zuerst die Schuhe der Brandts an. Doch auch hier passt keiner.

Das kann doch nicht sein. Irgendwann muss sie endlich mal ein Match haben. Halla seufzt und wirft einen Blick in

Abigals Zimmer. Vielleicht sind hier noch Schuhe, die sie übersehen hat.

»Was machst du da?«

Erschrocken fährt sie herum. Hinter ihr steht Brandts zweitälteste Tochter Pia und mustert sie misstrauisch.

»Kind, hast du mich erschreckt! Warum bist du nicht drüben bei den anderen?«

Das Mädchen senkt den Blick. Erst macht es den Eindruck, als wolle sie nicht antworten, doch dann sagt sie: »Die lassen mich nicht mitspielen.«

»Deine Geschwister?«

»Ja.« Pia scharrt mit den dicken Socken über den Boden. »Aber ich spiele eh lieber allein. Ich male gerne. Magst du meine Bilder sehen?«

Halla zögert. Eigentlich hat sie keine Zeit, doch das Mädchen tut ihr leid. Schließlich hat sie ihre Mutter verloren. Das muss Pia schwer traumatisiert haben, obwohl sie auf den ersten Blick nicht so wirkt. Kinder zeigen oft nicht, wie schlecht es ihnen geht, und machen viel mit sich selbst aus. Hoffentlich würden Pia und ihre Geschwister eine gute therapeutische Betreuung bekommen. Halla spürt ein Ziehen in ihrem Magen. Mit der Neuen Germanischen Medizin würde das wohl nicht passieren. Die Kinder würden mit ihren Sorgen und Nöten alleingelassen werden. Oder man würde ihnen sagen: Gott richtet das schon.

Halla schluckt ihren Zorn runter und beugt sich zu der Zehnjährigen hinab. »Okay, zeig mir deine Bilder.«

Pia dreht sich um und läuft in ihr Zimmer, in dem Halla übernachtet hat. Seit heute Morgen hat sich nicht viel verändert, außer dass der Boden mit selbst gemalten Bildern übersät ist. Hauptsächlich mit Pferden als Motiv. Manche sind erstaunlich gut gezeichnet.

»Wow, du kannst richtig gut malen. Wessen Pferde sind das?«

»Die von Ásgeir. Das da ist Perla.« Pia zeigt auf ein weißes Islandpferd. Die Proportionen sind gut getroffen.

»Du solltest Künstlerin werden!«

»Wirklich?« Pia sieht skeptisch zu ihr auf. »Mama hat das nie gesagt.«

»Doch, du malst toll. Lass dir das von niemandem ausreden.«

Pia schlingt unvermittelt beide Arme um sie. »Du bist lieb. Obwohl du eine Polizistin bist.«

Halla ist gerührt und drückt das Mädchen zurück. Sie freut sich, dass es ihr gelungen ist, Pias Vertrauen zu gewinnen. So haben sie vielleicht die Chance, von ihr etwas über Samuel zu erfahren. Sie lässt das Mädchen los, wobei ihr Blick auf einen einzelnen Gummistiefel mit orangefarbener Sohle fällt, der unter dem Tisch steht. Den hat sie heute Morgen gar nicht bemerkt.

»Was ist das denn?« Sie zeigt auf den Stiefel. »Wo ist der zweite?«

»Ach der«, sagt Pia beiläufig. »Der liegt unten an den Klippen.«

»An den Klippen?« Hallas Puls beschleunigt sich. Sie gibt sich Mühe, die nächsten Worte nicht allzu aufgeregt klingen zu lassen. »Wo?«

»Gleich beim Haus. Ist nicht weit weg.«

»Darf ich mir den Stiefel mal angucken?«

»Klar.« Pia bringt ihn ihr.

Halla nimmt ihn vorsichtig entgegen und dreht ihn um. Ihr Pulsschlag legt noch einen Zahn zu, als sie das Profil erkennt. Sie greift zu Roller und Farbe.

»Was machst du da?«, will Pia wissen.

»Einen Abdruck. Das ist wie beim Kartoffeldruck. Hast du das schon mal probiert?«

»Nein. Wie geht das?«

Halla zeigt ihr, wie man die Farbe mit der Rolle aufträgt. Danach drückt sie den Stiefel auf das Trägermaterial. Als sie ihn abzieht, bleibt ein deutlicher Profilabdruck zurück.

»Das sieht schön aus«, sagt Pia begeistert. »Darf ich auch mal?«

»Vielleicht nachher.«

»Och, schade.«

Halla fällt es schwer, das Mädchen zu enttäuschen, doch sie kann im Moment nicht auf den Wunsch eingehen. Sie vergleicht den Abdruck mit dem Foto auf ihrem Handy und saugt leise Luft ein.

»Pia«, sagt sie ruhig. »Weißt du, wem der Stiefel gehört?«

Das Mädchen zögert. Dann nickt sie. »Klar weiß ich das. Deswegen habe ich ihn ja mitgenommen. So etwas macht man nicht: Sachen einfach in die Natur schmeißen.«

»Das stimmt. Aber wem gehört er nun?«

Als Pia ihr den Namen nennt, wird Halla übel. Rasch bedankt sie sich und eilt aus dem Zimmer. Vor der Eingangstür fummelt sie ungeschickt an ihrem Handy herum. Sie muss Skagen informieren. Er muss Bescheid wissen!

Doch es gibt kein Netz.

»Scheiße!«, flucht sie. Ihre Gedanken rasen. Was soll sie tun? Skagen ist drüben, ganz allein, und er hat keine Ahnung. Mit dem Auto gibt es kein Durchkommen, also muss sie zu ihm laufen. Sie hat keine andere Wahl.

Entschlossen steckt Halla das Handy weg, zieht ihre Kapuze über den Kopf und wappnet sich für den Weg durch die Kälte.

61

Skagen erreicht den Stall und taucht in das geschützte Innere. Es riecht nach Schafen, Heu und Mist. Durch die Fenster fällt nur spärliches Licht. Im rückwärtigen Teil brennt eine Lampe, und Skagen geht darauf zu. Hinter den Gattern links und rechts drängen sich die Mutterschafe mit ihren Lämmern. Sie beäugen ihn misstrauisch. Anscheinend erkennen sie, dass er fremd ist. Eines der Tiere blökt alarmiert. Draußen fegt der Wind um die Ecken und rüttelt am Wellblechdach.

Skagen erreicht die kleine Lichtoase, wo Maggy gerade dabei ist, ein frischgeborenes Lamm zu versorgen. Sie streicht den Rest der Fruchtblase vom Köpfchen und rubbelt den zerbrechlich wirkenden Körper mit Heu ab. Das Mutterschaf steht daneben und hilft mit der Zunge.

Als Maggy ihn bemerkt, schreckt sie auf.

»My god!«, entfährt es ihr. »Schleichen Sie sich immer so an?«

»Sorry, war nicht meine Absicht.« Skagen tritt näher. »Ich dachte, dass die Schafe mich angekündigt hätten.« Er lächelt ihr zu, und sie erwidert das Lächeln erleichtert. Dann steigt sie über das Gatter in die Stallgasse. Sie trägt einen löchrigen Islandpulli, Arbeitshosen und viel zu große Gummistiefel.

Sie deutet auf das neugeborene Lamm, das bereits aufzustehen versucht, ermutigt von seiner Mutter. »Das war das letzte für diese Saison. Alle sind gesund und munter. Wenn der Schnee weg ist, dürfen sie auf die Weiden im Hochland. Da bleiben sie den Sommer über.«

»Allein?«

»Ja, die kommen gut ohne uns zurecht. Im Herbst finden der Abtrieb und die Schur statt.« Maggy nimmt eine Mistgabel und hievt frisches Heu hinter das Gatter.

»Mögen Sie die Arbeit mit den Schafen?«

»Schon. Besonders, wenn die Lämmer kommen.« Maggy sieht beseelt auf die Tiere.

»Weshalb haben Sie Ihre Koffer gepackt?«, fragt Skagen. Er will sehen, wie sie reagiert.

Maggy bleibt cool. »Ich will nach Dänemark, wenn der Sturm vorbei ist. Ich besuche meine Geschäftspartner. Das mache ich jeden Frühling nach dem Auftrieb. Da ist am wenigsten zu tun.«

»Und auf dem Rückweg bringen Sie die Schmuggelware mit?«

Maggy senkt den Blick und knibbelt einen dunklen Rand unter ihrem Fingernagel weg. Ob das Blut von der Schafgeburt ist? »Stimmt, das wissen Sie ja bereits.«

»Wo ist das Versteck?«

Maggy führt ihn in die benachbarte Scheune, in der ein Traktor und verschiedene landwirtschaftliche Geräte stehen. Skagen muss sich Mühe geben, seinen Husten im Zaum zu halten, der mit aller Gewalt hervorbrechen will. Er räuspert sich und verzieht das Gesicht wegen der Halsschmerzen. Auch seine Augen brennen plötzlich. Das Fieber ist mit einem Schlag zurück. Und seine Tabletten hat er drüben auf dem anderen Hof vergessen.

Maggy geht zu der hölzernen Rückwand und macht sich daran zu schaffen. Wenig später blickt Skagen hinter ein Brett, das sie aus der Wand gelöst hat. Dort ist ein Hohlraum zwischen dem Wellblech und der inneren Holzwand. Besonders viele Waren befinden sich nicht darin. Eine Flasche Whiskey und Zigaretten. Skagen öffnet das Foto von Bjarni und vergleicht es mit dem, was er vor sich sieht. Nichts fehlt.

»Haben Sie gedacht, ich lasse das Zeug verschwinden?«, fragt Maggy scherzhaft.

»Ja«, gibt Skagen zu. »Wäre das so unwahrscheinlich?«

»Nein.« Maggy lacht.

»War da je Haschisch drin?«

Maggy hört auf zu lachen. »Nein, so etwas schmuggele ich nicht. Sie haben einen Drogenhund auf der Fähre. Das ist mir zu riskant.«

Skagen mustert sie. Natürlich würde sie es nicht zugeben, wenn sie es täte, das wäre ja dumm. Dann hätte sie mehr als nur die Zollbehörde am Hals.

»Darf ich Sie etwas fragen?«, fragt Maggy.

»Klar.«

»Wann bekomme ich den Brief zurück, den Wiebke mir weggenommen hat? Er bedeutet mir sehr viel.«

»Es ist ein Liebesbrief an Sie, stimmt's?«

Ein Hauch von Röte legt sich auf Maggys Wangen. »Ja.«

»Scheint eine lange verflossene Liebe zu sein, dieser Mark Quarrie«, entgegnet Skagen beiläufig. »Kann es sein, dass ich die Namen Harrow und Quarrie schon mal irgendwo gehört habe?«

»Nein. Wieso?« Die Antwort kam zu schnell.

»Hm. Ich bin sicher, dass sie mir bekannt vorkommen. Aber ich kann mich nicht erinnern.« Er zuckt lässig mit den Achseln. »Ich denke, der Brief wird freigegeben, sobald der Fall abgeschlossen ist.«

»Und wie lange wird das noch dauern?«

»Bis wir den Mörder haben. Oder die Mörderin ... Hatten Sie jemals Streit mit Wiebke?«

Maggy zieht die Brauen zusammen. »Nein.«

Das ist eine Lüge, denn von Kári wissen sie, dass es mindestens einen Streit zwischen den beiden Frauen gegeben hat.

»Vielleicht wegen des Briefs?«, hilft Skagen nach. »Sie waren doch sicher verärgert, dass Frau Brandt in Ihren Sachen herumgeschnüffelt und ihn gestohlen hat.«

Maggy umfasst den Stiel der Heugabel fester und stützt sich auf das Gerät. Dabei nähert sie sich Skagen ein wenig. »Ich habe erst davon erfahren, als Sie mir das Foto gezeigt haben. Das war, nachdem Wiebke gefunden wurde.«

»Ist das so?«, hakt Skagen nach.

»Na sicher.« Maggy beginnt wieder, Heu zu verteilen.

»Darf ich mal die Sohlen Ihrer Stiefel sehen?«

»Bitte.« Maggy hebt einen Fuß.

Skagen betrachtet das Profil. »Den anderen.«

Sie hebt den zweiten Fuß an. »Zufrieden?«

Er richtet sich auf. »Ja, danke. Das war sehr aufschlussreich.«

Maggy ignoriert seine Andeutung und schiebt eine weitere Gabel Heu an das Gatter, dabei wirkt sie betont konzentriert. Wo sie wohl ihre anderen Schuhe hat?

»Danke für das Gespräch«, verabschiedet Skagen sich und geht auf die Stalltür zu. Er kann Maggys Gedanken hinter sich förmlich rattern hören. Soll sie ruhig ein bisschen nervös werden. Zu dumm, dass er keine Internetverbindung hat, sonst hätte er Harrow und Quarrie längst gegoogelt.

Auf dem Weg zum Haupthaus stechen ihm die Flocken wie Nadeln ins Gesicht, und mit einem Sprung rettet er sich durch die Tür in die Wärme. Am Schuhregal tritt er seine Stiefel ab und klopft sich den Schnee von der Jacke. Das Kindergeschrei ist verstummt, und es herrscht ungewöhnliche Ruhe im Haus. Misstrauisch betritt Skagen das Wohnzimmer. Es ist leer. Niemand ist da. Wo sind alle?

62

Sie stellt die Mistgabel weg. Erinnerungsfetzen rasen durch ihren Kopf. Ihr Liebster und sie auf der Flucht vor der Polizei. Sie laufen durch den Nebel flankiert von der felsigen Landschaft ihrer Heimat England. Über 25 Jahre ist das jetzt her, doch sie spürt noch immer die Angst, die sie damals hatte. Und wie eiskalt sich die Hand ihres Liebste angefühlt hat. Auch im Stall ist es plötzlich eiskalt. Oder kommt die Kälte von innen? Jedenfalls ist das Gespräch mit dem Polizisten nicht gut verlaufen. Er wirkte so, als glaube er ihr nicht. Aber wieso fällt der Verdacht jetzt auf sie? Sie hat doch an alles gedacht! Es gibt keine Beweise.

Bibbernd legt sie die Arme um sich. Die Schafe drängen sich zum frischen Heu und fressen. Einige blöken aufgeregt, weil es Futter gibt.

Sie wirft einen Blick auf das neugeborene Lamm. Wäre sie doch abgehauen, solange es noch ging. Bevor der Schneesturm sie eingeschlossen hat. Wie kommt der Polizist überhaupt darauf, dass sie die Koffer gepackt hat? Er muss in ihrem Zimmer gewesen sein.

Verärgert mahlt sie mit den Kiefern. So eine verdammte Scheiße!

Den Brief von Mark wird sie nun vermutlich nie wiederbekommen. Er ist weg, verloren. Und damit ihr einziges Foto von ihrem Liebsten.

Dabei wollte sie sich damals nur von ihrer dominanten Mutter befreien. Wollte so leben, wie sie es sich wünschte und nicht so, wie ihre Mutter es für sie vorsah. Tränen steigen in ihre Augen, und sie wischt sie mit den Handrücken weg. Sie darf jetzt nicht heulen, muss es später tun – um Mark trauern. Sie muss eine Lösung finden. Und zwar schnell. Der Polizist hat eindeutig Lunte gerochen.

Sie sieht sich um. Draußen pfeift der Sturm um den Stall. Wo soll sie hin? Alles ist zugeschneit – die Autos, die Fluchtwege, die Chancen. Sie sitzt in der Falle. So wie Mark damals. Sie haben ihn aufgestöbert und den Kreis enger gezogen, bis er nicht mehr fliehen konnte. Bis er nur noch diesen einen furchtbaren Ausweg gesehen hat. Sie weiß nicht, ob sie das könnte. Sich das Leben nehmen und womöglich als hottest News in der Zeitung zu landen:

Mark Sheamus Quarrie ist tot! Er sprang in Glasgow in den River Clyde. Zwölf Jahre nach seiner Tat. Ob es sein Gewissen war, das ihn in den Tod trieb? Wir werden es nie erfahren. Nun liegt er einsam auf dem Friedhof in Oban. Nicht einmal seine Familie war bei seiner Beisetzung anwesend. Wo sich seine Komplizin Elizabeth Harrow aufhält, ist unklar. Vielleicht hat auch sie sich getötet, weil die Schuld sie erdrückt hat.

Schuld! Pah. Sie und Mark haben ihre Schuld abgebüßt, die Strafe abgesessen. Sie waren rechtskräftig frei. Niemand hatte das Recht, sie zu verfolgen und eine regelrechte Hetzjagd auf sie zu veranstalten. Diese Paparazzi sind schuld, dass Mark tot ist. Sie haben ihn dazu getrieben. Diese Arschlöcher von der Presse. Von Stadt zu Stadt gejagt haben sie ihn, für ein paar lumpige Schlagzeilen!

Maggy ballt die Fäuste. Am liebsten würde sie jeden einzelnen dieser Klatschreporter erwürgen. Sie sind an allem schuld, haben sie nicht in Ruhe gelassen und sie schließlich dazu gezwungen, das Land zu verlassen. Doch auch in ihrer neuen Heimat Dänemark hat Maggy sich nicht sicher gefühlt vor der Presse und ist auf die Fähre nach Island gegangen, ohne Rückfahrticket. Es war verdammt hart, in dem kleinen Kaff am Arsch der Insel von vorn anzufangen. Aber sie hat es geschafft. Sie hat ein neues Zuhause gefunden, mit einem lieben Mann, zwei Stiefkindern und einer überschaubaren kleinen Welt, weitab von Städten und der Gefahr, entdeckt zu werden. Alles war gut. Maggy hat sich nach vielen Jahren auf der Flucht endlich wieder sicher gefühlt.

Bis diese verdammte Schlampe kam! Wiebke!

Sie war wie ihre Mutter!

Dieses krankhaft neugierige Miststück hat in ihrem Zimmer herumgeschnüffelt und Dinge gefunden, die sie nicht sehen sollte. Aus Maggys Vergangenheit. Dabei hatte sie sie wirklich gut versteckt. Hinter dem Spiegel. Wiebke muss ein Gespür für solche Verstecke gehabt haben.

Maggy beißt sich hart auf die Lippe. Sie hätte die Sachen eher wegwerfen sollen, selbst wenn es die letzten Erinnerungsstücke an ihr früheres Leben gewesen sind. An Mark, ihre große Liebe. Jetzt liegen sie unten im Meer.

Bestimmt hat Wiebke vorgehabt, sie zu verraten. Sie muss im Internet nachgesehen und alles herausgefunden haben. Die Tat von Mark und Maggy, damals noch Elizabeth, als sie noch Kinder waren – kaum zurechnungsfähig. Wiebke hat kapiert, wer Maggy Gislason eigentlich ist. Und dass sie ihr neues Leben auf Lügen aufgebaut hat. Dass weder Gisli noch die Kinder eine Ahnung davon haben, mit wem sie unter einem Dach wohnen. Wiebke wollte alles zerstören. Sie hätte Maggy alles genommen, und das musste sie verhindern. Wenn jemand kommt und droht, dich fertigzumachen, dann musst du dich schützen. Das ist doch verständlich, oder? Es war eine Verzweiflungstat. Sie musste es tun. Doch das würde niemand verstehen. Sie wäre wieder die Böse. Das teuflische Mädchen, das die eigene Mutter umgebracht hat. Einmal Mörderin, immer Mörderin.

Sie wirft die Mistgabel zur Seite und läuft durch die Stallgasse in die angrenzende Scheune. Dort reißt sie die Türen zum Werkzeugschrank auf und holt eine Metallbox heraus.

»Fuck!«, schreit sie, als ihr klar wird, dass sie sich schon wieder auf der Flucht befindet. Dass sich alles wiederholt. Sie feuert die leere Box zurück in den Schrank.

Kári, dieser Idiot, hat den Revolver mitgenommen. Das bedeutet, die Waffe liegt bei der Polizei in Egilsstaðir. Womit soll sie sich jetzt verteidigen?

Sie kann nicht zulassen, dass ihr Leben ein zweites Mal zerstört wird. Ob nun von Reportern oder von den Bullen – die sind alle gleich.

Warum haben sie Abigal nicht eingesperrt? Dieses Jesus-Flittchen wäre die beste Lösung gewesen. Oder Yngvi, dieser Schwachkopf.

Maggy fällt ein Hammer ins Auge. Sie nimmt ihn an sich, spürt das kalte Holz des Griffes und sein Gewicht.

Sie muss den Polizisten aufhalten. Sie ist kein unbeholfenes Mädchen mehr wie damals mit zwölf, sie weiß sich zu wehren. Nie wieder will sie ins Gefängnis gehen. Sie wiegt den Hammer in der Hand. Am besten wäre, es sähe wie ein Unfall aus. Der Polizist rutscht aus, stürzt und prallt mit dem Kopf aufs Eis. Leider sind die Verletzungen tödlich. Oh, wie tragisch.

Maggy holt die gefütterte Winterjacke aus dem Stall und zieht sich die Mütze tief in die Stirn. Der Hammer liegt schwer in ihrer Tasche. Am Stalltor späht sie in das weiße Chaos. Sie muss die Lider zusammenkneifen, damit die Schneeflocken nicht in ihre Augen stechen. Vor dem Eingang steht Ásgeirs Schneemobil und daneben das von Gisli. Der Polizist ist also noch im Haus.

Maggy zögert, ihre vor Kälte schmerzenden Finger umschließen den Hammergriff.

63

Skagen läuft durch den Flur des Wohnhauses und lauscht an der Treppe nach oben. Totenstille. Wo sind die Wittmanns und die Kinder?

Er dreht sich um, weil er einen Laut vernimmt. Er kommt aus dem hinteren Teil des Hauses. Langsam geht er auf die Tür zu, hinter der ein unterdrücktes Murmeln zu hören ist. Ohne anzuklopfen, reißt er sie auf und sieht Familie Wittmann neben dem Bett auf dem Boden knien und sich an den Händen fassen. Die Tochter der Gislasons ist mit von der Partie, und selbst der vorlaute Silas hält andächtig seinen Kopf gesenkt.

»Steh uns bei, oh Herr«, sagt Herr Wittmann gerade in salbungsvollem Tonfall. Dann dreht er sich um.

»Entschuldigung«, entgegnet Skagen. »Lassen Sie sich nicht stören. Ich gehe wieder.«

»Warten Sie.« Matthes Wittmann hebt eine Hand. »Kommen Sie, beten Sie mit uns. Jeder von uns braucht Gottes Beistand. Es sind schlimme Zeiten.« Er wirft Skagen ein trauriges Lächeln zu, während Frau Wittmann nicht den Eindruck macht, als würde sie die Idee ihres Mannes gutheißen.

»Na los, schließen Sie sich uns an«, wiederholt Wittmann. »Gott hat ein offenes Ohr für jeden Menschen. Es wird Ihnen guttun, sich ihm anzuvertrauen. Glauben Sie mir.«

Das mit dem Vertrauen ist so eine Sache, denkt Skagen. Besonders als Polizist. Dankend lehnt er ab und schließt die Tür. Im Flur überlegt er, wo er Papier und Malfarbe finden könnte, um sie für Abdrücke zu benutzen. Er will die Schuhe in Maggys Zimmer untersuchen. Der gepackte Koffer lässt ihm keine Ruhe. Maggy wollte verreisen. Ausgerechnet jetzt. Und dann noch die Lüge bezüglich ihres Streits mit Wiebke. Ihn beschleicht das Gefühl, dass Margaret Elisabeth Gislason, geborene Harrow, etwas verheimlicht.

Lizzy Harrow.

Mark Quarrie.

Harrow und Quarrie.

Er holt sein Handy heraus, doch er hat immer noch keinen Empfang. Verdammt! Wo hat er die Namen schon mal gehört? Quarrie und Harrow. Ein Pärchen. Eine Liebesgeschichte. Ein tragisches Ereignis, das womöglich durch die Presse ging und über das er dort vielleicht gelesen hat. Oder ist das im Zusammenhang mit einem Fall geschehen? Skagen bemüht sich, sein Hirn anzukurbeln, aber in seiner fiebrigen Birne herrscht totale Funkstille.

Er muss husten, es sticht in seinen Lungen. »Scheiße!«, flucht er und schlägt gegen die Holzwand im Flur. Er würde noch mal rübergehen und Maggy die Pistole auf die Brust setzen.

Hastig schlüpft er in die Jacke und schiebt sich nach draußen ins Freie. Er holt Luft, doch die Kälte des Sturms reißt ihm den Atem von den Lippen.

64

Halla ist nicht zum ersten Mal bei solch widrigen Bedingungen unterwegs. Sie kennt das. Wenn man in Island aufgewachsen ist, erlebt man so ein Wetter ständig. Daher weiß sie, worauf sie achten muss und wo die Gefahren liegen. Erste Regel: Man darf niemals unaufmerksam sein und die Orientierung verlieren. Zweite Regel: Man muss sich möglichst warm anziehen und immer in Bewegung bleiben, darf niemals stehen bleiben.

Ausgestattet mit doppelten Handschuhen und Schneebrille, die sie in der Scheune gefunden hat, stapft sie los. Skagens Motorschlittenspur führt am Lavawall entlang, geradewegs auf den Gislason-Hof zu, der im Schneetreiben nicht zu erkennen ist. Selbst die krummen Gesteinstürme der *dimmu hraunar* verschwinden mehr und mehr unter den Schneemassen. Zum Glück kommt der Wind von hinten und schiebt Halla vor sich her. Sonst wäre das Gehen durch den Schnee unmöglich. Immer wieder bricht sie in Verwehungen ein und versinkt darin bis zur Hüfte. Doch angetrieben von der Gefahr, in der Skagen schwebt, kämpft Halla sich weiter vorwärts. Bald brennen ihre Oberschenkel, und sie hat Schwierigkeiten, die Motorschlittenspur zu erkennen, die fast schon wieder zugeschneit ist.

Sie bleibt stehen und wischt sich den Schnee von der Brille und aus ihrem tauben Gesicht. Die Flocken fallen so dicht, dass sie keine zwei Meter weit gucken kann. Ohne das Lavafeld als Orientierungshilfe hätte sie sich längst verlaufen.

Halla ermahnt sich, die zweite Regel nicht zu missachten, und setzt sich in Gang. Dabei landet sie erneut in einem

Schneeloch. Mit zusammengebissenen Zähnen befreit sie sich daraus und richtet sich auf. Ihr Atem geht stoßweise, und ein Blick zurück in den beißenden Wind verrät ihr, dass vom Magnusson-Hof ebenfalls nichts mehr zu sehen ist. Nicht mal dessen Lichter. Überall nur Weiß und wirbelnde Flocken.

Schnaufend erreicht sie den abgesperrten Tatort. Das Flatterband hat sich gelöst und weht im Wind, ohne dass sie den Stab im Schnee ausmachen kann, an dem es befestigt ist. Halla stapft daran vorbei und verliert das Lavafeld kurz aus den Augen. Sie spürt, wie ihr Herz bis zum Hals pocht, diesmal jedoch nicht wegen der Anstrengung, sondern weil die Angst sie packt.

Du darfst jetzt keinen Fehler machen. Denke an Regel Nummer eins. Behalte die Orientierung.

Sie folgt ihren Fußstapfen zurück zum Flatterband und dreht sich suchend in alle Richtungen. Wo ist der Lavawall? Als sie seine verschneiten Buckel erkennt, hangelt sie sich daran entlang in Richtung Gislason-Hof.

Es kommt ihr vor, als wäre sie seit Stunden unterwegs – und vielleicht ist sie das tatsächlich, denn in einem solchen Sturm verliert man nicht nur das Gefühl für den Raum, sondern auch für die Zeit. Plötzlich tauchen vor ihr glimmende Lichter auf.

Der Hof!

Gott sei Dank! Gleich ist sie da.

Keuchend kämpft sie sich voran, laut rasselt ihr Atem durch ihre Kehle. Umrisse von Gebäuden schälen sich aus dem weißen Chaos. Ein großes Wohnhaus und die mit Wellblech verkleideten Stallungen kommen in Sicht. Türen und Fenster werden deutlich und große Buckel vor dem Haus, unter denen sich die zugeschneiten Fahrzeuge verbergen.

Halla versucht, etwas in den erleuchteten Fenstern zu erkennen. Wo ist Skagen? Sie muss ihn so schnell wie möglich finden.

Sie hat den Stall erreicht, von dem aus es nur noch ein paar Meter bis zum Wohnhaus sind. Halla stapft an der Wellblechwand des Stalls entlang, die laut im Sturm klappert. Hoffentlich fliegt nichts von der Verkleidung weg. Da bemerkt sie eine Bewegung und hebt den Kopf. Am Wohnhaus hat sich die Tür geöffnet und jemand tritt nach draußen. Die Gestalt stemmt sich gegen den Sturm, sie trägt quietschbunte Klamotten.

Tom Skagen!

Rasch hebt Halla den Arm. »Tom, hier! Ich bin's. Du musst aufpassen!«

Doch er scheint sie weder zu sehen noch zu hören. Der Sturm übertönt alle Geräusche.

»Tom!«, brüllt Halla. Sie gerät ins Straucheln, stemmt sich wieder hoch. »Tom! Ich bin's!«

Endlich bemerkt er sie. Er geht auf sie zu, bleibt dann jedoch abrupt stehen und hebt beide Arme, mit denen er heftig zu rudern beginnt. Sein Mund ist aufgerissen, er schreit etwas, doch die Worte kommen nicht bei Halla an. Sie will zurückrufen, da merkt sie, dass sie nicht allein ist.

Hinter ihr steht jemand.

65

Skagen erstarrt mitten in der Bewegung.

Hinter Halla taucht eine Gestalt auf. Es ist Maggy. Sie hält einen Gegenstand in der Hand, mit dem sie ausholt.

»Halla! Pass auf! Hinter dir!« Skagen versucht, sie zu warnen, doch Halla begreift es nicht.

Maggy senkt ruckartig ihren Arm, und Halla sackt zu Boden. Reglos bleibt sie liegen.

»Nein!«, brüllt Skagen. Er läuft los, strauchelt im Schnee, kommt wieder auf die Beine und stolpert weiter. Er sieht, wie Maggy sich hinabbeugt und an Hallas Uniform herumnestelt. Warum tut sie das? Immer wieder schaut sie zu ihm herüber, während ihre Hände hastig nach etwas suchen. Dann richtet sie sich auf und verschwindet durch den Eingang der Scheune.

»Halla!«, ruft Skagen. Er fällt hin, rappelt sich wieder auf und arbeitet sich atemlos auf allen vieren durch den Schnee. Als er Halla erreicht hat, sieht er das Werkzeug, mit dem Maggy zugeschlagen hat. Einen Hammer. Und Blut, sehr viel Blut.

Skagen zieht Halla die Mütze vom Kopf und entdeckt eine nach innen gewölbte Wunde über ihrem Ohr. Mit eiskalten Fingern tastet er nach dem Puls, doch da ist nichts. Halla ist tot! Maggy hat ihr den Schädel eingeschlagen. Warum zur Hölle hat sie das getan?

Tränen schießen in seine Augen. Er reißt an seiner Jacke herum und hält nach unendlichen Mühen seine Waffe in der Hand. Sein Atem rasselt, als er die Pistole auf den Scheuneneingang richtet.

»Maggy!«, brüllt er. »Ich weiß, dass du da drin bist. Komm raus! Es ist vorbei. Du kannst hier nicht weg.« Zitternd wartet er auf eine Antwort.

Doch es bleibt ruhig. Maggy rührt sich nicht. Sie hat sich in der Scheune verbarrikadiert. Oder sie versucht, auf einem anderen Weg zu entkommen. Skagen blickt über die Schulter. Niemand ist zwischen dem Wohnhaus und den Stallungen zu sehen. Maggy muss noch in der Scheune sein. Er kann sich nicht daran erinnern, einen Hinterausgang bemerkt zu haben.

Er schiebt sich durch das Tor in das schummrige Innere. Der Traktor steht am selben Platz wie zuvor, ebenso die restlichen Maschinen. Mit der Waffe im Anschlag schleicht Skagen um die Fahrzeuge herum, immer in Erwartung eines Angriffs. Welches Werkzeug würde Maggy diesmal benutzen? Die Heugabel von vorhin? Ein Bolzenschussgerät? Oder was sich sonst so in einem Stall findet. Skagen wappnet sich gegen alle möglichen Szenarien. Vielleicht stellt sie ihm auch eine Falle. Sie kennt sich in der Scheune aus, er nicht.

Aufmerksam blinzelt er in das Halbdunkel. Keine Spur von ihr. »Maggy! Komm raus. Das Versteckspiel hat keinen Zweck.«

Er erhält keine Antwort. Durch die Verbindungstür geht er hinüber in den Stall, wo er vom aufgeregten Blöken der Schafe empfangen wird. Sie glauben wohl, es gibt wieder Futter. Oder ist es wegen Maggy, die sich bei den Tieren verkrochen hat? Skagen schleicht durch die Stallgasse und späht zwischen die wolligen Schafsleiber. Versucht sich zu erinnern, welche Kleidung Maggy trägt. Einen löchrigen Pulli, Arbeitshosen und eine alte Jacke. Nichts, womit man unter den Schafen unsichtbar werden könnte. Als er den Stall abgesucht hat, senkt er ratlos die Waffe. Wo ist sie?

Er tritt zurück in die Scheune. Sollte er nicht besser zum Hof gehen und auf die Wittmanns aufpassen? Wer weiß, was

Maggy noch vorhat. Ein Hustenanfall drängt sich seine Kehle herauf.

In dem Moment gibt es einen Knall, und Skagen fährt herum. Woher kam das? Hustend und mit erhobener Waffe umrundet er den Traktor und entdeckt an der Rückseite der Scheune eine Tür, die ihm vorhin nicht aufgefallen ist. Vermutlich, weil sie mit einer Plane verhängt war. Maggy hat das schmutzige Plastik zur Seite gezogen und ist durch die Tür verschwunden.

Vorsichtig bewegt Skagen sich darauf zu. Er bekommt kaum noch Luft, weil der Husten seinen Hals blockiert. Immer wieder verschwimmt seine Sicht, und er muss sich Mühe geben, sich auf die Tür zu konzentrieren. Als er sie aufdrücken will, bewegt sie sich kaum. Zuerst denkt er, Maggy hält sie von außen zu, doch dann begreift er, dass es der Wind ist, der dagegen drückt. Mit seinem ganzen Gewicht stemmt er sie auf und schlüpft hindurch. Gegen den Sturm geduckt bleibt er stehen und sucht den Schnee vor sich nach Spuren ab. Er entdeckt Fußstapfen, die direkt zum Wohnhaus führen.

»Verdammt!« Skagen zieht sich die Kapuze über den Kopf und marschiert los. Immer wieder sieht er sich dabei um, schließlich will er Maggy nicht in die Falle gehen. Ihre Fährte leitet ihn in einem Bogen um das Haus herum und zu einer Tür auf dessen Rückseite. Dort hören die Spuren auf. Maggy scheint hineingegangen zu sein. Skagen betet zu allen Göttern, Elfen und Geistern, dass sie sich nicht an den Wittmanns vergreift. Es war keine gute Idee, die Familie allein im Haus zu lassen.

Er hebt die Waffe und öffnet die Tür. Die Hitze, in die er tritt, ist brutal und treibt ihm augenblicklich den Schweiß aus sämtlichen Poren. Sein Kopf dröhnt und seine Augen brennen.

Langsam schiebt er sich durch den Flur. Als er plötzlich einen Schrei hört, bleibt er wie elektrisiert stehen. Das kam aus der Küche!

Mit schnellen Schritten eilt er auf die Tür zu, stößt sie auf und richtet die gezogene Waffe in den Raum. Jule Wittmann und zwei der Kinder starren ihn mit aufgerissenen Augen an.

»Um Gottes willen«, ruft Jule und stellt sich schützend vor die Kinder. Eines davon ist Silas.

»Peng, peng, Polizist!«, schreit der Junge und zielt mit seinem Zeigefinger auf ihn. Vor Skagen taucht das Bild des Kerls mit der Motorsägenglatze auf, der so tut, als würde er auf ihn schießen. »Schieß doch! Schieß doch!«, brüllt Silas.

Beim Klang seiner Stimme bekommt Skagen eine Gänsehaut.

»Wo ist Maggy?«, fragt er.

»Sie kam eben rein und ist nach oben«, antwortet Jule. »Was ist mit ihr?«

»Frau Wittmann, Sie bleiben mit den Kindern in der Küche und schließen die Tür ab.«

»Aber …«

»Tun Sie, was ich sage!«

»Schieß doch! Schieß doch, Polizist!«, schreit der Junge.

Mit der schrillen Stimme im Ohr rennt Skagen in den Flur und prallt dort fast gegen Maggy, die mit ihren Koffern auf dem Weg zum Vorderausgang ist. Skagen reißt die Waffe hoch und nimmt die Frau ins Visier. »Stehen bleiben!«

Maggy stellt die Koffer ab und holt etwas aus ihrer Tasche. Es ist eine Pistole. Das muss Hallas Dienstwaffe sein, denkt Skagen, und seine Sicht verschwimmt.

Plötzlich fliegt hinter ihm die Tür auf und der Junge kommt herausgepoltert. »Peng! Peng!«, ruft er und läuft an Skagen vorbei auf Maggy zu. »Peng! Peng! Schieß doch, schieß doch!« Er macht das Geräusch einer Maschinenpistole nach.

Im nächsten Moment hat Maggy das Kind gepackt und zieht es an sich.

»Um Gottes willen, Maggy, bist du verrückt geworden?«, ruft Jule Wittmann hinter Skagen. »Lass sofort meinen Sohn los!«

»Kannst du vergessen«, zischt Maggy und drückt dem Jungen ihre Pistole gegen den Kopf.

Skagen flucht innerlich. Warum hat Jule nicht auf ihn gehört und die Tür abgeschlossen? »Gehen Sie zurück, Jule!«, brüllt er, ohne Maggy aus den Augen zu lassen.

»Aber mein Sohn!«

»Jetzt sofort, verdammt noch mal!«

Er hört die Tür ins Schloss fallen. Gott sei Dank. Dann konzentriert er sich auf Maggy. In seinem Kopf hämmert es und er sieht seltsame Farben. »Lass das Kind los!«, ruft er und ist froh, dass wenigstens seine Stimme stabil klingt. »Du kommst hier nicht weg. Ob mit oder ohne Silas.«

»Du beschissener Bulle! Wenn du versuchst, mich aufzuhalten, knalle ich den Kleinen ab.«

Silas' Augen werden groß. Er scheint kapiert zu haben, dass das kein Spiel ist.

»Sie können gehen, wenn Sie Silas freilassen«, schlägt Skagen ihr vor.

Maggy stößt ein böses Lachen aus. »Netter Versuch.« Sie zieht den Hahn der Pistole zurück, die Waffe ist entsichert. Der Junge beginnt zu weinen und will sich Maggys Griff entwinden, doch sie packt ihn hart am Kragen seines Pullovers. »Komm mit, du Scheißkröte!« Sie zerrt ihn mit sich, geht rückwärts auf die Haustür zu und benutzt den Jungen als Schutzschild. Die Koffer lässt sie stehen.

An der Tür angekommen, hebt sie Silas unvermittelt hoch. Der Junge protestiert und strampelt mit den Beinen, doch Maggy ist stärker, sie reißt die Eingangstür auf und verschwindet nach draußen. Skagen lässt die Waffe sinken und läuft ihr hinterher.

Durch den peitschenden Schneesturm erkennt er, dass Maggy sich an einem der Motorschlitten zu schaffen macht. Sie befreit ihn grob vom Schnee, schiebt den Jungen auf den Sitz und schwingt sich hinter ihm auf das Gefährt.

»Nein, Maggy! Fahren Sie nicht da raus. Es ist zu kalt. Erst recht für den Jungen. Er hat keine Jacke an. Das können Sie nicht verantworten!« Skagen müht sich durch den Schnee auf sie zu. Maggy hebt die Waffe.

»Bleiben Sie, wo Sie sind! Sonst erledige ich den Jungen auf der Stelle!« Ohne Vorwarnung gibt sie einen Schuss in Richtung Skagen ab. Der springt in Deckung, während Maggy das Sicherheitskabel einklinkt und die Zündung betätigt. Brummend erwacht das Schneemobil zum Leben. Silas will vom Sitz rutschen, doch Maggy hält ihn fest, dadurch kann sie nicht losfahren, weil sie die rechte Hand zum Gasgeben braucht. In der anderen hält sie die Pistole.

Silas zappelt und windet sich. Maggy hat Mühe, ihn zu kontrollieren. Sie brüllt ihm etwas ins Ohr, doch der Junge lässt sich nicht beeindrucken. Er scheint seinen Schock überwunden zu haben und wehrt sich. Hoffentlich ist das nicht sein Todesurteil.

Skagen richtet die Waffe auf Maggy, ist bereit zu schießen.

Der Junge setzt seinen Widerstand fort und schafft es, sich aus Maggys Griff zu befreien. Er springt vom Schneemobil und kriecht auf allen vieren von Maggy weg. Sie streckt eine Hand nach ihm aus, kann ihn aber nicht erreichen, ohne abzusteigen.

Jetzt, denkt Skagen und will den Abzug durchdrücken, doch im selben Augenblick fährt Maggy los und rast davon. Nach ein paar Metern ist ihr Schneemobil im weißen Chaos nicht mehr zu sehen.

Skagen stürzt auf den Jungen zu, hebt ihn hoch und läuft hustend und keuchend mit ihm zum Haus, wo er ihn seinen besorgten Eltern übergibt. »Kümmern Sie sich um ihn. Und verriegeln Sie die Türen!«

»Was ist mit Ihnen?«, ruft Matthes Wittmann ihm zu.

»Ich verfolge Maggy.« Skagen setzt seine Schneebrille auf. »Sollte es Handyempfang geben, informieren Sie meinen Kollegen Bjarni drüben auf dem Magnusson-Hof. Er soll Kommissar Jónsson in Egilsstaðir verständigen. Und bleiben Sie um Himmels willen im Haus!«

Skagen läuft auf den zweiten Motorschlitten zu. Sein Herz pumpt jetzt schon bis zum Anschlag, dennoch schiebt er hastig den Schnee von dem Fahrzeug und schwingt sich auf den Sitz. Das spiralförmige Sicherheitskabel hat er noch am Handgelenk hängen. Er klinkt es ein und betätigt den Knopf für die Zündung. Dann drückt er den Gashebel durch. Das Schneemobil schießt los. Skagen duckt sich hinter die Schutzscheibe und beschleunigt. Er folgt der Spur von Maggys Motorschlitten, die im Licht seines Scheinwerfers gut zu erkennen ist. Doch lange würde es nicht dauern, bis sie vom Sturm verschlungen wäre.

66

Der Fahrtwind ist eiskalt, und immer wieder verschwimmt die Sicht vor seinen Augen, was nicht nur am Schneefall liegt, sondern auch am Fieber, das in ihm wütet. Skagen behält blinzelnd die an ihm vorbeifliegende weiße Landschaft im Blick. Maggy und ihr Schneemobil sind nicht zu sehen. Nur ihre Spur.

Er kann es immer noch nicht fassen. Maggy ist wie entfesselt … und vollkommen kompromisslos. Mittlerweile hat er keinen Zweifel mehr daran, dass sie nicht nur Halla, sondern auch Wiebke auf dem Gewissen hat. Aber warum? Wegen eines Streits? Oder war es wegen des Briefes, den Wiebke ihr gestohlen hat? Da muss doch mehr dahinterstecken.

Quarrie und Harrow, wiederholt Skagen im Geiste. Er ist sich sicher, wenn er die Namen googeln könnte, würde er die Lösung finden.

Doch jetzt muss er die Flüchtige erst einmal einholen. Er wischt sich den Schnee von der Brille, der feucht daran klebt, und fokussiert sich auf die Fährte vor ihm. Maggy benutzt die Schotterstraße in Richtung Seyðisfjörður oder zumindest das, was man davon erahnen kann. Hölzerne Stäbe, die zur Hälfte im Schnee stecken, markieren den Weg.

Er weiß, dass er ihr nicht unbegrenzt lange hinterherfahren kann. Irgendwann wird das Benzin zur Neige gehen und er würde umdrehen müssen, solange seine eigene Spur noch zu erkennen ist. Sollte sie zuschneien, wäre er verloren.

Maggys Spur nähert sich den Klippen und führt dichter am Steilufer entlang. Skagen vermutet, dass sie die Schotterstraße unter dem Schnee verloren hat. An dieser Stelle sind keine Stäbe mehr zu sehen. Was würde Maggy tun, wenn sie in Seyðisfjörður ankäme? Sie muss doch wissen, dass der Pass geschlossen ist und sie im Ort festsitzen würde. Von dort gibt es kein Entkommen. Vielleicht hat sie vor, weitere Geiseln zu nehmen. Oder sie würde sich den Weg einfach freischießen, so unberechenbar, wie sie ist.

Skagen reckt den Kopf, versucht, Maggys Motorschlitten im Schneegestöber auszumachen. Angestrengt späht er durch die fallenden Flocken. Der Sturm scheint nachzulassen. Tatsächlich treten die Konturen der Berghänge schwach aus dem weißen Vorhang hervor. Und zu seiner Rechten ist die Kante der Steilküste zu erkennen, dahinter das schwarzgraue Meer.

Schließlich entdeckt er sie. Sie fährt etwa 200 Meter vor ihm, aber es könnten auch mehr sein, Distanzen sind im Schnee schwer einzuschätzen.

Skagen beschleunigt und holt auf. Er kommt auf Maggys Spur schneller voran als sie im lockeren Schnee. Deshalb wird aus dem schwarzen Fleck vor ihm allmählich eine Frau auf einem Motorschlitten, und bald trennen sie keine hundert Meter mehr.

»Maggy!«, brüllt Skagen mit schmerzendem Hals. »Halten Sie an!«

Sie wendet den Kopf und gerät dabei ins Schlingern, fängt den Schlitten jedoch wieder ein und steuert geradeaus. Skagen sieht, dass sie an etwas herumnestelt, und wenig später streckt sie einen Arm nach hinten und feuert ihre Waffe ab. Skagen duckt sich tief über den Lenker. Schüsse hallen durch die Luft.

Er geht vom Gas, bleibt aber unbeirrt auf der Spur. Er hat mitgezählt. Vier Schüsse hat sie abgegeben. In seinem Hirn kramt er nach der Standardwaffe der isländischen Polizei. Ist es die Glock 18? Nein, die Glock 17. Oder? Skagen beißt sich auf die kalten Lippen. Bei der Glock 17 kann es alle möglichen Magazinfüllungen geben. Von 17 bis 33 Patronen. Das hilft ihm nicht weiter.

Um nicht zur Zielscheibe zu werden, folgt er Maggy in einem relativ sicheren Abstand. Sie umrundet einen großen Felsen, woraufhin sie aus seinem Blickfeld verschwindet. Skagen drosselt das Tempo, umfährt das Hindernis im Schritttempo. Es könnte sein, dass Maggy auf der anderen Seite wartet und auf die Stelle zielt, an der er auftauchen wird. Aufmerksam hält er nach ihr Ausschau, aber er kann die Flüchtige nirgendwo entdecken, lediglich ihre Spur, die weiter geradeaus führt. Also kein Hinterhalt. Rasch gibt er Gas und versucht, erneut aufzuschließen. Maggy ist mittlerweile wieder zu einem dunklen Fleck in der Schneelandschaft geworden. Sie hat ordentlich Strecke gemacht, während er sich um das Hindernis herumgearbeitet hat.

Er muss einem Felsen ausweichen, und zu seiner Rechten rückt das Steilufer gefährlich nahe. Dort geht es mindestens 30 Meter in die Tiefe. Plötzlich wird ihm bewusst, dass es einem Todesurteil gleichkäme, wenn er verunglücken und sich verletzen würde, egal ob leicht oder schwer. Niemand würde ihn hier draußen finden, er würde jämmerlich erfrieren. Hat er noch genug Benzin? Die Nadel neigt sich gefährlich nach unten. Mit jedem Meter, den er zurücklegt, wird es riskanter. Wie weit es wohl noch ist bis Seyðisfjörður? Vermutlich hat er den *Point of no Return* längst überschritten.

Skagen fühlt sein Herz hart gegen sein Brustbein hämmern. Er hat weder Handyempfang noch Vorräte, und seine gesundheitliche Verfassung ist nicht die beste. Seine Finger krampfen sich um den Gashebel. Er spürt sie kaum noch. Aber er muss aufholen, muss Maggy stoppen. Zumindest bevor sie Seyðisfjörður erreicht und dort noch größeren Schaden anrichten kann.

Durch den schneidenden Wind spürt er seine Gesichtshaut kaum noch, und aus irgendeinem Grund beginnen seine Beine plötzlich zu zittern. Es fällt ihm zunehmend schwerer, das Schneemobil in den Kurven auszubalancieren. Er beißt die Zähne zusammen.

Mittlerweile hat er zu Maggy wieder etwas aufgeholt. Diesmal schießt sie nach hinten, ohne sich umzudrehen. Die Kugeln sausen weit an Skagen vorbei. Er beschleunigt und verkürzt den Abstand Meter um Meter.

Ein Sonnenstrahl trifft ihn, und das gegenüberliegende Ufer des Fjords tritt plötzlich aus den Wolkenschleiern hervor. Vor ihm tauchen die Lichter der Stadt auf. Wie kann das sein? Mit dem Jeep war es doch eine ewig lange Fahrt. Doch dann wird ihm klar, dass man die Strecke auf dem Schnee viel schneller bewältigen kann, weil es keine Schlaglöcher gibt, denen man ausweichen muss. Man gleitet ungehindert über sie hinweg, und das mit viel höherer Geschwindigkeit. Mit dem Schlitten schafft man locker 70 Kilometer in der Stunde. Er drückt den Gashebel bis zum Anschlag durch, um den letzten Rest aus der Maschine herauszuquetschen. Die Tachonadel kratzt an der 80. Maggy fährt mindestens genauso schnell. Sie weiß, dass sie ihr Ziel erreichen kann, wenn sie auf volles Risiko geht.

»Maggy! Halten Sie an!«, brüllt er, obwohl ihm klar ist, dass es keinen Sinn hat. Er schwitzt, und sein Herz flattert in einem ungesunden Tempo. Maggy hält sich tief über ihren Schlitten gebeugt, dreht sich nicht mal mehr um. Mit halsbrecherischer Geschwindigkeit rast sie auf die Lichter der Stadt zu. Skagen blickt auf seinen Tacho, die Nadel zittert oberhalb der 80. Ein Wahnsinn, besonders bei Tiefschnee. Er hat keinen Helm und würde sich das Genick brechen, wenn er runterfiele.

Unter ihm beginnt der Schlitten zu bocken, die Kufen gleiten über Unebenheiten. Skagen wird so hart hoch- und runtergeschleudert, dass ihm die Zähne klappern. Sein Fuß rutscht vom Trittbrett ab, doch er kann ihn im letzten Moment zurückstellen und das schlingernde Schneemobil einfangen. Rasch lenkt er es zurück auf Maggys Spur.

Maggy ist keine 50 Meter mehr von ihm entfernt. Auch die Häuser von Seyðisfjörður kommen näher. In nicht einmal zehn Minuten würden sie den Ortseingang erreichen und damit die Tankstelle, die Häuser, die Menschen. Viel Potenzial für Maggy, um Unheil anzurichten.

Immer wieder muss Skagen an Halla denken. Den herabfahrenden Hammer. Das Blut im Schnee.

Er blinzelt das furchtbare Bild weg. Seine Augen brennen, und ihm ist so heiß, als säße er auf einem finnischen Saunaofen. Aber er würde nicht schlappmachen. Nicht jetzt.

Er starrt auf Maggys Rücken, registriert ihre federnden Bewegungen, wenn sie durch eine Senke fährt, und ahmt sie nach, wenn er die Stelle erreicht. Plötzlich ist da ein Stein mitten auf dem Weg. Maggy muss ruckartig ausweichen. Sie versucht noch, gegenzulenken, verliert jedoch die Kontrolle und steuert frontal auf einen zweiten Felsen zu. Mit voller Wucht prallt der Schlitten dagegen und Maggy fliegt über den Lenker hinweg. Mit dem Oberkörper voran landet sie im Schnee. Zuerst denkt Skagen, dass sie das nicht überlebt hat, denn auch sie trägt keinen Helm. Doch nur wenige Sekunden später stemmt Maggy sich auf die Beine. Der Schnee hat den Sturz abgemildert. Trotz allem scheint sie Schmerzen zu haben, das verraten ihre gekrümmte Haltung und ihr verzerrtes Gesicht. Mit einem wütenden Schrei richtet sie ihre Waffe auf Skagen und drückt mehrmals ab.

Skagen reißt den Lenker herum und bremst. Sein Mobil schlittert durch den Schnee und stellt sich quer. Die Deckung des Gefährts nutzend, rutscht er seitlich vom Sitz und lässt sich in den Schnee fallen. Dabei löst sich das Sicherheitskabel und der Motor geht aus. Skagen hört mehrere Schüsse über sich hinweghallen und duckt sich tiefer in den Schutz des Fahrzeugs. Dann herrscht Stille.

Wartet Maggy darauf, dass er sich zeigt? Den Gefallen würde er ihr nicht tun.

Er hört ihr Fluchen. Sie ärgert sich, dass er in seiner Deckung bleibt. Oder sie ist einfach am Ende ihrer Kräfte, so wie er. Weitere Flüche und ein mehrmaliges metallisches Klicken folgen. Entweder ist das Magazin leer oder die Waffe hat eine Ladehemmung. Beides wäre gut für ihn.

Vorsichtig wagt er es, über den Sitz seines Schlittens zu spähen. Maggy schüttelt die Waffe und schreit sie wütend an. Skagen erhebt sich und richtet nun seinerseits seine Pistole auf sie.

»Gib auf, Maggy!«

Sie hebt den Kopf. Ihr Blick sprüht Blitze. Sie zielt auf ihn und drückt ab. *Klick.*

»Fuck!«, schimpft sie und wirft die Waffe in seine Richtung. Dann dreht sich um und läuft auf die Klippen zu. Skagen nimmt die Verfolgung auf, doch seine Füße versinken im Schnee. Mühsam kämpft er sich voran, während Maggy den Rand der Klippen erreicht.

»Nein!«, brüllt er. Ein Hustenanfall bringt ihm zum Schweigen und er kann lediglich noch Keuchen. Seine Lungenflügel fühlen sich an, als würde sie jemand durch den Wolf drehen. Er spuckt aus und sieht Blut im Schnee. Nach Atem ringend stapft er vorwärts. Maggy ist nur ein paar Schritte von ihm entfernt. Sie steht am Klippenrand. Dort unten warten scharfkantige Felsen und die eiskalten, tosenden Wellen.

»Maggy!«, brüllt Skagen, und der nächste Hustenanfall überkommt ihn, der ihn endgültig umwirft. Er geht in die Knie und verfolgt mit tränenden Augen, wie Maggy langsam auf die Kante zugeht.

»Nein!«, will er ihr zurufen, doch seine Stimmbänder versagen ihm den Dienst. Krämpfe zwingen ihn, am Boden zu bleiben. Er sieht Maggy immer noch an der Klippe stehen. Sie starrt nach unten.

Mit letzter Kraft stemmt sich Skagen aus dem Schnee und kriecht auf sie zu. Maggy schwankt, als wäre sie betrunken. Oder lebensmüde.

»Nicht springen!«, krächzt er.

Doch Maggy macht einen Schritt nach vorn, ihren Blick unverwandt in die Tiefe gerichtet, als hätte das Meer eine magische Anziehungskraft auf sie.

»Maggy!« Skagen streckt den Arm aus. Kurz bevor er sie zu fassen bekommt, fällt er vornüber und landet mit dem Gesicht im Schnee. Der Kälteschock bringt ihn schlagartig wieder zu Bewusstsein. Hastig befreit er sich aus dem Loch, packt Maggy und zieht sie mit einem Ruck nach hinten. Sie leistet keinen Widerstand und sackt neben ihn in den Schnee. Ihre Augen sind stumpf, es wirkt, als wären auf einen Schlag all ihre Lebensgeister erloschen. Erst jetzt fällt Skagen auf, dass sie keine Schneebrille trägt. Ihre Brauen sind mit Raureif überfroren und ihre Augen rot von geplatzten Äderchen

Mit dem Geschmack von Blut im Mund richtet sich Skagen auf. Er zittert am ganzen Körper und spürt, dass er noch nicht die Kraft für den letzten Schritt hat. Und so sitzen sie eine Weile nebeneinander da und betrachten den Fjord, der mehr und mehr aus dem Dunst hervortritt. Um sie herum wird es zunehmend heller. Die Sonne bricht durch die Wolken und blendet sie.

Mit zusammengekniffenen Lidern wischt sich Skagen über den Bart, der voller Eis ist, und mit einer müden Bewegung steckt er seine Waffe weg. Die braucht er nicht mehr. Dafür kramt er umständlich die Handschellen hervor. Jeder Muskel in seinem Körper protestiert, als er sie öffnet.

»Margaret Elisabeth Gislason, ich nehme Sie fest wegen des Mordes an Wiebke Brandt und Halla Austdal. Bitte leisten Sie keinen Widerstand, sonst schaffen wir es beide nicht zurück in die Wärme.«

Maggy hat sich ihm zugewandt. Sie blinzelt mechanisch und reckt ihm bereitwillig ihre Arme entgegen. Als Skagen die Handschellen zuschnappen lässt, atmet sie erleichtert aus. Als wäre sie froh, dass dieser Wahnsinn ein Ende hat.

Skagen zieht sie auf die Beine. Seine Kleidung ist vollkommen nass geschwitzt und wird bereits klamm. Als er sich zu den Schneemobilen umdreht, wird ihm schwindelig und er muss kurz innehalten. Blinzelnd versucht er, die Schwärze am Rand seines Gesichtsfeldes zu vertreiben.

Als die Landschaft wieder klar vor seinen Augen wird, führt er Maggy zu den Motorschlitten. Maggys Schneemobil ist nicht mehr zu gebrauchen. Es liegt vor dem Felsen auf der Seite, sie würden nicht schaffen, es umzudrehen. Zum Glück ist seines noch fahrbereit. Skagen schiebt Maggy auf den Sitz und steigt hinter ihr auf, sodass er sie mit seinen Armen umfangen kann. Eine Weile müht er sich damit ab, das Sicherheitskabel einzuklinken, denn seine Finger sind zu taub. Maggy ist ihm dabei keine große Hilfe, sie hängt wie ein nasser Sack vor ihm und scheint keinen Anteil mehr an ihrem Schicksal zu nehmen.

Endlich landet das Kabel im Schloss, und Skagen kann die Zündung betätigen. Das Schneemobil springt an und er lenkt es aus der Kuhle, steuert es zurück auf die stangenmarkierte Straße. Als er beschleunigt, presst er sich von hinten gegen Maggy, damit sie nicht herunterfällt. Mühelos gleitet der Motorschlitten durch den Schnee. Seyðisfjörður ist nicht mehr weit entfernt. Seine Lichter schimmern wie eine eisige Fata Morgana.

67

Die Straßen des Ortes sind menschenleer. Der Schneesturm hat alle Einwohner in ihre Häuser gefegt. Niemand bemerkt das einsame Schneemobil, das sich über die verschneiten Wege kämpft.

Skagen ist froh, dass er den Stadtplan von Seyðisfjörður verinnerlicht hat, so gelingt es ihm, trotz des Schnees zum Büro des Sysselmanns, des Bezirksvorstehers, zu finden.

Als er Maggy mit bleischweren Gliedern vom Schneemobil hilft, klingelt das Telefon in seiner Jacke. Es hat also endlich wieder Empfang, denkt er. Doch es ist ihm zu viel, jetzt dranzugehen.

Er schleppt sich zusammen mit Maggy zum Eingang. Zum Glück brennt drinnen Licht und die Tür ist nicht verschlossen. Skagen humpelt durch den Flur, wo er überall Schnee verteilt. Er stößt die Tür zum nächstgelegenen Büro auf, eine junge Frau blickt ihn verwundert an.

»Ich habe hier … Maggy Gislason … des Mordes überführt in mindestens zwei Fällen«, krächzt Skagen auf Englisch, während Maggy wie unbeteiligt in seinen Armen hängt.

»Um Gottes willen. Kommen Sie.« Die Frau eilt hinter ihrem Schreibtisch hervor und bugsiert Maggy und ihn zu den Besucherstühlen. »Setzen Sie sich. Ich hole Ihnen was Warmes zu trinken.«

Die Frau verlässt das Büro, und Skagen, dem mittlerweile jede Bewegung wehtut, zieht sich die Schneebrille vom Kopf und öffnet umständlich den Reißverschluss seiner Jacke. Eine halbe Ewigkeit später hat er sein Telefon in der Hand. Es sind diverse Nachrichten eingegangen, der Akku ist fast leer. Der letzte Anruf, den er draußen gehört hat, kam von Jette.

Maggy, die auf dem Stuhl neben ihm hockt, gibt keinen Mucks von sich. Mit dem Kopf gegen die Wand gelehnt sitzt sie da. Skagen wird in der Wärme des Büros schummerig.

Langsam, als würde er sich in Zeitlupe bewegen, drückt er auf Wahlwiederholung. Derweil kehrt die Frau zurück und reicht ihm und Maggy eine Tasse mit heißem Tee.

Er nimmt sie entgegen, während er sich das Telefon ans Ohr presst. Es tutet lange, bevor jemand abnimmt.

»Tom!«, ruft Jette. »Endlich meldest du dich!«

»Ich konnte nicht früher«, krächzt er. »Wir waren eingeschneit.«

»Eingeschneit? Heilige Scheiße, geht es dir gut? Du klingst furchtbar.«

»Alles in Ordnung«, beruhigt er seine Chefin.

»Das hoffe ich. Du musst mir später mehr davon erzählen, aber erst einmal habe ich gute Neuigkeiten. Wir konnten den Onkel ausheben.«

»Wirklich?«, fragt Skagen überrascht. Damit hat er nicht gerechnet. »Wer ist es?«

»Einer der Gefängnisangestellten hat geredet … Du weißt gar nicht, wie groß … das Netzwerk hinter … Es ist …« Skagen muss sich Mühe geben, Jette bei dem schlechten Empfang zu verstehen. Es knackt und rauscht in der Leitung.

»Jette?«, fragt er, als es so scheint, als wäre die Verbindung abgebrochen. »Bist du noch dran? Hallo?«

»… bin da, Tom. Hörst du mich?«

»Ja. Du sagtest, ihr habt den Onkel. Wer ist es?«

»Du wirst es nicht glauben … Ich habe es die ganze Zeit … Dieser Arsch. Wir haben ihn zum Reden … Tom, du musst aufpassen. Da sind … Motorsäge …rückgerufen …«

Das Gespräch bricht ab. Skagen wählt erneut, doch die Verbindung kommt nicht zustande. Die Probleme durch den Sturm sind offensichtlich nicht behoben. »Verdammt!« Er lässt das Handy sinken.

»Geht mir genauso. Ich kann auch kaum mit dem Handy telefonieren. Das ist leider normal bei diesem Wetter«, sagt die Frau hinter dem Schreibtisch. »Du kannst gern mein Festnetztelefon benutzen.« Sie zeigt auf den Apparat.

Skagen stemmt sich hoch. Sein Körper brennt, und er spürt, dass er nicht mehr viel Energie hat. Seine Augenlider sind bleischwer. Er humpelt zum Schreibtisch, und die Frau, die er durch das Namensschild auf dem Tisch als Sysselmann identifiziert, hilft ihm beim Wählen.

Wenig später hat er Nils Jónsson am Apparat und erklärt ihm, was vorgefallen ist. Der Kollege ist entsetzt, besonders über das, was Halla zugestoßen ist. Er verspricht, so schnell wie möglich nach Seyðisfjörður zu kommen.

»Danke«, sagt Skagen und will den Hörer auflegen, doch er entgleitet seinen Fingern. Im nächsten Moment werden seine Knie weich, und die Perspektive des Raumes verschiebt sich. Die Bezirksvorsteherin steht mit ausgestreckten Armen vor ihm. Skagen denkt noch: Was will sie denn? Dann gleitet er in die Schwärze hinüber.

68

Die Träume sind weiß. Eine unendlich weite weiße Landschaft liegt vor ihm, hinter ihm, neben ihm. In ihm.

Seine Zähne klappern, obwohl er in seinem eigenen Schweiß liegt. Er ist unfähig, sich zu rühren oder seine Augen zu öffnen. Schneeverklebt sind sie. Voller Eis. Seine Träume eingefroren. Wie Meereis schwimmen sie auf einer schwarzen Wasseroberfläche.

Als er aufwacht, weiß er nicht, wo er ist.

»Hallo«, sagt jemand neben ihm auf Englisch, und erschrocken reißt er die Augen auf. Es ist eine Frau in hellblauer Kleidung.

»Wo bin ich?« Er muss husten und räuspert sich.

»Im Krankenhaus von Egilsstaðir«, entgegnet die Frau. Augenscheinlich eine Krankenschwester, die gerade dabei ist, ihm Frühstück zu bringen. »Du hattest hohes Fieber und hast zwei Tage lang geschlafen.«

Skagen sieht sich um. »Wo ist mein Handy?«

Die Frau zieht eine Schublade an einem kleinen Rollschränkchen neben dem Bett auf. Sie holt das Telefon heraus und gibt es ihm. Umständlich wischt er über das Display, doch es bleibt schwarz. Der Akku ist leer. Er blickt in die Schublade.

»Falls du deine Dienstwaffe suchst«, sagt die Krankenschwester, »die haben deine Kollegen mitgenommen.«

Skagen hebt das Handy hoch. »Gibt es hierfür ein Ladekabel?«

»Wahrscheinlich nicht, aber ich kann jemanden für dich anrufen, wenn du willst«, bietet ihm die Krankenschwester an.

»Meine Lebensgefährtin Maja, das wäre schön«, sagt er automatisch. Doch im selben Moment fällt ihm ein, dass Maja gar nicht zu erreichen ist und er sich immer noch auf der Flucht befindet. Er schüttelt den Kopf. »Ich habe es mir anders überlegt. Zuerst würde ich gerne eine Verbindung zum Polizeipräsidium in Egilsstaðir haben. Zu Kommissar Nils Jónsson. Geht das?«

»Klar. Der Kollege war übrigens jeden Tag hier, um nach dir zu sehen. Er hat seine Nummer dagelassen.« Die Schwester lächelt ihm zu und verlässt den Raum.

Skagen betrachtet das Frühstück auf dem Tablett. Ein Teller mit Brot, Käse und Gurkenscheiben. Dazu etwas Marmelade und Butter. Doch er hat keinen Hunger. Langsam stemmt er sich aus dem Bett und schleppt sich auf den Infusionsständer gestützt zum Fenster. Draußen scheint die Sonne, der Schnee taut, und es tropft von den Dächern. In der Ferne hinter den Häusern erstrecken sich flache weiße Bergkuppen mit einer beachtlichen Menge an Nadelbäumen, die man für isländische Verhältnisse schon Wald nennen könnte.

Die Tür geht auf und die Schwester kommt zurück. Sie wedelt mit einem Kabel. »Habe eins gefunden. Es ist von meiner Kollegin, du kannst es leihen.«

»Super. Danke.« Skagen hängt sein Handy an den Strom.

»Und hiermit kannst du bei der Polizei anrufen.« Sie hält ihm das Mobilteil eines Festnetztelefons hin. »Ich denke, es ist besser, wenn du das selbst machst.«

»Stimmt.« Skagen nimmt das Gerät entgegen und wählt schwerfällig Nils' Nummer. Der Kommissar geht nach dem ersten Klingeln dran. »Ich bin's, Tom Skagen.«

»Tom! Wie geht es dir?«

»Ganz okay. Das Fieber ist weg.«

»Sehr gut. Freut mich.« Der Kollege klingt erleichtert. »Du warst mächtig ausgeschaltet. Die Bezirksvorsteherin hat einen Riesenschreck bekommen, als du in ihrem Büro umgekippt bist.«

»Das war nicht meine Absicht«, erwidert Skagen. Er muss sich räuspern. »Was ist mit den Leuten von Dverganes? Sind sie in Sicherheit?«

»Ja, wir haben sie evakuiert. Inzwischen sind sie allerdings schon wieder zurück auf ihren Höfen.«

»Und Maggy? Wo ist sie?«

»In Untersuchungshaft in Reykjavík. Sie wird bald dem Richter vorgeführt. Sie hat alles gestanden. Tom, ich hätte nicht gedacht, dass sie es war.«

»Ich auch nicht.«

»Aber ihre Verhaftung war ein wirklich starkes Stück Arbeit, Kollege. Gratulation!«

Skagen bedankt sich für das Lob. Leider hat es einen bitteren Beigeschmack: Halla. »Habt ihr …?« Skagen räuspert sich erneut. »Habt ihr Halla gefunden?«

»Ja.«

»Schlimm«, sagt Skagen traurig. »Maggy hat sie einfach mit einem Hammer erschlagen. Vor meinen Augen, ohne zu zögern. Unfassbar kaltblütig.«

»Ich kann dich beruhigen, Tom. Sie lebt!«

»Was?« Skagen lässt sich auf das Bett fallen. Tausend Eiszapfen bröckeln von seinem Herzen und er atmet befreit auf. »Das ist eine großartige Nachricht.« Er wischt sich über die Stirn. »Ich … dachte, sie wäre tot.«

»Das dachten wir auch, als wir dort eintrafen. Die Wunde am Kopf sah furchtbar aus. Aber der Schnee, in dem sie lag, hat die Blutung gestoppt und verhindert, dass sich das Hämatom im Hirn ausbreitet. Außerdem, so erklärte mir der Arzt, hat die Kälte ihre Vitalfunktionen heruntergefahren und somit einen Schock verhindert.«

»Es ist ein Wunder«, flüstert Skagen.

»Ja, ein Wunder«, wiederholt Nils feierlich. »Hosianna!«

Skagen zuckt bei diesem Wort zusammen, denn es bringt ungute Erinnerungen mit sich. Samuel Factor Romigius. Mit dem Kerl sind sie noch nicht fertig. »Wie geht es Halla jetzt?«

»Sie liegt im Koma, aber sie scheint stabil zu sein. Die Ärzte sagen, sie wird wieder aufwachen. Ist nur zu hoffen, dass sie keine bleibenden Schäden davonträgt.«

Skagen fühlt einen Kloß im Hals. Das schlechte Gewissen quält ihn. Er hätte Halla nicht einfach vor dem Stall liegen lassen dürfen. Er hätte sie ins Haus bringen und versorgen müssen. Doch nach dem, was der Arzt gesagt hat, hätte er sie damit womöglich umgebracht. Die Kälte hat ihr das Leben gerettet.

»Es war wirklich mutig von ihr, allein durch den Schneesturm zu laufen. Ich habe sie unterschätzt«, sagt Nils. »Du kannst sie besuchen. Sie liegt ein paar Zimmer weiter.«

»Das mache ich.« Skagen schluckt. »Was ist mit Abigal und Kári?«

»Die sind frei – beziehungsweise Abigal lediglich auf Bewährung. Sie wird wegen Schusswaffengebrauchs gegen Polizeibeamte angeklagt werden, und in der Sache mit der Entführung ihres kleinen Bruders ist das letzte Wort auch noch nicht gesprochen. Allerdings wird sie mit Strafmilderung rechnen können, wegen ihres jugendlichen Alters und der verzweifelten Lage, in der sie sich befand. Außerdem wird ihr zugutekommen, dass sie gegen Samuel aussagen will.«

»Will sie das tatsächlich?«

»Ja, sie ist fest entschlossen. Sie hat uns in einer weiteren Befragung im Beisein der Psychologin erzählt, dass Samuel sie geschlagen und eingesperrt hat. In einen Schuppen auf dem Magnusson-Hof. Sie ist durch lose Bretter in der Wand entkommen und danach direkt mit Kári geflohen.

Jule Wittmann war wohl daran beteiligt, auf Veranlassung von Samuel.«

»Dieser Scheißkerl! Er hat wirklich alle im Griff.«

»In der Tat. Leider konnte er abreisen, bevor Abigal ihre Aussage gemacht hat.«

»Ich werde meine Kollegen in Deutschland davon unterrichten. Sie werden ihn sich vornehmen, wenn er auf seinem Gutshof erscheint.«

»Sehr gut.«

»Was ist mit Yngvi?«, will Skagen wissen.

»Den haben wir freigelassen. Sein Anwalt fordert Kompensation. Aber damit kommt er nicht durch. Yngvi war schließlich verdächtig. Die Unterhose hat ihm übrigens Herr Brandt untergeschoben. Er war der Überzeugung, er selbst hätte etwas mit dem Tod seiner Frau zu tun, und wollte den Verdacht von sich ablenken. Er hat gedacht, er sei vom Teufel besessen und Samiel würde die Bestie Behemoth auf ihn hetzen. Ehrlich gesagt, ist der Mann total durch, ein psychisches Wrack. Die Sekte hat ganze Arbeit geleistet.«

Skagen beißt sich auf die Lippe. Brandt ist nicht das einzige Opfer. Die Methoden der VGJ und besonders die von Samuel haben weitere Menschen zerstört. Wiebke Brandt, die ihre Familie freiwillig der Gewalt und Willkür ihrer Glaubensgemeinschaft ausgesetzt hat und durch ihre Bespitzelungen Samuels verlängerter Arm war. Jule Wittmann, die sich bereitwillig vor den Karren hat spannen lassen, nur um eine höhere Position zu erlangen und damit mehr Macht innerhalb der Gruppe. Matthes Wittmann, der ein reiner Mitläufer ist und vollkommen gleichgültig gegenüber den Schicksalen anderer. Abigal Brandt, die in ihrer freien Entscheidung eingeschränkt wurde und an einen viel älteren Mann verheiratet werden sollte. Und last, but not least Pia Brandt, die kurz davor war, in die Fußstapfen ihrer inquisitorischen Mutter zu treten.

Skagen seufzt. Er bedankt sich bei Nils für die Informationen, und der Kollege verspricht, ihn vom Krankenhaus abzuholen, sobald er entlassen wird. Danach legt er das Telefon auf den Nachtschrank und erhebt sich schwerfällig vom Bett. Auf den Infusionsständer gestützt schleppt er sich auf den Stationsflur.

Hinter der Tür zu Hallas Zimmer ist es still. Skagen klopft an. Als die Tür sich öffnet, ist er überrascht, zwei Besucher am Bett der verletzten Kollegin zu sehen. Einer von ihnen ist der hünenhafte Bjarni, der andere ein müde aussehender junger Mann mit zerzausten Haaren.

Er stellt sich Skagen als Hallas Lebensgefährten vor und schüttelt seine Hand. Wortreich dankt er ihm für seine Hilfe, doch Skagen senkt beschämt den Kopf. Er hat doch gar nichts gemacht. Wortwörtlich. Er hat Halla im Stich gelassen.

Zögernd tritt er an ihr Bett und sieht in ihr bleiches Gesicht oder besser gesagt auf das, was unter dem dicken Kopfverband zu erkennen ist. Ein Schlauch hängt aus Hallas Nase, und einer führt unter den Verband in ihren Kopf. Skagen muss an seine Kollegin im fernen Norwegen denken: Lise, die in ihrem Haus überfallen und angeschossen wurde. Ob es ihr besser geht? Er sollte sich bei Jette nach ihr erkundigen. Dumpf erinnert er sich an einen Anruf seiner Chefin vor dem Büro des Sysselmanns. Aber er kommt nicht drauf, was sie ihm gesagt hat.

»Das ist eine Drainage«, erklärt Hallas Freund, weil Skagen wohl ein wenig zu lange auf den Schlauch gestarrt hat, »um den Druck im Schädel zu vermindern. Die Ärzte haben das Hämatom operativ entfernt. Es war Gott sei Dank nicht so groß.«

Skagen nickt verlegen. Er bemerkt einen Blumenstrauß und gerahmte Fotos auf dem Nachtschrank. Eines der Bilder zeigt Hallas Freund, wie er an einem Palmenstrand in die Sonne lächelt, auf einem anderen ist das Paar zu sehen, wie es sich glücklich küsst, und auf dem dritten eine dicke rote Katze mit grünen Augen. »Loki«, steht in Schnörkelschrift darunter.

Skagen räuspert sich und fragt Bjarni, wie die Rettung von den Höfen gelaufen ist.

Der bärengroße Kollege beginnt zu erzählen. »Ich habe zuerst gar nicht bemerkt, dass Halla sich auf den Weg zum Nachbarhof gemacht hat. Ich saß die ganze Zeit in der Küche und habe Samuel im Auge behalten. Irgendwann habe ich mich gewundert, dass sie gar nicht mehr auftaucht, und begonnen, nach ihr zu suchen. Im Gästehaus bin ich auf Pia Brandt gestoßen. Sie hat mir erzählt, dass Halla bei ihr war und etwas über einen Stiefel wissen wollte, den sie an den Klippen gefunden hat. Das Mädchen sagte, dass er Maggy Gislason gehört, und als ich mir das Profil angesehen habe, ist mir klar geworden, was Halla entdeckt hat.« Bjarni streicht sich über die Stirn. »Sie muss losgelaufen sein, um dich zu warnen, Tom. Allein durch den Schnee.«

Skagen wagt es nicht, Bjarni anzusehen. Das schlechte Gewissen pocht durch seinen Körper. Wenn Halla nicht wieder aus dem Koma erwacht, könnte er das nicht ertragen.

»Halla hätte mir Bescheid geben müssen«, sagt Bjarni wie aus weiter Ferne. »Wir hätten uns gemeinsam auf den Weg machen müssen. Ihr Alleingang war höchst fahrlässig.«

Skagen streckt den Arm aus und berührt Hallas Hand. »Ich danke dir. Bitte werde schnell gesund.« Dann verabschiedet er sich und geht zur Tür. Er muss hier raus. Seine Beine sind kurz davor, einzuknicken. Der Schweiß bricht ihm aus, und er schafft es gerade noch, sich in sein Zimmer zu schleppen und sich aufs Bett zu werfen.

Die tapfere Halla, denkt er traurig. Beinahe wäre er für ihren Tod verantwortlich gewesen.

Doch das Schicksal hat sich zu ihren Gunsten entschieden.

69

Am Nachmittag fühlt sich Skagen besser. Er hat noch mal ein paar Stunden geschlafen und dann sein Mittagessen gegessen. Der strahlende Sonnenschein, der von draußen hereinfällt, hebt seine Stimmung, und er muss an Maja denken, wie er schon die ganzen letzten Stunden an sie denken musste. Er will dringend mit ihr reden. Über alles. Will die Dinge wieder ins Lot bringen.

Er überlegt, ob er noch einmal bei Göran anrufen soll, um ihn zu bitten, ihm Maja ans Telefon zu holen. Aber er ist weiterhin zum Stillhalten gezwungen. Es macht ihn ganz kirre, nicht zu wissen, was mit Maja ist, und auch nicht, ob Göran sich gerade an sie ranschmeißt. Er holt das Handy aus der Schublade und wählt die Nummer seiner Chefin. Vielleicht weiß Jette etwas. Doch nach dem zehnten Klingeln meldet sich ihre Mobilbox. Frustriert legt er auf und versucht, den Druck wegzuatmen, der sich auf seine Brust gelegt hat. Alles in ihm sehnt sich nach Maja, nach seinem Zuhause. Zum ersten Mal seit vielen Jahren hat er richtiges Heimweh.

Er wischt sich über die Augen und blinzelt in den Korridor aus Licht, den die Sonne bis zu seinem Bett wirft. Dann fällt ihm ein, dass er noch gar nicht nachgesehen hat, was es mit Quarrie und Harrow auf sich hat. Er öffnet den Internetbrowser und gibt die Suchbegriffe ein. Diverse Zeitungsartikel in verschiedenen Sprachen ploppen auf. Und endlich erinnert er sich an den Fall. Er ging vor Jahren weltweit durch die Presse und hat großes Aufsehen erregt. Skagen wählt einen Artikel auf Deutsch und überfliegt ihn.

QUARRIE UND HARROW.
DIE FLUCHT HAT EIN ENDE.

Glasgow, 21.03.2011 – *Das Killerpaar Mark Quarrie und Elisabeth Harrow aus Oban ist seit 2009 wieder auf freiem Fuß, nachdem es zehn Jahre zuvor rechtskräftig für den Mord an Harrows Mutter verurteilt wurde. Damals waren die beiden 13 und 12 Jahre alt. Als Motiv nannte Harrow die strikte Erziehung ihrer Mutter, die ihr keinerlei Freiheiten ließ. Das jugendliche Killerpaar plante den Mord sorgfältig. Die beiden stellten der Mutter eine Falle, würgten sie bis zur Bewusstlosigkeit und ertränkten sie später in einem See in der Nähe der Schaffarmen, auf denen sie lebten. Für die Polizei sah es nach einem Badeunfall aus. Doch als die Jugendlichen sich ein paar Tage später abzusetzen versuchten, gerieten sie unter Verdacht. Quarrie und Harrow wurden in Oban am Busbahnhof aufgegriffen. Nach eingehender Vernehmung gestanden sie ihre gemeinsame Tat. Das Gericht verurteilte sie aufgrund der besonderen Schwere des Verbrechens zu 15 Jahren Haft, sie wurden jedoch wegen guter Führung vorzeitig entlassen.*

Mark Quarrie, zu diesem Zeitpunkt 23 Jahre alt, ging zurück auf die elterliche Farm. Dort wurden er und seine Familie von Journalisten so sehr bedrängt, dass er zum Wegziehen gezwungen wurde. Zunächst hielt er sich an einem unbekannten Ort auf, doch bald wurde er in Dundee an der schottischen Ostküste ausfindig gemacht. Wieder musste Quarrie vor der Presse fliehen und untertauchen. Erneut fanden sie ihn. Diesmal in Glasgow, wo er in einem Abbruchhaus untergekommen war, in dem Leute aus der alternativen Szene und Drogensüchtige hausten. Er selbst lebte bis dahin auf der Straße und bettelte, nahm Drogen. Kurz vor Weihnachten 2010 sprang er laut Polizeibericht von der Clyde-Arc-Brücke in den Fluss und ertrank. Schnell entstand das

Gerücht, dass Journalisten ihn bis zur Brücke verfolgt und ihn zu dieser Verzweiflungstat gedrängt hätten. Zeugen für dieses Geschehen gab es nicht. Quarrie hinterließ einen letzten Brief, in dem er Elisabeth Harrow seine ewige Liebe schwor. Harrow war zu diesem Zeitpunkt in Manchester gesichtet worden, doch auch sie floh vor der Presse in eine andere Stadt. Wie Quarrie wurde sie aufgestöbert und ergriff wiederholt die Flucht. Seitdem gibt es keine Spur mehr von ihr. Eine Vermutung lautet, dass es ihr gelungen ist, sich nach Dänemark abzusetzen. Eine andere, sie habe sich ebenfalls das Leben genommen und sei ihrem Geliebten in dem Tod gefolgt. Was wir aber in jedem Fall wissen, ist, dass Quarrie und Harrie ein trauriges Beispiel dafür sind, was geschehen kann, wenn Journalismus zu weit geht und Grenzen überschreitet.

Skagen lässt das Handy sinken. Maggy Gislason alias Elisabeth Harrow hat hier in Island ein wirklich gutes Versteck gefunden. Eine gottverlassene Halbinsel am Ende der Welt. *Dead end road*, kaum Besucher und mehr Schafe als Menschen. Pech nur, dass jemand dennoch ihre wahre Identität aufgedeckt hat. Durch einen dummen Zufall, weil Wiebke Brandt bei einem ihrer Diebesstreifzüge den Brief entdeckt hat. Sie muss die Namen gelesen und sich an den Fall erinnert haben. Im Gegensatz zu Skagen.

Die Hunderte von Artikeln zu diesem Thema lassen befürchten, dass der Pressehype um Maggy von Neuem losgehen wird, sobald der Fall publik würde. Man könnte fast von Glück sprechen, dass sie in einem isländischen Gefängnis sitzt und dadurch gut abgeschirmt sein wird vor der Journaille der restlichen Welt. Besonders von der englischen Presse, die für ihr schonungsloses Vorgehen bekannt ist.

In gewisser Weise tut Maggy Skagen leid. Sie wurde als Kind von ihrer Mutter misshandelt – fast so wie Abigal. Natürlich rechtfertigt das keinen Mord, aber sie hat ihre Strafe abgesessen und wurde trotzdem nicht von der Öffentlichkeit in Ruhe gelassen. Eine Wiedereingliederung in die Gesellschaft war unmöglich. Solange sie als Fressen für die Presse gedient hat, gab es für sie keine Chance auf ein normales Leben. Sie hat nach einem Ausweg gesucht und einen anderen gefunden als ihr Freund Quarrie. Sie ist ins Ausland gegangen und hat dadurch die Hetzjagd überlebt. Sie hat sogar einen Mann kennengelernt, in eine Familie eingeheiratet und sich in ihrer neuen Heimat eingelebt. Leider hat das Schicksal nicht gewollt, dass sie dauerhaft Ruhe fand. Aber so ist das mit dem Schicksal. Egal, wo man sich verkriecht, man kann ihm nicht entkommen.

Skagen legt den Kopf zurück aufs Kissen und schließt die Augen. Er würde jetzt schlafen, ganz lange schlafen und dabei mit seinem Schicksal um ein paar weitere gute Jahre verhandeln. Vielleicht lässt es sich darauf ein.

70

Am nächsten Morgen scheint erneut die Sonne. Der Schnee bildet nur noch vereinzelte Häufchen auf den Straßen und überall glänzen Pfützen.

Skagen sitzt im Polizeijeep, mit dem Nils erstaunlich sanft über die Serpentinen kurvt, als wäre sein Passagier zerbrechlich. Dabei geht es Skagen schon erheblich besser. Der Husten und die Schwäche sind verschwunden, und seit ein paar Tagen kann er endlich wieder frei atmen.

Er blickt aus dem Fenster und verfolgt, wie mit jedem Bogen der Passstraße das kleine Seyðisfjörður unten am blauen Fjord größer wird. Zehn Minuten später haben sie den Ortseingang erreicht und passieren den Supermarkt mit der Kassiererin und ihren Elfengeschichten sowie die hellblau gestrichene Holzkirche des Ortes. Am Anlieger überragt der weiße Rumpf der Fähre die Dächer sämtlicher Häuser. Sie hat ihre Tour nach Dänemark hinter sich und lädt erneut Waren und Touristen ein.

Der Jeep rollt auf den Parkplatz vor dem kleinen Hotel, und als sie aussteigen, beginnt die Glocke an der Kirche zu läuten. Skagen erinnert sich an das Gespräch, das er vor der Abfahrt mit Nils geführt hat. Es ging um Samuel.

Nachdem Skagen Kontakt zu den Kollegen in Bremen aufgenommen hat, sind diese zum Gutshof der VGJ rausgefahren, mit einem Haftbefehl in der Tasche. Sie haben Samuel tatsächlich angetroffen. Wie selbstverständlich hat er in seiner großzügigen Wohnung im Haupthaus des Anwesens gesessen und gedacht, man könne ihn nicht belangen. Er war sich sicher, dass niemand es wagen würde, gegen ihn auszusagen.

Da hat er sich getäuscht. Skagen hat mittlerweile noch vier weitere ehemalige Mitglieder der Sekte ausfindig gemacht, die dazu bereit waren, Anzeige zu erstatten. Die Bremer Kollegen fanden in Samuels Wohnung zudem weiteres belastendes Material und zwei junge Mädchen mit kleinen Kindern. Sie waren völlig verstört von der Razzia, doch eines gab später zu Protokoll, dass ihr zweijähriger Sohn von Samuel stammt. Ein Kollege rechnete zurück und kam zu dem Ergebnis, dass das Mädchen zum Zeitpunkt der Empfängnis nicht älter als 15 gewesen sein kann.

Dieser Scheißkerl, denkt Skagen. Einfach nur widerwärtig, was der sich erlaubt hat! Er hofft, dass Samuel für viele Jahre in den Knast wandert. Ob sie mit seiner etwaigen Verurteilung jedoch auch die VGJ zerschlagen können, ist ungewiss. Die Leute sind ja mehr oder weniger freiwillig Mitglieder in der Freikirche, und es kann gut sein, dass ein anderer Jünger Samuels scheinheiliges Werk übernimmt und die Gemeinschaft anführen wird. Dagegen kann er, Skagen, nicht viel unternehmen. Erst wenn es erneut zu einer Straftat kommt und sich jemand traut, den Mund aufzumachen, kann die Polizei auf den Plan treten.

Skagen seufzt. Er hasst diese Art von Hilflosigkeit. Aber was soll er machen?

Mit hängenden Schultern folgt er Nils zum Hotel.

»Ich habe meine Sachen schon gepackt und fliege gegen Mittag nach Reykjavík«, sagt der isländische Kollege, während sie die knarzende Treppe in den ersten Stock hinaufsteigen. Vor Skagens Zimmertür streckt er ihm die Hand entgegen. »Es war mir eine Freude, mit dir zu arbeiten, Tom.«

Skagen schüttelt seine Hand. »Mir auch.« Er muss grinsen, als er sieht, dass Nils auch heute seine kugelsichere Weste trägt.

»Wenn du mal in Reykjavík bist, sag Bescheid, dann gehen wir zusammen einen trinken.«

Skagen wundert sich, denn Nils machte auf ihn bisher nicht den Eindruck, als wäre er ein sonderlich geselliger Typ.

»Gern«, sagt er und klopft dem Kollegen auf die kevlarbewehrte Schulter.

Nils zwinkert ihm zu. »Komm gut nach Hause. Bjarni kann dich zum Flughafen bringen, wann immer du so weit bist.«

»Danke.« Skagen weiß allerdings noch gar nicht, ob er sein Exil in Island überhaupt verlassen kann. Es ist gut möglich, dass er länger hier herumhängen muss und die Tage und Wochen zählen kann, an denen die Fähre an- und ablegt und er mit der Kassiererin im Supermarkt Geschichten austauscht. Sein eigenes kleines Murmeltierparadies.

Die Sehnsucht nach Hamburg und Maja packt ihn und sein Herz wird schwer. Zu Hause würde er als Allererstes ein Fischbrötchen an den Landungsbrücken essen und Maja einen dicken Kuss geben. Oder vielleicht doch besser umgekehrt?

Schmunzelnd steckt er den Schlüssel ins Schloss.

»Ach, Tom!«, ruft Nils ihm zu und kommt von der Treppe zurück. Er zieht etwas aus der Jacke. »Deine Dienstwaffe. Die habe ich an mich genommen. Aber sie ist nicht abgefeuert worden, daher kann ich sie dir zurückgeben, ohne dass sie untersucht werden muss.«

Ach, tatsächlich? Hat er nicht ein einziges Mal damit geschossen?

»Ich danke dir«, sagt Skagen und nimmt seine Waffe entgegen. Er verdeckt sie mit seiner Jacke, die er über dem Arm hängen hat. Muss ja nicht jeder Hotelgast mitbekommen.

»Auf dann, *bless*.« Nils tippt sich an die Stirn.

»Auf dann.« Skagen blickt ihm hinterher und öffnet anschließend seine Zimmertür. Mit dem Gedanken an das Fischbrötchen wirft er seine Jacke mit der Waffe auf das Bett. Sein Magen knurrt. Wenn er noch länger hier ausharren muss, sollte er sich um Verpflegung und neue Klamotten kümmern. Und er muss sein Handy aufladen. Der Akku ist …

Unvermittelt trifft ihn ein heftiger Schlag im Rücken. Skagen stürzt nach vorn, kann sich aber an der Bettkante abfangen. Er will sich umdrehen, doch eine Hand im Nacken presst ihn hart auf das Bett. Sein Rücken protestiert mit stechenden Schmerzen, als der Kerl sich auf ihn setzt.

»Was soll das?«, keucht er. Die Matratzenkante drückt in sein Gesicht und raubt ihm den Atem. Er denkt an Nils, der draußen vor dem Hotel wahrscheinlich gerade in sein Auto steigt und nichts von alldem mitbekommt. Hat sich der Angreifer die ganze Zeit in seinem Zimmer versteckt und auf ihn gewartet?

Er versucht, mit seiner Hand nach der Waffe im Gürtelholster zu greifen, doch ihm fällt ein, dass er sie dort gar nicht hingesteckt hat. Der Kerl auf seinem Rücken bemerkt seine Gegenwehr und versetzt ihm einen Fausthieb in die Rippen.

Skagen entweicht die Luft aus seiner Lunge.

»Hände nach vorn strecken!«, befiehlt der Angreifer mit einem harten Akzent. Ist das Norwegisch? Kommt der Kerl von Åsgards Sønner und will sein Werk vollenden?

Skagen tut, was er sagt, und schiebt die Arme nach vorn. Seine Fingerspitzen berühren seine Jacke, die auf dem Bett liegt. Darunter verbirgt sich seine Waffe – von der der Kerl nichts weiß. Er könnte sie erreichen, wenn er sich ein bisschen weiter streckt. Seine Finger verschwinden unter der Jacke und bewegen sich suchend. Sie stoßen gegen den Lauf der Pistole. Damit hat er leider noch lange nicht den Griff in der Hand oder den Sicherungshebel betätigt. Skagen tastet sich millimeterweise vorwärts, was nicht einfach ist, wenn einem ein Hundert-Kilo-Typ auf dem Rücken hockt.

»Was machst du da?«, blafft der Kerl.

»Was du mir sagst«, nuschelt Skagen in die Matratze. »Was willst du überhaupt von mir?«

»Dir den Arsch aufreißen und dich zum Verbluten liegen lassen!« Ein böses Lachen folgt.

Skagens Gedanken rasen, Panik greift nach ihm. Seine Finger berühren den Lauf der Waffe, er bekommt ihn aber nicht zu fassen. Nils, denkt er. Bitte, komm zurück!

Der Kerl hinter ihm verpasst ihm einen Schlag gegen den Kopf, und grelle Punkte tanzen vor seinen Augen.

»Zeig es ihm!«, sagt unvermittelt eine andere Stimme, und im nächsten Moment tritt ein weiterer Kerl in Skagens beschränktes Sichtfeld. Sein Herzschlag beschleunigt sich. Er kennt ihn. Es ist der finstere Typ vom Flughafen in Stavanger. Der mit der Motorsäge auf der Glatze.

Eine Erinnerung streift ihn. Jettes Worte am Telefon, abgehackt und kaum zu verstehen, im Büro des Sysselmanns. Irgendetwas mit »aufpassen« und »Motorsäge« … Hat sie ihn warnen wollen?

Die Motorsägenglatze zeigt ein breites Lächeln mit langen Zähnen und Lücken dazwischen. »In Norwegen konntest du entkommen, aber das wird dir hier nicht gelingen. Ich werde dich töten. Und zwar gaaaanz langsam. Tja, mit einer Pistole wäre es schnell gegangen, leider bekommt man diese Dinger nicht durch den Zoll. Bedank dich bei deinen Grenzkollegen. Zum Glück erhält man dieses Schätzchen überall im Baumarkt!« Er lässt eine Motorsägenkette durch seine Finger gleiten, die in Handschuhen aus Stahlringen stecken. Sie verursacht ein schabendes Geräusch.

Skagen wird übel, und voller Entsetzen beobachtet er, wie der Kerl die Kette auf seinen ausgestreckten Arm legt, sie runterdrückt und langsam zu ziehen beginnt. Die messerscharfen Zähne schneiden mühelos durch den Stoff von Skagens Sweatshirts und dringen in seine Haut ein. Er schreit auf, widersteht jedoch dem Impuls, den Arm wegzureißen, sonst hätte er die Wunde stark vergrößert und zudem den Kontakt zu seiner Waffe verloren.

Der Kerl auf seinem Rücken drückt ihn fester in die Matratze und erstickt so seinen Schrei. Skagen ringt nach Luft und versucht, sich unter dem Gewicht ein Stück nach vorn zu schieben.

Die Motorsägenglatze bemerkt es nicht. »Wenn du noch einmal schreist, ziehe ich dir die Kette durch den Mund!«, knurrt er.

Skagen presst die Augen zu und konzentriert sich anstatt auf die furchtbare Drohung des Typen auf seine eigenen ausgestreckten Hände. Aus dem Schnitt am Arm quillt Blut, die Wunde pulsiert brennend. Die Kette hat sich tief in sein Fleisch gegraben.

Skagen beißt die Zähne zusammen und versucht erneut, seine Waffe zu erreichen. Seine Finger gleiten vom Lauf ab, und die Pistole rutscht unter der Jacke weg.

Nein!

Motorsägenglatze lässt die Kette erneut durch seinen Stahlhandschuh gleiten. Das Geräusch jagt Skagen eine Gänsehaut über den Rücken. Machtlos muss er mit ansehen, wie die Kette wieder auf seinen Unterarm gelegt wird. Gott, die Zähne der Kette sind so scharf, dass sie ihm sämtliche Muskeln und Sehnen durchtrennen könnten und vielleicht sogar den Knochen, wenn der Kerl nur genug Druck ausübt.

Verzweifelt versucht Skagen, durch die Matratze Luft zu holen, doch der überstanden geglaubte Husten meldet sich zurück. Interessiert hält Motorsägenglatze inne und beobachtet, wie es Skagen schüttelt. Offenbar genießt er die Qualen seines Opfers. Die Kette lässt er lässig in seiner Hand baumeln. An ihr klebt Skagens Blut.

»Na? Was soll ich dir als Erstes abschneiden?«, fragt er. »Eine Hand? Ein Ohr? Deinen Schwanz?«

Skagen hört nicht hin. Jedes Mal, wenn ihn der Husten durchschüttelt, streckt er seinen Arm ein wenig weiter nach vorn, dabei wird ihm schwarz vor Augen. Verzweifelt blinzelt er den Schwindel weg und bohrt seine Zehen in den Boden. Gegen das Gewicht auf seinem Rücken ankämpfend, spannt er seine Muskeln an.

Motorsägenglatze packt ihn an den Haaren, reißt ihn daran zurück. Endlich wieder Luft!

»Ich glaube, ich fange mit den Ohren an«, sagt der Kerl. »Halt seinen Kopf fest!«

Der andere greift in seine Haare, dabei muss er die Hand aus seinem Nacken nehmen. Skagen nutzt den Moment und schiebt sich nach vorn.

Motorsägenglatze hält sein Ohr mit dem Kettenhandschuh fest. »Wehe, du schreist!«

Skagen mobilisiert seine Kräfte. Er bewegt sich ein letztes Stück vorwärts, greift sich seine Waffe, entsichert sie und dreht sie unter der Jacke so weit in Richtung des Kerls, bis sein Handgelenk knackt. Dann drückt er ab. Die erste Kugel trifft Motorsägenglatze in die Schulter.

Er wird zurückgeschleudert und schreit laut auf, der andere lässt erschrocken von Skagen ab, will in seine Lederweste greifen, doch Skagen ist schneller. Er wirft sich herum und feuert zwei Kugeln auf ihn ab. Der Typ stürzt rückwärts gegen die Kommode. Skagen hat ihn in die Brust getroffen.

Hinter sich hört er plötzlich die Kette durch die Luft pfeifen und rollt sich neben dem Bett über den Boden. Dann drückt er erneut ab und erwischt Motorsägenglatze am Hals. Ein weiterer Schuss streckt ihn vollends nieder. Blut spritzt gegen die Wand.

Skagen springt auf und geht zu dem ersten Kerl, die Waffe auf dessen Kopf gerichtet. Er überprüft den Puls. Nichts, der Mann ist tot. Danach tritt er neben Motorsägenglatze, der noch lebt und ihn mit glasigen Augen ansieht. Überraschung steht ihm ins Gesicht geschrieben.

Skagen kickt die Kette außerhalb seiner Reichweite und holt ein Handtuch aus dem Bad, das er fest auf die Wunde am Hals des Mannes drückt. Er will etwas sagen, doch es dringt nur ein Gurgeln aus seinem Mund. Er spuckt Blut. Viel Blut. Kurz darauf geht ein Zucken durch seinen Körper und seine Lider flattern. Schließlich sackt sein Kopf zur Seite.

Skagen richtet sich auf und blickt mit zugeschnürter Kehle auf die zwei toten Männer.

Im nächsten Moment fliegt die Tür auf und Nils springt mit erhobener Waffe in den Raum.

71

Skagen beißt in das Fischbrötchen, das Jette ihm spendiert hat. Sie stehen an den Landungsbrücken und genießen den Blick auf die Elbe. Weiter hinten glitzern die Glassegel der Elbphilharmonie in der Abendsonne. Der bittersaure Geschmack des Matjesfilets kitzelt Skagens Zunge, und er seufzt auf. So schmeckt die Heimat!

Jette wischt sich den Mund mit einer Serviette ab und nimmt einen Schluck von ihrem Feierabendbier.

»Ich wusste nicht, dass die Kerle so schnell bei dir in Island sein würden«, sagt sie und stellt die Flasche auf den Stehtisch. »Ich wollte dich warnen.«

»Mein Akku war leer«, entgegnet er und meint damit nicht nur sein Handy. Aber seit ein paar Tagen geht es ihm besser. Er ist zurück in Hamburg, und in zwei Stunden würde er Maja am Bahnhof abholen. Dann hätten sie eine Woche gemeinsam Urlaub. Jede Menge Zeit für sich, zum Entspannen und Reden.

»Leider hatten Åsgards Sønner gute Hacker in ihren Reihen«, sagt Jette. »Sie haben mein Handy angezapft und deine isländische Nummer gefunden. Es war wirklich nicht schlau von dir, mich dauernd zu kontaktieren. Deshalb haben Maja und ich auch nicht auf deine vielen Mails geantwortet, auch wenn ihr das sehr schwergefallen ist.«

»Ja, ich weiß.« Verlegen senkt Skagen den Blick. »Aber ich habe mir Sorgen gemacht. Um dich und um Maja.« Wenn er jetzt darüber nachdenkt, was in den letzten Wochen alles passiert ist, ist er wirklich froh, dass er diese Odyssee heil überstanden hat. »Wie seid ihr eigentlich darauf gekommen, wer der Onkel ist?«, fragt er Jette.

Seine Chefin dreht ihre Flasche in den Händen. »Einer von den JVA-Angestellten hat geredet. Er ist zwar nicht direkt mit den Reichsbürgern verbandelt, war aber ein paarmal bei deren geheimen Treffen. Dabei hat er beobachtet, wie sein Kollege sich im Nebenraum mit einem Typen getroffen hat. Der JVA-Angestellte kannte ihn nicht. Als er ihn beschrieben hat, war mir jedoch alles klar. Groß, hager, Halbglatze, grauer Haarkranz.«

»Stechender Blick?«

»Exakt!«

»Gielow, dieser Scheißkerl«, entfährt es Skagen wütend. »Er hat uns die ganze Zeit verarscht.«

Jette verzieht grimmig das Gesicht. Schon bei dem vorherigen Fall in Norwegen sind sie Gielow auf den Leim gegangen. Obwohl Skagens Instinkt ihn gewarnt hat, dass mit dem Typen etwas nicht stimmt. Allerdings hat er gedacht, das liege daran, dass Gielow ein Arschloch ist. Dass er jedoch ein rechtsradikales Riesenarschloch ist, hätte Skagen sich nicht träumen lassen.

»Was wird mit ihm geschehen?«, will er wissen.

»Seine Stelle im LKA Berlin ist Alexander Gielow jedenfalls los. Er wird ins Gefängnis gehen«, entgegnet Jette. »Wie lange, wird davon abhängen, wie viel die Staatsanwaltschaft ihm anlasten kann. Wird spannend, wie viele seiner Gefolgsleute dazu bereit sind, gegen ihn auszusagen.« Sie hebt ihre Flasche und stößt mit Skagen an. »Auf jeden Fall ein Riesenerfolg. Skål, Tom!«

»Skål.« Skagen trinkt seine Flasche aus und stellt sie weg. »Was ist mit Norwegen?«, fragt er.

»Du meinst, wie es dort mit Åsgards Sønner weitergeht?«

Er nickt und muss an Lise denken. Sie wurde inzwischen aus dem Krankenhaus entlassen, und es geht ihr körperlich entsprechend gut. Psychisch sieht es jedoch anders aus, nachdem ihr Mann vor ihren Augen erschossen wurde. Aber das ist noch nicht alles, womit sie in Zukunft leben muss. Für Lise gab es noch einen weiteren Schock.

»Es war wirklich eine große Überraschung, dass Lises Mann Roger der Maulwurf war«, sagt Skagen.

»Das war es für jeden von uns«, entgegnet Jette. »Roger hat über Jahre hinweg sämtliche Informationen über die Nordvei-Ermittlung an Åsgards Sønner weitergegeben. Die Bandenmitglieder haben ihn erschossen, weil sie verhindern wollten, dass er als Maulwurf enttarnt wird. Er sollte als unschuldiges Opfer gelten. Leider war er nicht die einzige undichte Stelle bei der norwegischen Polizei, und es wird dauern, bis wir alle faulen Äpfel aufgespürt und aus dem Dienst entfernt haben. Genau wie hier in Deutschland.«

»Hoffentlich kriegen wir diese Scheißkerle.«

»Das hoffe ich auch.« Jette nippt an ihrem Bier.

»Und was ist mit Iver und Erling Øksnes?«

»Die sind zu 100 Prozent sauber.«

Skagen atmet auf. Unbewusst streicht er sich über seinen Unterarm. Die Wunde durch die Kettensäge ist mittlerweile verheilt und eine Narbe prangt dort auf seinem Tattoo. Der eintätowierten Liste mit den vier Namen. Vier Menschen, an deren Tod er die Schuld trägt. Durch den letzten Namen verläuft die Narbe. Er wurde quasi durchgestrichen. Genau der Name, der ihn am meisten an seine dunkle Vergangenheit erinnert. Der Name des jungen Somaliers, der ihn bis heute in seinen Albträume verfolgt.

Sein Handy klingelt.

»Maja?«, fragt Jette.

»Nein, eine Nummer aus Island.« Stirnrunzelnd nimmt Skagen den Anruf an.

»Hæ, hier ist Bjarni«, hört er die Stimme des isländischen Kollegen.

»Hej, Bjarni, schön, von dir zu hören. Wie läuft es bei euch oben im Norden?«

»Wesentlich ruhiger, seitdem du weg bist!« Bjarni lacht. »Tom, ich wollte dir eigentlich nur mitteilen, dass Halla vorhin aufgewacht ist. Sie ist ansprechbar und hat sich direkt nach dir erkundigt. Wollte wissen, ob es dir gut geht.«

»Ob es *mir* gut geht?«, fragt Skagen erstaunt.

»Sie wusste ja nicht, wie die Sache mit dir und Maggy ausgegangen ist.«

»Stimmt. Bitte richte ihr meine besten Wünsche und gute Besserung aus.«

»Das werde ich.«

Skagen bedankt sich bei Bjarni und legt auf. Erleichterung durchströmt ihn.

»Ich mache mich auf den Heimweg«, sagt Jette. »Ich wünsche dir und Maja einen erholsamen Urlaub.«

»Danke. Dir ein schönes Wochenende.« Skagen winkt seiner Chefin zu und schlendert gemütlich den Anleger entlang in Richtung S-Bahnhof Landungsbrücken. Der Himmel ist in magisches Licht getaucht. Die Sonne beleuchtet die Wolken von unten, und die kleinen Wellen auf der Elbe glitzern. Im Stillen sendet Skagen gute Wünsche nach Island zu Halla und nach Norwegen zu Lise. Außerdem nach Bremen zu den Kindern der Brandts. Er hofft, es möge ihnen gut ergehen, jetzt, da ihr Vater beschlossen hat, aus der Sekte auszusteigen.

Tief saugt Skagen die Hafenluft ein und stößt sie wieder aus.

Alles wird gut.

Maja fällt ihm um den Hals und küsst ihn noch auf dem Bahnsteig. Die anderen Fahrgäste müssen sich mit ihren Koffern an ihnen vorbeiquetschen. Einige murren, während andere vergnügt pfeifen.

Skagen verliert sich in der Umarmung. Maja, seine geliebte Maja. Endlich kann er sie wieder in den Armen halten.

Nach einer gefühlten Ewigkeit löst er sich von ihr und blickt in ihre vor Freude strahlenden Augen. Auch sie ist glücklich, ihn endlich wiederzusehen. Lächelnd streicht sie ihm über die Wange.

»Ich bin froh, dass dir nichts passiert ist, Tom«, flüstert sie.

»Ich auch«, entgegnet er.

Einen Moment stehen sie da.

»Ich habe die Beförderung angenommen«, sagt Maja schließlich.

»Ich weiß«, sagt Skagen und sein Magen zieht sich zusammen, obwohl er sich für sie freut. Das ist ein großer Schritt für Maja. Sie würde in Karlskrona eine eigene Abteilung leiten und dadurch einen Rang höher rutschen.

»Stort grattis«, gratuliert er ihr auf Schwedisch und drückt seinen Stolz aus. *»Jag är mycket stolt över dig!«* Er zieht sie fest an sich und drängt seine Tränen zurück. Das würde alles verändern. Aber er hofft, dass Maja dieselbe bleiben würde. Seine liebe, süße Maja.

Er nimmt ihren Koffer und rollt ihn zu den Treppen. Das Umsteigechaos auf dem Bahnsteig hat sich gelichtet.

»Ich freue mich so auf den Urlaub!«, ruft Maja fröhlich neben ihm. »Wo wollen wir hinfahren?«

Skagen muss nicht lange überlegen. »Ist mir egal, wohin«, antwortet er. »Hauptsache, es gibt dort keinen Schnee!«

ENDE

DANKSAGUNG

Und wieder einmal gilt mein Dank allen lieben Menschen, die mich beim Schreiben dieses Buchs unterstützt haben. Ihr seid das Salz in der Suppe, der Puderzucker auf dem Kuchen und manchmal auch die Axt im Wald für überflüssige Erzählstränge.

Ein ebenfalls großer Dank geht wie immer an meine Testleserinnen Ella Dälken, Sabine Sommer und Barbara Pieper. An meine Lektorin Katja Ernst für ihren scharfen Blick und das gute Händchen mit einer ewig zaudernden Autorin. Meine Agentin Sabine Langohr, die mich immer wieder nach vorne pusht, und an das gesamte Gmeiner-Team, das alles tut, um meine Geschichten zu euch Leserinnen und Leser zu bringen.

Vielen Dank auch an Lárus Ren Guðbjörnsson für seine Fachkunde über Island und an Kerstin und Tor Marklund für ihre Schwedischkenntnisse, ohne die Tom Skagen nicht korrekt in seiner zweiten Muttersprache sprechen würde.

Ganz besonders möchte ich mich bei zwei Personen bedanken, die mein Interesse für das spannende Island geweckt beziehungsweise wiederbelebt haben. Zum einen bei meiner Mutter, weil sie mich vor 20 Jahren zum ersten Mal auf die Insel mitten im Nordatlantik entführt hat. In das Land ohne Bäume, was mir damals recht seltsam vorkam. Aber es hat mich mit seiner atemberaubenden Natur schnell davon überzeugt, dass Bäume manchmal gar nicht so wichtig sind. Und zum anderen bedanke ich mich bei Felix Schmidt, der mich 2022 einlud, auf der Crime Cruise zu lesen. Auf dieser Reise mit der legendären »MS Norröna« entdeckte ich Island auf dem Seeweg von Neuem und schnell war mir klar, dass der Hafen, in den wir an jenem kalten, klaren Novembermorgen einliefen, mein Schauplatz sein würde. Tom Skagen und Seyðisfjörður mussten unbedingt aufeinandertreffen, und so ist es dann auch gekommen.

Ich hoffe, dieser Ausflug in den hohen Norden hat euch, werte Leserinnen und Leser, gefallen und vielleicht sogar inspiriert, eine Reise in das bezaubernde Island zu unternehmen. Aber nicht vergessen: Zieht euch warm an … und hört nicht auf das leise Lachen aus der Lava. ;-)

Kærlig hilsen
Anne Nørdby

Weitere Titel finden Sie auf den folgenden Seiten und im Internet:

WWW.GMEINER-VERLAG.DE

Alle Bücher von Anne Nørdby:

Tom Skagen ermittelt:

1. Fall: Kalter Strand
ISBN 978-3-8392-2425-0
ISBN 978-3-8392-2643-8

2. Fall: Kalte Nacht
ISBN 978-3-8392-2642-1
ISBN 978-3-8392-0037-7

3. Fall: Kalter Fjord
ISBN 978-3-8392-0143-5
ISBN 978-3-8392-0703-1

4. Fall: Kalter Sturm
ISBN 978-3-8392-0704-8

Marit Rauch Iversen ermittelt:

1. Fall: Eis. Kalt. Tot.
ISBN 978-3-8392-0024-7

2. Fall: Rot. Blut. Tot.
ISBN 978-3-8392-0430-6